KB166052

ADONIS

아도니스

ADONIS vol.1
아도니스

초판 1쇄 인쇄일 | 2015년 7월 24일
초판 1쇄 발행일 | 2015년 8월 6일

지은이 | 남혜인
편 집 | 이은미
기 획 | 이예희
펴낸이 | 박성면
펴낸곳 | (주)동아

출판등록 | 제396-2007-00071호

주소 | 경기도 파주시 문발동 535-7 세종출판벤처타운 203호
전화 | (031)8071-5201
팩스 | (031)8071-5204
E-mail | bear6370@hanmail.net
홈페이지 | http://blog.naver.com/lion6370

정가 | 11,800원

ISBN 979-11-5511-398-1(04810)
ISBN 979-11-5511-397-4(SET)

REMINISCENCE
ADONIS
아도니스

Part 01
vol.01

남혜인 장편소설

동아

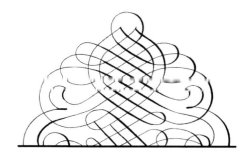

서장

나는 비로소 네게 졌음을 인정한다!

이아나의 얼굴이 고통으로 인해 이상하게 일그러졌다.

······그러나 결코 후회하지 않는다!

맹수의 발치에 피가래를 뱉으며 이아나는 웃음을 터뜨렸다.

무엄하다, 저런 건방진 년 같으니!

황금빛 눈의 맹수 주변에 널린 벌레가 왱왱대는 소리가 귓가에 울려 퍼져도, 비명 같은 쇳소리가 저를 향해도 이아나는 벌어진 입에서 붉은 핏덩이를 왈칵왈칵 쏟아 내며 그저 미친 듯이 웃었다.

침묵하던 맹수가 굳은 입을 벌렸다.

"그 고집이 이렇게 너의 죽음으로 이어졌다 하여도?"

"그렇다. 내 삶은 모두 나 스스로가 개척한 것!"

이아나는 바닥으로 널브러지려는 몸을 똑바로 펴고 팔을 벌렸다. 뜨겁게 요동치던 그녀의 심장은 피를 질질 흘리게 된 지 오래다. 그녀의 왼쪽 가슴, 정확하게는 심장을 꿰뚫은 검 한 자루가 느린 박자에 맞추어 대롱거렸다.

벌컥…….

단말마의 비명은 입이 아닌 딱딱하게 굳어 죽어 가는 심장이 내뱉었다. 그러나 죽더라도 할 말은 다 하고 죽겠다는 이아나의 강력한 의지를 받들어, 심장은 맹수의 송곳니에 물린 먹잇감처럼 꿈틀거리면서도 겨우 이승 줄을 붙잡고 있었다.

"후회는 없다. 이 모든 결과가 내 선택에 의한 것일지니……!"

이아나는 눈앞의 검은 맹수만을 직시하며, 퍼렇게 체온이 식어 가는 사람답지 않게 지극히 선명한 어투로 말했다.

"이 내가…… 쿨럭, 후회하리라 보나?"

붉은 선혈이 또다시 바닥에 한 움큼 떨어져 내렸다. 순간적으로 핏덩이에 쏠렸던 날 선 시선은 자석에 이끌리듯 천천히 제자리로 돌아왔다.

"……."

이아나의 얼굴을 빤히 응시하는 금안은 어딘가 집요한 구석이 있었다. 이아나는 그런 그의 시선이 제 몸처럼 익숙했다.

맹수가 천천히 입을 열었다.

"그럴 리가 없지. 너는 이아나 로베르슈타인이니까."

"그래, 후회하는 건 나를 바랐던 네놈이다! 아하하하!"

그러니 너도 내게 졌다! 졌단 말이다!

끝까지 신경 거슬리는 말을 지껄여 대며 마지막 생기를 뽐내는 이아나의 당당한 웃음소리가 신경이 곤두선 채 온통 이글거리는 맹수, 아르하드의 심기를 이끼집었다.

"거슬린다. 죽어라."

북녘의 바람보다 서늘한 음성은 이아나의 입가에 웃음을 선사했다. 웃음의 자국에 피가 묻어난다. 붉은 머리카락, 붉은 입술, 붉은 피. 온통 붉은 이아나는 아르하드의 금안을 붉게 물들였다. 아르하드는 어쩐지 눈이 시려서 인상을 찌푸렸다.

흐릿해지기 시작한 시야 속에서 미간을 좁히는 아르하드를 발견한 이아나가 피를 퉤, 하고 뱉어 냈다.

"아르하드 로이긴, 나보다는 네가 더 불……쌍하구나. 대체 어쩌다…… 쿡, 쿡."

"……너는 정말 앞뒤가 꽉 막혀서 사람을 환장하게 만드는 망할 계집이다."

비웃음 섞인 말을 가만히 듣고 있던 아르하드의 눈동자가 기어코 흔들리고 말았다.

"너만치 미치도록 탐이 났던 이는 없었다. 후회하는 건 나라고? 헛소리. 나는 너를 원했던 날들을 후회하지 않아. 하지만 널 원했기에 생겨 버린 내 갈증도, 네 그 빌어먹을 고집도 이제 끝이다! 이제 두 번 다시는 널 볼 일도, 너를 바랄 일도 없겠지!"

체념뿐만 아니라 분노까지 튀어나왔다. 번뜩거리는 금안에서 줄줄 새어 나오는 기이한 광망은 금방이라도 이아나의 목을 조를 듯했다.

"그러니 잔말 말고 죽어라! 네 시신은 내 눈에 두 번 다시 띄지 않도록 아예 불태워 주마!"

"……."

분노로 숨을 제대로 고르지 못하는 아르하드를 가만히 쳐다보던 이아나의 몸이 차가운 대지 위에 천천히 꼬꾸라졌다. 그녀의 악명과 화려한 공적에 비하면 초라하기 짝이 없는 말로였다. 하지만 이아나는 후회하지 않았다. 슬퍼하지도 않았다.

모든 결과는 제 선택에 의해 이루어졌다. 죽음은, 미치도록 아르하드를 이기고 싶어서 그를 적대하는 길만 선택했던 자신의 종착지였다. 후회할 리가 없었다.

이아나는 제 죽음을 내려다보는 아르하드 로이긴, 아니 아르하드 로 라르소 바하무트, 바하무트 제국 황제의 빛 꺼진 눈동자를 흐릿한 눈으로 올려다보았다.

그녀는 패배를 인정하고 나서야 피하기만 했던 진실을 받아들였다.

"너는 나를 언제나 패배시키는 적이었으나……."

붉은 머리카락을 흙바닥에 이리저리 흐트러트린 이아나는 피 묻어 축축한 입술을 달싹여 웃었다.

"꽤나 좋은 동반자였다……. 그래, 그러했구나……."

아르하드 로이긴, 자신과 누구보다 닮았던 자. 그래서 서로에게만 집중했고, 광적으로 집착했다. 한 가지 다른 점이 있었다면 한쪽은 상대방을 온전히 얻기를 원했고 한쪽은 상대방을 온전히 꺾기를 원했다는 점이다. 그리하여 서로를 이해할 수 있는 유일한 동반자였음에도 이러한 파국에 이르렀다.

그리고 이아나는 결국 자신의 죽음으로써 완전한 패배를 인정했다. 죽기 직전에 이르러서야 처음으로 상대에게 적대감으로 얼룩진 웃음이 아닌, 진실한 웃음을 보였다.

'아하하, 패배를 인정하고 나니 어찌 이리도 속이 시원한지.'

그녀는 움직이지 않는 얼굴 근육 대신 속으로 낄낄대며 웃었다. 하지만 그런 이아나를 내려다보고 있는 아르하드의 황금빛 눈동자는 이아나가 입 밖으로 꺼낸 동반자, 그 짧은 말에 누렇게 죽어 갔다.

"닥쳐라. 이 답답한 계집! 늘 죽자 살자 덤벼들다가 이제 와서 그 말하여 무엇이 달라질 것 같나!"

답지 않게 격양된 어조로 말을 잇는 황제를 눈을 깜빡이며 쳐다본 이아나가 마지막으로 설핏 웃었다.

그의 말이 맞다. 하지만.

둘의 시선이 맞닿고, 이아나는 말했다.

"이번…… 생은 끝났다. 그러나…… 다음 생에는 너의 적……이 아닌 너의 기사가 되……리…….'

다음 생이 존재한다면 당신에게 검을 바치리니.

그러나, 그렇다 한들 누구보다 치열하게 살아온 내 생에는 단 한 점의 후회도 없다.

이아나는 말을 채 잇지 못하고 숨을 거두었다.

뜨거웠던 불꽃이 초라하게 꺼졌다.

그렇게 로안느 왕국의 여공작이자, 대륙 최강자의 수좌를 다투던 여검사 이아나 로베르슈타인은 바하무트 제국의 황제, 정복왕 아르하드 로이긴이 빼어 든 검에 죽었다.

1부
아도니스 Reminiscence
: 회상

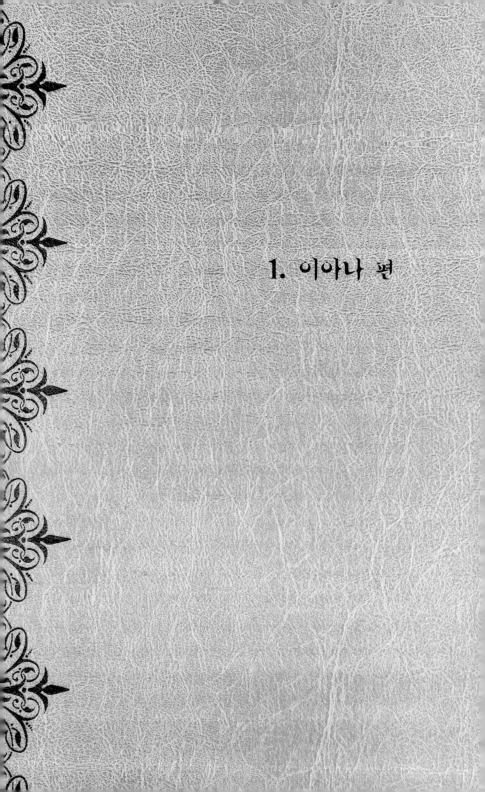

1. 이아나 편

1. 이아나 편

"이아나!"

그런데 어째서 살아 있는 건지.

흔들 그네에 앉아 다리를 덤벙거리던 이아나는 거추장스러운 핑크빛 드레스 자락을 모으며 귀를 쫑긋거렸다. 과거처럼 예민한 오감은 바람에 실려 온 작은 목소리를 잡아챘다.

이아나는 목소리의 주인이 저를 발견하지 못하길 바라면서 부름에 답하지 않았다. 하지만 중년 남자의 성난 목소리는 점점 가까워졌다.

"이아나!"

마침내 남자가 등 바로 뒤까지 다가왔다. 무시는 글렀다. 이아나는 결국 이를 갈며 대답했다.

"예, 백작님."

"여기 있었구나!"

남자가 돌아보지 않는 이아나의 앞에 섰다.

"수업을 왜 멋대로 빠지느냐. 프랄소느 부인이 화를 무척 많이 내셨다. 지금 당장 네 방으로 올라가라."

이아나는 거무죽죽하게 죽은 붉은 눈으로 남자를 올려다보았다. 그리고 저와는 다르게 형형하게 빛나는 푸른 눈동자에 무심코 인상을 찌푸렸다.

"무얼 잘했다고 그런 눈으로 쳐다보느냐. 네가 이러고도 명망 있는 로베르슈타인 백작가의 영애라 할 수 있겠느냐?"

이아나는 이해할 수가 없었다. 왕국의 존폐를 앞둔 전쟁에서 생선이 꼬챙이에 꿰이듯 심장이 검에 꿰뚫려 죽은 제가 왜 다시 태어나 또다시 이아나 로베르슈타인으로 살아가고 있는지.

또 제 손으로 죽인 아비 체르노 로베르슈타인이 어째서 제 앞에 있는 건지, 노력하고 노력했던 저를 언제나 경멸하기만 했던 이 남자가 왜 이렇게 제게 신경을 쓰는 건지, 절대로 이해할 수 없었다. 이해하기도 싫었다.

이아나는 미간을 좁힌 채 중얼거렸다.

"고귀한 집안의 영애는 얼어 죽을."

"너, 그 말투!"

"아."

생각이 입 밖으로 튀어나온 모양이었다.

이아나는 싸늘한 얼굴로 화를 내는 남자를 곁눈질했다. 남자는 언제나 냉정했고, 사무적이었다. 뼛속까지 귀족인 남자는 귀족의 예와 품위, 체면과 명예를 몹시 중요시했다. 예전에도, 지금도 그랬다.

사냥하는 아내가 그지 신민 해도 남지는 누구보다 귀족다운 태도로 이아나를 혐오하고 무시했다. 어릴 때 겪은 일이라 잊을 법한데도 참담했던 기억은 뼛속까지 침투해 그녀의 안에 깊은 상흔으로 남았다. 지금 눈앞의 남자를 보며 몇 십 년 전의 기억을 떠올릴 정도로.

그리고 이 남자, 아내가 죽은 후에는…….

이아나는 한숨을 후— 하고 내쉬며 자리에서 일어났다.

"죄송합니다. 아무튼 그 필요도 없는 수업, 지금 들으러 갈 테니 바쁘실 텐데 제게 신경 쓰지 마십시오."

이아나는 예의범절 수업은 필요 없다—라고 항의라도 하듯 우아하게 치맛자락을 톡톡 털어 냈다. 그리고 누구보다 고아한 걸음걸이로 사뿐사뿐 정원에서 걸어 나갔다.

"백작님, 재능인지는 모르겠사오나, 영애는 거의 모든 예의범절에서 완벽합니다. 어미를 생각한다면 몹시 놀라운 일이에요. 열심히 하는 모습만 보였다면 저도 영애를 가르치는 것에 보람을 느꼈을 테고, 영애에 대한 평가가 조금은 바뀌었을지도 모릅니다. 그런데……."

이아나의 예의범절 수업을 담당하는 프랄소느 남작부인의 분기 어린 말을 떠올린 체르노가 미간을 찌푸렸다.

"열의가 없어 대충대충 하는 게 문젭니다. 가르치는 보람이 없습니다. 그리고…… 어린아이라면 가져야 할 맑은 빛이 영애의 눈에는 없어요. 제가 무슨 말을 해도 반응을 하지 않습니다. 마치 감정을 느끼지 못하는, 아니 마치 죽은 듯한…… 죄송합니다. 아무튼 무척 섬뜩해요. 도무지 정이 가질 않습니다."

체르노는 방금 전 마주했던 이아나의 죽은 눈을 떠올리며 생각에 잠겼다.

그리고 그런 체르노를 뒤로하고 정원을 빠져나오는 이아나의 어여쁜 얼굴은 험악하게 일그러져 있었다.

'웃기지 마라.'

시간은 흐르고 흘러 그녀가 다시 태어나 살아온 날도 이제 햇수로 어언 십 년이 다 되어 간다. 하지만 이아나는 아직도 자신에게 일어난 일들을 이해할 수 없었고 이해하고 싶지도 않았다.

전혀 후회치 않은 삶이었다. 붉은 피로 범벅이 된 제 삶을, 이아나는 한 번도 후회한 적이 없었다. 사람들이 냉혈한, 권력에 미친 여자, 천륜을 끊은 짐승, 패륜아, 괴물, 살인마, 악귀 등등 악랄한 호칭을 붙여 가며 손가락질해도 아무렇지도 않았다. 어디까지나 사실이었고, 모두 제 선택이 빚어 낸 결과였기 때문이다.

그리고 삶은 영혼의 뿌리까지 뒤흔드는 남자를 만남으로써 기나긴 폭풍을 맞이했다가, 그 남자에 대한 완벽한 패배를 인정함으로써 완벽하게 끝났다.

그러했기에 지금, 그 만족스러웠던 완벽한 삶이 산산조각 나서 다시 쌓아야 할 지경에 이르자 이아나는 미쳐서 팔짝 뛰고 싶은 심정이었다.

게다가 아비란 작자의 미묘한 변화는 신경에 아주 거슬렸다. 과거에는 딸인 제게 얼굴 한번 스스로 내비치지 않던 남자였다. 내비치기는커녕 우연이라도 마주치면 역겹다는 얼굴로 보던, 심사가 뒤틀리면 잔인한 폭력까지 가하던 자였다.

"이아나."

무서운 얼굴로 정원을 가로지르는 이아나의 앞을 막아서는 검은 그림자가 있었다.

그림자의 주인은 푸른 소년이었다. 이아나는 소년을 보자마자 길게 한숨을 쉬었다.

"괜찮아? 아버님께 많이 혼났어?"

소년이 조심스레 물어 오는 말을 씹어 먹은 이아나는 잠자코 눈을 내리떴다.

'이 무슨 운명의 장난이란 말인가.'

하르첸 로베르슈타인.

이 집안의 장자이며 이 집안의 본부인이신 사라체 로베르슈타인의 외동아들이시다. 여덟 살 먹은 이아나가 고사리 같은 손으로 찻잔에 털어 넣은 독에 상냥한 어미를 잃고, 스물넷이 된 이아나가 이 집안의 실권을 잡기 위해 목을 베어 죽인 불쌍한 네 살 위의 이복 오라버니.

소년은 과거에 이아나를 증오하느라 바빴고, 어미가 소년을 욕하는 것을 매일 들으며 자라온 이아나도 마찬가지였다. 남보다 못한 사이가 하르첸과 이아나의 사이였다.

그래서 죽일 때 죄책감을 느끼진 않았지만, 제 손에 죽었던 하르첸이 살아 움직이면서 과거와는 달리 제게 끈질긴 관심을 가질 때마다 이아나는 심기가 불편했다.

이아나의 혼은 언제나 과거를 맴돌고 있으며 그녀는 기억하고 있는 과거에 순응하며 살아가고 있다. 그래서 그녀는 여덟 살이 되어 과거처럼 어미가 독주머니를 건넨다면 기꺼이 받아들이려 했다. 그것이 자신의 과거였기 때문이다.

하지만 그런 이아나의 손에는 어미가 처음으로 따뜻하게 끌어안아 주며 애정 어린 손길로 건넸던 독주머니가 없었다.

향이 좋은 차 가루라며 티타임 때 본부인의 찻잔에 그것을 몰래 넣으라는 어미의 부탁도 없었다. 행복에 겨워 이 집안에서 유일하게 상냥히 대해 준 부인의 차에 몰래 독을 털어 넣은 이아나도 없었다.

과거는 반복되지 않았다. 본부인은 이아나의 손이 아닌 다른 이의 손에 중독되었지만 죽지 않고 살아남았다. 이아나가 열 살이 다 되어 가는 지금도 건강하게 잘 살아 있었다.

본부인이 깨어났다고 하인들이 기뻐서 환호성을 지를 때 이아나는 과거의 비틀림을 느꼈다.

방관했을 뿐인데 비틀려 버린 과거에 이아나는 입술을 비틀어 웃었다. 비틀림이 끔찍하게 거슬려서 견딜 수가 없었다. 눈앞의 하르첸도 거슬리기는 마찬가지였다. 그래서 이아나는 입을 다물었다.

하르첸은 대답하지 않는 이아나를 묘한 시선으로 내려다보왔고, 불편한 침묵이 그들의 주변을 감돌았다. 하지만 침묵은 길지 않았다.

"이아나!"

이아나는 이마를 손으로 짚었다. 오늘따라 왜 이리 찾아 대는 인간들이 많은가. 이미 몸에 익은 예절을 배우는 게 지겨워서 깐깐한 프랄소느 부인이 오기 전에 빠져나온 게 죄인가.

온통 사치를 부린 여자 하나가 멀리서 빠르게 다가오는 모습이 보이자 이아나는 입매를 일자로 굳혔다. 하르첸은 여자특유의 독한 향수 냄새에 말끔하던 얼굴을 확 찌푸렸다.

여자는 오자마자 노골적으로 드러낸 가슴을 한 손으로 감싸며 도도하게 고개를 숙였다.

"도련님을 뵈어요."

하르첸은 대답하지 않았다. 소년은 이아나의 어깨를 톡톡 두드려 주고는 자리를 떴다. 무시당한 여자가 자존심이 상해 몸을 푸르르 떨었다.

"이아나."

여자가 고개를 팩 든다. 누구보다 불쌍한 여자의 탈을 뒤집어쓴 채 제 어깨를 잡아채는 여자를 앞에 두고, 이아나는 생각했다.

"이 어미를 봐라, 응?"

이 삶은 대체 누구의 삶이란 말인가. 나의 과거가 맞기는 한가?

"어미가 이리 무시를 당하고 있는데 너는 아무렇지도 않니? 내 편을 들어 줄 사람은 너밖에 없는데!"

이아나는 아무 말도 하지 않았다. 그러자 여자의 얼굴이 벌겋게 물들고, 이내 울 듯이 일그러졌다. 입술에서 튀어나오는 숨소리가 거칠어졌다.

짜아악!

이아나의 얼굴이 옆으로 세게 젖혀졌다. 균형을 잃고 휘청거렸다. 여자는 이아나의 뺨을 때린 제 손을 흔들리는 눈으로 내려다보더니 그도 잠시, 이아나를 향해 손가락질을 하며 발악하듯 소리를 질렀다.

"너는 어렸을 때부터 그랬어! 죽은 눈깔을 하고 한심하다는 것처럼, 이 나를 어미가 아닌 창녀 보듯 쳐다봐! 이 못된 년! 쓸모없는 계집애 같으니!"

아홉 살 꼬마 앞에서 성인 여자가 악담을 해 대는 광경은 한 편의 희극이었다.

이아나는 뺨이 얼얼했지만 아무런 반응도 보이지 않았다. 그저 여자를 물끄러미 쳐다보았을 뿐이다.

여자의 안색이 새파랗게 질렸다. 뺨을 세게 얻어맞았음에도 아이는 무서워서 덜덜 떨지도, 아파서 울지도, 악을 쓰며 화를 내지도 않는다. 그저 침잠해 있을 뿐……

뒷걸음친 여자는 부풀어 오르는 이아나의 뺨을 한 번 쳐다봤다가 풍만한 몸을 파르르 떨고는 황급히 자리를 떴다.

"……."

붉어진 뺨을 어루만지며 여자의 뒷모습을 쳐다보는 이아나의 얼굴이 뒤틀렸다. 비열하고 간악한 년 같으니. 이아나가 속으로 욕설을 지껄였다.

어미, 르보니 로베르슈타인은 참으로 웃겼다. 과거, 제가 어미의 애정을 갈구했던 나날들이 있었다. 그러나 르보니는 저를 한 번도 따뜻하게 안아 준 적이 없었다. 그녀는 체르노의 사랑만을 탐하여 악독한 짓들을 서슴지 않고 저질렀으며, 순수하게 애정을 바라며 노력했던 저를 부서뜨렸다.

체르노의 무관심과 경멸에 지친 데다 뒤에서 지원해 주던 아비까지 행방불명되어 체르노를 증오하기 시작한 르보니가 제게 관심을 보이기 시작한 건 교양으로 배웠던 검술 수업에서 선생의 극찬을 통해 제가 지닌 재능을 알았을 때부터다.

이후 그녀는 저를 혹독하게 훈련시키느라 바빴다. 사랑을 포기한 대신 백작이 가진 방대한 땅덩어리와 재산을 탐냈으며 저는 야망을 이뤄 줄 도구에 불과했다.

그리고 야망을 이룬 순간, 르보니는 제 손에 죽었다.

그런데 그랬던 여자가 이제는 어미에게 애정을 보이지 않는다, 편을 들어 주지 않는다 욕설을 지껄이고, 무관심한 눈빛에 악을 쓰다 말고 겁먹은 개처럼 도망친다.

이아나는 멀어지는 르보니의 뒷모습을 노려보았다.

너는 대체 누구냐. 내가 아는 여자가 맞느냐? 과거의 나와 지금의 내가 다른 것이라고는 너에게 애정을 갈구하지 않는다는 점뿐이다. 그런데 너는 어째서 내게 본부인을 죽일 독주머니를 건네지 않고, 내게 불쌍하디불쌍한 어미의 모습을 보이며 이해를 바라는 나약한 말들을 지껄이는가.

"킥."

희극이다. 이아나는 소맷자락을 들어 올려 붉은 입술을 막고 웃었다. 참으로 우스꽝스러운…… 희극이로구나.

아니, 비극이던가.

이아나의 입술이 비틀렸다.

하얗다.

이아나는 초라한 방바닥에 깔린 부드러운 카펫을 내려다보며 실소를 머금었다.

"아가씨, 아가씨께서 본채로 방을 옮기지 않겠다 고집을 부리시니 주인님께서 방에 백금 여우털 카펫을 깔아 주신다 해요! 어쩜, 부정이 이렇게 애틋하신지."

부정? 그만큼 그 남자와 어울리지 않는 단어가 있을까.

흥분한 유모의 말로는 그러했지만 과거를 기억하는 이아나는 백작의 꿍꿍이가 뭔지 알 수가 없어 불쾌하기만 했다. 체르노 그 남자가 제가 다칠까 봐 염려스럽다고 고급스러운 카펫을 깔아 준다? 우습기만 했다.

"영애, 듣고 계시나요?"

농땡이를 쳤던 이아나는 다시 수업을 받으러 왔다. 반성은 전혀 하지 않고 불량한 태도로 수업을 듣고 있던 그녀는 히스테릭한 부인의 음성에 허리를 곧추세웠다.

"물론이지요, 프랄소느 부인."

"좋아요, 그럼 제가 말한 대로 걸어 보세요."

왕궁기사의 명단에 이름을 올리면서부터 이아나는 아가씨의 우아한 걸음걸이를 버렸다. 앞길을 막는 자는 베어 버리겠다는 위압감을 풍기며 절도 있게 걸었다. 하지만 육체적으로 뛰어난 감각과 능력을 소유한 그녀는 과거에 종아리가 터지도록 혼나면서 배운 걸음을 지식 속에서 끌어 올리는 데 성공했다.

눈을 치뜬 부인의 앞에서 이아나는 과거에 완벽하게 마스터했던 아리따운 걸음으로 사뿐사뿐 발을 옮겼다.

꼬투리를 잡기 위해 이아나의 발을 노려보던 프랄소느 부인은 순백색의 부엉이깃털부채를 우아하게 펼쳐 비틀어지는 입매를 가렸다.

"영애는 항상 불량한 수업태도를 보이면서도 어찌 이리 완벽한 예법을 선보이시는지, 정말 풀리지 않는 수수께끼로군요."

그건 제가 과거에 당신에게 책을 잡히지 않기 위해, 나에게는 누구보다 아름다웠던 어미에게 칭찬 받기 위해 악착같이 연습했기 때문이랍니다. 그러니 제 망할 아비에게 이아나 양의 예법은 완벽하다, 더 이상 손볼 데가 없다고 말씀하시고 다시는 오지 말아요—라는 말을 이아나는 꾹 삼켰다.

"하루빨리 수업을 마치고 영애와 결별하고 싶습니다. 이리 보람 없고, 하고 싶지도 않은 수업은 처음이에요."

불쾌한 어조로 침을 뱉듯 말한 부인이 펼쳤던 부채를 접었다. 당신과 하루빨리 결별하고 싶은 건 나예요—라는 말을 이아나는 또 한 번 꾹 삼켰다.

프랄소느 부인은 예법 스승으로 불려 온 사람답게 우아하게 치맛자락을 들어 올리며 자리에서 일어났다. 이아나는 일어서지 않고 고개만 까딱여 인사했다. 그런 그녀를 쏘아보는 부인의 눈은 차가운 한기를 머금고 있었다.

"예법의 완성은 성실한 태도에 달려 있습니다. 솔직하게 말씀드리지요. 영애의 수업을 담당하는 스승들, 상냥하신 후플루드 자작님을 제외한 모두가 영애는 영특한 것 같기는 하나 태도를 보아 하면 그 어미에 그 딸이라고, 태생이 천한 평민의 딸답다고 합니다. 제가 보기에도 그렇습니다."

"그렇군요."

이아나는 부인의 독설에도 무표정한 얼굴로 대충 고개를 끄덕였다. 부인이 눈을 치켜떴다.

"또, 또! 배우는 사람으로서의 예를 갖출 줄 모르시는군요! 이리 뭐든지 대충대충 하신다면 영애는 귀족 사회에서 도태되실 겁니다. 신분이 천하면 열심히 하는 모습이라도 보이셔야지요. 쯧, 이리 예쁜 곳이 한 군데도 없어서야!"

"예. 잘 알겠어요."

얼굴을 붉힐 만한 모욕이 잔뜩 들어간 말인데도 이아나는 작은 표정 변화 하나 없었다. 언제나 그랬고, 아홉 살 아이답지 않게 감정 조절을 못 하거나 고함을 빽빽 지르지도 않았다. 언제나 화가 나는 건 거무죽죽하게 죽은 눈동자와 마주하는 프랄소느 부인이었다.

오늘도 화가 난 부인은 씩씩거리며 문으로 빠르게 걸어갔다. 그리고 문을 쾅 닫고 나가며 한마디 했다.

"아무도 오지 않으려는 것을 백작님과 부인의 부탁으로 왔더니 뭐 저런! 영애는 단언컨대 귀족 사회에서 결코 성공하실 수 없을 겁니다!"

이아나는 멀어지는 고함 소리를 들으며 딱딱한 의자의 등받

이에 등을 기댔다.

'저 여자는 이래도 저래도 소리를 꽥꽥 질러 대는군.'

이아나가 프랄소느 부인이 싫어하는 태도를 보이는 건 고의였다. 그녀가 빨리 나가떨어지도록 하기 위해서였다.

프랄소느 부인이 이아나를 싫어하듯 그녀가 싫은 건 이아나도 마찬가지였다. 또 이미 옛 유년시절에 종아리를 맞아 가며 배웠던 예법 수업, 아니 공작으로서 완벽하게 마스터한 예법을 싫어하는 여자에게 모욕을 받으면서 배울 필요를 느끼지 못했다.

과거에도 프랄소느 부인은 이아나의 예법스승으로 왔었다. 어쩔 수 없이 가르치러 온 사람답게 혹독하고 매가 끊이지 않는 수업이었다.

상냥한 로베르슈타인가의 본부인, 즉 이아나의 손에 죽은 여자와 친분이 있었던 프랄소느 부인이었기에 이 가문의 천한 첩을 더 증오했고, 그 딸인 이아나는 더 싫어했다. 그래서 이아나가 언제나 웃는 낯을 한 채 열심히 노력해도 부인의 태도는 변하지 않았다.

아무것도 모르는 어린아이였을 때, 이아나는 제게 손가락질만 하는 사람들에게 인정과 애정을 받고 싶었다. 학업이든 예법이든 뭐든 간에 뛰어난 성취를 보이기 위해 필사적으로 노력했다. 친절하고 예의 바른 태도로 저를 향한 서늘한 시선을 어떻게든 바꿔 보려고 했다. 현재의 자신에게 쏟아지는 싸늘한 경멸이 미래에는 조금이나마 온기를 품기만을 꿈꾸며 뭐든지 최선을 다했다.

그러나 결과는 어떠하였나. 노력했지만 변화는 없었다. 사람들은 변함없이 냉혹하기만 했고 프랄소느 부인이 말하는 귀족들의 세계는 지옥이었다.

사교계에 데뷔했을 때, 이아나는 버러지 취급을 받았다. 경멸, 모욕, 멸시…… . 프랄소느 부인이 말한 대로 이아나는 도태되었다. 견디기 힘든 수치심과 함께.

데뷔 후의 파티들도 항상 같았다. 귀족 사회에서 받은 것이라곤 비웃음밖에 없었다. 사람들과 융화되고자 노력했음에도 그들은 이아나를 밀어냈고, 상냥했던 이아나는 점점 붉은 겉가죽과는 달리 냉혈짐승처럼 피가 차게 식어 갔다. 점차 화려한 파티들을 멀리하며 검에 미친 마귀처럼 검에만 집중하게 되었다.

그래서 지금은 생각한다. 노력해 보았자 변하지 않을 미래라면 노력하지 않아도 괜찮지 않을까, 라고.

그런 마음가짐으로 이아나는 과거와는 달리 모든 것에 치열하게 매달리지 않았다.

이아나는 테이블 위 화병에 곱게 꽂혀 있는 꽃 한 송이를 빼내 하얀 카펫에 툭 하고 떨어뜨렸다.

콰직!

입가에 비웃음을 그려 내며 구두 굽으로 그 꽃을 강하게 짓밟고 짓이겼다. 꽃의 진물이 새어 나와 복슬복슬한 카펫을 적셨다. 이아나는 순백의 카펫이 붉은빛으로 물들어 가는 것을 보며 주먹을 꽉 움켜쥐었다.

어미도, 아비도, 오라비도, 스승도, 시종들도. 정말 우습다. 제가 사랑을 갈구하며 노력할 때는 무시하고 버려두더니, 사랑을 포기한 지금은 그런 자신을 바란다는 것이.

이아나는 9년 전 다시 태어난 이후 과거에 얽매이지 않은 적이 없었다. 사라지지 않은 기억으로 인해 현재가 아닌 과거를 살아가고 있기 때문이다.

이아나는 자리에서 일어나 따스한 햇볕이 내리쬐는 창으로 다가갔다. 창틀에 앉아 손을 창밖으로 뻗었다. 햇살이 하얀 손바닥에 부드럽게 안착했고 그 따스함을 손에 움켜쥐었다.

손바닥으로 끌어안은 햇살은 손가락 틈 사이에서 꼬물거렸다. 햇살은 긴 속눈썹 위에도 내려앉아 존재감을 과시했다. 무게를 짊어진 속눈썹이 나비의 여린 날개처럼 파르르 떨렸다. 이아나는 햇살에 완강하게 저항하지도, 그늘로 피하지도 않고 천천히 눈을 감았다.

'인정할 것은 인정하자.'

이 따스함은 현실이며 이 안에서 살아가는 자신 또한 현실이라는 것을 말이다.

이아나는 순간 부아가 치밀어 이를 부득 갈았다. 차라리 새로운 시작을 할 수 있도록 다른 인물로 환생을 했더라면 이리 방황하지는 않았을 것이다. 제게 있어 이아나 로베르슈타인이라는 여자의 삶은 후회 없이 끝났었는데 어째서 다시 시작해야 하는지 알 수 없어 분노까지 치밀었다.

누구보다 치열하게 살아온 삶이었다고 자부한다. 그래서 모든 것에 후회하지 않았다. 후회가 없었던 만큼 다시 시작하고 싶지도 않았다.

처음에 태어나자마자 유모의 품에 안겼을 때 이아나는 이 현상이 사망 직전에 겪는 주마등의 일종이라고 생각했다. 하지만 주마등은 한 시간이 되고 하루가 되고 한 달이 되고 일 년이 되고 이 년이 되어도 끝나지 않았다. 시간은 그저 고요히 흐르기만 했다.

그동안 이아나는 정말 아기가 된 것처럼 앞을 잘 볼 수 없었고, 답답한 옹알이를 했으며, 팔과 다리를 바동거렸다. 유모의 젖을 자연스레 빨고, 누워서 볼일을 보았으며, 몸을 움직이려 용을 쓰다가 쉽게 지쳐서 하루 종일 잠을 잤다. 참기 힘든 생리적 욕구들이 시시때때로 찾아와 제대로 된 생각조차 하지 못한 채 곧 끝나겠지— 하고 멍하니 보낸 세월이 약 5년이었다.

그즈음, 수십 년의 인생이 한순간에 지나간다는 주마등치고는 너무나 길다는 생각이 문득 들었다.

분명 같다. 어린 자신에게 아무도 신경 써 주지 않는 것도, 사랑해 주지 않는 것도, 경멸하는 눈빛도 옛날과 같다.

그런데 어째서 이 과거를 다시 겪고 있는가?

자각과 함께 찾아온 괴리감과 이질감은 몹시 불쾌하고 끔찍했다. 그래서 이아나는 비명을 질렀다. 비명을 지르자 울음도 터져 나왔다. 마구잡이로 물건을 쓸어 내리고 부수고 난동을 부렸다. 몸은 뜻대로 움직여 주었다. 그제야 그녀는 제가 또다시 이아나 로베르슈타인이 되어 살아가고 있음을 깨달았다.

그 순간 다시 찾아온 심장을 옭아매는 괴리. 해결할 수 없는 의문을 쥐어짜 내는 가시 박힌 쇠사슬.

다시 태어났다는 것을 깨달은 이아나가 처음으로 떠올린 의문은 '왜?', '어떻게?'가 아닌, 자신이 치열하게 살아온 지난 삶의 정체였다.

아르하드의 검에 심장이 뚫려 그대로 삶이 끝나는 것이 최고는 아닐지언정 지칠 대로 지친 제게 있어서는 최선의 최후였나. 나시 싶고 싶다는 생각을 결단코 한 적이 없었나.

고통스러웠던 삶은 잔인한 선택들로 극복해 냈고 선택의 길 위에 흩뿌려진 피의 삶은 충분히 만족스러웠다. 제 모든 것을 쏟아부어 가며 살아온 만큼 후회가 없었고 그래서 다시 반복하고 싶지 않았다.

그런데 수십 년의 삶은 대체 어디로 가고, 다시 아이가 되어 과거를 되풀이하고 있는가. 제가 살아온 인생이 설마 한바탕 꿈에 불과했다는 건가.

그 생각을 하는 순간 이아나는 미친 듯이 비명을 질렀다.

제 삶은 기나긴 꿈이었던가? 살면서 느꼈던 지독한 아픔들은 허상이었나? 그렇다면 앞으로의 미래는 어찌 되는 것인지.

어린 이아나는 핏발 선 눈을 치켜뜬 채 팔을 움켜쥐었다.

또 그렇게 끊임없이 모욕을 당하다가, 정이라는 존재를 포기하고, 모든 것에 체념하고, 저를 유일하게 인정해 준 왕자와 손을 잡고, 로베르슈타인을 모두 죽이고, 왕자의 근위기사가 되어, 그의 적들을 죽이고 죽이다가, 공작이 되어 자신에게 반발하는 자들을 모조리 죽이고, 죽이고! 아르하드가 일으킨 전쟁을 치르면서 또 죽이다가, 죽이다가, 죽이다가!

아르하드의 손에 최후를 맞이해야 하는가?

끔찍했다. 악귀처럼 살아온 수십 년의 인생이 단지 꿈일 뿐일지도 모른다는 좌절과 다시 그 삶을 반복해야 한다는 것에 대한 절망이 찾아왔다. 제게 일어난 괴이쩍은 일을 인정할 수 없었던 이아나는 기억에 얽매여 긴 시간을 과거 속에서 허우적거렸다.

그러나 그 시간 동안 끊임없는 괴리감을 느꼈다. 자신의 행동 하나하나에 기억 속 과거가 달라졌기 때문이다. 그 증거가 체르노가 보낸 하얀 카펫, 그녀가 짓뭉개 카펫을 붉게 적신 하르첸의 꽃, 그리고 사라체의 생명이었다.

어째서?

과거와 달라진 건 자신 하나밖에 없었다. 한번 끝까지 살아보았던 자신밖에. 그리고 이제껏 과거를 방관해 온 자신이 달라진 것이라고는 과거와는 달리 따스한 사랑을 갈구하지 않는다는 점뿐이었다.

이아나는 입매를 비틀었다. 우스웠다. 그 하나만으로 이렇게 바뀔 수 있다는 것이.

그래서 인정하기로 했다. 자신은 과거를 되풀이하고 있는 것이 아닌, 다시 태어났다는 것을, 그리고 과거와 다른 자신의 행보로 인해 무언가가 바뀔 수 있다는 것을.

"아가씨, 무슨 생각을 그리…… 에구머니, 흉측해라! 이아나 아가씨, 하얀 카펫에 무슨 짓을 하신 거예요!"

익숙한 호들갑에 이아나가 햇볕을 쬐다 말고 고개를 돌렸다.

"이스피."

유모였다. 붉은 꽃들을 가득 끌어안은 이스피는 이아나가 짓밟아 놓은 꽃을 보며 기겁을 했다.

"하얀 카펫이 온통 꽃물로 물들었잖아요!"

"그보다 식사시간이나 티타임도 아닌데 어쩐 일로 왔느냐.

되도록 나를 찾지 말라 했거늘."

"하르첸 님이 오늘도 꽃을 보내오셨어요. 언제나 식사시간이 다 되어 갈쑴에 꽃을 보내시녀니 오늘은 아가씨께서 꽃을 이리 짓뭉개 놓으실 걸 예견하셨나 봐요."

이스피는 품에 안고 있던 꽃들을 내밀었다. 이아나의 차가운 시선이 꽃을 향했다. 꽃의 정체는 붉은 꽃잎들이 노란 수술을 가지런하게 감싼 야생화, 붉은색의 아도니스였다.

"싱그러운 아도니스랍니다. 꽃말은 회상과 추억이라고 해요. 원래 나이 든 여성분께 드리면 좋을 꽃이지만, 도련님이 꽃가게에 찾아가셨을 때 빛을 머금어 붉게 빛나던 이 꽃이 그리 아름답고 끌리셨다더군요. 적색 말고 금빛의 아도니스도 있는데, 그 꽃에는 영원한 행복이라는 뜻이 있대요. 멋지지요? 회상하고, 추억하며, 영원한 행복에 이르는 꽃이라니."

안 그래도 하르첸이 보냈다는 사실에 불쾌함이 머리끝까지 치솟아 있는데 꽃말은 짜증을 더 부추기는 것 같아 이아나는 미간을 좁혔다.

"당장 갖다 버려라. 아니면 불태우든지."

"안 돼요. 이렇게 예쁜데."

이스피는 불쾌함이 잔뜩 서린 이아나의 말에 아랑곳 않고 화병에 남아 있던 꽃 두 송이를 빼낸 후 아도니스를 한가득 꽂았다. 한숨을 쉰 이아나는 프랄소느 부인에게 책을 잡히지 않기 위해서 하고 있던 답답한 머리장식을 풀어냈다. 옥죄여 있던 머리카락이 굴곡을 그리며 어깨 밑으로 흘러내렸다.

"너는 내 유모인 주제에 내 말을 지지리도 안 듣는구나. 말

도 지나치게 많아. 카니츠만큼은 아니더라도 그의 반의반만큼
은 과묵하면 좋으련만."

"그래서 이 이스피가 아가씨의 유모를 해야 해요. 카니츠 경
이 유모를 하면 아가씨는 더 무뚝뚝해지실 테니까. 온 김에 차
나 끓여 드릴까요?"

"그러면 좋고."

이아나는 창틀에 몸을 기대면서 아도니스를 예쁘게 다듬은
후 다기 세트를 준비하는 이스피의 뒷모습을 보았다.

그녀는 과거로 돌아와서 어린 자신을 가엽게 여기던 사람들
도 있었다는 것을 기억해 냈다. 그리고 그중에서도 저를 아껴
주던 세 사람이 있었다는 것도 알았다.

그중에 하나가 유모 이스피였다. 어릴 적 죽었기에 잊고 있
었고, 과거로 왔기에 다시 기억할 수 있었던 여인이었다.

보드라운 우유 냄새가 나는 푸근한 여자. 태어나자마자 르보
니에게서 버려진 이아나를 안아 주고, 어미 대신 젖을 먹인 여
자. 잠들 때 자장가를 불러 주던 여자. 그리고 이아나가 아주
어릴 적, 이아나의 부당한 처사에 대해 르보니에게 따지다가 모
진 매질을 당하고 골골 앓다 이아나의 곁을 영원히 떠난 여자.

이아나는 태어난 직후 이스피에게 안기면서 흐릿하기만 한
기억 속에 부드러운 갈색머리를 가진 이 여자가 있었다는 것
을 기억해 냈다. 따스한 보살핌 속에서 흐릿했던 기억은 또렷
해졌다. 저를 감싸 주던 이스피를 멸시하던 사람들의 차가운
시선을 떠올려 냈고, 죽은 그녀의 곁에서 엉엉 울던 저를 그
누구도 달래 주지도, 위로해 주지도 않았음을 기억해 냈다.

하지만 과거는 달라졌다. 자신은 르보니에게 집착하지 않았고 사람들의 시선에 상처 받지도 않는다. 과거처럼 이스피에게 잉잉 울며 투정 부리고 슬퍼하지 않는다. 그러니 이스피가 르보니에게 대들어 매 맞아 죽을 여지는 없었다. 지금의 그녀에게 있어 자신은 타인에게 따돌림 받는 불쌍한 계집애가 아니라 타인의 관심을 거부하는 무뚝뚝한 주인이니 말이다.

과거에 얽매여 현재를 방관하고 있던 이아나는 따스한 이스피가 과거처럼 비참하게 죽기를 바라지 않는다. 이아나는 엄지손가락으로 붉은 입술을 훑으며 조용히 말했다.

"죽지 마라, 이스피."

과거에 얽매인 이아나는 서서히 과거에서 벗어나고 있다.

"어머, 아가씨, 저는 젊어요. 벌써 죽을 걱정하지 않으셔도 돼요."

"네 수명 얘기가 아니다. 나 때문에 이리저리 나대다가 높은 어르신들에게 밉보여 개죽음당하지 말란 말이야."

"……아가씨의 말투는 너무 거칠어요. 이 유모가 아가씰 위해 노력하는 걸 나댄다고 표현하시다니요! 그리고 꽃같이 죽으면 죽었지 개죽음이 뭔가요!"

이스피의 애교 어린 훈계에 이아나는 피식 웃으며 무릎에 뺨을 파묻었다. 대꾸가 없자 다기 세트를 들고 나가려던 이스피는 고운 아도니스를 한 번 흘끗 보고는 머뭇거리다가 느릿하게 말을 꺼냈다.

"도련님께서 이리 예쁜 꽃들을 보내 주시는데 아가씨도 계속 무시하지 마시고……."

말을 다 하기도 전에 이아나가 입을 열었다.

"이스피. 넌 나와 백작가 사람들 간의 일에 간섭하지 마라."

"네?"

"네가 나를 위해 해 줄 건 이렇게 내 곁에서 차를 끓여 주는 것만으로도 충분하다. 나와 가끔 산책을 해 주는 것만으로도 충분해."

"아가씨……."

"그러니."

감동받아 얼굴을 붉히는 이스피에게 이아나는 검으로 적을 베어 가를 때처럼 냉혹하게 말했다.

"주제넘으니 다른 이들에게 나에 대한 인상을 좋게 만들려고 노력하지 마. 다른 이들에게 나에 대한 칭찬을 하거나 나를 욕하는 이들에게 대들어 싸우지 말란 말이다. 필요 없으니 시키지도 않은 불필요한 수작질을 하지 마라."

"……."

"이참에 말하도록 하마. 너, 백작부인께 내 행동을 모조리 고해바치고 있다는 거 다 안다. 백작님이나, 백작부인이나, 도련님이나, 내게 관심을 가져 대는 것이 아주 귀찮으니 그만둬. 그럴 수 없다면 내 유모를 그만두든가. 나는 너를 꽤 귀히 여기고 있으나 그 행동만큼은 용납할 수 없다."

이스피가 말없이 고개를 떨어뜨렸다. 이아나가 날카로운 말을 내뱉을 때마다 그녀는 언제나 고개를 숙였다. 그래서 이아나는 언제나처럼 말했다.

"울지 마."

"아, 아가씨는."

이스피는 울먹이며 손등으로 눈물을 훔쳐 냈다.

"아홉 살이 맞으세요? 말을 어찌 그리 냉큭이시며 그리고 말투가 그게 뭐랍니까. 훗날 아리따운 여인이 되실 게 분명한데……. 훌쩍, 무슨 말투가 무뚝뚝한 사내처럼……."

"그따위 것 때문에 운 것이냐?"

"그따위라니요! 이 유모는 속상해 죽겠어요, 무슨 귀여운 꼬마 아가씨가 그렇게 다! 다!로 끝나는 말투를 쓰나요. 아가씨의 말투는 꼭 칼 휘두르는 기사 같다고요!"

"시끄럽다. 이 말투가 나에게 맞아."

"흑흑. 몇 년 뒤에 사교계에 데뷔하셔야 하는데 이를 어쩌면 좋아. 이게 전부 카니츠 경 때문이에요."

"카니츠와는 관계없다."

"아니요, 카니츠 경과 아주 밀접한 관계가 있어요! 흑…… 아가씨는 과묵한 카니츠 경과 가장 오랜 시간을 함께 계시고, 우습게도 이야기를 가장 많이 하시는 편이니까요! 제가 한번 쓴소리를 해야겠어요! 이아나 아가씨를 위해서 레이디의 말투를 좀 쓰라고! 흐읔."

"정말 말을 안 듣는군. 죄 없는 카니츠를 고문할 생각인가."

이아나는 말투를 바꿀 생각이 없었다. 그녀는 과거에 보호받아야 하는 귀족 영애가 아닌 주군을 지키는 기사였고, 병사들을 이끄는 지휘관이었다.

프랄소느 부인에게는 수업을 빨리 끝내기 위해 말투를 부드럽게 하지만 여성의 어투는 자신과 어울리지도 않고 쓰고 싶지도 않았다. 다른 여인들처럼 말하는 저를 상상하면 온몸에 소름이 돋았다.

"어쨌든 저는…… 차 준비하러 나가 볼게요."

이스피는 눈물을 닦아 내며 문으로 허둥지둥 걸어갔다. 그리고 방 밖으로 나가기 전에 멈춰 선 채 조용히 말했다.

"그리고 이건 그냥 말씀드리는 건데, 저는 아가씨를 떠나지 않을 거예요. 아가씨께서 편히 여기시는 몇 안 되는 사람 중에 하나가 저라는 걸 아는데 어찌 아가씨의 유모를 그만둘 수 있단 말인가요. 훌쩍."

그 말을 끝으로 이스피는 방을 나갔다. 그녀가 나가고 나서도 무릎에 뺨을 기댄 채 그녀의 빈자리를 물끄러미 쳐다보던 이아나가 앉아 있던 창틀에서 뛰어내렸다.

"전부 부질없다."

이아나는 이스피의 마음을 다 알고 있었다. 이스피가 울음을 터뜨린 진짜 이유는 말투 때문이 아니라 백작가의 사람들을 밀어내는 제가 안타까워서다.

하지만 벽을 허물 생각은 전혀 없었다. 회귀했지만 변하지 않는 것은 변하지 않는다. 주변 환경과 천한 신분, 그리고 또 하나.

부드러운 카펫을 짓밟으며 화병 쪽으로 걸어가 손을 뻗었다.

이 아름다운 아도니스가 뜻하는 자신의 기억.

이아나는 아도니스를 손으로 움켜쥐고 뭉갰다. 그들에게 사랑과 관심을 갈구했으나 돌아온 차가운 멸시. 끝끝내 거부당하여 가지게 된 절망과 증오였다.

이아나는 로베르슈타인의 주인과 충정으로 가득한 번견들을 죄다 죽이고 홀로 로베르슈타인이라는 이름을 가졌다. 영지를 버린 지를 멸시했던 영지민들에게서 로베르슈타인령의 영지민이라는 이름을 빼앗았다. 그들을 심장에서 완전히 버렸다.

이따위 기억을 회상하고, 추억하며, 영원한 행복에 이른다고? 웃기는 소리였다. 되새기면 되새길수록 기분만 더러웠다. 지금 조금 다르게 행동한다고 버렸던 그들을 다시 주워 담을 이유가 이아나에게는 없었다.

이아나가 비릿하게 웃었다.

"이렇게 다시 태어났다 하더라도, 나는 이미 검귀로 수십 년을 살아왔던 이아나 로베르슈타인이니까."

그 말을 입 밖으로 냈다가, 입술을 꾹 깨물었다. 그리고 불안하게 방 주변을 서성였다. 뭔가를 찾는 눈치였다.

이윽고 원하던 것과 비슷한 모양새를 가진 물체를 발견했다. 이스피가 치우고 가는 것을 잊은 꽃의 잔해, 꽃의 길쭉한 줄기였다. 이아나는 햇볕에 타지 않은, 혹독한 수련으로 찢어지지 않은 하얗고 부드러운 손을 뻗어 연둣빛 줄기를 주워 들었다. 긴 줄기는 요요하게 휘어진 검신과 닮았다. 그녀는 탄탄하고 생기 있는 줄기를 손가락으로 천천히 쓰다듬어 올렸다. 잎사귀는 검자루, 줄기는 검신.

검이다.

이아나는 과거의 자신이 되어 허공에서 검을 한 번 휘두르고 공기를 푹 찔렀다. 하지만 기억하고 있던 과거의 박력과 달랐다. 몽롱한 상태에서 깨어난 그녀는 헛웃음을 지으며 축 늘어진 꽃줄기를 바닥에 툭 떨어뜨렸다.

'꽃줄기로 대체 뭘 하고 있는 거지.'

누가 봤다면 민망해질 뻔했다. 이아나는 콧잔등을 찡그려 웃었다.

검.

과거에, 검과의 조우는 그녀에게 눈물이 날 정도로 황홀한 충격이었다. 매일 숨이 옥죄이듯 살다가 검을 쥔 순간 처음으로 전율을 느꼈다. 억지로 하던 공부와는 달리 제 뜻대로 살랑살랑 따라와 주던 검.

검을 쥔 이후, '나는 네 편이야. 나는 네가 하고자 하는 대로 함께해 줄게.'라고 제 손 안에서 속삭이는 유일한 친구를 사랑하지 않은 적이 없었고, 곁에서 떼어 놓은 적도 없었다.

그런데 다시 태어난 이후로 단 한 번도 검을 쥐지 않았다. 과거에 그러했기 때문이다. 검을 잡는 나이는 열다섯 살 후반이고 정식으로 배우기 시작하는 나이는 열여섯 살이었다. 검을 쥐는 날까지는 6년 가까이 남았고 과거에 그러했던 것처럼 이아나는 그때까지 검을 방관할 생각이었다.

그리할 생각이었는데 어째서 여린 꽃줄기로 찌르기를 하는 우스꽝스러운 금단현상이 생겨 버린 건가. 손은 어찌 검을 휘두르지 못해 이리도 떨려 오는가.

"풋."

이아나는 웃음을 터뜨렸다. 바보 같은 의문이었다.

'그래, 검은 내 모든 것이었고, 내 영혼이었다.'

그녀는 천천히 창으로 걸어갔다. 저무는 태양이 붉은 노을을 하늘에 그려 내고 있다. 지평선 너머로 지는 태양을 보며 이아나의 눈빛이 가라앉았다.

그렇다. 다시 태어났을지언정 제 영혼에 새겨진 검에 대한 열정이 사라질 리가 없었다.

검, 검, 검.

그리고 잊을 수 없는 한 남자.

이아나의 빛 꺼진 눈에 빛바랜 과거 중에서 홀로 화려한 색채를 뽐내고 있는 그날이 펼쳐진다.

아르하드 로이긴.

이아나는 검과 함께 제 혼에 새겨진 그 이름을 곱씹으며 천천히 눈을 감았다.

아르하드 로이긴, 풀 네임은 아르하드 로 라르소 바하무트. 열아홉 살의 이아나는 처음으로 참가한 검술대회에서 그 남자에게 철저하게 실력으로 짓밟혔다.

이아나는 검을 들고 휘두르는 것이 즐거웠다. 답답한 파티의 우아한 대리석 바닥이 아닌 뜨거운 먼지가 피어오르는 흙바닥 위에서 검무를 출 때면 어떤 잡생각도 할 수 없었다. 숨이 턱까지 차오르고 온몸에서 땀방울이 후드득후드득 떨어질 때까지 정신없이 검을 휘두르고 휘두르다 보면 어떠한 벽을 넘어서서 검과 자신이 하나가 된 기분이 들었다.

숨이 막혀 죽기 직전까지 검을 휘두르면 저를 끔찍하게 옥죄는 굴레를 벗어나 살아 있다는 생생한 기분을 느낄 수 있었다. 돈으로 백작의 첩 자리를 산 더러운 평민 계집의 딸도 아니고, 코피가 터지도록 공부를 해도 결과가 썩 좋지 않아서 인정받지 못하는 멍청한 년도 아니고, 어미를 닮은 외모로 따뜻한 사랑을 받지 못하는 골칫덩어리도 아닌, 이아나라는 존재가 그때서야 비로소 성립히는 깃 같았다.

뜨거운 땀. 거친 숨결. 경련하는 팔. 저린 몸뚱이.

한바탕 꿈을 꾸듯 검을 휘두르다 쓰러지면 육체의 피로가 그녀를 찾아왔다. 하지만 모든 게 좋았다. 살아 있다는 느낌이 미치도록 좋았고 제 존재감이 뚜렷해지는 듯한 환희에 가슴이 벅찼다. 몸에서 힘이 빠져 땅바닥에 널브러질 때마다 이아나는 어느 때보다 환하게 웃었다.

검만 있으면 살아갈 수 있다. 검은 유일한 숨구멍이었다.

이아나는 앞만 보고 미친 듯이 달렸다. 이 시대를 지배하는 힘의 척도이자 전 세계에 퍼져 있는 기운, 마나는 힘차게 휘둘러지는 그녀의 검을 자연스럽게 휘감았다. 노력하는 범재였던 이아나는 검에 있어서는 천재를 넘어서서 재능을 즐기는 귀재였다.

검술이 즐거워 어쩔 줄 몰랐던 이아나에게 검은 세상에서 가장 소중한 것이 되었고, 걸어가야 할 길이 되었으며, 그녀 자신이 되었다. 검귀라고 불릴 만큼 검술에 미쳐 갔다.

그런데 아르하드 로이긴은 그런 이아나를, 이아나의 검을 무자비하게 꺾었다.

때는 로안느 왕국 건국기념으로 나이 18세에서 25세까지만 참여할 수 있는 왕실 주최 청년검술제가 열린 날이었다. 이아나는 어미의 명령으로…… 아니, 그즈음에 이아나는 어미의 사랑을 포기한 상태였으므로 명령을 따랐다기보다는 타인의 검술에 대한 호기심으로 검술제에 참가했었다.

그리고, 겨우 열아홉 살이 다 되어 가는 어린 나이인 데다 남자에 비해 근육이 부족한 여자라는 핸디캡이 있는데도 늙수 하고 특유의 유연하고 탄력 넘치는 검술로 무수한 사내들을 꺾고 결승까지 올랐다.

여자가 무얼 할 수 있겠어. 허참, 그래. 아까 로베르슈타인 이라고 하지 않았나. 그렇다면 저 붉은 머리카락의 여자, 로베르슈타인 백작 첩의 딸이 아닌가? 아하, 그 유명한 사건으로 태어난 여자로군! 첩이 옛날에 폭삭 망해 잠적한 고리대금업자 호르비 놈의 딸이라지? 응? 그 사내들을 홀리며 알랑거리던 죽여주게 예쁜 년 말인가? 킬킬. 몸매 하나는 육탄공격에 능한 어미를 닮아 끝내주게 좋구먼. 휘익, 옷이나 한번 벗어 보련?

비웃음과 경멸 어린 말들은 이아나의 귀기 어린 검술의 향연 아래 침묵으로 돌아갔다. 우람한 덩치들의 목젖에 그녀의 검 끝이 닿을 때마다 침묵하는 자는 소수에서 다수가 되어 갔다.

이아나는 제게 찾아온 침묵이 무척 마음에 들었다. 언제나 자신을 옥죄던 비웃음이 제 영혼과 같은 검에 의해 멎어 가는 과정은 참을 수 없는 쾌감을 가져다주었다. 검날 아래에서 무릎을 꿇는 자들은 이아나에게 하찮은 항복과 함께 승리의 환희를 바쳤다.

그러나 결승전에서 아르하드 로이긴을 만났다.

"……."

이아나는 흘러내린 붉은 머리칼을 쓸어 넘기며 눈을 깜빡였다. 햇볕이 코를 간질이자 코끝을 쫑긋거렸다. 그녀는 나른한 고양이처럼 눈을 가늘게 뜨고 운명의 날을 회상했다.

두텁고 단단하게 지어진 경기장 바닥은 쪼개진 속살을 적나라하게 보이는 상흔들로 가득했다.

이아나와 아르하드, 그들이 서로에게 겨눴던 검들은 뜨거운 햇볕 아래에서 이질적인 푸른 검광을 뿜었다. 충돌할 때마다 터져 나온 불꽃에서 피어오른 검의 노랫소리는 허공을 가르고 날아와 서로를 덮쳤다.

이아나의 날렵하고 섬뜩한 레이피어는 아르하드의 벽처럼 굳세고 단단한 바스타드 소드에 번번이 막혔다. 아르하드의 파괴적인 검격은 이아나의 유연한 검날 위에서 미끄러지듯 허공으로 흘려보내졌다.

이아나는 눈치챘다.

'눈앞의 짐승은 나와 동류다.'

두 검이 날카로운 쇳소리를 내며 맞부딪쳤다. 아르하드와 이아나는 교차한 검날 너머로 서로의 눈을 마주했다. 마귀처럼 타오르는 붉은 눈동자와 먹잇감을 노리는 맹금류의 황금빛 눈동자는 서로를 인지하고 서로를 가슴에 담았다.

이아나의 심장이 뛰어 대며 벅찬 감정을 만들어 냈다. 남녀 간의 애정처럼 뜨거우나 그러한 한시적인 감정이 아니라 검을 향한 지독한 애정이 낳은 동질감이 그녀를 아찔하게 했다.

눈앞에 선 아르하드 로이긴이라는 남자는 그녀처럼 검에 미친 자였다. 그의 노오란 두 눈동자가 품은 이글거림은 그의 눈에 비친 제 눈동자가 내뿜는 화염과 같았다.

평범한 삶을 살아온 인간이 이렇게 검 하나에 매달릴 수는 없다. 이아나는 자신의 존재를 느끼기 위해서였다. 그러나 아르하드는 무엇을 위해서 이리 미칠 수 있는 건지, 이아나는 궁금했다.

이아나는 울렁거리는 속을 참지 못해 아르하드의 검을 밀어냈다. 맞댐은 짧았으나 그의 눈빛은 심장에 길게 남았다.

"후흐……."

이를 드러내며 으르렁거리듯 낮게 웃은 아르하드는 이아나를 그때부터 몰아붙이기 시작했다. 이때까지는 놀이였다는 것처럼, 미술품을 감상하듯 실력을 평가하고 있었다는 것처럼 거센 파도처럼 이아나의 검을 쳐 내고, 베어 냈다.

갑작스레 거대한 벽에 부딪쳐 허우적거리던 이아나는 검을 놓쳤다. 그와 동시에 우레와 같은 함성과, 그녀의 패배를 알리는 심판의 고함이 천지를 울렸다.

"……."

이아나는 멍한 기분으로 떨어진 검을 줍기 위해 무릎을 꿇었다. 그런 그녀의 앞에 서서, 남자는 입꼬리를 끌어 올려 웃었다.

"과연, 재밌는 여자다."

그 순간, 이이니의 머릿속을 채우고 있던 동질감은 지독한 패배감, 그리고 영혼이 남자의 손아귀에 두 동강 나 버린 듯한 치욕감으로 변색되어 버렸다. 나지막하게 울려 퍼지는 낮은 음성은 듣기 좋은 음색이었지만, 이아나는 끔찍하다고 생각했다.

"이아나 로베르슈타인이라고 했나? 아직은 다 다듬어지지 않은 원석이나, 후에는 정말 볼 만하겠어."

칭찬인 것이냐, 위에서 군림하는 자의 여유인 것이냐.
심장이 뒤틀리고, 입술이 어그러졌다.

"닥쳐라. 다음에 만날 때는 그 입을 함부로 놀리지 못하게 만들어 주마."

이아나의 심장 가장 깊은 곳에서 숨어 살고 있던 흉악한 야수가 우아한 귀족의 껍질을 찢어발기고 나왔다.
처음으로 검을 꺾여 본 이아나의 붉은 눈동자에 차오르는 감정은 검을 독차지하기 위해서 반드시 꺾어야 할 상위 포식자에 대한 질투와 분노였다.
그 타오르는 시선을 들여다본 아르하드가 크게 웃음을 터뜨렸다. 시끄러운 관중들의 목소리에 묻힐 법도 한데, 오감이 발달한 이아나에게는 그 웃음소리가 천둥보다 크게 들렸다.

"이런, 이런. 그날이 기대되는군. 나는 너와 좋은 관계를 유지하고 싶지만, 너는 그게 아닌 모양이로구나."

"아르하드가 본명인가? 사는 곳은? 귀족인가?"

이아나가 집요하게 물었지만 아르하드는 대답 없이 가만히 내려다보기만 했다. 그의 손이 뻗어졌지만 이아나는 피하지 않았다. 거친 손가락이 뺨에 살짝 닿았다. 두 쌍의 눈동자가 또다시 마주했다. 금안이 뜨거운 태양이 뿜어내는 금빛의 광채처럼 타올랐다.

아르하드가 마른 입술을 천천히 벌렸다.

"지금은 때가 아니니 나를 그저 아르하드 로이긴으로 알아 두어라."

이아나는 더 이상 캐묻지 않았다. 닿아 있던 손끝이 손가락으로, 손가락이 손바닥으로 변해 뺨을 덮었다.

"나는 너라는 인재가 탐이 난다. 직접 마주하고 나니 더해. 그래, 나를 다시 만나는 그날, 너는 내 검을 꺾어 보아라."

아르하드의 말은 그에 대한 적개심으로 귀가 먼 이아나에게 제대로 들리지 않았다. 직접 마주하고 나니 더하다는 말은 귀에 들어오지도 않을 만큼 분노에 휩싸인 이아나의 몸이 덜덜 떨렸다. 뺨을 덮었던 손이 이번에는 벌겋게 타오르는 눈을 덮었다.

"나는 이 시선을 꺾어 보이마."

이아나는 긴 회상을 끝내고 눈을 떴다.

후에 그가 피를 뿌리며 바하무트 제국의 황제의 위에 즉위한 아르하드 로 라르소 바하무트임을 안 이후에도 그는 언제나 자신을 꺾은 아르하드 로이긴일 뿐이었다.

아르하드가 로안느의 검술대회에 참가했던 까닭은 예전부터 눈여겨보았던 이아나를 직접 만나기 위해서였다. 아르하드는 후에 다시 조우한 날 그 사실을 밝히며 이아나를 곁에 두기를 바란다고 회유했다. 너만 한 천재는 일찍이 본 적이 없다고, 나에게는 네가 필요하다고 이아나를 추켜세웠다. 마주할 때마다 달콤한 말을 속삭이며 유혹했다.

하지만 이아나는 그를 주군으로 삼을 수 없었다. 자신을 언제나 배척했던 조국에 대한 애국심은 결코 아니었다. 자신의 검을 필요로 해 준 왕자에 대한 의리도 의리였지만 무엇보다 아르하드 로이긴은 그녀에게 있어 거대한 제국의 황제도 아니요, 왕국을 집어삼키는 맹수도 아니었기 때문이다.

그는 그저 검의 끝을 함께 보고 있던 유일한 맞수였으며 그녀를 치욕스럽게 무릎 꿇린 유일한 적수였다.

검이 곧 자신인 이아나가 어찌 패배를 인정하고, 머리를 숙이며 그의 밑에 들어갈 수 있으랴.

과격한 호승심에 불타는 시선을 꺾어 보이겠다고 자신감 넘치게 말한 아르하드가 이아나를 진정으로 꺾은 날은, 그녀가 그의 손에 목숨을 잃고 다시 과거를 시작하게 되는 날이었다.

이아나는 그의 검에 심장을 꿰뚫리고서야 비로소 진정한 패배를 인정했다.

후회 하나 없는 후련한 이아나의 패배였다. 그러나 두말할 것 없는 이아나의 승리이기도 했다.

이아나는 아르하드의 검에 완벽하게 졌고, 아르하드는 이아나를 가지지 못했다. 그것이 무승부가 아니면 대체 무엇이랴. 아주 통쾌한 무승부였다.

그런데 이렇게 다시 시작되어 버린 삶은, 승리도, 무승부도, 패배도 모조리 지워진 삶은 무엇을 목적으로 비롯되었는가.

"이번…… 생은 끝났다. 그러나…… 다음 생에는 너의 적……이 아닌 너의 기사가 되……리…….."

회상을 끝으로 자기가 내뱉었던 말 한마디를 떠올린 이아나는 완연히 깨달았다.

'꿈일 리가 없다. 내가 살아온 삶은 꿈도, 거짓도, 데자뷰도 아니다. 그리고 이 삶은 내 기억을 모태로 한 과거의 반복이 아니다.'

이아나는 이제껏 과거에 얽매여서 살아왔다. 변하는 게 없을 거라 여겨 바꾸려는 시도조차 해 보지 않았다.

하지만 과거의 삶을 기억하는 자신이 여기에 있었다. 모든 기억을 잃고 똑같은 삶을 반복하는 것이 아니었다. 아주 비현실적이지만 자신은 정말로 다시 태어났다. 모든 기억을 끌어안은 채.

다시 태어났을 때부터 변화는 시작되고 있었다.

'나는 무엇을 위해 회귀했는가.'

하늘에서 고고하게 지상을 내려다보며 스스로를 낮출 줄 모르던 해는 어느새 저 너머로 지고 있었다.

이아나는 손바닥에 턱을 괴고 황혼 속으로 포르르 날아가는 새들을 보았다. 새는 오로지 앞을 보며 날아간다. 과거를 돌아보지 않고 현재를 비행하며 미래를 향한다. 다시는 돌이킬 수 없는 것들을 회상하지 않고, 더 나은 미래를 향해 날아오른다.

이아나의 가라앉은 눈빛이 유유히 날갯짓을 하는 새의 뒤꽁무니를 좇았다.

'과거에 꽁꽁 얽매여 그대로 따라가기보다는 저 새처럼 더 나은 미래를 추구해야 해.'

과거를 벗어나는 그녀에게 또다시 든 의문은 지난 삶의 정체가 아닌, 대체 자신이 무엇을 하기 위해 회귀했냐는 것이었다.

이아나는 빛을 밖으로 환히 내뿜던 한 남자와, 어두우나 거대한 빛을 품은 남자. 그 두 남자를 떠올리며 눈을 깜빡였다.

그랬다. 제게 길은 한 가지 더 있었다. 과거에 제게 주어진 운명적인 두 가지 선택지 중에서 버려진 것.

과거에는 스물두 살의 대륙검술제에서 자신에게 손을 내밀었던 남자, 화려한 웃음으로 가득한 남자, 이 왕국의 왕이 되고 싶어 했던 왕자를 선택했다. 자신과는 다르게 화려한 빛으로 가득한 왕자의 기사가 되어 주었다. 처음으로 자신을 절실하게 필요로 해 준 왕자에게 검을 바쳤다.

그리고 자신이 선택하지 않은 다른 한 남자.

왕자의 화려한 빛은 사그라지고, 죽기 직전 보았던 떨리는 히구빛 누동자가 이아나의 눈앞에 스멀거린다.

"다음 생에는 너의 적이 아닌 너의 기사가 되리."

이아나가 천천히 입술을 열었다.
"그렇구나. 이번엔 정복왕인 당신의 검이 되어 대륙을 질타해 보는 것도 나쁘지 않은 선택."
회귀에 변화 외에 다른 목적이 있으랴?
이아나는 질척해진 손바닥을 툭툭 털었다. 손이 덜덜 떨렸다.
과거의 변화. 새로운 시작.
내일부터 당장 검을 손에 쥘 것이다. 검에 한번 미쳤던 자가 어렸다 한들 9년이라는 긴 시간 동안 검을 쥐지 않았다는 건 정말 대단한 일이 아닌가.
그리고 과거보다 더욱 날카로워진 검을 손에 쥔 채 기다릴 것이다. 아르하드 로이긴을 만나는 그날을.
과거에 처참하게 패배했던 그날이 다시 찾아온 순간 아르하드를 꺾을 것이고, 아르하드가 저를 바란다며 손을 내밀면 기꺼이 따를 것이다.
"나쁘지 않아."
이아나는 생각한다.
아르하드 로이긴. 이번 생에서 너는 나를 가지게 될 것이고, 나는 너를 꺾게 될 것이다. 그것 또한 너와 나의 무승부.
하나 저번과는 다르다. 이번에는 패배와 패배가 아닌, 승리와 승리로 생을 끝내도록 하자꾸나.

"아아……."

이아나는 거칠게 뛰어 대는 심상을 견디지 못해 들뜬 신음을 입 밖으로 내뱉었다.

이번에는 고국의 왕이 아닌 적국의 황제를 선택하리라. 그러나 그날까지 남은 10년이라는 세월을 어찌 기다리리.

붉은 눈동자가 명멸하는 태양의 마지막 홍염보다 뜨겁고 붉게 타오른다.

그녀의 과거는, 그녀의 안에서 저물어 가고 있었다.

그 빛이 회상이라는 형태로 영원히 남아 있을지라도…….

이아나 로베르슈타인.

독을 품은 꽃 같은 어미에게서 태어난 불꽃같은 딸이다. 어미를 닮아 붉디붉은 아름다움을 지녔다.

이아나의 어미 르보니는 천방지축으로 살아가던 여자였다. 타고난 색기로 남자를 홀린다는 유명한 요녀였다.

르보니는 악덕 고리대금업자이자 인맥이 후작까지 닿아 있는 대상인, 호르비의 외동딸이었다. 호르비는 딸을 몹시 아꼈고, 르보니는 아비 덕분에 난봉꾼이라도 된 양 저가 마음에 드는 남자가 누구든지 간에 침대에서 함께 굴러 댈 수 있었다.

상대가 아이든, 총각이든, 유부남이든 상관없었다.

그러던 어느 날 르보니는 말을 타고 지나가던 백작의 푸른 모습에 반했다. 붉은 자신과 상반되는 모습에 신분의 크나큰 격차, 애 딸린 유부남이라는 장벽을 넘어서서 무턱대고 끌렸다. 그래서 백작을 따라와 로베르슈타인 영지에 정착했다.

그 후 호르비의 더러운 힘을 빌려 백작을 옭아맸고, 천한 평민인 주제에 천대를 받을지언정 결국 백작의 첩 르보니 로베르슈타인이 되었다.

거리에서 굴러먹던 평민 계집답게 르보니에게 고아한 면모는 하나도 없었다. 아랫사람에게 잔악하고 무자비해 존경받을 만한 부분도 없었다. 평소에는 상냥하고 우아한 본부인 사라체 로베르슈타인을 질투하기 일쑤였으며 제가 낳은 딸 이아나에게는 관심조차 없었다.

그녀는 풍만하고 요염한 몸과 타고난 색기로 고급 창부처럼 백작을 쫓아다니며 그를 유혹하느라 바빴다……가 르보니에 대한 세간의 평가였고 백작령뿐만 아니라 로안느 귀족 사회에 널리널리 퍼져 있었다.

그런 어미에게서 태어난 딸, 푸른 생김새로 유명한 로베르슈타인 백작을 하나도 닮지 않고 어미의 외양만을 쏙 빼닮은 이아나를 뼛속까지 백작가에 충성을 바치는 사람들이 어찌 사랑할 수 있으랴.

물론 르보니의 탁한 붉음에 체르노의 차가운 푸름이 조금 섞여 불꽃처럼 너울지는 이아나의 붉음은 르보니와는 조금 달랐다. 혹자는 붉음이 사이하고 요탕한 색이라 했으나 그녀의 붉음은 화려한 불꽃이되 냉기를 품었다. 어미처럼 요망한 색기를 품지도 않았다. 그러나 어찌 되었든 붉은색이었기에 이아나는 어렸을 때부터 욕을 먹었다.

불미스럽게 태어난 백작의 딸.

천한 피가 섞인 이아나의 탄생을 아무도 반기지 않았다. 르보니조차 사랑하는 백작의 모습을 조금도 닮지 않은 이아나를 방치했다. 모진 어른들은 이아나가 배 안에 있을 때부터 르보니를 미워한 것처럼 죄 없는 이아나도 미워할 생각이었고, 생각대로 이아나가 태어나자마자 미워하기 시작했다.

이는 백작을 손에 틀어쥐고 있는 대상인 호르비의 딸, 르보니를 함부로 괴롭히지 못하는 어른들의 이기적인 행동이었다.

하지만 사랑을 갈구하는 게 정상인 어린아이인데도 이아나는 그들의 괴롭힘에 괴로워하지도, 슬퍼하지도 않았다. 쏟아지는 증오에 서글퍼서 울음을 터트릴 만도 한데 마치 인형처럼 감정표현이 없었다.

괴롭힘이란 대상이 상처받고 울먹거려야 성립한다. 사람들은 아무리 괴롭혀도 동요하지 않는 어린 이아나를 볼 때마다 회의감을 느끼곤 했다.

그들은 이아나에게 손대는 게 점점 꺼림칙해졌다. 어른들의 괴롭힘을 철부지들의 못된 짓으로 승화시키는 어린아이에게 이 무슨 부질없는 짓인지 부끄러움까지 샘솟았다.

이아나는 어려서부터 남달랐다. 르보니도 이아나에게 관심이 없었지만, 이아나 또한 저를 낳아 준 어미를 좋지 않았다. 저를 버려두고 백작의 뒤꽁무니를 좇아다니는 르보니를 사랑에 미친 천박한 계집 보듯 하는 이아나는 지나치게 성숙했다.

이아나가 여덟 살일 때, 소녀의 이질적인 성숙함이 확연하게 드러난 사건이 있었디.

사라체가 독살당할 뻔했다.

르보니가 사주했다는 심증은 있었으나 일을 저지른 범인은 자결했고 물증은 없었다. 호르비에게 여러 가지 면에서 약점이 잡혀 있던 백작가로서는 르보니를 어찌 처리할 방도가 없었다.

"개보다 못한 년!"

로베르슈타인가의 사람들이 치솟는 분노를 눌러 참고 있을 때였다.

어느 날, 이아나를 괴롭히는 사용인들 중에서도 우두머리 격인 하녀, 페질라가 하녀들을 데리고 사라체의 수발을 들러 가다가 정원을 산책하고 있던 이아나를 발견했다.

"어머!"

페질라는 고의로 이아나에게 뜨거운 차를 쏟았다. 이아나는 갑작스런 찻물세례를 피하지 못하고 팔을 들어 얼굴에 튀는 찻물을 막았다.

"죄송해요."

페질라의 뒤에 있던 하녀들은 입을 손으로 막고 이아나를 비웃었다. 페질라도 고소해서 입가를 움찔거렸다.

평소에 인형처럼 반응이 없던 아이였으니 이번에도 그럴 것이라 여겼다. 하얗던 피부가 발갛게 부풀어 올라 아주 아플 게 분명한데도, 예상한 대로 아이는 소리 한번 지르지 않았다.

하지만 그 후, 아이의 반응은 색달랐다.

"찻물을 뒤집어쓰는 건 또 예상치 못한 일인데."

이아나는 무표정한 얼굴로 팔을 움켜쥐었다. 고개를 들어 페질라를 보았다. 이아나와 눈을 마주친 페질라는 화들짝 놀랐다. 그녀가 마주한 이아나는 인형이 아니었다. 그녀의 눈에서는 불꽃이 튀었다. 언제나 죽어 있기만 했던 검붉은 모습과는 상반되는 푸른 불꽃이었다.

"차는 생각지도 못했지만, 예전처럼 네가 나서 주어 다행이다."

섬뜩함을 느낀 페질라는 저도 모르게 뒷걸음쳤다. 그러나 곧 제 행동에 수치심을 느끼고 뾰족하게 쏘아붙였다.

"무엇이 말인가요? 제가 나선 게 왜 다행이라는 거죠?"

이아나는 아랑곳 않고 말을 이었다.

"너에게 벌을 내리겠다."

"네?"

생각지도 못한 말에 페질라가 되물었다. 그녀의 어수룩한 모습에 이아나가 입꼬리를 끌어 올렸다.

"멍청한 계집이 귀까지 멀었느냐? 내가 아무리 천하고 악독한 여자의 뱃속에서 태어났을지라도, 네 주인의 식솔 중 한 명이고 너의 윗사람이다."

페질라는 어머니인 르보니를 최악으로 평가하는 이아나에게 놀라서 벙해졌다.

"그러니 하나 묻지. 백작님께서 너에게 이리하라고 명령하셨나? 아프신 마님께서 이리해 달라고 하셨어? 도련님께서 이리하라 네 귓가에 속닥거렸나 이 말이다. 그렇다면 내 이 일을 그냥 넘어가도록 하겠다."

제 허리춤에 간신히 닿는 어린 이아나에게 기세가 눌린 페질라가 또 한 번 뒷걸음질 쳤다. 아직 사리분별을 못 할 어린 나이인데도 눈앞의 소녀는 자신의 현 상황을 정확하게 꿰뚫고 있었고, 작은 입술에서 튀어나오는 칼처럼 명확하고 단호한 말들은 듣는 이를 소름 돋게 만들었다.

페질라는 거짓말을 할 수 없었다.

"아니……요."

"독단으로 내게 이런 짓을 하였다? 건방짐이 머리끝까지 치솟은 계집이구나. 그래, 어디 한번 말해 봐라. 내게 찻물을 끼얹어 너희들의 괴롭힘에 반응하지 않던 내가 고통스러워하며 울길 바랐나?"

인형처럼 감정 표현은커녕 말조차 제대로 하지 않던 아이의 돌변한 모습에 페질라와 하녀들은 몸을 굳혔다. 차갑게 죄질을 따지고 추궁에 반박을 하지 못하자 야수처럼 몰아붙인다. 페질라는 순간 이아나가 사람과 대화도 잘 나누지 않던 아이가 맞는지 의문이 들었다.

"나는 네까짓 머리 빈 년들의 괴롭힘 따위에 울지 않아. 그리고 주인의 식솔에게 차를 끼얹은 주제에 몸을 엎드려 사죄하기는커녕 비웃은 네년들을 용서할 생각도 없다."

이아나의 태도는 잘 벼려진 검과 같았다. 당연했다. 그녀는 과거에 피가 푸르다는 소문이 돌 정도로 정이 없던 철혈의 공작이었으며, 사람을 거리낌 없이 죽이던 잔인한 검귀였다.
하지만 새로운 과거가 시작되면서 그런 이아나는 사람들의 기억 속에서 사라졌다.
이아나는 성격을 죽이고 얌전히 지냈지만 안 그래도 과거와는 달리 사라체가 죽지 않아 심란한 기분인데 감히 하녀 따위가 주제도 모르고 제게 기어오르자 예전의 모습을 되찾고 말았다.

그녀의 몸에서 살기가 스멀스멀 기어 나왔다.

"고의든 부주의든 감히 윗사람에게 뜨거운 차를 쏟거나 비웃는, 너를 처벌하겠다."
"죄, 죄송……."

살기에 영향을 받은 페질라가 하얗게 질려서는 더듬더듬 사죄하려 했다.

"어머님께서 아프신 와중에 무슨 소란이냐!"
"도, 도련님."

주변에서 산책을 하고 있던 하르첸이 우연히 현장을 목격하고 빠른 걸음으로 다가왔다. 페질라는 구원자를 보는 심정으로 하르첸을 보았고 이아나는 작게 욕설을 내뱉으며 얼굴을 차게 굳혔다. 하르첸은 상황을 파악하기 위해 페질라와 이아나를 번갈아 보다가 이아나의 붉게 부푼 팔을 발견하고 놀라서 덥석 붙잡았다.

"팔이!"

이아나는 아픔보다 더한 불쾌함에 인상을 확 찌푸리고 팔을 빼내려고 했지만 네 살 많은 소년의 힘을 이길 수는 없었다.

"페질라, 네가 이런 것이냐?"

"예, 예……."

하르첸이 벌컥 화를 냈다.

"부모님과 내가 이아나에게 손대지 말라 하지 않았더냐! 너, 일단 방으로 들어가 부름을 기다……."
"도련님과 상관없는 일이니 신경 끄십시오."

언제나 입을 꾹 다물고만 있던 이아나가 차게 식은 목소리로 말을 끊자 하르첸은 흠칫 놀라 손을 떼었다. 더러운 게 묻은 것처럼 그가 잡았던 부분을 툭툭 털어 낸 이아나가 냉정하게 말했다.

"페질라, 너를 처벌하겠다."
"예, 예."

기세가 완전히 눌린 페질라가 허리를 직각으로 숙였다. 눈높이보다 살짝 높은 페질라의 정수리를 턱을 들어서 내려다보던 이아나가 말했다.

"오늘부터 내게 관심을 보이지 마라. 내가 무엇을 하든 상관하지 마라. 나를 괴롭힌답시고 웃기지도 않은 짓들을 벌이지 마라. 나를 없는 인간 취급하는 것이 벌이다."

팽팽한 긴장감이 무색할 정도로 하찮은 벌이었다. 하지만 이게 끝이 아니었다.

"처벌을 따르지 않을 시, 네년을 내 무릎 밑에 꿇려 놓고, 펄펄 끓는 쇳물을 얼굴에 붓겠다."

쩡하니 얼어붙은 이들을 하찮다는 듯 내려다보던 이아나가 사이한 미소를 지었다.

"왜. 이런 내가 너희가 생각하는 악독한 르보니의 딸이 아니던 가?"

페질라는 대답하지 못했다.

"나는 너 따위 것들에게 관심 한 자락 주지 않을 생각이지만 계속 이딴 식으로 나온다면 가만있지 않겠다. 한 번만 더 이런 장난질을 한다면 너희들의 기대에 부응해 주마."

이아나가 고개를 치켜들었다.

"환영받지는 못하지만 나는 로베르슈타인 가문의 사람이고, 너희의 주인 중 한 명이다. 백작님이 나를 계보에서 파내지 않았으니 너희는 나를 함부로 대할 수 없다."

죄다 맞는 말이었다. 제 실수를 깨달은 페질라가 덜덜 떨었다.

"백작님도, 부인도, 도련님도 체면을 생각한다면 내가 너희를 처벌하는 걸 막을 수 없을 거다. 그래도 한 핏줄인데 고의로 찻물을 끼얹은 하녀를 처벌한 권리조차 주지 않는다면 그들 스스로 핏줄에 먹칠을 하는 꼴이 아닌가? 후후!"

비웃음도 잠시, 이아나는 입매를 일자로 굳혔다. 그리고 곧 광기라도 해도 좋을 기묘한 빛을 띤 붉은 눈동자가 페질라를 향했다.

"나를 못 잡아먹어 안달이 난 듯한데, 정 싫다면 여기 계신 귀한 도련님께 매달려서 나를 이 집에서 내쫓아 달라고 사정해 보라. 나는 아무래도 상관없으니. 하지만……."

이아나의 눈이 붉은 살기로 번뜩거렸다. 그 빛은 사람을 수십, 수백을 베어 넘긴 살인자만이 가질 수 있는 잔인함이었다.
그녀의 뜻을 받들어 주변의 마나가 묵직하게 가라앉았다. 갑갑함을 느낀 사람들이 숨을 헐떡거렸다. 피부가 찌릿찌릿하며 따가워지는 걸 느꼈다. 살이 에일 듯한 섬뜩함이었다. 이아나의 살의가 공간을 완전히 장악했다.
포식자의 기세를 평범한 여인들이 어찌 견디리? 그녀들은 겁을 잔뜩 먹고 진땀을 흘리며 고개를 수그렸다. 이아나는 그들을 내려다보며 천천히 섬뜩하게 중얼거렸다.

"건방지게 가만히 있는 나를 이렇게 건드는 건 더 이상 용납하지 않으리니……."

"아가씨!"

멀리서 이아나의 유모, 이스피가 그들을 향해 헐레벌떡 뛰어
왔다. 이스피를 발견한 이아나가 바로 지독한 살기를 지웠다.
앞에 서 있던 이들은 그때서야 숨통이 트여 거칠게 숨을 몰아
쉬었다. 그리고 자신들이 왜 이런 모습을 보이는 건지 알 수
없어 혼란스러운 낯빛을 얼굴 전체에 드리웠다.

"세상에! 아가씨 꼴이 이게 뭐랍니까! 팔은…… 에구머니나!"

경악한 이스피가 팔을 붙잡았지만 이아나는 하르첸 때처럼
매몰차게 뿌리치지 않았다. 그저 눈물을 글썽이며 진심으로 걱
정해 주는 그녀에게 살짝 웃어 주었을 뿐이다.

"아무것도 아니다. 그보다 찝찝하구나. 내버려 두면 흉한 화상이
될 테니 치료도 해야 하고, 무엇보다 차 냄새가 지독해서 씻고 싶
으니 별채로 돌아가자."

이아나가 미소 짓는 모습은 얼음이 녹아 봄의 새싹이 돋아
나는 것처럼 따뜻했다. 아까의 냉랭한 모습과 대조되어 더 따
스하게 느껴졌다. 그녀의 진짜 웃음을 처음으로 마주한 이들은
바짝 굳었다.
이아나는 아무 일도 없었던 것처럼 인사도 하지 않고 이스
피와 함께 총총 사라졌다.

어째서인가. 분명 소녀를 미워하고 있었음에도 그 모습을 보는 하녀들은 묘한 박탈감을 느꼈다. 그리고 하르첸은 그런 이아나의 뒷모습을 물끄러미 쳐다보았다.

오늘은 수업이 없는 휴일이었다. 과제를 일찌감치 마무리한 이아나는 편한 옷을 입고 호위기사와 함께 산책을 나갔다.

연둣빛 잔디가 사각거리며 발밑을 감쌌다. 시원한 산들바람은 푸른 잎사귀 사이로 흘러내렸다가 도약해서 머리카락을 흐트러트린 후 도망쳤다. 장난스러운 바람은 이에 멈추지 않고 은방울꽃을 두드려 이슬로 맑은 종소리를 자아냈다.

풀벌레가 바람소리에 맞추어 짝을 찾으며 찌르륵찌르륵 노래를 불렀다. 하얀 옷으로 갈아입은 민들레꽃은 바람에 몸을 싣고 날갯짓하는 요정처럼 하늘로 날아오르며 춤을 추었다.

이아나가 있는 곳은 로베르슈타인 저택 뒤편에 있는 산이었다. 그녀는 과거에도 현재도 푸르른 녹음으로 우거진 이 산을 좋아했다. 숨 막혀하던 그녀에게 언제나 시원한 안식처가 되어 주었기 때문이었다.

그래서 공작이 된 후 이아나는 이 산을 자기만의 산으로 선포했다. 영지는 소유권을 포기하고 왕자에게 바쳤지만 이 산만큼은 제 소유로 남겨 둔 것이다. 허락 없이 입산하는 자들은 발각될 시 인정사정 볼 것 없이 사형에 처했기에 사람들에게 있어 이 산은 금지禁止이자 공포의 대상이었다.

눈을 삼고 한참이니 서늘한 공기를 바삭하던 이아나는 눈을 뜨며 입술을 달싹였다.

"카니츠."

"예, 아가씨."

이아나가 이름을 부르자 뒤에 있던 한 남자가 대답했다. 이아나는 거구의 그에 비하면 여리고 작기만 한 몸을 빙글 돌렸다. 고개를 숙이고 있는 카니츠는 거구지만 우둔하지 않고 우직해 보이기만 했다.

훈련에 방해되지 않도록 짧게 깎은 짙은 갈색 머리, 쌍꺼풀 없는 아몬드 형태의 눈, 뼈대가 굵고 커다란 코, 두툼한 입술. 평범한 얼굴이나 남자답게 굵직굵직한 선을 지닌 카니츠가 순한 소처럼 눈을 껌뻑였다.

이아나가 올려다보자 카니츠는 천천히 바닥에 무릎을 꿇고 커다란 몸을 구부려서 저를 내려다볼 수 있게 해 주었다.

그런 카니츠를 보면서 이아나는 새삼스러운 기분이 들었다. 카니츠는 과거에도 그녀의 호위기사였고, 이아나가 기사가 된 후에는 부관으로서 죽기 직전까지 함께한 충성스러운 부하였다.

평민 출신의 카니츠는 배움이 모자라 실력이 그리 좋지 않았다. 하지만 이아나가 모자란 부분을 잡아 주고 거기에 우직한 노력과 재능이 더해지면서 왕국에서도 손꼽히는 위대한 기사가 되었다.

수많은 귀족들이 그를 섭외하려 했고, 이아나는 뜻을 존중하겠다고 했으나 카니츠는 모든 제안을 거부하고 이아나의 곁에 남았다. 그리고 이아나가 죽는 마지막 전쟁에서 이아나에게 쏟아지는 고위 마법들과 거센 회살들을 단신으로 막아 내다가 죽었다.

그리고 카니츠는 이번 생에도 이아나의 호위기사가 되었다.

이아나는 과거에 그가 제 호위기사가 된 경위를 알지 못했다. 다만 아마득한 옛날부터 저와 함께하고 있었기에 아주 어렸을 적에 호위기사로 뽑혔겠구나 싶었을 뿐이다. 하지만 이번 생에서는 그 과정을 똑똑히 보았다.

분명 체르노가 자의로 저를 찾았던 기억은 이아나에게 없었다. 하지만 이번 생에서 그는 조금 달라졌다. 이아나가 갓 일곱이 되었을 때, 체르노는 그녀를 찾아와 마음에 드는 기사를 호위기사로 붙여 주겠다고 말했다.

이아나가 그냥 아무나 붙여 주면 될 것이지 왜 굳이 이런 귀찮은 일을 하냐고 묻자 미미하게 미간을 좁힌 체르노는 고개를 돌리며 사라체가 그러라고 했다고 대답했다.

그래도 백작가의 영애라고 구색을 맞춰 주기 위해서일까? 아니면 자신을 망신 주기 위해서일까?

물론 상냥한 사라체 부인이라면 르보니의 패악이 딸인 저에게까지 미칠까 싶어 걱정되어서라고 말하겠지만.

이아나는 그리 생각하며 체르노를 따라서 설렁설렁 기사단이 있는 수련장으로 갔다.

몰려든 기사들에게 체르노는 이아나의 호위기사가 되고 싶다면 자원하라고 말했다. 그러나 아무도 손을 들지 않았다. 로베르슈타인 가문의 기사라는 명예에 자부심을 느끼는 이들이 미운오리새끼의 기사가 되기 싫은 건 당연했다.

팔짱을 끼고 그늘을 내려다보던 이아나는 옆에 서 있던 체르노를 흘끔 올려다보았다. 기사들을 보는 체르노의 얼굴은 딱딱하게 굳어 있었다. 하지만 그는 언제나 그런 얼굴이었기 때문에 이아나는 별 이상함을 느끼지 못했다.

그때, 한 청년이 천천히 손을 들어 올렸다.

이아나는 청년의 얼굴을 보자마자 그가 누군지 알아챘다. 앳된 얼굴이지만 분명 충성스러운 부하였던 카니츠였다.

그는 천천히 걸어 나와서 지금처럼 무릎을 꿇고 이아나의 기사가 되기를 자청했다.

"……."

시기적으로 카니츠는 갓 기사가 되었을 때였기 때문에 제가 백작가에서 어떤 위치인지 알지 못했을 터였다. 그래서 거부감을 느끼지 않았을 테고, 동정심을 느껴 제 호위기사가 되었을 것이다. 과거에도, 지금도…….

하지만 믿음직스러운 얼굴이 또다시 제 곁에 서겠다고 선택한 그 순간, 기분이 몹시 좋았음을 이아나는 부인할 수 없었다.

이아나는 과거 카니츠의 위대한 주군이었을 때처럼 손을 뻗어 무릎 꿇은 그의 머리카락을 쓰다듬었다. 어린 꼬마에게 쓰다듬어져서 기분이 요상할 텐데도 카니츠는 얌전히 있었다.

이아나는 카니츠의 어깨에 손을 얹고 말했다.

"나는 오늘부터 아무도 모르게 검을 수련할 생각이다. 그러니 네가 도와줘야겠다."

"예?"

정말 뜬금없는 이아나의 말에 무뚝뚝한 카니츠가 답지 않게 반문했다.

"검을 수련할 것이라 했다. 너의 훈련소에서 레이피어 한 자루를 가져와라."

"안 됩니다."

"어째서?"

"아가씨는 아직 검을 들기에는 어리십니다. 그리고 단련되지 않은 몸으로 검을 들었다가는 몸이 상하실 겁니다. 기초 체력부터 갖추시고 검은 몸이 준비가 되었을 때 쥐십시오."

"허."

이아나는 부하의 명령불복종에도 흡족하게 웃었다. 이스피였다면 거품 물고 뒤로 쓰러지며 극구 반대를 했을 것이다. 하지만 카니츠는 자신의 뜻에 반하지 않되, 호위기사답게 주인의 몸을 생각하여 날짜만 뒤로 미루기를 권했다.

우직한 카니츠는 제가 몸에 상관없이 검을 휘두를 것이라 마구잡이로 고집을 부려 댄다면 생각을 접고 제 뜻을 따라 줄 것이다. 하나 부하의 충언을 주인이 들어 주지 않으면 누가 들어 주랴?

"네 말대로 근력이 붙을 때까지는 검을 휘두르지 않는 게 좋겠구나. 그래도 가져와. 나는 검과 친해지고 싶다."

"알겠습니다."

천천히 고개를 숙이는 카니츠를 보며 이아나는 빙긋 웃었다. 카니츠는 자신을 백작가의 천한 아가씨가 아닌 그저 주인으로,

이아나라는 존재로서 본다. 아이를 보살펴 본 경험이 없어서 그러할까, 제가 아이답지 않은 모습을 보여도 그러려니 했다.

이아나는 본래의 제 모습으로 대할 수 있는 카니츠가 있어 마음이 편했다. 과거의 어린 이아나는 사랑을 갈구했기에 무뚝뚝한 카니츠가 거북하기만 했지만, 지금의 이아나는 그가 무척 마음에 들었다.

"아, 네 어머님께서는 어떠하시지?"

"신분의 차가 있으니 말을 높이지 않으셔도……."

"이스피처럼 말투에 꼬투리 잡지 말고 묻는 말에 답해."

"많이 쾌차하셨습니다."

지금 이아나가 열 살이 다 되어 가니 카니츠와 함께한 세월이 거의 삼 년이다. 그 세월 중 카니츠가 이아나의 호위기사가 된 지 일 년쯤 지났을 때의 일이다.

무뚝뚝하게 말이 별로 없는 것이 닮은꼴인 카니츠와 이아나는 침묵 속에서도 상대의 존재를 편하게 여길 정도로 서로에게 익숙해져 있었다. 중간에 있는 이스피만 속이 터졌다.

그러던 어느 날 이아나는 안색이 좋지 않은 카니츠를 발견했다. 사람의 감정을 읽는 데 능숙하고, 전투에서는 적의 미세한 움직임 하나도 놓치지 않는 예민한 이아나답게 카니츠의 감정변화를 잡아채는 것은 쉬웠다. 그래서 물었다.

"무슨 일 있나?"

"아무것도 아닙니다."

부드럽게 물으면 대답하지 않을 기세였다. 이아나가 강압적으로 되물었다.

"말해라. 나는 네 주인이다. 주인의 명을 거부하느냐?"
"꼭…… 말해야 합니까?"
"말해."
"저는 아가씨께 심려를 끼쳐 드리고 싶지 않습니다."
"걱정하고 말고는 내가 결정할 테니 말해."
"……어머님께서 많이 편찮으십니다."

그 말을 듣는 순간, 이아나는 과거에 지나가는 말로 가족에 대해 물었을 때 '아버지께서는 일찍이 전쟁으로 돌아가셨고, 어머니께서 외동인 저를 혼자 키우시다 제가 이십 대 중반일 즈음 병으로 돌아가셨습니다.'라고 다소 가라앉은 어조로 말하던 카니츠를 떠올려 냈다.

"평소에도 잔병치레를 많이 하시던 분이었는데 이번에는 큰 병을 앓으십니다. 의사를 불렀는데 치료비가 너무 비싸고, 치료받더라도 완쾌하실 수 있을지도 의문…… 아."

한번 말을 내뱉으니 속에 쌓아 뒀던 걱정들이 술술 쏟아져 나오고 말았다. 입술을 꾹 다문 카니츠가 말끄러미 쳐다보는 이아나에게 고개를 숙였다.

"죄송합니다. 아가씨께서는 신경 쓰지 않으셔도 됩니다."

"신경 쓰고 말고는 내가 판단해. 잠시 기다려."

대화 장소는 이아나의 방 앞이었다. 이아나는 문을 열고 들어갔다. 카니츠가 영문을 몰라 멀뚱히 서 있는데 이아나가 묵직한 주머니 하나를 가지고 나왔다.

"거리로 가자."
"그건……?"
"안 된다고 우는 이스피를 닦달해서 모아 놓은 품위비용과 사치품이다. 쌓아는 뒀는데 쓸 일이 없어 내버려 뒀더니 오늘을 위해서였군."

카니츠가 어리둥절한 눈으로 주머니를 쳐다보았다.

"그런 큰돈이 갑자기 왜……."
"네 어머니를 치료해 주마."

카니츠가 눈을 크게 떴다.

"가자."
"안 됩니다!"

호위기사가 된 이후 한 번도 언성을 높인 적이 없던 카니츠가 큰 소리를 냈다. 저를 지나치려 하는 이아나의 작은 어깨를 붙잡았다. 이아나가 떨쳐 내려 했지만 카니츠는 조심스레, 그러나 뿌리치지 못할 정도의 힘으로 잡아 그녀를 방 안으로 밀어 넣었다.

성인 남자의 힘에 방 안으로 다시 밀려들어 가던 이아나는 저를 잡고 있는 카니츠의 손등에 우아하게 손을 올렸다. 그리고 싸늘하게 식은 눈으로 평정을 잃은 카니츠를 보며 입술을 열었다.

"건방지다. 호위기사가 감히 주인에게 명령하고 강압적인 태도를 보이다니. 벌하기 전에 손을 떼라."

카니츠는 차가운 위압감에 눌려 저도 모르게 손을 퍼뜩 떼었다. 하지만 곧 주먹을 세게 쥐고 이를 악물었다.

"바라지 않습니다. 그 돈은 아가씨께서 쓰려고 모아 두신 것이 아닙니까. 그런 돈을 어찌 저 같은 것을 위해……."

"누가 널 위해 쓴다고 하였나. 날 위해 쓰는 것이다."

"예?"

이해하지 못한 카니츠가 되묻자 이아나는 딱딱한 표정을 풀고 풋 웃었다. 카니츠는 이아나의 무표정한 얼굴에 익숙해져 있었다. 웃음이라고 해 봤자 입술 끝에 옅게 깔리는 비웃음 비슷한 것밖에 보지 못했다. 그래서 처음 보는 따스한 웃음에 멍하니 입술을 벌렸다.

"네 울상인 얼굴을 보고 있자니 거슬려서 견딜 수 없다. 거슬려서 치워 버리고 싶지만 너는 내게 단 하나밖에 없는 호위기사니 치울 수는 없고 . 그렇다면 그 보기 싫은 얼굴을 하고 있는 원인을 없애야 하지 않겠는가."

이아나의 상냥한 말과 모닥불처럼 따스한 웃음은 카니츠의 마음에 낙인이 찍히듯 새겨져 버렸다. 부담 주지 않기 위해 하는 말이라는 것을 알았기 때문에 카니츠는 송구하면서도 감사해서 고개를 떨어뜨렸다.

그 후에도 이아나는 사라체가 주기적으로 보내오는 보양식을 카니츠에게 건네며 오늘처럼 어머니의 안부를 물었다. 카니츠는 이아나의 호의를 거절하지 않으며 어머니의 상태를 고했다. 지금처럼 말이다.

"호의에 다시 한 번 감사드립니다. 어머니도 아가씨께 정말 감사드리고 있습니다."

"감사할 필요 없다. 애초에 품위비용은 꾸미는 것을 좋아하지 않는 내게 떨어진 여분의 돈이었고, 필요 없는 사치품은 내게 있어 쓰레기나 마찬가지였으니 내 사람인 네게 더 가치 있게 쓰였다면 그걸로 되었다."

내 사람이라는 말에 카니츠가 눈을 내리깔았다.

"……언제나 상냥하고 강하신 분."

이아나의 생각대로 카니츠가 이아나의 호위기사에 지원한 까닭은 동정심이 일어서였다. 갓 로베르슈타인 가문의 기사가 되어 정확한 상황은 알지 못했지만, 아직 어린 소녀일 뿐인 이아나가 멸시받고 미움 받는다는 것만큼은 잘 알았다.

호위기사를 지원받는 날에도 백작 영애인 이아나의 기사가 되겠다고 손을 드는 이가 없었다. 이아나는 단상 위에서 기사들을 내려다보며 묵묵히 서 있었다. 그 모습이 어찌나 외로워 보였는지 카니츠는 참지 못하고 손을 들고 말았다.

하지만 그게 착각이었다는 것을 함께 지내면서 아주 확실하게 깨달았다. 외로워 보였던 어린 소녀는 누구보다 고고하고 귀족다운 모습으로 고독을 즐기고 있었다.

이아나는 강하고 오만했다. 그리고 차가운 불꽃 속에 따스함을 품고 있었다.

멋지다. 이제 스물여섯이 된 카니츠는 자신이 모시는 아홉 살의 어린 소녀가 정말 멋지다고 생각했다. 어린 나이에도 이리 멋진데, 완전히 성장하면 얼마나 아름답고, 고아하고, 강한 사람이 될지 감히 상상조차 할 수 없었다.

"무슨 헛소리냐."

이아나의 일갈에 카니츠는 숙이고 있던 고개를 들어 무뚝뚝한 얼굴을 풀고 옅게 웃어 보였다.

"저는 아가씨의 호위기사가 된 것을 영광으로 생각합니다. 아가씨가 어떤 곳으로 향하시든 따르겠습니다."

"낯간지럽게 대체 무슨 소릴……."

"목숨을 바쳐서라도."

올곧은 카니츠는 거짓말을 하는 법이 없었다. 그의 진심을 물끄러미 들여다보던 이아나가 등을 돌렸다.

"네 목숨을 바칠 필요는 없고, 나는 지금 검이 필요하니 감사하게 생각하고 있으면 좋은 검이나 골라 와."

이아나는 카니츠를 대동한 채 날이 저물어 올 때까지 풀냄새로 가득한 싱그러운 오솔길을 거닐었다. 분홍빛 드레스 자락은 풀물로 물들어 얼룩덜룩해진 지 오래였다. 하지만 이아나는 신경 쓰지 않았다.

선선한 바람이 불어왔다. 이아나는 고개를 잔뜩 젖히고 후읍―하고 냉기에 젖은 바람을 삼켰다. 바람은 그녀의 흰 뺨을 가볍게 두들겼고 이아나는 기분 좋은 웃음을 흘렸다. 그녀는 답답한 책과의 씨름보다는 차가운 공기 속에서의 자유가 좋았다. 이는 어쩔 수 없는 천성이었다.

하늘에 어느새 달이 떴다. 달을 따라 숨어 있던 별들도 하나둘 모습을 드러냈다. 하지만 해는 아직 지지 않았다. 이아나는 멈춰 선 채 황혼으로 물들어 가는 붉은 하늘을 감상했다.

끝이 난 삶은 저무는 해처럼 하늘 너머로 떨어진다. 온 세상에 불그스름한 그림자를 남기며 차차 사라진다. 과거가 사라진 현재는 밤처럼 어둡다. 과거를 뒤돌아볼 수도, 미래를 예측할 수도 없다. 그러나 분명한 게 한 가지 있다. 미래에는 더 밝은 태양이 뜨리라는 것.

붉은 눈동자가 밤, 아니 현재를 맞이하며 번뜩였다.

카니츠는 묵묵히 이아나의 뒤를 따르다가 주변이 점차 어두워지자 말을 걸었다.

"아가씨, 곧 밤이 됩니다. 이만 돌아가시지요."

"그래."

왔던 길을 되돌아오는 와중에 이아나는 손가락을 끊임없이 꼼지락거렸다. 검을 쥐고 싶다. 검을 잡으리라 마음을 먹으니 더 쥐고 싶었다. 이 재능을 과거에 얽매여 썩히고 있었으니 시간이 아까워서 환장하겠다.

그러다 문득 의문이 들었다. 재능은 유전의 영향도 크다고 했는데 대체 제 재능은 어디서 비롯되었는가. 친가인 로베르슈타인 가문은 대대로 재능 있는 문관을 배출했고, 외가는 대대로 고리대금업을 해 온 상인 가문이었다. 그런 두 집안의 결합에서 전통무가의 재능 있는 후계자를 월등하게 앞지르는 제가 어찌 튀어나왔을까?

어쩌면 자신을 불쌍하게 여긴 신이 재능을 준 게 아닐까.

신을 믿지 않지만 회귀와 같은 어처구니없는 일을 당하다 보니 이런 엉뚱한 생각을 하고 있었다.

별채에 들어서서, 이아나를 방 앞까지 데려다 준 카니츠가 머리를 조아렸다.

"남은 시간도 주신 라오스의 광명이 함께하시기를. 내일 훈련소에서 아가씨께 맞는 가벼운 레이피어를 찾아보겠습니다."

"그래. 검을 몰래 수련할 것이라 했던 말, 명심하고."

"예. 하지만 아가씨께서는 백작님이 관심을 보이는 대상이십니다. 오랜 시간 몰래 뭔가를 하시는 것은 불가능할 것 같은데……."

카니츠의 걱정에 이아나가 고개를 절레절레 저었다.

"나를 가장 많이 도와주어야 할 네게 뜬구름 잡는 소리만 했구나. 그래, 모두 말해 줄 수는 없지만 몇 가지는 말해 주마."

"예."

"나도 영영 숨길 생각은 없다. 다만 학술원에 입학할 수 있는 역여섯 살이 되기 전까지는 누구에게도 검을 수련한다는 사실을 들키지 않았으면 한다. 몰래 수련할 강소도 있어."

카니츠는 이아나의 말을 곰곰이 되짚어 보다가 고개를 핵 들었다.

"학술원? 왕립 테오도르 아카데미가 아닌, 평민들이 대다수인 발젠타 학술원 말입니까?"

"그래."

이아나의 긍정에 카니츠가 가라앉은 어조로 말했다.

"어째서 그곳입니까? 제가 그곳을 다녀 봤기에 드리는 말씀입니다만, 학술원은 아가씨께서 다니실 만한 곳이 못 됩니다. 그곳은 출세를 갈망하는 평민들이 구름떼처럼 모여드는 일종의 전쟁터입니다. 귀족들에게 선택받기 위해 입에 발린 말을 배우는 아첨꾼들이 널렸습니다. 진정으로 무엇을 배우고 싶어 입학하는 자가 없는 것은 아니지만 그들은 자신들이 갈구하는 배움을 당연하게 받을 수 있는 귀족에게 반감이 무척 심한 편입니다. 그런데 외람되지만 아가씨는……."

카니츠는 차마 말할 수가 없어 뒷말을 잘랐다. 하지만 이아나는 그런 노력에 무색하게 피식 웃으면서 그가 잇지 못하는 말의 꽁무니를 이었다.

"평민의 피가 섞여 고귀하신 귀족나리들께 따돌림 당할 예정인 반쪽짜리 귀족이지. 그리고 능력이 아닌 돈으로 귀족의 딸 자리를 산, 그들을 이끌 능력과 자격조차 없는 재수 없는 계집일 것이다."

이아나가 스스로를 향한 독설을 거침없이 내뱉자 놀란 카니츠가 눈을 둥그렇게 떴다.

"후후. 내가 다닐 만한 곳이 아니라고? 그렇다면 귀족들이 다니는 왕립 아카데미나 이 집구석은 내가 있을 만한 곳이더냐? 너도 이제는 알 텐데. 내가 이 집안에서 어떤 취급을 당하는지. 귀족 사회는 이보다 더하면 더했지 덜하지는 않을 거다."

냉철하고 명확한 상황판단에 카니츠는 입을 다물었다.

눈총을 받는 이아나의 뒤를 지켜 온 지, 울분을 토하는 이스피의 넋두리를 들어 온 지 3년, 그동안 카니츠는 이아나가 어떤 상황에 처했는지 누구보다 잘 알게 되었다.

고귀한 백작가를 향한 충성심과 자부심으로 똘똘 뭉친 사람들의 마음을 이해하지 못하는 것은 아니다. 하지만 죄 없는 어린 이아나에게 연좌의 굴레를 씌우고 무작정 미워하기만 하는 사람들은 잔인했다. 아무리 생각해도 이아나에게는 잘못이 없었다. 잘못한 건 어른들인데, 왜?

'그래서 아가씨가 잘 웃지 않으시는 거다.'

카니츠는 못마땅해서 굵직한 눈썹을 꿈틀거렸다.

"귀족과 평민 양쪽에서 환영받지 못하는 내게 아카데미와 학술원 둘 중에 하나를 선택하라면 특권의식에 젖은 썩은 것들만 모아 놓은 왕립 아카데미가 아닌 능력 있는 평민들이 자발적으로 모인 학술원이다."

"……."

"나는 그곳에서 미래를 준비한다."

카니츠의 표정이 묘하게 변했다. 이아나가 준비하고 있는 미래란 대체 어떤 것일까.

카니츠는 자기도 모르게 주먹을 꽉 쥐었다. 그는 제 작은 아가씨의 뒤를 지기고 싶었다. 로베르슈타인 배자가가 아닌 이아나를 주군으로 삼고 싶었다. 성장한 그녀는 제 우둔한 머리로는 상상할 수조차 없을 정도로 멋질 터였다.

이아나가 준비하고 있는 미래에 자신도 포함되어 있었으면 좋겠다고, 카니츠는 속으로 간절히 바랐다.

카니츠의 떨림을 눈치채지 못한 이아나는 눈앞으로 흘러내린 붉은 머리카락이 거슬려 작은 손으로 쓸어 넘겼다. 카니츠의 눈이 작은 손의 움직임을 좇았다. 아직은 작다. 검을 쥐기엔 터무니없이 여리고 작은 손이다. 이아나가 가 보라며 카니츠의 어깨를 토닥였다.

"한 가지만 여쭈어도 되겠습니까."

"뭐지?"

머뭇거리던 카니츠는 제 큰 손에 이아나의 작은 손을 담았다.

"아가씨께서는 어째서 검을 쥐려 하시는 겁니까. 학술원에 들어가시기 위함입니까? 학술원은 검술 외에 다른 재능으로도 충분히 입학할 수 있는 곳입니다."

이아나는 카니츠의 말에서 묻어나는 걱정에 살짝 웃고 말았다. 자신의 뜻을 따라 주기는 하나 걱정이 되는 모양이었다.

"학술원 입학은 검을 배움으로써 부차적으로 얻는 자격일 뿐이다. 내가 검을 잡으려는 이유는 그게 아니라……."

답은 하나밖에 없었다.

"내 삶이니까."

이아나에게 있어 검이란 영혼에 새겨진 숙명이었다. 검을 쥘 때마다 잃어버렸던 영혼의 한 조각을 찾은 듯 몸을 가득 채우는 충족감과 일체감은, 회귀한 지금도 그녀를 떨리게 했다.

수십, 수백, 수천 번을 회귀하더라도 이아나는 검을 버릴 수 없다. 그것은 모든 것을 박탈당한 그녀에게 주어진 유일한 선물. 미래를 바꾸어 나갈 이아나의 곁에서 언제나 함께할 영원.

악마가 자신의 불우한 유년시절을 대가로 선물해 준 악마적인 재능에 이아나는 만족했다.

"제 머리가 아둔하여 아가씨의 말씀이 어렵습니다."

"네가 아둔한 것이 아니라 내가 나밖에 이해하지 못할 소리를 한 거다. 하지만 너도 나중이 되면 자연스레 알게 될 터."

카니츠는 머리를 조아렸다. 제 주인은 검으로 인생을 개척할 생각인 모양이었다. 그녀는 남자에 비해 선천적으로 힘이 부족한 여자다. 언젠가는 한계가 올 것이다. 하지만 영특하고 속이 깊은 그녀라면 무슨 방도가 있을 터.

카니츠는 이아나를 의심하지 않았다. 이는 주군을 향한 기사의 믿음이었다.

"저는 잘 모르겠습니다. 그러니 뒤에서 그 뜻을 이해할 수 있을 때까지 기다리겠습니다."

카니츠는 이아나가 성장하는 과정을 뒤에서 지켜보고 싶었다. 그는 이아나의 손을 조심스레 쥐고, 손등에 가볍게 키스했다. 몹시 여린 아기 새를 다루듯 천천히 그녀의 손을 놓고, 자리에서 일어났다.

이아나는 카니츠를 물끄러미 쳐다보았다.

'너는 정말로 언제나 내 곁에 있을 생각인 건지. 내가 백작가에서 독립해, 왕국을 배반하고, 적국의 황제의 앞잡이가 되어, 왕국을 멸망시킨다 하여도. 그를 위해 변절시키고 온 국민에게 손가락질 받는다 해도 너는 나를 따를 수 있을는지.'

　그럴 수는 없을 것이다. 이아나는 고개를 설레설레 저으며 확신했다. 방금 머릿속으로 나열했던 미래 때문은 아니었다. 카니츠는 한번 주군으로 삼은 이상 무엇을 하든 따를 터였다.

　하지만 이아나는 소중한 부하의 마음에 들지 않았던 과거를 바꾸었다. 과거의 카니츠에게는 지켜야 할 이가 주군인 이아나 외에는 없었기 때문에 그녀를 위해 기꺼이 목숨을 바칠 수 있었다.

　하지만 지금은 과거의 카니츠가 평생 호강 한번 시켜 드리지 못했다며 그리워하던 대상이 곁에 남아 있었다. 소중한 어머니가 곁에 살아 숨 쉬고 있었다. 그래서 이아나는 자신이 만들어 갈 미래에 카니츠를 끌어들일 생각이 전혀 없었다.

　이아나는 빙긋 웃었다.

　"무뚝뚝한 줄만 알았더니 입에 발린 말도 잘하는구나."

　"진심입니다."

　"후후. 어찌 되었든 미래를 위해서 네가 필요하다. 누구도 아닌 네가. 너는 내가 믿을 수 있는 유일한 사람이니……."

　카니츠의 고른 숨이 거칠어졌다.

　"우선 너와의 산책시간을 수련시간으로 삼을 거다. 그러니 상황에 따라 기사의 덕목에 위배되는 거짓말을 해야 할 때가 많을 터. 이것 외에도 요구하는 일들이 많을 테지."

　이아나는 카니츠의 숨결이 엇박자의 최고조를 찍을 때쯤에 다시 한 번 입을 열었다.

"카니츠, 그래도 나를 도와주겠느냐?"

"당연합니다."

즉답과 동시에 카니츠가 왼쪽 가슴에 손을 얹으며 허리를 숙였다.

"저를 마음껏 이용하시고, 제가 필요하시다면 언제든지, 무슨 일이든 시켜 주십시오. 저는 아가씨만을 따르는 기사입니다."

"……하."

대체 카니츠는 아홉 살 꼬마일 뿐인 제게서 무엇을 보고 이리 충성을 맹세하는가. 자신이 뭐라고 과거에도, 현재에도 자신을 이리도 위하는가. 멍청한 건지, 순박한 건지 모르겠다.

어이없는 그의 태도에 심장이 묵직해졌다. 이아나는 거친 숨이 튀어나오는 입술을 손으로 가렸다.

신뢰는 부질없는 사랑보다 달콤하지는 않으나 따스한 평온을 선사한다. 어찌 과거의 자신은 이런 멋진 감정을 알지 못하고 차갑게 얼어붙었는가. 어찌 애정만을 찾아 헤매었으며, 아르하드와 검을 맞댈 때 심장에서 치솟는 뜨거운 불꽃에만 의지했는가.

이아나는 과거의 삶에 후회 한 점 없으나, 그것과는 별개로 제가 참으로 어리석었다고 생각했다.

그래서 속이 울렁거렸다.

사실 저를 따스하게 보살펴 주는 이스피도, 무한한 신뢰를 보이는 눈앞의 충직한 호위기사도 계속 제 곁에 있었으면 했다.

"어디 편찮으십니까?"

이아나가 손으로 입을 막고 있자 카니츠가 걱정스레 물었다. 이아나는 천천히 고개를 저으며 손을 떼어 냈다. 그리고 그녀의 충성스런 호위기사에게 눈을 섶어 눕게   있나.

"네 말이 기뻐서 그런다."

그래서 더욱더 자신이 앞으로 헤쳐 나갈 무도하고 잔악한 효웅의 길에 그들을 데려갈 생각이 없었다.

카니츠는 날이 밝자마자 이아나의 몸집에 맞을 법한 레이피어 한 자루를 들고 이아나의 방에 찾아갔다.

카니츠는 빨리 검을 가져다주고 싶었다. 이제껏 투정 한번 부려 본 적 없는 이아나가 간절히 바란 물건이기 때문이었다. 검을 가져오라 명하던 그녀의 붉은 눈은, 차갑게 가라앉아 가슴을 아프게 하던 평소와는 달리 뜨거운 화염 같았다.

그런 모습은 처음이었다. 그래서 날카로운 검이 어린 아가씨에게 위험하다고 생각하고 있으면서도 감히 명에 불복할 수 없었다.

똑똑.

"이 시간에 누구냐."

이아나의 기쁜 얼굴만 생각하고 방문을 두드린 카니츠는 조금 잠겨 있는 이아나의 목소리에 아차 싶었다. 지금은 아침잠이 없는 그녀가 이른 산책을 가는 시간보다도 훨씬 앞선 시간이었다. 카니츠는 자신의 멍청함에 머리를 한 번 쥐어박았다.

"죄송합니다. 카니츠입니다."

"들어와."

카니츠는 조심스레 문을 열었다가 눈에 쏟아지는 빛에 인상을 살짝 찌푸렸다. 문의 맞은편에는 큰 창문이 있었다. 길을 나섰을 때는 푸른빛이 가득했지만, 지금은 막 동이 트는 시간이었다. 막 떠오른 해가 내뿜는 백광에 눈이 부셨다. 그리고 이아나는 창문 앞에 서서 빛을 등진 채로 그를 응시하고 있었다.

카니츠는 속으로 감탄했다. 지금은 분명 새가 지저귀는 이른 새벽이었다. 그리고 이 시간은 저 나이 대의 아이라면 한참 꿈속에서 허우적거릴 때였다.

유모인 저보다 더 일찍 일어나서 깨우는 보람이 없다는 이스피의 투정을 지겹도록 들어온 카니츠는 항상 스스로 일찍 일어나는 이아나를 알고는 있었다. 하지만 이는 상상했던 범위를 넘어섰다. 저도 깨어나자마자 달려온 것인데, 아가씨는 대체 언제 일어나는 것일까?

카니츠는 멍하니 서 있다가 자신과 검을 번갈아 쳐다보는 이아나의 시선을 깨닫고 허리를 숙였다.

"죄송합니다. 무례를 저질렀습니다."

"됐다. 검을 가져왔구나. 이리 가져와."

카니츠는 조심스레 검을 건넸다.

검을 넘겨받는 이아나의 얼굴에 희열이 어렸다. 피부에서 기분 좋은 소름이 돌고, 죽어 있던 심장이 불을 뿜어 댔다. 검

특유의 길쭉하고 날씬한 형태는 이아나를 언제나 설레게 했다.

이아나는 검을 세로로 세우고, 검자루를 쥔 손에 힘을 주었다. 스릉, 하고 검이 서늘한 소리를 내며 모습을 빠끔히 드러냈다. 거울이 아닌 검에 얼굴을 비춰 보는 것은 오랜 버릇이었기에 저도 모르게 번뜩이는 빛을 뿜어내는 날카로운 검신에 얼굴을 비춰 보았다.

그리고 이아나는 소리 내어 작게 웃음을 터뜨렸다. 검에 비친 붉은 입술은 초승달처럼 호선을 그리며 만족스러움을 토해 내고 있었다. 휘어진 눈매 사이로 빛나는 붉은 눈동자는 홍염처럼 타오르고 있었다.

검에 미친 붉은 검귀, 이아나.

다시 태어난 이후 한 번도 드러나지 않았던 진정한 그녀가 바로 검 안에 있었다.

'그래, 이게 바로 나다!'

회귀한 이후 처음으로 맛보는 완벽한 일체감에 환희에 젖어 웃었다. 설렘을 감추지 못해 얼굴이 상기된 이아나가 검을 검집에 밀어 넣고는 바짝 굳어서 저를 쳐다보고 있는 카니츠에게 말했다.

"지금 당장 산책을 가자. 따라와라."

이아나가 곁을 지나쳐 가자 카니츠는 홀린 듯 그녀를 따라나섰다. 이아나는 별채를 나서서 저택의 뒤에 위치한 산과 이어지는 북문으로 향했다. 이른 아침이라 그녀의 길을 막아서는 존재는 없었다.

빠른 걸음의 이아나를 뒤따르는 카니츠는 술렁거리는 마음을 진정시킬 수가 없었다. 방금 전 그 웃음은 대체 무어란 말인가? 검을 쥐자마자 마른장작에 불이 붙듯 돌변한 이아나의 모습에 그의 심장은 쿵 내려앉았었다. 그리고 지금은 꼬리에 불붙은 개처럼 뛰어 대고 있었다.

'아가씨께서 그런 웃음도 지으실 수 있었구나.'

언제나 흐리게만 웃던 소녀가 보인 농도 짙은 웃음은 이스피와 자신에게 지어 주는 따스한 웃음과는 차원이 다른 뜨거움을 품고 있었다.

그의 심장에 자리 잡은 감정은 여인에 대한 설렘이 아니었다. 무엇 하나에 미친 자가 보인 광기 어린 열정이 다른 이에게도 옮겨붙어 심장을 뛰게 한 것이다.

하지만 한편으로 무척 들뜬 모습의 이아나가 도무지 이해가 되질 않았다. 그는 혼란스러운 눈으로 자신이 가져다준 허름한 검을 쳐다보았다. 살면서 한 번도 쥐어 보지 못했던 검이 대체 무슨 의미를 가지기에 차가웠던 어린 주인은 저리도 붉게 타오르는가.

북문에 도달한 이아나는 꾸벅꾸벅 졸고 있는 경비병을 지나쳐 빠르게 산을 올랐다. 카니츠는 정신없이 뒤따랐다. 이아나가 푸르른 녹음을 헤치고 단단한 암벽을 넘어서는 등 평소의 산책길과는 다른 길을 걷고 있었지만 생각에 잠겨 있던 카니츠는 이아나가 멈춰 서서야 퍼뜩 정신을 차렸다. 그러고는 놀란 눈으로 주변을 두리번거렸다.

"이곳은……?"

분명 산인데, 지금 그들이 도착한 곳은 아주 평탄한 지형이었다. 중심에는 성인 남성 스무 명이 서로서로 손을 맞잡아야 둘러쌀 수 있을 만큼 아주 커다란 나무 그루터기 하나가 자리

잡고 있었으며, 그 주변은 길쭉길쭉한 나무들이 보호막처럼 둘러싸고 있었다.

이아나는 나무 그루터기에 다가섰다. 그리고 기나긴 세월이 흔적을 안고 죽은 그루터기를 어루만졌다.

이곳은 언제나 시간이 멈춘 것처럼 같은 풍경을 담고 있다. 입술 끝을 말아 올린 이아나가 기분 좋은 숨을 흘렸다.

"좋지 않나?"

이곳은 회귀 전 발견한 직후 바로 이아나의 쉼터가 되었다. 왜인지는 알 수 없지만 지금 어루만지고 있는 그루터기에 앉아 숨을 고르기만 해도 번뇌는 사라지고 안온이 찾아왔기 때문이다.

"신기한 곳이군요. 이 산에 이런 장소가 있다는 얘기는 들어 보지 못했는데⋯⋯."

"관심이 없어서인지 발견하기 어려워서인지는 모르겠지만, 아무도 여기에 오지 않아."

다른 사람은 산에 들어와도 이곳까지는 도달하지 못했다. 혼자 있을 장소를 원하는 이아나에게 있어서는 최고의 쉼터였다. 그리고 오늘부터는 그녀의 비밀 수련장이 되어 줄 것이다.

스릉.

이아나는 검을 검집에서 살짝 내밀어 보았다. 카니츠가 가져온 검은 장인이 만든 명검이 아니라 평범한 보급품이었다. 그러나 그녀는 손에 쥐여 있는 길쭉한 날붙이가 검이라는 사실만으로도 몹시 만족스러웠다. 그래서 헤프게 웃음을 흘렸다.

'대체 이제껏 어떻게 참았는지.'

이때까지의 자신은 이아나가 아니었다.

검을 쥐어야, 자신은 비로소 이아나가 된다.

사라라라락.

떨리는 손으로 검집을 쓰다듬던 이아나는 아침 바람과 함께 날아오는 나뭇잎들을 보고 왼손으로 카득, 하는 소리가 날 정도로 검집을 세게 쥐었다.

눈이 번뜩이고, 그대로 오른손을 검 손잡이에 가볍게 얹은 후 검을 물 흐르듯 자연스레, 그러나 맹수가 발톱을 세우듯 빠르게 뽑아내면서 맑은 쇳소리를 뽑냈다.

붉은 머리카락이 하얀 얼굴 위로 산산이 흩어졌다.

피잉! 피잉!

레이피어가 바람을 유린하며 음악을 연주했다. 짧게, 그러나 강하게 바람을 꿰뚫고 찔러진 검 끝은 나뭇잎들을 구멍투성이로 만들었고, 검날은 경쾌하게, 그러나 무엇보다 빠르게 섬광의 궤적을 그리며 나뭇잎들을 그었다.

사사사사사삭!

바람에 실려 불규칙하게 떠다니던 나뭇잎들이 이아나를 지나가자마자 산산조각이 났다. 그리고 파편의 바람 틈 사이에서 검의 예리한 궤적을 좇는 이아나의 붉은 눈은 찬란한 기쁨으로 반짝거렸다.

카니츠는 이아나의 생기 넘치는 모습 하나하나에 숨이 멎는 것 같았다. 그리고 생각했다. 검이 자신의 아가씨에게 어떤 의미이든지 간에, 아가씨는 검을 쥐어야 한다고.

카니츠는 넋을 놓은 채 검이 섬광으로 그려 내는 궤적을 좇았다. 이아나의 검무가 끝나자마자 달려가서 그녀가 난도질을 해 놓은 나뭇잎들을 보았다.

몸에 소름이 와드득 돋았다.

"검을…… 처음 잡으신 게 아니셨습니까?"

처음일 수가 없다.

카니츠는 나뭇잎의 잔해들을 덜덜 떨리는 손에 담아 올렸다. 어떤 나뭇잎들은 어린 송충이가 파먹은 것처럼 구멍이 송송 뚫려 있었고 어떤 것들은 잎맥을 중심으로 해서 완벽한 대칭으로 잘려 있거나 완전히 산산조각 나 있었다. 베인 단면은 면도날처럼 날카로웠다. 검을 오랫동안 수련한 자의 솜씨였다. 아니, 오랫동안 수련해도 가능할까 말까 한 경지였다.

"잡아 본 건 아니지만 기사들이 수련하는 모습을 즐겁게 구경한 적이 많다. 그러다 나도 검술을 배우고 싶다고 생각했고, 그때부터 검술 서적을 많이 보았어. 방 안에서 막대기를 휘둘러도 보고 말이야. 어때, 호위기사. 괜찮았나?"

과거를 이야기할 수 없는 이아나가 대충 둘러댔다. 상식적으로 말이 되지 않았지만 카니츠는 그대로 믿어 버렸다. 감격한 그는 정신없이 고개를 끄덕였다.

"완벽합니다. 아가씨께는 천재이신 게 분명합니다. 눈으로 보신 것만으로도 이렇게……."

검은 이아나의 인생이 되기에 충분했다. 우직한 카니츠는 그녀가 검으로 대성할 거라고 확신했다. 이아나가 검을 잡은 이후부터 퍼져 나오는 생기와 열기에 그는 이미 매혹당해 있었다.

탱겅.

그때 이아나가 손에서 검을 떨어뜨렸다. 검이 발로 걷어찬

돌멩이처럼 흙바닥을 굴렀다. 카니츠는 화들짝 놀라서 쳐다보았다. 흙이 묻은 검을 물끄러미 내려다보던 이아나는 한숨을 폭 쉬고는 인상을 찌푸렸다. 그녀가 손을 들어 올렸다. 팔 전체가 파르르 떨리며 경련하고 있었다.

"아가씨!"

"과연, 네 말대로 내 몸은 아직 검을 잡을 때가 아니구나."

연약한 근육이 갑작스레 완벽한 검술을 경험하고 놀라서 꼬여 버렸다. 평소 찻잔만 들어 올리던 팔은 검의 묵직한 무게와 높은 경지의 검술을 수용하지 못했다. 이제껏 격한 운동 한번 하지 않은 몸이 기억을 따르지 못하는 건 당연했다.

이아나는 아픈 팔을 주무르며 못마땅한 표정을 지었다. 사실 조금 전 기술도 그리 마음에 드는 것은 아니었다. 자세는 기억과 일치했지만 속도도, 박력도, 기세도 예전에 비하면 초라하기만 했다.

하지만 그런 모습을 당장에 되찾길 바라는 건 과욕이었다. 과거에도 자신은 천천히, 그러나 누구보다 완벽한 육체를 만들면서 강해졌었다.

팔을 꽉 붙잡은 이아나는 떨어뜨린 검을 내려다보며 불만스레 중얼거렸다.

"아직, 너를 완벽하게 휘두를 때는 아니란 건가."

수련을 시작할 시간이었다.

-이아나 편 終

2. 아르하드 편

2. 아르하드 편

"그래, 이아나. 저번에 배웠던 것을 요약해서 말해 보렴."

마주하고 있던 인자한 생김새의 노인이 나지막하게 말하자 고개를 끄덕인 이아나는 입을 열었다.

"대륙 중앙에 가로로 거대하게 뻗어진 롯소산맥을 경계로 남쪽의 로안느 왕국과 북쪽의 바하무트 제국은 국경을 맞대고 있으며 오랜 기간 동안 앙숙이었습니다. 바하무트는 대부분 로안느의 국교인 라오스 신교를 믿지 않으므로 두 국가 사이의 앙심이 종교 탓이라는 학자들의 분석이 많지만, 정확히 무엇에서부터 비롯된 것인지는 알 수 없습니다."

"학자들이 말하는 분쟁의 원인이 종교의 차이뿐이더냐?"

"지역 때문이기도 합니다. 바하무트 사람들의 피부는 하얀 편입니다. 귀족이나 왕족의 하얀 피부와는 다르지요. 그들과 마주한 자들이 일컫기를, 그들의 피부는 귀한 분들의 혈기 도는 뽀얀 피부가 아닌 가난한 자들 특유의 한기에 얼어붙은 창백한 피부라고 합니다. 바하무트가 햇빛을 제대로 받지 못하는 북부 지역에 위치한 탓이지요. 스승님께서 바하무트는 햇볕의 혜택을 받는 풍요로운 남부지역을 탐해서 계속 로안느를 침범하는 것일 수도 있다고 말씀하셨지요."

"주변국은 그 둘의 전쟁에 끼어들지 않느냐?"

"바하무트는 말할 것도 없고 로안느는 수많은 국가들 중에서도 손꼽히는 강국입니다. 바하무트가 로안느를 자주 침략한 탓에 로안느 국민들의 전투 능력과 무기 제작 기술은 타 왕국과 비교했을 때 어른과 아이로 비유할 수 있을 정도로 월등합니다. 그래서 로안느와 바하무트의 주변국은 결코 그들의 전쟁에 끼어들지 않습니다. 둘을 배제하고 자신들끼리 신경전을 벌이지요. 고래 싸움에 새우등이 터질 것임을 알기 때문입니다."

"그래서, 현 바하무트와 로안느의 대치상태는 어떠한고?"

"괴이하게도 바하무트는 최근 16년간 로안느와 작은 충돌만 있었을 뿐 큰 전쟁을 일으키지는 않고 있습니다. 로안느는 언제나 바하무트에 침략당하는 입장이었으니 처음에는 제국의 행보에 촉각을 곤두세웠지만 바하무트는 별다른 움직임을 보이지 않았고, 전쟁이 사라진 로안느는 평화를 맞이했습니다. 평화주의자들은 바하무트가 이제야 피의 전쟁을 그만두고 백성들을 보살피기 시작했다고 주장합니다. 하지만 황실뿐 아니라 백성들마저 아주 호전적인 바하무트를 경계하는 사람들은 바하무트가 거대한 전쟁을 위해 힘을 기르며 웅크리고 있다고 말합니다. 그래서 지금도 따사로운 평화에 젖어드는 이들을 지탄하며 까거를 기어하라 소리 지르는 지식인들이 많지요."

이아나가 잠시 숨을 고르고는 노인을 쳐다보자 노인이 기특하다는 표정으로 고개를 끄덕였다.

"그래, 잘 기억하고 있었구나."

어느덧 열한 살이 된 이아나는 노인의 말에 기분이 좋아져서 말없이 웃었다.

수련은 본격적인 궤도에 올랐다. 몇 개월 동안 검을 휘두를 수 있을 정도의 몸을 만든 이아나는 검의 기본기 수련을 시작했다. 세로 베기 백 번, 가로 베기 백 번, 양 대각선으로 베기 각각 백 번. 찌르기 오백 번······.

기초 검술 수련 외에도 육체를 단련시키기 위한 여러 가지 운동과 자신이 예전에 창조해 냈던 독창적인 마나심법 수련을 병행했다. 열한 살 여아의 몸이 감당하기에는 고단한 수련이었고 정신적으로 강인한 이아나도 피로를 느꼈다. 그래서 수업은 대충 들었다.

하지만 이 노인과 수업을 할 때만큼은 피로를 내색하지 않은 채 몸을 단정히 하곤 했다. 노인, 제라드 후플루드 자작은 회귀하기 전에도 그녀가 무척 존경하고 좋아하던 사람이었기 때문이다.

"허허, 다른 스승들 앞에서도 이런 모습을 보이면 얼마나 좋을까. 너를 칭찬해도 감싸 주지 말라고 구박을 먹는단다. 네 덕에 내가 한없이 인자한 영감탱이가 되어 버렸어."

이아나는 두 손을 가지런하게 허벅지 위에 모은 채 말했다.

"그분들은 백작님의 부탁 때문에 길바닥에 굴러다니는 돌보다 못하다 여기는 제 귀에 지식을 읊으러 와 주시는 것뿐입니다. 그것을 그저 듣기만 하면 되는데 공경까지 할 필요가 있습니까? 제게도 그분들은 무생물인 책과 같습니다. 특이점이 있다면 음성 지원이 되는 책이라는 걸까요."

"……원, 녀석도."

이아나는 제 심드렁한 말에 기억하고 있는 모습보다 훨씬 젊은 제라드가 씁쓸한 표정으로 웃는 것을 물끄러미 쳐다보았다.

제라드 후플루드 자작. 평민 출신의 뛰어난 학자이자, 몇 년 후에는 왕의 조언자로서 백작이 된 이였다. 그리고 이스피, 카니츠와 마찬가지로 이아나의 유년시절 속에서 좋은 기억으로 남아 있는 마지막 한 사람이었다.

제라드는 이아나에게 너무나 특별한 사람이었다. 잔인했던 스승들과는 달리 그는 결코 그녀를 경멸하지 않았으며 측은하다고도 생각하지 않았다.

이아나를 로베르슈타인과 별개로 봐 주었으며, 노력하는 제자인 그녀에게 스승으로서 따스하게 대해 주었다. 제라드는 인자한 할아버지가 손녀딸을 재우기 위해 이야기보따리를 풀어 놓듯 지식을 가르쳤던 상냥한 스승이었다.

본래 성품이 인자했던 그에게 그런 행동은 아무것도 아니었을지언정 어린 이아나는 그런 제라드의 태도에 언제나 가슴이 먹먹해져서 수업 도중에도 몇 번이나 눈물을 쏟아 내곤 했다. 제라드의 수업을 방해하고 싶지 않았고, 자신의 눈물은 언제나 미움 받기만 할 뿐 위로받지 못하는 것이었기 때문에 제라드가 자신을 미워하는 것을 바라지 않았던 이아나는 숨죽인 채 서글프게 울었었다.

눈물을 뚝뚝 흘리면서 드레스 자락을 꽉 움켜쥐는 이아나의 머리를 제라드는 다정하게 쓰다듬어 주곤 했었다. 그때마다 그가 조곤조곤 속삭여 주던 말을 이아나는 아직도 잊을 수 없었다.

"너를 둘러싼 잔인한 이들에게 상처받아 울지 말거라. 그들에게 지지 말거라. 네 뜻이 아닌 운명에 굴복하여 그것을 수긍한다면, 그건 빠져나올 수 없는 수렁이 되어 너를 놓아주지 않을게다. 이아나, 너의 삶은 네 것이고, 네가 개척하는 것이란다. 운명이 아닌 너의 선택으로 만들어 가는 게야."

제라드는 이아나의 정신적인 스승이자 버팀목이었다. 하지만 그는 이아나를 가르치기 시작한 지 일 년도 채 되지 않아 백작령을 떠나야만 했다. 이아나의 처우개선을 청했다가 백작의 역정을 사 버렸기 때문이다.

그를 다시 만난 건 이아나가 사람들에게서 완전히 마음의 문을 닫은 후였다. 제라드는 그런 이아나를 안타까워했다.

스물네 살, 이아나가 2왕자 슈나이더 레제 로안느의 도움을 받아 역모죄를 뒤집어쓴 로베르슈타인 일가를 앞장서서 몰살시켰을 때, 모든 진실을 파악하고 있던 제라드는 처음으로 이아나의 뺨을 때리고 불같이 화를 냈었다.

이아나는 제지하지 않고 묵묵히 그의 분노를 받아들였다. 다른 사람은 몰라도 제라드만큼은 끔찍한 패륜을 저지른 그녀를 혼낼 수 있는 자격이 있었기 때문이다. 하지만 제라드는 이내 한숨을 쉬며 동정이 그득 묻은 눈으로 피에 흠뻑 젖은 이아나를 쳐다보았다.

"이것이 네가 선택한 운명이었더냐. 가엾은 것."

제라드에게 처음으로 뺨을 맞은 이아나는 또한 처음으로 불쌍한 인간 취급을 받았다. 얌전히 질타를 받고 있던 그녀는 동정을 받는 그 순간, 머리 꼭대기까지 치솟는 분노를 느꼈다.

"저는 불쌍하지 않습니다. 왜 저를 그런 눈으로 쳐다보시는 겁니까? 왜 저를 누구보다 불쌍한 것 보듯 보시는 겁니까? 이건 24년 간의 지긋지긋했던 삶을 끊어 낸 것에 불과합니다. 저는 지금 누구보다 만족하고 있습니다!"

그렇게 소리 지르고 제라드를 내쫓은 이후로는 그를 만나지 않았었다. 그리고 일 년 후, 제라드는 죽었다.

스물일곱 살, 이아나가 2왕자를 도와 왕권을 뒤집었던 까닭은 2왕자를 따르고 있었기 때문이기도 하지만 제라드의 죽음 때문이기도 했다. 제라드는 왕이 된 페르난도의 어미, 선왕의 첫 번째 정부 루리아의 손에 숙청당했다.

숙청 이유는 단순했다. 꼭두각시 왕이었던 페르난도에게 올바른 지식과 왕도를 가르치는 제라드가 루리아의 마음에 들지 않았기 때문이다. 이아나는 반란 당시 제일 먼저 루리아의 목을 참혹하게 베어 내 제라드의 무덤에 바쳤다.

"뭐 궁금한 거라도 있느냐?"

이아나는 인자하게 웃고 있는 제라드를 물끄러미 쳐다보다가 눈을 내리깔았다. 그녀의 속눈썹이 파르르 떨렸다. 기나긴 세월을 뛰어넘어 냉혈한으로 변모해 다시 태어났을지언정, 지금은 어리고 가냘픈 이아나가 아닐지언정 인자한 제라드를 보고 있자면 가슴이 묵직해져 오는 것은 어쩔 수가 없었다.

"아니요. 어서 스승님의 수업을 듣고 싶어서."

"허허, 반가운 말이구나. 그렇다면 수업을 시작하자. 오늘은 로안느의 왕실과 바하무트의 황실에 대해 알아보자꾸나."

제라드는 역사학자이자 정치학자였다. 그는 이아나에게 역사와 역사를 접목시킨 정세를 가르쳤다. 과거를 모두 기억해 낼 수 없는 이아나로서는 제라드가 스승이 아니었더라도 꼭 들어야 할 수업이었다.

수업은 조국인 로안느와 적국 바하무트 위주로 진행되었다. 다른 나라들에 대해서도 배우지만, 로안느의 오랜 숙적인 바하무트에 대해 조국에 필적할 정도로 상세히 배우는 것은 로안느 국민의 의무였다.

"저번에 지나가듯 말했었지. 로안느에는 네 왕자와 두 왕녀가 있고 바하무트에는 황태자와 황녀가 한 명씩 있다고. 우선 로안느의 귀족이라면 조국의 왕족 이름 정도는 외우고 있겠지?"

"물론입니다. 로안느 왕족의 이름은 첫 번째 이름은 본명, 두 번째 이름은 모친의 이름, 성은 왕실의 성을 땁니다. 그러나 왕은 모친의 이름 대신 자기가 원하는 이름 하나를 가지며, 왕의 여자들은 두 번째 이름을 가지지 않습니다. 따라서 현왕은 하리오스 맥시엄 로안느이며, 왕비는 뮤지니엘 로안느고, 측실에는 루리아 로안느와 레제 로안느가 있습니다."

"계속해 보아라."

"왕의 자식들로는 1왕자이자 현 왕세자인 페르난도 루리아 로안느, 2왕자 슈나이더 레제 로안느, 3왕자 시아이외 루리아 로안느, 4왕자 라이너스 뮤지니엘 로안느, 1왕녀 릭실리야 뮤지니엘 로안느, 2왕녀 안젤리나 뮤지니엘 로안느가 있습니다."

"잘 알고 있구나. 조국의 정세는 차근차근 공부하기로 하고, 오늘은 바하무트의 황실에 대해 알아보자꾸나."

이아나는 무심결에 아르하드를 떠올렸다.

마지막 전쟁에서 그녀의 심장에 검을 꽂은 적국의 황제, 아르하드 로 라르소 바하무트. 그의 눈동자 깊숙한 곳에서 적나라하게 빛을 발하던 광적인 소유욕은 결코 잊을 수 없는 것이었다.

"바하무트는 현재 과격했던 선황들과는 달리 다소 온건한 성향인 필리어드 사르폰 바하무트가 집권하고 있으며, 그 곁에는 황후 샤일린스 바하무트가 있단다. 그리고 헤아릴 수 없을 정도로 많은 여자들이 황제의 하렘에 있지. 밤의 유흥을 위한 여인들이란다. 하지만 슬하에 자식이라고는 황태자 테일런 바하무트와 황녀 이사벨라 바하무트뿐이야."

종이에 빼곡히 수업내용을 필기하던 이아나는 손을 멈칫했다. 그렇다. 아르하드 로 라르소 바하무트는 아직 현 황실에 존재하지 않았다.

제라드는 바하무트의 현실을 입으로 읊어 내려갔다.

"필리어드 사르폰 바하무트가 궁의 수많은 여자들과 관계를 가짐에도 자식은 황후에게서 난 둘뿐이냐. 그렇다고 해서 황제의 자식으로 인정받지 못한 하렘의 자식들이 있느냐 하면 그것도 아니다. 그의 핏줄은 정말로 둘뿐이야. 이는 필리어드뿐 아니라 바하무트의 선황들에게도 해당되는 현상. 이게 무슨 뜻인지 알겠느냐?"

"아이가 태어나자마자 죽였거나, 아이가 태어나기 전에 임신한 여자들을 모조리 죽였겠지요. 아니면 낙태시켰을지도."

"그래. 바하무트의 피가 귀한 이유에 대해서는 모두가 입을 모아 말하지. 황실의 순혈에 집착하는 근친혼 때문이라고 말이다."

이아나는 가라앉은 눈으로 종이에 찍혀 있는 바하무트라는 검은 먹물을 내려다보았다. 알고는 있었지만 다시 태어나 그 역사에 대해 듣자니 기분이 가라앉았다.

그녀만큼 검에 미쳐 있던 아르하드, 어느 누구보다 그녀를 바랐던 아르하드.

그는 이 끔찍한 바하무트 황실의 숨겨진 황자였다.

"황후인 샤일린스 바하무트 또한 황제의 동생이었지. 그들이 황실의 피에 집착하는 이유는 그들 외에는 아무도 알 수 없어. 어쩌면 그들 고유의 문화일 수도 있겠지."

역사를 되짚어 보면 바하무트 황실은 언제나 근친혼을 했다. 근친혼을 하는 국가가 없는 건 아니지만, 바하무트의 황실은 유달리 피의 유출을 꺼려했다.

"바하무트 황실의 생김새는……."

"검정 일색이지요."

만지면 색이 묻어날 듯한 새까만 머리칼, 빛조차 한입에 삼킬 기세의 검은 눈동자. 바하무트 황실 일원들은 묵색만이 존재하는 생김새로 유명했다.

"그들의 전투능력은?"

"최강으로 칭해집니다."

십여 년 전 전장에서 강력한 바하무트 황제와 황실의 일원들을 마주하고도 살아남았던 이들은 그들을 항상 악마로 묘사하곤 했다. 대표적으로 전쟁시대에서 살아남아 지금은 은퇴한, 왕실 근위대장의 유명한 수필, 《전장의 악마》에서는 바하무트의 황태자를 이렇게 서술했다.

기껏해야 어린 황자라고 생각했다. 나는 왕실을 수호하는 근위대장이었으며, 내 실력이 뛰어나다고 자부했다. 하지만 마주친 그는 그저 어린 황자가 아니었다. 악마의 새끼였다. 전쟁의 광기에 물든 바하무트의 왕자와 눈이 마주치는 순간, 나는 꼼짝없이 죽었다고 생각했다. 그들의 검은 눈동자는 그저 검은 눈동자가 아니었다.

그들은 악마다. 아니, 악마가 아니라고 하더라도 그들은 악마의 힘을 받은 것이 분명했다. 그렇지 않고서야 왕국 제일의 기사로 손꼽히던 내가 어찌 무저갱에 빨려드는 기분을 느꼈겠으며, 등을 돌려 도망치고 싶다고 생각했을까?

악마는 입꼬리를 끌어 올려 웃으며 검기를 두르고 있던 내 검을 두 동강 냈다.

《전장의 악마》는 과장성이 짙다고 비판받았지만, 이 글이 아니더라도 기나긴 역사가 말하는 그들의 강함은 상상초월이었다. 롯소산맥을 지나는 도중에 바하무트 병력에 수많은 손실이 생긴 덕을 보긴 했지만 그들과 수백 년간 싸워 온 로안느가 용했다.

'아르하드도 심하게 강했지…….'

이아나는 바하무트 황실의 피에 특별한 무언가가 흐르고 있을지도 모른다고 생각했다. 그렇지 않고서야 일가족 전체가 괴물일 수는 없었다. 그러면 피에 집착하는 황실의 행동도 이해할 수 있을 것 같았다.

하지만 아르하드는 황실의 피에 다른 피가 섞인 사생아였다. 하렘에서 도망친 여자의 아들인 아르하드는 바하무트 특유의 짙은 흑안이 아닌 번뜩이는 금안이었다. 순혈이 아닌 것이다.

그런데도 그를 제거하려던 바하무트 황실을 역으로 몰살하고 황제가 되었다. 바하무트 황족보다 훨씬 강했다는 말이다. 이를 생각하면 근친혼이 능력의 유출을 막는다고 생각할 수는 없었다.

수업이 끝나고 제라드를 정중하게 배웅한 이아나는 의자에 다시 앉았다. 필기한 종이에 쓰인 바하무트라는 단어를 펜으로 톡톡 두들기던 이아나는 새 종이를 가져와 옆에 놓았다. 그리고 제일 위에 아르하드 로이긴, 이라고 깃펜으로 휘갈겨 썼다. 그 이름 밑에 그에 대해 알고 있는 것들을 적어 보기 위해 천천히 깃펜을 놀렸다.

검술과 마나제어로는 누구도 따를 자가 없다.

스물아홉 살, 황제가 되었다.

바하무트 국민들이 패왕이라 칭송하며 따랐다.

인간뿐만 아니라 몬스터까지 통솔하며 대륙을 재패했다.

이후, 깃펜을 쥔 손은 움찔거리기만 할 뿐 더 이상 움직이지 않았다.

지금 적어 놓은 내용들은 다른 이들도 알고 있는 것들뿐이 었다. 그런데 이를 제외하고는 그에 대해 아는 게 없었다. 아 르하드는 검술의 길에서 몇 걸음 앞서 걷는 적수이자 왕국을 위협하는 황제에 불과했다.

거기까지 생각한 순간 이아나는 저도 모르게 끙, 하고 앓는 소리를 냈다. 제가 검사이자 황제인 아르하드가 아닌 진실한 아르하드에게 몹시 무관심했음을 깨달았기 때문이다.

적개심으로 눈이 뒤집혀 그를 보려 하지 않았고, 그의 말을 들으려 하지 않았으며, 그의 접근을 거부했다.

검술의 끝을 바라보던 같은 절대자로서는 누구보다 그를 잘 이해했으나 인간 대 인간의 관계에서는 누구보다 그를 잘 몰 랐다. 승부욕으로 불타올라 그에 대해 아무것도 모른 채 그저 싸우기만 했다.

이아나는 한숨을 쉬었다. 펜으로 아르하드의 이름을 툭툭 두 들겼다.

'아르하드는 지금 어디서 무엇을 하고 있을 것인가.'

현재는 아르하드와 바하무트를 연결시킬 수 없다. 그는 갑작스레 등장한 피의 황제였기 때문이다. 그녀가 기억하는 첫 모습은 로안느 왕국 주최 청년검술제에 나타났던 아르하드다.

'그 전에는.'

알 수 없다. 지금의 그에 대해서 아는 것이라고는 이름이 아르하드 로이긴이라는 게 다였다.

이아나는 바하무트 황제일 때의 이름인 아르하드 로 라르소 바하무트도 아니고, 청년검술제 참가명인 아르하드도 아닌, 그가 직접 가르쳐 주었던 로이긴이라는 성이 왠지 모르게 신경 쓰였다. 그를 찾을 수 있는 열쇠일지도 몰랐다.

덜컹.

이아나는 고개를 저으며 자리에서 일어났다. 로이긴이라는 성을 머리에서 지워 냈다. 아무것도 할 수 없는 지금의 자신이 그를 찾아 무엇 할까. 그와 확실하게 만날 수 있는 시기는 열아홉 살이 되기 직전의 건국제 때였다.

이아나는 그를 이기고 싶었다. 쓸데없는 망상과 추측으로 허투루 낭비할 시간이 없었다.

―아르하드 편 終

3. 로베르슈타인 편

3. 로베르슈타인 편

이 세상은 라오스 신의 기적으로 가득 차 있다. 라오스 신께서는 스스로의 권능으로 모든 존재를 창조하셨으며, 창조물들에게 그가 빚어 낸 아름다운 세계에서 삶을 영위할 기회를 주셨다.

거의 대부분의 국가가 국교로 지정한 라오스 신교의 신자들은 태초에 주신 라오스가 천지만물을 창조했다는 믿음을 일반인들에게 설파하고 다녔다.

라오스 신교의 교리는 라오스 신의 존재를 의심치 않는 것, 라오스 신이 이 세상을 창조했다는 사실을 믿는 것, 삶을 선사하신 라오스 신께 항상 감사하는 것, 그리고 회개하여 신에게 귀의하는 것에 있었다.

'신을 믿으며 진심을 다해 교리를 따르면 사후에 신의 곁에서 보살핌을 받으며 진정한 안식을 누릴 수 있다'는 믿음은 신자들이 모든 일에 라오스 신을 찾는 이유가 되었다. 사람들은 새로운 하루를 시작하는 아침에는 오늘 하루도 평온한 하루가 될 수 있게 해 달라며 기도했고, 하루를 끝마치는 저녁에는 신에게 감사인사를 올린 후 그날 있었던 일을 고백하며 하루를 반성하곤 했다.

왕실부터 천민에 이르기까지, 즉 신분의 고하에 상관없이 로안느 왕국민들 대부분은 라오스 신교의 독실한 신자였다.

하지만 이아나는 아니었다.

"라오스 신의 성서를 아직도 읽지 않았단 말이냐? 정말로?"

"네."

오늘, 이아나가 열세 살일 때 국왕의 부름을 받고 로베르슈타인령을 떠났던 제라드가 찾아왔다. 휴가 중에 잠시 들렀다며 허허 웃던 제라드는 수도에 있는 라오스 대신전에 대한 이야기를 해 주려고 했다. 그리고 그가 의례상 던진 '성서는 당연히 읽어 봤겠지?'라는 질문에 이아나는 안 읽었다고 솔직하게 대답했다.

"성서 수업은?"

"백작님께 혼자 읽겠다고 말씀드렸습니다. 요즘은 성서 수업뿐 아니라 모든 공부를 독학으로 해결하고 있습니다."

"허허허. 그런데 왜 성서를 읽지 않았느냐."

"필요 없다고 생각했기 때문입니다. 허무맹랑한 신화들만 가득한 책을 읽을 시간에 모자란 지식을 채울 수 있는 책을 읽겠습니다. 사람들은 라오스가 세상을 창조하기 위해서 마도시대 초기에 잠시 현신했다고 말하죠. 그런데, 라오스가 정말로 존재했던 신일까요?

이아나는 라오스의 신자가 들었다면 신성 모독, 혹은 이단이라고 거품 물고 달려들 법한 말들을 거침없이 내뱉었다.

"……."

제라드는 라오스 신교를 믿긴 했지만 이아나처럼 신이 없다고 주장하는 이들을 이단이라고 손가락질하며 입에 거품을 무는 광신도는 아니었다. 그리고 듣기 불편하다기보다는 신기했다. 마법에 심취한 고령의 마법사들이 내뱉을 법한 말을 열다섯 살밖에 되지 않은 이아나가 하고 있어서.

"저는 애초에 신이 존재하지 않았다고 생각합니다. 라오스는 사람들이 만들어 낸 허구적 인물이거나 인간이었을 겁니다. 마도시대 초기 이후 라오스가 세상에 모습을 드러낸 적이 있었습니까?"

"없지."

"네, 없죠. 신이 없어도 세상은 마나로 인해 잘 돌아가고 있습니다. 마음에는 안 들지만, 라오스 신교에 의해 시간은 신성시대와 마도시대로 나뉘죠. 라오스 외에도 많은 신들이 존재했다는 신성시대와, 신은 없고 마나로 세상이 돌아가는 마도시대로요. 그리고 지금은 마도시대입니다."

마도시대는 '마나를 제어하는 시대'라는 뜻이다.

여기서 마나란 대체 무엇인가? 마나란 간단히 말해서 에너지를 가졌으나 눈에 보이지 않는 유동성 기체다. 이 세계 전체에 공기처럼 골고루 퍼져 있는 마나라는 이질적인 기운은 강화, 강기, 마법, 아티팩트 등 각종 이능으로 활용된다. 갑자기 사라진다면 모든 일이 제대로 돌아가지 않을 정도로 마나는 이 시대를 살아가는 사람들의 생활 전반에 녹아들어 있었다. 즉, 마나는 현시대를 이루는 근간이었다.

"이런 현실에 신을 믿으며 성서를 읽어야 할 이유는 없다고 생각합니다. 과거에 신이 존재했든 존재하지 않았든 지금은 없는 게 확실하니까요."

이아나는 눈에 뵈지 않는 신이 아닌 실제로 존재하는 마나만을 믿었다. 그래서 허구적인 소설로밖에 여겨지지 않는 성서를 읽기 싫었다.

제라드는 불퉁한 태도의 이아나를 나무랐다.

"왜 없느냐? 네가 그리 찬양하는 마나 또한 신이 선물하신 힘이란다."

'……궤변.'

스승에게는 불손한 생각이지만, 이아나는 신자들이 미쳤다고 생각했다. 마나가 신이 선물한 힘이라는 증거가 어디에 있단 말인가?

신자들은 증거도 없이 마나가 신이 선물한 힘이라는 망상을 진리라고 우겨 댔다. 그들의 논리대로라면 말도 안 되는 말을 갖다 붙여 놓고 억지를 부리면 사실로도 둔갑시킬 수 있었다.

"또 모든 생물은 차가운 마나와는 또 다른 신의 따뜻한 힘, 신력을 지니고 있느니라. 신께서 힘을 나누어 주셨기에 모든 생물들이 생명을 가지고 살아 움직일 수 있는 게야. 이 세상은 신의 기적으로 가득 차 있어."

제라드가 말하는 신력이란 마나와는 달리 누구도 인식하지 못하지만 실제로는 존재한다고 믿는 기운이었다. 사나운 마나와 따뜻한 신력. 말인즉슨, 사람의 욕망과 힘에 감응하는 차가운 마나와는 달리 신력은 생물에게 생명을 선사하는 따뜻한 힘이고 모든 생물이 속에 품고 있다는 것이었다.

단순히 흙과 물로 이루어져 있는 생물들이 살아 움직일 수 있게 하는 신의 놀라운 기적.

마나와는 달리 사람들이 신력을 느끼지 못하는 이유는 창조물이 신의 영역을 넘보는 불상사를 막기 위해 신력을 다루는 것을 라오스 신께서 허락하지 않기 때문······.

현상으로 드러나지도 않는 뜬구름 잡는 이 헛소리는 라오스의 신자들이 순전히 전도를 위해 퍼뜨린 거라고, 이아나는 믿고 있었다.

"그딴 허무맹랑한 소리······ 죄송합니다, 스승님께 실례를. 하지만 누구도 신력이라는 것을 느끼지 못하지 않습니까? 그런데 어떻게 신력이 존재한다고 말할 수 있는 거죠? 또, 라오스 신이 이 세상을 창조했다고 하는데, 그것도 솔직히 말해 믿기지 않습니다."

'희대의 사기꾼이면 사기꾼이었지.'

이아나는 그 말까지는 덧붙이지 않았다.

"백번 양보해서 라오스 신이 천지를 창조했다는 게 사실이라면, 그는 그저 태초부터 세상에 존재하던 마나를 아주 잘 활용한 대단한 마법사가 아니었겠습니까? 마법으로 모든 것을 창조한 거죠. 이 가설을 뒷받침하는 증거로 이 세상의 모든 자연과 생물들은 마나의 배열로 이루어져 있지 않습니까?"

세상의 모든 것은 견고하면서도 복잡한 마나의 배열로 이루어져 있다. 이는 신자들의 허언과는 달리 오랜 시간 연구를 통해 밝혀낸 진리였다.

"또, 마법이 라오스 신에게서 비롯되었다고 알고 있는데요."

제라드는 단호하기만 한 이아나를 물끄러미 쳐다보다가 입을 열었다.

"그래서 마법사들이 생명을 창조하는 데 성공한 적 있느냐?"

"……물론 현재 마나의 성질을 완전히 밝혀내지 못해 아직 그 부분까지 연구가 진척되진 않았지만…… 연구 성과로, 마법사들은 스스로 움직이는 골렘을 만들어 냈습니다."

"골렘은 꼭두각시 인형이나 마찬가지지. 스스로 생각을 할 수는 없고 주입한 마법에만 충실히 따르는 인형 말이다. 생명이라 할 수 없는 물체란다. 그리고 또?"

"자연물을 인공으로 제작할 수 있게 되었습니다. 세계 각지의 마탑에는 마나의 배열로 만들어 낸 꽃과 나무들이 있다고 했습니다."

"아니지, 이아나. 그건 자연물을 본뜬 인공물이지 생명체가 아니지. 너는 본 적이 없겠지만 그것들에게서는 활기가 전혀 느껴지지 않는단다. 게다가 마나고정 마법을 해제하면 바로 사라져 버리는 허깨비와 같은 것을 어찌 생명이라고 하겠느냐?"

"……"

"이아나 너도 생명이 아직 미지의 영역이라는 것을 인정하겠지? 그래, 도저히 이론으로 규명할 수 없는 현상이 있기 때문에 사람들은 신이 존재한다고 믿는 거란다. 그리고 사람들이 그렇게 믿는 데에는 이유가 있는 법이나. 칭호닐릭배고 로인느 왕국의 시조 로안느 여왕은 세상에 현신한 라오스의 추종자였고, 그를 아버지처럼 따랐으며, 그의 뒤를 좇으며 기적을 엿보았다고 기록되어 있지."

이아나는 반박하지 못했다.

"그리고 증거?"

제라드는 성서의 제일 앞장을 펼쳐 이아나에게 내밀었다.

나의 황금의 악마여.
나는 구슬피 통곡한다.
약속의 증표, 페임드라의 생명은 마르고
낙원에는 종말밖에 남지 않았구나.
오늘, 너는 나의 검을 받들고 스러지리라.
탄생과 불멸의 끝에 위치한 판데모니엄.
그곳에서 너는 잠들라.
나 또한 너의 곁에서 함께하노라.
그리고 마침내 세상에는 태양의 눈이 빛나는 순간이 오리니……

"라오스 대신전 깊숙한 곳에, 아득한 옛날부터 존재해 온 비석이 있지 않느냐. 이 어구가 그대로 새겨져 있는, 어느 고명한 마법사도 연대를 측정할 수 없는…… 신력이 깃들어 있는 신비로운 비석이."

신력이 어려 있다고 알려진 라오스 신전의 비석은 아주 유명했다. 지금은 한 나라의 국왕이라도 사사로이 보는 게 불가능하지만, 먼 과거에는 연구용으로는 개방되어 있었다. 그때 비석을 연구했던 마법사들은 하나같이 비석에 어린 기운은 마나가 아니라고 말했다.

가까이 있기만 해도 활기를 북돋아 주는 이상한 기운. 사람들은 그 기운을 신력이라고 믿었다.

이아나는 고개를 저었다. 고대에 괴짜 대마법사가 거기에 이상한 수작을 부려 놨을 줄 누가 안단 말인가.

'그놈의 비석.'

이렇게 신에게 냉소적인 이아나도 어렸을 때는, 정확히 말하자면 회귀 전 유년시절에는 성서를 누구보다 열심히 읽으며 신을 찬양했으며 추종했으며 의지했다.

저는 어찌하면 될까요, 라오스 님. 저를 구원해 주세요, 라오스 님. 단 한 명이라도 좋으니 누군가가 제 편이 되게 해 주세요…….

지금 생각하면 낯부끄러울 정도로 신에게 의지했었다. 하지만 세월이 흐르면서 신의 도움을 바라며 가만히 있는 것만으로는 아무것도 해결되지 않는다는 사실을 깨달았다.

아무리 신을 부르짖어도 신이 도와준 적은 단 한 번도 없었다. 삶에 있어 중요한 건 신이 아니라 제 행동들이었다. 이아나는 신의 힘이 아닌 스스로의 힘으로 모든 것을 이루었다.

'그러니 신은 필요 없어.'

이아나의 얼굴 전체에 고집이 아로새겨지는 걸 보며 제라드는 고개를 절레절레 저었다.

"네가 그렇게까지 무교를 주장하니 강요할 생각은 없지만 라오스 신교는 로안느 왕국의 국교란다. 라오스의 성서에 의해 로안느 왕국의 법과 왕국민의 삶의 방식이 결정되느니라. 무신론자들도 성서만큼은 읽어. 그러니 네가 신을 믿든 안 믿든 라오스의 성서는 읽어야 한다. 자, 오늘부터는 시간이 날 때마다 성서를 읽도록 해라."

"후우⋯⋯."

결국 영지에 잠시 들른 제라드에게 성서에 대한 설교만 잔뜩 듣고 말았다.

이아나는 미간을 좁힌 채 제라드가 선물로 주고 간 라오스의 성서 표지를 성의 없이 넘겼다. 제라드가 보여 준, 신전 지하 비석에 쓰여 있다는 문구가 눈에 들어왔다. 첫 장 첫 절부터 시작되는 알 수 없는 단어들의 나열에 이아나는 혀를 찼다.

성서는 라오스와 태초부터 함께했다는 검은 신도가 라오스를 지켜보며 작성한 문서다. 성서에는 허무맹랑한 신화들뿐만 아니라 아직까지도 학자들이 해석하기 위해 고군분투하는 어구들로 가득했다. 그리고 1장은 성서에서도 가장 해석하기 어려운, 아니 해석할 수 없는 수수께끼로 휩싸인 장이었다. 까마득한 마도시대 이전, 신성시대의 이야기였기 때문이다.

아무도 이 문장들을 해석하지 못했다. 고대 악마의 이름도, 이 말을 한 자의 정체도, 그 둘의 관계도, 문장에 나오는 페임드라와 같은 고대어들이 무슨 의미인지도 알 수 없었기 때문이다. 그래서 이 어구는 아주 많은 방향으로 해석이 되어 수많은 연극과 소설, 오페라로 제작되었다.

"이 말은 신성시대의 종말에서 세상을 주름잡고 있던 고대 악마를 죽인 자가 남겼다고 전해지는 유명한 어구란다. 주신 라오스의 성서 1장 1절, 라오스 신의 세상을 여는 신화기 때문에 대다수의 사람들이 이자가 라오스 신이라고 믿고 있지."

수업 내내 계속 반박하고 싶은 마음이 드는 건 그녀로서도 어쩔 수 없었다. 마음 깊숙한 곳에 자리 잡은 신에 대한 불신은 아무리 그녀가 좋아하는 제라드가 하는 말이라도 그에 대한 강한 거부감을 자아냈다. 악마도 존재했을 리가 없다고 생각했지만, 이아나는 일단 제라드에게 맞춰 주기로 했다.

"악마를 죽인 게 라오스 신이라고 단정 지을 수는 없지 않습니까? 곁에서 함께한다는 말이나 여기, 성서의 1장 2절."

라오스는 악마의 피가 묻은 서글픈 그림자를 떠나보냈다.
또한 그림자를 떠나보내지 못하고 간직했다.

"이 구절을 읽어 보면 그림자는 라오스가 아닌 다른 존재일 가능성이 높습니다. 저는 그림자가 의미하는 존재가 죽었고, 라오스가 이 존재를 그리워한다는 가설이 가장 그럴싸하다고 생각합니다. 악마의 피, 그러니까 악마는 그림자가 죽었다는 얘기지요."

첫 절부터 이아나가 불신 어린 표정을 한 채 신랄하게 딴죽을 걸어 대자 제라드는 어색한 표정을 지었다.

"그렇지. 나도 다른 신이었을 가능성이 높다고 생각한단다. 네 말대로 성서에는 모호한 부분이 많아. 하지만 그렇게 한번 의심하기 시작하면 끝이 없단다, 이아나."

탁.

이아나는 지긋지긋한 성서를 덮고 방을 나섰다. 신에 대한 생각을 머리에서 깨끗하게 지워 낸 그녀는 기분전환을 위해 산책을 나섰다.

평소라면 뒤를 따랐어야 할 카니츠는 현재 로베르슈타인가에 속한 기사로서 보름동안 롯소산맥에 있는 합숙소에 훈련을 갔기에 없었다. 카니츠는 곁에서 떨어지는 것에 안절부절못했지만 이아나의 일갈에 아무 말도 못 하고 훈련에 참가해서 떠났다.

"후우우."

이아나는 깊게 숨을 들이마셨다가 길게 내쉬었다. 카니츠가 불편한 것은 아니지만 이렇게 혼자서 유유자적하게 노닐 수 있는 시간이 너무나 좋았다. 머리 위로 항상 내리쬐고 있는 따스한 햇살이 좋았고, 고개를 들면 곧장 눈에 들어오는 푸른 하늘과 그림처럼 둥둥 떠다니는 하얀 구름들이 좋았으며, 걸음을 멈춰 섰을 때 볼 수 있는 아름다운 꽃과 나무들이 좋았다.

회귀 전, 이아나는 치열하게 살아가는 데에만 급급해 주변을 돌아본 적이 없었다. 그러나 회귀를 하고, 모든 것을 비운 후에 망연히 되돌아보았을 때 문득 생각했다.

'예전에 이렇게 주변을 돌아본 적이 있었을까…….'

없었다. 언제나 길을 헤쳐 나가는 데만 급급해서 꽃들을, 낙엽을, 나무들을, 비를, 눈을, 햇빛을. 아름다운 것들을 보지 못한 채 끝없이 걷기만 했었다.

봄도, 여름도, 가을도, 겨울도 지나쳤다. 그녀의 세상에서 사계절은 죽었다. 사계절이 죽어 버린 그녀의 세상에는 아무것도 없었다. 이아나는 말라비틀어진 황야에서 홀로 서 있었다.

그리고 회귀를 함으로써 여유와 함께 따스한 봄이 찾아왔다. 사계절이 다시 태어난 것이다. 그래서 이아나는 회귀를 한 것에 또 한 번 만족했다.

이아나는 고개를 치켜들어 따사로운 햇살을 코끝에 머금었다. 그녀의 붉음은 여전했지만 시간은 정적인 그녀와는 다르게 빠르게 흘렀다. 봄이 지나고, 여름이 지나고, 가을이 지나고, 겨울이 지나고, 사계절은 멈춤 없이 흘러 이아나가 검을 잡은 지도 벌써 6년이 지났다. 열다섯 살이 된 지도 반년이 지나 학술원 입학을 위한 최소 나이 열여섯 살이 되기까지 반년밖에 남지 않았다.

그동안 이아나의 실력은 일취월장했다. 검술 실력이 극에 달해 검의 지배자라는 극존의 호칭을 받았던 과거만큼은 아니지만 왕실의 근위기사쯤은 능히 이길 수 있는 정도였다.

이제 겨우 열여섯을 바라보고 있는 가녀린 여자아이가 왕국에서도 최고의 검사 집단인 근위기사단의 기사를 이긴다는 것은 상상할 수도 없는 일이다. 하지만 이아나는 가능했다. 이는 그녀가 이미 검술의 끝을 보았고 악마와도 같은 재능을 지니고 있었기에 만들어 낼 수 있었던 쾌서였다.

그뿐만 아니라 나이가 더해지면서 이아나의 매력도 빛을 발하기 시작했다.

여타 귀족 소녀들이 말하는 여인의 아름다움과 매력이란 코르셋으로 몸을 바짝 조일 수 있을 정도로 마른 몸매와 오목조목한 얼굴, 귀하게 자란 티가 철철 흐르는 하이얀 피부, 그리고 지켜 주지 않으면 죽어 버릴 듯한 가냘픔이다.

군사강국인 로안느에서는 그런 아름다움을 추구하는 경향이 더 심했다. 바깥일을 하고 돌아오는 멋진 남편의 강인함, 그를 맞이하는 아리따운 아내의 부드러움. 사람들이 생각하는 이상적인 조화였다.

하지만 이아나는 달랐다. 산에서 수련했기 때문에 새하얀 피부에 살포시 햇빛을 머금어 탐스럽고 생기가 넘치는 살굿빛 피부를 지니게 되었다. 혈색이 도는 피부는 그저 하얗기만 한 피부보다 타오르는 듯한 붉은 머리카락에 훨씬 잘 어울렸다.

몸에는 근육이 잘 드러나지 않는 여인의 특성답게 만져 보지 않고는 잘 알 수 없는 탄탄한 근육이 골고루 자리 잡았다. 균형이 잘 잡혀 굴곡 있는 몸매를 지닌 이아나는 마치 늘씬한 암사자 같았다. 그녀에게 레이디의 아름다움을 적용할 수는 없지만 매력이 없다고는 누구도 말할 수 없으리라.

이아나가 허리를 활처럼 휘어 기지개를 한 번 쭉 펴고는 기분 좋게 혼자 북문을 향해 길을 거닐고 있을 때였다.

탁.

이아나는 걸음을 멈추었다.

"후우, 후우……."

르보니가 풍성한 드레스 자락을 꽉 움켜쥔 채 숨을 몰아쉬며 이아나의 앞에 멈춰 서 있었다.

항상 도발적인 몸매를 드러내며 체르노를 쫓아다니는 여자가 어째서 자신의 앞에 울 것 같은 얼굴을 하고 서 있을까, 하고 이아나는 평소답지 않게 르보니에게 호기심을 가졌다.

르보니가 쥐 잡아먹은 듯 빨간 입술을 덜덜거리며 열었다.

"이아나, 너는, 너는……."

이아나는 더듬거리며 말을 꺼내는 르보니를 보며 미간을 살짝 좁혔다. 르보니는 요즘 정신이 나간 것 같았다. 거의 모든 시간을 체르노를 쫓아다녔던 옛날과는 달리 정원의 나무등치에 멍하니 기대앉아 있거나, 하인들이 면전에서 욕해도 그저 멍하니 있을 때가 많았다.

'내가 우연히 목격한 게 그 정도니 평소에는 얼마나 심각할까.'

르보니를 좋아하지 않는 이스피가 의원을 불러야 하는 게 아니냐며 걱정할 정도니 말 다했다.

그리고 기분 탓일까? 검을 잡은 이후로 멀리서 저를 뚫어져라 쳐다보는 시선을 이아나는 자주 느낄 수 있었다.

이아나는 르보니가 이상해진 이유를 알기 위해 묻어 두었던 회귀 전의 기억을 되짚어 보았다. 그러고 보니 이즈음이 르보니가 체르노의 사랑을 포기했던 시기였었다. 그리고 검술에 재능을 보이던 제게 집착하기 시작한 시기이기도 했다.

이아나는 실소를 머금었다. 사라체가 죽지 않았어도 이런 흐름은 변하지 않는 건가 싶었다. 하지만 이번 생에서는 그녀에게 잡혀 살 생각이 전혀 없었다.

르보니에게 신경 쓰고 싶지 않았던 이아나는 흔들리는 눈으로 자신을 쳐다보고 있는 그녀를 무시하고 지나치려 했다.

"기다려!"

르보니가 이아나의 팔을 홱 잡아챘다. 너무 세게 잡아채서 이아나가 인상을 찌푸렸다. 뾰족한 손톱이 팔에 박혀 들 정도로 센 악력이었다.

"너는 어째서!"

"이것 놓으시죠."

이아나가 차갑게 일갈하며 손을 뿌리치려 했으나 르보니는 팔을 꽉 쥐고 놓아주지 않았다. 요즈음 육체수련에 물이 올라 점점 강해지는 이아나의 힘에도 르보니의 손은 떨어지지 않았다.

"나는 네가 미운 게, 보고 싶지 않은 게 당연하다 해도, 너는 어미인 내게 어떻게 이럴 수가 있어! 네가 어떻게 나를 이렇게 냉대해!"

르보니가 소리를 질러 댔다. 이아나는 눈동자에 초점이 없는 르보니가 무슨 말을 하는 건지 당최 이해할 수가 없었다.

"너만큼은, 너만큼은, 나에게 그래서는 안 돼! 누구보다 날 위해야 해! 너만큼은! 더군다나 너에게서는 어째서 날이 갈수록 그분의……!"

르보니는 말을 다 잇지 못하고 입을 다물어 버렸다. 이아나는 금방이라도 눈물을 흘릴 것 같은 르보니를 보며 불쾌한 괴리감을 느꼈다. 지금의 르보니는 제가 알던 어미가 아니었다. 사랑밖에 모르는 악독한 어미도, 제게 검술수련을 하라 혹독하게 다그치던 지독하게 이기적인 어미의 모습도 아니었다. 체르노에게 사랑을 구걸할 때와 비슷한 모습이었다.

'이 여자가 대체 지금 나한테 왜 이러나?'

어이없다. 정신 나간 년처럼 횡설수설 이상한 말을 지껄이는 걸 보니 드디어 미쳤나 싶었다.

"너는…… 너는……."

르보니는 계속 무슨 말을 하려다가 말다가를 반복하다가, 결국 입술을 꼭 깨물었다. 그녀는 이아나의 팔을 더 세게 붙잡았다. 그리고 시선으로 뚫어 버릴 것처럼 눈을 집요하게 응시했다.

이아나의 몸이 굳었다. 르보니의 눈에는 서글픈 감정과 사랑을 향한 갈구, 그리고 집착이 서려 있었다. 체르노를 바라볼 때마다 하고 있던 눈빛이라서 더 알아채기 쉬웠다. 아니, 체르노를 볼 때보다 더 짙은 감정이었다.

그 순간 이아나는 참을 수 없는 분노를 느꼈다.

"이것 놔!"

있는 힘껏 손을 뿌리쳤다. 아까와는 다르게 쉽게 떨쳐졌다. 이아나는 르보니를 벌겋게 타오르는 적안으로 노려보았다.

이아나의 눈에 서린 붉은 감정이 만약 더위였다면 찰랑거리는 우물은 순식간에 바짝 메말라 버렸으리라. 푸른 오아시스는 바닥을 드러냈으리라. 생명은 갈증에 허덕이다 타 죽어 버렸으리라.

그 정도로 뜨거운 분노였다.

이아나의 눈을 마주한 르보니는 아무 말도 하지 못했다. 그저 창백하게 굳은 낯으로 볼 뿐이었다.

이아나는 회끼 나시 르보니의 일냉이는 군을 노부시 마수하고 있을 수가 없어 눈을 감고 씨근덕거렸다. 속에서 들끓는 분노에 어찌할 바를 몰랐다.

'나보고 뭘 어찌하라고?'

이 여자는 정말 제게 왜 이러는 걸까. 언제나 냉정하게 가라앉아 있던 심장이 일순 뒤틀렸다. 눈앞에 있는 르보니가 가증스러워서 목을 졸라 버리고 싶었다.

새 시작을 했다고 해서 과거를 잊은 건 아니다. 과거에 사랑받지 못했던 아이일 적의 기억은 머릿속에 여전히 남아 있었다. 과거에 그녀는 사랑받고 싶어 르보니에게 미친 듯이 매달렸었다.

"엄마, 엄마……."
"나를 좀 안아 주면 안 돼요?"
"엄마……. 사람들이 너무 무서워요."
"엄마, 아빠 말고, 나도 좀 봐주세요."
"엄마……."

아무리 애걸해도 받을 수 없는 애정에 울지 않은 적이 없었다. 그래서 포기했다. 나약한 소녀를 죽여 심장에 묻고, 아픔을 눅눅한 곰팡이 속에 처박아 두고 어른이 되었다.

그런데 그렇게 사랑을 바랄 때에는 쌩하니 무시하고 지나가

기 바빠더니, 사랑을 바라지 않으니 관심을 가져 주지 않는다
고 매달리는 르보니를 도무지 이해할 수가 없었다.

차라리 예전처럼 자신을 무시하고 체르노만 쫓아다니는 게
나았다. 그랬다면 저 여자는 여전하다고 생각하며 관심도 주지
않았을 테니 말이다. 이따위 분노를 되새길 필요도 없었다. 그
런데 기억과는 다른 르보니의 모순된 행동이 오히려 그 기억
을 생생하게 되살려 냈다.

이아나는 동요하는 자신과 르보니에게 화가 났다.

르보니는 회귀 전과는 달랐다. 회귀했음을 깨닫지 못하고 아
기의 생존본능에 충실할 때는 다름을 느끼지 못했지만, 르보니
는 분명 과거와 달랐다.

평소 내색은 하지 않았으나 이따금씩 집요한 시선을 느낄
때가 있었다. 그리고 시간이 흐르면 흐를수록 르보니가 저를
관찰하는 횟수는 증가하고 있었다.

르보니가 그런 행동을 할 때마다 이아나는 과거를 떠올렸다.
든든한 뒷배였던 호르비가 쫄딱 망하고 실종된 이후 갑작스런
재력의 상실로 인해 사랑하는 것도, 집착하는 것도 포기할 수
밖에 없었던 르보니가 집착의 방향을 제게로 돌렸던 과거를.

로베르슈타인 백작가에 대한 보복 심리로 그들의 모든 것을
빼앗기 위해 저를 이용하는 것이라 생각했었다. 검술에 악마적
인 재능을 지닌 자신을 그저 목적을 위해 필요한 꼭두각시로
여겼기에 집착한다고 생각했었다. 그리고 최근 이상행동을 하
는 것도 분명 과거처럼 그러한 이유 때문에서라고 생각했었다.

'그런데 그때도 이런 눈으로 나를 쳐다보았던 걸까.'

르보니를 노려보는 이아나의 입술이 뒤틀렸다. 무시하고 무시해 왔지만, 오늘 르보니와 정면으로 눈을 마주한 순간 깨달았다.

제게 체르노를 닮은 부분은 없다. 붉음과 푸름, 뒤섞일 수 없는 정반대의 생김새였다. 그런데도 저를 보는 르보니의 시선은 체르노를 볼 때와 똑같았다.

'체르노의 자식인 나에게 그를 투영하기라도 하는 것인지? 이 여자는 대체 나를 무엇으로 생각하는 걸까. 보답 받지 못하는 사랑에 대한 대체물?'

"하!"

이아나는 날카롭게 웃었다.

"내게 갑자기 왜 이러는 건지는 모르겠지만, 당신이 내게 이럴 자격은 없어. 당신이 나를 단 한 번도 딸 취급하지 않은 것처럼, 나도 당신을 단 한 번도 어머니로 여긴 적 없으니까!"

이아나의 차가운 말에 르보니가 눈물을 뚝 하고 떨어뜨렸다. 그러고는 입술을 덜덜 떨며 또다시 입을 열었다.

"나는…… 내가 너를…… 네가……."

"아까부터 뭘 그리 혼자서 중얼거리나? 정말 정신이라도 나간 건가? 제대로 못 알아들은 것 같으니 다시 한 번 말하지."

르보니의 입술이 덜덜 떨리고, 검붉게 죽은 동공이 정처 없이 흔들리는 걸 본 이아나가 비웃으며 말했다.

"당신은 내게 아무것도 아니야."

"……."

"그러니 그런 당신은 나에게 뭔가를 바랄 생각, 꿈도 꾸지

마. 나를 그런 눈으로 쳐다보지도 마. 언제나 그래 왔던 것처럼 지저분한 창녀처럼 백작을 따라다니기나 해. 이 역겹고 더러운 여자야."

"아……."

"나는 당신이 내 어머니라는 것에 환멸감을 느껴."

이아나는 어미에게 내뱉는 것이라 생각할 수 없는 독설을 퍼부었다. 그 말을 끝으로 붉은 머리카락을 휘날리며 우두커니 서 있는 르보니를 뒤로하고 빠르게 걸음을 옮겼다.

'……르보니.'

기분이 정말 더러웠다. 좋은 기분으로 나선 산책이 르보니 때문에 엉망진창으로 망가졌다. 이아나는 빠른 속도로 산에 올랐다. 속이 울렁거렸다.

'르보니…… 르보니…… 르보니!'

망할 여자. 자신의 삶에 정말 아무런 도움도 되지 않는 쓸모없는 어미.

수련장에 도착한 이아나는 엉망진창으로 머리를 헤집었다. 흙을 발로 걷어찼다. 그렇게 분풀이를 하다가 그루터기에 기대 세워 놓았던 자신의 검을 콰득 소리가 날 정도로 세게 잡아채고 섬뜩하게 뽑아냈다.

쉭! 쉬쉭!

이아나는 정신없이 검을 휘둘렀다. 평소 정성스레 닦아 준 검은 새파란 공기를 썩둑썩둑 잘랐다. 아지랑이가 일렁이며 공간을 일그러뜨렸다. 이 세상의 마나가 이아나의 검에 동조하기 시작했다는 뜻이다. 그녀의 베기 한 번에 갈린 공간이 날카로운 바람을 내뱉었다.

평소 같았으면 희열을 만끽하며 검을 휘둘렀겠지만, 지금 이 아나는 분노에 몸을 맡기고 검을 난잡하게 베어 가늘 뿐이었다. 막무가내 식의 휘두름에 검이 들기 싫은 비명을 지르며 고통을 호소했다. 하지만 이아나는 검의 호소를 무시하고 폭군이라도 된 양 계속해서 분풀이를 해 댔다.

"하아, 하아……."

꽤 오랜 시간이 지난 후, 손아귀가 찢어지고 검이 바닥에 탱 경 하고 떨어져 내렸다. 이아나는 숨을 몰아쉬며 날카로운 눈으로 널브러진 검을 내려다보다가 한숨을 내쉬었다. 그러고는 검을 도로 잡고 검집에 넣어 주며 말했다.

"미안."

이아나는 검을 다시 그루터기에 기대 놓고는 그루터기에 털썩 앉았다. 피가 흐르는 아픈 손을 기도하듯 꼭 쥐고 눈을 꾹 감았다. 한참이나 그렇게 있으니 울렁이던 마음이 점차 가라앉는 것 같았다.

언제나 그랬다. 커다란 나무 그루터기는 언제나 마음을 다스리는 데 도움을 주었다. 예나 지금이나 이아나의 소중한 쉼터가 되어 주었다.

침착한 자신으로 돌아왔다는 생각이 들자 이아나는 천천히 눈을 떴다. 무릎에 팔꿈치를 괴고 각지를 낀 손 위에 턱을 올렸다. 얼굴은 언제 화가 났냐는 것처럼 아주 무표정했다.

이아나는 냉정하게 제가 감정을 조절하지 못할 정도로 머리 끝까지 화가 난 이유를 생각해 보았다. 이제 와서 르보니에게 상처를 받았다든가, 사랑받고 싶은 마음이 남아 있었다든가, 다른 감정이 생겼다든가 하는 이유 때문은 아니다. 그저 르보니가 죄다 죽었다고 생각했던 어린 시절의 나약함을 떠올리게 하고, 제게서 체르노를 보았기에 무척 기분이 나빠져서다.

……르보니.

사랑에 미쳐 백작을 더러운 돈으로 얽어매 첩이 된 여자. 우여곡절 끝에 낳은 딸인 자신을 방치하고 체르노만을 쫓아다니던 몹쓸 어미.

자신이 열다섯에 검을 잡고, 열여섯에 교양으로 검을 배우면서 두각을 드러내자 르보니는 제게 집착했다. 그즈음 호르비가 망하고 행방불명되었기에 의지할 곳이라고는 검술에 엄청난 재능을 보이던 자신밖에 없었기 때문이다.

이아나가 입술 끝에 비웃음을 머금었다. 르보니란 계집, 생각하면 할수록 제멋대로에 빌어먹을 계집이 아닌가.

그러다 문득 생각했다. 그러고 보니 자신은 어쩌다가 열다섯 살에 검을 잡게 되었나.

"아……."

어떤 기억을 떠올린 이아나의 눈이 시리게 가라앉았다.

그랬다. 이 시기였다. 호위기사 카니츠가 합숙훈련을 가고 없는 시기. 이때 이아나는 오밤중에 습격을 받았었다.

그날 밤, 온통 검은 복장을 한 이상한 남자가 이아나의 방에 찾아왔었다. 잠들어 있던 이아나가 몽롱한 기분으로 잠에서 깼을 때, 정체 모를 남자는 등을 돌린 채 문손잡이를 붙잡고 있었다. 이아나는 남자의 뒷모습을 쳐다보며 이불보를 스르륵 건

어내고 몸을 일으켰었다.

"누구……?"

남자가 뒤를 돌아보았다. 그가 고개를 갸웃했다. 멍청한 얼굴로 자신을 쳐다보고 있는 이아나를 본 남자는 성큼성큼 다가왔다. 그리고 허리춤에 있던 검을 뽑았다. 그녀의 심장을 향해 검을 찔러 오던 그 남자를 이아나는 어두운 방에서 멍하니 쳐다보기만 했었다. 죽는 건가, 하고 생각했었다.

죽어도 자신을 위해 울어 줄 사람은 없다는 생각이 들자, 이아나는 반항 없이 붉은 검의 궤적을 눈으로 좇기만 했다. 그리고 그 검이 그리는 붉은 빛이 무척이나 황홀하다고 생각하면서 눈을 감았다. 하지만 곧 탱경, 하는 맑은 소리에 정신을 차리고 눈을 떴다.

어째서일까? 남자의 검은 분명 심장을 향해 찔러 오고 있었는데 어느새 바닥에 떨어져 있었다.

이아나는 저도 모르게 그 검자루를 손에 움켜쥐었다. 검의 묵직함이 마음에 들어 웃었었다.

남자를 보았다. 남자는 파들파들 떨고 있었다. 몸에서는 붉은 무언가가 스멀스멀 새어 나오고 있었다.

이아나는 남자를 찌르고 싶다는 충동을 느꼈다.

이상하게 굳어 있기만 한 남자의 심장을, 이아나는 몽롱한 기분으로 세게 푹— 찔렀다.

그 이후의 기억은 없었다. 정신을 잃었기 때문이다. 정신을 차렸을 때 남자의 시체는 온데간데없었다.

이아나는 처음으로 사람을 죽였다. 그런데도 충격을 받지 않았다. 몹시 비현실적이었다. 꿈을 꾼 기분이었다. 하지만 손에 쥐여 있는 검은 꿈이 아니었음을 증명했다.

이아나는 검을 쥔 채 멍하니 침대 위에 앉아 있다가 문득 황홀하다고 생각했던 섬뜩한 붉은 궤적을 떠올렸다. 검을 휘둘러 보고 싶다는 욕구가 샘솟았다. 욕망을 충족시키기 위해 벌떡 일어나서 홀린 것처럼 검을 휘둘렀다. 왜인지는 알 수 없지만 검을 휘두르자마자 그녀의 심장은 자신의 반쪽을 되찾은 것처럼 빠듯하게 차올랐고, 욱신거렸다. 그리고 어쩐지 슬퍼져서 와앙 하고 울어 버렸다.

이아나의 인생에 한 획을 그은 사건이었다. 이상하고 이해할 수 없는 묘한 사건이기도 했다.

남자는 왜 자신을 죽이려고 하다가 딱 굳어 버렸을까. 시체는 어디로 사라져 버렸을까. 동료가 데리고 간 걸까. 그렇다면 왜 자신을 죽이지 않고 시체만 가지고 가 버렸을까.

그리고 단 한 번도 사람을 죽여 본 적 없던 자신이 어떻게 아무 거리낌도 없이 검을 들어 남자를 찌를 수 있었으며, 어떻게 남자를 죽인 것에 아무런 죄책감도 느끼지 않을 수 있었던 걸까. 의문이 샘솟았지만 해결할 수 있는 것은 없었다.

이아나는 습격 사건을 누구에게도 말하지 않았다. 누군가가 저를 죽이려 했다는 건 알았지만 증거도 없는데 누가 믿어 주겠는가. 말할 수 있는 인물도 없었다. 카니츠에게는 말할 법도 했지만, 그랬다가는 그가 매일 밤샘을 하며 저를 지킬 게 분명했기에 말하지 않았었다.

아니, 모두 변명이고, 사실 습격을 당해 죽어도 상관없다고 생각했기 때문이다

하지만 그날 이후 습격은 없었다. 그래서 이아나는 그 사건을 꿈으로 치부하기로 했고, 운명처럼 검을 쥐게 된 것에 만족하기로 했다. 그 후 검에 집중하느라, 꿈같은 기억은 머릿속에서 사라져 갔다.

그렇게 한 기억을 떠올리자 다른 기억도 뒤따라왔다.

호르비의 행방불명.

호르비. 백작에게 홀딱 반해 버린 딸 르보니를 로베르슈타인 가문에 밀어 넣기 위해 제 막대한 재산을 소모해 가며 더러운 방법으로 로베르슈타인을 압박한 자.

호르비는 이아나에게 있으나 마나 한 외조부였다. 그는 언제나 르보니에게 신경 쓰는 데에만 바빴기 때문이다. 그리고 예나 지금이나 이아나에게 일관적인 사람이었다. 이따금씩 큼직큼직하게 용돈을 보내오는 것도, 이아나에게 아주 무관심한 것도…….

얼굴을 마주친 적이 거의 없기에 기억 속에 남아 있는 그의 생김새는 평범한 갈색 머리카락과 붉은 기가 감도는 눈동자뿐이다.

생각은 꼬리에 꼬리를 문다.

호르비는 대체 언제 행방불명되었는가. 가물가물하지만 이즈음이었던 것 같았다.

열다섯에 습격을 당해 검을 쥐게 되고, 호르비가 행방불명되

고, 얼마 후 열여섯이 되자마자 검술을 배우게 되고, 르보니가
자신에게 집착하게 되었다.

아귀가 딱딱 맞아떨어진다.

이아나는 그것을 한 번도 이상하게 생각해 본 적이 없었다.
그런데 지금 보니 수상쩍다.

……습격과 호르비.

외조부가 자신을 암살할 이유는 전혀 없음에도 예민한 직감
이 경종을 울렸다. 과거에는 전혀 연관 짓지 못했던 두 사건을
떠올리는 이아나의 표정이 무겁게 가라앉았다.

페질라는 벽 뒤에 숨어 르보니와 이아나의 말다툼을 몰래
구경하다가 이아나가 르보니를 뿌리치고 북문 쪽으로 향하자
마자 쿵쾅대는 가슴을 부여잡고 본채 쪽으로 쪼르르 달려갔다.

푸른 가로수 길을 가로지르고, 셋으로 갈라진 길 중 오른쪽
으로 꺾어, 꽃들이 조화롭게 어우러진 꽃의 정원으로 향했다.
그리고 정원의 중앙에, 장인의 손길이 들어간 부드러운 디자인
의 차양막 아래, 둥그런 티 테이블에 앉아있는 상냥한 주인의
이름을 애교스럽게 불렀다.

"사라체 님."

"페질라."

사라체가 페질라를 향해 곱게 웃어 주었다. 달려오던 페질라의 얼굴이 붉어졌다. 아리따운 사라체, 그녀는 로베르슈타인가의 모두에게 사랑을 듬뿍 받는 상냥한 아수비이었다.

"네가 이리 달려온 것을 보면 이아나가 또 그 산에 갔나 보구나."

"네. 대체 아무것도 없는 산에서 하루 종일 뭘 하는 건지 모르겠어요."

고운 모래 같은 밀빛 머리칼을 얄팍한 푸른 리본으로 단정하게 묶어 내린 사라체가 고개를 살짝 기울였다.

로베르슈타인 가문은 마도시대 초기, 로안느 왕국의 건국과 함께 탄생한 백작가다. 영지민들은 지금에 이르기까지 천 년이 넘는 세월 동안 현재의 영지를 평화롭게 다스려 온 로베르슈타인 백작 가문에 깊은 애정과 자부심을 가지고 있었다.

로베르슈타인 영지는 왕국 최북단에 위치했다. 영지의 북쪽에 커튼처럼 펼쳐진 롯소산맥은 영지와 바로 맞붙어 있어 영지민에게 풍부한 자원을 공급해 주며 삶의 터전이 되어 주었다.

위험한 몬스터가 해변의 모래알처럼 많다고 알려진 롯소산맥에서 뻗어 나온 영지의 산들에는 나무와 돌, 투박한 야생화들, 그리고 그 사이를 쏘다니는 조그마한 야생 짐승들 말고는 아무것도 없었다.

'그래도 롯소산맥의 일부인데 왜 몬스터가 한 개체도 발견되지 않느냐'라는 의문에, 먼 과거에 고명한 몬스터 학자는 지금도 통용되는 유력한 가설을 내세웠다.

로베르슈타인 영지에 있는 야산들은 너무 작아서 거대한 롯소산맥 중앙지역을 주름잡는 최상급 몬스터들이 관심을 가지지 않는다. 다른 몬스터들은 최상급 몬스터의 구역을 침범할 수 없으므로 야산에 도달할 수 없다.

이 가정은 현재 기정사실로 받아들여지고 있었다.

또, 바하무트조차 로안느를 침략할 때 거대 몬스터가 있는 롯소산맥의 중앙은 피했기 때문에 로안느의 중심부에서 직선상의 최북단에 위치한 백작령은 제국으로부터도 안전했다. 그래서 사람들은 백작령을 축복받은 땅이라고 불렀다.

백작가의 저택은 거대한 롯소산맥의 중심부에서 새의 부리처럼 뾰족하고 짧게 뻗어져 나온 자그마한 야산과 바로 맞붙어 있었다. 심지어 일부는 이 산에 걸쳐져 있었다.

이 산에는 지배자의 성을 따 로베르슈타인산이라는 이름이 붙었다. 하지만 평범한 사람들에게는 그저 산이라고 불리거나 아예 입에 오르내리지 않는 게 일상다반사였다. 만인에게 개방된 다른 산과는 달리 로베르슈타인 백작가의 사유지이자 저택의 일부인 이 산은 저택의 북문을 통해야만 들어갈 수 있었기 때문에, 사람들에게는 함부로 드나들 수 없는 백작의 저택과 동일시되었다.

그리고 언제부턴가 거의 버려진 산이 되었다. 과거에는 백작가 사람들이 산책하며 거닐 때도 있었지만 솜씨 좋은 정원사들을 저택에 들이기 시작한 이후부터는 산책용으로도 쓰이지 않는 볼품없는 산이 되었다.

그런데 이아나는 어째서 그 산을 하루 종일 제 집처럼 쏘다니는가?

사람이 많은 곳을 좋아하지 않는 이아나의 성향을 일찌감치 알고 있었던 사라체는 이아나가 야산을 휴식처로 정해 자신만의 산책로도 반든 것일까—라고 생각아버 고개를 끄닉냈나. 사라체는 그런 이아나를 존중해 주고 싶었다.

"아무튼, 앞으로도 이아나가 야산에 들어가기 전까지는 그 아이를 잘 지켜보도록 하렴."

그 말을 들은 페질라의 안색이 파리해졌다. 그녀는 우물쭈물하다 조심스레 입을 열었다.

"마님, 그 일은 다른 하녀를 시키시면 안 되나요? 그럼 저, 그 애 담당의 청소랑 빨래까지 다 도맡아 할 수 있어요."

"안 돼. 이건 내가 네게 시키는 일이라고 했잖니."

"어휴, 마님. 그 계집애가 얼마나 귀신같은지, 조금만 따라다녀도 눈치를 챈……."

"페질라 너, 백작가의 영애에게 감히 계집애가 뭐니. 어릴 때처럼 회초리를 들어야 그 버르장머리를 고치겠니? 예전에 이아나에게 찻물을 끼얹었을 때처럼 네 종아리가 터지도록 때려야 하겠어? 만일 네가 내 딸 같은 아이가 아니었다면 호되게 벌을 내린 후에 내쫓았을 거야."

상냥한 어투지만 다소 냉랭한 사라체의 말에 페질라는 찔끔해서 고개를 푹 숙였다. 하지만 반성하는 얼굴은 전혀 아니었다.

"죄송해요. 하지만 마님, 저는 정말 마님께서 그 계, 아니 이아나 님께 그리 잘해 주시는 이유를 모르겠어요. 마님께선 사람이 좋아도 너무 좋으세요. 이아나 님이 나쁜 분이 아니라고 해도, 저는 르보니의 딸인 그분이 싫어요."

"페질라."

페질라는 진심이었다.

그녀는 하녀 중에서도 사라체의 최측근으로서 지위가 높았다. 또한 로베르슈타인 백작가, 정확히 말하자면 안주인인 사라체에게 충성심이 무척 강했다.

약 10년 전 전쟁고아였던 그녀는 굶어죽기 직전에 사라체에게 거둬졌다. 사라체는 페질라를 따스하게 보살폈고 그런 그녀의 손길 아래서 자란 페질라는 사라체밖에 위할 줄 모르는 하녀가 되었다. 페질라는 고아 계집인 그녀를 사랑으로 키워 준 사라체를 존경하고 사랑했다.

르보니에게 매수당한 하인의 이상함을 눈치챈 사람도, 독차를 마신 사라체의 이상을 알아차리고 빠르게 조치를 취한 것도 그녀였다.

독을 탄 하인은 바로 혀를 깨물고 자결했지만, 하인의 방을 뒤졌더니 서랍에서 엄청난 금액의 돈이 발견되었다. 물증은 없어도 누구 짓인지는 뻔했다.

페질라는 눈이 뒤집혔고, 르보니를 찾아가 한바탕 난리를 치려고 했지만 사라체가 정확한 증거도 없이 함부로 범인으로 몰지 말라고 하는 바람에 미칠 듯한 분노를 속으로 삭일 수밖에 없었다.

그런데 몸에 좋은 약차를 끓여 사라체에게 가는 도중, 르보니를 쏙 빼닮은 이아나를 발견했다. 안 그래도 아무리 괴롭혀도 인형처럼 반응이 없어 얄밉기 그지없던 계집인데 잘됐다 싶었다. 그래서 실수인 척 차를 끼얹었다.

아이의 하얀 피부가 붉게 부어오르는 걸 보니 조금 뜨끔하기도 했지만 꼭 르보니가 차를 뒤집어쓴 것 같아 속이 시원했다.

그러나 그런 감정두 잠시, 그녀는 이아나에게 호되게 당했다

페질라는 이아나와 눈이 마주친 순간 느낀 섬뜩함과 공포를 몇 년이 지난 지금도 잊을 수 없었다. 사람이 저렇게 돌변할 수 있나 싶었다. 아니, 돌변한 게 문제가 아니라 너무 무서워서 주저앉을 뻔했다.

어린아이일 뿐인데, 언제나 밀랍인형처럼 차갑게 굳어 있던 미운 계집일 뿐인데, 어째서일까. 이아나의 거무죽죽한 눈에 붉은빛이 돌아온 순간 페질라는 그녀의 손에 갈기갈기 찢어발겨지는 듯한 공포를 느꼈다. 그리고 이아나가 내린 벌에 차라리 잘됐다 싶었다. 겁에 질린 페질라는 그녀를 피해 다녀야겠다고 결심했다.

이아나는 딱 한 번만 죄를 사하되 강력한 경고를 날려 직접적인 괴롭힘을 막는 효과를 거두었다.

그런데 그 후 페질라는 하르첸에게 모든 사실을 전해 들은 사라체에게 크게 혼이 났다. 사랑하는 주인에게 종아리가 터질 정도로 맞고, 이아나가 별채에서 나왔을 때 따라다니며 무얼 하는지 지켜보라는 명령을 받았다.

"네에? 사라체 님. 저는 이아나 님을 따라다니기 싫어요. 정말로요. 저 말고 다른 사람을 시키면 안 되나요, 네? 저는 그분을 좋아할 수도 없고, 좋아하고 싶지도 않아요."

페질라가 울상을 지으며 사라체에게 매달렸다. 페질라의 말에는 진심이 듬뿍 담겨 있었기에 사라체는 미간을 좁혔다.

"페질라, 그 아이에게 죄가 있는 건 아니잖니. 네게 내린 명령이 뭐 때문이라고 생각하는 거야?"

"감시하려고 하시는 거 아닌가요?"

전혀 이해하지 못했다. 사라체는 한숨을 푹 쉬었다.

"그럴 리가 있니. 난 그저 죄 없는 그 아이에 대한 네 마음이 자연스럽게 바뀌길 바라는 마음에 내린 명령이었어."

사라체가 깍지 낀 손등에 턱을 괴었다. 가만히 눈을 내리뜨고 언제나 검붉게 죽어 있기만 한 이아나를 떠올렸다.

이아나는 어렸을 때부터 차갑게 얼어붙어 버렸다. 사라체는 그녀를 생각할 때마다 가슴이 먹먹해지곤 했다. 너무 가엾어서 가슴이 아팠다.

사라체도 르보니는 싫었다. 하지만 이아나는 사람들의 멸시를 받을 까닭이 없다고 생각했다. 그녀가 본 이아나는 르보니와는 달리 체르노를 닮아 차분하고 냉정하되 자신을 사랑해 주는 사람들에게는 무척 상냥한 소녀였다.

그래서 나름대로 이아나에 대한 시선을 바꿔 보려 노력했다. 자신이 명령을 내려 이아나에게 잘해 주라고 하면 미움 받는 첩의 딸에게까지 자비롭다는 이유로 자신에 대한 존경심만 높아질 뿐 이아나에 대한 반발심이 더 샘솟을까 싶어서 그녀를 함부로 대하지 말라고, 그저 지켜보라고 다른 이들에게 누누이 말해 왔다.

남편 체르노와 아들 하르첸의 뻣뻣하기 그지없는 태도는 어느 정도 고쳐 놓을 수 있었다. 하지만 대대로 로베르슈타인가에 충성을 바쳐 온 하인들의 못마땅한 시선까지 바꿀 수 있는 것은 아니었다. 그녀가 주기적으로 혼을 내도 마찬가지였다. 지금 부루퉁하게 입술을 내민 페질라처럼 말이다.

이아나가 설대 미움을 받을 만한 아이가 아님을 스스로 깨닫게 하기 위해 그녀를 지켜보게 했지만 페질라의 태도는 변함이 없었다. 다른 이들도 마찬가지였다. 그들은 이아나에게 시선을 주는 것조차 불쾌해했다. 마치 목구멍에 걸린 가시처럼 그녀를 대했다.

'정작 나는 이아나가 안쓰러워 어찌할 바를 모르겠는데.'

어렸을 때부터 더 챙길걸 그랬나. 하지만 그랬으면 르보니가 당신이 뭔데 내 딸을 챙기느냐며 목에 핏대를 세운 채 난리를 쳤을 테고.

르보니는 체르노와 이아나에 한해 집착이 남달랐다. 체르노와 함께 있을 때나 이아나를 데려올 때 도끼눈을 뜬 채 자신을 노려보는데 갑자기 칼을 들고 달려드는 게 아닐지 걱정이 될 정도였다.

또, 르보니는 둘째 치더라도 이아나가 관심을 바라지 않았다.

사라체는 쓰게 웃었다.

"페질라, 나는 그 아이를 보고 있으면 무척이나 안타까워. 사랑을 가장 많이 받아야 할 어린아이일 때 부모의 사랑을 제대로 받지 못해서일까. 그 아이는 너무나 차갑게 자랐구나."

"하지만 이아나 님은 르보니 그 망할 계집을 똑 닮은 딸이라고요. 좋아하려고 해도 좋아할 수가 없어요."

"나도 르보니는 싫단다. 사랑은 죄가 아니지만, 이미 임자가 있는 남편을 뺏으려고 발톱을 세우는 그 여자가 마음에 들지 않아. 하지만 르보니를 닮았다고 해서 죄 없는 이아나까지 미워하면 안 돼. 그리고 무엇보다, 이아나도 로베르슈타인의 피를 이어받은 아이야. 가족이란 말이야."

"……."

"그래서 나는 마음의 문을 굳게 닫아 버린 이아나를 볼 때면 죄를 지었다는 기분이 들어."

"사라체 님……."

"죄에는 그에 걸맞은 벌이 있는 법……. 우리가 저지른 잘못에 대한 대가가 어찌 돌아올지 모르겠구나."

"사라체 님도 참. 너무 신경 쓰시는 거 아니에요? 이아나 님이 뭐 그리 대단한 분이라고……. 물론 무섭긴 했지만."

페질라의 투덜거림은 일리가 있었다. 이아나는 그저 어리고 힘없는 여자아이였다. 하지만 왜일까. 사라체는 불안을 지울 수 없었다.

라오스 신교의 독실한 신자였던 사라체는 성서에 나오는 말 한마디 한마디에 감화되어 있었다. 그리고 라오스가 한 말 중에는 아이에 관한 말이나, 아이에게 부모가 얼마나 중요한지를 강조하는 말들이 많았다.

너희의 아들딸을 사랑하라. 성장하여 스스로의 빛을 갖기 전, 아이는 순백의 상태와 같다. 순백의 아이에게 주어진 욕구는 욕망이 아닌 오로지 본능, 생물로서 당연한 생리적 본능과 너희에게 사랑받고자 하는 본능뿐이다.

큰 잘못을 한 아이를 데리고 와서 죄를 저지른 이 아이를 어찌 벌하면 좋겠냐는 아비의 질문에 라오스는 답했다.

죄가 아니라 무지에서 온 행동일 뿐이다. 아이는 아무것도 모른다. 그것이 나쁜 일인지, 좋은 일인지 판단할 수 없다. 그러므로 아이에게는 잘잘못을 따질 수 없다. 네 기준에 아이가 잘못을 했다면 다시는 그러지 않도록 따끔하게 훈계만 내려라. 그러면 아이는 그 행동이 잘못되었다는 걸 인지하게 된다. 그럼에도 같은 잘못을 저지른다면 그때 벌해도 늦지 않다.

아이에게 죄가 있다면 그건 아이의 죄가 아니라 아이가 그렇게 하도록 방치한 세계의 죄고 어른의 죄다. 아이는 너의 피를 이어받아 너를 가장 닮았다. 아이의 행복은 너의 행복이며 아이의 슬픔은 너의 슬픔이다. 아이의 미거는 너의 미거이며 아이의 허물은 너의 허물이다. 너부터 반성하라.

아이를 버리려 하는 여인을 마주한 라오스가 말했다.

아이를 안아 주어라. 아이의 외로움을 외면하지 마라. 아이는 너희에게 내려진 세상에서 가장 큰 축복이자 기적이다. 가장 큰 축복을 저버리는 이들은 작은 축복조차 누릴 자격이 없다.

"⋯⋯."

사라체는 두 손을 꼭 쥐었다.

그때 페질라가 앗, 하고 놀란 소리를 내더니 깜빡했다며 손바닥을 주먹으로 콩 때렸다.

"오늘 이아나 님과 르보니가 한바탕 하던데요?"

"한바탕?"

"뭐, 멀리서 들었기 때문에 정확히는 모르겠지만요, 르보니가 야산으로 가려던 이아나 님을 붙잡고 무슨 말을 하더라고요. 소리가 너무 작아서 무슨 말을 하는지는 잘 못 들었는데요. 이아나 님이 르보니를 뿌리치면서 나는 널 내 어미로 여긴 적 없다, 나에게 관심 가지지 말고 백작님이나 따라다녀라, 역겹고 더럽다 같은 말씀을 하셨던 것 같아요. 그래도 자기 어머니인데 제가 들어도 엄청 심하게 말씀하시던데요. 그리고 르보니는 펑펑 울었고요."

"……그래?"

뜬금없는 모녀 싸움에 사라체가 놀라서 눈을 동그랗게 떴다.

르보니는 이해할 수 없는 계집이었다. 다른 사람들은 이아나에게는 관심을 주지 않고 체르노만 따라다니는 르보니가 어미 자격이 없는 계집이라 생각하고 있지만 사라체는 그리 생각하지 않았다. 이아나를 제 배에 품고 있을 때 쏟아붓던 애정…….

너를 이아나라고 부를 것이라 제 배에 대고 다정하게 말하던 르보니…….

그랬던 르보니가 이아나를 낳자마자 돌변했다. 한없이 싸늘해졌고, 유모에게 맡겨 두고 보지 않으려 했다.

그러나 이아나가 밉기만 한 것도 아닌 듯했다. 이아나를 볼 때 르보니는 눈에 알 수 없는 분노를 머금었다가, 눈물을 글썽였다가, 따스한 표정을 지었다. 사라체가 이아나를 티타임에 부를 때마다 마치 아이를 억지로 빼앗기는 모성애 넘치는 어미처럼 분노하고 독기를 내뿜었다. 또, 이아나가 근처에 있을 때면 아닌 척해도 그녀의 모습을 몰래몰래 관찰했다.

'르보니는 대체 무슨 생각을 하고 있는 걸까?'

사라체는 생각에 잠겼다.

"마님. 주인님께서 오셨어요."

정원 입구를 지키고 있던 하녀가 쪼르르 달려와 로베르슈타인가의 주인의 방문을 알렸다. 정원에 들어선 건 사라체가 사랑하는 푸르른 체르노였다.

"체르노."

사라체가 은은한 꽃처럼 웃으며 가녀린 팔을 벌렸다. 체르노는 성큼성큼 다가와 그런 그녀를 껴안으며 짧게 키스했다.

"사라체, 오늘 하루는 어찌 보내었소? 몸은 괜찮고?"

"그럼요. 너무 건강해서 가만히 있자니 몸이 근질거린답니다. 오후에 꽃이라도 돌볼까 생각 중이에요."

"쉬엄쉬엄 하오."

그들의 다정한 모습을 지켜보던 페질라는 참 보기 좋은 부부라 생각하면서 흐뭇하게 웃었다.

사라체는 체르노의 볼에 키스하고는 의자를 향해 손짓했다. 체르노는 그 손짓을 따라 의자에 앉았다. 사라체는 고개를 기울이며 남편의 얼굴을 살폈다.

"피곤해 보이세요. 차를 타 드릴까요? 머리를 개운하게 해 주는 허브티랍니다."

"한 잔 주구려."

사라체가 페질라에게 눈짓을 하자 페질라는 찻주전자를 들고 뜨거운 물을 가지러 갔다. 체르노가 고개를 갸웃거리며 사라체의 표정을 살폈다.

"무슨 생각을 하고 있었기에 그리 근심 어린 표정이오?"

"이아나의 이야기를 하고 있었답니다."

체르노가 입을 다물었다. 그런 그를 향해 사라체가 진지한 목소리로 물었다.

"체르노, 당신은 요새 이아나를 어떻게 생각하고 있나요?"

사라체의 질문에 체르노는 이아나를 떠올렸다.

로베르슈타인 가문은 천성이 냉정했다. 원인과 결과를 철저하게 따지고, 공사를 확실하게 분간했다. 집안 전체가 도덕적이고 엄숙했다. 귀족의 의무와 명예를 중요시했다.

"어미를 닮지 않아 나쁜 아이는 아니라고 생각하오. ……오히려 볼 때마다 나를 닮았다는 생각이 들 정도니. 또 후플루드 자작에게 듣자 하니 아주 영특하다더군."

"그리고요?"

"아이가 그렇게 자란 것은 틀림없는 우리 집안, 아니 내 잘못이라 생각하고 있소. 다른 이들이 아이를 미워하는 지금의 상황도 그들을 방치한 내 탓이지. 이아나에게는 정말 미안하다고 여기오."

체르노가 눈을 감았다.

"……하지만 나는 지금 내 처지와 사랑하는 그대를 생각하면 목에 가시가 걸린 듯해서……. 아니, 아비로서 해서는 안 되는 행동과 생각을 한 시간이 너무 오래되어서…… 그 애에게 사과를 할 용기도, 정을 줄 자신도 없소. 나는 비겁자요."

북부에 위치한 탓에 로베르슈타인 영지에는 농사용으로는 적절하지 않은 토지가 대부분이다. 그래서 식량은 언제나 중앙에서 조달해 올 수밖에 없지만 대신 무기생산은 대대로 으뜸으로 쳐주는 지역이었다.

그런데 바하무트 제국과의 전쟁이 끝나고 평화의 시대가 도래하면서 무기 수요량은 점차 줄어들었다. 못 버틸 정도는 아니었다. 대대로 쌓아 온 부가 있었고, 수요가 영 없는 것은 아니었기 때문이다.

그런데 언제부터인가 로베르슈타인령을 방문하는 상인들의 발걸음이 끊기기 시작했다. 거래를 끊겠다는 상인도 쏟아졌다. 그들이 말하는 이유는 한결같았다. 돈이 안 된다는 말이었다.

이때까지 거래를 잘해 왔고, 상황이 달라진 건 없었다. 그들의 말은 어불성설이었다. 다른 이유가 있음이 분명했다. 하지만 그들은 똑같은 말만 되풀이할 뿐이었다.

백작가는 허둥댔다. 얼마 지나지 않아 영지는 부족한 식량에 허덕이게 되었다.

그때 백작가에 도움을 주겠다고 나선 이가 일 년 전부터 영지에 살기 시작한 상인, 호르비였다. 그는 영지민으로서 도움을 주겠다고 했다.

호르비는 분쟁지역에서 무기를 공급하고 있는 한 상인과 백작가를 연결시켜 주었고, 상인은 체르노에게 대량으로 주문을 넣었다. 체르노는 무척 고마워하며 생산한 무기들을 병사들에게 호위를 맡겨 보냈다. 그리고 중간에서 몽땅 사라졌다.

그 많은 무기들과 병사들이 증발해 버린 것처럼 사라진 것이다. 어찌 된 일인지 알 수가 없었다. 조사단을 파견해 무슨 일이 일어난 건지 파악해 보려고 해도 불가능했다. 흔적이 없었다. 호르비는 자신의 신용이 떨어진 데다 백작에게 실망했다며 더 이상 상인들과 연결시켜 주지도, 도움을 주지도 않았다.

점점 더 깊은 수렁에 빠져 가던 로베르슈타인 영지의 주인,

체르노는 인맥을 이용해 간신히 거래처를 구했지만, 이게 대체 어찌 된 일인지 중간에 또다시 물건과 병사가 통째로 사라지는 바람에 정말 미치고 팔짝 뛰고 싶은 심정이었다.

결국 왕국에 보고를 올려 왕실에서 직접 파견해 준 유능한 조사단으로 다시 조사를 한 결과 믿을 수 없는 사실을 알게 되었다. 병사들이 홀리기라도 한 듯 스스로 거친 파도가 몰아치는 낭떠러지에서 몸을 던졌다는 것. 하나도 아니고 전부 다.

로베르슈타인 영지를 망하게 하고 싶은 대마법사가 수작을 벌이기라도 한 건가 싶었다. 그러지 않고서야 그런 일이 벌어질 리 없었다. 하지만 범인은 찾을 수 없었다.

결국 영지민으로서 주인의 위기를 끝까지 모른 척할 수는 없다며 가장 낮은 이율로 대출을 해 주겠다는 호르비에게 손을 벌렸다. 상황은 악순환의 고리에 몸을 실었고, 빚은 점점 눈덩이처럼 불어나 천문학적인 액수가 되었다.

이때 호르비가 아주 파격적인 제안을 해 왔다. 빚을 반까지 탕감해 주는 대신 딸 르보니를 아내로 맞이해 달라는 제안이었다.

사라체를 사랑했던 체르노는 거부했다. 그러자 호르비는 첩으로라도 받아 달라고 했다. 결국 체르노는 고뇌 끝에 가문을 위해 제 가치관을 저버리고 르보니를 첩으로 들였다.

이에 그는 엄청난 자괴감에 빠져들었다. 제 능력이 부족해서 가문이 위기에 빠졌다는 스스로를 향한 분노와 사랑하는 아내에 대한 죄책감…… 그리고 제 가치관과 명예를 저버림으로써 옳다 여겨 온 모든 것을 저버리는 듯한 배덕감을 느꼈다. 자아의 발판이 붕괴해서 저 아래로 떨어져 내리는 것 같았다.

특히 체르노는 영원히 그대 하나만 사랑하리라고 맹세하며 청혼했던 사라체에게 미안해서 미칠 것 같았다. 사라체는 눈물을 흘리면서도 그의 사정을 이해하며 다독여 주었다. 사라체의 이해와 함께 체르노는 마음을 다잡았다. 첩으로 들인 이상 르보니는 이미 자신의 여자였고, 그에게는 호르비에게 진 빚이 있었으므로 르보니에게 거부감은 들었지만 부인으로서 대우를 해 주었다.

그런데 그때부터 상인들이 다시 로베르슈타인에 찾아오기 시작했다. 체르노는 이 점을 아주 이상하게 여겼다. 어째서 르보니와 결혼하자마자 상인들이 다시 찾아오는가? 수상하다.

체르노는 제 직감이 아주 잘 들어맞는다는 걸 알고 있었다. 그래서 그때부터 르보니에게 더욱 상냥하게 대해 주었다. 그녀를 찾아와 다정하게 안아 주고, 밤에는 침대 위에서 그녀를 쾌락으로 녹였다.

"나를 언제부터 사랑했소?"

"아……. 당신을 만난 순간부터요……. 흐웃……."

"그게 언젠데?"

르보니가 몽롱하게 눈을 떴다. 그녀의 눈에는 체르노를 향한 사랑으로 가득 차 있었다.

"아주 오랜 시간 전부터……. 당신이 기억하지 못하는 아득한 시간에서부터……. 그리고 바로 지금…… 이 순간부터."

시적인 표현이었다. 아주 오래된 것처럼 말하지만, 몇 년 정도 전일 것이다. 바로 지금 이 순간부터라는 건 또 무슨 말인지.
체르노는 가볍게 넘겼다. 그리고 그녀가 쾌감에 젖어 허덕이는 순간에 아무것도 아닌 것처럼 속삭였다.

"음, 그런데 왜 상인들이 나를 다시 찾아오는 걸까? 정말 궁금하군."
"내가, 내가…… 아버지를 졸랐어요. 도와 달라고……."
"고맙소."

그렇게 속삭였지만, 르보니가 오래전부터 자신을 좋아했다는 사실과 호르비의 한마디에 상인들이 다시 백작가에 찾아왔다는 사실에 이상함을 느낀 체르노는 자신과 관계를 끊었던 중소상인 하나를 불렀다.
상인은 불안하게 눈동자를 굴려 대며 말을 회피했지만 체르노가 호르비와 관련 있다는 걸 다 알고 있다고, 사실을 말하지 않으면 무슨 수를 써서라도 망하게 해 버린다고 윽박지르자 자신도 잘 모르겠다고 토해 냈다. 상행을 끝내고 호르비의 집에 초청을 받았는데, 그때 무엇을 했는지 잘 기억나지 않는다고, 그리고 호르비의 집을 나올 때 '로베르슈타인 가문과 거래를 계속하면 망한다.'라는 생각이 강하게 들었다고 조심스레 말했다. 자신도 왜 그리 생각했는지는 모르겠다고 말했다.
포섭한 다른 상인들의 말도 모두 같았다. 어쩐지 상인들이 세뇌 마법에 당했다는 생각이 강하게 들었다.

세뇌 마법은 쉬운 마법이 아니다. 눈에 보이지 않는 정신을 조작하는 만큼 신발을 빼른 마법이었고, 세뇌가 불리던 마법에 당한 자의 자아는 완전히 붕괴하는 게 일반적이었다. 상인들은 무척 멀쩡해 보였으므로 세뇌 마법이 아닐 수도 있었다. 하지만 호르비가 이상한 수작을 부려 놓았다는 건 분명했다.

무기를 수송하던 병사들이 스스로 절벽에서 뛰어내린 사건조차 호르비가 저지른 짓일지도 몰랐다. 한번 의심하기 시작하자 의심은 끝도 없었다.

확실한 건 없지만 체르노는 강수를 쓰기로 했다. 르보니에게 찾아가 상인들에게 이상한 수를 쓴 걸 다 알고 있으니 사실대로 말하지 않으면 무슨 수를 써서라도 이 백작가에서 내쫓고 두 번 다시 너를 보지 않겠다고 소리 질렀다. 자신을 미칠 정도로 사랑하는 르보니를 알고 있기에 한 말이었다. 르보니에게 그보다 더 무서운 말은 없었다. 그리고 파랗게 질린 르보니가 당황해서 더듬더듬 꺼낸 말은 우스웠다.

"다, 당신을 사랑해서……. 너무나 사랑해서……."

"……!"

"무슨 수를 써서라도 당신의 곁에 있고 싶었어요. 그래서…… 그런데, 그런데 어떻게 알았어요? 역시 그분의 핏줄이라 그 흔적을 느낄 수 있었던 건가요? 지금 이 세상을 살아가는 누구도 그 힘을 느끼지도, 쓸 수도 없을 텐데……."

횡설수설 헛소리를 지껄이는 르보니의 말에 체르노는 냉정을 유지하려 애쓰며 이를 악문 채 말했다.

"그분이 누구냐."

르보니는 입을 다물었다. 체르노가 입가를 끌어 올려 어그러진 웃음을 지었다.

"나는 흔적이라는 걸 느낀 적이 없다. 애초에 마법에 대한 재능도, 무에 대한 재능도 없는 일개 문관일 뿐인 내가 무얼 느낀단 말인가? 다만 수상함을 느끼고 너를 몰아붙였을 뿐이지."

이후 체르노는 르보니를 찾아가지 않았다. 내쫓지는 않았다. 호르비가 수작을 부렸다고 해도 뚜렷한 증거가 없었고, 빚을 진 것은 부정할 수 없는 사실이었기에 그들을 내버려 둘 수밖에 없었다.

무엇보다 르보니는 임신 중이었다. 증거가 있든 없든 감정적인 이유로 권력을 이용해 르보니 부녀를 영지, 더 나아가 왕국에서까지 추방하고 싶었지만, 더 나아가 그들의 목을 베어 버리고 싶은 충동마저 들었지만— 그녀의 뱃속에 있는 로베르슈타인의 핏줄 때문에 도의적인 이유로 저택에서마저 내쫓을 수 없었다. 배에 품은 아이 덕분에 르보니는 계속 저택에 머물 수 있었다.

상황이 이리되자 체르노는 르보니의 뱃속에 있는 제 아이를 무의식중에 제 무능력과 배덕의 상징, 그리고 르보니를 쫓아내지 못하게 만든 족쇄로 여기며 극도로 혐오하기 시작했다.

체르노가 르보니에게 냉랭하고 싸늘하게 굴자, 빚 때문에 백작가에 들어올 수 있었던 천박한 르보니를 별로 좋아하지 않았던 하인들도 그녀를 대놓고 멸시하기 시작했다.

게다가 체르노가 심문했던 중소상인들 때문에 알음알음 입소문이 퍼졌다. 로베르슈타인 가문이 이 지경까지 몰린 건 호르비와 르보니의 수작 때문이었다고 말이다. 그러자 영지민들까지 그들을 싫어하기 시작했다.

그리고 얼마 지나지 않아 이아나가 태어났다.

체르노는 갓난아기였던 이아나의 울음소리를 들을 때마다 그 입을 재갈로 틀어막고 싶다고 생각했다. 아장아장 걷는 이아나가 눈에 띌 때마다 제 눈앞에서 치워 버리고 싶다는, 심지어는 손찌검을 하고 싶다는 잔인한 마음까지 들었다.

하지만 스스로의 처지를 깨달았는지 이아나가 그의 눈에 띄지 않고 얌전히 다니자, 언제나 옆에서 그의 생각과 선택을 지지해 주던 사랑하는 사라체가 그를 몹시 나무라자, 그리고 나이가 중년으로 접어들어 생각이 깊어지자 대체 아무것도 모르는 아이에게 대체 무슨 생각을 하고 있는가……라는 죄책감과 함께 마음 한구석에서 미안함과 자괴감이 자라나기 시작했다.

잘못한 건 자신인데……. 호르비의 계략에 말려든 것도, 돈 때문에 르보니를 받아들인 것도, 그녀를 임신시킨 것도 자신인데…….

잔인한 마음은 서서히 죽기 시작해 이제 이아나를 볼 때마다 느끼는 감정은 죄책감뿐이었다. 체르노는 이아나가 편히 지낼 수 있도록 물질적인 지원은 충분히 해 주는 편이지만 정작 그녀를 마주하고 싶지는 않았다. 이아나에게 잔혹하기만 했던 자신의 태도와 잔인한 생각을 했던 젊은 날의 자신을 생각하면 소름이 끼쳤고, 그 죄를 이아나에게 토로하며 사죄를 할 자신이 없었다.

"체르노, 저에게는 미안해할 필요가 전혀 없어요. 그건 어쩔 수 없는 일이었어요. 하지만 이아나는 다른 거, 알죠?"

"……그렇소."

사라체는 체르노의 팔을 잡고 흔들었다.

"일단 사과부터 해요. 그게 시작이에요. 그렇게 응어리진 채 머무르니 아무것도 되질 않잖아요. 선물을 하더라도 당신이 말을 제대로 하질 않으니 이아나가 마음을 열지 않잖아요."

체르노가 이마에 손을 짚었다.

"누누이 말했지만, 시간을 주시오. 내 마음이, 내 태도가 원하는 대로 되지 않는 걸 어찌하나? 나는 겁쟁이인 것을."

"체르노!"

"알겠소. 노력할 테니 이제 그만……."

그때였다.

"주인님, 마님. 둘째마님이 오셨습니다."

"비켜!"

"앗, 이러지 마세요!"

르보니가 하녀를 밀쳐내고 정원에 성큼성큼 들어왔다. 체르노를 이글거리는 눈으로 쳐다보는 르보니의 눈가는 빨갛게 부어 있었다. 체르노가 르보니를 노려보았다.

"이게 무슨 행패냐. 당장 나가라."

"당신이 나를 만나 주지 않으니 사라체 님을 찾아올 수밖에 없지요."

"사라체를 찾아온 것인가, 나를 찾아온 것인가."

"사라체 님을 찾아온 거지만, 사라체 님의 곁에서 당신을 기다릴 목적이었으니 당신을 찾아온 게 맞겠군요."

"사라체, 나는 이만 가 보겠소. 르보니, 따라와라."

사라체에게 피해를 주고 싶지 않았다. 체르노가 빠른 걸음으로 정원을 나섰다. 르보니는 체르노를 쫓아 허겁지겁 달렸다.

정원에서 멀리 떨어진 공터에서 뒤돌아선 체르노는 르보니를 노려보며 이를 갈았다.

"긴말할 것 없다. 네 방으로 돌아가라. 그리고 두 번 다시 사라체를 찾아가지 마."

냉기가 뚝뚝 떨어지는 말을 내뱉은 체르노가 다시 등을 돌려 멀어지려 했다.

"거기 서, 체르노!"

르보니가 새된 비명을 지르며 체르노에게 달려들어 그의 팔을 붙잡았다. 체르노는 속으로 욕설을 내뱉으며 르보니를 차게 내려다보았다. 체르노의 생김새가 푸르렀기에 그 모습은 더욱 섬뜩하고 시렸다. 그리고 로베르슈타인의 붉은 독. 르보니의 붉은 눈은 독기로 가득 차 있었다.

"당신을 사랑했기 때문에 나는 내 모든 것을 잃었어!"

"네가 포기한 게 뭐가 있단 말인가?"

"당신과의 사랑의 결실이라고 생각했던 그 아이를 낳았기 때문에, 나는 모든 것을 잃었다고!"

체르노의 입매가 비틀렸다. 이 여자는 이제 이아나까지 걸고 넘어지고 있었다.

"대체 무엇을. 이아나를 낳아서 네가 뭘 잃었단 말이냐? 남자들과 신나게 놀아났던 방탕한 생활을 말인가? 그 독한 자존심을 말인가? 혹은 우리 백작가에 쏟아부은 돈······?"

체르노의 빈정거림에 르보니의 눈에 핏발이 섰다. 르보니가 눈물을 주르륵 흘렸다.

"아무것도 모르는 주제에 함부로 말하지 마!"

"그렇다면 말해 봐라, 네가 잃은 게 뭔지."

르보니는 입을 벙긋거릴 뿐 아무 말도 하지 못했다. 체르노는 헛웃음을 흘렸다.

"내가 뭘 모르는 건지는 모르겠지만, 불쾌하니 이 손 놓아라."

체르노가 떨쳐 내자 그의 팔을 붙잡았던 르보니의 손이 힘없이 떨어졌다. 르보니가 눈물을 뚜욱뚝 흘렸다. 체르노는 그런 그녀를 아무런 감흥 없이 내려다보았다. 르보니가 손으로 자신의 얼굴을 감쌌다. 그리고 말했다.

"나는 당신을 사랑해요······. 정말로 사랑해요······."

"······."

"나는, 어쩔 수 없었어요. 그분과 똑같은 기운을 품은 당신······ 흡."

르보니가 정신없이 무슨 말을 하려다 말고 입을 막았다. 그러고는 눈매를 일그러뜨리더니 울음을 터뜨렸다.

"흐윽, 나는 아무것도 말할 수 없어요. 헛소리로 들릴 게 분명하니까! 하지만 나는 당신 때문에 모든 것을 버렸다고요! 흐윽, 이런 나를 조금이라도 알아주면 안 돼요? 긴 세월을 넘어 당신과 마주한 순간, 그분과는 다르게 푸르기만 한 모습이 너무나 가슴을 저리게 해서, 당신을 볼 때마다, 난 가슴이 먹먹해서 견딜 수가 없었어요. 무슨 수를 써서라도 당신과 함께 있고 싶었어요. 당신의 곁에서 조금이라도 그분의 모습을 되찾아 주고 싶었어요. 그런데 그분의 핏줄이어서인지 당신에게는 내 힘도 통하지 않고, 그래서, 그래서 어쩔 수 없이……."

"그만."

횡설수설 알 수 없는 말을 정신없이 늘어놓는 르보니를 체르노가 막아섰다.

"그분, 그분. 예전부터 네가 말하는 그분이 누구냐?"

르보니는 또다시 입을 다물었다.

"네 정신 나간 소리는 듣고 싶지 않다. 한 가지만 묻지. 네가 말하는 사랑은 뭐지? 네 사랑을 위해 네가 사랑한다는 내가 희생되어 주어야 하는가? 네 사랑을 위해서라면 내게 엄청난 폐가 되어도 상관없나? 내가 소중히 여기는 것들을 없애서라도, 사라체를 독살해서라도 나를 붙잡는 게 네 그 역겨운 사랑이라는 건가? 이기적인 계집."

"난…… 난!"

르보니가 초점 없는 눈으로 소리를 질렀다.

"난 이아나를 낳은 이후로, 모든 것을 잃었어! 내게 남은 건 당신뿐이었어! 다른 사람들은 안중에도 없고, 당신밖에 몰랐어! 당신이 날 버리기 전엔 사라체를 밀어내려고 했던 적 없어. 그런데 당신은 나를 봐 주지도 않고…… 당신과 사라체의 다정한 모습을 볼 때마다 질투가 나서……! 난 다만 당신이 예전처럼 나도 계속 사랑해 주었으면 했을 뿐인데!"

"그럴 일은 결코 없다. 너를 사랑한 적도 없어."

르보니는 목 졸린 표정을 지었다. 체르노는 차갑게 말을 이었다.

"나는 네가 끔찍하다, 르보니. 네가 날 위해 해 줄 수 있는 일이 있다면 호르비와 함께 이 영지에서 나가 주는 것뿐이다. 나는, 너를 절대로 사랑하지 않는다. 내 곁에 두고 싶지도 않아."

르보니는 털썩 주저앉았다.

"그럴…… 거면…… 왜 잘해 줬어요? 왜 내가 당신을 사랑하게 만들었어요?"

"애초에 일을 이 지경까지 몰아간 건 너다. 그리고 난 너보고 날 사랑하라고 한 적 없어. 네 감정을 내게 강요하지 마라."

"……당신이, 나를 사랑하게 될 일은 절대 없다는 건가요?"

"절대로."

그 말을 끝으로 체르노는 르보니를 내버려 두고 휑하니 떠나 버렸다.

"체르노, 체르노! 흑…… 흐윽, 흑!"

르보니는 체르노의 뒷모습을 보며 울음을 터뜨렸다.

"흑, 흐윽, 흐으…… 아, 하하하!"

그러나 이내 울음을 그치고, 웃음을 터뜨렸다.

"오호호호! 이렇게 칼 같은 부분도 그분과 똑같아! 그분의 붉은 피에는 날카로운 칼날이라도 심어져 있는 것일까…… 어쩜!"

순전히 정신 나간 여자의 모습이었다. 한참이나 깔깔대며 웃
닌 느보니가 고개를 쑥 숙였다. 그리고 중얼거렸다.

"……체르노, 그래요. 당신이 나를 이렇게 거부한다면, 나도
더 이상 당신 곁에 있지 않을래. 나도 다시 그분의 힘을 되찾
을 거야. 당신도, 그 애도 그분이 아냐. 그분은 그래도 날 아
껴 주셨단 말이야."

르보니의 붉은 눈에 이상한 빛이 감돌았다.

그로부터 며칠이 지났다. 이아나는 평소처럼 수련을 하다가
주변이 어둑하게 흐려지는 것을 느꼈다. 저택으로 돌아가야 하
는 아쉬운 시간이었다.

"아."

습관처럼 검을 놓던 이아나는 다시 검을 챙겼다. 며칠 전만
해도 검술 수련을 몰래 한다는 사실을 들키면 귀찮은 일이 생
길까 봐 검을 항상 그루터기 옆에 세워 둔 채 산을 내려갔었
다. 하지만 며칠 전 기억해 낸 습격사건 때문에 최근에는 검을
가지고 저택으로 돌아갔다.

당시, 몽롱한 상태였기에 남아 있는 기억은 남자가 떨어뜨린
검을 집어 들어 남자의 심장을 찔렀다는 것뿐이다. 생각해 보

면 정말 어처구니없는 행운이 아닌가. 이아나는 이번에도 그런 기막힌 행운이 함께할지 확신할 수 없었다. 아무리 과거에 그 러했더라도 말이다.

이아나는 검을 든 채 꽤 깊숙한 곳에 있는 수련장을 가벼운 발놀림으로 빠져나왔다. 그리고 산을 타고 빠르게 내려왔다.

수백 년 넘게 평온하기만 했던 북문은 경비가 소홀한 경우 가 많았다. 오늘 역시 초소에서 놀고 있는지 경비병이 없었다. 이아나는 문을 넘어서서 북문 가까이에 있는 별채에 돌아왔다.

이아나는 방으로 들어가 검을 침대 뒤쪽에 빠르게 던져 놓 고 욕실로 들어갔다. 이스피에게 부탁해 몇 년 전부터 이 시간 에 늘 준비되어 있는 뜨거운 물속에서의 목욕은 하루에 없어 서는 안 될 나른한 휴식이었다.

이아나는 먼지 묻은 옷가지들을 하나하나 벗어 내렸다. 조 끼, 셔츠, 바지…… 하나하나 몸을 가리고 있던 옷이 땅에 떨어 져 내릴수록 그녀의 굴곡진 몸이 본연의 모습을 드러냈다. 여 인이라 근육이 잘 드러나지는 않지만, 실력 있는 무인이 봤다 면 황홀한 감탄을 내뱉었을 정도로 자잘한 근육이 완벽하게 자리 잡은 몸이었다. 게다가 수련을 해서 그런지 방에서 수나 놓는 소녀들의 발육상태와는 확연히 달랐다.

열다섯, 소녀에서 여인이 되어 가는 이아나의 몸은 여타 소 녀들처럼 작고 가녀린 게 아니라 늘씬하게 쭉쭉 뻗어진다. 남 자들이 봤다면 자신도 모르게 침을 꿀꺽 삼킬 정도로 여인의 굴곡이 뚜렷하게 자리를 잡아 가고 있었다.

옷을 모두 벗어 던진 이아나가 뜨거운 수면에 발을 얹었다.

발에 닿는 물의 온도에 만족했기에 나른한 미소를 지으며 욕탕에 몸을 담갔다. 김이 피어오르는 물속에서 이아나는 몸을 길게 늘어뜨려 피로한 몸을 녹였다. 붉은 머리칼이 뜨거운 물속에서 너울졌다.

"후우……."

이아나는 천천히 눈을 감았다. 전신을 감싸는 뜨거운 기운에 피로가 실타래처럼 풀리고 복잡한 생각들도 머리에서 사라져 온몸이 흐물흐물해졌다.

한참이나 몸을 담그고 있던 이아나는 충분히 휴식을 취했다는 생각이 들자 씻기 위해 눈을 떴다. 거추장스럽게 얼굴에 달라붙어 있는 긴 머리카락을 떼어 내며 물속에서 잔뜩 흐트러진 풍성한 머리카락을 뒤로 쓸어 올렸다.

"자를까……."

그리 생각한 것도 잠시, 고개를 저었다. 이스피가 거품을 물고 뒤로 넘어갈 게 분명했다. 머리쯤은 그녀를 위해 길러 줘도 상관없었다.

이아나는 뺨을 슥 만져 보았다. 이스피 덕분에 티 하나 없이 매끄러워진 피부였다.

검을 잡은 지 얼마 되지 않았을 때는 몸에 익지 않은 수련에 피곤해서 피부가 많이 거칠했었다. 검을 수련한다는 사실을 말하지 않았기 때문에 이아나의 피부가 망가진 이유를 알 수 없었던 이스피는 울먹이며 피부에 좋은 약초나 팩, 사라체의 보약을 잔뜩 들고 왔었다.

검술 수련에 익숙해지고, 마나 수련이 궤도에 올라 몸에 남아 있는 불순물을 걷어 낼 수 있게 된 지금은 이스피의 노력까지 더해져 피부가 좋다 못해 빛을 발하지만, 그 시절에는 이스피의 얼굴에서 시름이 떠날 줄 몰랐다. 이아나의 건강에 문제가 있나 싶어 괜찮다고 하는데도 몇 번이나 의사를 데려오곤 했었다. 늘 이아나가 화를 내며 물리긴 했지만.

단순히 수련 때문에 쌓인 피로였기 때문에 만약 이스피에게 검을 수련하고 있음을 말했다면 걱정은 덜했을 것이다. 하지만 이아나는 말하지 않았다. 난리를 쳐서 자신을 피곤하게 하는 둘째 치고 이스피는 원래 사라체의 사람이었기 때문이다.

이스피의 마음을 믿지 못하는 것은 아니었다. 하지만 아무리 자신을 위해 준다고 해도, 이제 사라체가 아닌 제 주위만 맴돈다고 해도, 아홉 살일 적 차갑게 경고를 한 이후로는 사라체에게 제 행동을 고하지 않는다고 손사래를 쳐도…… 그녀는 사라체를 존경하고 사랑하는 사람. 제가 검을 수련한다는 중대한 비밀을 사라체에게 숨길 수 있을지 확신할 수 없었다.

향긋한 목욕제로 몸을 깨끗하게 씻고 머리까지 감은 이아나는 준비되어 있던 수건으로 몸과 머리를 닦아 냈다. 귀족이라면 목욕부터 시작해 물기를 닦아 내고 옷을 입혀 주는 것까지 모두 사용인들에게 시중을 받는 게 일반적이지만 이아나는 거부했다.

로베르슈타인 가문의 사람들이라서 싫은 것도, 알몸을 하녀들 앞에 드러내는 것을 민망해하는 것도 아니었다. 남들의 손에 맡겨져 수동적으로 다뤄지는 게 싫었고, 남들 앞에서 무방비한 상태로 있는 것도 싫었다. 이아나가 온전하게 가진 것이라고는 자신의 몸뿐이었기에, 소중한 몸에 남이 손대는 것이 꺼려졌다. 심지어는 이스피에게도 허락하지 않았다.

머리를 말리고 준비된 편안한 옷으로 갈아입고 나온 이아나는 식당으로 향했다. 식당에서는 이스피가 기다리고 있었다.

"아가씨 오셨어요?"

"그래."

"기다려 주세요. 금방 저녁을 준비할게요."

이아나가 목욕을 마친 후의 습관. 이스피가 식사를 준비하는 모습을 뒤에서 쳐다보는 것이다.

이아나는 식탁에 앉아 분주하게 움직이는 이스피의 뒷모습을 바라보다가 입을 열었다.

"항상 내 곁에서 나를 챙겨 줘서 고맙구나."

하루도 거르지 않고 하는 고맙다는 소리에 이스피가 따스한 스프가 담긴 접시와 미리 준비해 두었던 부드러운 빵, 고소한 야채볶음, 과일샐러드 등을 이아나 앞에 놓으면서 단호한 표정을 지었다.

"아가씨. 그런 말하지 마시라고 말씀드렸지요? 저는 이미 아가씨에게서 떼려야 뗄 수 없는 몸이라고요. 고맙다고 말씀하시지만 말고 절 평생 책임져 주세요."

"후후……."

이아나는 언제나 대답 없이 웃기만 했다.

그 모습을 정면에서 본 이스피가 얼굴을 붉혔다. 자신의 아가씨는 날이 갈수록 아름다움을 품어 간다. 사라체가 수도 사교계에서 활동할 때 측근 하녀였던 이스피는 시중을 들기 위해 티파티에 항상 참가했었다. 그런데 그때 봤던 어느 레이디들보다도 이아나에게서는 반짝반짝 빛이 났다.

외모도 외모지만, 그녀의 단호한 몸짓 하나하나에는 고귀함이 서려 있었다. 딱딱하게 포장된 말은 따스함을 품고 있었다. 무엇보다 자주 지어 주진 않지만 이아나의 웃음은 정말 매력적이었다. 얼음덩어리가 사르르 녹아서는, 눈썹이 살짝 처지고, 눈이 살포시 반달로 접어지고, 입술이 동그랗게 말리는 그 웃음이란…….

정말 누구보다 예뻤다. 매일매일 봐도 질리지 않을 듯했다. 이스피는 흐뭇하게 웃었다.

"어쩜, 날이 갈수록 아가씨에게서는 빛이 나는 것 같아요."

"난 외모 칭찬을 좋아하지 않아."

이스피는 그 말을 듣지 않았다.

"이대로라면 훌륭한 신랑을 찾는 건 문제도 아니에요! 누구든지 아가씨께 빠져들 테니까. 적어도 백작 이상이어야 해요. 그 아래는 용납할 수 없어. 응, 왕자님도 괜찮겠네요."

머릿속에서 환상의 나래를 펼치는 이스피를 말끄러미 쳐다보던 이아나가 손등에 턱을 괴며 나지막하게 말했다.

"내 결혼 타령하지 말고, 너나 잘 생각해 봐라. 너는 다시 결혼할 생각 없느냐?"

이스피가 입을 딱 다물었다가 곤란한 웃음을 지었다.

"아가씨도 참. 저는 아가씨 곁에서 뼈를 묻겠다고 몇 번을 말씀드려요?"

이스피는 이아나가 태어날 쯤에, 그러니까 스무 살 때 사랑하는 남편을 사고로 잃었다. 당시 뱃속에 품고 있던 아이도 남편을 잃었다는 엄청난 스트레스 때문에 유산하고 말았다. 그 후 이아니기 데어났고, 르보니가 방치하자 젖이 많아진 이스피가 이아나를 맡게 되었다.

언젠가 이아나가 제 곁에만 머무는 이스피에게 가족에 대해 물었을 때 씁쓸하게 말해 준 이야기였다.

이스피가 슬퍼하자 이아나는 두 번 다시 이에 대해 언급할 생각이 없었다. 하지만 학술원에 들어갈 때가 다 되어 간다. 학술원은 기숙사 생활이 기본이었고, 왕립 아카데미와는 다르게 시종이 필요 없었다.

그리고 이아나는 학술원을 졸업하는 날과 동시에 로베르슈타인 가문에서 독립해서, 검술제에서 만난 아르하드를 따라 바하무트 제국으로 가서 그의 즉위를 도울 생각이었다. 이스피는 그 위험한 길을 따라올 수 없었다. 데리고 갈 생각도 없었다.

이아나는 손에 깍지를 끼며 이스피를 응시했다.

"진지하게 하는 말이다. 너도 네 인생이 있고 언제까지 내 곁에 머물며 나를 챙겨 줄 수는 없는 노릇이지. 내가 결혼자금을 넉넉히 대줄 테니 한번 생각해 봐라. 너 정도면 분명 좋은 사람을 만날 수 있을 텐데 내 곁에서 이렇게 인생을 낭비하는 건……."

"아가씨, 제가 곁에 머무는 게 불편하신가요?"

"뭐?"

"언제나 그러세요. 언제라도 떠나보낼 것처럼 말씀하세요. 저는 아가씨께 필요 없는 사람인가요?"

이스피가 축 처져서 어깨를 늘어뜨렸다. 이아나는 어이가 없어서 눈썹을 치켜떴다.

"그런 쓸데없는 말을 하면 정말 화낼 거다. 너는 내게 아주 소중한 사람이다. 네가 예전에 말한 적 있지. 니는 내가 편하게 생각하는 얼마 안 되는 사람 중 하나라는 걸 알기 때문에 떠날 수 없다고. 그 말이 맞아."

"……아가씨."

"네 마음은 잘 알지만, 나는 네가 상급자를 모시는 자로서 행복을 느끼는 게 아니라 여자로서 행복해졌으면 한다. 너도 이제 든든한 남편을 만나 사랑을 받으며 따스한 가정을 꾸리는 게 좋지 않겠나."

감동해서 상기되었던 이스피의 표정이 이어지는 이아나의 말에 가라앉았다. 이스피가 입술을 달싹거렸다. 무슨 말을 꺼내려는 듯 머뭇거렸지만 이아나는 눈치채지 못하고 계속해서 말을 이었다.

"내가 이때까지 보아 온 너라면 누군가에게 정말 좋은 어머니가 되어 줄 거다. 나는 그 아이의 어미가 될 너를 이렇게 붙잡아 놓고 싶지 않구나. 너는 행복해질 권리가 있어."

"……."

"혼수 준비가 문제라면 내가 얼마든지 해 주마. 내가 이제껏 모아 온 돈을 모두 줄 수도 있다. 너는 내게 그런 사람이니까."

"아가씨, 저는요."

결국 이스피가 입을 열었다.

"이제야 말씀드리는 거지만……. 아가씨께 몇 번이나 말씀드리려 하다가도 불경한 소리 같아서 참고 있었지만 말씀드려야겠어요. 저는 아가씨를 제 딸처럼 여기고 있어요."

이아나가 딱 굳었다.

"그때요, 제가 아이와 남편을 모두 잃었을 때…… 스무 살 때로군요. 저는 거의 제정신이 아니었어요. 정신 나간 년처럼 차가운 벤치에 앉아 있다가, 누군가 아이를 안고 지나가기만 해도 한참이나 그 뒷모습을 좇았지요. 아이를 먹일 젖이 담긴 가슴은 커져만 가는데, 아이가 제 품에 없음을 참을 수가 없었어요. 그때 결혼을 하면서 하녀를 그만두었던 제게 사라체 님께서 아가씨의 유모를 부탁하셨지요."

"……."

"앙앙대며 울던 아가씨가 제 품에 안기는 순간을 저는 잊을수 없어요. 저는 울었어요. 마치 아가씨가 살아 돌아온 제 아이 같아서요."

이스피가 이아나의 뒤쪽으로 가더니 목에 둘러진 수건을 잡아 젖은 머리카락을 부드럽게 말려 주었다.

"하지만 그건 그때뿐이고. 제 아이의 죽음을 받아들인지는 오래됐어요. 아가씨는 아가씨니까요. 하지만 15년을 길러 온 아가씨가 제 딸처럼 여겨지는 건 어쩔 수 없네요."

"……."

"저는 가족이 필요하다고 생각하지 않아요. 제 곁에는 이미 딸 같은 이아나 아가씨가 있어요. 저는 곁에서 아가씨의 행복을 지켜보는 것만으로도 충분해요. 그래서요. 아가씨가 결혼을 해 로베르슈타인가를 떠나는 일이 생기면 따라가 계속 챙겨드리고 싶어요. 지금처럼요. 나중에는 아가씨를 챙기는 하녀들의 우두머리를 하는 것도 괜찮겠네요. 호호."

이스피의 따뜻한 웃음소리를 들으며 이아나는 눈을 감았다. 이스피가 진짜 제 어머니였으면 자신의 인생은 어찌 되었을까. 어미의 따뜻한 사랑을 받으며, 행복하게 웃으며, 평범하게 자랄 수 있지 않았을까.

이스피의 말을 들으면서 이아나는 과거에 사라체의 사람이었다는 이유 하나 때문에 제가 검을 수련하고 있다는 중요한 사실을 말해 주지 않은 게 미안해졌다. 조만간 말해 줘야겠다는 생각도 했다.

간단한 식사를 마치고 방으로 돌아온 이아나는 침대에 털썩 누웠다. 한참을 뒤척이다가 성서를 펼쳤다. 보기는 싫었지만 제라드가 읽으라고 했으니 읽어야 했다. 나중에 다시 만나 성서에 대한 질문을 받았을 때 대답하지 못한다면 제라드가 실망할 게 불명했다.

신을 불신하기 시작한 이후 한 번도 읽지 않은 성서라서 회귀 전 어렸을 때는 달달 외울 정도로 읽었음에도 내용이 기억나지 않았다. 이아나는 1장 3절을 훑었다.

모든 게 사라진 종말의 끝에는 아무것도 없었다.

홀로 서 있는 라오스에게 주어진 사명은 단 하나, 무너진 세상을 다시 창조하는 일이었다.

그는 제일 먼저 페임드라를 중심으로 악마의 심장을 가로지르는 거대한 산맥을 일으켜 흔들리는 세상의 중심을 바로잡았다.

성서에서 말하는 산맥은 롯소산맥이다. 롯소산맥이 대륙의 중앙을 가로질러 북부와 남부를 가르는 거대한 산맥이기 때문이다. 무섭고 높은 산맥은 마도시대가 시작된 지 이천 년이 넘게 흘렀음에도 개척되지 않았다.

1장의 1절에서도, 3절에서도 나오는 페임드라가 무엇인지는 아직도 밝혀지지 않았다. 학자들은 페임드라가 거대 몬스터가 범람하는 롯소산맥 중앙에 있는, 라오스가 마도시대를 열기 이전의 신성시대의 유물이라 주장한다. 그것도 고대 악마와 연관이 있는.

그래서 먼 옛날에 호기심 많았던 대마법사들과 실력 좋은 모험가들이 산맥 중앙으로 탐험을 떠난 적이 있었다. 그리고 그대로 전멸했다.

그중 한 마법사만 간신히 텔레포트로 빠져나와 말하기를 롯소산맥 핵심부, 중앙 지역에서 도마뱀을 닮은 거대한 괴물을 만났다는 것이었다.

「신의 비밀을 엿보는 자, 지옥의 업화 속에서 죽을지어다.」

괴물은 그들에게 이렇게 말하고는 거대한 숨결을 쏘아 냈다고 했다. 숨결은 거대한 마나 폭풍과도 같았다고 했다. 그리고 시간이 지나면 지날수록 살아남은 마법사는 그날의 공포로 완전히 미쳐 갔다고 한다.

그 뒤로도 수십, 수백, 수천 번…… 신성시대의 유물과 괴물에 대한 탐구욕이 넘치는 마법사들과 걸출한 검사들이 무리를 지어 길을 떠났지만 돌아온 자는 없었다.

수없이 많은 희생을 치른 이후로 롯소산맥 중앙은 인간이 정복할 수 없는 금지로 지정되었다. 사람들은 괴물에게 드래곤이라는 이름을 붙여 주고 신의 비밀을 지키는 드래곤을 신격화하기 시작했다.

그런 사실들을 떠올리며 이아나는 책을 덮었다. 라오스가 정말로 존재했고, 그전의 시대인 신성시대가 정말로 존재했다 하더라도, 지금은 마도시대다. 필요 없는 과거 따위는 신경 쓰고 싶지 않았다.

후욱—

그때, 어른거리던 호롱불이 팍 꺼졌다.

이아나는 날카롭게 눈을 떴다. 바람이 통할 수 있는 문과 창문은 모조리 닫아 놨었다. 그런데도 호롱불이 꺼졌다는 것은 그중 하나가 열렸다는 말이었다.

예민한 기감에 이상한 기척이 잡혔다. 이아나는 검을 잡으면서 천천히 문 쪽으로 고개를 돌렸다.

'오늘이었던가.'

이아나는 코웃음을 쳤다. 과거는 되풀이되었다. 침입자는 과거에도 그녀를 습격했던 검은색 일색의 남자였다. 정면으로 문을 열고 들어오는 게 당당해 보이기까지 했다.

하지만 그날과 다른 점이라면 이아나가 정신을 똑바로 차리고 있다는 점이다. 이아나는 냉정한 눈으로 자신에게 다가오며 검을 뽑아내는 남자를 꼼꼼히 뜯어보았다. 그리고 남자의 눈을 본 순간, 눈을 크게 떴다. 붉은 눈이었다.

'설마?'

뇌리를 스치고 지나간 한 사람의 이미지에 이아나는 설마 했나가 고개를 세차게 지었다. 하지만 계속해서 이미지의 간상에 사로잡혔다. 구역질이 난 이아나는 고개를 들어 남자를 노려보았다. 그녀의 적안은 용암이 끓어오르는 활화산처럼 활활 타오르고 있었다.

"넌 누구냐."

남자는 말이 없었다. 그저 그날처럼 아무 말 없이 검을 머리 위로 들어 올렸다.

스악!

이아나는 그 모습을 잠자코 보고 있다가, 순식간에 검을 뽑아내며 침대에서 몸을 튕겼다.

채앵! 퍼어어어억!

남자가 미처 반응하지도 못할 속도로 검을 쳐 내고 발을 뻗어 배를 세게 걷어찼다. 마나까지 운용한 발차기는 제대로 먹혀 들었고 남자는 뒤로 날아가서 벽에 등을 박았다. 남자가 부들거리면서 몸을 일으키려 했다.

푹! 푹!

이아나는 팔꿈치를 빠르게 두 번 찔러 팔 인대를 끊었다. 남자가 혹시라도 자살한다거나 독약을 뿌리는 등의 허튼짓을 못하게 하기 위해서였다. 남자의 팔이 피를 뿜어내며 축 늘어지자 이번에는 입안에 자살 용도의 독약을 머금고 있을까 싶어 턱뼈를 걷어차 턱을 부쉈다.

이아나가 폭력을 행사하고 있는데도 남자는 반항하지 않았

다. 암살을 하러 온 주제에 의외로 실력에서도, 태도에서도 초
심자였다. 이아나는 일어나지 못하는 남자에게 성큼성큼 다가
가 검 끝으로 턱을 들어 올렸다. 남자의 얼굴이 강제로 들어
올려졌다. 허튼짓을 하면 네 안을 파고들겠다는 듯 날카로운
검 끝이 목을 쿡, 쑤셨다.

이아나는 차가운 눈으로 남자를 내려다보았다.

"궁금해졌어. 누가 나를 죽이려 하는지."

이아나는 검은 그대로 둔 채로 손을 뻗어 복면을 벗겼다. 남
자의 얼굴을 본 이아나는 딱 굳었다가 입매를 비틀었다.

"이건 또 무슨…… 하하."

그는 이아나의 외조부, 호르비였다.

"사람을 쓰지도 않고 나를 직접 죽이러 오셨다? 아니, 그것
보다 왜?"

흔치 않은 붉은 눈이라 설마 했는데, 정말로 외조부였다.

호르비가 저를 죽일 이유는 없었다. 르보니에게 딱히 피해를
주지도 않았고, 호르비의 사업에 무슨 영향을 준 것도 아니다.
다만 며칠 전 르보니에게 독설을 좀 내뱉었을 뿐이다. 하지만
그것이 이리 자신을 직접 죽이러 올 이유가 될까?

아니다. 과거에는 아무 짓도 하지 않고 순종적으로 굴기만
했는데도 이렇게 자신을 찾아왔었다.

퍼억!

이아나는 검을 검집에 집어넣으면서 호르비의 얼굴을 발로
세게 걷어찼다. 충격으로 옆으로 얼굴을 젖힌 호르비를 보면서
천천히 자리에 앉았다. 그의 멱살을 잡아 올렸다.

"외할아버님, 말해. 왜 나를 죽이러 온 거지?"

충격 때문일까? 달빛에 비친 호르비의 붉은 눈에는 초점이 없었다. 말도 없었다. 이아나의 속이 부글부글 끓었다. 소리를 지르고 싶은 걸 참으면서 겨우겨우 한마디를 내뱉었다.

"왜? 대체 내가, 무얼, 잘못했기에?"

살기를 담아 캐물어도 호르비는 계속 말이 없었다. 이아나는 얼굴을 차게 굳혔다.

"말하지 않겠다? 뭐, 좋아. 한 번 죽였는데 두 번 못 할 게 무에가 있을까?"

스릉.

이아나가 자리에서 일어나며 검을 다시 빼 들었다. 기괴한 섬광이 어둠 속에서 빛을 품었다. 이아나는 중얼거렸다.

"명심해. 나는 내 적에게 자비를 베풀지 않아. 나와 피가 이어진 이들에게는 더더욱."

이아나의 붉은 눈에 섬뜩한 빛이 감돌았다.

"그나저나, 첫 살인이 나와 같은 피가 흐르는 놈이라? 내 운명은 정말…… 기구하고 역겹구나."

"……."

"왜 가만히 있지? 당신을 죽이겠다고 했다. 나를 죽이러 온 주제에 손녀딸이라는 게 마음에 걸리기라도 하는 건가? 반항할 시도라도 해야 할 것이 아닌가?"

그때 호르비의 몸에서 정체불명의 붉은 기운이 스멀스멀 새어 나왔다. 이아나는 흠칫하고 조금 뒤로 물러섰다.

'마나?'

아니다. 마나와 비슷하지만 마나와는 확연히 다른 이질감, 정확히 말하자면 엄청난 생동감이 느껴졌다. 열심히 몸을 움직이며 최선을 다해 살아가는 사람들에게서 느낄 수 있는 생기 같았다.

후아아아아아…….

그리고 늘 유령처럼 공기와 함께 흘러 다니던 마나는 붉은 기운에 쏜살같이 달려들더니 그 주변에서 입맛을 다시며 펄떡펄떡 날뛰어 대고 있었다. 섞이고 싶지만 붉은 기운이 밀어내기라도 하는 것처럼.

'이게 무슨.'

호르비의 몸이 부들부들 떨리더니 본격적으로 붉은 기운이 터져 나오기 시작했다. 그 장면을 눈을 가늘게 뜨고 노려보던 이아나는 붉은 기운이 자신에게까지 당도했음에도 굳이 피하려 들지 않았다. 무엇인지 파악한 후에 밀어낼 수 있다는 자신이 있었기 때문이다. 그런데 그 기운이 피부와 접촉하는 순간이었다.

이아나는 당장 호르비의 심장을 찌르고 싶다는 강렬한 충동을 느꼈다. 안 그래도 죽으려고 했지만 제 뜻이 아닌데도 검을 쥔 손이 호르비를 찌르고 싶어 경련했다.

기운은 마치 고향을 떠났던 자가 향수병에 젖어 귀향하듯 호르비를 떠나 그녀를 조금씩 감쌌다. 그리고 이아나의 몸에 천천히 스며들었다.

"……!"

붉은 기운이 몸을 휩쌀수록 이아나는 아찔함을 느꼈다. 정체

모를 기운이 몸을 침범하는 것에 끔찍한 불쾌함을 느낄 법한
데도 달콤한 쾌감과 벅찬 충족감만을 느꼈다. 죽음 직전에 생
을 연장하는 샘냇수를 마시면 이런 기분이 들까.

이아나는 헛웃음을 흘렸다. 뭔지는 모르겠지만 해가 되는 건
아닌 듯했다. 오히려 뭔가 차오르는 느낌이 기분 좋기까지 했다.

기운에 완전히 휩싸였을 때, 이아나는 호르비의 심장을 찌르
고 싶다는 충동에 반항을 포기했다. 어차피 죽이려고 했는데
왜 괴롭게 참고 있나 싶었다.

이아나가 천천히 검을 들어 올리며 속삭였다.

"잘 가라."

검이 허공을 갈랐다.

푸우욱!

투확!

"큭!"

그날처럼 아무렇지도 않게 검으로 심장을 푹 찔렀다. 호르비
의 심장을 찌르자마자 붉은 피와 함께 폭발하듯 뿜어져 나오
는 붉은 기운에 이아나가 짧게 신음을 내뱉었다.

콰과과과과…….

호르비에게서 붉은 기운이 태풍의 바람처럼 쏟아져 나왔다.
방에 있던 물건들이 바닥으로 떨어져 내리고 허공에 휘날렸다.

쨍그랑!

탁자에 놓여 있던 화병이 바닥에 떨어져 깨지는 소리에 이
아나는 정신을 차렸다. 미간을 찌푸린 이아나가 몸을 뒤로 날
려 피해 보려고 했지만 불가항력이었다. 붉은 기운은 폭풍처럼

그녀에게 들이닥치고 있었다.

"이게 어찌 된⋯⋯!"

그때 이이니는 아주 익숙한 목소리로 소리를 지르며 들어온 사람과 눈이 마주쳤다. 심장이 덜컹하고 가라앉았다.

'르보니!'

눈을 크게 뜨고 자신을 쳐다보는 르보니를 노려본 이아나가 입술을 깨물었다. 호르비에게 저를 죽이라 했던 사람은 르보니였을까? 대체 왜?

이아나의 혼란과는 상관없이 몰아치는 기운은 그녀를 충만하게 채웠다.

털썩.

모든 기운을 이아나에게 빼앗긴 호르비는 바닥에 꼭두각시 인형처럼 쓰러졌다. 그에게서는 더 이상 생명이 느껴지지 않았다.

아비가 쓰러졌는데도 문 안에 들어와 있던 르보니는 멍청하게 서 있기만 했다. 이아나는 숨을 몰아쉬며 고개를 푹 숙였다. 붉은 머리가 허공에 흩어졌다.

"⋯⋯."

이아나는 입술이 터질 정도로 깨문 채 흐트러진 붉은 머리를 뒤로 쓸어 넘기며 고개를 들었다.

"이게 뭐야."

이아나의 눈에 광망이 어렸다.

"이게 뭐냐고. 르보니, 당신이 왜 이곳에 있지? 말해."

"당신이군요⋯⋯."

르보니가 몽롱한 표정으로 중얼거렸다. 이상한 말을 지껄이는 그녀에게 이아나가 비명을 지르듯 고함을 쳤다.

"말하라고!"

"아아!"

르보니가 황홀한 감탄을 내지르고는 이아나에게 달려들었다. 이아나는 자신을 죽이려는가 싶어 검을 쥔 손에 힘을 쥐었다.

"……!"

하지만 르보니는 이아나를 와락 끌어안았다. 이아나는 얼굴을 험악하게 구기고 밀어내려 했지만 그녀는 놓아주지 않았다. 이아나를 꼭 끌어안고, 서글픈 눈물을 뚝뚝 흘려 댔다.

"아아! 저는 당신이 너무나 그리웠어요!"

"이것 놔!"

"위대하신 나의 주인님! 나의 신이시여……!"

알 수 없는 웅얼거림에 이아나는 이 여자가 드디어 돌았나 싶었다. 밀어내려고 했지만 르보니는 팔에 더욱더 힘을 주었다.

아기일 때를 빼고는 단 한 번도 누군가에게 세게 끌어안겨 본 적이 없었던 이아나는 숨이 막혔다. 무엇보다 자신을 끌어안고 있는 사람이 제 어미라니. 이 모든 게 악몽이 아닌가 싶었다.

그런 이아나는 모른 채 르보니는 황홀한 표정으로 이아나를 꼭 끌어안은 채 그녀의 주변에 넘실거리는 붉은 기운을 만끽했다.

"그래요, 이 기운이에요! 저는 황홀할 정도로 아름다운 이 기운을 다시 한 번 느끼고 싶었어요. 제가 가진 당신의 반쪽 힘도 아니고, 체르노의 흐릿한 느낌도 아닌, 당신의 온전한 기운을……!"

이아나는 혼란에 빠져 있다가 르보니가 얼굴을 묻은 자신의 어깨가 축축하게 젖어 가는 것을 느끼고 굳어 버렸다. 르보니는 어깨를 들썩이며 정신없이 울었다.

"로 님, 당신은 언제나 드높으신 분. 언제나 상냥하시되, 언제나 냉정하신 분. 그러나 언제나 따뜻하신 분……. 그래요, 저는 당신의 붉은 모습을 보고 싶었어요! 푸른 건 당신과 어울리지 않아요. 그래요, 멍청한 저는 긴 시간 동안 잠에 빠져 있느라 잊었나 봐요. 당신은 검을 쥐어야 이리 화려하게 피어오르는 분이었지요. 당신은 언제나 검을 쥐어야 해요. 당신은 언제나 이렇게 붉어야 해요……."

르보니는 엉엉 울면서 이아나를 더 세게 껴안았다.

"왜 저만 봉인해 두고 떠나셨어요? 잘 부탁한다는 말씀은 뭐였어요? 로 님, 저는 당신의 곁에 있기만 해도 좋았는데, 죽더라도 당신의 곁에서 죽었다면 괜찮았을 텐데, 어째서 저를 살려 두셨어요? 깨어나자마자 정신없이 당신을 찾아 내려왔어요! 그런데 세월은 수없이 흘러, 나를 기억해 주는 이는 아무도 없고, 당신을 기억하는 자 또한 아무도 없었어요. 그 모든 게 거짓이었던 것처럼 신화가 되어 버렸어!"

"……."

"외로워, 외로워서 죽어 버릴 것 같았어. 나 혼자 남았다는 사실에 너무너무 외로워서 죽고 싶었어! 하지만 당신의 기운을 품고 있었기에 억지로 살았어!"

"……비켜!"

이아나는 르보니를 확 밀쳤다. 르보니는 바닥에 힘없이 나동그라졌다.

"듣자 듣자 하니 못 참아 주겠군."

"아…… 어흐……."

이아나는 입술을 깨물었다. 웬일로 자신을 먼저 안아 오나 싶었더니 다른 이를 착각한 것이었다. 멍청하게 굳어 버린 자신이 한심했다.

표독스레 눈을 뜬 이아나는 멍청한 모습으로 바닥을 이리저리 되짚는 르보니에게 차갑게 쏘아붙였다.

"아까부터 대체 무슨 소리를 하는 거지? 정말 미치기라도 한 건가? 나와 누구를 착각하는 거야?"

"……이아나?"

정신을 차린 르보니가 눈물을 가득 머금은 눈을 멍하니 깜빡였다. 이아나가 거무죽죽한 눈빛으로 그녀를 내려다보았다.

"그래, 당신 말대로 나는 이아나다. 당신이 찾는 자가 아니야."

"……."

"내 말을 무시하는 건가? 당신이 이 방에 왜 있냐고 물었어."

"……호, 호호, 홋호호!"

이아나가 짓씹듯이 또박또박 내뱉는 말에 르보니는 웃음을 터뜨렸다.

"그래, 그래! 너는 내 딸이지! 내 망할 딸년에게서 위대한 그분을 보는 건 어불성설이지! 지금 내 곁에 남아 있는 이는 아무도 없어! 네가 아무리 그분의 모습을 보인다 해도 네가 그분이 될 수는 없겠지! 그래……!"

르보니는 눈물을 줄줄 흘렸다. 옷자락을 부여잡고 헐떡이며 한 맺힌 눈물을 미친 듯이 흘려 댔다.

"나의 신이여…… 어째서 저에게 이런 시련을 남기셨나요? 당신을 기억하는 존재는 아무도 없어요. 당신들은 신화적인 존재로만 남아 있고, 지 혼자 외따로 이 외로운 세상에…… 저는 외로워요, 외로워요. 외로워서, 너무 외롭고 추워서 미쳐 버릴 것 같아요……."

그래서 당신이 이제는 미워요.

당신을 여전히 사랑하지만, 저를 이렇게 살지도 죽지도 못하게 만든 당신이, 저를 이렇게 외롭게 만든 당신이, 너무 미워요…….

르보니는 고개를 숙이고 몸을 웅크리더니 미친 것처럼 혼잣말을 중얼거렸다. 이아나는 아무 말도 못 하고 그 모습을 내려다보았다.

"어째서 봉인이 풀린 걸까. 차라리 영원히 잠들어 있었다면 좋았을 것을……. 황금의 악마는 어찌 되었을까? 그분과 함께 죽은 걸까? 호, 호호호. 웃겨. 웃기다고. 종말 끝에, 그 많은 신들 중에 라오스 혼자만 신으로 남았어……. 빌어먹을, 이 쥐새끼……."

'황금의 악마? 라오스?'

이아나는 인상을 찌푸렸다. 르보니가 미친 것처럼 중얼거리는 말에 등장하는 건 모두 신화적인 존재들이었다. 혼자서 중얼거리던 르보니가 고개를 홱 들었다.

"이아나, 내 망할 딸년. 나는 네가 죽이고 싶을 정도로 미웠다. 내가 왜 이 방에 있냐고?"

눈물이 어린 두 붉은 눈은 지독한 원망과 원한이라 이아나는 자신도 모르게 뒷걸음질 쳤다.

"널 죽이려고 했으니까!"

너무나 식섭석인 그 발은 칼이 되어 이아나에게 남아 있던 흠을 아프게 헤집었다. 이아나는 입술을 꼭 깨물었다. 심장이 울컥했다. 울컥한 감정은 눈물샘까지 치고 올랐다.

이번 생에서는 이 여자에게 그 어떤 정도 주지 않았고, 그래서 미련도 없을 텐데 어째서, 어째서 볼썽사납게······.

투둑.

어둠 속에서 이아나가 바라지 않은 눈물이 뚝 하고 흘러내렸다. 이아나가 천천히 입을 열었다.

"왜?"

대체 자신이 뭘 잘못했다고? 단지 사랑이 고팠던 아이가 너무나 외로워서 사랑받고 싶었던 게 죄였던가. 혹은 태어난 것 자체가 죄였단 말인가.

그랬으면 차라리 낳지 말았어야지.

거기까지 생각한 이아나의 마음이 차갑게 가라앉았다. 이런 생각까지 할 필요 없었다. 낳아 주었다는 사실 하나만으로 제게 이리 잔혹하게 굴 수 있는 권리는 이 여자에게 없었다.

이아나가 눈에 살기를 띠었다. 이제는 눈앞의 여자가 증오스럽기만 했다. 입에 검을 쑤셔 박아 혀와 목구멍을 모조리 찢어내고 싶었다. 이런 포악한 잔인성까지 불러일으키는 여자를 이 세상에서 지워 버리고 싶었다.

쑤걱—

말없이 손목을 휘저어 보던 이아나가 죽어 있는 호르비의 심장에서 검을 빼 들었다. 피 묻은 검을 바로잡은 후 소름 끼치도록 낮은 목소리로 말했다.

"나를 미워할 수 있는 권리는 당신에게 없어. 나를 당신의 배에 밴 것은 당신이다. 낳고 싶지 않았다면 낙태시켰으면 될 일. 당신이 세상 밖으로 내놓고 내게 이리 구는 당신은 소름 끼치도록 역겹다."

그 말을 들은 르보니가 깔깔대며 웃었다.

"그래. 내가 왜 이러는 지 넌 모를 거야. 아니, 지금 이 세상 그 누구도 알 수 없을 거야! 이야기해 봤자 날 믿어 주기는커녕 미친 계집으로 볼 게 분명하니까! 호홋, 호호호호! 다른 사람들 눈에 나는 망할 년일 뿐이겠지. 평화로웠던 집안을 풍비박산 낸 망할 년, 딸을 내버리고 남자를 쫓아다니는 망할 년! 그래, 난 망할 년이야. 하지만 그럴 수밖에 없었어. 너무 외로워서 견딜 수가 없었으니까! 날 죽일 거라고? 그래, 좋아. 하지만 나는 그 전에 너에게 말해야겠어. 너에게만큼은 내 모든 것을, 내가 살아갈 이유를 모조리 빼앗아 간 너에게만큼은 이해를, 동정을 받아야겠다고!"

소리를 지른 르보니가 파르르 떨더니 고개를 푹 숙였다. 이아나를 닮은 붉은 머리카락을 늘어뜨렸다. 창문 밖으로 이 광경을 훔쳐보기라도 하듯 고개를 살짝 내민 하얀 달이 처참한 둘의 모습을 비추었다.

"나는……."

달빛을 등진 이아나는 앞에서 무릎을 꿇은 채 입술을 달싹이는 르보니를 잠자코 내려다보았다. 죽일 때는 죽이더라도 과거에 자신이 그토록 상처받아야 했던 이유를 알고 싶었다. 사랑에 미쳐 저질렀다고 생각했던 르보니의 비이상적인 행동들, 그 이면에 대체 얼마나 대단한 이유들이 숨어 있기에 자신이 그다지도 아파해야 했는지, 사형 직전 사형수의 마지막 말을 들어 주자는 식의 비틀리고 비틀린 호기심이 들었다.

얼마 지나지 않아 르보니가 천천히 고개를 들며 이아나와 얼굴을 마주했다.

"그분, 로베르슈타인 님의 힘에 홀려 그분의 추종자가 된 르보니……."

로베르슈타인이라고 말은 하지만 체르노를 뜻하는 건가 싶었다. 그런데 르보니가 말하는 힘이란 무엇인가. 뼛속까지 문관이라고 생각했던 체르노에게 대체 무슨 힘이?

"나는 지금 이 마도시대라고 불리는 시대에 살아가는 사람들이 단 한 조각의 편린도 찾을 수 없는 신성시대의 사람, 아니…… 신이다."

예상치 못한 데다 이해도 가지 않는 말에 이아나의 차게 얼어붙은 표정이 쩡하니 깨졌다. 여기서 갑자기 신성시대가, 신이 왜 튀어나온단 말인가? 이 여자가 지금 자신과 장난하자는 건지, 아니면 제 수명을 늘려 보겠다고 헛소리를 지껄이는 건지, 그도 아니면 정말로 미쳤는지 헷갈렸다.

르보니가 실소를 머금었다.

"믿기지 않겠지."

"당연하지 않나? 그런 터무니없는 소릴 꺼내 놓으면 당신이 정말 미쳤다고 생각할 수밖에 없다. 아니, 정말로 실성했나 보군."

"호호호, 이해할 수 없어도 사실인 게 어쩌겠니. 나도 이해할 수 없어. 내가 왜 지금까지, 나 혼자 모든 신들이 잠든 종말 이후에도 살아남아 있는지 이해할 수 없다고!"

"......."

"신성시대!"

이아나가 혼란스러운 기분으로 말을 잇지 못하는데 르보니가 두 눈에 몽롱한 빛을 띠더니 두 팔을 벌렸다.

"아마득한 오랜 옛날, 신성시대에는 그 시대를 살아가는 모두가 특별한 권능을 지니고 있는 신이었지. 혼돈의 조각에서 만들어지는 신력으로 권능을 부리며, 영원한 생명을 유지할 수 있는 신들의 아름다운 세상!"

신성시대? 혼돈의 조각? 신력? 권능? 영원한 생명? 신?

르보니의 말에 들어 있는 단어들이 바짝 얼어붙은 이아나의 정신을 어지럽혔다. 현기증이 날 것 같았다. 그래서 물었다.

"당신은 정말 미친 건가?"

"그럴지도."

르보니는 부정하지 않았다. 이아나가 만면에 띠운 불가해의 감정을 납득하며 외롭게 웃었다. 스스로도 미친 걸지도 모른다고 생각한 지 오래였다.

"그래도 내게는 언제나 진실이었어. 인간인 너는 이해하기 어렵겠지만, 아까 내가 말한 혼돈의 조각은 신들의 심장이다."

르보니가 제 가슴 위에 손을 얹었다.

"내 심장은 조금이지만 신력을 만들어 내고 있어....... 그리고 나는 그걸 느낄 수 있지. 하지만 이젠 그것조차 내가 미쳐서 망상하고 있는 건 아닌가, 하는 생각이 드는구나."

르보니가 절박한 표정으로 말했다.

"그래도 내 이야기를 들어. 이건 내가 이렇게 살 수밖에 없었던 이유니까!"

르보니는 누군가에게 제 이야기를 털어놓고 싶어 필사적인 것처럼 보였다. 극단적 무신론자인 이아나는 르보니가 정신병자처럼 여겨지면서도 그녀의 모습이 그 어느 때보다 진실해 보여 공황상태에 이르렀다.

하지만 이내 마음을 다잡았다. 그래, 설령 미쳤다고 하더라도 지금 그 이야기가 제게 모질게 굴었던 이유라면 가치가 있었다. 들어는 보자는 오기가 생겼다.

이아나가 팔짱을 낀 채 가만히 내려다보자 르보니는 주절주절 이야기를 하기 시작했다.

"혼돈의 조각에서는 생명을 유지하고, 권능을 사용하기 위해…… 신으로서 살아가기 위해 반드시 필요한 신력이 만들어지고, 그 양으로 신의 등급이 나뉘었어."

르보니는 지닌 신력을 모두 소모하면 신은 소멸하기 때문에 보유한 신력의 양은 계급의 척도였다고 말했다. 신력을 얻는 방법은 다른 신을 죽이고 그 신력을 흡수하거나 다른 신에게 신력을 나눠 받는 것뿐이었는데 다른 신을 죽이는 건 공식적으로 금지되어 있었으므로 계급이 높은 신에게 머리를 조아릴 수밖에 없었다고도 말했다.

르보니가 잠시 말을 잇지 못하고 서글프게 눈을 내리떴다.

"나는 하급 중에서도 최하급 신. 신력을 거의 만들어 낼 수 없는 조각을 가진 신이었지."

상급 신이 볼 가치도 느끼지 못하는 하급 신들의 세계는 무척이나 치열했다고 한다. 그들이 살 수 있는 방법은 상급 신에게 신력을 구걸하거나, 그들의 밑으로 들어가거나, 다른 하급 신들을 몰래 죽여 신력을 빼앗거나 셋 중 하나였다.

"내 권능은 세뇌."

권능은 신들에게 주어진 절대적인 이능이었다. 다만, 행하는 자보다 당하는 자의 자아가 더 강할 경우 권능은 통하지 않았는데, 르보니의 세뇌에 당하는 자는 소수였다. 쓸모없는 그녀를 받아 주는 상급 신은 없었다,

그래도 르보니는 세뇌로 다른 신들의 신력을 빼앗거나 남자 하급 신을 유혹해 그들의 신력을 받아 마시며 악착같이 살아갔다. 그런 그녀의 소문은 널리 퍼졌고, 모두가 몸 파는 더러운 계집 보듯 쳐다봤다. 그녀로서는 어쩔 수 없었는데도 말이다.

"그런데 그때, 로베르슈타인 님이 나를 거둬 주셨어."

그분만 생각하면 눈물밖에 나지 않았다. 르보니는 정신없이 흘러내리는 눈물을 손등으로 슥슥 닦아 내면서 울먹이는 목소리로 계속해서 말했다.

"그분은 그 세계의 모두에게 존경 받으셨으며, 누구보다 아름다우셨던 여신."

르보니는 길거리를 지나다 그녀와 우연히 마주치자마자 그녀에게 홀렸다.

"천박하고 요망한 내 붉음과는 달리, 화려하게 타오르는 로베르슈타인…… 로 님의 강한 붉음이 나를 갈증 나게 했어."

르보니는 그녀에게서 뿜어져 나오는 강인한 영혼과 기운, 그녀를 상징하는 강인한 검이 너무나 좋아서 정신없이 쫓아다녔다. 그녀의 추종자들이 르보니의 존재를 일꼬 죽이러고 했지만, 그녀는 그들을 물리며 르보니에게 손을 내밀었다.

르보니는 정신없이 그 손을 잡았다. 그녀는 맞잡은 손 너머로 제 힘을 나누어 주었다. 르보니는 자신의 신력과는 차원이 다른 고귀한 기운에, 처음으로 선사받은 따스한 기운에, 남자와 질척한 관계를 섞으며 쾌감에 이르렀을 때보다도, 그 어느 때보다도 더한 행복에 몸부림쳤다. 그리고 르보니는 그녀의 추종자가 되었다.

"추종자가 된 이후로 알게 된 그분은 아주 냉정하고 단호하셨지만 내겐 누구보다 다정한 분이셨어. 나는 그런 그분을, 누구보다도 주인님으로서 존경했고 사랑했어. 그럴 수밖에 없는 분이셨어. 그분을 위해서라면 내 모든 것을 바칠 수 있다고 생각했어."

따뜻한 시간들을 떠올리던 르보니의 눈이 몽롱해졌다. 그러다가 침침하게 가라앉았다.

"그런데 종말 이전에, 그분은 모든 신력을 내게 넘겨주시고 잘 부탁한다는 이상한 말과 함께 나를 봉인하셨지."

르보니는 손으로 제 몸을 감싸 안았다.

"수없이 많은 세월이 흘러, 흐르고 흘러, 약 20년 전⋯⋯. 알 수 없는 이유로 그분의 봉인이 풀렸어. 정신을 차리자마자 나는 그분을 찾아 높은 산을 정신없이 내려왔어. 그런데 시대는 완전히 바뀌어 있더구나."

몸을 덜덜 떨었다.

"누구도 그 시대를 알지 못해. 그 시대를 살아간 이들을 알지 못해. 인간들이 추종하는 라오스의 종적도 찾을 수 없어. 나 혼자 외따로. 나 혼자 살아남아 이곳에. 나 혼자, 그 긴 세월을 뛰어넘어……."

르보니가 울음을 터뜨렸다.

"그분이 넘겨주셨던 거대한 신력은 내게 남은 단 하나의 유산이었고 그 시대가 정말로 존재했다는 증거였어. 그리고 잘 부탁한다고 하셨던 말이 무슨 의미인지 몰랐기 때문에, 그분의 뜻을 알기 전까지는 살아야만 했지. 나는 또다시 누군가의 신력을 빼앗아야 하는 내 운명을 느꼈어."

르보니는 한동안 세상을 돌아다니며 이 시대의 지식을 얻었다. 얻은 정보들은 놀라웠다. 이 시대의 인간들은 혼돈의 조각을 가지고 있지 않은데도 미약하나마 신력을 품고 있었으며, 신력의 존재를 몰랐다. 그리고 실험해 본 결과 '신력을 르보니에게 넘긴다.'라고 세뇌만 하면 신력을 이전받는 것도 가능했다. 인간은 신과 매우 흡사했다.

르보니가 죽은 호르비를 가리켰다.

"나는 이미 대상인이자 고리대금업자로 악명 높아 원성이 잦았던 이 남자를 세뇌하고, 내 멋대로 조종했다. 그리고 이 남자의 심장에 내가 가지고 있던 그분의 신력을 모조리 심었지. 내가 혹시라도 지쳐서 그분의 신력을 쓰는 일이 없도록……."

든든한 배경을 얻은 르보니는 신력을 얻기 위해 지역을 옮겨 다니며 닥치는 대로 남자를 유혹했다. 성적인 쾌락으로 정신이 나가 있을 때 세뇌 성공률이 가장 높았기 때문이다.

무엇보다 살겠다는 의지로 똘똘 뭉친 르보니의 자아보다 강한 자아를 가진 사람은 평민들 중에는 없었다. 세뇌는 십에 십의 확률로 성공했고, 르보니는 사람들의 신력을 조금씩 양도받았다.

강박감에 세뇌의 권능을 발휘할 신력조차 아까울 때는 죽여서 신력을 빼앗았다. 이 모든 게 그녀의 신력을 소모하지 않기 위해서였다.

인간이 가진 신력은 무척 적었고, 르보니의 신력 소모율은 그녀가 신이었기 때문일까, 인간의 신력 소모율의 몇 십 배나 되었다. 르보니는 정말 남자와 닥치는 대로 잘 수밖에 없었다.

아니, 어쩌면…… 그렇게 몸뚱이를 험하게 굴려 댄 건 너무 외로웠기 때문일지도 모른다.

"나와 잤다고 소문난 남자들, 행방을 수소문해 보면 거의 다 비명횡사했거나 행방불명 됐을걸. 내가 신력, 그러니까 너희들이 말하는 생명을 빼앗았으니깐 말이야. 그래, 나는 정말 망할 년이지!"

르보니는 미친 듯이 깔깔대며 웃었다. 그렇게 한참이나 웃어 대다가 고개를 폭 숙였다.

"그렇게 살다가……. 그렇게 지쳐 가다가…… 나는 우연히 그분의 느낌을 아주 강하게 풍기는 체르노를 만났어."

다시 눈물을 뚝뚝 흘려 댔다. 바닥에 몸을 쓰러뜨리고 몸을 들썩이면서 엉엉대며 울었다.

"보자마자 알아챘어. 체르노의 피 속에 그분의 강인한 영혼이 흐르고 있음을! 그렇지 않으면 그를 보자마자 울음을 터트리는 일은 없었겠지. 그리고…… 체르노의 성은 로베르슈타인! 그래, 그분은 살아 계셨어. 그분의 영혼이 로베르슈타인 가문의 피에 살아 숨 쉬고 계셨던 거야! 그분의 향기를 품고 있는 체르노를 만났을 때의 그 기분을, 그 긴 시간을 뛰어넘어 그분의 흔적이나마 조우했을 때의 내 심정을, 네가 이해할 수 있을까!"

한 권의 소설 같은 이야기였지만 거짓이라고 경멸하기엔 너무나 구체적이었다. 르보니가 악을 쓰며 오열했기에 이아나는 꼼짝없이 울음 섞인 하소연을 듣고 있을 수밖에 없었다.

"그분의 향기가 나는 체르노의 곁에 있고 싶어서 미칠 것 같았어. 모든 것이 사라진 그 시절의 흔적이, 그분의 따스함이 그에게 남아 있는 것 같아서……. 그런데 체르노의 외양은 푸른빛이었어. 검도 쥐고 있지 않았지. 대체 강인하고 아름다웠던 그분의 붉음과 검은 어디로 가고 그분의 영혼을 이어받은 자는 푸른 낯빛으로 얇은 펜을 쥐고 있을까……!"

르보니는 자신이 사랑했던 그분의 붉음을 찾아볼 수 없는 푸르름에 눈물이 날 것 같았다. 혹여 그분이 제게 신력을 모두 주어서 그런 걸까 싶었다. 종말을 넘어, 그분의 힘을 다시 체르노에게 돌려주는 게 그분이 말했던 부탁의 정체가 아닐까 싶었다.

그래서 신력을 다시 호르비에게서 빼앗아 와 체르노에게 몰래 건네주려고 용을 썼지만 무슨 영문인지 그분의 느낌이 물씬 나는 피는 신력을 거부하기만 했다. 로베르슈타인이라는 그분의 이름이 붙은 영지까지 쫓아와 체르노를 마주칠 때마다 힘을 건네주기 위해 손을 뻗었지만 불가능했다.

"신분이 달라 만나는 게 불가능했기 때문에 체르노를 몰래 세뇌해 만나서 어떻게든 신력을 넘겨주려 했어. 하지만 그분의 강인한 영혼을 품었기 때문일까, 세뇌가 불가능해서 체념만 깊어졌지."

체념과 동시에 가슴속에 가득 차오른 건 이 세상에 혼자 남겨졌다는 지독한 외로움, 로베르슈타인의 느낌이 나는 체르노에 대한 집착, 로베르슈타인에 대한 그리움이었다. 그래서 르보니는 세뇌의 권능을 이용해 체르노를 돈으로 압박하는 악독한 방법을 써서 그와 결혼했다. 단지 그의 곁에 있고 싶어서. 그의 관심을 받고 싶어서.

"그런데…… 그런데, 그분의 느낌이 나는 체르노가 너무 다정하더라?"

르보니는 눈물을 줄줄 흘리면서도 행복하게 웃음을 지었다. 제 두 손을 가슴에 모았다.

"그와 성애를 나눌 때의 내 마음을 누가 알까. 그분의 영혼을 품은 체르노가 속삭이는 다정한 말들에 지칠 대로 지친 나는 따스함으로 녹아내리는 것 같았어."

로베르슈타인에 대한 르보니의 사랑은 절대자에 대한 하급자의 존경, 주인에 대한 충복의 충정, 어머니에 대한 자식의 사랑에 가까웠다. 아무리 좋아해도 그분은 손이 닿지 않는 태양이었기 때문이다. 하지만 체르노에 대한 사랑은 달랐다. 손을 뻗으면 쥘 수 있었다.

"나는 체르노를 사랑한다는 걸 깨달았어. 그래서 정말 이기적이지만, 내게 모든 신력을 맡기셨던 로 님께는 죄송하지만, 그분의 향기를 품은 이 남자의 곁에서, 그분의 신력을 모두 소모하는 한이 있더라도 이 남자만 바라보며 이 시대에서 살아 가다 죽는 것도 괜찮지 않을까 싶더라."

그 후 르보니는 그분의 신력을 야금야금 써 가면서 체르노 만을 바라보며 살아갔다. 그리고 이아나를 품었다.

"사랑의 결실이라고 생각했기 때문에, 그분의 영혼과 이어진 내 핏줄이었기 때문에, 내 뱃속에 있을 때만 해도 넌 누구보다 도 사랑스럽고, 누구보다도 소중한 아이였어. 이아나라는 이름 을 붙여 주고 매일매일 사랑한다고 속삭여 줬어. 지금 와서 생 각해 보면 체르노보다 더욱 소중하게 여겼어……."

생각지도 못한 말에 이아나가 목 졸린 표정을 지었다. 그런 그녀를 알지 못한 르보니는 서러워서 눈물을 뚝뚝 흘렸다.

"그리고 체르노는 내 말실수로 인해 내가 벌인 뒷공작을 알 아챘고 등을 돌렸어. 날 미워하는 것도 당연했어. 하지만 나를 향하는 날 선 시선에는 참 숨이 막혔지. 그래도 괜찮다, 괜찮 다, 스스로를 위로하면서, 그분의 영혼을 이어받아 태어날 너 를 생각하며 버텼어……. 너만 있으면 체르노가 없어도 괜찮을 지도 모르겠다고 생각했어. 너만 있으면 나는 혼자가 아니었으 니까. 그분의 핏줄과 함께할 수 있는 거였으니까."

몽롱하게 말을 잇던 르보니가 갑작스레 눈을 치켜떴다.

"그런데 너를 낳는 순간 난 가지고 있던 로베르슈타인 님의 모든 신력을 너에게 빼앗겼어! 호르비에게 부여해 놨던 소량 의 신력을 제외하고, 전부 다!"

르보니가 제게 보이는 격렬한 증오에 이아나는 말없이 이를 악물었다.

'내게 신력이라는 믿을 수 없는 힘을 빼앗겼다고?'

원한 적도, 강요한 적도 없다. 자신은 그저 일방적으로 얻어 터졌을 뿐이다. 이제껏 히구라고 생각했던 신력이라는 게 대체 뭐라고.

"처음에는 로베르슈타인 님의 영혼, 로베르슈타인 님의 신력이 합쳐져 무슨 일이 일어날까 기대되어서 두근거리는 심정으로 널 보았지. 그런데 넌 그냥 인간의 아이였어. 체르노에게서 은은하게 느껴지던 그분의 느낌도 느껴지지 않았어. 심지어는…… 네가 태어난 이후로 체르노가 풍기던 그분의 느낌조차 사라져 버렸지!"

"……."

"그 사실을 안 나는 까무러쳤어. 지키기 위해 수년을 아등바등거렸고, 체르노에게 건네주기 위해 안간힘을 써 왔고, 체르노의 곁에서 얌전히 살기 위해서 반드시 필요한 기운이 된 신력을 빼앗아 간 너는 체르노의 푸른 모습은 하나도 품지 않고, 그분의 힘을 내게서 빼앗아 간 것을 의미하듯 붉은 머리칼에 붉은 눈동자였지! 로 님의 느낌도 풍기지 않는 주제에!"

박탈감은 어마어마했고 르보니는 이아나가 너무 미워서 견딜 수가 없었다. 하루에도 수백 번씩 이아나를 죽이면 다시 그 힘을 빼앗아 올 수 있을까 생각했다. 볼 때마다 죽여 버리고 싶어서, 이아나를 피할 수밖에 없었다.

그래도 체르노의 아이니까 참았다. 르보니는 여전히 체르노를 사랑했고, 집착했다. 그녀의 신의 모든 것을 잃어버린 르보니에게는 사랑하는 체르노밖에 남지 않았다. 신력도 조금밖에 남지 않았다. 빼앗지 않고 살아 봤자 20년.

르보니는 남의 신력을 빼앗는 대신, 체르노의 뒤를 쫓아다니며 사랑을 구걸했다. 이아나는 버려두고.

"네가 조금 컸을 무렵에는 너를 세뇌해 신력을 양도받으려 했지만 그래도 체르노의 핏줄이어서인지 세뇌는 통하지도 않고, 너는 그런 나를 언제나 한심한 눈으로 쳐다보고……."

긴 이야기를 끝맺어 가며 르보니가 텅 빈 동공으로 허공을 쳐다보았다. 모든 게 허무하기만 했다.

"내 모든 것을 버려 가며 사랑했음에도 나를 사랑해 주지 않는 체르노. 내 모든 것이었던 그분의 힘을 모조리 빼앗아 갔음에도 나를 경멸하는 너. 나는 지쳐 갔고, 다시 나의 신, 나의 의지처였던 로베르슈타인 님을 찾는 일이 잦아졌지. 그런데 시간이 흐르면 흐를수록…… 아니, 몇 년 전부터 그런 너에게서 로 님의 기운은 짙어지고, 로 님의 모습이 겹쳐 보이기 시작해. 이게 대체 무슨 일일까……."

르보니가 천천히 고개를 내리더니 이아나가 쥐고 있는 검을 물끄러미 쳐다보았다.

"아무도 모르게 검을 들었던 모양이구나. 로베르슈타인 님의 영혼, 로베르슈타인 님의 신력, 그리고……."

떨리는 시선이 이아나가 쥔 검을 향했다.

"검."

르보니는 헛웃음을 지었다.

"설마 로베르슈타인 님의 영혼은 검에 의해 각성이라도 하는 것이었을까?"

 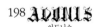

허무한 눈으로 허공을 쳐다보던 르보니가 갑작스레 벌떡 일어나더니 이아나에게 달려들어 양 어깨를 꽉 쥐었다.

"나는 모든 게 끝이라고 생각했어. 너는 나를 경멸한다고 했고, 체르노는 나를 절대 사랑하지 않겠다고 했으니, 내게 남은 건 로 님뿐!"

인간인 이아나는 그녀의 힘을 쓸데없이 갉아먹어 갈 게 분명했다. 며칠간 로베르슈타인령에서의 흔적들과 호르비의 재산을 정리한 르보니는 이아나를 죽이고 신력을 빼앗기 위해 호르비를 앞세워 왔었다. 하지만 검을 들고 있는 이아나의 모습을 보고 생각이 달라졌다.

"그래, 네 말대로 넌 그분이 아니야. 그분의 영혼을 지녔다 해도 그분이 될 수 없어. 네가 신이 아닌 인간이라는 생물인 이상 그분의 힘을 제대로 쓸 수도 없을 거고, 결국에는 그분의 힘이 흔적조차 없어지리라 생각해."

"……."

"하지만 검을 든 너의 모습을 보니, 마치 원래 네 것이기라도 했던 것처럼 호르비에게 있던 그분의 힘을 당연하게 되찾는 널 보니, 로베르슈타인 님의 힘은 너에게 있어야 할 것 같구나. 내가 종말을 뛰어넘어 지금까지 살아온 건 널 낳길 위해서였을까?"

"입 닥쳐."

마지막 말에 르보니를 노려보던 이아나의 눈이 차게 빛을 잃었다. 르보니의 말을 들으면 들을수록 속에서 치밀던 검은 감정은 눈앞을 멀게 했다. 이아나는 르보니의 팔을 세게 뿌리쳤다.

"바라지도 않은 짓들을 멋대로 해 놓고, 멋대로 미워하고, 멋대로 수긍한다고? 순 제멋대로군."

이해하기 어렵지만, 르보니의 말이 사실이라면 그녀의 인생은 참으로 불쌍하고 기구하기 짝이 없었다. 하나 그녀를 동정은 해도 용서를 할 수는 없었다.

회귀 후에는 이 여자에게 바라는 게 아무것도 없었기에 가해자가 되었지만, 과거의 이아나는 피해자였다.

정작 제가 원해서 그리된 건 무엇 하나 없었는데, 애초에 사태를 그 지경까지 몰아간 건 그들이었는데, 단지 애정을 바란다는 이유 하나 때문에 저는 이 여자와 다른 이들에게 분풀이 인형처럼 말로든 행동으로든 얻어맞는 걸 감내했다.

그런 건 이제 지긋지긋했다.

'너희들이 저지른 일의 책임을, 왜 나에게 전가하는가?'

회귀를 한 이아나는 회귀 전의 이아나가 미치도록 불쌍했다.

"당신이 날 낳기 전의 구구절절한 사연 따위, 내 알 바 아냐. 당신이 그렇게 바라는 로베르슈타인이 누군지도 알 바 아냐! 그 여자의 영혼이 내게 속해 있다고? 상관없어!"

이아나의 목에 핏대가 섰다.

"난 나야!"

분기에 가득 차 소리를 질렀다.

"나는 이아나일 뿐이야. 당신이 말한 것들이 나를 좌지우지할 수는 없어. 내 감정도, 내 생각도, 내 인생도 누구도 아닌 내가 결정해! 누구도 날 흔들 수 없어!"

이아나는 입매를 비틀어 미친 사람처럼 이상하게 웃었다. 웃음은 기쁨과 따스함을 담지 않았다. 평소처럼 냉정함과 싸늘함도 품지 않았다. 그저 어딘가 처절한 구석이 있었다.

"나는 당신을 증오해. 이야기를 듣고 난 이후에도 증오해. 당신이 이제 와서 무슨 말을, 무슨 행동을 하더라도 내 증오가 희석될 일은 없을 거다."

로베르슈타인을 정면으로 부정하고 르보니를 증오하는 마음 또한 변치 않는다고 했는데도 눈이 발갛게 부은 르보니는 울음을 그치고 이아나에게 달콤한 미소를 지어 주었다.

"그래, 그렇구나. 너는 이아나야."

'너는 그분과 닮았지만 그분이 아니구나.'

이아나는 절대 그분이 아니었다. 하지만 풍기는 느낌은 그분과 몹시 닮아 있었다. 어째서인지는 알 수 없었다. 그건 그분만이 알 터였다.

'로 님, 제게 잘 부탁한다고 하셨던 건 정말로 이아나를 말씀하신 거였나요?'

이미 늦었다. 시간은 되돌릴 수 없었다. 저는 어미로서 이아나에게 몹쓸 짓을 했고, 평소에도 못된 생각을 품고 있었다. 이아나는 그런 저를 증오하고 있었고, 제가 이아나를 죽이러 온 지금 모든 게 끝났다.

르보니는 더 살고 싶지 않았다.

심지어는, 그렇게 사랑했던 그녀의 신조차 놓아 버리고 싶을 정도로.

이아나는 웃고 있는 르보니를 주먹을 꽉 쥔 채 노려보았다.

"왜 내게 당신의 이야기들을 한 거지? 내가 이 상황에서 대체 어쩌라고? 나를 증오하고 죽이고 싶었다고 말해 놓고, 나를 죽이러 와 놓고 나보고 뭘 어쩌라고!"

"나는 그저 죽기 진 누구라도 내 사정을 알아주길 원했을 뿐⋯⋯. 그래, 네가 알아주었으니 난 이제 아무 미련도 없어. 그러니."

르보니는 두근대는 마음으로 조용히 입을 열었다.

"나를 네 손으로 죽여 줄래?"

흔들흔들, 촛불처럼 일렁이던 눈동자의 움직임이 멎었다.

"더 이상 살고 싶지 않아. 나, 너무 지쳤어. 네가 죽여 주지 않으면 네 옆에서 자살할 거야."

그분의 검에 죽는다는 것만으로도, 그분의 느낌이 나는 이아나의 곁에서 죽는다는 것만으로도 르보니는 편안히 갈 수 있을 것 같았다. 이아나에게는 잔혹한 일일 테지만, 르보니는 간절했다.

이아나는 바보처럼 웃고 있는 르보니를 물끄러미, 아주 물끄러미 쳐다보다가 검을 들었다.

"좋아."

지긋지긋하다. 정말 지긋지긋하다. 정말 이 여자는 제멋대로다. 미친 계집이다. 보기만 해도 짜증이 났다. 새 인생을 시작하기로 한 이상, 더 이상 이 여자에게 얽매이는 것은 사양이었다.

죽이지 않으면 제 앞에서 자살한다니 차라리 제 손으로 죽여 인연을 완전히 끊는 게 낫다. 이왕 가해자가 되어야 한다면, 더 나은 미래를 위하여 더욱더 철저하게 주체적인 가해자가 되기로 결심했다. 이아나의 눈에 살기가 감돌았다.

"당신을 증오하지만, 한편으로는 동정한다."

"고마워. 그리고……."

르보니는 미뭇거리며 차마 말을 잇기 못했지만 이아나는 무슨 말을 꺼낼지 대충 예상할 수 있었다.

"……죄책감 같은 거, 가지지 말아 줬으면 해. 오히려 난 네게 미……."

"그딴 것 안 가져. 그리고 그 이상 말하지 마."

그래도 미안한 줄은 아는 모양이었다. 하지만 이제 와서 그녀가 미안해하든 말든 별 상관없었다. 그녀에게 신경 쓰는 건 저번 생으로 끝이었다. 이번 생의 이아나는 르보니 따위에게 별 관심을 주지도 않았고 주고 싶지도 않았다. 얼른 끝내고 싶었다.

"죽음 외에, 원하는 거라도?"

르보니는 살기로 번들거리는 이아나의 눈을 말끄러미 쳐다보더니 입을 열었다.

"없어. 넌 네 알아서 살아. 있다면 얼른 나를 죽여 줬으면 하는 걸까."

사실 딱 하나 바람이 있다. 이아나가 검을 계속 쥐고 멋지게 살아갔으면 하는 것이다. 하지만 기색으로 봤을 때 제가 바라지 않아도 이아나는 앞으로도 계속해서 검과 함께 살아갈 것이다.

원하는 건 오로지 죽음이라는 모든 것의 끝. 황홀한 종말.

'전 너무 지쳤어요, 로 님. 이제 저는 죽어도 되는 건가요?'

르보니는 팔을 벌리고 눈을 감았다.

"지친 나는 영원한 안식을 바란단다. 오래 살았으니 이제 달콤한 안식을 취할 때도 되었어. 딸아. 나를 죽여 주겠니?"

"그럼 죽여 드리지. 편안히 쉬시길, 빌어먹을 어머니!"

푸우우우우욱!

그 말을 끝으로 이이니의 검이 르보니의 심장을 거칠게 찔렀다. 신의 심장을 들쑤시는 느낌은, 사람을 찌를 때처럼 뼈를 부수고 내장을 찢어발기는 느낌이었다.

르보니는 평온한 얼굴로 웃었다.

사르르르르륵.

르보니의 신체가 점점 붉은 기운으로 화하기 시작했다. 이아나는 무표정한 얼굴로 핏자국처럼 흩어지는 르보니의 기운을 쳐다보았다.

얼마 지나지 않아 르보니는 먼지처럼 완전히 허공으로 사라졌다. 존재하지도 않았던 것처럼.

"......"

르보니가 사라진 이후에도 이아나는 그녀가 있었던 자리를 노려보며 우두커니 서 있었다. 한참이나 가만히, 그저 말없이 서 있었다.

툭.

눈에서 눈물이 한 방울 떨어져 내렸다. 이아나는 그것이 악어의 눈물처럼 여겨져 손등으로 슥 닦아 냈다. 숨이 턱 하니 막히고 심장을 뭔가가 갑갑하게 막고 있는 기분이었다. 개운할 줄만 알았는데, 가슴이 먹먹해져 왔다.

하지만 이아나는 그 먹먹함을 외면했다. 그러자 눈물은 더 이상 나오지 않았다. 대신 피곤이 물밀 듯 밀려왔다.

그렇게 이아나는 이 세상에 남아 있던 마지막 두 신 중 한 명의 소멸을 보았다.

그리고 이아나는 하루빨리 이 지긋지긋한 과거를 벗어나길, 하루빨리 바하무트의 황제를 만나 과거에 한 번 지나쳤던 길이 아닌 정말로 새로운 길을 걸을 수 있길 간절히 기원하게 되었다.

그로부터 5개월이 흘러 로안느력 1512년 12월. 얼음여왕의 숨결보다 차가운 겨울이 찾아왔다.

인생의 전환점이 될 날까지 한 계절만을 남겨 둔 이아나는 지금 얼어붙은 거리를 걷고 있다.

"후우."

뿌연 김이 입에서 뽁뽁 튀어나왔다. 왕국의 최북단이라서 그런지 입김이 얼어붙을 정도로 매서운 추위가 영지를 덮쳤다.

로안느 왕국에서는 열다섯 살 이하의 아이들을 위해 각 지역마다 학교를 개설해 무상교육을 지원한다. 하지만 성년인 열여섯 살이 되어 공부를 더 하고 싶다면 따로 스승을 구해 돈을 내고 고등 교육을 받는 수밖에 없다. 그리고 왕국에서 지원하는 고등 교육은 수도에 위치한 왕립 테오도르 아카데미와 발젠타 학술원에서만 이루어졌다.

테오도르 아카데미는 귀족들의 전유물이고 발젠타 학술원은 나이가 열여섯 살 이상 스물다섯 살 이하라면 누구든 상관없이 지원할 수 있는 배움의 장이었다.

귀족들은 무상 교육과 관계없이 가정에서 가정교사를 들여 조기교육을 받은 후 대부분 테오도르 아카네미로 향했다. 하지만 귀족들의 헛된 사치에 질린 자유분방한 귀족 자제들은 귀천이 따로 없는 발젠타 학술원에 지원하곤 했다.

뽀득, 뽀득.

소복이 쌓인 눈 위로 이아나의 발자국이 하나, 하나 찍혔다. 발자국은 먼 곳에 있는 우편국까지 길게 꼬리를 늘어뜨렸다.

이아나는 발젠타 학술원 입학시험을 위해 우편으로 원서를 부치고 오는 길이었다. 입학시험이 이루어지는 날은 1월과 2월 두 달. 발젠타 학술원에 몸 말고 다른 요소는 필요하지 않다. 추천서는 받지 않으며, 시험에서 보이는 자신의 실력만으로 입학이 허가되었다.

응시료는 비싼 편이지만 등록금은 아주 싼 편이고, 또 합격만 할 수 있다면 인생에 비단길이 펼쳐지는 것이나 마찬가지였기 때문에 평민들은 빚을 내서라도 시험에 응시하곤 했다.

그리고 '낙오되면 끝이다.'라는 말이 정문에 걸려 있을 정도로, 입학한 후에는 엄청난 노력이 필요했다. 성적은 상대평가로 이루어지는데, 일정한 기준 이하의 열등생은 학술원에서 퇴학당하기 때문이었다.

그러한 과정을 마치고 학술원을 졸업한 인재들은 능력이 검증된 것이나 마찬가지였다. 물론 학점에 따라 능력 차이가 나기 때문에 상위 졸업생들은 고위 귀족들이 데려갔다. 즉 학술원은 평민들의 등용문이나 마찬가지인 곳이었다.

참고로 현재 자작이자 이아나의 스승인 제라드 후플루드는 역사학부의 수석 졸업생으로, 졸업 당시 대단한 논문으로 국왕에게 자작위를 받았다. 엄청난 신분 상승이었다.

제라드 같은 경우는 흔치 않지만, 작위를 수여할 수 있는 고위 귀족의 아래에서 차근차근 공을 세워 준남작까지 이르는 경우는 꽤 있었다. 그렇게 귀족이 된 평민 중에는 기사가 가장 많았다.

아무리 바하무트와의 전쟁이 잠정적 휴전상태라고 해도 로안느는 군사왕국이었고, 무력이 귀족의 세력을 판단하는 척도였다. 다른 왕국에서도 전쟁이 일어나면 로안느의 귀족들에게 막대한 돈을 지불하고 도움을 받는 경우가 허다했다.

그래서 학술원의 학부 중에서도 무술원, 특히 검술학부에 입학하는 것은 하늘에서 별을 따는 것만큼이나 어렵다고 정평이 나 있었다. 그리고 이아나는 지원자 대부분이 남자이며, 가장 경쟁이 치열한 검술학부에 지원서를 보내고 오는 길이다. 예전에 왕립 아카데미에 들어갔던 것과는 다르게…….

"까악!"

"아악!"

이아나는 균형 감각이 몹시 뛰어났고, 마나를 이용해 길을 녹여 가며 걸었기에 물기가 얼어붙어 미끄러워진 길도 잘 걸을 수 있었지만 다른 사람들은 길을 가다가도 몇 번이나 엉덩방아를 찧으며 고통으로 비명을 질렀다.

"꺄…… 꺄……."

그때 이아나의 눈에 익숙한 여자아이가 뒤로 넘어가는 것이 보였다. 그래서 달려가서 넘어지지 않도록 뒤에서 잡아 주었다.

"가, 감사⋯⋯."

이아나가 잡아 주지 않았다면 엉덩빙아를 찧었을 예쁘징한 아이가 감사인사를 하기 위해 고개를 돌렸다가 눈을 동그랗게 떴다.

"어어, 이아나 님!"

"안녕, 리리."

"꺄아!"

리리라 불린 작은 소녀가 활짝 웃으며 이아나에게 폴짝 안겼다. 아직 이아나의 가슴에도 닿지 못하는 어린아이는 이아나의 배에 분홍빛 머리카락을 비벼 댔다.

"보고 싶었어요, 이아나 님!"

"그래."

"정말, 정말, 정말로요!"

이아나는 제게 폭 안겨 애교를 부리는 리리에게 옅게 웃어 주었다. 소녀의 이름은 리리. 5개월 전만 해도 이아나가 자주 들렀던 책방 주인의 딸이었다.

아직 어려 어른의 세상을 모르는 아이들은 이아나에 대한 편견이 없었다. 무엇보다 이아나는 옛날부터 작고 순수한 아이에게 몹시 약한 모습을 보이곤 했다. 리리도 마찬가지였다.

이아나가 리리의 작은 머리를 쓰다듬어 주자 리리는 기분이 좋아서 헤헤 하고 웃는 것도 잠시, 이내 울상을 지으며 수련으로 거칠어진 이아나의 손을 잡았다.

"요새는 왜 자주 안 오세요? 리리 슬퍼요."

"미안해, 좀 바빠서. 리토는 잘 지내니?"

"아니요. 저도 슬펐지만 리토는 이아나 님을 뵙지 못해 저보다 더 풀죽이 있이요."

리토는 리리의 쌍둥이 남동생이다. 둘은 책방 주인의 자식인 만큼 어려서부터 많은 책을 읽으면서 자랐다. 그만큼 또래아이들보다 아는 것도 많고 생각도 깊었으며, 학구열도 높았다.

그런 둘이 태어나기 전부터 책방의 단골손님이었던 이아나는 둘에게 좋은 대화 상대였다. 이아나는 살아온 세월이 있는 만큼 아는 것도 많았고 생각하는 폭도 남달랐기에 리리와 리토, 특히 뛰어놀기 바쁜 아이답지 않게 책을 읽으며 지식을 쌓는 것이 취미여서 또래 아이들과 잘 어울리지 못하는 리토에게는 좋은 친구이자 멋진 누님이었다.

"헉! 리리, 너 거기서 뭐 해! 이리 오지 못해!"

그때 멀리서 헐레벌떡 뛰어오는 한 여자가 있었다. 리리는 화들짝 놀라 뒤를 보더니 여자를 보고 눈매가 축 처졌다.

"엄마."

"가 보렴, 리리."

"네……. 히잉."

리리는 축 처져서 어머니에게 주춤주춤 다가갔다.

"저분께 가까이 가지 말라 내가 몇 번을 말했니!"

"하지만 엄마……."

"리리, 제발 엄마 말 좀 들으렴!"

옛날에는 책방의 큰 손님이자 자식들과 잘 놀아 주는 이아나에게 친절했던 리리의 엄마였지만, 그녀의 눈에는 이제 꺼림칙함만이 가득했다.

르보니가 남겼던 말들로 인해 라오스의 성서에 관심이 생겨 요즘 성서를 읽느라 바쁘기도 했지만, 저를 두려워하는 리리와 리토의 부모로 인해 이아나도 서점에 발길을 끊었다. 리리의 엄마는 리리의 손을 붙잡고 빠른 속도로 눈앞에서 사라졌다.

멀어지는 두 모녀를 쳐다보던 이아나는 피식 웃으며 5개월 전 그날을 떠올렸다.

외조부가 아니라 꼭두각시였을 뿐인 호르비를 죽이고 르보니마저 죽인 후, 이아나는 아티팩트로 이스피를 호출했다.

"아가씨!"

이스피는 헐레벌떡 복도를 달렸다. 이아나는 이스피를 호출하는 일이 거의 없었다. 그런 이아나가 한밤중에 호출했으니 정말 급한 일이 생긴 게 분명했다. 이스피가 방으로 급하게 뛰어 들어갔다.

"꺄아아악!"

피 묻은 검을 쥐고 있는 이아나와 그 밑에 널브러진 호르비의 시체를 본 이스피가 비명을 질러 댔다. 뒤로 넘어갈 것 같은 이스피를 위해, 피 묻은 검을 닦지도 않고 그대로 검집에 집어넣은 이아나가 지친 표정으로 천천히 말했다.

"두려워할 것 없다, 이스피. 여기서 비명만 질러 대지 말고 나가서 백작님께 호르비의 죽음을 고해라."

"아, 아가씨. 이 사람, 이 사람은…… 호르비 맞지요?"

"맞아."

"이 사람이 왜 여기 죽어…… 있어요?"

"나를 죽이러 와서 내 손에 죽은 거다."

"아가씨……."

이아나가 아무렇지도 않게 하는 말에 이스피의 밀빛 눈동자가 정처 없이 흔들렸다. 금방이라도 눈물을 뚝뚝 흘릴 것 같은 일그러진 얼굴이 달빛에 훤히 드러났다. 어둠 속에서 이스피의 그런 표정을 마주한 이아나가 의아한 표정을 지었다.

"왜 그런 표정으로 쳐다보지?"

"아가씨, 많이 아프시지요?"

"다친 곳은 없는데?"

"흐흑……."

이내 이스피가 눈물을 펑펑 쏟아 내더니 멀뚱한 표정의 이아나를 끌어안았다.

"아가씨……. 아가씨를 둘러싼 상황은 어찌 이리 가혹하기만 한지요? 왜 아가씨의 외조부라는 자가 아가씨를 죽이려 한 건가요? 아가씨께 대체 무슨 죄가 있다고……?"

그제야 왜 이스피가 그런 표정을 짓는지 알아챈 이아나가 쓴 표정을 지었다. 그러고는 꺼이꺼이 우는 이스피의 등을 토닥여 주며 울지 말라 위로했다.

"괜찮다, 이스피. 아무렇지도 않다. 어차피 정을 주지도 않은 자다."
"아니요! 괜찮지 않으실 거예요! 그러니 무뚝뚝한 아가씨 대신 제가 울 거예요!"
"이상한 소리를 하는구나."
"흑, 흐윽⋯⋯."

이아나는 온기가 느껴지는 이스피의 품에 가만히 얼굴을 묻고 침침한 눈을 깜빡였다. 정말로 아무렇지도 않지만 피곤했다. 이스피의 품에 안겨 있자니 정신적 피로가 몰려와 아무 생각 없이 쉬고 싶다는 생각밖에 들지 않았다. 하지만 일은 끝내야 했다.
이스피를 한 번 꽉 껴안은 이아나는 그녀를 토닥여 주고는 품에서 빠져나왔다.

"늦은 밤이지만 백작님께 고하고 시신을 처리해야겠구나."
"아가씨께서 죽이신 거예요?"

이스피는 겁먹은 얼굴로 땅에 고꾸라진 호르비를 내려다보았다.

"그래. 내가 죽이지 않았으면 누가 죽였을까. 그리고 르보니도 왔다가 영영 떠났다."

"네?"

"전부 다 포기하고 이 빌어먹을 저택을 떠났다고. 나를 죽이고 이자와 함께 떠나려 한 것 같더군."

이아나는 중요한 진실은 어느 정도 감춘 채 사실을 말했다.

그 말을 끝으로 이스피는 입을 다물었다. 얼굴을 일그러뜨리고는 조용히 이아나의 방을 나갔다.

그 후로 일은 일사천리였다. 조용히 처리하길 바랐는데 사라체까지 알아 버려서 이아나 방에 들이닥쳐서는 눈물을 글썽이며 이아나를 껴안았다.

사라체를 싫어하지는 않았으나 불편했기에 밀어내려 했지만 사라체는 요지부동이었다. 얼굴을 굳히며 밀어내기에는 너무나 피로해서 이아나는 할 수 없이 그런 그녀를 내버려 두었다.

귀찮게, 자신은 아무렇지도 않은데 오늘따라 왜 이렇게 자신을 끌어안는 사람이 많은 걸까—라고 생각한 이아나는 호르비의 시체가 하인들의 손에 실려 나가는 모습을 묵묵히 지켜보았다.

다음 날, 그의 유일한 핏줄이었던 이아나의 뜻에 의해 호르비의 재산은 일사천리에 처분되어 이아나에게 모두 주어졌다.

이아나는 백작이 괜찮다고 했음에도 과거에 호르비 때문에 로베르슈타인 가문이 보았던 손해액을 일방적으로 돌려준 후에 남은 돈은 아무에게도 말하지 않고 모두 라오스 대신전에 기부금으로 보냈다. 그뿐 아니라 백작의 빚을 비롯해 호르비가 가지고 있던 채권을 모조리 없애 버렸다.

피고름을 쥐어싸이고 있던 사람들은 이게 웬일인가 싶었다. 자연스레 호르비의 비명횡사에 얽혀 있는 일들을 알고 싶어 했다.

백작이 하인들의 입단속을 한다고는 했지만 사랑받는 백작가의 사람이 아닌 미운오리새끼 이아나였기 때문일까, 하인들은 친한 지인에게만 조심스레 이 사실을 알려 주었고, 백작의 입단속을 받지 못한 지인들의 입은 깃털보다 가볍기 그지없었다. 로베르슈타인 영지 전체에 호르비가 이아나를 암살하려다 죽임을 당했다는 것과 르보니의 행방불명에 대한 이야기가 함께 알려졌다.

소문이 난 사건의 개요는 명확했다. 결국 백작을 포기한 르보니가 보복감정으로 백작과 딸인 이아나를 죽이고 호르비와 함께 훌쩍 떠나려 했다는 것이다.

백작 영지 내에 이아나를 둘러싼 동정여론이 형성되었다.

하지만 동시에 떠오르는 것은 살인을 저지른 그녀, 더 나아가 외조부를 제 손으로 죽인 이아나를 향한 꺼림칙함이었다. 그리고 얼마 지나지 않아 이아나가 호르비의 막대한 재산을 노리고 계획적으로 죽였을지도 모른다는 소문이 돌았다.

"……."

저택으로 돌아와 사라체의 고집 때문에 언짢은 기색으로 사

라체와 마주 앉아 있던 이아나는 오늘이 그녀와 결판을 지어
야 할 날임을 깨달았다.

이아나는 따스한 김이 피어오르는 찻잔을 노려보다가 천천
히 입을 열었다.

"부인, 저는 그저 별채에 숨죽여 살고 싶을 뿐입니다. 그런
데 어찌하여 그런 저를 티타임에 매번 초대하여 주시는지요?
솔직히 말씀드리자면 너무 과분해 차 맛이 어떤지도 모르겠습
니다."

사라체는 불편한 기색을 숨기지 않고 드러내는 이아나를 향
해 향긋한 향이 날 듯한 미소를 지어 보였다.

"어머, 이아나. 어머니와 딸이 차 한 잔 나누는 것이 무에가
그리 과분하다는 거니?"

"……어머니? 하……."

더 이상 자신을 얽어매는 어미라는 존재란 없다—라고 생각
한 이아나는 몹시 거북하다는 어투로 저도 모르게 중얼거리다
가 입을 꾸욱 다물었다.

사라체는 이아나의 말을 똑똑히 들었지만 듣지 못한 척 찻
잔을 들어 올렸다.

"겨울이라…… 네 생일이 이월 말이지? 삼 개월 후면 열여섯
살이 되는구나. 아직 어리지만 결혼도 할 수 있는 성인의 나이
야. 축하해."

"감사합니다."

"아이답지 않게, 참 잘 견디고 잘 자라 주었어."

"그렇습니까."

이아나는 자신의 일에 대해서는 한마디도 입 밖에 내지 않으면서 사라체의 말에 대충 맞장구쳐 주었다. 그런 태도에도 사라체는 경을 치지 않고 사근사근하게 물었다.

"성인이 되는 기념으로 향수라도 사 줄까? 아니면 예쁜 드레스? 선물로 받고 싶은 게 있다면 얼마든지 말해 줘."

이아나는 선물이라는 말에 눈을 한 번 길게 감았다가 뜨면서 사라체를 또렷한 눈으로 쳐다보았다.

사라체는 언제나 검붉게 말라붙은 핏빛 눈만 보이는 이아나가 처음으로 보인 선명함에 놀라 찻잔을 내려놓았다. 그러고는 환하게 미소 지으며 반짝반짝 빛나는 눈을 하고 얼굴을 쑥 내밀었다.

"받고 싶은 게 있니? 무엇이든 말해 보렴."

"무엇이든 말입니까?"

"응."

"그렇다면 저를 독립시켜 주십시오."

망설임 없이 내뱉은 폭탄발언에 사라체가 놀라 눈을 크게 떴다.

"그 말인즉 이 집을 나가 혼자 살겠다는?"

"아니요. 이 집을 나가 사는 것뿐만 아니라, 로베르슈타인 가문에서 제 이름을 삭제해 주셨으면 합니다."

충격적인 단어들을 담담하게 나열하는 이아나를 보며 사라체는 당황해서 아무 말도 하지 못했다.

"솔직히 부인께서 저를 이 집에 묶어 두려는 연유를 알지 못하겠습니다. 제가 부인이었다면 르보니가 이 집을 떠나는 순간 그 딸도 내쫓았을 겁니다. 저는 이 집의 사람들이 무척이나 불편해하고, 안온한 로베르슈타인의 평화를 깨는 이질적인 존재입니다. 게다가 손속살인까지 서시른 꺼림칙한 계집입니디. 그런 저를 유독 부인께서만 이 집에 묶어 두려 하십니다."

"이아나! 그런 소리 마럼. 로베르슈타인의 평화를 깨다니. 그리고 그 일은 네가 바라서 했던 일이 아니잖아."

안쓰러움이 그득 묻어나는 사라체의 새된 목소리에 이아나는 말없이 눈을 감았다.

"독립은 생각도 마. 아, 음. 그러고 보니 열여섯 살은 꽃 같은 귀족 아가씨들이 성인이 되어 사교계에 데뷔하기 시작하는 나이지. 적어도 스무 살이 되기 전까지는 사교계에 데뷔해야 하는 거 알지?"

"바라지 않습니다."

사라체가 주제를 바꾸기 위해 애써 사교계 얘기를 꺼냈지만, 그 노력이 무색하게도 이아나는 평소보다 훨씬 더 차가운 목소리로 거부했다. 사라체는 굳은 표정으로 말했다.

"바라지 않는다는 건 무슨 뜻이니?"

"사교계에 데뷔하는 것을 바라지 않는다는 말입니다."

"이아나, 사교계에 데뷔하지 않는다는 건 귀족 사회에서의 매장을 자처하겠다는 말과 똑같은 말이란다."

"잘됐군요. 저는 그런 사치의 극에 이른 쓸데없는 모임에 낄 생각이 없으니."

사라체의 얼굴이 열기 한 점 없이 창백해졌다.

"그 말은?"

"로안느의 귀족이 되는 것을 거부하겠다는 말입니다. 평민이 되겠습니다."

"이해를 못 하셨는걸."

"몇 번이나 말씀드렸는데, 어찌 제가 진지하게 올린 말씀을 계속 듣지 못하신 양 말을 돌리시는지요. 부인께서도 제가 로베르슈타인의 미움덩어리가 아니라 말씀은 하시지만 속으로는 제 진지한 생각 따위는 무시해도 된다고 여기실 정도로 절 멸시하시는 모양입니다. 하지만 이해합니다. 그게 지금 제 입장인 것을요."

"그게 아니야!"

비아냥거리는 말투에 사라체가 곧장 부정했다.

"그게 아니시라면, 저를 독립시켜 주십시오."

하지만 이아나가 바로 단호하게 응수하자 사라체는 입술을 꾹 깨물었다.

"꼭 독립을 바라니?"

"예."

"독립하는 순간부터 로베르슈타인은 너에게서 모든 지원과 연을 끊게 될 거야. 그리고 너는 로베르슈타인의 이름을 가질 수 없으니 바로 평민이 되는 거고."

"하신 말씀 중 가장 반가운 말이로군요."

"……후우. 귀족이었던 네가 열여섯 어린 나이에 평민이 돼서 대체 무엇을 하려 하기에 그리 자신만만한 거니?"

사라체는 현실을 지적했다. 그녀가 보기에 이아나는 현실을 제대로 자각하지 못하는 어린 소녀였다. 로베르슈타인 가문에서 상처를 너무나 많이 받는 바람에 반항심으로 가득 차, 미래에 대한 구체적인 계획 없이 가문을 뛰쳐나가려는 철없는 아이 말이다.

가끔 보면 고독을 즐기는 맹금류 같다. 하지만 그리 차갑고 도도하게 굴 수 있는 건 그녀가 귀족가의 여식이기 때문임을 똑똑한 이아나는 어찌 알지 못할까.

"너는 아직 우물 안의 개구리나 마찬가지야. 평민들의 삶이 얼마나 고달픈 줄 아니? 하루하루 먹고 살기가 바쁘단다. 게다가 너처럼 예쁜 여자아이에게 지켜 줄 보호자도, 스스로를 지킬 힘도 없다면 무뢰배들에게 무슨 봉변을 당할지 몰라."

"글쎄요. 그건 독립을 한 후의 제 문제지, 부인께서 신경 쓰실 필요는 없습니다. 그럼 허락하시는 건지요?"

"이아나, 말은 조심해서 해야 하는 법이야. 말은 한 번 내뱉으면 두 번 다시 주워 담을 수 없으니."

사라체가 냉정한 눈으로 이아나를 보았다.

"이 저택을 나가서 여자의 몸으로 무엇을 할 수 있다는 거니? 검술? 혹시 몰래 수련했던 검술을 믿고 이렇게 독립하겠다고 주장하는 거야?"

이아나는 호르비를 죽인 후, 제가 소유하고 있던 아주 잘 관리된 검이 어디서 났느냐는 백작의 물음에 변명하기가 몹시 귀찮아져서 댁들 몰래 검을 수련했다고 그대로 말했다.

이아나는 차게 식어 가는 찻잔을 물끄러미 내려다보았다. 르보니를 죽이면서 그녀의 안에는 조그마한 심경의 변화가 있었다.

'내가 하겠다는데 제까짓 것들이 뭐라고 막아선단 말인가.'

이제 저를 이 집안에 잡아챌 어미는 죽었다. 하늘이 내린 제 재능을 안다고 해도 감히 얼굴에 철판을 깔고 저를 이 집에 잡아 둘 이는 없나.

웬만하면 회귀 전과는 달리 평화롭게, 아무도 죽이지 않고 저 혼자 아르하드를 따라 사라지려 했다. 제 재능을 알아채면 혹시라도 귀찮은 일이 생길까 봐 수련을 한다는 사실을 숨기기도 했다.

하지만 이제 와서 뭐 하러 억지로 숨기겠나. 이왕 어미도 죽인 김에.

'내 길에 방해되면 과거처럼, 어미처럼, 다 죽이면 될 것을.'

이아나의 눈에 섬뜩한 빛이 감돌았다. 사라체는 그 잔인한 섬광을 눈치채지 못하고 이아나를 설득하기 위해 계속해서 현실을 강조했다.

"독학한 검술이 얼마나 도움이 될 것 같아? 스승의 지도도 없이 혼자 마구잡이로 수련한 조잡한 검술로 모든 게 다 해결될 것 같아? 게다가 검술은 남자들의 전유물이야. 여성에게는 여성이 할 일이 있고 남성에게는 남성이 할 일이 있는 법! 검술은 여자가 남자에게 이길 수 없는 분야란다. 아무리 잘한다고 해도 성별의 한계가 있어. 너는 그리 현실 감각이 없는 사람이었니? 너는 결코 검으로 성공할 수 없어."

이는 사라체가 과거의 이아나를 모르고, 이 시대의 레이디에 대한 통념에 붙잡혀 있기에 할 수 있는 말이었다.

이아나는 이미 검술의 궁극에 도달해 본 자였다. 모든 검술에 통달하여 검이 제 몸과 같았고, 거대한 마나를 제어함이 숨

쉬듯 자연스러웠던 최강의 여검사였다.

비록 대륙을 피로 물들인 황제, 대륙의 악마로 묘사되던 아르하드 로이긴에게는 단 한 번도 승리를 거두어 본 적이 없는 이인자였으나, 그를 제외하고는 누구에게도 져 본 적이 없었다. 그녀를 가로막는 자들을 거침없이 베어 내며 아르하드를 향해 질주했던 이아나는 사라체가 말하는 검사들의 정상에 우뚝 서 있었다.

그래서 사라체의 말은 웃기지도 않은 헛소리로 들렸다. 이아나의 눈빛이 서늘하게 가라앉았다.

"부인, 저를 그리 무시하지 않으시는 게 좋을 겁니다."

"네가! 아니, 좋아. 네가 기분이 몹시 나빠 보이니 더 이상 그에 대해서는 언급하지 않겠어. 그보다 이아나 너는 십오 년간 귀족으로 살아왔잖아. 그런데도 평민생활을 견딜 수 있겠어? 네 자존심이 높은 걸 알고 있어. 그래서 저택에서의 생활을 견딜 수 없겠지. 가문을 나가면 행복한 일만 있을 것 같겠지. 하지만 이아나, 자존심이 밥을 먹여 주는 건 아니란다. 너를 지켜 주지도 않아."

"……."

"내가 너무 심하게 말하는 것 같니? 나는 네가 걱정돼서 이런 쓴소리를 하는 거야."

이아나는 대답이 없었다. 사라체는 이아나를 설득하기 위해 계속 말을 이어 갔다.

"우리가 너에게 아주 잘못한 것. 내가 대신 사과할게. 많이 힘들었지? 하지만 독립은 다시 생각해 보면 안 되겠니? 이제는 우리 가문 사람들도 점점 변할 테니까."

"부인."

이이니는 기만히 입을 열었다.

"왜 제게 이렇게까지 해 주시는 겁니까? 어렸을 때부터 그랬습니다. 다른 누구도 아닌 부인께서 저를 제일 싫어하시는 게 이치에 맞습니다. 하지만 부인께서는 누구보다도 저에게 잘해 주셨지요. 왜였습니까?"

사라체는 기다렸다는 듯 말했다.

"우린 가족이잖아. 너는 로베르슈타인의 피가 섞인 우리 가족이야. 나는 네가 걱정돼."

이아나는 눈을 내리떴다. 착한 여자다. 그래서 그 선함이 더더욱 목을 옭죄었다. 마치 땡볕 아래 젖은 가죽 끈을 목에 매고 있는 것 같았다. 마르면 마를수록 서서히 서서히 목을 조여오는 가죽 끈에 답답해졌다.

그러니 끊어 버리자. 이 끈을 묶은 자를 죽이기 전에.

"잠시만요."

이아나는 손에 깍지를 끼고 냉소적으로 웃어 보였다.

"부인의 말대로라면, 부인께서 저를 걱정하실 이유는 어디에도 없겠군요. 엄밀히 따지자면 부인과 저는 피 한 방울 이어지지 않은 타인이니까요."

이아나는 사라체가 자신을 계속 가족으로 묶는 것이 역겹기만 했다.

이아나가 아무렇지도 않게 내뱉은 날 선 말에 사라체는 순간 말문이 막혔지만 사르르 웃었다.

"어째서? 피가 이어지지 않았다 하더라도 나는 너의 어머니 격인 사람이야. 어째서 너를 걱정할 이유가 없다는 거니."

"제게 이미니는 없습니디."

그 말에서 느껴지는 뾰족한 독가시에 사라체는 눈물이 날 것 같았다.

"또한 가족도 없습니다."

피가 이어진 자는 있을지언정, 따뜻한 가정은 없었다. 피는 물보다 진하다는 말은 제게 통하지 않는 말이었다. 자신은 같은 피를 가진 자에게, 절대로 정을 주지 않을 테니까.

이아나는 눈을 내리뜨며 찻잔을 들었다.

"마음만 감사히 받겠습니다."

한 치의 망설임도 없는 말에 사라체는 아무 말도 하지 못했다. 이아나의 마음 주변에 세워진 벽은 수많은 희생 끝에 세워진, 절대 무너지지 않을 굳센 철옹성이어서 더 이상 다가갈 수 없다는 사실을 깨달았다.

철옹성은 안에 있는 자들에게는 무척 믿음직스럽고 튼튼할 것이나, 그 밖에 있는 적들에게는 한없이 두텁고 아득하기만 한 법이다. 성 안으로 들어가기 위해서는 정문을 통과해야 할 것이나, 이아나는 이미 로베르슈타인의 이름을 가진 자들을 절대 안으로 들이지 않을 적으로 인식한 듯했다. 그러니 사라체가 아무리 말린다 해도 이아나는 들어주지 않을 것이다.

사라체는 서글퍼졌다. 그녀는 이아나의 마음의 벽을 허물고 그 안에 들어가 보고 싶었다. 가족도 가족이지만, 인간 대 인간으로서 개인적으로도 이아나와 가까워지고 싶었다.

충성스런 하녀였던 이스피는 이아나의 유모가 된 이후로 이미 이아나만을 챙기게 된 지 오래였다. 출세하기 위하여 로베르슈타인가에 들어온 카니츠는 이아나의 기사가 된 이후로 진심으로 이아나만을 따르게 된 지 오래였다. 연구를 하러 이곳에 왔음에도 사라체가 부탁해서 이아나의 스승이 되어 주었던 제라드 후플루드는 연구는 뒷전이고 그녀를 가르치는 데에만 시간을 쏟아붓게 된 지 오래였다.

"이런 제게 정이 떨어지지 않으십니까? 부인께서 제게 보이실 마지막 호의는, 이 차 한 잔을 나누며 해 주실 약속만으로도 충분합니다. 그리고 행복은, 이 집에서 온전히 나간 후 제가 찾을 일. 부인께서 관여하실 바가 아닙니다."

도대체 이아나가 그들에게 보이는 모습은 어떤 것일까. 자신에게 보이는 모습은 이리 냉혹하기만 한데.

제라드 후플루드와 담소를 나눌 때 그가 이아나에 대해 한 말은 아직도 사라체의 머릿속에 남아 있었다.

"부인, 이아나는 말입니다. 마음먹은 것은 어떻게든 이뤄 내겠다는 의지와 그를 위해 자기를 통제하는 능력이 무척이나 강합니다. 저는 그런 성향을 가진 사람이 어떻게 자라는지 알고 있습니다. 무엇을 하더라도 성공했죠. 또한 이아나는 적아를 분간하는 게 아주 뚜렷한 아이입니다. 그래서 저는 그 애에게 아군으로 여겨지고 있는 게 좋습니다. 나 자신이 어떤 한 사람에게 아주 특별한 존재라는 기분이 들기 때문이지요."

사라체는 한숨을 쉬었다.

"로베르슈타인이 그렇게 싫니?"

"예."

사라체는 눈빛을 가라앉혔다. 여기서 포기하고 이아나의 뜻대로 독립시켜 줘야 할까? 걱정되긴 하지만 이아나가 이리도 담담하게, 그리고 단호하게 독립을 요구함은 다 계획이 있기 때문이 아닐까. 제라드가 말하는 이아나는 그런 아이였다.

하지만 사라체는 그러고 싶지 않았다. 가족으로서, 사람으로서 그녀를 포기하고 싶지 않았다. 이대로 연을 끊어 버리면 다시는 이어지지 않을 터였다.

아니, 그도 그렇지만 이아나가 이대로 떠나가면 먼 미래에 로베르슈타인의 무언가가 무너질 듯한 이상한 직감이 들었다.

이아나는 평생토록 로베르슈타인 가문을 용서하지 못할 게 분명한데. 그들은 평생토록 죄인으로 살아가야 할 텐데. 죄를 지었으나 용서받지 못한 자의 최후는 어떠하더라.

괜한 기우일지는 몰라도 사라체는 몹시 불안했다. 그래서 독립이라는 카드를 써먹어 볼 요량이었다. 유예를 두고 그 시간 동안 노력한다면 이아나도 조금은 마음을 열어 주지 않을까—라는 게 사라체의 생각이었다.

한숨을 내쉰 사라체는 하녀를 시켜 종이 두 장과 펜 두 자루를 가져오게 했다.

"열여섯 살의 생일 선물을 주겠어, 이아나."

"감사합니다, 부인."

이아나는 기분이 좋아졌다. 독립을 시켜 줄 모양이었다.

"그렇게까지 거부를 하는데 끈질기게 붙잡을 수는 없지. 하지만 다섯 가지 조건이 있어. 이 조건을 완수하지 못한다면 나는 무슨 일이 있어도 너를 독립시켜 주지 않을 거야. 나도 고집이 센 편이란다. 네 의견도 존중해. 하지만 무턱대고 나가는 건 절대로 반대야."

사라체는 하녀가 가져온 종이 한 장과 펜 한 자루를 이아나에게 건네었다. 이아나는 펜을 쥐면서도 미간을 살짝 좁혔다.

"그러니 우리 계약을 해. 내가 내건 조건을 네가 만족시키면, 내가 너의 이름에서 로베르슈타인을 떼어 내 주겠다고 약속할게."

"조건이라면…… 예를 들면 어떤?"

"첫 번째, 독립은 열아홉 살이 되는 날. 결혼을 하지 않고 독립을 주장하기엔 아직 넌 어려."

"……."

"대답하렴."

이아나는 잠시 고민하다가 고개를 끄덕였다. 어차피 몇 달 후부터 학술원에만 있게 될 테니 별 상관이 없을 것 같았다. 학술원의 등록금을 로베르슈타인에 부담시킬 생각도 없다. 장학금을 받고 다닐 테니까. 독립이나 마찬가지였다.

"알겠습니다."

사라체와 이아나는 각자의 종이에 첫 번째 조건을 적었다.

"두 번째, 이번에 큰일을 겪었으니 1년은 쉬다가 열일곱 살에 사교계 데뷔를 할 것. 그리고 2년간 왕국의 중요한 파티 때마다 참여할 것. 그때마다 내가 동행할 거야. 난 이게 제일 중요해."

"……."

"대답 안 할 거니?"

"데뷔는 좋습니다."

이아나가 어깨를 으쓱했다. 어차피 멸시당하며 귀족 취급도 못 받을 게 뻔했다. 데뷔 따위는 아무래도 좋았다.

"하지만 파티는 일 년에 세 번으로 하지요. 우리 왕국은 왕실 구성원이 많아 생일 파티만 해도 열 번이니 생각만 해도 끔찍하군요."

"세 번이라면?"

"국왕탄신일, 라오스감사절, 그리고 건국일. 이 이상은 싫습니다."

"……좋아."

사라체는 두 번째 조건을 종이에 써 내려가면서 입을 열었다.

"세 번째, 단 한 가지라도 좋으니 너의 생활을 책임질 만한 능력을 개발할 것."

"알겠습니다."

즉답에 사라체가 묵묵히 손을 놀렸고 이아나도 따라서 적었다.

"네 번째, 독립 후 무엇을 하며 살지 구체적으로 정해 올 것."

이아나가 대답을 하지 않았는데도 사라체가 그대로 종이에 휘갈겼다. 이아나가 처음으로 난처한 표정을 지었다. 이아나는 거짓말을 그다지 좋아하지 않는다. 그렇다고 사라체에게 자신의 계획을 말하고 싶지도 않았다.

"거기까지는 부인께서 관여하실 바가 아니라 봅니다만."

"이 사항에 대해서는 절대 불가. 이 조건은 네 미래를 더 이상 내가 신경 쓰지 않기 위해서 반드시 필요해. 너도 그걸 바라지 않니?"

"강경하시군요. 그렇다면 이 조건에 세부조항을 추가하겠습니다."

"뭐지?"

"제가 정해 온 계획에 대해 어떠한 질문도 받지 않겠습니다. 딴죽도 걸지 마십시오. 부인께 제가 한발 양보했으니, 부인께서도 제게 한발 양보하셔야 하지 않겠습니까."

이아나도 사라체가 대답하지 않았는데 제 종이에 그대로 휘갈겨 썼다. 사라체는 딱 굳었다.

"내가 생각했을 때 정말 아니다 싶더라도?"

"부인께서 쓰신 조건에는 '구체적으로 정해 올 것'이라고 적혀 있지 '구체적으로 정해 온 것을 부인께 평가받는다.'라고 적혀 있지는 않습니다만."

"내가 그 조항을 거부하겠다면?"

"부인, 저는 군더더기 없는 독립을 위해 부인의 의견을 따르고 있습니다. 조건이 터무니없다면 후에 불필요한 마찰이 있을지도 모릅니다."

사라체는 이아나가 말하는 불필요한 마찰이 무엇을 뜻하는 건지는 모르겠지만, 그 말을 듣는 순간 오한이 들어 몸을 푸르르 떨었다. 어째서일까?

그런 그녀는 아랑곳 않고 이아나는 사라체의 앞에서 종이를 흔들며 계속 말했다.

"저는 제 미래를 부인께 평가받고 싶지 않습니다. 계획도 있고 현실성도 있으니 걱정하지 않으셔도 됩니다. 걱정하시는 마음만 감사히 받겠습니다."

사라체는 머리가 아파서 한숨을 푹 내쉬었다.

"너를 믿고 정말 터무니없는 계획만 아니기를 바랄게."

"감사합니다."

"마지막. 테오도르 왕립 아카데미에 가서 학점을 평균 B 이상 받아 올 것."

사라체는 이번에는 펜을 함부로 놀리지 않고 눈동자를 굴려 이아나를 흘끔 쳐다보았다. 이아나는 고개를 저어 보였다.

"약간 조정을 하고 싶습니다."

"학점을?"

"아니요. 저는 발젠타 학술원에 갈 겁니다."

이아나의 말에 사라체가 고개를 아예 들어 올려 이해할 수 없다는 눈으로 쳐다보았다.

"진심이니? 학술원은 아무나 갈 수 있는 곳이 아니란다."

"충분히 갈 수 있습니다."

이아나의 담담한 태도에 사라체가 머뭇거렸다.

"갈 수 있다 하더라도 거기엔……."

"시설은 왕립 아카데미가 월등하게 좋지만 교육의 질은 발젠타 학술원도 뒤지지 않는다고 하지요. 귀천을 따지지 않는 만큼 학점도 공평하게 주고요. 부인께서 이 조건을 내거신 이유가 제 능력의 증명을 위해서라면 발젠타 학술원이 더 확실합니다."

"나는 그걸 걱정하는 게 아니야. 거기서 네가 적응을……."

"몇 번이나 입에 담는 말일는지 모르겠지만 마지막으로 다시 한 번 말씀드리겠습니다."

이아나가 처음으로 시라체가 말을 다 하기도 전에 검으로 뚝 베어 가르듯 말을 끊어 버리고는 롯소산맥에서 불어오는 차가운 북풍보다 서늘하고 그 어떤 검보다 날 선 표정을 지었다. 사라체는 그런 이아나에게서 스산함을 느끼고 잔뜩 긴장했다.

붉은 입술이 열리고, 붉은 눈동자가 붉은 불꽃을 태웠다. 그 불꽃은 사라체가 본 어느 불꽃보다도 선명하고 붉었으나, 만년의 설원 깊숙한 곳에 서린 빙정보다도 시렸다.

"모든 결정은 제가 내립니다. 제 삶에 부인께서 왈가왈부할 수 있는 권한은 없으십니다."

이아나는 더 이상 뭔가가 제 인생을 구속하는 건 사양하고 싶었다. 무언가에 휘둘려 인생을 좌지우지당하는 것도 절대로 사양이었다. 지긋지긋하다 못해 구역질이 났다.

"저는 제 인생이 어찌 되더라도 제가 선택한 바에 대해선 결코 후회하지 않을 겁니다."

설령 그게 어려운 길이거나, 잘못된 길이라 할지라도, 자신의 모든 게 틀어진다 하더라도, 실패한다 하더라도, 모든 것은 스스로 내린 결정이었다. 그 과정이, 그 결과가 어떻든 후회 따위는 없을 것이다. 그게 뭐든 남에게 휘둘려 얻은 것보다는 나을 것이다.

무엇보다 부정적인 생각을 하며 오지도 않은 미래를 걱정할 필요가 없었다. 저는 선택한 길 위에서 최선을 다해 최선의 결과를 거둘 것이다.

"그러니 제 인생에 간섭…… 아니 걱정하지 말아 주십시오."

이아나의 말에는 날이 서 있어서 함부로 대답했다가는 베일 깃 길었다. 사라체는 입을 다물었다. 이아나는 천천히, 그리고 또박또박 말했다.

"상냥하신 부인, 부인의 친절은 로베르슈타인의 모두가 사랑합니다. 그러나 저는 로베르슈타인이기를 거부하고 있음을 알아주세요."

제 친절이 몹시 불쾌하다는 말인 걸까. 사라체는 어두운 표정으로 종이에 마지막 조건을 휘갈겼다. 그리고 맨 아래에 내키지 않는 마음으로 한 문장을 작성했다. 이아나도 유려한 필체로 사라체와 같은 내용을 작성했다.

위의 다섯 가지 조건을 만족할 시, 이아나 로베르슈타인을 로베르슈타인 가문에서 제명한다.

이아나는 찻잔을 비운 후, 어두운 표정의 사라체를 뒤로한 채 방으로 돌아왔다.

침대에 벌러덩 누워 그녀는 사라체에게 받은 계약서를 두 손으로 치켜들어 다시 한 번 읽어 보았다.

첫 번째, 독립은 열아홉 살에 한다.

두 번째, 열일곱 살에 사교계 데뷔를 한다. 그로부터 열아홉 살까지 이 년간 사라체 로베르슈타인과 함께 국왕탄신일, 라오스감사절, 그리고 건국일에 열리는 왕실파티에 참가한다.

세 번째, 독립 이후의 생활을 책임질 만한 능력을 한 가지 이상 개발한다.

네 번째, 독립 전까지 무엇을 하며 살지 구체적으로 정해 온다. 단, 정해 온 계획에 대해 어떠한 질문도 받지 않는다.

다섯 번째, 발젠타 학술원에서 평균 학점을 B 이상 받아 온다.

위의 다섯 가지 조건을 만족할 시, 이아나 로베르슈타인을 로베르슈타인 가문에서 제명한다.

1512. 12. 3.

이아나 로베르슈타인.

사라체 로베르슈타인.

꽤 괜찮은 조건들이었다. 먼저 첫 번째 조항, 어차피 발젠타 학술원에 처박혀 있을 생각이므로 지금 당장 독립해도 상관없지만 아르하드와 만날 때까지는 로베르슈타인의 이름 하에 있는 것도 딱히 나쁘지는 않았다.

두 번째 조항은 귀찮긴 하지만 끔찍하게 싫어하는 것도 아니고 하지 못할 것도 없다. 파티란 게 애초에 주인공이 정해져 있는지라 그 외에는 들러리나 마찬가지였다. 그리고 귀족들 입장에서 저는 그중에서도 관심조차 받지 못하는 떨거지에 불과했다. 사라체와 동행하여 파티에 참여한 뒤, 파티 중간에 슬쩍 나오면 별문제 되지 않을 것이다.

세 번째 조항과 네 번째 조항은 이미 충족된 바이니 두말할 것 없고, 마지막 조항은 노력이 필요하지만 노력은 제 특기였다. 한번 마음먹으면 그 마음이 사라질 때까지 개처럼 물고 늘어지는 게 자신이었다.

계약서를 한 번 쭉 훑어본 이아나는 침대에서 일어났다. 계약서를 고이 접어 자신에게 필요한 물건들을 보관해 두는 통에 넣어 두었다.

이 계약서를 쓴 이유는 쉬운 길을 거부하고 귀찮음을 감수하고 싶지 않기 때문이다. 이 조건들만 만족시키면 이아나는 로베르슈타인 가문을 몰살하지 않고도 정식으로 로베르슈타인에서 벗어날 수 있었다. 합법적으로 굴레에서 벗어나 자유롭게 행동할 수 있는 것이다.

이아나는 통의 뚜껑을 닫은 후 저도 모르게 티 테이블에 놓여 있는 화병, 그 안에 든 아름다운 꽃들을 쳐다보았다. 천천히 걸어가서 은은함을 뽐내는 꽃을 물끄러미 내려다보다 한 송이를 빼내 코끝에 대고 눈을 감았다.

하르첸. 로베르슈타인에게 사랑받는 도련님.

왕립 아카데미와 학술원은 정상적인 과정을 밟으면 졸업하기까지 총 6년이 걸린다. 노력 여하에 따라 조기 졸업을 할 수도 있지만 필요한 노력의 양이 끔찍하기 때문에 대부분 학생들은 정식 과정을 밟아 6년을 지낸 후 졸업하는 편이었다.

이아나와 하르첸은 네 살 차이가 난다. 하르첸은 4년 전부터 테오도르 왕립 아카데미에 가 있었다. 그런데도 그는 이스피 편으로 간간이 꽃을 보냈다.

이아나는 자신과 가까워지려 노력하던 하르첸을 늘 무시하고 거부했다. 미움 받는 계집이 콧대만 높다 여기며 자존심이 상해 포기할 만도 한데 그는 계속해서 침묵이 담긴 꽃을 보내왔다.

'꽃 따위에 대체 무슨 의미가 있다고.'

이아나는 하르첸이 몹시 영악하고 끈질긴 인간이라고 생각했다. 이스피에게 냉정하게 대하지 못하는 자신을 알고 이스피 편으로 꽃을 보내는 걸 보면 말이다.

이아나는 5년 전과는 다르게 하르첸의 꽃을 꽃병에서 뽑아 내 버리거나 짓밟지는 않았다. 그렇다고 해서 그의 꽃을 받아 들인 건 아니었다. 고맙다는 말도 절대 하지 않았다. 이스피가 하도 난리를 치는 바람에 귀찮아져서 내버려 둔 것뿐이었다.

'대체 왜 꽃을 보내는 걸까?'

하르첸에게는 전혀 유감이 없었다. 회귀 전에 저를 증오하고 미워한 것? 어렸을 때는 자신이 저지른 일의 엄청남을 이해하지 못했지만 어른이 된 이아나는 납득했다. 사랑하는 어미를 죽인 자를 그 누가 좋아할 수 있으랴. 비록 사랑에 굶주렸던 아이의 무지에 의해 일어난 참사였다 할지라도 아이를 좋아할 수는 없었을 것이다.

이아나를 증오하긴 하지만 아비처럼 분노에 찬 폭력을 휘두르지 않고 그녀가 로베르슈타인의 일원임을 인정해 주었던 것을 보면 사라체를 닮은 하르첸의 온건한 성품을 알 수 있었다.

그래서 더욱더 그가 껄끄러웠다. 후회라는 건 절대 있을 수 없지만, 후회가 없다고 해서 인간으로서의 도덕심까지 없는 건 아니었다. 이아나는 자신의 검으로 목을 베어 죽였던 그와 얼굴을 마주하고 싶지 않았다. 그녀가 죽인 이들은 발에 차일 정도로 많지만, 특히나 이아나에게 소중한 것을 빼앗기만 한 하르첸이 무척 꺼려졌다.

그래서 그토록 무시해 왔는데, 하르첸은 조용히, 슬며시, 꽃이라는 방법으로 다가왔다.

'대체 왜?'

이아나는 제가 왜 그에게서 꽃을 받아야 하는가―라는 의문을 가졌다. 왜 사라체에게 사과를 들어야 하며, 왜 체르노에게 안쓰러운 시선을 받아야 하는가―라는 의문도 가졌다.

이번 생은 물론이요 저번 생까지 거슬러 가도 객관적으로 따져 봤을 때 그들은 나쁘지 않았다. 하르첸뿐만 아니라 독살당한 사라체에게도 죄가 없는 건 당연했다. 사기를 당한 데다 사기를 친 여자의 딸에게 사랑하는 부인을 잃은 백작에게도 죄를 물을 수는 없었다. 비록 가끔 미치광이가 되어 제게 잔인한 폭력을 가하긴 했지만 그것 또한 어찌 보면 당연했다.

그들은 나쁘지 않았다. 하인들과 영지민들에게 진실한 존경을 받을 정도로 괜찮은 이들이었다.

하인들도, 영지민들도 나쁘지 않았다. 로베르슈타인 가문에 자부심을 가진 채 충정을 바치고 있는 입장에서 갑자기 쏟아진 오물의 찌꺼기를, 상냥한 안주인을 죽인 자신을 혐오하는 건 당연했다.

귀족들이 자신을 경멸하는 것도 당연했다. 평민의 피가 섞인 것만으로도 더럽게 느껴지는데 그런 계집이 고귀한 귀족을 죽이는 게 말이 되느냐 말이다.

이아나는 회귀 전에 다 포기했다. 제가 미움 받는 게 당연하다는 걸 이해했다.

그래서 회귀 후, 사람들이 못마땅하게 쳐다봐도 이아나는 슬프지도, 아프지도 않았다. 회귀 전 그들을 죽여 속에서 분노를 삭였기 때문에 화낼 것도 없었다. 무엇보다 이제는 정을 바라지 않으니 부정적인 감정을 느낄 이유가 없었다.

"······."

침대에 털썩 누운 이아나는 눈을 손으로 가렸다. 그녀는 모두를 이해하고 있었다. 누구에게나 사정은 있고 누구를 부러 탓할 것도 없다. 제 인생을 말아먹은 빌어먹을 계집이라고 생각했던 르보니에게도 사정은 있었다.

그렇다. 세상은 돌고, 돌고, 돈다. 죄짓지 않은 자는 없다.

이아나는 고개를 돌려 꽃병 속의 꽃을 쳐다보았다. 그러나 이번 생의 그들에게는 저번 생이 없다. 저 꽃이 그 증거였다.

제 심장의 무덤만이 품은 기억들······.

이아나는 웃었다.

'이대로 로베르슈타인과는 완전히 끝을 내자.'

미련은 없을 듯했다.

"아가씨!"

"들어와."

문을 두드리는 소리와 함께 들리는 익숙한 목소리에 대답했다. 이스피였다.

"아가씨. 제가 멜랑 부인께 또 신기술을 전수받아 왔거든요. 오늘 아가씨를 아주 녹여 버릴 거예욧!"

"괜찮다니까. 나는 좋지만 너는 힘들잖나."

"그런 건 신경 쓰지 않으셔도 돼요. 전부 척척 잘하시는 아가씨 때문에 제가 해 드릴 수 있는 건 이런 것뿐이잖아요? 그리고 아가씨가 기분 좋아하시니 저도 보람차고 좋아요!"

이아나는 말없이 웃어 보였다.

"지이, 이기씨. 이시 ㅜㅜ시고, 긔오하세요!"

이스피는 이아나가 검술을 수련하고 있음을 알았음에도 아무런 거부감도 보이지 않았다. 다만 여성의 아름다움을 중요시하는 그녀답게 뭉친 근육을 풀어 주기 위해 마사지를 전문으로 하는 멜랑이라는 여자에게 마사지를 배워 왔을 뿐이다. 배우는 데 꽤 많은 돈이 깨졌음을 알고 이아나가 화를 냈지만 이스피는 고집불통이었다.

"다른 건 다 양보해도 이것만큼은 양보할 수 없어요. 제가 배우고 싶어 배우겠다는데 아가씨, 그런 절 말리시겠다는 거예요?"

이아나는 입을 다물었다.

이스피가 함께 지내면서 비약적으로 늘어난 것이 있었으니 그것은 바로 이아나의 성격에 대한 이해와 입을 다물게 하는 말솜씨였다.

이아나는 제게 피해를 주는 것이 아니라면 다른 누군가의 의지를 억지로 꺾으려 하지 않는다. 이는 제 의지가 아니었던 일에 지긋지긋하게 휘둘려 온 경험에서 비롯된 가치관이었다.

피해를 주려는 게 아니라 도움이 되고 싶은 마음에서 비롯된 행동임을 알고 있었고, 자신도 꽤나 즐기고 있었기에 이스피를 강하게 말릴 수가 없었다. 무엇보다 이아나는 이스피의 무조건적인 호감과 따뜻한 호의를 거절하고 싶지 않았다.

그래서 요즘 들어 이스피는 날로 진보되는 마사지 실력으로 이아나의 단단한 몸을 풀어 주고 있었다.

"아가씨, 기분 좋으세요?"

"으응……."

이아나가 햇볕 아래에서 잠들기 직전의 고양이처럼 나른하게 대답했다. 기분 좋아하는 그녀를 보며 이스피는 활짝 웃었다. 자신이 그녀에게 도움이 되는 길이라곤 이렇게 몸을 챙기는 것밖에 없었다.

이아나가 검을 수련하는 걸 막고 싶은 생각은 추호도 없었다. 그로 인해 호르비로부터 목숨을 건졌고, 무엇보다 이아나는 하려고 마음먹은 일이라면 고집불통이 되어 절대 뜻을 꺾지 않음을 함께 지내 온 시간과 수많은 경험으로 알고 있기 때문이다.

그래서 이스피는 마사지나 식사로 수련으로 인해 노곤해진 이아나의 몸을 챙기는 것이 그녀를 위하는 길이라고 생각했다. 이스피는 멜랑 부인의 기술을 모조리 빼먹은 후에는 피부관리사인 레초 부인에게 가서 피부미용법을 배워야겠다고 다짐했다.

마사지가 끝나 갈 때쯤, 또다시 문을 두드리는 소리와 카니츠가 낮게 헛기침을 하는 게 들려왔다.

"아가씨. 카니츠입니다."

"이스피, 이제 되었다. 고맙구나. 카니츠, 들어와라."

이아나는 자세를 고쳐 앉으며 흐트러진 옷차림을 바로 했다. 카니츠가 문을 열고 들어오며 이아나에게 허리를 숙였다.

"아가씨, 학술원에 원서를 부치고 오셨는지요?"

"그래."

"수험번호 발부 기간은 언제까지랍니까?"

"1월 15일이라더구나."

"그럼 시험은 16일부터 시행되겠군요. 아직 12월 초라 여유롭습니다만 그래도 넉넉하게 시간을 두고 출발하시는 것이 좋겠습니다. 지금은 어찌 되었을지 모르겠습니다만, 검술부의 입학시험은 많은 체력을 필요로 하는 다섯 개의 시험으로 진행되기 때문에 일찍 가서서 몸 상태를 최상으로 끌어 올리시는 게 좋습니다."

카니츠는 학술원 출신이었다. 하지만 2년을 채 다니지 못하고 자퇴했다. 학술원의 등록금은 적은 편이었지만 그의 어머니가 일을 하다가 심각한 병에 걸리는 바람에 약값을 벌기 위해 일을 해야 했기 때문이다.

그의 어머니는 몹시 미안해하며 신경 쓰지 말고 학업에 충실하라고 했지만 카니츠는 곧바로 자퇴하고 막노동과 같은 몸 쓰는 일을 시작했다.

언제부턴가 잡일꾼이 되어 로베르슈타인 저택의 뒤치다꺼리를 하던 카니츠는, 백작의 호의로 잡일을 하는 것보다도 많은 월급을 받는 견습 기사가 되었고, 끊임없이 노력하여 정식기사가 되었다. 그리고 지금은 철저하게 이아나만의 기사가 되었다.

"그래, 걱정해 줘서 고맙구나. 안 그래도 내일 전부 다 정리하고 그다음 날 출발할 생각이었다."

"정말 따라가지 않아도 되겠습니까? 어떻게 아가씨 혼자……."

"그래요, 아가씨. 카니츠 경을 데려가세요."

"그만."

이스피와 카니츠는 혼자 길을 떠나겠다고 다짐한 그녀가 걱정되었지만 어쩔 수 없이 물러섰다. 이아나의 고집은 꺾을 수 있는 게 아니었다.

걱정으로 가득한 둘을 보며 이아나는 이제 아끼는 이들에게 자신의 계획을 말할 순간이 도래했음을 인지했다. 그들의 정에 기대고 있을 수만은 없었다.

이아나는 이스피와 카니츠에게 고마웠다. 이들 덕분에 정을 포기했던 그녀는 정을 만끽할 수 있었다. 모두에게 미움 받기만 했던 저번 생과는 달리 이번 생은 다를 수도 있다는 유연한 사고를 가질 수 있었다.

이번 생의 유년시절은 이들 덕분에 따스했었다. 냉혈짐승으로 자랐던 저번 생과는 달리 이번 생에는 다른 이와 정을 나눌 수 있는 이로 자라났다. 물론 누군가에게 스스로 다가가 무언가를 원하는 일은 결단코 없을 테지만 저를 원하는 누군가를 받아들일 포용력은 생겨났다. 그래서 이아나는 말했다.

"고맙다."

"예?"

"뭐가요?"

카니츠와 이스피는 어리둥절한 기색이다.

"전부 다."

이아나는 그저 웃었다.

하지만 이별은 이별이다. 떠나기 이틀 전, 아끼는 둘이 모두 모여 저를 걱정하고 있는 이 순간이 작별을 예고할 가장 적절한 시간일지도 모른다.

이아나의 눈동자에 어린 빛이 어둡게 가라앉았다.

"이스피, 카니츠. 둘 다 잘 들어라."

"에."

"나는 열아홉 살에 내 이름에서 로베르슈타인을 없앤다."

이스피는 충격을 받고 얼굴이 창백해졌지만 카니츠는 묵묵히 들었다. 예상했던 바였다. 그의 아가씨는 어렸을 때부터 이스피와 자신을 제외하고는 로베르슈타인가에서 누구에게도 마음을 열어 주지 않았다. 그게 무엇을 뜻하겠는가. 만약 이아나가 평생 로베르슈타인과 함께할 생각이었다면 그러지 않았을 것이다.

"아, 아가씨. 그게 무슨……."

"그리고 나는 바하무트 제국으로 향한다."

이어진 말에는 카니츠도 소스라치게 놀랐다. 이스피는 금방이라도 쓰러질 듯 휘청거렸다. 그런 이스피를 잡아 준 카니츠는 더듬더듬 말을 꺼냈다.

"바……하무트라면 북부의 제국을 말씀하시는 겁니까?"

"그래."

"바하무트는 로안느의 오랜 적대국입니다. 그리고 배고픈 이들이 굶주림에 아우성치다 얼어붙은 땅에 몸을 누이며 죽어 가는 곳이라고 들었습니다. 게다가 그곳에는 피에 미친 전쟁귀들만 모여 있으며 그들의 황제는 악마라 불릴 정도로 무서운 자라고 들었습니다. 그런 이들이 가득한 나라에 어찌……."

이아나는 쓴웃음을 지었다. 저 말은 바하무트와 전쟁을 치르며 무서움을 절감한 이들이 퍼트린 과장된 소문일 뿐이다.

바하무트는 주변에 위치한 그들의 종속국으로부터 거두어들이는 조공과 북부의 자원으로 엄청난 부를 쌓고 있었다.

북부라서 기후가 안 좋긴 했지만 나름 따뜻한 곳도 많았다. 제국에 있는 백성들의 상태는 잘 모르겠지만 과거에 이아나가 관찰한바, 로안느에 쳐들어오던 군사들의 얼굴색과 무장 상태는 로안느보다 뛰어났다.

그리고 바하무트의 황제는 대대로 우수한 능력을 지녀 왔고 통치력도 뛰어났다. 후계 문제로 나라가 크게 뒤집어지는 일도 없고 약소국으로 핍박받는 일도 없는 만큼 제국의 백성들은 바하무트의 황실을 신처럼 받든다고 알려져 있었다.

바하무트 제국민이 주신 라오스를 믿지 않는 이유가 이 때문이라고 주장하는 학자들도 꽤 있었다.

"국가는 상관없어. 그곳에 내가 받들고 싶은 자가 있을 뿐."

카니츠가 즉시 머리를 조아렸다.

"따르겠습니다."

"안 돼."

이아나의 단호한 거절에 카니츠의 몸이 돌처럼 굳어 버렸다.

"나는 그곳에 너희를 데려갈 생각이 전혀 없다. 너희는 나를 잊고 너희의 인생을 다시 찾아라."

이아나는 위험할 게 분명한 자신의 인생에 그들을 데려가고 싶지 않았다.

마지막 말에 온화한 기운이 감돌던 방 전체에 무거운 침묵이 감돌았다.

"싫어요……. 저도, 저도 아가씨를 따라가면 안 돼요?"

이스피가 침묵을 깨며 기어코 눈물을 펑펑 쏟아 냈다. 이아나가 굳은 얼굴로 쳐다보자 이스피가 눈물을 닦아 내며 울먹였다.

"아가씨 혼자 보낼 수는 없어요. 아니, 그것보다 아가씨가 없는 제 삶을 생각할 수 없어요. 로베르슈타인이든 바하무트든 상관없어요! 아가씨가 악마든 뭐든 누구를 모시든 간에 저는 상관없어요. 저는 아가씨만 있으면 되는걸요? 아가씨의 뜻을 거스를 생각은 없어요. 하지만 저를 아가씨가 없는 외로운 곳에 내버려 두고 가지 말아 주세요……."

"저도 아가씨를 따르겠습니다. 그곳에서 아가씨의 부관이 되어 계속 함께하고 싶습니다."

"그만!"

이아나가 단호한 얼굴로 손을 내밀어 계속해서 무언가를 말하려는 두 사람의 입을 막았다. 이아나는 약해지려는 마음을 다잡으며 고개를 저었다.

"더 이상 말하지 마라. 너희는 이대로 너희의 길을 찾아라. 이스피, 너는 내가 갈 길을 함께 감당할 수 없다. 그리고 카니츠, 네게는 지켜야 할 사람이 있지 않느냐. 네가 지켜야 할 사람은 내가 아니라 네 어머니, 그리고 미래에 너의 아내가 될 여인이다."

이제 그의 가슴팍까지 자란 이아나가 어깨를 두들기며 하는 말에 카니츠는 입매를 굳혔다. 차가운 북부의 제국이든 뭐든 상관없었다. 이아나는 그가 지켜야 할 아가씨기도 했지만, 누구보다 훌륭한 스승이기도 했다.

작은 꼬마숙녀였던 이아나는 옆에서 검을 함께 휘두르는 카니즈의 검술을 보며 고쳐야 할 점과 보완해야 할 부분을 모두 짚어 주었다. 이질감을 느낄 만도 했지만, 순진한 카니츠는 그녀가 천재라고 생각하며 감탄할 뿐이었다.

이아나가 말한 점들을 고쳐 나가며 카니츠의 검술 실력은 일취월장했고, 카니츠는 그녀를 더욱더 따르게 되었다. 하지만, 지금 이아나는 그와의 인연을 끊어 내려 하고 있었다.

카니츠가 참담한 심정으로 차마 말을 잇지 못하자 이스피가 입을 열었다.

"아가씨께서 가실 길이 어떤 길인데요?"

"피로 질척거리는 길이다."

그 말에 호르비의 시체를 떠올린 이스피가 입을 다물었다. 이번에는 카니츠가 되물었다.

"어째서 그런 길을 걸으시려는 겁니까?"

"내가 따를 자가 갈 길이기도 하고, 재밌을 것 같기 때문이지. 그리고 나는 그 길에 너희들을 끌고 갈 생각이 전혀 없어. 시험을 치고 돌아온 날이 마지막이다. 난 로베르슈타인 가문에 돌아오지 않을 거다. 그러니 너희도 내가 시험을 치는 동안 마음 정리를 하거라."

이아나는 그들을 곁에서 떼어 놓으려 한다. 인연을 끊으려는 듯한 그녀의 단호함에 두려움을 느낀 카니츠의 손이 부르르 떨려왔다. 그것은 이스피도 마찬가지였다.

"아……가씨가 홀쩍, 가실 길이 뭐든 상관없어요. 무엇을 하시든, 아가씨가 하는 일이라면 저한테는 뭐든 옳은 일이니까요."

"저는 아가씨를 따르고 싶습니다. 아가씨가 바하무트에 향하실 생각이라면 저도 어머니를 모시고 바하무트에 투신하겠습니다."

"안 돼. 니 때문에 너희들 인생을 낭비하지 마. 니는 너희를 책임질 자신이 없다."

자신이 없다. 이아나를 알고 있는 그들로서는 믿을 수 없는 말이었다. 그들이 보아 온 이아나는 매사에 자신만만했기 때문이다. 하지만 이아나는 진심이었다.

"나는 내 인생을 책임질 자신은 있어도, 다른 사람의 인생을 책임질 자신은 없어."

그녀는 사람 간의 정을 포기한 이후 혼자만을 위해 살아왔다. 왕자의 기사로서 왕자를 위하지 않았냐고? 그가 더 이상 모욕 받지 않는 위치까지 끌어올려 주겠다고 했기 때문이다. 왕자를 향한 충정 때문은 아니었다. 그녀를 따랐던 병사들? 전쟁에서 이기기 위한 수단이었으므로 챙겨 주었을 뿐이다.

하지만 이스피와 카니츠는 아니었다. 이번 생에 가장 감사하고 소중하게 여기는 존재들이 있다면 바로 이들이었다. 이들 덕분에 이아나는 사람의 정에 넘치도록 젖어 들었다.

그들은 이아나에게 아주, 정말 아주 소중한 존재들이었다. 이아나는 그게 두려웠다.

그들이 저 때문에 위험해지는 걸 보고 싶지 않았다. 한평생 이기적으로 살아온지라 그들을 온전히 지킬 수 있다는 자신감도 없었다. 차라리 인연을 끊는 게 나았다.

"두 번 다시 말을 번복하게 하지 마라."

이스피와 카니츠는 입을 다물었지만 주인에게 버림받은 강아지 같은 표정을 지었다. 그 표정을 마주하기 힘들었던 이아나는 등을 돌려 창가로 걸어갔다. 그렇게 이아나는 아꼈던 이들을 잘라 냈다.

하지만 이스피와 카니츠의 얼굴에 어떠한 형태의 강한 고집도 새겨지고 있음을, 그들에게서 몸을 돌려 창밖의 석양을 바라보는 이아나는 눈치채지 못했다.

다음 날, 이아나는 가방에 간단한 옷가지와 돈을 챙겨 넣었다. 오랜 시간 짐을 쌀 필요도 없었다. 그 후에는 어려서부터 작성해 온 장부를 토대로 제 재산을 완전히 정리했다. 그 일까지 마치고 나서는 누구와도 마주하지 않고 하루 종일 수련에만 집중했다.

날이 어둑해질 즈음, 영지를 나가는 것에 대한 승인을 받기 위해서 체르노를 찾아갔다. 사라체가 미리 말해 두었기에 그와 불필요하게 긴 대화를 나눌 필요는 없었다. 떠난다는 말 한마디에 그가 고개를 끄덕이면 그만이었다.

머뭇거리며 말을 몇 마디 붙여 보려 했던 체르노였지만 이아나가 모두 예, 아니요 식으로 건성으로 대답하는 바람에 이는 무산되었다.

마침내 떠나는 날이 다가왔다. 가방을 메고 검을 허리에 둘러맨 이아나는 동이 트기도 전에 로베르슈타인 저택의 정문을 나섰다. 또한 이왕 떠나는 김에 로베르슈타인 영지의 그 어떤 것도 이용하고 싶지 않았던 이아나는 마차가 아닌 스스로의 발로 걸어가기로 했다.

"후우."

기지개를 켜며 서늘한 아침공기를 한 번 크게 들이마신 이아나는 눈을 빛내며 발을 가볍게 떼었다. 그녀의 발을 붙잡는 것은 없었다.

그리고 영지를 떠나 과거와는 인연이 없었던 새로운 곳으로 향하는 이아나의 마음은 그녀의 발걸음처럼 누구보다 홀가분했다.

— 로베르슈타인 편 終

4. 시험 편

4. 시험 편

로안느 왕국의 수도, 테오도르.

어떤 왕국의 수도보다도 거대하고, 화려하며, 위상이 높은 곳. 바하무트 제국이 침략을 그만둔 지 근 20년이 되어 가는 지금, 로안느 왕국은 화려한 번영을 맞이했다.

바하무트가 불구대천의 원수를 만난 것처럼 로안느를 침략한 이후로 그들은 수십, 수백 년이 흐르도록 섞이지 못하는 물과 기름처럼 쉬지 않고 격렬하게 서로를 물어뜯었다. 바하무트 제국과 로안느 왕국의 전쟁은 영원히 끝나지 않을 것 같았다.

주변의 왕국들은 자기들끼리는 치고 박더라도 둘의 전쟁에는 절대 끼어들지 않았다. 고래 싸움에 새우등 터진다는 말이 있다. 예전에 바하무트와의 전쟁에 정신이 쏠려 있던 로안느의 변방을 하룻강아지 범 무서운 줄 모르고 침략했던 왕국이 있었다. 그리고 그 왕국은 몇 달 되지도 않아 세계지도에서 지워졌다.

그 일 이후 은근슬쩍 한 발 걸쳐 볼까 하는 생각을 하고 있던 왕국들은 둘의 전쟁에서 등을 돌렸다. 로안느 왕국의 군사력이 한 국가를 몇 달 만에 괴멸할 정도로 대단할진대 로안느 왕국조차 버거워하는 바하무트 제국은 어떠하리.

그런데 영원할 것 같던 바하무트의 침략이 20여 년 전에 갑작스레 멎었다. 바하무트가 몇 개월 휴식하다가 갑자기 대군을 이끌고 몰아쳐 오는 것은 자주 겪던 일이었기에 로안느는 결코 방심하지 않았다.

하지만 정적이 10년이 되고 20년이 되었다. 그 긴 시간 동안 자잘한 침략조차 없었다. 바하무트와는 교류가 완전히 단절된 상태였고 스파이는 보내는 족족 모조리 처분되어 정보를 얻을 수 없었기 때문에 로안느는 바하무트의 의도를 파악하지 못해 허둥댔다.

그로부터 얼마 지나지 않아, 새로 보낸 간첩이 바하무트 황실이 미개척지인 롯소산맥의 자원에 관심을 보이는지 병력을 그곳에 집중시키고 있다는 사실을 전해 왔다.

로안느는 10년 정도는 솥뚜껑에 놀란 자라처럼 그들의 행보 하나하나에 주시했다. 롯소산맥에서 채취한 자원이 어디에 쓰일지 뻔했기 때문이다. 하지만 의외로 롯소산맥에는 몬스터 외에 아무것도 발견되지 않았고, 바하무트는 허탕만 치고 있다는 반가운 소식이 로안느를 덮쳤다.

그렇게 평화가 20년에 이르렀다. 기나긴 시간의 평화는 국민들의 마음을 안온하게 만들기에 충분했다. 전쟁을 겪어 본 적 없는 젊은이들의 민생은 평화를 더욱더 부추겼다.

전쟁이 잠정적으로 휴전상태에 이르면서, 로안느의 표출될 곳 없는 압축된 군사력과 자금력을 두려워한 군소왕국들은 알아서 아래에서 기었다. 이에 웅심이 하늘 끝까지 치솟은 로안느의 국왕은 이따금씩 세계회의가 개최될 때마다 왕들의 왕처럼 거만한 태도로 왕들 위에 군림했고, 그가 왕국을 제국으로 격상시킬 계획을 세우고 있다는 소문은 전 세계에 파다했다.

테오도르는 그런 로안느의 위상을 아주 잘 보여 주는 곳이었다. 군사강국답게 거리 곳곳에 살벌한 무구로 장식되어 삭막한 회색 풍경이었던 과거와는 달리, 테오도르는 황금빛으로 가득한 사치의 도시가 되었다.

테오도르는 원형의 거대한 성벽 안에서 보호받는 황금의 도시다. 성벽은 마법 처리가 된 두꺼운 벽돌로 쌓아올려져 웅장한 강철 방패처럼 외적의 침입을 차단했다.

성벽의 정중앙, 거인의 몸처럼 하늘을 꿰뚫을 기세로 서 있는 기둥 사이에는 로안느의 기나긴 역사가 위에서 아래까지 양각으로 빼곡하게 새겨진 아치 형태의 무쇠 문이 있었다. 문은 밤에는 적의 침입을 막기 위해 단단히 폐쇄되어 있다가 아침이 되면 맑은 종소리와 함께 개방되었다. 그 문을 들어가면 로안느의 역사가 살아 숨 쉬는 화려한 정경이 펼쳐진다.

문을 들어서자마자 볼 수 있는 건 테오도르의 중심에서 위용을 뽐내는 돔형 지붕의 웅장한 왕궁이다. 왕궁은 황금빛, 은

빛을 주로 하여 온갖 귀한 보석으로 치장된 백색의 대리석 건물이었다. 태양이 왕궁의 꼭대기에 멈추어 서 있을 때면 왕궁은 신의 축복을 받은 양 찬란하게 빛났고 사람들은 감히 우러러보기도 힘든 위압감에 절로 움츠러들곤 했다.

로안느 왕실을 의미하는 은빛 매와 왕관, 붉은 장미가 어우러진 화려한 문장이 그려진 깃발이 시가지마다 걸려 바람에 나부꼈다. 벽돌로 깔끔하게 포장된 도로들은 촘촘하게 짜인 거미줄처럼 왕궁을 중심으로 퍼져 나가 도시를 주름잡았다. 도로가 모이는 중심지에는 자연물로 구획된 아름다운 공원과 예술의 집합체인 광장이 있었다.

은행나무, 느티나무, 메타세쿼이아 나무…… 싱그러운 나무들은 길에 그늘을 드리우고 정원사들이 정성스레 관리해 주는 꽃들은 단조로울 수 있는 벽돌 길에 다채로운 색을 선사했다.

하늘을 쏘다니는 새들과 떠돌이 음유시인들의 노랫소리, 거리 악단이 연주하는 음악소리, 사람들의 웃음소리. 다각다각 느긋하게 길을 지나치는 마차들과, 한가로이 여가를 즐기는 사람들, 이따금 급한 듯 말 한 마리의 엉덩이를 걷어차며 달려가는 병사, 급한 일이 있는지 바쁘게 뛰어다니는 사람들. 거리는 생동감이 넘쳤다.

중심부에는 귀족들이 사는 석조건물이 서로의 영역을 침범하지 않으며 한적하게 늘어졌고, 외곽에는 평민들이 사는 알록달록한 목조건물이 도시의 미관을 해치지 않을 정도로 다닥다닥 붙었다.

날개 달린 천사들과 주신 라오스가 조각된 분수는 시원한 물을 하늘 위로 쏘아 올렸다. 역사적으로 위대하다 칭송된 영웅들과 위인들의 동상은 수도 곳곳에 세워져 왕국민들의 자부심을 드높였다.

성채의 최북단에서는 건국왕 로안느 데 로안느 여왕을 기리며 하늘에 닿을 정도로 거대한 크기로 세운 석상이 테오도르를 자비로운 시선으로 굽어보고 있었다. 그녀의 뒤로는 테오도르가 풍요의 도시가 되는 데 일등공신이 되어 준 비타강이 잔잔히 흘렀다.

이런 테오도르는 하늘에서 내려다보면 독수리가 금방이라도 날아갈 듯 날개를 펼치고 있는 모양을 하고 있었다.

물론 빛이 있으면 어둠도 있는 것처럼 사람들의 시선이 닿지 않는 곳에는 낡은 건물과 굶주린 사람들이 존재했지만 그들은 눈에 보이지 않는 어둠 속에 있었기에, 겉으로 봤을 때 테오도르는 번쩍거리기만 했다. 깔끔한 옷을 차려입은 이들이 거리를 가득 메워 모든 이들이 부를 누리고 있는 것처럼 보였다.

그리고 수도 외곽에 위치한 발젠타 학술원의 존재는 그 부에 큰 역할을 했다.

1월 초, 테오도르의 콧대 높은 귀족들의 거주지가 아닌 평민들이 주로 다니는 활발한 거리는 사람으로 미어터지고 있었다.

"아, 거 밀지 마쇼!"

"어휴, 답답해 죽겠네! 줄이 뭐 이따위로 길어!"

테오도르에서는 1월과 2월에 항상 볼 수 있는 광경이다. 그들은 발젠타 학술원의 입학처로 향하고 있었다. 이전에 제출했던 원서를 확인 받고 원서비를 지불한 후 수험번호와 시험 날짜를 배정받기 위해서였다.

시험 날짜와 수험번호를 각 수험생들에게 미리 통보했다면 거리가 이렇게 사람으로 미어터질 일은 없을 것이나. 하지만 수없이 많은 수험생들 하나하나에게 우편으로 통보하기엔 인력과 비용소모가 너무 컸고, 무엇보다 수험생들을 이용해 요식업, 숙박업을 활성화시켜야 했다.

학술원의 장학금 제도가 잘 유지될 수 있는 이유는 귀족들의 생색용 기부는 둘째 치고 벌떼처럼 모여드는 수험생들이 내는 비싼 원서비 때문이다. 그리고 수도에 활성화된 여관과 식당의 주인들이 벌이는 은근한 로비 때문이기도 했다. 해마다 업주들이 학술원에 내는 기부금의 액수는 어마어마했다.

발젠타 학술원에는 다른 왕국에서도 능력 있는 평민들이 초원의 소떼처럼 몰려왔다. 다른 왕국에도 심도 있는 공부를 할 수 있는 고등 아카데미가 없는 건 아니었지만 대부분 귀족들이 다녔고, 비용이 많이 들었으며, 세계의 중심이라는 로안느 왕국의 발젠타 학술원에 비할 바가 아니었다.

더군다나 매해 11월에 열리는 학술제에는 타 왕국의 귀족들은 물론이요 왕족들까지 자신의 사람이 될 인재들을 찾기 위해 대거 참석하기 때문에, 출세의 야망을 품은 평민들에게 있어 발젠타 학술원은 꿈의 등용문이었다.

그리고 로안느력 1513년, 새해가 밝고 1월이 되면서 테오도르, 정확히 말하면 발젠타 학술원 주변이 사람으로 들끓기 시작했다.

그곳에는 막 수도에 도착한 이아나도 있었다.

"아악! 밀지 말라고!"

"발 밟지 마, 이 미친놈들아!"

입학처 부근의 사람지옥에서 허우적거리는 다른 사람들과는 달리 이아나는 그 현장에서 멀리 떨어져 촌사람처럼 주변을 두리번거리고 있었다.

변방인 로베르슈타인 영지에서 중앙인 수도까지 걸어왔음에도 길이 잘 닦여 있어 위험은 없었다. 가끔 웬 어린 아가씨가 혼자 걷고 있나 싶어 흘끔흘끔 쳐다보는 이들도 있었고, 마차를 타고 지나가면서 수도까지 갈 거면 태워 주겠다며 호의를 베푸는 이들도 있었다. 하지만 이아나는 그들이 기분 나빠하지 않도록 학술원 입학시험을 위해 혼자 걸어가면서 마음을 다스리고 싶다는 핑계를 대며 거절했다. 그런 이아나를 기특하게 본 사람들은 진심 어린 격려만 해 주고 지나갔다.

그렇게 도착한 테오도르는 이아나에게 새로웠다. 과거에는 수도에서 살았기에 제 집 같은 곳이었는데 다시 태어나 16년 만에 보니 영 어색하기만 했다.

이아나는 소란스러운 현장을 물끄러미 쳐다보다가 등을 돌렸다. 회귀 전 수도에 살면서 이런 광경을 수십 번 목격했다. 경험에 의하면 번호표 발부기간 초기에는 항상 저렇게 북적이다가 끝 무렵에는 거의 사람이 없었다.

번호표를 빨리 받는다고 해서 좋은 것도 없는데 긴장한 사람들은 괜히 경쟁심이 발동해서 빨리 번호표를 받으려고 난리를 쳤다.

불필요한 심력 소모전이라고 생각한 이아나는 여관에서 푹 쉬다가 번호표 발부가 끝나 갈 때쯤에 다시 오기로 결정했다.

수도에는 맛집이 많다. 특히 학술원 주변에는 학생들이 주된 손님 층이기 때문에 싸고 맛있는 집이 널린 편이다. 이아나는 그중에서도 과거에 자주 애용했던 식당이자 여관인 엘로냐의 낙원의 문을 열고 들어갔다. 엘로냐의 낙원은 한산한 곳에 위치했지만 유명한 맛집인 만큼 손님이 무척 많았다.

"어서 오세요, 엘로냐의 낙원입니다!"

밝은 목소리가 이아나를 맞이했다. 이아나는 무심코 고개를 돌렸다가 익숙하지만 기억 속의 얼굴보다 훨씬 젊은 얼굴에 멈칫했다.

"식사를 하러 오셨나요, 투숙을 하러 오셨나요? 투숙은 방이 다 차서…… 죄송해요. 받을 수가 없어요!"

여자는 이아나의 기억 속에는 푸짐한 중년 여성으로 남아 있는 여인, 단테였다. 단골손님이자 대륙에서 손꼽히는 실력의 검사, 그리고 하나밖에 없는 여공작이었던 이아나를 무척이나 존경하던 여자였다. 또한 수다를 좋아해서 식사를 하는 이아나 옆에 앉아 이아나의 별명인 철혈의 공작, 붉은 검귀는 신경 쓰이지도 않는지 겁 없이 혼자서 종알종알 잘도 떠들어 대던 여자기도 했다.

단테는 말솜씨가 좋아서 이야기를 꽤나 재밌게 하는 재주가 있었는데, 이아나는 고개만 끄덕여 줄 뿐 대답은 잘 하지 않았지만 그녀가 하는 이야기들을 꽤나 흥미롭게 듣곤 했다.

"손님?"

기억 속의 푸짐한 덩치와는 달리 보기 좋은 풍만한 몸에 이아나는 저도 모르게 웃음을 흘렸다.

"숙박은 다른 곳을 알아보도록 하고…… 일단 식사를 하고 싶습니다만."

"네에, 그럼 테이블로 모실게요!"

안내받은 테이블에 앉은 이아나는 단테가 테이블을 한 번 닦은 후 가져다준 메뉴판을 물리며 말했다.

"오늘의 추천메뉴로 가져다주십시오."

"어머, 손님. 저희 가게에 와 보신 적 있으세요? 음식을 좀 시킬 줄 아시네요. 저희 가게는 매일매일 바뀌는 추천메뉴가 가장 맛있으니까요! 제 남편 요리 솜씨, 장난이 아니랍니다."

단테는 회귀 전 여관 주인 덴마의 부인이었다. 현 시점에서 이미 덴마와 결혼한 모양이었다.

이아나는 주방 쪽을 흘끗 쳐다보았다. 기억 속의 얼굴보다 훨씬 젊은 남자, 덴마가 정신없이 요리를 하고 있었다.

덴마는 절름발이다. 그 대신 끝내주는 요리 실력을 지닌 요리사였다. 그는 무척이나 착하고 어수룩했는데, 그런 그를 똑 부러지는 단테가 꽉 잡고 살고 있었다.

"제 남편 요리 열심히 하죠?"

"아, 남편이십니까?"

이아나가 모른 척 되묻는 말에 단테가 행복한 표정을 지었다.

"네. 원래는 동업자였지만, 연애 끝에 얼마 전에 결혼했죠. 제가 여관의 살림을 도맡아 하고 남편은 요리를 한답니다. 호호. 들어 보세요, 아가씨! 저는 요리를 진짜 못하거든요? 저도 제가 요리한 음식은 못 먹어요. 그런데 남편이 요리를 정말 잘해서 저는 요리를 안 해도 된답니다. 만일 다른 남자한테 시집 갔으면 며칠도 안 돼서 저는 쫓겨났을지도 몰라요!"

농담과 수다가 많은 건 여전했다. 조용한 걸 좋아하는 사람들은 시끄럽다 여기며 눈살을 찌푸릴지도 모른다. 하지만 계속 듣고 있으면 즐거운 기분이 옮아 덩달아서 기분이 좋아지기 때문에, 수다는 단테의 매력 포인트였다.

단테의 말을 듣고 있던 이아나는 둘이 정말로 천생연분이라 생각했다. 그래서 지금으로부터 십여 년이 흐른 후에도 서로를 위하는 따뜻한 부부의 모습을 보여 주었을 것이다.

이아나는 그들의 모습을 몰래 흘끔흘끔 쳐다보곤 했었다. 자신은 가질 수 없었던 것을 이룬 그들이 무척이나 보기 좋았던 탓이다. 이아나는 옅게 웃었다.

"좋은 남편을 만나셨군요. 그래서 오늘 추천메뉴는 뭡니까?"

"오늘의 메인은 저희 가게 특제양념으로 구운 돼지의 넓적다리구이랍니다. 사이드 메뉴로는 신선한 야채와 윤기가 좔좔 흐르는 쌀을 볶은 야채볶음밥을 곁들였어요. 가격은 언제나처럼 10실버!"

로안느 왕국의 화폐단위는 100쿠퍼가 1실버를, 100실버가 1골드를 이루는 방식이다. 1쿠퍼, 10쿠퍼짜리 구리 동전이 있고, 1실버, 10실버짜리 은 동전이 있으며, 금 동전도 1골드, 10골드짜리가 있지만 그 이상으로 들고 다니기 힘든 큰 액수의 돈은 각 은행에서 금괴나 수표로 발행받을 수 있다.

수표에는 각 은행의 마법 인장이 찍혀 나왔는데 이 인장에 걸린 마법을 발동시키면 바로 은행의 접수원과 연결이 되어

진품 확인을 받을 수 있었기 때문에 부자들은 주로 수표를 이용했다.

~~음식의~~ 가석이 비싼 건 아니지만 싼 편도 아니었다. 하지만 엘로냐의 낙원의 추천메뉴는 그 정도 출혈쯤은 감수하고도 남았다.

"1인분 가져다주십시오."

"네에, 잠시만 기다려 주세요!"

이아나는 테이블에 팔을 괴고 손바닥에 턱을 올렸다. 그리고 눈을 감았다. 군침이 돌 정도로 맛있는 냄새가 코끝에 감돌았다. 오랜만에 맛볼 단골집의 맛있는 식사를 떠올리니 기분이 좋아졌다. 이렇게 산뜻한 기분은 오랜만이었다.

로베르슈타인을 벗어난 이아나는 무척 자유로웠고, 자유로움은 무한한 가능성을 보여 주며 그녀 앞에 길을 열어 주었다. 로베르슈타인은 언제나 이아나의 몸뿐만 아니라 마음까지 잡아채는 족쇄였다.

"꺄악!"

그때 상념을 부수는 단테의 날카로운 비명이 울려 퍼졌다. 이아나가 눈을 반짝 뜨고 비명이 들려온 쪽을 보았다.

"흐히히히."

"이, 이거 놔요! 꺄아악!"

"아, 이년 몸매 좀 봐라."

술에 취한 한 남자가 굵은 팔로 단테의 허리를 휘감은 채 가슴을 주물럭거리고 있었다. 그리고 남자를 말려야 할 일행들은 낄낄거리며 구경하고 있었다.

단테는 벗어나기 위해 발버둥을 치며 안간힘을 썼지만 남자의 힘을 이길 수는 없었다. 남자는 단테를 끌어안은 채 다리 위에 앉혔다. 겁에 질린 단테는 결국 울음을 터뜨렸다.

"익, 그만하세요! 흑흑, 여보. 덴마!"

"거 놀라는 게 깜찍하기도 하네. 벌써 결혼했어? 그래서 이렇게 가슴이 큰가?"

"손님들, 그만하십시오!"

주방에서 덴마가 뛰쳐나오며 고함을 질렀다. 이아나는 굳은 얼굴로 그 광경을 보고 있다가 놀라서 덴마의 다리를 훑었다. 기억 속의 덴마는 절름발이였다. 하지만 지금은 멀쩡하게 잘 걷고 있었다.

"남편 있는 여자에게 무슨 행패입니까!"

"낄낄!"

"치안대를 부르겠습니다!"

"흐흐, 수도의 치안대 따위가 다 뭐냐, 이 멍청한 놈아!"

남자는 술에 단단히 취한 상태였다. 술을 마시면 호기가 샘솟는 게 당연했지만 남자는 도가 지나쳤다.

이아나는 혀를 찼다. 멍청한 건 남자였다. 테오도르에는 막대한 부와 어마어마한 세력들이 집중된 만큼 치안이 아주 훌륭했다. 그리고 치안대는 실력 있는 왕실 기사들로 구성된 집단이었다. 남자는 타지에서 와서 수도 치안대의 무서움을 모르거나 그걸 알면서도 술에 취해 행패를 부리는 것일 터다.

그때, 남자가 제 상의를 움켜쥐더니 가슴까지 까뒤집었다.

"치안대 따위는 처발라 주마! 너희, 내가 누군지 알앗! 난 블랙폭시의 멋진 싸나이다!"

"브, 블랙폭시!"

보다 못해 나서려 했던 사람들이 놀라서 몸을 움찔했다. 남자와 일행은 두꺼운 천 옷을 입고 있는 다른 사람들에 비해 쇳내가 나는 갑주를 차고 있었다. 그들의 옆에 세워진 창, 검, 도끼 같은 살벌한 날붙이는 식당의 불빛을 맞고 번뜩거렸다. 하지만 그보다 더 무서운 것은······.

사람들은 남자의 근육질 배에 그려져 있는 검은 여우를 두렵게 쳐다보았다.

'블랙폭시······.'

이아나는 심기가 불편해져서 미간을 좁혔다.

검은 여우를 심벌로 하는 블랙폭시는 사상 최대, 최악의 전 대륙적 거대 범죄 카르텔이다.

블랙폭시는 마약 밀매, 인간 매매, 정보 수집 이 세 가지를 주로 하여 청부살인, 도박, 무기 밀수, 첩보 공작, 고리대금업, 조세 포탈 등등 조직적 범죄, 국가적 범죄 할 것 없이 범죄란 범죄에는 모두 손을 대고 있었다. 겉으로는 보잘것없어 보이는 창부들의 물장사도 위로 올라가다 보면 블랙폭시가 철저하게 관리하고 있는 경우가 허다했다.

블랙폭시에 대한 평가는 최악 중에서도 최악이었고, 그들은 악명을 얻을 만한 악행을 저지르고 있었다.

해가 저문 틈을 타 결혼하기 전날의 신부를 납치해 노예로 팔았다든가, 자기들이 파는 성노예를 구매해 밤놀이를 즐기던 귀족 손님을 지독한 마약으로 서서히 중독시켜 꼭두각시로 부렸다든가, 블랙폭시의 악행을 참지 못하고 나섰던 모험가를 죽을 때까지 쫓아다니며 괴롭혔다든가, 이해관계가 틀어진 작은 왕국과 전쟁을 일으켜 멸망시켰다든가.

"흐흐흐!"

남자가 단테의 몸을 주물럭거리고 희롱했다. 단테는 벌벌 떨었지만 반항하지 못했다.

악명 높은 블랙폭시도 지금 남자처럼 대놓고 활동할 수는 없다. 현 로안느의 국왕은 치안을 몹시 중요시해서 행패를 부리는 놈들은 블랙폭시든 뭐든 무조건 잡아들이라는 엄명을 내렸다. 저들은 치안대에게 적발되면 끝이었다.

그럼에도 사람들은 밖으로 뛰쳐나가 치안대를 불러올 생각을 하지 못했다. 블랙폭시는 보복성이 강한 단체다. 정의감에 불타 블랙폭시의 악행을 막았다가 잘못해서 그들의 블랙리스트에 올라가 버리면 그때부터 잔인한 보복이 가해지기 때문에 사람들은 불의를 목격해도 개입하기 꺼려했다.

'어쩔까.'

이아나는 고민했다. 블랙폭시의 보복이 두렵진 않다. 복수하겠답시고 찾아오면 다 죽이면 되니까. 귀찮음을 무릅쓰고 이 상황을 해결해 주어도 상관은 없었다. 하지만…….

'아르하드의 수족이 될 놈들인데.'

블랙폭시의 역사는 수백 년 전, 남서부 대륙의 시디얀 왕국에서 시작되었다. 그래서 사람들은 블랙폭시가 남부 대륙의 범죄 집단이라고 생각했지만, 아니다.

블랙폭시는 바하무트 제국의 개였다.

바하무트 황실의 명령을 받아 먼 과거에 남부 대륙에서 작업을 시작한 암흑조직.

이 사실은 아르하드의 정복 전쟁이 발발하고 나서야 알려졌다.

훗날 바하무트로 갈 텐데 부러 나서서 블랙폭시와 척을 질 필요는 없다는 생각이 머릿속을 복잡하게 만들었다.

"그 손 놓으십시오!"

단테를 껴안고 있던 남자가 블랙폭시 소속임을 밝혔음에도 달려든 덴마의 정강이를 신고 있던 철군화로 세게 걷어찼다. 잠자코 상황을 지켜보고 있던 이아나가 눈을 크게 떴다.

"아아악!"

"여보옷!"

넘어진 덴마가 바닥을 뒹굴며 고통스런 표정으로 다리를 붙잡았다. 끄윽, 숨넘어가는 소리를 내는 덴마의 다리가 앞쪽으로 꺾여져 있었다. 심하게 부러진 듯했다. 이대로 두면 절름발이가 될지도 몰랐다.

이아나는 주변을 둘러보았다. 이런 소동이 벌어지는데도 나서는 사람 하나 없었다. 다들 시선을 회피할 뿐이었다.

"건방진 새끼!"

남자가 씩씩거리며 일어나더니 신발의 굽으로 덴마의 부러진 다리를 세게 내리찍었다.

"아아아악!"

덴마가 비명을 지르고, 단테의 안색은 이제 희다 못해 파랬다.

"제가, 제가, 뭐든 하겠습니다. 그러니 남편을 의사에게 보내주세요……. 제발."

단테는 제가 몹쓸 짓을 당하는 건 둘째 치고 땀을 뻘뻘 흘리는 덴마가 걱정되어 돌아 버릴 것 같았다.

"싫은데?"

다시 자리에 앉은 남자는 시시덕거리며 단테의 치맛자락을 걷어 올리기 시작했다. 치마에 가려져 있던 허연 다리가 허벅지까지 드러나자 단테는 수치심에 눈을 꽉 감았다. 장사를 하면서 산전수전을 다 겪어 봤지만 이런 일은 처음이었다.

단테의 눈에서 눈물이 뚝뚝 떨어져 내렸지만 흥분한 남자는 뜨거운 콧김을 내뿜으며 그녀의 말랑한 허벅지를 주물럭거렸다.

역겹다.

이아나는 입술을 비틀어 웃었다. 제가 술에 취했으니 이곳은 술집이고 단테는 술집여자라는 착각이라도 하고 있는 모양이다. 힘에 취한 짐승에게 이성 따위 있을 리가 없었다.

이아나는 비명을 지르다 못해 기절해 버린 덴마를 보았다. 요리 잘하는 것 외에는 어수룩하고 착하기만 하던 덴마가 다리를 절게 된 이유가 이 때문이었나 싶었다. 공교롭게도 자신이 보고 있는 지금 이 순간에 벌어진 일 때문에 말이다. 정말이지 기막힌 우연이었다.

이아나는 결국 싸늘한 얼굴로 자리에서 일어났다.

"거기, 죽고 싶지 않으면 지금 당장 그 손 떼고 이 가게를 나가라."

날 선 말이 앳된 소녀의 목소리로 울려 퍼졌다. 이아나에게 시선이 집중되었다. 단테를 괴롭히던 남자도 흠칫 놀라 이아나를 봤다가 어이없다는 표정을 지었다.

"요 발칙한 이쁜이는 또 누구야?"

"두 번 말하지 않아. 입 닥치고 꺼져."

"ᄋᄋᄋᄋ. 끼악!"

이아나의 말투를 듣고 그녀가 귀족이라고 생각한 남자는 불안한 얼굴로 호위기사를 찾았다. 하지만 테이블에 혼자 서 있는 그녀의 곁에 아무도 서지 않자 남자는 번들거리는 입술을 휘어 음흉하게 웃었다.

이아나는 남자에게 천천히 걸어갔다.

"철없는 아가씨네. 혼나고 싶어?"

"내 말이 들리지 않나?"

이아나의 싸늘한 눈빛이 몹시 섬뜩한데도 술에 취한 남자는 속한 세력만 믿고 단테의 가슴을 문질러 댔다. 단테의 얼굴은 눈물범벅이었다. 눈물이 잔뜩 고인 눈은 회의감으로 어둑했다.

고마웠지만 어린 아가씨가 나서 봤자 상황은 달라질 게 없었다. 그녀보다 덩치가 두 배인 장정들이 가만히 있는 이유가 있었다. 블랙폭시는 그만큼 무서웠다.

"이 오빠, 화났다."

남자가 음흉하게 웃으며 단테를 붙잡지 않은 다른 팔을 벌렸다.

"너도 이리 와. 그럼 용서해 줄게. 못 들었나 본데."

이아나의 손이 천천히 검 쪽으로 움직였다.

"나는 블랙폭……."

따아아아아아악!

"끄아악!"

이아나가 세게 휘두른 검집에 이마를 세게 얻어맞은 남자가 고통 섞인 고함을 질렀다. 단테를 세게 뿌리친 남자는 이마를 부여잡고 바닥에 데굴데굴 뒹굴었다. 이아나는 바닥에 처박히려는 단테를 잡아당겨 제 뒤로 보냈다.

"뭐야, 맞은 거야?"

낄낄거리며 구경하고 있던 남자의 일행이 놀라서 먹고 있던 음식을 후드득 흘렸다.

"아, 아파, 제기라아알……! 이 미친, 진짜 아파, 아아악!"

맞은 남자는 눈물을 펑펑 쏟아 내며 울었다.

"제대로 맞았나 본데?"

"저 새끼 진짜 쪽팔린다."

"개망신은 지 혼자 다 시키네. 어우……."

"쓰레기들, 당장 저 쓰레기를 주워서 꺼지지 않으면 똑같은 꼴이 날 줄 알아라."

이아나가 동료를 비웃고 있는 남자들에게 차게 쏘아붙였다.

"이 쌍년이!"

"이년이 한번 당해 봐야 정신 차리겠구먼!"

"저년 잡아!"

동료의 고통에는 낄낄대던 남자들이 자신들까지 모욕당하자 벌떡 일어나 이아나에게 성큼성큼 다가왔다. 어린 소녀인 이아나를 얕잡아 보고 무기는 들지 않은 상태였다.

그들을 시야에 담은 이아나의 눈이 희번덕거렸다. 그 안광을 보지 못한 남자들은 더러운 손을 뻗었다. 검집을 쥔 이아나의 손이 번개처럼 움직였다.

딱, 따악, 따닥, 따아아악!

"끄악!"

"이이이익!"

사람들은 이아나의 움직임을 볼 수 없었다. 그냥 휙휙 지나
갔다고 생각하며 눈을 끔뻑거릴 뿐이었다.

"으으으으으."

"크흑……."

검집에 겨우 한 대씩 맞고 쓰러져 몸을 뒹굴어 대는 남자들
이 어이없다. 몸집이 자신들의 반도 안 되는 어린 소녀의 공격
에 저렇게 엄살을 부리다니 어이가 없다 못해 황당했다. 블랙
폭시의 이름에 지레 겁먹어 나서지 못했던 이들의 얼굴이 붉
어졌다.

"우웩!"

급기야는 토하는 이까지 생겼다. 사람들은 한심하다는 눈으
로 그들을 보았다.

하지만 맞은 당사자들의 상황은 달랐다. 머리를 맞은 이들은
뇌가 쪼개질 것처럼 아팠고 온 세상이 빙빙 돌았다. 배를 맞은
이들은 호흡을 하지 못하고 꺽꺽대며 침을 흘렸으며 다리를
얻어맞은 이들은 엉금엉금 기어 다녔다. 운이 없게도 아랫도리
를 가격당한 이들은 거품을 물며 기절했다.

남자들이 약골이라서 발생한 현상이 아니다. 이아나가 검집
에 마나의 정수를 담아 공격했기 때문이었다. 기운을 약하게
조절한 마나는 피를 보는 대신 내부에 충격을 주었다. 강기였
다면 남자들의 몸은 썰리거나 꿰뚫렸을 것이다.

이아나는 다시 검집을 허리에 차면서 입꼬리를 끌어 올려 그들을 비웃었다.

"멍청한 놈들."

"두, 두고 보자!"

"제길!"

간신히 정신을 차린 남자들이 전형적인 악당의 대사를 남기고 비틀거리면서 식당을 떠났다.

그들이 떠나자마자 사람들이 앞다투어 쓰러져 있는 덴마에게 다가왔고, 그중 덩치 큰 사내가 그를 업어서 근처 의원에 데려갔다.

너무 놀라 울음을 뚝 그치고 멍하니 바닥에 주저앉아 있던 단테는 조심스레 일어났다. 쭈뼛쭈뼛 이아나에게 다가가 허리를 깊게 숙였다. 이아나는 거부하지 않고 인사를 받았다.

"저, 아가씨……. 감사합니다. 하지만 저 사람들은……."

"감사는 받겠으나 걱정은 하지 않으셔도 됩니다."

"아니요, 블랙폭시는……."

"저도 잘 압니다. 알고도 나선 것이니 신경 쓰지 마시고 부군을 챙기시길."

'어머머!'

매력이 줄줄 흐르는 예쁜 소녀가 검집을 다시 허리에 차며 담담하게 하는 말에 단테의 뺨이 붉어졌다. 예쁘장한 얼굴로 멋진 기사처럼 말하는 것이 너무 귀여웠다.

"경황이 없을 테니 식사는 다른 데서 하도록 하지요. 그럼."

"아……."

이아나는 가방을 챙기기 위해 등을 돌려 테이블로 돌아갔다.

단테는 퍼뜩 정신을 차리고 어쩔 줄을 몰라 발을 동동 굴렀다. 아무도 노와주시 않는 와중에 나서서 도와준 작은 아가씨가 눈물이 날 정도로 고마웠다. 아직도 무서워서 몸이 덜덜 떨렸다. 만일 이아나가 도와주지 않았다면 자신은 남자들에게 공개적으로 유린당했을지도 몰랐다.

이아나는 은인이었다. 은인을 이렇게 떠나보낼 수는 없었다. 큰 은혜를 입은 아가씨에게 대체 무얼 해 줄 수 있을까 곰곰이 생각하던 단테는 앗, 하고 탄성을 내뱉고는 이아나를 향해 뛰어갔다.

"잠시만요. 아가씨께서는 학술원 시험 때문에 수도에 오신 건가요?"

"그렇습니다만."

"그럼 오래 머무시겠네요. 하지만 시험이 얼마 남지 않았으니 거의 모든 여관이 다 찼을 거예요. 남은 방은 정말 허름하거나 너무 비싸거나 둘 중 하나일 거고요."

"그래서요?"

"시험 기간 동안 부디 저희 여관에 계셔 주세요. 숙박비는 받지 않을게요. 아가씨께 입은 은혜를 보답하고 싶으니 거절하지 말아 주세요."

단테의 얼굴에는 은혜를 갚고 싶다는 간절함이 가득했다. 이아나는 조금 더 생각하다가 고개를 끄덕였다.

딱히 대가를 바라고 나선 건 아니었지만 은혜를 갚고 싶다는데 굳이 사양할 이유는 없었다. 또 단테의 말대로라면 제안을 거절할 경우 방을 잡기 위해 다른 여관을 오랜 시간 전전해야 할 터였다.

게나가 블랙폭시가 다시 이곳을 찾아와 행패를 부릴 가능성도 있었다. 누가 부탁하지 않았는데도 나서서 그들을 때려잡은 건 제 선택이었고, 그로 인해 생길지도 모를 피해를 다른 이들에게까지 끼치고 싶진 않았다. 특히 옛날부터 좋게 보아 왔던 이들이라면 더더욱.

"방이 없다고 하지 않으셨습니까?"

"혹시 몰라서 깨끗한 방 하나는 항상 남겨 두거든요."

"그럼 감사히 호의를 받겠습니다."

"아, 다행이에요! 다시 한 번 정말 감사드려요. 오늘 일은 절대 못 잊을 거예요. 아가씨가 머무는 시간 동안 제가 많이 챙겨 드릴게요."

단테가 활짝 웃으면서 하는 말에 이아나는 살짝 웃으며 고개를 끄덕였다. 단테 부부를 위해 나선 건 잘한 일이었다. 제가 나서지 않았으면 나쁜 일을 당하고 한없이 울었을지도 모를 단테가 웃는 모습이 흡족했다.

하지만 동시에 그녀의 눈은 아무도 모르게 서늘한 빛으로 번뜩였다. 검을 뽑으려다가 맛있는 냄새로 가득한 가게 안에서 참상을 저지를 수는 없다는 깨달음에 검집으로 휘갈겼지만 이렇게 봐주었는데도 만약 또다시 자신을 찾아온다면, 그때는 정말로 죽이리라.

그리고 최하급 단원을 위해 영악한 상부가 나서서 보복할 리는 없지만, 혹시라도 귀찮게 군다면 아르하드 휘하의 기관이 될 조직이든 뭐든 간에 척을 질 것이다.

아르하드의 사람이 되기로 마음은 먹었지만, 그 아래 조직인 블랙폭시는 아주 싫었다.

블랙폭시는 바하무트 산하의 중요한 조직이므로 완전히 없앨 수는 없으리라. 하지만 한 국가 내에서 원수같이 지내는 고위 귀족들이 수두룩한 걸 생각하면, 그들과 반드시 우호 관계를 형성할 필요는 없었다.

이아나는 흥, 하고 콧방귀를 뀌었다.

엘로냐의 낙원은 어수선했다.

의원으로 실려 간 덴마가 요리를 전담하고 있었으므로 영업은 중지되었다. 이미 요리를 먹고 있던 사람들은 떨떠름한 기분으로 빠르게 숟가락을 놀렸다. 주문한 음식을 받지 못한 사람들은 허리를 숙이며 사죄하는 단테에게 손을 내젓고는 황급히 가게를 나갔다.

사람들은 최대한 빨리 가게를 뜨고 싶었다. 블랙폭시의 이름에 눌려 심한 성희롱을 당하는 단테를 돕지 못하는 와중에, 여관 내에서 가장 어려 보이는 소녀가 나서서 해결해 버렸으니 민망했던 탓이었다.

"휴식만 잘 취해 준다면 별 후유증이 없을 거라 하오."

의사에게 덴마를 데려갔던 사람이 가게로 돌아와서 덴마의 상태를 전했다. 단테의 표정이 밝아졌다.

"어머, 아가씨!"

안내해 준 방에 짐을 풀고 작은 가방만 메고 내려온 이아나의 모습을 본 단테가 호들갑을 떨었다. 그리고 식당에 앉은 이들은 편한 옷차림의 이아나를 힐끔 쳐다보고는 얼굴을 슬쩍 붉혔다.

아까는 이아나의 몸 전체가 두꺼운 코트에 폭 묻혀 있었고, 상황이 상황이었기 때문에 살필 겨를이 없었다. 하지만 현재 두꺼운 옷을 벗고 굴곡진 붉은 머리를 한 갈래로 묶어 올려 매끈한 목선을 드러낸 이아나의 외양은 무척 매력적이었다.

낭창낭창하게 쭉쭉 뻗은 팔다리, 균형이 잘 잡힌 볼륨감 있는 몸매, 불꽃에서 갓 튀어나온 것처럼 선명한 붉은 머리카락과 그에 맞추기라도 한 듯 빛에 아롱지는 루비색의 눈동자.

보통 화려한 붉은 외양의 여성을 장미꽃이라 칭한다. 하지만 이아나는 아름다운 꽃이 아닌 더운 불꽃을 연상시켰다.

이아나가 품은 것은 강렬함이다. 청초함과 가냘픔을 중시하는 왕국의 여성상과는 한참이나 동떨어졌으므로 따지고 들면 여성으로서 아름답다고는 말할 수 없다. 하지만 이아나를 보는 사람들은 그녀가 참 아름답다고 생각했다.

아름다움에도 종류가 있음을 깨닫는 순간이었다.

게다가 방금 전 단테를 구할 때 보였던 행동이 상승효과를 내서 그 강렬함이 더 매력적으로 보였다.

밖으로 나가려는 이아나를 배웅하는 단테도 마찬가지였다.

"세상에, 고우신 분이라고 생각은 했지만 정말……."

"죄송하지만 저는 그런 유의 칭찬을 좋아하지 않습니다."

이아나는 칼로 썩둑 잘라 내듯 단테의 말을 끊었다. 상대방을 몹시 민망하게 만드는 태도였다. 하지만 이미 이아나의 매력에 홀딱 넘어간 단테는 정신없이 고개를 끄덕이기만 했다.

"그럼요. 그냥 속으로만 생각할게요."

"……후."

한숨인지 웃음인지 모를 숨을 뱉은 이아나는 스윙도어를 끽 하고 열어젖혔다.

"조심히 다녀오세요."

손을 흔드는 단테를 뒤로하고 여관을 나온 이아나는 얼마 걷지 않고 근처에 위치한 깔끔한 건물에 들어갔다. 계단을 올라 3층에 도착한 이아나가 식당의 미닫이문을 열었다.

"어서 오세요."

이아나는 종업원의 안내를 받아 테이블에 앉았다. 노란 계열로 인테리어를 한 가게는 겨울인데도 아늑한 분위기를 풍겼다.

이곳도 회귀 전에 특별히 자주 찾던 식당이었다. 조용한 분위기가 특징인 이 가게에는 혼자서 가벼운 식사를 즐기는 사람들이 많았다. 시끄럽게 수다를 떨며 식사하는 게 취향인 사람들은 이 가게를 잘 찾지 않았다. 그런 면에서 이아나와는 정말 잘 맞는 곳이었다.

비어 있는 테이블은 운이 좋게도 볕이 잘 드는 창가 옆의 명당자리였다. 사골을 깊게 우려낸 국물에 적포도주 두 숟가락과 각종 야채를 볶아 만든 요리와 고소한 쇠고기 스프는 이 가게의 명물이다. 익숙하게 세트 메뉴를 주문한 이아나는 종업원이 멀어지자 손바닥에 턱을 괴고 창밖을 내다보았다.

기억 속에 남아 있는 인물들이 정말로 젊은 모습으로 실재하고 있었다. 낡아 빠진 건물들은 새것처럼 깨끗했다.

새삼스레 감상적인 기분이 들었다.

'회귀라.'

희한한 일이다. 왜 자신만 이렇게 한 인생의 기억을 움켜쥐고 다시 태어났을까. 누구도 과거를 기억하지 못하는데 어째서 자신만.

그때, 르보니가 악을 쓰며 지껄였던 허무맹랑한 말들이 이아나의 머릿속을 뒤집어 놓았다.

"나는 그분, 로베르슈타인 님의 힘에 홀려 그분의 추종자가 된 르보니……. 나는 지금 이 마도시대라고 불리는 시대에 살아가는 사람들이 단 한 조각의 편린도 찾을 수 없는 신성시대의 사람, 아니…… 신이다."

신성시대의 생존자이자 신이라고 주장했던 르보니.

"어째서 봉인이 풀린 걸까. 차라리 영원히 잠들어 있었다면 좋았을 것을……. 황금의 악마는 어찌 되었을까? 그분과 함께 죽은 걸까? 호, 호호호. 웃겨. 웃기다고. 종말 끝에, 그 많은 신들 중에 라오스 혼자만 신으로 남았어……. 빌어먹을, 이 쥐새끼……."

봉인. 종말. 황금의 악마. 그리고 신들 중에 혼자 신으로 남은 라오스.

이제껏 신을 부정해 왔던 이아나를 송두리째 뒤흔드는, 상식적으로 도저히 이해가 가지 않는 말들이었다.

르보니의 말대로라면 사람들이 만들어낸 허구의 인물이라 생각했던 신과 신화적인 존재들이 정말로 존재했다. 이아나는 작은 가방에서 라오스의 성서를 꺼내 들어 첫 장을 펼쳤다.

나의 황금의 악마여.
나는 구슬피 통곡한다.
약속의 증표, 페임드라의 생명은 마르고
낙원에는 종말밖에 남지 않았구나.
오늘, 너는 나의 검을 받들고 스러지리라.
탄생과 불멸의 끝에 위치한 판데모니엄.
그곳에서 너는 잠들라.
나 또한 너의 곁에서 함께하노라.
그리고 마침내 세상에는 태양의 눈이 빛나는 순간이 오리니…….

르보니는 최후를 의미하는 단어인 종말 끝에 로베르슈타인이 자신을 봉인하고 떠났다고 했다. 황금의 악마는 어찌 되었을까, 라는 말도 했다. 그런 말들을 조합해 유추해 보면 이 말을 한 자는 로베르슈타인이 아닐까 싶었다.

황금의 악마와 함께 잠든 자, 로베르슈타인. 르보니가 사랑을 구걸하며 매달렸던 원인.

대체 로베르슈타인은 누구고, 황금의 악마는 무얼까. 찬란했다던 신성시대에는 무슨 연유로 종말이 찾아왔을까. 약속의 증표라는 페임드라는 무엇이며, 이 시는 무엇을 의미하는가.

그리고 로베르슈타인 백작가는 어떻게 로베르슈타인의 이름을 가지고 있으며, 피에서는 왜 그 신의 느낌이 나는 걸까.

현세에 남아 있는 신성시대의 흔적은 라오스에 대한 것들뿐으로 로베르슈타인에 대한 사료는 찾아볼 수 없다. 로베르슈타인 가문의 족보나 역사에도 특별한 것이 없었다. 초대가주가 로안느 여왕의 충신이었다는 기록이 다였다. 이아나는 고민했다.

'가주만 아는 비밀이 있을지도.'

회귀 전, 로베르슈타인의 성을 홀로 가진 가주였지만, 정식으로 승계 받은 게 아니라서 가문에 대해 아는 게 없었다. 하지만 체르노에게 묻는다는 선택지는 바로 머리에서 지웠다.

진실은 모호하기만 하다.

다만, 확실하지는 않지만 이아나는 제가 회귀할 수 있었던 이유를 어렴풋이 알 것 같기도 했다.

"그런데 너를 낳는 순간 난 가지고 있던 로베르슈타인 님의 모든 신력을 너에게 빼앗겼어! 호르비에게 부여해 놨던 소량의 신력을 제외하고, 전부 다!"

탄생과 함께 르보니에게서 빼앗은 로베르슈타인의 신력. 호르비의 심장에서 뿜어져 나와 제 몸으로 스며들던 붉은 기운.

르보니의 말대로라면 그것은 '신력'이라는 신들의 힘이다. 이아나가 마도시대를 살아가면서 단 한 번도 느껴 본 적 없었던 기운이었다. 지금도 마찬가지였다. 이미 호르비를 죽이면서 한 번 제대로 맛보았고, 제 몸 어딘가 깃들어 있음을 알고 있는데도 신력을 티끌만큼도 느낄 수 없었다.

라오스의 신자들은 신력이 생명을 선사하는 신의 힘이라고 말했다. 그래서 이 세상의 모든 생물이 신력을 품고 있지만, 신이 계 영여을 넘고니 필 금했기 때눈에 누구누 느낄 수 없다고 말했다. 그들의 말이 사실이라는 가정 하에, 신력은 오로지 신만이 느끼고 다룰 수 있다는 애매한 결론을 내릴 수 있다.

'인간은 느낄 수 없는 기운……. 그렇군. 느끼지는 못했지만, 회귀 전에도 내 몸에 로베르슈타인의 신력이 존재했겠지. 열다섯 살 때 호르비를 찌르고 신력을 빼앗았을 테니.'

르보니는 신력이 생명을 유지하고 권능을 발휘하기 위해 필요하다고 말했다. 신들이 권능을 하나씩 가지고 있었다고도 말했다.

르보니의 권능은 세뇌, 이 세상의 모든 것을 창조했다는 라오스의 권능은 창조, 로베르슈타인의 권능은?

'회귀일지도 몰라.'

확신은 불가능하지만 이것 말고는 회귀라는 기적을 설명할 방법이 없었다.

"후후……."

이아나는 생각을 멈추고 웃었다. 무신론자였던 그녀의 머리는 그날 이후 신으로만 도배되어 있었다.

'신이 존재한다.'

평생토록 부정해 왔던 신의 존재를 확신할 만큼, 회귀는 기이한 일이었다. 시간을 되돌려 이미 겪었었던 일들을 다시 경험하게 하고, 죽었던 이들의 얼굴을 마주하게 하니 말이다.

또, 신은 제 최후도 조절할 수 있는 모양이다. 르보니는 지난 생에서는 시체를 남겼다. 하지만 이번 생에서는 심장을 찌르자마자 마법을 쓴 것도 아닌데 육체가 붉은 먼지처럼 무너지더니 공기 중으로 흩어졌다.

평범한 생물은 그렇게 죽지 않는다. 숨이 멎은 육신은 이승에 남아서 천천히 썩어 들어간다. 그게 당연했다.

따라서 르보니는 생물이 아닌 무엇…… 스스로가 신이라고 울부짖던 말에 믿음이 더해진다.

그나저나 조절이 가능하다면, 이번 생에서는 어머니를 살해했다는 굴레를 제게 지우고 싶지 않기라도 했나 보다.

'전혀 고맙지 않아.'

이아나는 무미건조한 얼굴로 무미건조한 생각을 했다.

"주문하신 요리 나왔습니다."

이리저리 생각하는 동안 시간이 꽤 흘러서 주문했던 요리가 테이블에 도착했다. 이아나는 복잡한 생각을 머리 한구석에 밀어 두고 스프를 한 숟가락 한 숟가락 떠먹으며 맛을 음미했다.

"안녕하세요?"

그때 한 남자가 인사를 하며 맞은편에 털썩 앉았다. 이아나는 숟가락을 멈추고 고개를 들었다.

생판 모르는 청년이었다. 멋을 낸 웨이브 진 진녹색 머리칼과 하늘을 닮은 밝은 청안이 조화를 이루는 깨끗한 인상의 소유자는 기억 속에 없었다.

생글생글 웃는 얼굴에 악의는 없어 나쁜 의도로 접근한 것 같진 않았다. 이아나는 스프를 입에 떠 넣으며 말했다.

"안녕하십니까."

"앗, 다행이다. 인사를 받아 주시네요. 아가씨도 학술원 시험을 보러 오셨다고 들었어요. 저도 학술원 수험생이라 반가워서 인사나 드릴 겸."

"들었다? 어디서 들었단 말입니까?"

"아, 저도 엘로냐의 낙원에 있었거든요. 블랙폭시의 악명이 꺼림칙해서 나서지 못하고 쳐다만 보고 있었어요. 부끄럽네요."

이아나가 고개를 저었다.

"책임지지 못하는 용기를 만용이라고 부르지요. 섣불리 나서지 못하는 게 당연하니 부끄러워할 필요 없습니다."

그리 말한 이아나는 청년을 앞에 두고 식사를 계속했다. 손바닥에 턱을 괴고 그녀를 물끄러미 쳐다보던 청년이 말문을 텄다.

"그럼 아가씨는 책임질 수 있다는 말? 블랙폭시가 두렵지 않아요? 한번 찍히면 죽을 때까지 끔찍한 보복을 당할 텐데."

"블랙폭시에서 경계해야 하는 대상은 명령을 내리는 상부지, 그 일을 처리하는 졸병들이 아닙니다. 그리고 블랙폭시는 은밀하게 움직이는 집단인데 그렇게 술에 취해 나불거리는 놈들은 상부에서 신경 쓸 만한 직급에 있지 않을 겁니다. 놈들의 역할이라고 해 봤자 상인들에게 자릿세를 거두는 정도?"

"헤에?"

이아나가 블랙폭시를 차분히, 그럴듯하게 분석하자 청년이 눈을 동그랗게 떴다.

"만약 제게 보복을 가하려 한다면 남자들과 친분이 있는 같은 계급의 이들이 절 찾아올 겁니다. 하지만 그런 벌레들은 몇 마리가 찾아와도 상관없습니다."

"너무 실력을 과신하는 거 아니에요? 그런 사람들이 일찍 죽곤 하던데."

"그건 자기 실력을 맹신해 실력 이상의 일을 저지를 때의 얘기겠지요. 저는 제 능력을 잘 파악하고 있습니다."

'······물론 아르하드가 나보다 뛰어남을 인정하지 못하고 살해 당했지만.'

이아나가 쓴웃음을 지었다. 머리로는 이해해도 가슴으로는 납득하지 못했던 실력 차이가 아르하드와 제 사이에 존재했다.

하지만 이번 생에서는 다를 것이다. 회귀를 겪었고, 누구보다도 빠르게 최고의 경지를 향해 달려가고 있기에 언젠가는 아르하드를 꺾을 수 있다고 믿었다.

아르하드는 최강의 검사, 그를 좇아 달리는 이아나에게 두려울 게 무엇이 있으랴.

이아나는 담담하게 말을 이었다.

"굳이 평가하자면, 아까 그놈들은 식전 애피타이저만도 못했습니다."

"푸하하하!"

자신감 넘치는 말에 청년이 벙한 얼굴을 했다가 이내 크게 웃었다. 그도 잠시 점원과 손님들의 눈총 어린 시선을 느꼈는지 입을 막고 큭큭거리며 웃기 시작한다.

이아나가 미간을 살짝 좁혔다.

"왜 웃는 겁니까?"

"아니, 미안해요. 기분 나빠하지 말아요. 그래요, 당신은 자신 있을 자격이 있어요. 마나로 그놈들의 내장을 제대로 진탕

시키는 기술에 감탄했다니까? 사실 당신이 검기를 만들어 내려는 줄 알았어요. 살인나는 줄 알았다고요."

이아나는 조금 놀랐다. 사용한 마나는 아주 극미한 양이었다. 그걸 눈치챘다면 청년은 보통 실력이 아닐 것이다.

청년은 빙글빙글 웃으며 손을 내밀었다.

"검술학부 시험을 치러 온 거죠? 저도 검술학부 시험을 치러 가요. 검술학부 예비 합격생으로서, 막강한 동기를 만나 기쁘네요. 단검술이 전문이라 레이피어를 사용하는 당신과 조금 다른 수업을 듣겠지만 이렇게 인연을 만들어 두는 게 나쁜 일은 아니겠죠. 제 이름은 에이지예요. 당신은요?"

청년, 에이지의 얼굴은 이아나에 대한 호기심으로 반짝거렸다. 이아나가 대답하지 않고 잠자코 쳐다보자 에이지가 능글맞게 눈가를 휘었다. 안 그래도 곱상한 얼굴인데 눈이 곱게 휘어지니 여자에게 인기가 많을 듯한 바람둥이의 인상이 되었다.

"어라, 아가씨. 혹시? 응, 전 좋아요. 그럼 오늘 데이트라도 할래요?"

"그런 생각 안 합니다. 제 이름은 이아나입니다. 만나서 반갑습니다, 에이지 씨."

이아나는 에이지가 내민 손을 맞잡았다. 이아나가 악수를 받아 주면서도 수작에 넘어가지 않자 에이지가 쳇 하고 혀를 한 번 찼지만 이내 기분 좋게 웃었다. 이아나는 그를 빤히 들여다보았다.

"흥미롭군요. 마나를 아주 세밀하게 다루었는데 그걸 알아채시다니."

"아, 제가 마나의 흐름에는 굉장히 민감해서요. 그래서 그런지 분위기 파악도 상당히 잘하는 편이죠."

에이지의 우스갯소리에 이아나가 픽 웃었다.

"솜씨가 장난이 아니시던데, 이아나 양은 나이가 어떻게 돼요?"

"올해 열여섯 살이 됩니다."

"……엑, 그러면 저보다 네 살이나 어리시네요. 하하."

당황한 얼굴로 머리를 긁적이던 에이지가 한숨을 푹 쉬었다.

"놀랐어요. 열여섯 살이 되자마자 학술원 시험을 치는 사람은 잘 없던데. 특히 검술학부는."

"나이가 실력을 대변하는 건 아니죠."

"그건 그래요. 마나 제어력이 이렇게 높은 경지에 이른 사람은 현역으로 뛰는 무인들 중에서도 얼마 없는걸요. 그래서 말인데요, 공터에 가서 저와 대련을 한번 해 주지 않겠어요?"

에이지의 눈이 반짝였다. 그가 자신에게 접근한 의도를 알 것 같아 이아나는 혀를 찼다.

"제게 말을 건 본래 목적이 그것이었나 봅니다."

"앗, 들켰나요. 하하."

나쁠 건 없었다. 평소 카니츠가 대련 상대가 되어 주긴 했지만 몸집 차이가 크게 났고, 주군에게 상처를 입힐까 봐 카니츠가 몸을 사렸기에 만족스러운 대련을 해 본 적이 없었다.

또 이번 생에서 카니츠 말고 다른 사람을 상대해 본 적이 없으니 시험 전에 누군가와 대련을 해 보는 것도 괜찮을 듯했다. 에이지의 실력도 궁금했다.

"제 단검술이 어떤지 평가를 한번 해 주셨으면 해서요. 단검술이 수험생들에게 얼마나 먹힐지 감도 안 잡히고……. 이렇게 공개적으로 단검을 쓰는 건 또 처음이라."

에이지의 이상한 말에 이아나가 되물었다.

"공개적으로라니요?"

"아, 단검은 거의 실전용이니까 실력을 보이기 위해 다른 사람이 보는 앞에서 단검을 쓰는 건 처음이란 말이었어요."

에이지가 대수롭지 않게 어깨를 으쓱하며 말했다. 이아나는 그를 흘끗 쳐다보았다. 그 말인즉 은밀하게는 많이 써 봤다는 말이렷다.

풀숲을 미끄러지는 뱀처럼 은밀하게 다가가서, 방심을 틈타 맹점을 찌르고, 빠르게 몸을 뺀다. 단검술을 설명하는 대표적인 문장이다.

장검도 살생을 위한 무구인 건 마찬가지지만 큼지막해서 대놓고 들고 다닐 수밖에 없는 반면에, 단검은 품에 숨길 수가 있어서, 돌발 상황에 자신을 지키기 위해 지니고 다니는 호신용, 혹은 방심한 상대를 살해하기 위한 음습한 무기로 취급받았다.

그래서 단검술은 높은 경지에 이르지 않는 이상은 잘 인정받지 못하는 분야였다.

공개적으로 단검술을 사용해 본 적 없다는 말이 또 의미심장하다. 블랙폭시에 관심이 많은 것도 그렇고, 말끔한 얼굴의 에이지는 생긴 것과는 다르게 암흑가에서 살아가는 사람일지도 모른다.

"뭐, 나쁠 건 없겠죠. 식사를 마친 후에 상대해 드리겠습니다."

"앗싸."

이아나의 승낙에 에이지가 웃으면서 주먹을 쥐고 흔들었다.

이아나가 생각하기에 에이지는 밝고 쾌활하지만, 어쩐지 수상하게 느껴지는 이상한 청년이었다. 그리고 그에 대한 추측을 거기에서 끝냈다.

미지의 상대에 대한 불안에서 벗어나고자 발버둥치는 건 인간의 당연한 습성이다. 그런 상황에서 인간의 행동은 둘로 나뉜다. 상대에게 꺼림칙함을 느껴 아예 피하거나, 상대에게 호감을 느껴 그에 대한 정보를 알아내려 하거나.

하지만 이아나는 에이지를 피할 생각도, 그렇다고 해서 그에게 뭔가를 물을 생각도 없었다. 스스로 밝히지도 않는데 이 이상으로 그에 대해 알 필요성을 느끼지 못했다.

이아나는 단순하게 생각했다. 굳이 묻지 않더라도 만일 그와 제가 인연이라면 시간이 지나며 알게 될 건 자연스럽게 알게 될 것이다. 인연이 아니라면 알아서 떨어져 나갈 것이다. 굳이 먼저 나서서 인연을 이어 가고자 노력할 필요가 없었다.

그녀에게 있어 그런 노력만큼 비효율적인 건 없었다. 그런 건 이제 염증이 났다.

어쨌든 어떤 사람이든 상관없었다. 이아나는 이번 생에서 무조건 제 마음이 가는 대로 행동하기로 했다. 에이지가 암흑가 사람이면 어떠한가. 제 마음에 들면 원만하게 지내면 되고, 마음에 들지 않으면 멀리하면 된다. 위협하면 죽이면 되고.

"아, 장소는 제가 안내할게요. 제가 이곳 지리를 잘 알아서."

식사를 마치고 건물을 나온 이아나는 에이지를 따라 깔끔한 건물과 건물의 틈 사이로 들어갔다. 밝고 깨끗한 건물과는 달리 건물 틈 사이는 더럽고 음습했다. 치우는 사람이 없어 음식물 찌꺼기가 바닥을 뒹굴었고, 쓰레기를 탐낸 쥐가 찍찍거리며 이아나의 앞을 지나치다가 걷어차이고 도망갔다.

이아나는 하늘을 보았다. 건물이 밀집되어 형성된 골목은 빛이 잘 들어오지 않아 낮인데도 어둠이 깊게 가라앉아 있었다. 발소리만이 인적 없는 골목에 울려 퍼졌다.

"무섭지 않아요?"

에이지가 갑자기 말을 걸었다.

"뭐가 말입니까?"

"이아나 양, 귀족이죠? 외모를 보고 대충 짐작은 했지만 이름을 듣고 어떤 가문인지도 확실하게 알았어요. 하지만 이아나 양이 말을 하지 않았으니 저도 언급은 하지 않을게요."

"……."

"귀족 아가씨가 어째서 검을 들었는지는 모르겠어요. 왕립 아카데미가 아닌 학술원에 입학하려는 이유도요. 혹시 독립을 가장 쉽게 할 수 있는 방법이 검술 쪽이었기 때문인가요? 물론 지금 이아나 양이 대단한 실력을 지니고 있는 걸 알지만 여성이 그 길을 가려고 마음먹는 건 쉽지 않았을 텐데. 좀 더 쉬운 길을 선택할 생각은 없었나요?"

이아나는 에이지의 뒤통수를 쳐다보았다.

눈치가 빠른 사람은 이아나의 언행을 보고 그녀가 귀족이라는 걸 쉽게 눈치 챌 수 있다. 하지만 가문에, 그 가문의 상황까지 알기 위해서는 공작에서 남작까지 존재하는 수백 개 가문의 귀족 계보를 달달 외워야 한다.

붉은 머리와 붉은 눈이 흔치 않음을 참작한다 해도 세상에 그런 외양이 아예 없지는 않으므로 난순히 몇 가지 정보를 조합해 이아나의 가문과 상황을 파악한 에이지는 비정상이었다.

"아무래도 정보 계열에서 일하는 것 같은데, 제 정보를 캐려고 하지 마십시오."

"아, 불쾌했다면 미안해요. 그럴 의도는 전혀 아니었는데. 그냥 호기심으로 물은 거였거든요. 제가 정보 계열에서 일하는 건 어떻게 알았어요?"

"말하는 방식도 그렇지만…… 새로 얻은 정보와 이미 알고 있던 여러 가지 정보를 조합해 또 다른 정보를 도출해 내는 것, 이를 숨 쉬듯 자연스럽게 하는 건 정보를 많이 다루는 자들의 특성이지요."

에이지가 헛웃음을 지었다.

"어린 아가씨가 세상 다 살아 본 노인네처럼 말하네요."

"어쨌든 저에 대해서는 할 말이 없으니 그리 아십시오."

"쳇, 쌀쌀맞긴."

"그나저나 뭐가 무섭단 말입니까?"

"아, 이렇게 어두운 곳에서 걷는 거요."

에이지가 뒤를 돌아보며 씨익 웃었다.

"아가씨들은 어두운 곳을 무서워하던데 이아나 양은 아무렇지도 않아 보이네요. 게다가 처음 보는 남자를 이렇게 순순히 따라오시다니요. 봉변을 당할 수도 있는데……. 순진하신 건지, 아니면 멍청하신 건지."

"딱히?"

에이지의 심술스러운 말에 이아나는 별 이상한 말을 다 한다는 표정으로 쳐다보았다.

"사람들이 어둠을 꺼려하는 이유는 그 안에서 무엇이 튀어나올지 모르기 때문입니다. 실력만 있다면 두려워할 이유가 없습니다."

"무슨 뜻이죠?"

"튀어나온 게 적이라면 베면 되고, 지나가던 사람이면 내버려 두면 될 것이며, 겁에 질린 아군이면 품어 주면 되니 두려워할 필요가 없다는 소리입니다. 두려움을 없앤다면, 어둠은 휴식을 취하는 데 도움을 줍니다."

"……."

"그리고 당신이 제게 무슨 짓을 하려 한다면 일격에 죽여줄 테니 걱정 마십시오."

에이지가 할 말을 잊고 잠시 멍청하게 걷다가 웃음을 터뜨렸다.

"푸흐흐. 정말 이아나 양은 대화를 하면 할수록 감탄밖에 안 나오네요. 재밌어요."

"칭찬으로 받아들이겠습니다."

"물론 칭찬이에요. 아, 다 왔네요."

도착한 곳은 넓은 공터였다. 공터에는 햇볕도 환하게 내리쬐었다.

"괜찮죠? 건물의 틈과 틈이 기가 막히게 맞물리는 곳이라서 빛이 들어와요."

"이런 곳이 다 있군요."

"뒷골목을 많이 돌아다니는 사람이 아닌 이상 잘 알지 못하는 곳이죠."

골목의 끝에서 잠시 멈춰 서 있던 이아나는 에이지가 맞은 편으로 가서 몸을 돌리자 다시 발걸음을 옮겨 그와 일정한 거리를 둔 곳까지 걸어갔다. 가는 길에 쌓여 있는 상자 무더기에다가 메고 온 작은 가방을 던져 놓고, 검자루에 손을 올렸다.

"그럼 시작할까요?"

에이지의 말과 동시에 이아나는 검집에서 검을 빼 들었다. 스릉, 하고 쇠붙이가 빛을 발하는 섬뜩한 소리가 공터에 울려 퍼졌다. 이아나의 검을 본 에이지가 고개를 끄덕였다.

"레이피어. 찌르기와 베기를 자유자재로 할 수 있는 양날 검이지요. 가벼운 게 장점. 단, 검신이 얇아서 베다가는 검이 두 동강 날 수 있다는 게 단점일까?"

에이지가 씩 웃으며 단검 두 자루를 꺼내 양손으로 빙글빙글 돌렸다. 이아나가 말했다.

"마나를 제어할 수 있는 이상 검을 구분하는 의미도 없다는 것도 알 겁니다."

"물론. 하지만 대련이니 마나는 사용하지 않기로 해요. 학술원 수험생 중에 마나를 자유자재로 제어하는 사람이 있을 리가 없거든요. 마나를 사용해 검기를 형성시킬 수 있다면 학술원에 다닐 필요도 없이 귀족의 저택에 쳐들어가서 고용해 달라고 하면 거의 백 퍼센트로 채용되니까요. 그러고 보니 정말로 이아나 양이 왜 학술원에 다니려는 건지 모르겠네요."

"그건 당신도 마찬가지 아닙니까? 저도 궁금합니다만."

"아아. 미안해요. 프라이버시. 프라이버시."

에이지는 손을 한 번 내젓고는 무언가를 골똘하게 생각하기 시작했다.

"오른손잡이에 레이피어……. 성별은 여자에 나이 열여섯. 약 165센티미터에 육체균형이 훌륭함. 마나 제어력 최상."

에이지가 중얼거리며 정보를 정리하는 모습에 이아나는 분석당하고 있다는 느낌을 받았다.

'지금 대련을 하려 하는 것도 제 단검술이 시험에 통할지 알아보기 위해서가 아니라 내 실력에 대한 정보를 얻기 위해서가 아닐까.'

이아나는 날을 빛에 비추어 보며 검의 상태를 살폈다. 언제나 열심히 관리를 해 준 만큼 검은 그녀의 손아귀 안에서 얌전히 야수의 송곳니를 갈무리하고 있었다.

만족한 이아나가 이를 드러내며 웃었다. 오랜만에 해 보는 대련이었다. 핏줄에서 피가 뜨겁게 들끓었다. 쿵, 쿵, 뛰어 대는 심장에서 쥐어짜인 피가 안구에 쏠리기라도 한 듯 눈에서는 핏빛 기운이 흘렀다.

이아나는 눈을 감았다. 상대가 적이 아니고, 심한 상처를 입히거나 죽일 수는 없으므로 힘 조절을 해야 한다.

검면을 얄팍한 두 손가락으로 천천히 쓰다듬던 이아나가 눈을 떴다. 어느새 생각을 마쳤는지 이상한 표정으로 저를 보고 있는 에이지를 흘끗 쳐다보며 입을 열었다.

"시작하기 전에 묻겠습니다. 이건 실전 같은 대련입니까, 아니면 연습 같은 대련입니까?"

"아, 뭐. 실전 같은 대련으로 하죠. 그럼 시작해요. 우왓!"

채애애앵!

에이지가 시작하자는 말을 꺼냄과 동시에 이아나가 순식간에 간격을 좁히며 검을 위에서 아래로 내리쳤다. 기겁해서 쥐고 있던 두 단검을 교차시켜 간신히 막아 내긴 했지만 에이지로서는 몹시 섬뜩한 일격이었다.

"이렇게 시작하자마자 덤비시면 어떡해요? 놀랐잖아요!"

키기기긱.

교차시킨 두 단검과 맞물린 이아나의 검이 날카로운 쇳소리를 내고 있는 와중에, 에이지가 투정을 부리자 이아나는 어이없다는 표정을 지었다.

"실전 같은 대련이라고 당신이 말했습니다. 팔다리와 목숨만 붙여 놓으면 승리를 위해선 어떤 짓을 해도 상관없는 거 아닙니까? 이미 시작했으니, 방심을 틈탄 기습은 당연지사."

"맞는 말이라 반박할 수가 없네요. 그나저나 아까부터 생각했던 건데, 당신은 검을 뽑아내니 사람이 변하는군요. 검을 쥐기 전만 해도 아주 냉정해 보였는데, 지금은 이글이글 타오르네."

에이지가 눈빛을 차갑게 식혔다.

채앵!

교차시켰던 단검을 세게 위로 쳐올린 에이지는 그때부터 손을 현란하게 놀리기 시작했다. 이아나는 검을 세로로 세워 순식간에 치명적인 급소를 노리고 들어오는 에이지의 검을 막아 냈다. 하지만 그게 끝이 아니다. 에이지는 양쪽에 쥔 검으로 궤도를 휘어가며 기이한 각도로 공격해 들어오고 있었다.

챙! 챙, 채챙 채애앵!

이이니는 침착하게 손목을 꿰어 사며 섬을 소금 움직이는 것만으로도 공격의 중요한 맥을 끊어 냈다.

에이지의 공격은 기묘했다. 한쪽은 옆구리로, 한쪽은 목을 베어 들어오는 식이었다. 그게 아니라면 한쪽은 베고 한쪽은 찌르는 식으로, 마치 두 사람을 정면에서 상대하는 듯했다.

양손을 분리해서 사용하는 공격 방식은 익숙하지 않으면 공격이 뒤엉켜서 독만 되었지만 에이지는 훌륭하게 사용하고 있었다.

에이지의 손이 범인의 눈에는 보이지 않을 속도로 빠르게 움직였지만 이아나는 그의 단검이 움직이는 경로를 놓치지 않았다. 비어 있는 왼쪽으로 꺾여 들어오는 공격은 왼손으로 검집을 슬쩍 뽑아 막아 내면서 몰아치는 단검의 기세를 하나하나 침착하게 맞받아쳤다.

에이지는 진심으로 감탄해서 탄성을 내질렀다.

"대단해요. 레이피어를 쓰는 사람들은 대부분 방패를 쓰는데, 당신은 검으로 공격과 방어를 다 할 수 있네요."

에이지가 허리를 숙인 채 이아나의 명치를 향해 단검을 찔렀다.

피이이이잉!

검 끝과 검면이 정확하게 맞아 떨어지자 맑은 쇳소리가 공터에 울렸다.

"와아."

에이지는 레이피어의 얇은 검신으로 찌르기 공격을 정확하게 막아 낸 이아나에게 감탄했다.

"감탄할 틈이 없을 텐데요."

단검의 날 위로 검을 미끄러뜨려 이아나는 가공할 만한 속력으로 목을 베어 들어갔다. 에이지는 막기에는 시간이 모자라다 싶어 뒤로 한 바퀴 굴러 피했다.

이아나는 틈을 주지 않았다. 에이지는 몸을 일으키자마자 제 목으로 찔러 들어오는 검을 보고 발을 굴러 몸을 뒤로 튕겼다. 방금 전 강력한 찌르기에 목을 찔릴 뻔한 그는 기겁해서 목을 만져 보았다.

"방금 정말 죽이려고 한 거 아니에요?"

"목젖에 닿기 전에 검을 멈추려고 했습니다."

방어를 하면서도 이아나는 에이지의 공격 속에서 허점이 보일 때마다 기막힌 타이밍으로 검을 찔렀다. 아홉 살 적부터 지금까지 상하좌우대각선으로 찌르기와 베기 수련을 하루도 빠짐없이 수련했던 효과가 있어 이아나의 검은 손목의 단순한 스냅만으로도 기이한 각도로 잘도 휘어졌다.

이건 단검술의 특징이다. 이아나가 장검으로 그러한 각도를 재현해 몰아붙이는 모습에 에이지는 헛웃음을 지었다.

"이아나 양이 마나까지 쓰면 전 바로 죽겠네요."

"당신에게는 불필요한 동작이 너무 많습니다."

이아나가 몸을 꼿꼿이 세운 채 이빨을 드러내고 달려드는 독사처럼 에이지를 찔렀다.

쉬시시시식!

여왕벌을 위협하는 무도한 침입자를 발견한 벌떼 같은 공격이었다. 에이지는 별처럼 쏟아지는 공격의 첨단에서 눈을 떼지 않았다. 그는 종이 한 장 차이로 공격을 계속해서 피해 냈다. 얼굴을 찌르면 고개를 꺾었고, 가슴을 찌르면 허리를 뒤로 젖혔고, 배를 찌르면 옆구리를 휘었다.

'죽이지 않을 생각으로 공격하고 있다지만……'

이아나의 눈에 이채가 서렸다. 가벼운 말투와는 별개로 에이지의 실력은 봐줄 만했다.

"실속 없는 공격을 섞어서 상대방의 빈틈을 유도하는 거죠. 그런데 이아나 양이 도무지 넘어가질 않네요. 몇 번이나 속이려 했는데 한 번도 안 속아."

"속임수에 치중하면 실력은 늘지 않습니다."

이아나는 일부러 틈을 내주었다. 내준 틈을 놓치지 않고 발을 들어 레이피어를 옆으로 차 낸 에이지가 단검으로 푹 하고 찔러 들어왔다. 하지만 공격을 몸을 옆으로 슬쩍 돌려 피한 이아나는 그대로 에이지의 발목에 발을 걸었다.

생각지도 못한 공격에 당황한 에이지가 균형을 잡기 위해 한 발을 앞으로 내딛는 순간, 이아나는 그의 목에 검을 푹 찔러 넣었다. 따끔한 아픔에 에이지가 눈동자를 데구루루 굴렸다. 날카로운 검이 제 목을 살짝 파고든 섬뜩한 장면이 연출되고 있었다.

"끝났습니다."

"으으음. 졌네요. 하지만 제 실력이 나쁘진 않다고 생각하거든요. 어때요? 제 단검술, 시험에서 먹힐 것 같아요?"

이아나가 검을 치우면서 천천히 고개를 끄덕였다.

"수준급이라고 생각합니다. 더군다나 단검은 사람들이 많이 접해 보지 못하는 무기니 추가적인 효과도 있겠지요."

"흠, 그렇죠? 그럼 시험 쪽은 안심이긴 한데……."

에이지가 입꼬리를 끌어 올려 웃었다.

"공개용 말고 정말 진심으로 한판 붙어 보고 싶네요. 이렇게 말린 건 정말 오랜만이어서. 저는 실전에 익숙해요. 단검을 사용하면서 온갖 수단을 다 동원하는 편이죠. 암흑가 싸움은 진짜 한마디로 비겁함이 판치는 개싸움이라서 순수하게 검술로만 싸우면 바보랍니다"

결국 암흑가 사람이라는 것이렷다. 이아나는 에이지가 흘린 정보를 머리에 입력했다.

"싸워 주실래요? 이아나 양이라면 진심을 다해 싸워도 될 것 같은데. 다칠지도 모르니까 거절해도 돼요. 이건 제 욕심일 뿐이니까."

"아까는 진심이 아니었다는 겁니까?"

"진짜 죽이려고 싸운 게 아니었으니까요. 이아나 양도 마찬가지 아닌가? 검은 폭폭 찍어 대기 위한 도구인데 그렇게 할 수가 없으니까."

에이지는 피식 웃으며 말을 이었다.

이아나는 잠시 고민하다가 고개를 끄덕였다. 에이지의 푸른 눈동자에 만족스러운 빛이 어렸다.

"이아나 양은 실력도, 배포도 백 점 만점 중에 백 점이에요. 내 마음에 들었으니까 추가점수 이십 점."

에이지가 쓸데없이 점수를 매기는 걸 가만히 듣고 있던 이아나가 검자루를 바로 쥐었다. 그때, 에이지의 손이 빠르게 품속으로 들이긴다 싶더니 섬광을 끊임없이 세속해서 뿜어냈다.

피잉! 핑! 핑! 피이잉!

열 자루가 넘는 비도였다. 방심하지는 않았지만 머리, 어깨, 배, 다리 쪽을 향해 각각 다른 궤적으로 날아오는 비도들을 마나를 사용하지 않고 검으로 전부 막아 내는 것에는 한계가 있음을 직감한 이아나가 바닥에 굴렀다.

타다닥!

이아나는 비도가 바닥에까지 꽂히는 소리가 들리자 몸을 뒤로 굴려 빠르게 일으켰다. 그러고는 바닥을 박차며 에이지에게 달려들었다.

쉬아앙!

이아나가 달려들면서 가로로 휘두른 검격에 에이지가 허리를 구부리며 피했다. 하지만 그러자마자 이아나는 빠르게 에이지의 안쪽으로 파고들며 검을 들지 않은 손으로 주먹을 내질렀다.

퍼억!

주먹은 배에 그대로 꽂혀 에이지가 뒤로 벌러덩 넘어졌다.

"켁. 아가씨가 손이 좀 맵네요."

에이지가 일어날 틈도 주지 않고 검을 쥔 이아나의 손이 반 바퀴 빙글 돌았다. 검극이 위를 향하는 순간, 이아나는 빛살 같은 속도로 검을 내리쳤다.

카가각.

이아나의 검이 바닥을 긁어 괴이한 소리가 났다. 그와 동시에 날아오는 모래를 미처 피하지 못한 이아나가 따가움에 윽, 하고 눈을 감았다. 에이지가 넘어지면서 손에 쥔 모래를 뿌린 것이었다. 에이지가 쾌활하게 말했다.

"어때요, 괜찮은 공격이죠?"

파공성과 함께 날아오는 비도를 감지한 이아나가 옆으로 고개를 젖혔다. 비도가 슬쩍 긋고 지나간 이아나의 볼에 자그마한 생채기가 생겼다. 하지만 그게 끝이 아니었다. 밤에 녹아든 암살자처럼 기척 없이 다가온 에이지가 채찍처럼 발을 휘두른 것이었다.

이아나는 레이피어를 세로로 세워 막아 냈지만 에이지는 체술도 수준급이었다. 발을 휘두르고, 단검으로 내리찍고, 비도를 쏘아 보냈다.

매서우면서도 변칙적인 공격들을 차분히 하나하나 막아 내긴 했지만 따가워서 눈을 제대로 뜨고 있을 수가 없었다. 에이지의 강한 발차기를 막아 내는 데 다리에 적절한 힘 분배를 하는 데 실패한 이아나는 그의 공격을 막아 냈지만 뒤로 일 미터나 밀려났다.

"미안. 많이 아파요?"

이아나가 차분하게 말했다.

"괜찮습니다. 미안해할 필요도 없고요. 그런 저급한 수에 당한 건 내 잘못이니까."

"그렇게 차분하게 받아치니까 더 열 받는데."

눈이 보이지 않는 것은 싸움의 판도에 영향을 주지 않는다.

이아나는 시각을 포기하고 오감을 벗어나 마나를 느낄 수 있는 자에게만 개방된 육감에 집중하며 주변에서 요동치는 마나의 흐름을 느꼈다.

마나는 이 세상에 가득 차 있는 마도시대의 특별한 기운. 사용하려고 하든, 하지 않든 마나는 생물의 행동과 의지에 반응하여 소량이나마 움직인다.

에이지도 마찬가지였다. 그의 움직임과 함께 움직이는 마나의 흐름이 이아나의 감각에 잡혔다.

채애앵!

사각지대에서 하이에나처럼 빈틈을 노리던 에이지에게 이아나가 검을 휘둘렀다.

"잉?"

채앵, 챙! 챙챙!

성난 파도처럼 에이지를 향해 검을 내리치고 휘두르고 쑤셔넣었다.

"에엑!"

에이지가 경악해서 소리를 꽥 질렀다.

"눈 감은 거 맞아요? 어떻게 이렇게 공격을 하는 거야?"

"감이지요."

그때, 마나의 흐름을 뒤틀면서 무언가가 배 쪽으로 쇄도하는 것을 느낀 이아나가 검을 쥐지 않은 손으로 그것을 틀어쥐었다. 맞은 것을 똑같이 되돌려 주려 했는지 손에 잡힌 것은 에이지의 주먹이었다.

이아나는 검을 손에서 놓음과 동시에 두 손으로 그 손목을 꺾으면서 뒤로 돌았다. 에이지는 순식간에 이아나의 뒤에 둘러 메졌다.

쿠우웅!

어, 어, 하는 사이 허공에 떠 있던 앞발로 바닥을 내리찍으며 몸에 반동을 가한 이아나는 에이지를 붙잡고 있던 팔을 채찍처럼 휘둘렀다. 에이지의 몸은 허공에서 호를 그리며 횡 날았다. 눈을 번쩍 뜬 이아나는 허공에 뜬 에이지를 벽에 세차게 메다꽂아 버렸다.

콰아아아아아아아앙!

"……."

엄청난 굉음과 함께 처박힌 에이지가 비명 한번 지르지 못하고 벽에서 주르륵 흘러내려 바닥에 털썩 쓰러졌다. 이아나는 떨어뜨렸던 검을 갈무리하고는 헝클어진 머리카락을 정리해 다시 묶었다.

"실례. 저도 난투전은 몇 번 경험해 봤고, 더러운 수단을 쓰는 이에게는 자비가 없는지라."

"끄으으으……. 내 허리……. 무슨 귀족 아가씨가 난투전을……."

창백한 표정으로 허리를 부여잡고 한참이나 끙끙 앓던 에이지는 결국 바닥에 벌러덩 누웠다.

"아, 몰라, 몰라. 이아나 양은 그냥 괴물이야. 이게 뭐야. 괜히 덤볐다가 쪽팔리게. 아우, 졌다, 졌어. 완전히 졌다고. 쿨럭. 아, 아파. 컥."

"방금 쓰셨던 기술들은 확실히 시험에서 써먹기엔 무리입니다."

이아나가 누워서 사레가 들린 듯 켁켁거리고 있는 에이지에게 다가가서 손을 내밀었다.

"그리고 당신이 정말로 저를 죽일 각오로 했다면 저도 쉽지 않았을 것이라는 거 압니다. 아무리 실전처럼 싸운다고 해도, 진짜 실전이 아닌 이상 힘 조절을 해야 하니 어쩔 수 없죠. 당신은 품에 있는 독과 아티팩트를 쓰지 않았지 않습니까? 모래 같은 조잡한 수나 쓰고."

에이지는 묘한 감정을 품은 푸른 눈으로 이아나의 손을 물끄러미 쳐다보다가 그 손을 맞잡고 몸을 일으켰다. 그런 에이지를 이아나는 정말 이해할 수 없다는 표정으로 쳐다보았다.

"궁금한 게 있는데."

"물어봐요. 이아나 양이라면 대답해 줄 수 없는 거 빼고 다 대답해 줄게."

"왜 학술원에 들어가려 하는 겁니까? 딱히 출세하고 싶어 들어가는 건 아닌 것 같은데? 공부하고 싶어서?"

에이지가 어깨를 으쓱였다.

"뭐, 자세하게 말해 줄 순 없지만, 한 남자를 찾는다는 핑계로 세상에 우대 받지 못하는 인재를 찾아내기 위해서? 참고로 이아나 양도 내 인재 리스트에 올라갔어. 백 점 만점에 이백 점!"

어느새 자연스레 말을 놓는 에이지였지만 별로 거부감이 들지 않았기에 그 부분에 대해서는 언급하지 않았다. 그보다는 알쏭달쏭한 말에 더 관심이 쏠렸다.

"한 남자? 핑계? 인재 리스트?"

에이지가 피식 웃었다.

"빌어먹을 주인님들께서 열심히 찾고 계시거든. 찾는 티라도 내야 해. 그리고 인재 리스트는 대업을 위해 만들어 두고 있달까……. 학술원은 인재의 보고니까 대단한 녀석들이 많잖아? 거기에 직접 들어가 옥석을 가려내려는 거야."

"조직이 꽤 큰 모양이군요."

"아, 더 이상은 못 말해. 내 소속에 관해서는 아무리 이아나 양이라도 노코멘트. 그걸 발설한다면……."

에이지의 시린 청안이 섬뜩한 빛을 발했다.

"이아나 양이 정말 우리 사람이 되지 않는 이상 둘 중 한 사람은 죽어야 해."

"됐습니다. 그냥 큰 조직인가 싶었을 뿐 궁금하지는 않습니다. 에이지 씨의 목숨을 거두면서까지 알고 싶진 않으니 말하지 마십시오."

"푸하하하! 바로 내가 죽는 걸로 결론난 거야? 너무 냉정한 거 아니야? 푸하하하!"

이아나가 아무렇지도 않은 낯으로 담담하게 대답하자 에이지가 웃음을 펑펑 터뜨렸다. 뭐가 그리 웃긴지 미친 듯이 배를 부여잡고 웃어 대는 에이지를 이아나는 미친 놈 보듯 쳐다보았다.

"어디 잘못 맞았습니까?"

"크크크. 이아나 양이 너무 멋져서 그래……. 진짜 오늘 처음 만났는데도 홀딱 반해 버릴 것 같아. 푸흐흐으, 씁, 아야야……. 킥킥."

이아나는 정신이 없어 보이는 에이지에게서 신경을 끄기로
했다. 상자 무더기에 다가가 가방에서 수건을 꺼내 에이지와의
격돌로 먼지가 잔뜩 묻은 검날을 닦기 시작했다.

"후아……."

숨을 몰아쉬던 에이지가 이아나의 뒷모습을 바라보며 쓴웃
음을 지었다. 고통 때문인지, 다른 무엇 때문인지 모를 웃음이
었다. 고개를 숙인 채, 에이지는 검에 정신 팔려 있는 이아나
가 듣지 못할 만큼 작은 목소리로 중얼거렸다.

"……그 남자의 곁에 당신 같은 사람이 있어 주면 참 좋을
텐데……."

"아직도 번호표를 안 받았다고?"

덴마가 돌아왔다. 덴마는 이아나에게 허리를 굽실거리며 감
사인사를 했고, 요리로나마 은혜를 갚고 싶다고 매달렸다. 엘
로냐의 낙원의 식사가 맛있기도 하고, 무뢰배들이 제가 없을
때 덴마 부부에게 보복을 할까 우려가 되기도 한 이아나는 언
제나 엘로냐의 낙원에서 식사를 했다.

다행히도 도망치며 뱉어 놓고 간 '두고 보자!'라는 협박성
짙은 말이 무색하게 무뢰배들은 한 번도 찾아오지 않았다.

대신 에이지가 이아나를 찾아왔다. 에이지는 아픈 허리를 부

여잡고 돌아간 이후에도 이아나가 식사를 하고 있을 때마다 몇 번이나 찾아와 시시껄렁한 이야기들을 늘어놓고 가곤 했다.

귀찮긴 했지만 에이지가 하는 이야기를 듣고 있으면 세상이 어찌 돌아가고 있는지 알 수 있었고, 그밖에도 유용한 정보를 얻을 수 있었기에 계속 대화를 했다.

에이지는 이아나에게 한마디라도 말을 붙여 보려고 전전긍긍인 단테와 죽이 맞았다. 이아나가 대답하지 않아도 단테와 수다를 떨며 대화를 이어 갔다. 얼마나 넉살이 좋은지 여관업을 하며 사람을 많이 만나 본 단테가 이렇게 말 잘하는 손님은 처음 본다며 깔깔 웃곤 했다.

"뭐 한 거야? 왜 아직도 안 받은 건데?"

"무슨 문제라도 있습니까? 오늘 받으러 가려고 했는데."

원서접수 마감일인 오늘, '드디어 내일부터 시험이네. 이아나 양은 시험 날짜가 언제야?'라고 묻는 에이지에게 이아나가 '오늘 번호표를 받으러 갈 겁니다.'라고 대답하자 에이지가 요상한 표정을 지었다.

한적한 시간인지라 테이블에 같이 앉아 있던 단테가 눈을 동그랗게 떴다.

"어머머, 왜 그러셨어요. 다른 손님들은 빨리 받으려고 난리시던데."

"번호표를 늦게 받아도 상관없다고 생각했습니다. 괜히 경쟁심 때문에 빨리 받으려고 하는 건 줄 알았는데, 아닙니까?"

"저는 잘 모르지만 검술학부 시험을 치러 오시는 분들의 이야기를 들어 보면 번호표를 빨리 받는 게 좋다고들 하시더라고요."

"흠. 흠."

에이지가 목청을 한 번 가다듬더니 검지를 좌우로 흔들며 능글맞은 표정을 지었다.

"내가 시험에 대해 아는 게 좀 많은데. 가르쳐 줄까, 말까."

이아나의 애타는 표정을 보고 싶었던 에이지가 뜸을 들였다. 그들의 주변에 앉아 있던 수험생들은 에이지의 말을 주워듣고 귀를 쫑긋 세웠다.

이아나는 에이지의 의도를 알고 무뚝뚝하게 대답했다.

"알아 봤자 늦었고, 곧 알게 될 텐데 에이지 씨의 기대를 만족시켜 줄 필요는 없겠지요. 주변에서 간절한 눈으로 쳐다보고 있는 사람들에게나 가르쳐 주십시오."

"아우, 이아나 양. 너무 무뚝뚝하다. 나는 이아나 양이랑 친해지고 싶다니까? 반말 써 줘! 인심 써서 오라버니라고 불러도 돼. 아니면 오빠는 어때?"

"진심으로 하는 소립니까? 저는 제 아랫사람이 될 자나 저보다 어린 사람이 아닌 경우에는 반말을 잘 쓰지 않습니다만."

"지금부터 연습하면 되지 않을까?"

"알았다. 그러면 지금부터 쓰도록 하지. 오라버니는 됐고 이름으로 부르도록 하겠다."

에이지의 몸이 굳었다.

"뭐야. 이상해."

"뭐가 말이냐."

"진짜 이상해! 어린 아가씨가 그런 말투를 쓰다니 이상하다고! 아니, 아가씨가 무슨 중년 기사야? 할배 귀족이야? 여기가 군대야? 편하게 말하라고. 그냥 어미를 평범한 걸로 써!"

"유모가 어렸을 때부터 고치려고 하다가 포기했던 내 말버릇이다. 다른 말투를 못 쓰는 건 아니지만 이 말투가 편하니 딴죽 걸지 마라. 말투가 이렇다 해서 당신을 내 아래로 보는 건 아니니 기분 나빠하지 말길."

이아나가 담담하게 잇는 말을 잠자코 듣고 있던 에이지가 허망한 표정을 지었다.

"와, 이 여자 진짜 물건일세? 어떻게 말 한마디를 안 지냐? 이아나 양은 뭘 해도 될 사람이다 진짜. 아니, 근데 귀엽지 않아. 절대 어울리지 않는다고!"

"어머, 왜요? 저는 지체 높은 기사님 같아서 멋있는데. 게다가 저 어여쁜 외모와 어울리지 않으니 더 귀엽지 않은가요?"

"이봐요, 부인. 어딜 봐서 귀엽다는 거예요? 콩깍지가 씌어서 언밸런스한 행동에 귀여움을 느끼는 것도 정도가 있지, 저건 그냥 남자잖아."

"사람을 앞에 두고 어울리지 않는다느니 귀엽다느니 귀엽지 않다느니 남자라느니 이상한 말들을 하지 마라. 실례다."

"그래, 알았어, 알았다고. 그런데 귀엽지 않은 건 둘째 치고 거리감이 팍팍 느껴지잖아. 흑흑."

에이지가 손바닥에 얼굴을 묻고 우는 시늉을 했다.

"나는 몰라도 평민들은 이아나 양 되게 어렵게 느낄 거야. 이아나 양, 오, 그대는 꺾을 수 없는 절벽 위의 꽃이란 말인가. 이아나 양은 잔인해, 다가갈 기회조차 주지 않다니!"

"시끄러워."

과장된 행동임을 알고 있었기에 우는 시늉이나 헛소리에는 별로 관심을 두지 않았지만 폄미득이 자신을 어렵게 느낄 거라는 말에 이아나는 생각에 잠겼다.

회귀 전에 그녀는 군대의 총사령관이었다. 노련한 귀족들을 상대하기 위해 철가면을 뒤집어쓴 왕국 유일의 여공작이기도 했다.

상급자로서 하급자를 챙겨 주는 것을 제외하고는 먼저 나서서 누군가에게 잘해 줄 생각은 해 본 적도 없었다. 그녀의 말투가 부드러워질 틈 없이 딱딱해지는 건 당연했다.

회귀 후에도 이아나는 자신이 편히 여기는 사람들 앞에서는 이러한 말투를 쓰곤 했다. 이스피는 레이디답지 않다고만 했지 그녀가 어렵게 여겨진다는 말은 하지 않았다. 말은 딱딱하게 해도 마음으로는 저를 무척 좋아함을 알고 있었기 때문이다.

카니츠는 이아나가 무엇을 하더라도 그녀가 옳다 생각하여 그저 따를 뿐이니 어린아이답지 않은 말투에 관련된 말은 한마디도 없었다.

그래서 이아나는 레이디의 교양이라는 쓸데없는 것을 위해 말투를 고칠 생각 따위는 전혀 없었다. 물론 리리나 리토 같은 어린아이들에게는 말을 부드럽게 했지만 로베르슈타인 저택에서는 정붙일 이가 없었기에 고칠 필요성조차 느끼지 못했다.

그런데 에이지가 이렇게 지적하고 나오니 자신의 말투에 정말 문제가 있나 싶었다.

생각해 보면 군을 지휘하거나 귀족들을 상대할 때가 아닌 일상생활에서조차 딱딱하게 구는 건 문제가 있는 게 아닐까?

회귀 전이면 몰라도, 지금 이아나는 평범한 귀족 영애, 아니 아르하드에게 투신하기 전까지는 독립해서 평민이 될 예정이었다. 게다가 앞으로는 새로운 사람들을 많이 상대해야 했다.

이아나는 고집불통에 제 뜻을 밀고 나가는 성향이 강했지만, 딱히 고집을 부려 고수해야 할 것이 아닌 데다 일상생활에 불편을 줄 것 같다 싶은 습관들은 고치는 편이었다.

말투에 작은 고민이 생긴 이아나는 어색하긴 하지만 말투를 조금은 부드럽게 하기로 결정했다.

"말투 같은 것, 아무래도 상관없지만 일상생활에 다소 문제가 있다면 조금은 고치는 게 좋겠지. 반말을 쓰는 일은 거의 없겠지만."

에이지가 반색했다.

"어? 조금 부드러워진 것 같은데?"

"당신처럼 가벼운 말투는 무리지만 이쯤은 무리 없어."

"훨씬 낫다. 계속 그렇게 해. 좋아, 이아나 양이 말투를 고쳐 줬으니 특별히 이야기해 주지! 검술학부 시험은 번호표를 늦게 받을수록 불리해. 그건 시험방식의 구조 때문인데……. 평가 항목이 체력, 정신력, 힘, 순발력, 그리고 검술인 건 알고 있어?"

이아나가 고개를 끄덕였다. 경험자인 카니츠가 말해 주어 시험 방식을 대강은 알고 있었다.

검술학부의 시험은 전통적인 다섯 가지 시험으로 진행된다. 카니츠는 시험이 변하지 않았을까 걱정했지만 시험의 형태는 조금씩 변할지라도 시험이 평가하는 항목들은 절대 바뀌지 않는다.

수험생이 워낙 많기 때문에 우선 체력과 정신력 평가에서 원하는 숫자만 남을 때까지 시험을 지속해 대부분을 걸러 낸다, 그 후에 치러지는 힘과 순발력 시험은 절대평가이고, 통과한 수험생들끼리 싸움을 붙여 검술 평가가 이루어진다. 거기서 얼마나 뛰어난 실력을 보이느냐에 따라 입학 여부가 갈리기에, 마지막 시험은 언제나 치열했고 선혈이 흩뿌려지곤 했다.

학술원에서 지원 자격에 나이 외에는 제한을 두지 않기 때문에 검술학부 지원자는 매년 만 명이 넘어가는 추세였다.

학술원의 높은 평판과 지원 자격이 없는 것, 다른 왕국에서도 시험을 치러 오는 점들을 감안하면 적은 숫자다. 만약 학술원에 합격하는 게 하늘에서 별 따기라 불릴 정도로 악명 높지 않았으면 더 많았을 것이다. 하지만 만 명이라는 숫자가 객관적으로 봤을 때는 적은 게 아니었다.

"여러 팀으로 나누어서 여러 날에 걸쳐 시험을 칠 거야. 그리고 번호가 뒤쪽일수록 시험날짜는 늦어지지. 그런데 전통적으로 첫 번째 시험은 언제나 체력을 평가하는데, 이 시험이 보통 힘든 게 아니거든. 통과한 사람도 첫 번째 시험이 종료된 날 바로 다음 날에 치러지는 두 번째 시험을 근육통 때문에 포기할 정도니까. 그래서 다음 시험을 위해 휴식을 취하려고 첫 번째 시험을 빨리 치려 하는 거야."

"아, 그래서 그렇게 사람들이 번호표를 빨리 받으려고 용을 쓴 것이로군."

에이지는 자신의 정보에 이아나가 고개를 끄덕이며 놀라워하자 몹시 만족스러웠다. 하지만 그도 잠시, 이어지는 말에 질린 표정을 지을 수밖에 없었다.

"하지만 그 정도 페널티는 있어도 괜찮다. 그걸 미리 알았더라도, 난 그 아수라장에 들어가고 싶은 마음이 눈곱만큼도 없었을 거야."

"내참. 자신감인 건지 자만심인 건지 모르겠다니까. 이아나 양의 검술이 뛰어난 건 알고 있지만 체력은 그거랑 별개잖아?"

"나는 허투루 말을 내뱉지 않아. 내가 괜찮다면 괜찮다는 거다."

"그래, 그래. 그런 말을 하지 않으면 이아나 양이 아니지."

"아가씨, 멋있으세요. 저는 아가씨께서 물 한 잔 마시는 것보다 쉽게 합격하실 수 있으리라고 믿어요!"

학술원 시험의 악명을 체감하지는 못했지만 블랙폭시를 일방적으로 두들겨 패던 모습이 머리에 선명하게 남아 있었던 단테는 이아나가 당연히 합격하리라고 생각했다. 주변에서 듣고 있던 지원자들이 그녀를 쏘아보았지만 단테는 얼굴에 철판을 간 듯 태연했다.

소란스러운 늦은 점심식사를 마치고 해가 거대한 왕궁 너머로 뉘엿뉘엿 넘어갈 때 즈음, 이아나는 정리를 시작한 학술원의 접수처로 다가갔다. 이아나를 발견한 초췌한 기색의 여직원이 미간을 좁혔다.

"번호표를 받으러 오셨나요?"

"예."

약간 신경질적으로 시간을 확인한 여직원이 한숨을 쉬며 자리에 앉았다.

"마감시간까지 5분 정도 남았네요. 이 접수처에 오신 걸 보니 신청하실 부가 무술원 같은데 궁술학부인가요?"

"아니요. 검술학부입니다."

"……검술학부요?"

여자가 신기한 눈으로 이아나를 쳐다보았다. 검술학부 시험을 치는 여자가 없는 건 아니지만 극소수기에 여성 신청자가 있을 때마다 신기했다.

"이름이?"

"이아나 로베르슈타인입니다."

이아나의 이름 뒤에 붙은 성을 듣고 여직원은 움찔했다. 무려 로안느 5대 공신가 중 하나였다.

고위 귀족가문의 영애가 학술원의 검술학부라. 학술원을 가볍게 본 돈 많은 귀족의 유희인가. 이 시험에 절박하게 임하는 이들이 얼마나 많은데.

여직원은 기분이 나빴지만 티를 내지 않고 친절을 가장했다. 귀족에게 뻗대다가는 개죽음 당할 테니까.

"이아나……. 이아나……. 찾았다. 이아나 로베르슈타인 님은 검술학부 지원자 중 14603번째 수험생이시고요. 원서비 5골드를 내시면 번호표와 시험 날짜를 발급해 드립니다."

원서비는 비쌌다. 엘로냐의 낙원 추천메뉴를 50번이나 먹을 수 있는 돈이었다. 그럼에도 지원한 수험생이 검술학부만 해도 만오천 명에 가깝다는 사실은 출세하고 싶다는 사람들의 열망이 그만큼이나 강하다는 것을 의미한다.

물론 학구열이 불타올라 지원한 사람도 없진 않겠지만 그래도 출세욕이 아예 없는 사람이 얼마나 있겠는가.

이아나가 5골드를 내밀자 여직원이 익숙하게 받았다. 그리고 장갑을 낀 채 어떤 문양도 없는 하얀 배지에 14603번을 적고 학술원의 각인도장을 찍었다. 여직원은 그렇게 완성된 배지를 조심스레 건네며 입을 열었다.

"이 번호표는 마법학부 학생들이 제작한 마법 물품이에요. 여기에 관련된 마법학은 학술원에 합격하시면 배우시고, 간단하게 설명만 해 드리자면 한 사람이 이 번호표를 만지는 순간, 이 번호표에 그 사람의 존재가 각인됩니다. 각인되면 푸른색으로 변하는데, 지금 제가 변하는 걸 눈으로 확인할 거예요."

이아나가 번호표를 받자 그녀를 인식했다는 듯 푸른빛을 띠었다. 번호표가 각인되는 것을 확인한 여직원이 그 번호표에 손을 가져다 댔다. 그러자 붉은색으로 변했다.

"만일 다른 사람이 만지면 이렇게 붉은색으로 변해요. 대리시험은 있을 수 없죠. 만약 접수할 때부터 대리시험자가 번호표를 각인 받는다면 대신 시험을 치를 수는 있지만 합격해서 초상화를 그릴 때 번호표를 제출해야 하기 때문에 합격을 하더라도 대신 쳐 준 사람이 합격할 수밖에 없습니다. 그리고 배지와 관련된 비리를 막기 위해 학술원의 학장이시자 마법학부의 교수님이신 대마법사 하인리히 님께서 직접 제작하신 마법 도장을 접수 당시에 찍게 되어 있죠."

부정행위가 있을 수 없는 철저한 구조였다.

여직원은 이아나의 시험 날짜가 1월 22일 오전 열 시라고 말해 주었다. 오늘이 1월 15일이니 7일이나 더 기다려야 했다. 이아나는 질린 표정을 지었다.

하지만 시간은 의외로 빠르게 흘러 시험 날짜는 금방 당도했다.

그동안 이아나는 마나 수련을 하고 명상을 하며 스스로를 가다듬었다. 평소에도 매일 해 온 일이었으나, 르보니의 비밀을 들은 이후로는 제 몸에 훨씬 관심이 많아져 정신수련에 할애하는 시간이 길어졌다.

주인에게 되돌아오듯 쏟아지던 붉은 기운…… 신력. 잃어버린 조각을 되찾는 듯, 잃어버린 팔 하나를 되찾는 듯했던 충만감.

아무리 몸을 살펴봐도 신력은 느껴지지 않았다. 신력은 정말 신만이 다룰 수 있는 기운인 걸까?

그런데 회귀 전에도 신력이 제게 흡수되었을 텐데 그때는 왜 아무것도 느끼지 못하고 기절해 버렸을까. 회귀한 지금은 어떻게 또렷한 정신으로 신력을 받아들일 수 있었으며, 또 충만한 기분을 느낄 수 있었는가…….

풀리지 않는 의문. 모호한 수수께끼. 남은 단서는 세 가지. 라오스의 성서와 페임드라, 그리고 라오스 신전의 비석이었다.

이아나는 질색했던 옛날과는 달리 요즘에는 시간이 날 때마다 라오스의 성서를 펼쳐 보곤 했다.

라오스는 슬프게 말했다.

페임드라여, 너의 몸은 이미 메말랐지만

신의 약속은 아직 유효할지니

너는 영혼은 이곳에 머물라.

그렇게 이제는 누구도 찾지 않을 안온이 되어 다오.

라오스는 페임드라를 뒤로하고 영영 떠났다.

세상을 다시 빛으로 가꾸기 위하여.

1장의 4절. 1장의 끝이다. 그 이후의 성서에는 페임드라나 다른 신들의 언급은 없고, 라오스가 세상을 만들어 가는 신화로만 가득 차 있었다.

하지만 이아나는 계속해서 성서를 읽어 나가기로 했다. 이 시대의 물건 중 신성시대와 관련이 있는 가장 보편적인 물건이 라오스의 성서였기 때문이다.

이아나는 후에 본신의 실력을 되찾으면 롯소산맥의 중심에 가 보기로 결심했다. 드래곤이 말한 신의 비밀을 알기 위해서였다. 또, 무슨 수단을 써서라도 마나와는 질적으로 다른 기운이 서려 있다는 라오스의 비석을 직접 보겠다고 다짐했다.

모든 것은 제 것처럼 느껴졌던 신력의 비밀을 알기 위해서. 제 몸뚱이가 대체 어떻게 되어 있는지 알기 위해서.

그리고 회귀를 어떻게 할 수 있었는지를 알기 위해서.

이번 생에서 반드시 해야 할 것들이 정해졌다.

학술원을 최대한 빨리 졸업한 후 로베르슈타인에서 독립하고, 검술대회에서 아르하드를 만나 바하무트로 갈 것. 그의 즉위를 돕고, 그의 기사가 되어 과거 그가 그랬던 것처럼 대륙을 정복할 것. 드래곤이 말한 신의 비밀을 확인할 것. 라오스의 비석을 직접 마주할 것.

'어느 하나 쉬운 게 없구나.'

이아나는 설핏 웃었다.

이아나보다 이틀 앞서 시험을 치른 에이지는 1차 시험에 합격했다. 엘로나의 낙원에서 이아나와 단테를 앞에 앉혀 놓은 에이지는 맥주를 마시며 자화자찬을 했다.

"보통 힘든 게 아니었다고. 체력시험이랑 정신력 시험을 같이 보는 것 같았어. 그걸 합격하다니…… 나란 놈, 정말 대단하다니까."

"어머머, 어떤 시험이었는데요?"

"허수아비를 치는 시험이었는데, 마지막에는 조금만 더, 조금만 더 하는 생각에 그냥 정신력 싸움이었어. 팔 빠지는 줄 알았다니까. 시험이 뭐였냐면 말이야……."

"환영합니다. 수험생 여러분!"

에이지의 말들을 곰곰이 떠올리고 있다가 쩌렁쩌렁한 남성의 목소리가 들려오자 이아나는 고개를 들었다.

"저는 발젠타 학술원 검술학부의 시험 조교, 이번 해에 6학년이자 검술학부의 부장을 맡게 된 라이언이라고 합니다."

들어가기를 간절히 소망하는 검술학부의 부장이라는 말에 시험장에 있던 사람들이 그를 선망의 눈으로 쳐다보았다.

"여러분은 열다섯 번째, 마지막으로 진행되는 시험을 치르게 되실 분들이십니다. 원칙적으로는 천 명 중에서 이백 명이 남을 때까지 시험을 치르지만, 이번 시험은 603명이니 백 명이 남을 때까지 체력시험을 실시하겠습니다."

"뭐야, 불리한 거야 좋은 거야?"

"비율은 비슷한데……. 사람을 적게 뽑으니 불안하구먼."

"망할, 괜히 지각해 가지고."

이아나는 천천히 고개를 들었다. 그녀는 지금 1차 시험이 치러지는 시험장에 있었다. 603명의 수험생들은 백 명씩 줄지어 서 있었는데, 마지막으로 수험번호를 발급받은 이아나는 제일 끄트머리에 있었고, 그 줄에는 세 명밖에 없었다.

모든 사람들 앞에 허수아비 하나와 허수아비와 연결된 숫자 종이뭉치, 그리고 목검 한 자루가 있었다. 라이언은 목검을 들고 허수아비 앞에 가더니 목검을 위로 들어 올렸다.

"시험은 다음과 같습니다. 여러분들 앞에 허수아비가 하나씩 있지요? 이 허수아비는 일정 강도 이상의 타격을 받으면……."

퍽.

팔랑.

"이렇게 옆에 있는 숫자 종이가 하나씩 넘어가도록 제작되었습니다."

에이지가 말했던 대로였다. 라이언이 목검으로 허수아비를 치자 종이가 한 장 넘어갔다.

"이 종이 뭉치의 한계치인 9999번을 채우시는 분은 바로 통과입니다. 그런 분은 앉아서 시험이 종료될 때까지 쉬고 계시면 되겠습니다. 그리고 주의하셔야 할 실격 사유에는 두 가지가 있습니다. 첫째, 5초 이상 종이가 넘어가지 않는다면 자질 부족으로 실격. 둘째, 종이뭉치를 직접 건드리면 부정행위로 실격 처리되어 바로 시험장 밖으로 퇴출됩니다. 만일 시험을 포기하고 싶을 경우 그냥 검을 허수아비 옆에 세워 두고 나가시면 됩니다. 이렇게 해서 시험장 안에 남아 있는 수험자가 백 명이 되면 시험을 종료합니다. 이상입니다. 질문 있으신 분?"

긴장감이 팽배한 분위기에서 이아나가 손을 들었다. 라이언은 아무 생각 없이 손이 올라온 쪽을 쳐다보았다가 눈을 크게 떴다. 검술학부 지원자치고 어리기도 어렸지만 얼마 없는 여성이었기 때문이다.

"아, 네, 14603번 수험생. 말씀하세요."

"찌르기 자세도 상관없습니까?"

"찌르기도 검술의 한 자세이니 상관없습니다. 일정한 타격만 주시면 됩니다. 하지만 강한 찌르기의 경우 허수아비가 스프링 때문에 뒤로 넘어가면 빠른 공격이 불가능하실 수도 있습니다. 다른 분들도 찌르기를 몇 번 하시다가 포기하시고 베기 공격을 하시더군요."

"알겠습니다. 또, 허수아비가 움직일 때 저도 함께 움직여도 상관없는 겁니까?"

라이언은 조교를 맡은 이후로 질문을 별로 받지 못했다. 긴장으로 얼어붙은 분위기에서 하고 싶은 말을 용기 있게 할 수 있는 사람은 얼마 없기 때문이다.

그런 의미에서 라이언은 그녀를 좋게 평가했다. 하지만 여성이기에 이 시험을 통과할 수 없으리라 여겼다. 라이언이 웃으면서 고개를 끄덕였다.

"예, 공격의 형태는 상관없이 허수아비의 숫자 종이만 넘기시면 됩니다."

의미가 없는 질문이라 생각했지만 라이언은 가냘픈 레이디를 대하듯 상냥하게 대답했다.

"그럼 더 이상 질문 없으십니까?"

아무도 손을 들지 않자 라이언이 뿔 모양의 호각을 입에 물었다.

"호각 소리와 함께 시험을 시작하겠습니다."

뿌우우우―!

"이야아아압!"

"으랴아압!"

"이야야야야!"

호각소리와 함께 시험이 시작되자마자 수험생들은 고함을 지르며 허수아비를 때려 부술 기세로 치기 시작했다. 그들의 종이 뭉치는 그들의 기세에 힘입어 펄럭펄럭 잘도 넘어갔다.

하지만 이아나는 그런 이들과 달리 목검을 살짝 움켜쥐고 천천히, 아주 약한 강도로 허수아비를 한 대 툭 건드렸다. 당연하게도 허수아비 옆의 숫자는 넘어가지 않았다.

"풉."

옆에 있던 근육질의 14602번 수험생이 그런 이아나의 검격을 보고 비웃음을 참지 못했다. 마초 근성이 충만한 그는 아까전 이아나가 질문을 할 때 못마땅한 눈으로 쳐다봤었다.

"계집애가 그러면 그렇지. 쫑알쫑알 말만 많다니까. 시집가서 애나 키울 것이지 왜 여기에 5골드나 주고 와 있담?"

하지만 이아나는 자신을 깔보는 그 수험생에게 눈길 한번 주지 않고 천천히 강도를 늘려 가며 허수아비를 쳤다.

따악.

팔랑.

마침내 허수아비가 반응하는 최소한의 타격 강도를 찾아냈다. 무작정 세게 두드리는 것은 아주 비효율적이다. 알아낸 타격 강도보다 힘을 조금만 더 주고 치면 되리라.

이아나는 주변을 살폈다. 역시나 생각이 좀 있어 보이는 사람들은 느긋하게 치고 있었다. 장기전으로 갈 생각인 것이다. 하지만 이아나는 시간을 끌 생각이 전혀 없었다.

"후우……."

이아나는 심호흡을 하고 목검을 쥔 손에 힘을 꽉 주었다. 목검이 머리 위로 한껏 올라갔다. 눈동자에 빛이 어리고, 그때부터 그녀의 목검이 거센 폭풍우처럼 허수아비를 몰아치기 시작했다.

딱! 따닥! 퍽! 펑! 딱! 푸욱! 퍼억! 따악! 파앙! 푹! 퍼버벅!

파라라라라라라라라락.

이아나의 목검은 허수아비의 한곳을 집중적으로 치는 게 아니라 사람으로 치자면 머리, 목, 어깨, 배, 가슴이라고 할 수 있는 온갖 부분을 사정없이 두들겨 팼다. 베기뿐만 아니라 찌르기까지 곁들인 검세에 허수아비의 몸은 폭풍우에 휘말린 것처럼 사방으로 정신없이 요동쳤다.

수십 번의 연속된 찌르기를 견디지 못하고 허수아비가 뒤로 세게 젖혀진다 싶으면 옆으로 빠르게 이동한 목검이 허수아비의 허리 부분을 대각선으로 쳐올렸고, 거기서 또다시 찌르기로 이어지는 등 검격은 허수아비가 아닌 살아 있는 사람을 상대할 때처럼 끊임없이 이어졌다. 허수아비의 숫자 종이는 바람이라도 부는 것처럼 미친 듯이 넘어갔다.

못 박힌 듯 자리에 서서 똑같은 자세로 검을 휘두르는 수험생들과는 다른 신기에 가까운 솜씨에 시험장을 돌아다니던 조교들이나 이아나를 비웃었던 수험생은 입을 떡 벌리고 그녀를 쳐다볼 수밖에 없었다.

"14602번, 뭐 하는 겁니까! 실격!"

"어? 아악!"

14602번이 멍청한 얼굴로 침을 흘리다가 실격 당했다. 이아나가 잠시 검세를 멈추고 무표정하게 그 수험생을 쳐다보았다.

"풋."

"……!"

이아나가 입꼬리를 끌어 올려 별 하찮은 것을 다 본다는 듯 경멸을 담아 비웃자 수험생은 아무 말도 못 하고 얼굴을 붉힌 채 시험장을 나갈 수밖에 없었다.

시간이 흐르고 흘러, 시험이 시작된 지 두 시간쯤 되었을 때였다. 수험생들이 힘겹게 육천 대쯤 치고 있을 때 이아나는 9999번을 모두 쳤다.

"한 명 시험 통과!"

놀라다 못해 질린 눈빛으로 이아나를 보고 있던 조교의 고함소리가 시험장에 가득 울려 퍼졌다. 이아나의 기행을 보지 못했던 수험생들은 경악했고, 휘두르는 검에 속도가 붙기 시작했다.

이아나는 숨을 고르며 허수아비 옆에 목검을 세워 두고 간단한 스트레칭을 한 후에 바닥에 주저앉았다. 얼굴에서 땀이 뚝뚝 떨어져 내렸다. 이아나는 다리를 쭉 펴고, 뭉친 근육들을 주물러 주었다. 한 자세로만 하면 한 근육만 심하게 뭉쳤겠지만 온 근육을 사용했더니 기분이 살짝 좋은 정도로만 피로했다.

이아나는 샘솟는 뿌듯함에 미소를 지었다. 처음 수련을 시작했을 때는 어떠했던가. 백 번도 채 휘두르지 못하고 근육이 꼬여 꽃 한 송이 들지 못할 정도로 팔이 너무 아팠다.

하지만 이아나는 수련시간이 즐거웠다. 더, 더 검을 휘두르고 싶은데 육체가 따라 주지 못하는 것이 늘 안타까웠다. 검을 자유자재로 휘두를 수 있는 그날을 향해 반드시 걸어야 하는 길이라 여겨 고된 수련을 유쾌한 기분으로 행했다.

거의 모든 시간을 수련에 할애해 팔이 찢어질 것 같아도 즐거운 기분으로 매일 수련을 한 지 어언 7년, 베기와 찌르기를 합쳐 한 번에 만 번을 휘두르는 수련은 3년 전에 끝냈고, 지금은 삼만 번을 휘두르고 있었다. 그런 그녀가 어찌 저치들이 힘겨워하는 것처럼 헐떡일 수 있겠는가. 검을 만 번 휘두르는 정도는 문제없었다.

"엽!"

합격생이 한 명 나오자 수험생들의 경쟁심에 불이 붙기 시작했다. 자신들은 오천 번밖에 치지 못했는데, 힘들어서 포기하고 싶은 마음이 굴뚝같고 죽을 것 같은데, 벌써 합격생이 나왔다면 팔천 번 정도 치고 있는 수험생들도 꽤 있지 않겠는가.

오해였지만 시험장을 가득 채우는 타격음이 더욱 거세졌다.

하지만 밸런스가 깨지자 체력이 이미 바닥나 있던 이들은 금세 나가떨어졌고, 시간이 흐를수록 타격음 소리가 뜸해지면서 9999번을 채우기보다는 다른 수험생들이 나가 떨어지기를 바라는 이들이 많아졌다.

"세 명 탈락!"

"이제 시험장에 남아 있는 수험생은 총 이백 명입니다!"

이아나는 이 시험이 체력 싸움과 더불어 정신력 싸움이라고 했던 에이지의 말을 이해할 수 있었다. 지쳐서 쓰러지고 싶지만 조교들이 남아 있는 수험생들의 숫자를 외칠 때마다 '조금만 더, 조금만 더!'라는 생각으로 정신력마저 바닥날 때까지 버티는 싸움.

"헉! 헉! 헉!"

옆쪽에서 큰 숨소리가 들려왔다. 편히 앉아 있던 이아나는 옆을 흘끔 쳐다보았다. 14602번 옆에 있던 14601번 소년이 창백한 얼굴로 허수아비를 두들기고 있었다. 곱상하게 생겼지만 남자답지 않게 가녀린 얼굴선과 모래처럼 옅은 황토빛 머리색 때문에 병약해 보이는 미소년이었다.

여자인 이아나만큼 얇은 팔뚝으로 검을 휘두르는데, 부들부들 떨리는 것이 한계에 도달한 모양이었다. 곧 떨어지겠다고 이아나는 무심결에 생각했다. 하지만 금방이라도 죽을 것처럼 힘겹게 검을 휘둘러 대던 소년은 예상외로 끝까지 살아남았다.

"한 명 탈락! 시험장에 남아 있는 수험생 백 명!"

"시험 종료! 수고하셨습니다. 2차 시험은 내일 오전 열 시에 제1마법학관에서 시작됩니다. 늦지 말고 제때에 응시하시길 바랍니다. 바쁜 일이 있으신 분은 번호표를 체크하고 가시면 되고 지친 분은 주교들이 번호표를 체크할 때까지 쉬고 계셔도 좋습니다."

"으아아아아아!"

"어억!"

시험이 종료되자마자 수험생들이 바닥에 드러누운 것과는 달리 이아나는 먼지를 툭툭 털며 자리에서 일어났다. 그리고 앞에서 물끄러미 쳐다보며 그녀가 오기만을 기다리고 있던 라이언에게 다가갔다.

라이언은 환하게 웃으며 먼저 말을 걸었다.

"14603번이죠? 이름이 뭐예요?"

"이아나입니다."

"이아나 양, 정말 놀랐습니다. 설마 9999번을 두 시간 만에 채우실 줄이야……. 사실 질문하실 때 인상 깊게 보긴 했지만 여자분이라 합격은 힘들 거라고 생각했는데, 제 생각이 틀렸네요. 정말 감탄했습니다. 다른 수험생들을 둘러보느라 이아나 양의 검격을 자세히 보지 못한 게 아쉬울 정도로요."

라이언의 반짝거리는 눈빛을 받으며 이아나가 설핏 웃어 보였다.

"검술학부에 홍일점이 생길지도 모르겠네요. 앞으로도 힘내세요. 검술학부에서 선후배 관계로 다시 만나기를 기대하겠습니다."

"감사합니다. 그럼 이만."

라이언과 인사를 나눈 후 이아나는 기진맥진한 수험생들을 지나쳐 문을 열고 나갔다.

"여어, 이아나 양! 통과했어?"

나오자마자 손을 드는 에이지가 보였다. 에이지뿐만 아니라 다른 사람들도 이곳에서 나올 사람들을 기다리고 있다가 제일 먼저 아무렇지도 않게 나온 이아나에게로 시선이 쏠렸다. 이아나는 어깨를 으쓱여 보였다.

"식은 죽 먹기지."

"으음, 과연 이아나 양."

"저, 저기요! 흐아악, 헉, 아가씨……."

숨을 거칠게 몰아쉬며 이아나를 부르는 목소리가 있었다. 뒤돌아서 저를 부른 이를 본 이아나는 그를 바로 알아보았다. 아까 전 떨어질 것 같다고 생각했던 마른 소년이었다. 이아나가 의아한 눈으로 쳐다보자 얼굴이 벌게진 소년이 고개를 푹 숙였다.

"후우……! 흡! 고……맙습니다. 아가씨 덕분에 통과했어요!"

"……?"

이아나는 소년이 무슨 말을 하는지 이해할 수 없었다.

"뭐야, 이아나 양? 뭔가 조언이라도 해 준 거야?"

"아니, 아무것도."

이아나가 고개를 가로젓자 소년도 따라서 고개를 도리도리 저었다.

"조언 같은 게 아니라, 저랑 비슷한 체격의 여린 아가씨도 통과했는데 저라고 못 할 게 뭐 있나 하는 생각이 들지 뭐예요. 아가씨는 제가 사천 번 정도 때리고 있을 때 벌써 통과하셔서 쉬고 있는데 저는 나가떨어지면 그게 무슨 개망신인가 싶어서……. 거의 오기로 통과했어요. 감사합니다!"

"아아……."

그제야 소년이 죽기 살기로 허수아비를 때린 이유를 알게 된 이아나가 납득해서 고개를 끄덕였다. 에이지는 소년의 말을 곱씹어 보고는 놀라서 이아나를 돌아보았다.

"만 번을 다 때렸다고? 그것도 저 사람이 사천 번 칠 때?"

"진짜 대단했어요. 저만큼 아가씨의 검격을 자세히 본 사람도 없을 거예요. 아가씨께서 시작은 다른 사람들보다 훨씬 늦게 하셨는데요, 언제부턴가 퍽퍽거리는 소리가 정말 한마디로 비 오는 소리처럼 들리더라고요. 저도 모르게 소리가 들리는 곳을 쳐다봤다가 너무 놀라서 턱이 빠질 뻔했지 뭐예요. 허수아비가 불쌍하게 여겨질 정도였어요. 허수아비가 제대로 설 틈도 안 주고 검으로 치시더라고요. 제 옆의 수험생도 놀라서 멍한 채로 있다가 실격돼서 나갔어요."

에이지가 어이가 없어서 헛웃음을 지었다.

"나도 보고 싶다. 아니, 근데 이아나 양 괴물이야? 열여섯 살 맞아? 사실 드래곤이지? 소설에 나오는 것처럼 드래곤이 인간으로 변한 거 아냐?"

"헛소리. 평소 수련을 해 왔던 게 시험으로 나왔을 뿐이다."

"아니, 근데 당신, 방금 이아나 양에게 여리다고 했어? 내가 보기엔 당신이 더 여려 보이는데. 이아나 양한테 한 방이면 픽하겠구먼."

에이지가 심술궂게 덧붙인 말에 소년은 이아나를 흘끗 쳐다보더니 한숨을 푹 내쉬었다.

"저는 남자입니다. 이건 남자의 자존심이에요."

소년이 소매를 잔뜩 걷어 올린 팔을 이아나 옆으로 내밀었다. 이아나는 이게 대체 무슨 행동인가 싶어 소년의 팔과 얼굴을 번갈아 쳐다보았다. 그런 그녀는 아랑곳 않고 소년은 날카로운 시선으로 자신의 팔과 이아나의 팔을 비교해 보더니 환하게 웃었다.

"봐요. 솔직히 팔뚝은 제가 이 아가씨보다 조금 더 굵잖아요. 키도 아가씨보다 조금 더 커요. 몸무게도 제가 더 나갈걸요? 그럼 저보다 여린 거 맞죠."

"푸하하하하! 이런 마초를 봤나. 생긴 건 곱상하게 생겨 가지고! 낄낄낄!"

"……."

"에이지, 실례다."

에이지가 배를 움켜쥐고 미친 듯이 웃어 댔다. 스스로도 민망했던지 안 그래도 발갛던 소년의 얼굴이 토마토만큼 시뻘겋게 달아올랐다.

"아, 아무튼, 다음 시험도 잘 치세요! 2차 시험 때 봬요!"

"헤레이스 도련님!"

"앗, 집사!"

헤레이스라 불린 소년은 이아나와 헤어진 지 얼마 지나지 않아 일행인 듯한 노인과 마주했다.

"통과하셨습니까?"

"으응."

"장하십니다, 도련님. 체력시험을 통과하셨으니 이제 문제 될 건 아무것도 없습니다. 이대로만 쭉쭉 나갑시다."

"그래. 나도 그러고 싶어."

집사는 한동안 헤레이스에게 칭찬을 늘어놓다가 문득 안타까운 얼굴로 말했다.

"그러니 도련님, 후계권 포기는 다시 한 번 생각해 보시지요. 어찌 될지 모르는 게 사람 일이지 않습니까? 도련님의 병도 언젠가는……."

"그만해."

"하지만 그분들은 벤덤가를 맡기엔 성품이 모나고 역량이 부족합니다."

"역량이라면 형님이 더 넘치셔. 벌써 검술학부에 들어가셨잖아? 대체 무슨 소리를 하는 거야?"

"도련님……."

"그만하라니까. 가자."

이아나와 에이지는 헤레이스가 울적해 보이는 집사를 이끌고 빠르게 사라지는 뒷모습을 가만히 서서 쳐다보았다. 침묵 속에서 에이지가 입을 떼었다.

"헤레이스 벤덤이었군. 벤덤 자작가의 병약하고 불쌍한 도련님. 얼굴은 처음 보네. 저 애가 헤레이스……."

에이지의 묘한 눈빛이 헤레이스의 뒤통수를 향했다. 그의 미간은 살짝 찌푸려져 있었다.

공작으로 살면서 수많은 인간 군상들을 봐 온 이아나의 눈치는 빠른 편이라서 금세 에이지의 미묘한 반응을 눈치챘다.

'나와는 관계없는 일.'

그러나 곧 고개를 절레절레 젓고는 생각을 떨쳐 냈다.

"벤덤이라면 벤덤 검술로 유명한 가문이군."

"응, 맞아. 거기가 요즘 후계 문제 때문에 분위기가 상당히 험악한데 저 애가 그 주인공인가 보네. 듣고 싶어?"

얼굴을 편 에이지가 궁금하다면 당장이라도 가르쳐 주겠다며 호들갑을 떨었다. 정보를 다루는 자가 이렇게 헤프게 굴어도 되나 싶었다. 이아나는 어깨를 으쓱였다.

"아니, 됐다. 누군가의 신상을 남의 입으로 듣고 싶진 않아."

"아는 사람은 다 아는 상황이지만……. 뭐, 이아나 양이 그렇다면 좋아. 어쨌든 둘 다 1차 시험 합격을 했으니 우리 함께 오늘 밤을 술로 불태워 보자고!"

"내일이 2차 시험인 걸 잊은 건가?

"뭐 어때! 이아나 양이라면 아무 문제없잖아? 단테 부인이 준비해 두었을 1차 시험 합격 축하주의 마개를 신나게 따러 가자고! 가자, 가자!"

에이지가 거리낌 없이 이아나에게 어깨동무를 하고 신나게 웃어 젖혔다. 이아나는 흠칫 놀라 제 어깨 위로 올라온 에이지의 팔을 쳐다보았다.

"……."

누군가가 이렇게 어깨동무를 한 적이 있었던가. 아니, 없었다. 가족도, 동료도, 연인도, 그 누구도 없이 이아나는 홀로 우뚝 섰을 뿐이다. 그런데 이렇게 어처구니없게?

이아나는 복잡한 얼굴을 했지만 그것도 잠시, 이내 미간을 펴며 푸하— 하고 웃었다. 가끔씩 입꼬리를 살짝 끌어 올려 웃는 옅은 웃음도 아니고, 검을 쥘 때의 뜨거운 웃음도 아니었다. 평소 잘 짓지 않는 유쾌한 웃음이었다. 물론, 에이지에 대한 어이없음도 섞이긴 했지만 말이다.

"……나쁘지 않군."

"응? 뭐가?"

"아니다. 가지."

"이아나 양……. 미, 미안……."

에이지는 토할 것 같다는 표정으로 제 손에 쥐인 것을 들고 부들부들 떨었다. 이아나도 창백하면 창백했지 핏기는 존재하지 않는 표정으로 묵묵히 제 할 일을 했다.

"안녕하십니까, 2차 시험장에 오신 것을 환영합니다."

"우욱, 2차 시험이 이런 거일 줄이야……. 시험장이 마법학관이라는 말에 속았어. 나는 뭐 마법적인 방법으로 시험을 쳐서 금방 끝나는 줄 알았다고."

제길, 시험을 즐기려고 아무것도 알아보지 않은 내 실수다, 에이지가 그리 중얼거렸다. 그는 제 옆에 놓인 큰 바구니에서 동그란 무언가를 한 줌 꺼내며 눈을 질끈 감았다.

"여러분이 들어오실 때 받아 오신 커다란 바구니가 있지요? 바구니 안에 있는 재료가 다 떨어지면 앞에 있는 조교들에게서 다시 지급받으시면 됩니다. 언제든지 쉬셔도 좋고 주무셔도 좋습니다. 식사도 옆에 있는 식당에 가서서 하면 되고요. 세면도구도 바구니 안에 준비되어 있으니 학관 내의 화장실에서 씻으시면 됩니다. 여러분에게는 자유가 있습니다! 자, 앞으로 5일 동안!"

"자유는 개뿔이……. 이건 자유를 빙자한 억압이다!"

"실타래에 구슬을 꿰어 주시면 됩니다."

에이지는 창백한 표정으로 침침한 눈을 끔뻑이며 구슬에 실을 꾹 밀어 넣었다.

"난 이제 동그란 것만 봐도 토 나올 것 같아. 왱왱거린다고. 제기랄……. 우욱, 이 개미 똥구멍. 들어가라, 좀!"

2차 시험은 다음과 같다. 기한은 5일. 그 기간 동안 주어진 얇은 실에 좁쌀만 한 구슬을 하나하나 꿴다. 그리고 마지막 날, 최종적으로 수험생들이 완성한 실타래의 무게를 저울로 재서 구슬을 많이 꿴 상위 500명이 이 시험을 통과한다.

그래서 시험이 시작된 지 얼마 되지 않은 지금, 수험생들의 기세는 불타오르고 있었다. 침묵 속에서 구슬을 미친 듯이 꿰는데, 안타깝게도 그 뜨거운 열기와는 달리 손이 거칠고 큰 남자들은 구슬을 꿰지 못하고 바닥으로 흘리기 일쑤였다.

이아나와 에이지는 전날 술을 퍼마시는 바람에 단테가 끓여 준 해장국을 먹고 왔음에도 속이 상당히 좋지 않은 상태였다.

에이지는 이아나에게 미안해서 죽을 것 같았다. 딱히 마시고 싶지 않다는 이아나를 조르고 졸라서 밤새도록 술을 퍼먹였기 때문이다.

이아나도 처음에는 사양했지만 오랜만에 마시는 술이 입에 쫙쫙 달라붙는 바람에 나중에는 에이지가 조르지 않아도 벌컥벌컥 마셨으니 그녀의 탓도 없지는 않았다.

"자업자득이야."

"이아나 양, 진짜 미안."

"미안해할 필요 없어. 당신 때문이 아니라 술맛이 좋아 자제력을 잃고 미친 듯이 퍼마신 내 잘못이 크다."

"이야, 술맛이 좋다니."

에이지가 엄지손가락을 척 올렸다.

"장래가 기대되는 여걸일세."

"칭찬 고맙군. 그나저나 중간중간 휴식을 취해 주는 게 답인 것 같아. 술에 절어 있지 않았다고 해도 쉬지 않고 5일 동안 이렇게 작은 구슬을 꿰기만 하는 건 무리다."

"아무리 이아나 양이라도 그건 안 되나 보네."

시험이 시작된 지 몇 시간이 흐른 지금, 에이지는 결국 얼마 더 하지 못하고 손을 놓았다. 그는 눈앞에서 빙글빙글 도는 소용돌이를 보고 있었다. 이아나도 실이 자꾸 구슬 위를 헛돌아서 결국 손을 놓고 말았다.

"산책이라도 좀 하고 오는 게 낫지 않을까."

"동감이다."

눈이 빙빙 도는 한이 있더라도 다른 경쟁자들의 눈치를 보며 쉬지 못하는 다른 수험생들과는 달리 둘은 아무 미련 없이 바구니를 들고 자리를 박차고 나갔다. 바구니를 들고 나가는 이유는 독기 오른 경쟁자가 애써 꿰어 놓은 구슬을 다 쏟아 버릴 수도 있기 때문이다.

밖을 지키고 있던 조교들이 이상한 눈으로 쳐다보는 것을 뒤로하고 이아나와 에이지는 마법학관을 나왔다. 주변에서 한참이나 상쾌한 바람을 쐬며 휘적휘적 산책을 한 둘은 다시 돌아와 자리에 앉았다.

"아, 이제야 살 것 같네."

그때부터 둘은 말이 없었다. 술이 다 깨지 않았을 때는 눈이 빙글빙글 돌아 구슬을 잘 꿰지 못했지만, 애초에 그들은 집중력이나 손놀림이 범인을 넘어서는 비상한 인간들이었다. 금세 구슬을 꿰는 요령을 익혀 구멍에 실을 한 번에 쏙쏙 넣었다.

대다수의 수험생들이 한계에 도달해 구슬 한 개도 제대로 끼우지 못하는 동안 이아나와 에이지는 엄청난 집중력을 보이며 그들과의 차이를 만회했다.

휴식을 취하지 않는 것은 아주 비효율적이기에 그들은 집중하다가도 이따금씩은 쉬엄쉬엄 구슬을 꿰면서 잡담을 나누었다. 이아나는 말을 많이 하는 편이 아니었기 때문에 주로 듣는 입장이었지만 에이지가 말이 많았기 때문에 대화에는 별문제가 되지 않았다. 또 그가 아는 것이 많았기 때문에 듣는 재미가 있었다.

"그런데 보통 귀족 영애들은 자수나 뜨개질 같은 공예를 많이 하지 않나? 처음에 많이 어색해 보이던데 한 번도 안 해 봤어?"

"배우긴 했지만 노력을 하진 않았다. 그런 건 취향이 아니야. 차라리 검을 들고 흙바닥을 뒹구는 것이 나아."

"역시 예쁜 소녀의 껍질을 뒤집어쓴 상남자……."

"비꼬는 건가?"

"아냐, 칭찬이야. 듬직해. 듬직하다고."

그때 시시껄렁한 대화를 나누는 그들에게로 익숙한 소년이 창백한 기색으로 다가왔다.

"안녕하세요……? 저도 대화에 좀 끼워 주시면 안 될까요?"

에이지가 깜짝 놀라 뒤를 돌아보았다. 헤레이스 벤덤이었다.

"구슬 꿰고 쉬고 구슬 꿰고 쉬고 구슬 꿰고……. 돌아 버릴 것 같아요."

"헤레이스 벤덤 군 아니야? 어서 와, 어서 와."

에이지는 살짝 당황한 기색을 보이다 이내 반가운 이를 맞이하는 태도로 헤레이스를 끌어다 앉혔다. 헤레이스는 그들이 거부하지 않자 어둠 속에서 햇살 한 줄기라도 본 것처럼 환히 웃으며 자리에 앉았다.

"고맙습니다. 그런데 제 이름을 어떻게?"

"전에 댁을 데리러 온 사람이 부르는 이름을 들었거든."

"아아, 집사가……."

"정식으로 소개나 할까? 난 에이지라고 해. 스무 살이고. 아, 나보다 어려 보여서 귀족인데도 나도 모르게 반말을 해 버렸네. 불쾌하다면 말을 올리도록 할게."

능청스러운 에이지의 말에 이아나가 옆에서 피식 웃었다. 헤레이스는 눈을 동그랗게 뜨고 고개를 획획 저었다.

"아니에요. 제가 귀족이긴 하지만 학술원에 입학하면 신분은 중요하지 않은걸요. 전 열일곱 살이니 반말하셔도 괜찮아요. 반가워요. 헤레이스 벤덤이에요."

헤레이스가 이아나를 흘끔 쳐다보았다.

"그런데 아가씨도 귀족이셨나 봐요. 아, 오해 마세요. 아까 여기 올 때 들었어요."

"앗차. 내가 입을 잘못 놀렸네."

"어, 비밀이었어요? 미안해요."

헤레이스가 눈매를 늘어뜨린 채 미안해하자 이아나가 아무렇지도 않다는 듯 담담히 말했다.

"어차피 나중에 다 드러날 것을 숨길 이유는 없지. 나는 이아나 로베르슈타인. 현재 로베르슈타인 백작가에 적을 두고 있다."

헤레이스가 눈을 동그랗게 떴다.

"로베르슈타인 백작가? 엄청 좋은 집안의 아가씨네요. 그런데 어떻게 학술원에 입학할 생각을 다 하셨어요? 아가씨의 검술 실력이 학술원 입학은 거뜬할 정도로 대단한 건 알지만, 백작 이상 고위 귀족들의 자녀분들은 전부 왕립 아카데미에 가시던데."

귀족들의 생태에 어두워 이아나의 사정을 잘 모르는 헤레이스는 밝게 웃었다. 에이지는 으윽, 하고 신음을 흘리며 이아나의 눈치를 살폈다. 하지만 이아나는 아무렇지도 않게 어깨를 으쓱였다.

"독립할 생각이라서."

"독립이요?"

틀림없이 백작가의 영애가 왜 독립을 하냐는 질문을 할 것이라 생각한 에이지가 이쯤에서 주제를 바꿔야 하나 고민할 때였다. 헤레이스가 뜬금없이 감동한 눈빛을 이아나에게 보냈다.

"아아, 동지시군요. 저도 가문에서 독립할 거거든요. 혹시 어떤 계획을 세우고 계신지 들을 수 있을까요? 제 계획에 참고하고 싶어서……."

의외의 말에 에이지가 머리에 물음표를 띄웠다.

"벤덤가에서 독립할 생각이라고?"

"예에, 뭐, 좋은 얘기는 아니고요. 지금 우리 가문 내부에서 가신들이 저와 형님을 놓고 후계자 문제 때문에 싸우고 있거든요. 그런데 저는 그런 싸움을 하고 싶지 않아요. 가주 자리에 욕심이 나는 것도 아니니 벤덤가의 주인이 되고 싶어 하는 형님께 양보하려고 해요."

"아아……."

웃고는 있지만 살짝 어두워진 헤레이스의 안색을 본 에이지는 혀를 쯧 하고 찼다. 싸움을 하고 싶지 않은 것도 있겠지만 할 수도 없는 것이리라.

헤레이스는 재수 없게도 행운과 행운이 겹쳐 불운이 된 케이스였다. 그의 개인적인 사정은 일찌감치 알고 있었지만 에이지는 아는 척을 하지 않았다.

에이지는 말을 돌리기 위해 장난스럽게 말했다.

"너무 야망이 없는 거 아냐?"

"그런가? 하하. 그냥 전 제 미래의 부인만 먹여 살릴 수 있을 정도만 성공해도 만족할 것 같아요."

"이 자식, 공처가의 기질이 다분하군."

"공처가라는 말 좋네요. 전 제 아내한테 정말 잘해 줄 거예요. 바람도 절대 안 피울 거고요. 여자 문제로 속 썩이지도 않을 거예요. 아내가 아프지 않게 제가 힘든 일은 다 할 거예요. 토끼 같은 자식들도 많이 있었으면 좋겠어요. 그러려면 훌륭한 남자가 되어야겠죠?"

"푸힛!"

헤레이스가 다시 해맑게 웃으며 한 말에 에이지가 웃음을 참기 위해 손을 들어 입을 막았다.

"이 녀석, 정말 귀여운 녀석이었구나."

"네? 뭐가요? 저는 제 꿈을 말한 것뿐인데요."

"후후!"

그리고 갑작스레 이아나에게서 흘러나온 웃음소리에 헤레이스와 에이지가 고개를 돌려 쳐다보았다가 화들짝 놀랐다. 에이지는 언제나 딱딱한 표정을 하고 있던 이아나가 부드럽게 웃고 있어서 놀랐고, 헤레이스는 이아나가 이를 드러내며 입술을 반달형으로 접어 웃는 얼굴이 예뻐서 순간적으로 넋이 나갔지만, 이내 자신의 꿈이 어이없어 웃은 건가 싶어 얼굴을 붉혔다.

이아나는 금세 웃음을 접었고, 눈을 내리깐 채 입술을 끌어올렸다.

"아, 실례. 무척 좋은 꿈이라서. 헤레이스, 좋은 가장이 되겠군. 꼭 그렇게 되도록 해. ……네 가족이 될 사람들은 정말로 행복하겠어."

"어어, 고맙습니다. 열심히 할게요!"

이아나의 칭찬에 퍼뜩 정신을 차린 헤레이스는 정신없이 고개를 끄덕였다. 에이지는 능글맞은 우유욱 얼굴에 가드 띄우고 이아나에게 슬쩍 다가갔다.

"이야이야, 이아나 양 그렇게 웃으니까 예쁘네. 평소에도 그렇게 웃으면 얼마나 좋아?"

"닥치고 구슬이나 마저 꿰라. 그나저나 댁도 헤레이스를 좀 닮는 게 좋겠군. 미끈한 낯짝으로 능글맞게 웃으면서 그런 말을 내뱉으면 소름이 돋아."

"……왜 그래. 난 순수하게 꺼낸 말이야."

그렇게 그들 사이에 화기애애한 분위기가 이어지고 있을 때였다.

"이봐, 당신들 시끄러워! 여기가 무슨 수다 떨러 온 곳이야?"

날카로운 인상의 한 수험생이 이아나 무리를 홱 뒤돌아보며 소리 질렀다. 밝은 주황색 머리카락을 가진 그는 덩치가 크고 사나운 인상이었는데, 그런 그가 인상을 찌푸리니 범죄차처럼 흉악했다. 에이지가 눈을 동그랗게 떴다.

"뭐야?"

"닥쳐! 계집애들처럼 쫑알쫑알쫑알쫑알쫑알 끝도 없네!"

"왜 우리한테만 그래? 다른 사람들도 다 떠들고 있잖아. 이지긋지긋한 일을 하는데 다른 사람이랑 대화도 못 해?"

에이지는 괜히 시비를 거는 건가 싶어 인상을 찌푸렸다.

그의 말은 사실이었다. 구슬을 꿰는 일만 하는 것은 무리라고 생각한 다른 수험생들도 주변 수험생들과 이야기를 나누고 있었다. 남자는 지나치게 신경질적이었다.

"당신들이 뒤에서 제일 시끄럽게 굴잖아!"

"어, 어, 싸우지 마세요!"

헤레이스는 안절부절못하며 꿰던 구슬뭉치를 내려놓고 둘 사이에 끼어들려고 했지만, 이아나가 그의 팔을 붙잡고 다시 앉혔다.

"이, 이아나 양?"

"가만히 있어라, 헤레이스. 싸움 구경이 제일 재미있으니까."

헤레이스는 아연한 기색이었지만 이아나는 흥미진진한 표정으로 둘의 싸움을 지켜보았다.

에이지가 이해를 못 하겠다는 표정으로 남자를 쳐다보았다.

"그럼 댁도 주변 사람들이랑 떠들면 되지. 왕따야?"

"뭐야, 이 자식이!"

당장이라도 덤벼들 기세인 남자를 향해 에이지가 손을 쭉 내밀었다.

"알았어, 알았다고. 화내지 마. 우리가 시끄럽다면 댁이 자리를 옮기면 되잖아? 우리는 셋이고 댁은 하나니까. 그리고 충고하는데 그렇게 날카롭게 굴면 인생 재미없어. 여기 우리 착한 이아나 양이랑 헤레이스 군은 아무 말도 안 하고 내 수다를 묵묵히 들어 주고 있잖아. 피하지 못할 거면 즐겨라, 몰라?"

"으아아아아악! 이 @##$&@! @#$%$##!"

에이지의 말발을 이기지 못한 남자가 자기 혼자 이상한 욕설을 내뱉으며 씩씩거렸다. 그리고 짧은 머리를 미친 듯이 헤집고는 자신의 구슬뭉치를 들고 구석으로 달려가 그곳에 처박혔다.

치고받고 싸울 줄 알았던 에이지가 설교까지 해 가며 말솜씨로 남자를 내쫓아 버리자 이아나는 흥미를 잃고 제 구슬 줄을 꺼냈고, 헤레이스는 입을 벌렸다. 그리고 광인이 되기 일보 직전인 남자의 모습을 지켜보던 에이지는 어이가 없어 피식피식 웃다가 결국 낄낄댔다.

"에이지 씨한테는 함부로 말로 덤비면 안 되겠네요."

"낄낄. 나도 이아나 양한테는 상대가 안 돼."

"무슨 소리지."

"사실이잖아. 내가 백 마디 말을 내뱉어도 이아나 양 말 한 마디면 벙어리가 되어 버리는걸."

"화법의 차이 아닌가? 당신은 길게 말하는 걸 좋아하는 듯하지만 난 요점만 간단히 말하는 방식을 선호하니까. 길게 말하면 입만 아파."

"그러면 너무 정이 없어 보여용. 너무 무뚝뚝해 보인단 말야. 이 얼음덩어리."

"그러는 당신은 입만 산 촐랑이처럼 보인다."

헤레이스는 이아나와 에이지가 말로 공방을 주고받는 모습을 지켜보다가 손가락을 꿈지럭거렸다.

"저는 말을 잘하는 편이 아닌데……. 두 분이 부러워요. 저는 말싸움 같은 걸 하면 항상 머리가 새하얗게 질려서 말을 제대로 못 하거든요."

"응? 말은 충분히 잘하고 있는데? 말은 의사 표현을 제대로 할 수만 있으면 된 거야. 대화? 상대방의 말을 제대로 들어주고, 자기 말을 하는 게 대화의 전부야. 헤레이스 군과의 대화, 꽤 재밌으니까 그런 말 안 해도 돼."

헤레이스의 표정이 밝아졌다.

"그리고 헤레이스 군이 말한 말싸움은 대화와는 달라. 상대방의 논리가 맞든 틀리든 내 생각을 밀고 나가는 거지. 말싸움도 싸움이니 중요한 건 기백이야, 기백."

"기백이군요!"

헤레이스가 중요한 깨달음을 얻은 표정으로 고개를 끄덕이고 있자 에이지는 철이 든 남동생을 보는 형처럼 흐뭇하게 웃었다.

"그래, 그런 거지. 그나저나 저 미친놈은 뭐가 저렇게 신경질적이야? 엄청 이상한 놈이네."

"잠도 제대로 못 자고 구슬 꿰기만 하고 있으니 저도 저렇게 될 것 같은데요."

"헤레이스 군은 그러지 마. 쫓아낼 거야."

"헉…… 네, 네!"

이아나는 핼쑥하다 못해 피골이 상접한 듯한 주황 머리 남자가 구슬을 꿰고 있는 모습을 물끄러미 쳐다보았다.

'아무리 생각해도 어디서 본 것 같은데.'

까무잡잡한 피부에 주황 머리. 눈매가 날카롭게 솟아 사나운 인상. 에이지와 말싸움을 하다가 벌떡 일어섰을 때 본 바로는 무척이나 키가 컸고 몸의 곡선 하나하나가 굵직하게 떨어졌다. 그러한 특징들은 수련이 아닌 부모로부터 물려받은 천성적인 것들이었다. 주변에서 결코 쉬이 볼 수 없는 독특한 외양이었다.

이번 생에서는 로베르슈타인 영지에서 계속 살아왔으므로

단 한 번도 저런 특이한 외양을 본 적이 없음에도 이아나는 남자가 낯익었다.

'회귀 선에 본 석이 있나.'

하지만 전생의 인물도 이제 자신과 오랫동안 함께 지냈던 인물이 아니라면, 혹은 자신에게 큰 영향을 주지 않았거나 크게 관련 있는 인물이 아니라면 생각이 잘 나지 않았다.

회귀 전, 사람과 얼굴을 마주한 채 교류를 한다기보다는 그냥 서로 죽이고 죽이는 게 전부인 살육 전쟁을 몇 년 동안 치르다 죽었다. 그로부터 다시 태어난 지도 벌써 십육 년이 흘렀으니 회귀 전의 일이 이제 까마득한 건 당연했다.

흐릿한 기억을 더듬으며 한참이나 남자를 쳐다보던 이아나의 눈과 남자의 눈이 갑작스레 마주쳤다. 아까 에이지와 한바탕했을 때처럼 눈이 부리부리해지는 게 싸움이라도 걸려나 싶었다. 그런데 이내 눈을 한 번 크게 뜨더니 헤벌쭉하게 입을 째며 웃는 것이 어이가 없다.

이아나는 남자가 바보처럼 웃는 게 웃겨서 자신도 모르게 피식 웃고는 쥐고 있는 구슬로 다시 시선을 내렸다. 그리고 에이지는 그런 이아나와 남자를 번갈아 쳐다보고 있었다.

"뭐야. 이아나 양 이상형이 저런 남자였던 거?"

에이지가 얄밉게 웃었다.

"무슨 헛소리냐. 이상형이라니?"

"저 미친 남정네랑 방금 마주 보면서 다정하게 웃었잖아. 저 남자한테 관심 있는 거 맞지?"

"……허……."

에이지가 저 혼자 납득하여 고개를 끄덕거리는 모습에 이아나가 어이가 없어서 입을 벌렸다.

"과연, 이아나 양의 이상형은 마초구나. 좋았어, 정보 획득. 필요하다면 저 남자의 정보를 캐서 줄게."

"어떻게 해야 그런 식으로 생각할 수 있지? 당신의 뇌는 어떤 구조기에 그런 창의적인 생각을 할 수 있는지 궁금해서 머리를 쪼개 보고 싶을 정도야."

"내 뇌야 빠릿빠릿하게 굴러가면서 정보들을 정리하는 데에 특화되어 있지."

"형님, 따로 하시는 일 있으세요? 사무직 같은 거라든가."

이아나가 남자를 쳐다보는 사이 어느새 에이지와 형님 동생하는 사이가 된 헤레이스가 눈을 동그랗게 뜨고 되묻는 말에 에이지는 음— 하고 신음을 한 번 내뱉고는 인상을 찌푸렸다. 헤레이스는 아무 생각 없이 물은 거지만 에이지는 입장이 조금 난처했다.

"나는 내 손자가 이쪽 일은 전혀 몰랐으면 하네. 관련되는 것도 싫어. 그러니 손자에게는 관심을 가지지 말아 주게. 가까이하지도 말아 줘."

에이지는 동료가 했던 말을 잊지 않았다. 그러니 그냥 장난스럽게 비밀, 이라고 대답하면 그만이었다. 거짓말을 하는 건 식은 죽 먹기였고 상대를 가지고 노는 건 제 전문이었다.

하지만 정말 오랜만에 아무 악의도 없는 순진한 얼굴을 보고 있자니 제 안에서 이미 사라지고 없다고 생각했던 순수한 마음이 불쑥 치밀어 올랐다. 암흑가와는 연관이 없는 사람들과 아무 대가 없이 친해지고 싶다는 마음. 거짓말 같은 건 이미 많이 하고 있으니 솔직해지고 싶은 마음…….

에이지는 답답함을 느꼈다. 이 답답함은 어디서 비롯되는 것인가. 머리 회전이 빠르고 사람의 생각과 감정을 살피는 데 이골이 난 에이지는 자신이 왜 이러는지도 바로 알 수 있었다.

이 답답함은 자신의 음습하고 축축한 비밀에서 비롯되는 것이었다. 학술원에 들어간다고 해서 자신이 에이지가 아닌 건 아닌데, 평범하게 아무런 의도도 없이 이들과 친해지고 싶은 마음이 들었기 때문에 답답했다.

그는 결코 평범해질 수 없는데도, 감상에라도 젖은 것처럼 평범해지고 싶어서. 언젠가는 이들과 영원한 작별을 해야 할 텐데도 그답지 않은 멍청함으로 거짓 없이 시간을 즐기고 싶었다. 그럴 수 없는데도.

이는 이아나를 만나고 난 이후부터였다. 에이지는 이아나를 흘끔 쳐다보았다가 눈이 마주쳤다. 이아나는 그를 응시하고 있었는데, 그 눈은 전혀 흔들리지 않아서 에이지는 쓴웃음을 지었다.

이아나는 이상했다. 아무것도 궁금해하지 않았다. 어떻게 보면 무관심한 태도지만 그래서 더 편하게 여겨졌다. 거짓말을 할 필요가 없기 때문이다. 신념으로 똘똘 뭉친 깨끗한 눈동자는 거짓을 말하는 스스로를 부끄럽게 만들고, 다가가고 싶게 만든다.

만일 이아나를 만나지 않았다면 훗날 끊어질 인연 따위는 만들 생각도 하지 않았을 터다. 학술원에서 얌전히 그 남자를 지켜보고 인재를 체크할 생각만 했을 텐데…….

이아나도 그렇고, 헤레이스도 그렇고 자신과는 평생 어울릴 리 없는 밝은 세계의 사람들과의 만남에 들뜬 모양이었다.

'그래서, 나는 이들과 평범한 친구라도 되고 싶은 걸까? 그럴 수 없음을 누구보다 잘 알면서…….'

답답해 보이는 에이지의 표정에 헤레이스가 찔끔해서 어깨를 좁혔다.

"어, 저 뭐 물어서는 안 될 걸 물은 건가요? 괜찮아요. 가르쳐 주지 않으셔도 돼요."

"아니, 그건 아닌데……."

고민하던 에이지는 이내 뭐 어떤가 싶어서 고개를 끄덕였다. 사실의 일부 정도는 말해 줘도 상관없을 것이다.

고개를 이리저리 돌려 보니 사람들은 무리를 지어서 제 이야기를 한다고 바쁘거나, 구슬을 꿰는 데에 집중하고 있거나, 혹시라도 구슬을 꿴 실이 경쟁자의 욕심으로 인해 끊어질까 봐 근처로 접근하는 이들을 경계하며 노심초사하고 있었다. 그가 말한다고 해서 그의 말에 집중할 이는 없었다.

"뭐, 이아나 양은 이미 대충 알고 있기도 하고, 헤레이스 너도 이리저리 떠들고 다닐 타입은 아닌 것 같으니까. 다른 사람한테는 말하지 말고."

"무, 물론이죠."

헤레이스가 긴장해서 침을 꼴딱 삼켰다. 장난스럽기만 한 에이지의 비밀이 나올 것 같았기 때문이다. 에이지는 구슬을 하나 들어 실에 꿰면서 입을 열었다.

"난 이것저것 하고 있긴 하지만 주된 직업은 정보상이야."

"정보상이요?"

"정보를 거래하는 과정에서, 모든 정보를 손 안에 쥐게 되는 중심이라고 할 수 있지. 궁금한 게 있으면 다 물어봐. 정말 잡스러운 내용만 아니라면 거의 다 대답해 줄 수 있으니까."

혜레이스가 멍한 얼굴로 고개를 정신없이 끄덕였다.

"우, 우와. 뭔가 대단하네요. 그런데 그게 그렇게 숨겨야 하는 건가?"

"이렇게."

에이지가 두 손가락으로 구슬 하나를 집어 들어 제 눈앞으로 가져다 댔다. 구슬은 작고 투명한 빛을 띠는지라 이아나와 혜레이스의 눈에는 구슬 너머 에이지의 푸른 눈동자만이 또렷하게 보일 뿐 구슬은 잘 보이지 않았다.

"주변인들이 잘 알 수 없는 은밀한 진실이 하나 있어."

에이지는 구슬을 약간 내리고 실을 구슬에 푹 쑤셨다. 실은 날카로운 바늘이라도 달린 것처럼 구슬 구멍 사이로 섬뜩하게 일직선으로 들어갔다.

"이 진실을 꿰뚫고, 이 진실의 주인에게 비수를 찌른다는 것은."

실을 흔들어 구슬을 아래로 보낸 에이지가 맑은 소리를 내는 구슬 뭉치를 내려다보며 입을 열었다.

"상당히 위험한 법이지. 정보상은 누군가가 숨기고 싶어 하는, 그 누군가의 비수가 될 만한 은밀한 사실도 이 구슬처럼 많이 알고 있으니 경계하는 적이 많거든."

"아……."

"은밀한 사실의 예를 들어 볼까. 헤레이스?"

숨죽인 말에 헤레이스는 긴장해서 침을 꿀꺽 삼켰다. 이아나도 손을 멈추고 귀를 기울였다. 에이지가 얼굴을 굳히고 진지하게 중얼거렸다.

"이아나 양의 사이즈는 34-24-35야."

빠아아아악!

"으악!"

"와앗!"

이아나는 정말 진심으로 주먹을 세게 휘둘렀고 그 주먹에 뺨을 정통으로 맞은 에이지는 옆으로 넘어지더니 몇 번이나 옆으로 굴렀다. 헤레이스는 에이지의 말에 얼굴에 홍조를 띠었다가 옆으로 날아가는 그를 보고 안색이 창백하게 질렸다.

"이 미친 새끼야, 조심해!"

쿠당탕 하는 소리와 함께 에이지가 구르는 궤적을 사람들이 기겁하며 피했다. 겨우 몸을 멈춘 에이지가 골이 아파서 초점이 없는 눈을 한 채 뺨을 붙잡고 휘청거리는 상체를 일으켰다.

"아, 아파……. 우와, 너무 심해……."

"잘 나가다가 마무리가 상당히 저질스럽군. 어떻게 안 거지?"

이아나는 한 대 더 패 버릴까 생각하면서 손목을 돌리며 에이지를 노려보았다. 에이지가 정신을 차리고 엉금엉금 기어왔다가 어색한 표정으로 웃었다.

"그, 그냥 한 번 쓱 보면 딱이지."

"……"

"진짜야! 난 눈이 좋아서 쓰리사이즈 정도는 그냥 보고도 알아! 아, 아무튼 저 인간 말이야! 저 인간!"

에이지가 손가락질한 곳에 있던 주황 머리가 이곳을 보고 있었는지 깜짝 놀라 흠칫했다. 하지만 에이지는 그 남자에게 신경 쓸 틈이 없었다. 주먹을 올리는 이아나에게 변명하고 말을 돌리는 데에 바빴기 때문이다.

"이상형은 농담이긴 하지만, 관심 있는 거 맞잖아. 알아봐 줄까? 응?"

"필요 없어."

"그러지 말고. 이아나 양이 관심을 가질 만한 요소가 저런 남자의 어디에 있으려나……."

말을 돌리려 한 말이었지만 진심으로 호기심이 생긴 에이지가 남자를 요모조모 뜯어보았다. 눈이 마주치고 남자가 인상을 일그러뜨리자 에이지가 상큼하게 웃으며 손을 흔들었다. 이아나는 한숨을 푹 쉬고 긴장한 듯한 주황 머리와 에이지를 번갈아 쳐다보았다.

"뭐 하는 거냐."

"그냥 앞으로 잘 지내보자는 인사? ……아, 아파."

씩 웃다 말고 에이지는 인상을 찌푸리며 부어오른 뺨을 부여잡았다.

"너 이 새끼, 밖으로 나와!"

에이지가 깝죽대는 것을 참고 참던 주황 머리가 결국 터져서 벌떡 일어났다. 하지만 그의 고함소리에도 누구도 그들을 보지 않았다. 에이지가 깝죽거린 지도 며칠 되었고, 남자가 하루에도 몇 번씩 폭발해서 저렇게 일어나는 것은 자주 있는 일이었기 때문이다. 그리고 그들은 다음에 일어날 일도 잘 알았다.

에이지가 눈을 동그랗게 뜨고 손을 흔들었다.

"오. 안 돼. 이제 시험까지 몇 시간 안 남았단 말이야. 타로, 너 구슬 얼마 못 꿴 거 같은데 이렇게 성질부릴 시간이 돼?"

"……!"

남자, 타로는 그 말에 안절부절못하더니 다시 제자리에 앉아 구슬뭉치를 쥐었다.

"그, 그러니까 날 여기 내비…… 아니, 내버려 두고 좀 꺼지랑…… 아니, 꺼지란 말이다. 으아아아, 말 걸지 마, 말 걸지 말라고! 왜 이러는 건데!"

"그냥 너랑 대화를 좀 하고 싶어서. 우리 좀 친해지자고."

"나는 너 같은 놈이랑 대화하고 싶지 않다. 제발 좀 꺼져!"

타로는 계속 대화를 회피했고 에이지는 타로를 놀리는 것에 맛이 들렸다.

한참이나 버둥거리던 타로를 남겨 두고 에이지가 낄낄거리며 돌아왔다. 이아나와 헤레이스는 옆자리에 철퍽 주저앉는 에이지를 질린 눈으로 쳐다보았다.

"에이지 형님, 진짜 못됐어요."

"사디스트 기질이 좀 있군."

"어어, 너무 그러지 마. 타로 저 친구, 얘기하다 보면 놀리는 재미가 있는 친구라고."

대화를 전혀 나누고 싶지 않았던 주황 머리였지만 에이지의 끈덕짐에 포기하고 통성명은 했다. 이름은 타로. 에이지와 같은 스무 살이었다. 에이지가 어깨를 으쓱였다.

"그나저나 저 친구, 말 자체가 어눌한 건지, 아니면 다른 지역에서 온 건지 말을 계속 더듬는 게 수상쩍단 말이야. 자꾸 대화를 안 받아 주니까 어느 지역 사람인지는 잘 모르겠고. 내 참, 뭘 저렇게 꼭꼭 숨긴대? ……숨기니까 더 벗기고 싶어지잖아."

에이지가 야릇한 표정으로 혀를 내밀어 입술을 쭉 핥자 헤레이스가 섬뜩함을 느끼고 멀어졌다.

"형님, 가까이 오지 마세요."

"엥?"

"뭔가 위험함을 느꼈어요."

그렇게 시시덕거리는 것도 얼마 지나지 않아 요란한 알람 소리가 넓은 제1마법학관에 울려 퍼졌다. 두 번째 시험의 조교를 맡은 남자가 가장 앞에 위치한 단상에 올라서며 마이크를 움켜쥐었다.

"시험 종료하겠습니다. 모두 멈추시고 머리에 손을 올려 주십시오! 이 시간 이후 손이 움직이는 게 보일 시 부정행위로 간주해 실격 처리하겠습니다. 지금부터 도우미들이 마법저울을 들고 다니며 여러분의 구슬 뭉치의 무게를 재 드릴 겁니다. 그 무게를 기억하고 계십시오! 그리고…….”

입구에서 쏟아져 나온 수십 명의 도우미들이 동그란 저울을 하나씩 들고 바쁘게 움직이는 것과 동시에 조교가 옆에 놓여 있던 거대한 칠판을 내리쳤다.

“그 무게로 순위가 매겨져 이곳에 여러분의 번호가 1위부터 나타날 겁니다. 제가 통계가 종료되었음을 알려 드리고, 동시에 다음 시험의 날짜와 시간을 알려 드리면 시험이 완전히 종료됩니다. 합격 여부를 가르는 커트라인은 알려 드릴 테니 순위를 보고 싶다면 칠판을 확인하시고, 순위가 궁금하지 않으신 분들은 자신의 구슬뭉치 무게가 커트라인을 기준으로 합격인지 불합격인지만 확인하고 가시면 되겠습니다. 합격생들은 3차 시험장에 시간에 맞춰 오시면 됩니다.”

이것 때문에 마법학관에 오라고 한 모양이었다.

마법은 마나를 근간으로 하는, 마도시대를 지배하는 학문. 이 세계에 가득한 마나는 이 세상 모든 것에 대하여 무한한 응용이 가능하다. 무구나 몸에 덧씌워 강기로 이용할 수도 있고, 마나를 재배열해서 온갖 마법으로 재구성할 수도 있다. 일차 시험에 사용한 허수아비도, 지금의 거대한 칠판도 모두 마법을 응용해 제작한 마법 물품, 아티팩트였다.

얼마 지나지 않아 이아나 일행에게도 도우미가 당도했다. 도우미는 바쁘게 바닥에 저울을 내려놓았다.

“안녕하세요. 지금부터 무게를 잴 거예요. 빨리빨리 할게요.

우선 8544번 남성분."

도우미가 에이지의 번호표를 확인하고 저울 뒤의 번호판에 번호를 쓱쓱 누르더니 손을 내밀었다. 에이지는 바구니에서 거대한 구슬 뭉치를 꺼냈다. 도우미는 조금 놀라는가 싶더니 살포시 미소 짓고는 에이지의 구슬 뭉치를 저울 위에 올렸다.

"13.48295킬로그램."

도우미는 호들갑을 떨면서 자신이 잰 것 중에 가장 무겁게 나왔다며, 500위 안에는 당연히 들 것이라며 에이지를 칭찬해 주었다. 그리고 이어 이아나가 꺼내 든 구슬 뭉치를 보고는 할 말을 잃었다.

"14.20859킬로그램."

마지막으로 헤레이스의 구슬 뭉치의 무게를 쟀을 때는 경악을 금치 못했다.

"14601번 수험생님……. 대, 대단하시네요. 14.82931킬로그램!"

"헉, 헤레이스 너 언제 이만큼 했냐?"

에이지가 감탄해서 혀를 내둘렀다. 헤레이스도 어안이 벙벙한 듯 표정이 멍했다.

"어……. 하다 보니 그렇게 됐네요. 다 여러분 덕분이죠. 놀면서 안 했으면 전 지쳐서 나가떨어졌을 거예요."

헤레이스는 머리를 긁적이며 겸연쩍어했다.

"아니, 정말 대단하다. 집중력이 범인을 뛰어넘은 것 같군."

이아나 또한 감탄하며 칭찬해 주었다. 놀면서 하긴 했지만 할 때는 집중해서 꽤 열심히 했는데 그의 무게에는 못 미쳤다.

"그냥 열심히 했을 뿐인데…….."

이아나의 진심 어린 칭찬에 헤레이스가 쑥스럽게 웃었다. 그리고 거기에 초를 치는 건 에이지였다.

"겸손은. 손재주가 장난이 아닌데? 섬세함이 돋보이는걸. 여성스러워."

"……그거 칭찬 맞죠? 손재주를 정신력으로 알아들을게요. 사나이가 그 정도는 돼야죠. 형님은 타로 씨를 괴롭히느라 바쁘셨던 모양이에요."

"어쭈, 시비냐?"

"죄, 죄송합니다."

여성스럽다는 말에 반항심을 표출하던 헤레이스가 바로 사과하며 강아지가 귀를 축 늘어뜨린 것처럼 축 처졌다. 에이지가 농담이라며 낄낄거리며 웃자 다시 안색이 밝아졌다.

뒤에서 헤레이스의 모습을 관찰하던 이아나는 체력시험이 끝난 후 나눴던 대화에서도 그렇고, 방금 전도 그렇고, 그가 남자다운 것에 아주 민감하다고 생각했다.

다른 건장한 수험생들이 나가떨어져도 끝까지 목검을 내리치던 끈기를 고려했을 때 헤레이스가 그리 약한 것 같진 않은데 여자인 저만큼 얇은 몸인 걸 생각해 보면 선천적으로 약한 걸까 싶었다.

또, 헤레이스는 귀족 같지도 않았다. 보통 고귀함만 보고 자란 귀족이라면 에이지의 행동에 불쾌할 법도 한데, 그는 동생을 다루는 듯한 에이지의 태도를 자연스럽게 받아들였다.

벤덤 자작가라면 꽤 유명한 가문이다. 귀족 가문에 별 관심이 없는 이아나가 알고 있으니 말 다했다.

벤덤 검술이라든가, 벤덤 기사단이라든가 검에 관련된 그 가문의 이름은 들은 적 있었다. 또한 벤덤의 가주들이 대대로 영지를 다스리는 것을 거부하며 왕실기사단의 요직을 맡아 로안느 왕국을 수호한다는 부질없는 명예를 중시했다는 것도.

하지만 에이지나 헤레이스의 말을 들어 봤을 때 이번 대의 벤덤은 다른가 싶었다. 그 벤덤에 후계자 싸움이 일어나다니 말이다.

도우미가 바쁘게 그들을 지나치고 얼마나 시간이 흘렀을까, 또다시 시끄러운 알람이 울려 퍼졌다. 이아나와 에이지, 헤레이스는 환히 빛나고 있는 칠판을 보았다. 칠판에는 은은한 빛이 위에서 아래로 내려오고 있었다. 빛이 지나간 자리에는 황금색의 글자들이 빼곡히 빛났다.

"수고하셨습니다. 이제 팔을 내리셔도 됩니다! 3차 시험장은 제1검술학관 앞에 마련된 공개연무장이며, 시험일자는 오늘로부터 3일 후! 2월 1일, 오전 열 시입니다. 그럼 이제 커트라인을 알려 드리겠습니다. 500위를 하신 분의 무게는……."

수험생들은 조교가 칠판을 더듬거리며 500등의 무게를 확인하는 것을 침을 꼴딱거리며 쳐다보았다.

"7.24338킬로그램입니다."

"아아아아악!"

"으헝엉헝허엉……."

"이얏호!"

울부짖는 사람도 있었고, 고함지르는 사람도 있었으며, 환호

성을 지르며 날뛰는 사람도 있었다. 자신의 순위를 확인하기 위해 칠판 앞으로 달려가는 사람들도 많았다. 헤레이스도 그중 하나였다. 이아나와 에이지는 희비가 엇갈리는 사람들의 모습을 뒤에서 담담하게 바라보았다.

"가뿐히 통과네."

"그렇군."

"와하하하히하하하!"

그때 에이지 때문에 익숙해진 목소리가 시험장 안을 쩌렁쩌렁하게 울렸다. 거구의 타로가 웃으면서 날뛰고 있었다. 그런 그에게 2차 시험 내내 그를 괴롭힌 에이지가 슬금슬금 접근했다.

"뭐야, 타로. 너도 통과했냐?"

"헙! 이노옴…… 하하하하!"

에이지를 본 타로가 눈을 부라리긴 했지만 금방 미간을 펴면서 껄껄대며 웃었다.

"내가 바로 500위라고! 하하하하! 어쨌든 너, 이 에이지인지 에이비인지 에이씨인지 모를 빌어먹을 자식. 너 때문에 내가 얼마나 고생했는지 알아! 시험만 끝나면 너부터 어죽으로 만들어 버리려 했는데, 으허허허허. 너 인마, 내가 통과해서 기분 좋아 가지고 봐준당……."

헙. 타로가 자신의 입을 탁 막았다. 눈동자를 굴려 멀뚱하게 서 있는 이아나를 본 타로는 벌게진 얼굴로 꽁무니가 빠져라 도망쳤다. 에이지는 거구와 어울리지 않게 헐레벌떡 도망치는 타로의 뒷모습을 묘한 얼굴로 바라보았다.

"뭐야? 싱겁긴. 저 녀석 이아나 양한테 반한 거 아냐? 왜 저래?"

"모르겠군."

의아하긴 하지만 타로의 행동이 그다지 신경 쓰이지 않았던 이아나는 어깨를 으쓱였다.

"제가 1등이에요!"

그사이에 헤레이스는 칠판에서 자신의 순위를 확인하고는 환한 웃음과 함께 돌아왔다. 그가 이번 2차 시험의 1등이었다.

"대단한걸."

"축하한다, 헤레이스."

"저 정말 기뻐요."

갑자기 헤레이스의 눈에 눈물이 맺혔다. 이아나와 에이지는 놀란 눈으로 쳐다보았다. 헤레이스는 울음을 꾹 참으려는 듯 눈에 힘을 주고 있었다. 하지만 결국 눈물이 주룩하고 흐르고 말았다.

"뭐야, 우는 거냐? 그렇게 좋아?"

"좋고말고요. 이아나 양이랑 에이지 형님처럼 좋은 분들도 만나고……. 구슬 꿰기 시험이긴 했지만 검술학부 입학시험에서 1등이라는 것도 해 보고……. 고집부려서 이번 학술원 시험을 치러 오길 잘했어요."

"야, 너 남자 맞냐."

"남자 맞아요."

헤레이스가 훌쩍이다 말고 방긋방긋 웃었다. 과연 미소년은 뭘 해도 된다면서 탄식한 에이지가 헤레이스를 잡아끌었다. 그들은 밖에서 헤레이스를 기다리고 있던 집사까지 데리고 단테가 조마조마하며 기다리고 있는 엘로냐의 낙원으로 갔다.

여관은 처음인 헤레이스가 얼굴을 붉히며 두리번거리자 단테는 이번에는 귀여운 도련님까지 데리고 왔다며 호들갑을 떨며 좋아했다. 게다가 헤레이스가 2차 시험의 1등이라는 말에 단테는 이아나에, 에이지에, 2차 시험 수석까지, 이러다 무서운 집단 하나 만들겠다며 우스갯소리를 했다.

이번엔 헤레이스까지 끼워 넣은 그들은 여관의 한구석에서 낮부터 술을 퍼마셨다. 이틀 동안 휴식을 취할 수 있기에 저지른 짓이었다.

헤레이스는 집사가 옆에서 뜯어말리기도 했고 술을 마시는 게 처음이었기에 머뭇거렸지만, 에이지가 이거 못 마시면 넌 남자도 아니라는 말에 표정을 굳히고 술을 가득 채운 잔을 몇 번이나 입에 들이부었다. 그리고 완전히 취해서 술주정을 부렸다.

"에이씽! 야! 내가, 내가 그러고 싶어서 그러는 게 아니란 마리야!"

"어, 어. 그래. 일단 진정……."

"진정은 무슨 진정을 해! 우이씽!"

에이지가 술잔을 테이블에 쾅 내리치는 헤레이스의 옆에서 쩔쩔맸다. 헤레이스의 눈에 눈물이 맺혔다.

"나라고…… 나라고 이런 몸으로 태어나고 싶었는지 알아!"

"……."

"노력을 해도, 노력을 해도 안 되는 이 거지 같은 몸 같으니, 흐흑……. 난 쭉정이야, 쭉정이라고! 울 가족이, 아니 세상 사람들이 전부 다아 날 쭉정이로 본다고! 허엉, 아버지……."

결국 헤레이스는 술을 마시다 말고 울음을 펑펑 터뜨렸다.

그가 울먹이며 내뱉은 말에 에이지와 이아나가 서로 눈빛을 교환했다.

헤레이스는 제 신세를 한탄했고 에이지는 그 신세 한탄을 받아 주었다. 이아나는 옆에서 잠자코 그들의 대화를 들었다. 헤레이스의 상황은 이러했다.

그가 태어나기 전에, 현 벤덤 자작은 사랑하는 부인이 몇 해가 지나도록 아이를 낳지 못해 하는 수 없이 평민 첩을 들였다. 첩은 들어오자마자 임신해서 튼튼한 남아를 출산했고, 남아는 그대로 후계자가 되는 듯했다. 그런데 본부인이 일 년 뒤에 헤레이스를 임신했고 집안에서는 경사가 났다.

하지만 본부인은 헤레이스를 낳으면서 죽었고, 태어난 헤레이스는 어렸을 때부터 몸이 많이 약했다. 벤덤에서 태어나는 사람들은 몸이 유전적으로 튼튼하고 건강하기로 유명한데, 헤레이스는 그 집안에서만큼은 기형아나 마찬가지였다.

한참이나 울던 헤레이스가 잠이 들자 그의 곁에서 안절부절 못하고 기다리고 있던 집사가 그를 업어 수도의 저택으로 되돌아갔다. 그리고 그 후, 말없이 술을 들이키던 둘 사이의 침묵을 에이지가 깼다

"수도에서는 유명한 얘기지. 헤레이스는 어렸을 때부터 많이 약했다고 하는데…… 글쎄?"

테이블을 툭툭 두들기며 뭔가를 골똘히 생각하던 에이지는 푸— 하고 한숨을 내뱉었다.

"난 딱히 헤레이스가 약한 것 같지는 않은데. 1차 시험도 통과했고, 구슬 꿰기 시험 같은 것도 1등으로 통과하는 것 봐."

"동감이다. 헤레이스는 약하지 않아. 게다가 몸이 약한 게 문제가 아니야. 언제나 그 빌어먹을 집안이 문제다."

이아나의 말투에는 못마땅함이 잔뜩 묻어나 그녀의 사정을 알고 있는 에이지는 더 이상 헤레이스의 집안에 대해 말하지 않기로 했다. 그 대신 테이블에 턱을 괴며 씩 웃었다

"헤레이스 녀석 얘기, 더 듣고 싶지 않아? 그 애에게는 중요한 비밀이 있는데 말이야."

술에 취했는지 실실 쪼개면서 하는 말에 이아나는 고개를 저었다.

"전에도 말했듯 다른 사람의 입으로 친분 있는 사람의 비밀 얘기를 듣고 싶지 않아."

"응? 친분? 그럼 헤레이스, 벌써 이아나 양의 아군인 거야?"

아군? 이아나는 에이지가 무슨 말을 하나 싶어 쳐다봤다가 예전에 뒷골목에 들어가면서 어둠에 대해 대화를 나누었을 때 자신이 했던 말을 떠올렸다. 이아나가 맥주를 홀쩍 들이켰다.

"노력파인 헤레이스를 마음에 들어 하지 않는 건 아니지. 하지만 만난 지 며칠 되지도 않은 사람을 그렇게 생각하지는 않아."

"과연. 아군은 아니지만 제삼자보다는 아군에는 가깝다는 건가. 그럼 나는 어때? 나에 대해서는 안 궁금해? 나는 헤레이스보다 훨씬 더 비밀이 많은 남잔데? 이아나 양은 내가 숨기는 것과 관계없이 딱히 묻고 싶지 않아하는 것 같네."

"내가 궁금해한다면 말해 줄 생각인가?"

에이지는 그 말에 입을 딱 다물었다가 고개를 저었다.

"아니. 말 안 해 줄 거야."

"그럼 됐어."

"그럴 줄 알았어. 하지만 내가 뭔가를 숨기고 있는 게 불쾌하시 않아!"

"별로. 딱히 그걸 모른다고 해서 당신이 에이지가 아닌 것은 아니니까."

"엥?"

전혀 예상치 못한 말에 에이지가 저도 모르게 이상한 소리를 냈다. 에이지는 수없이 많은 비밀을 지니고 있기에 그들의 눈에 비칠 자신이 거짓부렁처럼 여겨져 답답함을 느꼈었다. 그런데 이아나는 지금 이상한 말을 하고 있었다.

"지금 내 눈앞에 앉아 있는 시시껄렁한 인간은 에이지가 아닌가?"

"……."

"심술궂고, 변태 같은 에이지. 하지만 꽤 재밌고, 솔직해. 내가 보는 당신의 모습에 거짓은 없다고 생각한다. 거짓말하는 인간들은 딱 표가 나거든. 당신에게는 정체처럼 숨기는 비밀이 있겠지만, 위선적으로 보이는 건 없어. 뭐, 비밀이 많다고?"

에이지가 이아나를 멍청하게 쳐다보았다.

"나도 다른 이들에게 보이지 않는 모습이나 말하지 않는 비밀 정도는 있어. 나 말고도 누구나 마찬가지지."

순간 머리가 뻥 뚫리는 것 같은 기분이 들었다. 에이지가 천천히 눈을 감았다.

"내게는 지금의 당신이 에이지다. 그리고 지금의 당신에게 무언가 추가되더라도 당신은 언제나 에이지야. 숨기고 있는 비밀은 에이지라는 인간이 가지고 있는 부속물일 뿐이다. 그 관계가 역전되면 안 돼. 부분이 전체를 대신할 수는 없어."

"……."

"말이 길어졌는데, 요약하면 꽤 마음에 드는 누군가가 숨기고 싶어 하는 건 모르는 척해 주는 것도 하나의 미덕이라 생각한다. 나중에 그 사람의 비밀을 알더라도 그게 내게 해를 끼치지만 않는다면 별 상관없겠지. 그리고 비밀이 내게 위험이 된다 하더라도, 그 순간의 그 사람이 나의 완전한 아군이라면……."

"이라면?"

"나는 그 위험을 받아들인다."

이아나는 눈을 내리떴다. 사람을 마음에 잘 들이지 않는 만큼, 아군이라고 생각하는 정도라면 그만큼 소중한 사람이라는 것일 테니까. 그런 사람을 포기하고 싶지 않았다.

"푸하하하하하!"

에이지가 크게 웃음을 터뜨리며 테이블에 머리를 처박았다.

"하하하핫!"

그러고도 한참이나 터져 나오던 에이지의 웃음소리가 점차 멎어 간다.

"크크크……. 대단해. 이아나 양은 어떻게 그런 말들을 할 수 있어? 내 뇌구조가 궁금하다고 했지? 나야말로 이아나 양의 뇌구조가 궁금하다고. 그리고……."

이후에 에이지는 말을 잇지 않았다. 이아나는 에이지의 뒤통수를 가만히 내려다보았다. 한참이나 움직이지 않는 그가 잠들었나 싶어서 이아나는 잔에 남은 술을 홀로 들이켰다.

이마를 차가운 테이블에 박은 채, 눈을 감고 있는 에이지의 얼굴은 뒤죽박죽이었다.

'어떻게 한 달도 안 돼서 나같이 썩을 대로 썩은 인간의 마음을 이렇게 뒤숭숭하게 만들 수 있는지…….'

발젠타 학술원 검술학부 시험은 그 명성에 걸맞게 만오천 명에 준하는 사람들이 지원했다. 하지만 1차 시험에서 지원자가 14603명에서 2900명으로 걸러졌다. 그리고 2차 시험에서는 총 500명이 선발되었다.

3차 시험인 근력 시험과 4차 시험인 순발력 시험은 1, 2차 시험과 달리 이틀에 걸쳐 함께 치러진다. 근력과 순발력은 순간적인 능력이고, 순위를 매기는 상대평가가 아닌 결과에 따라 합격 판정이 나는 절대평가이기 때문에 시험을 치르는 데 시간이 얼마 걸리지 않았다.

"으랏차차!"

우렁찬 기합소리와 함께 저 멀리서 뻐걱 하는 타격음이 하늘에 울려 퍼졌다. 수험번호순으로 시험이 진행되기 때문에 순번으로 치면 맨 마지막인 이아나와 헤레이스는 근처 풀밭에 앉아 차례를 기다리고 있었다. 그리고 지금 헤레이스는 이아나에게 나이를 물어봤다가 풀이 죽어 있는 상태였다.

"이아나 양이 저보다 어렸다니. 어려 보여서 설마 하긴 했는데……."

"아, 실례. 에이지를 상대하다 보니 이 말투가 익숙해져서. 존대를 해 주길 바란다면……."

당장이라도 말을 올릴 듯한 기세에 헤레이스가 손을 내저었다.

"아니에요. 이아나 양이 저한테 존대를 한다니, 상상도 안 되네요. 그냥 편하신 대로 부르세요."

"너……. 아, 실례. 이때까지 나도 모르게 너, 너 거리고 있었군. 불쾌하지 않았나?"

"별로요. 누님이 있다면 이런 느낌일까 하는 생각이 들 정도로 어른스러워서 전혀 거북하지 않았어요. 에이지 형님과 동시에 좋은 누님이 생겼다고 생각을……. 하하."

이아나의 흘끗거리는 시선에 헤레이스가 쩔쩔매다가 헤— 하며 멋쩍은 미소를 지었다. 그런 그에게서는 술 마시던 날 엉망진창으로 울며 내비쳤던 아픔은 더 이상 찾을 수 없었다. 그는 아무래도 취하면 기억이 끊기는 타입인 모양이었다.

그날의 오열이 지금의 헤레이스와 겹쳐 보인다.

턱을 괴고 말없이 저를 쳐다보는 이아나의 모습에 기분 나빠하는 것으로 오해한 헤레이스가 고개를 폭 숙였다.

"미안해요! 레이디들은 나이를 많게 보는 걸 불쾌하게 여기시던데, 제가 실수를 했나 봐요."

사람들에게 사랑 받길 원하고 부모에게 애착을 보이는 유년 시절, 그들에게 철저하게 거절당하면 십중팔구는 후에 성격에 어딘가 모가 나기 마련이다.

그래서 그런 걸까? 집안에서 어떤 취급을 받고 있는지는 모르겠지만 헤레이스는 남의 감정에 무척 예민하고, 관계가 흐트러질까 봐 언제나 먼저 숙인다. 지나치게 자신을 낮춘다고 해야 할까. 그 태도가 나쁜 건 아니지만 지나치면 자존감에 좋지 않은 법이다.

"그런 게 아니야. 별로 신경 쓰지 않아."

"다행이다."

긴장하고 있던 헤레이스는 이아나의 부정에 다행이라는 듯 한숨을 내쉬고는 다시 방글거리며 웃었다. 이아나는 그를 보며 나쁘지는 않다고 생각했다. 그는 무척 잘 웃었고, 주위에 있는 사람을 편안하게 하는 다정하고 따스한 성품을 지니고 있었다. 자기주장이 부족하고 자신감이 부족하다는 단점 정도는 가리고도 남을 장점이었다.

이아나는 헤레이스에 대해 잘 모른다. 그렇다고 해서 무언가를 억지로 캐물을 생각이 있는 것도 아니다. 마음을 터놓을 사이는 아니기 때문이다.

그때 헤레이스가 갑자기 얼굴을 빨갛게 물들이더니 손을 꼼지락거렸다.

"저, 한 살 차이는 동갑이나 마찬가지라고 생각해요. 그냥 부르시던 대로 편하게 불러 주세요. 전 이아나 양이랑 친해지고 싶거든요."

이아나는 말없이 손가락으로 뺨을 툭툭 두들겼다. 이번 삶은 이상하다. 이스피도 그렇고, 카니츠도 그렇고, 사라체도 그렇고, 하르첸도 그렇고, 에이지도 그렇고, 단테도 그렇고, 헤레이스도 그렇고……. 사람에게서 호감을 얻는 게 이렇게 쉬운 것인가 싶었다. 이전에는 그렇게 갈구해도 얻을 수 없었던 것들이, 그들에게 끌려다니지 않고 제 자신만 챙기면서 소신껏 행동하자 알아서 다가왔다.

"딱히 친해지고 싶은 이유라도?"

"이, 이유요?"

그래서 물었다. 이아나의 노골적인 질문에 헤레이스는 잠시 당황했지만 열심히 이유를 생각했다.

"음……. 그, 글쎄요? 그냥 이아나 양을 보고 있자면 후광이 비치는 것 같아서?"

뜬금없는 말에 이아나는 풋 하고 웃고 말았다. 빛이라니. 자신과 제일 어울리지 않는 말이 그것이라고 생각했다. 잘 웃지 않고, 무뚝뚝하기만 하며, 아집으로만 가득 차 제 것들밖에 챙길 줄 모르는 이기적인 자신이 빛이라.

"빛이 나는 건 네 외모겠지."

"네? 놀리지 마세요."

"너나 이상한 소리하지 마라. 무슨 그런 소릴……."

"아니에요!"

이아나가 농담으로 받아들이자 헤레이스가 이아나의 팔을 붙잡고 고개를 휙휙 저었다.

"이상한 소리가 아니라 매사에 당당하고 능력 있는 이아나 양이 그만큼 멋지다는 말이었어요! 소심한 제가 힘들어서 죽을 것 같은데도 이아나 양을 쫓아가서 감사인사를 하고, 먼저 다가가서 말을 걸 정도로요!"

이아나가 대답 없이 빤히 쳐다보자 그제야 자신이 방금 한 말과 행동을 되새긴 헤레이스가 입을 뻐끔거렸다. 이내 무척 부끄러워진 그는 얼굴을 붉히고 고개를 푹 숙였다.

"미……."

"사과할 필요 없어. 칭찬을 해 놓고 왜 사과하는 거지?"

"어……."

어벙한 얼굴의 헤레이스에게 이아나가 손을 내밀었다.

"나와 친해지고 싶다는 네 말이 싫진 않아. 그래, 5차 시험까지 모두 합격해서 학술원에서도 잘 지내보자, 헤레이스."

"아…… 네!"

헤레이스는 부끄러워하던 것도 잊고 활짝 웃으면서 이아나가 내민 손을 덥석 붙잡고 세차게 흔들었다.

이아나는 현재 헤레이스에게 호감을 느끼고 있고, 그가 학술원에 붙었으면 하는 스스로를 깨달았다.

만일 헤레이스가 학술원에 합격하게 되면 오랜 기간 함께 지내게 될 것이다. 지금은 그냥 호감이 있는 정도지만, 그 긴 시간 동안 함께 지내며 그를 어떻게 생각하게 될지는 알 수 없었다. 하지만 지금 옆에서 헤헤거리며 웃고 있는 헤레이스가, 이 짧은 순간뿐만 아니라 자신과 긴 인연을 맺게 될 것 같다는 예감이 스쳐 지나갔다.

"오메! 더 이상은 못 참겠구마잉!"

콰아앙!

화기애애한 분위기가 이어지고 있을 때 갑자기 쩌렁쩌렁한 고함소리와 함께 무언가가 부서지는 굉음이 그들을 덮쳤다. 2차 시험 내내 들으면서 무척 익숙해진 목소리였다. 하지만 말의 높낮이나 말투가 지나치게 달라서 이아나와 헤레이스는 잘못 들었나 싶었다.

"이 목소리, 타로 씨 목소리 아닌가요? 그런데 말투가 저랬나요?"

"가 볼까."

둘은 자리를 털고 일어나 상황을 살피기 위해 소란스러운 시험장으로 향했다.

"그, 근력 측정기가 부러졌어!"

"괴물이냐!"

시험장의 중심으로 가는 와중에 쑥덕거리는 사람들의 대화에 이아나는 대충 무슨 일이 일어났는지 알 수 있었다. 근력 측정기를 힘으로 부수는 거구의 타로가 자연스레 상상이 되었다.

그런데 왜 근력측정기를 부순 것이란 말인가? 그 이상한 어투는 또 무엇이고.

"잠시 실례."

사람들 사이를 헤치고 들어가자 나타난 동그란 공터에는 창백하게 질린 에이지와 도끼눈을 뜨고 있는 타로가 마주하고 있었다. 바닥에는 과거 근력측정기였을 물체가 뒹굴고 있었다.

"뭐, 뭐야! 깜짝 놀랐잖아, 이 자식아! 난 옆에서 잘하라고 응원해 준 것뿐인데 그걸 왜 부숴? 짜식이 엄청 신경질이네!"

"니눔 자식이야말로 그런 계집애처럼 곱상한 말로 깐족거리지 좀 말더라고! 오메, 거시기 내는 이제 그 온몸이 근질거리는 말투만 들어도 돌아 버릴 것 같당게!"

타로의 엄청난 사투리에 에이지가 입을 떡 하니 벌렸다.

"이 시키가 안 그라도 말허면 니두리기 그대로 뛰어나믈 낏 같아서 신경 쓰여 죽겄는디 자꾸 말을 걸어 브러!"

"……."

"시방 내가 수도 말 쓸 끼라고 스트레스를 월매나 팍팍 삔 고 있는지 알어! 근데 니눔은 옆에서 살살 말이나 걸고 말이 여! 아따, 나도 이제 못 참겄다! 그래, 오—냐. 나도 됐다 이 말이여! 이 빌어 처먹을 수도깍쟁이들 말을 내가 왜 써야 하 는 겨? 내 말 쓰니께 속이 다 시원하구마잉! 으하하하하하!"

타로가 굉소를 터뜨렸지만, 함께 웃어 주는 이들은 없었다. 저를 쳐다보는 이들 중에서도 에이지가 멍청한 눈으로 자신을 쳐다보는 것을 느낀 타로가 미간을 팍 좁혔다.

"뭣이여! 나를 왜 그런 꾸리한 생선 눈깔로 보냐!"

"아. 아니……. 예상은 했지만 너무 심해서……."

에이지가 당황해서 말을 더듬었다.

"에이씨. 암튼 나가 사투리 쓴다고 시골촌놈이라 깝죽거리는 놈들, 하나만 걸려 보랑께. 이 두툼—한 몽댕이로 아주 어묵으 로 다져 부러."

횡횡!

주먹으로 근력 측정기를 부숴 버린 타로가 등에 매고 있던 거대한 검을 풀어내 휘두르자 섬뜩한 바람 소리가 웅웅거렸다.

"큼, 11523번 수험생! 통과니까 가도 좋습니다!"

"어? 이얏호!"

"무슨 구경났습니까! 다들 자신의 순서가 될 때까지 다른 곳에서 대기해 주십시오!"

시험을 감독하던 조교는 타로의 힘에 놀란 건 둘째 치고 학관의 비싼 비품이 부서져서 심기가 불편했다. 타로가 소란을 피우며 시험 진행까지 방해하자 신경질적으로 타로와 다른 수험생들을 쫓아냈다.

그래도 타로는 합격했다며 크게 웃으면서 좋아했고 다른 수험생들은 괴물을 보듯 그를 쳐다보았다. 어안이 벙벙해서 멍청히 서 있던 에이지가 이아나와 헤레이스를 발견하고 손을 흔들었다.

"앗, 이아나 양, 헤레이스!"

에이지가 그들을 부르자마자 무심결에 고개를 돌린 타로는 그를 쳐다보고 있던 이아나와 눈이 마주쳤다. 그의 얼굴이 홍당무처럼 시뻘게졌다.

생각이 날 듯 말 듯해서 이아나는 미간을 좁혔다.

'정말 어디서 본 얼굴인데.'

이아나는 타로에게서 시선을 떼고 달려오는 에이지를 보았다.

"에이지, 시험 통과는 했나?"

"당근이지. 3차 시험이랑 4차 시험쯤은 가볍게 통과해 줘야지. 진짜는 5차 시험이라고."

"와아, 역시 에이지 형님이에요."

그리고 그런 그들에게 타로가 쭈뼛대며 다가왔다. 셋의 시선이 그에게 향했다.

"어, 어흠. 거기 아가씨! 지는 촌뜨기가 아닌디, 요거시 지역 말투가 이래 싸서 그라요잉……"

허둥거리며 변명하는 타로를 이아나가 의아하게 바라보았다.

"촌뜨기라고 생각히기 않았습니다."

"……나가 촌뜨기 같지 않소, 잉? 촌뜨기라고 무시하고 싶지 않냥께요?"

눈을 둥그렇게 뜬 타로가 하는 말에 이아나는 담담한 어조로 대답했다.

"시골 사람인 건 알겠지만 무시는 하지 않습니다. 하지만 그 말투 때문에 이제껏 말을 하지 않으려 한 거라면 어리석다고 말해 주고 싶군요."

"고것이 지도 어쩔 수가 없소잉, 수도 사람들은 흐벌나게 곱상한 말투를 써 부러서 나가 말투가 엄청나게 눈에 띄어 부니까 평소처럼 말도 제대로 못 해 불고, 맥주 먹고 허벌나게 취해 불서 사투리를 썼는디 것땀시 사람들이 비웃더라고잉……. 또……."

"또? 더 있어?"

타로는 말을 잇지 못했지만 에이지가 호기심 넘치는 표정으로 재촉했다. 타로의 미간이 좁혀졌다.

"들어 보드라고."

또 신경질을 내려나 싶었지만 그것은 아닌 모양이었다.

"으따 나가 말이여, 예쁜 아가씨들을 좋아하는 혀도 쑥맥이라 말도 제대로 못 걸어 부는데 수도에 와 보니게 한 아가씨한테 한눈에 반한 것 아니것소잉? 따라다녔제, 그리고 차여 부렀소잉. 그란데 그 아가씨가 나보고 뭐라고 혔는지 아러? 시골촌 놈한테 볼일 없응게 썩 가 보라고 혔다니게! 콧방귀를 뿡 하고 꾀고 뒤도 안 돌아 불고 가는디 나가 쪽이 팔려 부러야. 허어흑…….”

타로는 생각만 해도 설움이 북받쳐서 사나운 눈을 축 늘어뜨리며 입을 막았다. 그리고 에이지는 혀를 차며 그 옆에서 어깨를 토닥여 주었다.

“야, 울지 마. 덩치 큰 놈이 울려고 하니까 징그럽다.”

“어따 너 에이지 이 자슥아, 나가 말이 많은 편이긴 혀도 말을 제대로 못 혀니까 스트레스를 진땅 받아 부러 갔고 너한테 신경질을 내 부렀구마잉. 나가 잘못한 건 안당께.”

“어, 그래. 이해해. 크크크.”

에이지가 실없이 웃음을 흘리자 타로가 힘없이 보았다.

“아니, 이해한다면서 왜 웃는 것이여?”

“웃기잖아. 크크큭. 말을 안 하려고 한 이유에 이런 엄청난 비밀이 숨겨져 있을 줄이야. 아, 알았어. 그 살인 주먹 좀 치워라. 어떻게 저걸 부수냐?”

“저런 허접한 나무쯤은 몇 번이나 부숴 봤다니께. 아무튼 나가 사투리를 써도 여러분은 별 상관없다 이 말씀이죠잉?”

이아나가 어깨를 으쓱이고 헤레이스가 옆에서 정신없이 고개를 끄덕였다. 조마조마하게 대답을 기다리던 타로는 그런 둘의 반응에 흡족하게 웃었다.

“하긴, 에이지 이 말 많고 깐족거리는 놈 말 받아 주는 거 볼 때부터 맴씨가 비단결처럼 고운 사람들이라고 예상은 혔습니다마는, 제 이름은 타로. 이번 해에 스무 살이 되었응께, 앞으로 친하게 지내 봅시다잉! 하하하!”

타로는 기분 좋게 껄껄대는 웃음을 터뜨렸다. 언제나 신경질은 내며 무언가를 꾹꾹 눌러 참던 모습보다는 훨씬 보기 좋은 모습이었다. 헤레이스는 조심스레 타로에게 고개를 숙였다.

"안녕하세요, 에이지 형님 덕분에 타로 씨 이름은 많이 들었어요. 저는 열일곱 살, 헤레이스 벤덤이라고 합니다."

헤레이스의 이름 뒤에 붙은 성을 듣고 타로가 화들짝 놀랐다.

"어어, 귀족 나리신가 본디? 에이지 놈은 말을 놓던디?"

"타로 씨도 말 놓으셔도 돼요. 학술원에서 귀족처럼 굴 생각은 전혀 없으니까요."

"으미, 쪼그매한 체구랑은 달리 호탕한 귀족 나리시네, 잉!"

퍽! 퍽!

"악!"

타로가 웃으면서 등을 두들기자 헤레이스는 진심으로 아파서 비명을 질렀다. 타로는 제 행동의 과격함을 알아차리고 미안한 표정으로 손을 뗐다.

"어어, 미안혀. 나도 모르게 근육질 놈들 다룰 때의 버릇이…… 안 그래도 몸이 얄팍해 보이는디, 아퍼?"

"아니에요. 아, 안 아파요."

헤레이스는 이에 힘을 주고 부들거리며 웃었다. 이아나와 에이지는 옆에서 그 꼴을 보고 있다가 저놈의 고집, 하면서 혀를 찼다.

"그려? 생각보다 튼튼헌 놈이네. 나도 에이지처럼 형님이라고 부르드라고!"

"예에, 타로 형님."

"좋은 동생 하나 얻은 것 같아서 기분 좋구먼!"

타로는 구릿빛으로 탄 피부 때문에 더욱 희게 보이는 이를 드러내며 씩 웃었다. 큰 손으로 헤레이스의 머리를 헤집어 준 타로는 이번에는 이아나에게 조심스레 말을 걸었다.

"험, 아가씨는 이름이 뭐당까요?"

"열여섯 살, 이아나 로베르슈타인입니다. 잘 부탁합니다, 타로 씨."

"헉, 아가씨도 귀족이셨어라?"

"그렇긴 하지만, 헤레이스와 마찬가지입니다. 귀족임을 내세울 생각은 없습니다."

"아니, 안 그래도 여린 아가씨인디 귀족 아가씨이기까지 하면……. 아니, 근디 그런 아가씨가 어떻게 다른 학부도 아니고 검술학부에……."

이아나의 존재가 제 가치관과 들어맞지 않아 공황상태에 빠진 타로의 어깨에 에이지가 턱 하니 손을 올렸다.

"야, 너 그렇게 이아나 양 무시하다가는 이아나 양의 손에 업어치기 당한다."

"뭣이라?"

"그리고 이아나 양의 수련용 허수아비가 될지도 모르죠."

헤레이스가 1차 시험 때의 이아나의 검격을 떠올리고는 몸을 부르르 떨었다. 하지만 이아나에 대해 아무것도 모르는 타로는 그가 이아나에게 철저하게 당하는 모습을 상상하는 에이지와 헤레이스를 향해 미간을 찌푸렸다.

"아니, 이것들이 나를 무시하는 거여?"

"널 무시하는 게 아니라 이아나 양이 그만큼 대단하다는 소리야"

"잉?"

"나중에 한번 대련이라도 해 보지 그래?"

"저 작은 아가씨랑 말이여? 아따 이놈 보소잉. 생긴 건 꾸물 렁거리는 미꾸라지처럼 미끈하게 생겨 가지고 아가씨에 대한 배려가 없어 브러, 배려가!"

"미꾸라지라니!"

에이지의 반발은 무시하고 타로는 눈을 치켜뜨고 아까 자신이 부숴 버린 근력측정기 쪽을 손가락질했다.

"아까 저거 뿌수는 거 옆에서 봐 놓고도 그 소리를 하는가? 나가 저 아가씨를 쳤다가는 아가씨 뼈가 부러지는 건 고사하고 목숨이 위험하당게!"

타로는 끙 하고 앓더니 이아나를 보았다.

"보소, 이아나 양. 무기라는 건 말이요, 본래부터 남자가 들 도록 설계가 되어 있어 브러. 나가 이아나 양을 무시하는 게 아니라, 여자는 남자에게 이길 수 없는 게 진리랑게. 지금까지 는 악으로 잘해 왔다 쳐도 5차 시험은 다를 거란 말이제. 5차 시험이 시작되기 전에, 아니 지금이라도 당장 그만두는 게 좋 을 것이요잉? 분명 크게 다칠 것이여!"

"우와, 꽉 막힌 마초 냄새……."

"아가리 다물어라, 잉?"

"힘이란 것이."

잠자코 대화를 듣고 있던 이아나가 입을 열었다. 그녀의 낯빛에는 무시당한 것에 대한 분노도, 보통 남자들이 주는 모욕에 여검사들이 자주 보이는 열등감도 없이 그저 담담했다. 타로의 생각은 이 시대 대부분 남성들의 여성관이었고, 나쁜 뜻으로 하는 말이 아님을 알기 때문이다.

"'위력의 근간을 차지하고 있다', 그리 검사들이 믿고 있지만 힘은 검날의 한계를 넘어선 이들에게 있어서 큰 나무를 이루고 있는 곁가지일 뿐입니다. 타로 씨도 끝없이 성장하기를 바란다면, 힘이 전부라 생각하지 않는 게 좋을 겁니다."

이아나의 말에 타로가 눈을 둥그렇게 떴다.

"아가씨 말이 더 어렵긴 허지만, 어째 우리 아부지랑 그래 똑같은 말을 하쇼잉? 만날 나보고 '이 무식하게 힘만 센 놈아! 힘이 다가 아니여!'라고 하시는디. 나가 만날 형님들헌티 당하니께 그 말을 대충 알아들었긴 헌디, 그렇긴 해도 이아나 양은 여자가 아니요잉?"

타로가 이마를 긁적였다. 제 몸집의 이분의 일이 될까 말까 한 이아나였다. 타로는 가족에게 '여인은 남자들에게 보호를 받기 위해 태어난 가녀린 존재들이다!'라는 생각을 주입식으로 교육받으며 자랐기 때문에 이아나가 걱정되었다.

"검을 휘두르는 것에 남녀의 구별은 필요 없지요."

"끙."

이아나의 담담한 모습에서는 진짜배기 실력자가 보이는 강건한 기세가 풍겼다. 에이지와 헤레이스가 반발하지 않고 옆에서 고개만 끄덕이고 있자 타로는 더 알쏭달쏭했다.

"믿을 수가 없구먼. 허지만 아가씨가 할 수 있다는디 나헌테 말릴 자격은 없지 말이라. 한번 열심히 해 보소잉. 그래도 말이여.”

타로가 눈을 빛내며 주먹을 불끈 쥐었다.

“여자를 때리는 냄새나는 짜슥들은 이해할 수 없으! 이아나 양을 때리는 놈들은 내가 다아 기억해 뒀다가 다 패 죽여 버릴거구먼!”

“그럴 일은 없을 것 같은데요. 이아나 양이 패 죽이면 모를까.”

“타로, 네 몸이나 걱정해라. 넌 진짜 어디서 여자한테 홀려서 칼침이나 맞지 않으면 다행이다, 정말로.”

“뭣이여? 이것들이.”

“하하!”

이아나는 셋의 대화를 듣다가 자신도 모르게 웃음을 터뜨리고 말았다. 셋의 시선이 쏠리자 그 웃음은 금세 지워졌지만 입가에 걸린 웃음의 작은 흔적은 사라지지 않았다.

이아나가 웃은 이유는 단순했다. 그냥 유쾌해서였다. 유쾌해서 웃었다. 무척이나 단순한 이유였지만, 그녀에게는 단순하지 않았다. 회귀 전까지 통틀어 이제껏 살아온 시간 중에 그녀가 유쾌했던 시간은 거의 없었으니까.

검을 쥐지 않았을 때 웃는 건, 어쩐지 어색하게 여겨졌다. 입가를 꾹꾹 누르던 이아나는 떨어질 줄 모르는 셋의 시선에 고개를 들었다.

“뭘 그리들 쳐다봐.”

“아, 이아나 양의 웃음은 흔치 않은 거니까. 이아나 양이 웃으면 절로 시선이 간달까.”

“맞아요.”

"내는 뭐, 이뻐서 쳐다봤당게. 거시기 달린 놈들이 웃는 건 엿 같아도 역시 아가씨들이 웃는 건 이쁘구면."

이아나조차 계속되는 칭찬에 낯이 뜨거워질 때 즈음, 타로가 얼굴을 붉히며 머리를 긁적이며 하는 말에 에이지와 헤레이스는 기겁을 했다.

"숙맥이라 해 놓고 할 말 못할 말 다 하는구먼!"

"잉?"

"이아나 양 앞에서 거시…… 그 단어는 좀."

"헙!"

타로가 제가 한 말을 곰곰이 떠올리고는 안색이 창백하게 질려 입을 확 막았다. 시뻘건 얼굴색을 한 채 이아나를 흘끗거리며 쳐다보았다. 하지만 이아나는 아무렇지도 않은 표정으로 어깨를 으쓱였다.

"별로 상관없는데. 사내구실을 하는 데에 꼭 필요한 것이 아닌가? 그게 뭐가 부끄럽다고."

전혀 부끄러워하지 않는 모습에 셋은 아연함을 느꼈다. 이 여자는 정말 여자 껍질을 뒤집어쓴 남자가 아닐까, 하고 그들은 동시에 생각했다.

하지만 이아나로서는 더러운 음담패설이 불쾌하긴 했지만 익숙했다. 게다가 몇 년간의 전쟁에서 병사들의 음란한 뒷담 정도는 수도 없이 들었다. 그래서 처분하는 것도 익숙했다.

"다만 그럴 가치도 없는 더러운 놈들의 것들은 잘라 버려야겠지. 더러우니 그보다는 숨통을 끊어 놓는 게 더 나을 거고."

"……!"

이아나의 잔인한 말은 아주 파격적이고 충격적으로 다가왔다. 세 남자 사이에 무거운 침묵이 감돌 때였다.

"14000번 번호 이후 수험생은 대기하여 주십시오!"

"그, 그, 그, 그러고 보니 이아나 양이랑 헤레이스 순서가 다 됐네! 하, 하. 타로……. 너 앞으로 입조심해라."

"하, 하, 하하. 으응."

에이지가 어색하게 웃으며 한 말에 타로도 어색하게 웃었다.

"음? 딱히 입조심할 필요 없다니까. 쓰레기 짓만 하지 않으면……."

"으으! 이아나 양도 참! 아니라 하더라도 듣는 남자 입장에서는 다르다고!"

에이지는 온몸에 돋은 오돌오돌한 소름을 애써 떨쳐 내고는 아직도 하얗게 질려 있는 헤레이스를 돌아보았다.

"근력 시험이라……. 어이, 괜찮겠냐?"

헤레이스는 넋을 잃고 있다가 에이지의 말에 정신을 차렸다. 이내 그가 무슨 걱정을 하는지 알아챈 헤레이스가 툴툴거렸다.

"쓸데없는 걱정이세요. 충분히 통과할 수 있어요."

헤레이스의 말에 에이지가 엥, 하고 이상한 소리를 냈다.

"정말?"

"힘들긴 하겠지만, 어쨌든 충분히 통과할 수 있어요."

갑자기 축 처진 헤레이스가 힘없이 중얼거렸다. 그런 그의 중얼거림을 이해할 수 없는 이들은 의아해했다.

마침내 헤레이스와 이아나의 순서가 되었다. 헤레이스가 앞에 서고, 이아나는 그런 그를 뒤에서 지켜보았다.

근력 측정 장치는 단순하다. 기둥으로 고정되어 있는 동그란 구체를 주먹으로 쳐서 충격을 주면 된다. 만약 동그란 구체에 걸려 있는 알람 마법을 발동시킬 정도의 충격을 주면 구체는 삐— 하는 소리를 내며, 수험생은 합격이다.

실수를 할 수도 있으므로 수험생들에게는 두 번의 기회가 주어졌다. 이때까지 두 번 다 실수를 한 사람이나 힘이 정말 약한 사람을 제외하고는 거의 대부분이 시험을 통과했다. 3차 시험은 속도나 기교로 승부하는 사람들을 배려하기 위해 일격으로 단단한 뼈를 부술 수 있는 정도의 최소한의 힘만을 평가하기 때문이었다.

하지만 헤레이스나 이아나는 어느 수험생들보다도 몸이 얇아서 합격이 요원해 보였다.

"후우."

헤레이스는 기구 앞에서 심호흡을 하며 자세를 취했다. 얼마 지나지 않아 그에게서 뻗어져 나오는 마나의 파동에 이아나는 눈을 크게 떴다. 헤레이스 주변의 마나가 격정적으로 요동치고 있었다. 파도가 물밀 듯 막대한 마나의 흐름이 헤레이스에게 흡수되기 시작했다.

우웅— 웅—

'벌써 저 정도의 마나를 끌어올 수 있단 말인가?'

의외였다. 마나 감지와 마나 제어는 별개다. 감지할 수 있는 자들은 많아도, 제어할 수 있는 자들은 소수다. 통계에 의하면 마나를 감지할 수 있는 이는 전 인구의 팔 할, 제어까지 할 수 있는 이는 거기서 오 할 정도밖에 되지 않는다고 한다.

그렇기 때문에 그중에서도 빛을 발하며 마나를 자유자재로 제어하는 자들이 위대한 무인이 되고, 존경받는 마법사가 되는 것이다.

그런데 헤레이스는 어색하긴 하지만 분명 막대한 양의 마나를 제 뜻대로 다루고 있었다. 전생에도 극소수의 최상급 기사들에게서만 볼 수 있었던 엄청난 양이었다.

이아나는 마나를 제어하는 데 필요한 네 가지 재능을 가만히 떠올려 보았다.

친화도, 수용력, 의지력, 변형력.

첫 번째, 친화도는 주변에 공기처럼 떠다니는 마나를 끌어들이는 태생적인 재능이다. 다른 능력들은 후천적인 노력으로 키울 수 있지만 친화도는 키울 수 없었다. 선천적으로 타고나는 재능이기 때문이다.

그 선천성은 무엇이 결정하는가? 어째서 같은 인간인데 그러한 차별을 받아야 하나? 이에 대한 가설은 아주 많았다. 인간을 창조한 라오스가 마음에 드는 생명에게 그런 능력을 부여한다는 말도 있었고, 전생의 업에 따라 결정된다는 말도 있었다. 하지만 정확한 사실은 아무도 몰랐다.

두 번째, 수용력은 마나를 받아들일 수 있는 육체의 한계다.

수용력은 천천히, 아주 천천히 제 한계용량을 조금 넘어설 정도로 마나를 모아서 유지하고 있으면 아주 조금씩 늘어난다.

만일 수용력을 한참이나 넘어서는 양의 마나를 다루려 하면 신체에 무리가 가는데, 일정한 선을 넘어설 경우 마나가 미친 듯이 그의 신체를 파고든다. 이로 인해 마나 과부하 현상이 일어나 결국 죽음으로 직결된다. 즉 한계 내에서 마나를 다루는 게 중요했다.

세 번째, 의지력은 마나를 강제로 끌어오거나, 유지하고, 몸에서 떼어 내어 해방하는 재능이다.

친화도가 선천적 재능이라면 의지력은 후천적 재능이라고 할 수 있다. 대부분의 사람들은 의지력을 키워 마나를 강제로 제어하고자 노력했다.

그런데 이 의지력이라는 게, 향상시키는 게 보통 일이 아니었다. 의지력을 예를 들어 설명하자면, 며칠 밤을 새고 한계에 도달한 상태에서 옆에 푹신한 침대를 둔 채 자의적으로 잠을 참을 수 있는 시간의 양이다. 말단 병사가 국왕 앞에서 제 의견을 내거나, 국왕이 잘못된 말을 했을 때 아니라고 말할 수 있는가의 여부다. 제가 이루고자 하는 목표를 위해 희생할 수 있는 것들의 수준이다.

스스로를 통제하는 힘, 자신의 의지를 관철하는 힘, 마음에 품은 강한 욕망과 집착, 확고한 자아…… 그게 바로 의지력이었다. 이는 독기라고 해도 무방했고, 이를 수련으로 향상시키는 건 아주 어려운 일이었다. 착하거나 욕심이 없는 사람은 더욱 그랬다.

네 번째, 변형력은 모여든 마나의 형태를 이리저리 바꾸는 등 마나를 원하는 대로 움직이는 재능이다.

변형력은 마나를 변형하는 수련을 하면 향상된다. 이때 변형

이란 끌어온 마나를 제 뜻대로 응용하는 것을 의미했다. 대표
적인 네 가지 변형 기술이 강화, 강기, 마법이었다. 변형력을
향상시키려면 뼈를 깎는 노력이 필요했다.

이 네 가지 재능이 조화롭게 어우러지면 마나를 제어할 수
있게 된다.

'어린 나이에 친화도와 의지력이 대단한데.'

달리는 소 떼를 한 우리에 몰아넣듯 헤레이스가 주먹에 마
나를 몰아넣는 것을 보며 이아나는 엄지로 입술을 훑었다. 헤
레이스는 노력하는 천재라 봐도 무방했다. 엄청난 끈기와 집중
력에, 포기를 모르는 노력파, 게다가 이제는 엄청난 양의 마나
를 제어하기까지…….

이런 인재가 어째서 체력이 조금 약하다는 이유로 가문에서
박대를 받는단 말인가?

하지만 동시에 의문이 생겼다.

'이깟 시험에 어째서 저런 양의 마나를? 대충 해도 될 텐데.
그리고 회귀 전, 나는 헤레이스의 이름을 들어 본 적이 없어.
이런 대단한 재능을 가진 녀석이라면 분명 유명했을 텐데.'

그때, 에이지의 말이 떠올랐다.

"헤레이스 녀석 얘기, 더 듣고 싶지 않아? 그 애에게는 중요한
비밀이 있는데 말이야."

이아나가 생각에 빠져 있는 사이, 헤레이스가 부들거리는 주
먹을 꽉 쥐었다.

"흡!"

쿠과아아아아앙!

헤레이스가 친 구체가 굉음과 함께 타로 때와 마찬가지로 부서졌다. 경악을 숨기지 않고 헤레이스의 일거수일투족을 지켜보고 있던 조교는 눈을 빛내더니 들고 있던 종이에 동그라미를 그렸다.

"합격!"

"허억, 헉!"

그 말과 동시에 헤레이스가 고통스러운 표정으로 심장 쪽 옷깃을 쥐어뜯었다. 조교는 등을 돌려 망가진 기구를 재정비하기 위해 어딘가로 가 버렸고, 다른 수험생들은 대부분이 숙소로 돌아갔다.

에이지와 타로를 포함한 몇몇은 멀찍이 떨어져 있어 헤레이스의 이상한 상태를 알아차리지 못했지만 뒤에서 헤레이스를 관찰하고 있던 이아나는 알아차렸다.

"흡…… 흐윽……."

창백한 헤레이스가 숨을 거칠게 몰아쉬며 어깨를 들썩였다. 이아나는 그에게 다가가려다가 마나의 이상한 거동을 느끼고 몸을 멈춰 세웠다. 마나가 헤레이스의 몸에 비집고 들어가려고 난리를 피우고 있었다.

'뭐지.'

그때, 헤레이스가 품에서 작은 병을 꺼내 들더니 바로 쭈욱 들이켰다. 병 안의 액체가 목구멍으로 넘어감과 동시에 고통스러운 표정으로 눈을 꾹 감았다.

곧, 퍼렇게 질린 얼굴이 혈기를 되찾는가 싶었다. 헤레이스가 고른 숨을 내쉬기 시작했다. 그리고 그런 그에게서는 갈 길을 잃은 마나가 농밀하게 퍼져 나오고 있었다.

'저 약은······.'

이아나는 모든 과정을 목격하고 차갑게 눈을 빛냈다. 그녀는 숨을 몰아쉬고 있는 헤레이스에게 성큼성큼 다가가 팔을 붙잡았다.

"헉!"

"괜찮나?"

이아나의 기척에 깜짝 놀란 헤레이스가 병을 숨기려는 듯 품속에 우겨넣었다.

"뭐, 뭐가요? 괜찮죠, 그럼요. 합격했잖아요. 헤헤."

숨기고 싶어 하는 태도가 적나라했다. 불안한 기색으로 눈동자를 이리저리 굴려 대는 헤레이스를 조용히 응시하던 이아나가 그의 손목을 쥐고 사람들로부터 멀찍하게 떨어진 나무 아래로 끌고 갔다.

"어, 어?"

헤레이스는 당황해서 아무 말도 하지 못하고 끌려갔다. 그늘진 나무 아래에서, 이아나가 손목을 쥔 손에 힘을 세게 주며 헤레이스를 쳐다보았다.

"정말 괜찮나?"

"손을 말씀하시는 건가요? 물론 괜찮아요. 고맙습니다. 그런데 왜 여기까지?"

이아나가 쥐고 있던 손을 놓고 천천히 손을 뻗어 손바닥을 헤레이스의 심장 위에 얹었다. 이아나의 묘한 행동에 헤레이스가 얼굴을 확 붉혔다. 이아나는 손바닥 너머로 느껴지는 심장의 박동에 미간을 좁혔다. 심박이 몹시 미약했다.

"심장은 괜찮지 않은데 말이야."

"무슨…… 아."

헤레이스는 당황해서 어쩔 줄 몰라 하다가 이내 어설픈 미소를 지었다.

"아까 제 이상한 상태 보셨구나."

헤레이스가 제 심장 위에 얹어져 있는 이아나의 손을 조심스레 쥐어서 떼어 냈다.

"걱정하지 않으셔도 돼요. 생명에 지장이 있는 건 아니거든요. 몸이 약한 것 빼고는 일상생활 하는 데에 전혀 문제없어요. 걱정해 주셔서 정말 감사해요. 하지만 다른 분들께는 말씀하지 말아 주셨으면 해요."

"마나가 너를 괴롭히고 있나?"

헤레이스의 몸이 확 굳었다. 이아나가 차갑게 말을 이었다.

"생명에 문제가 없다고? 심장을 잠시 멈추어 널 죽은 상태로 만드는 끔찍한 약을 거리낌 없이 마셔 댈 거면 차라리 마나를 사용하지 않는 게 좋을 듯한데."

"그, 그걸 어떻게?"

"마나가 네 몸에 들어가려고 난리를 치더군. 하지만 네가 약을 먹으니 마나가 널 포기하고 전부 흩어져 나왔어. 그 말은 순간 네가 죽었다는 것."

"그렇군요. 마나를 느끼실 수 있나 보네요. 과연 이아나 양이에요. 음……."

띄엄띄엄 끊어지는 헤레이스의 목소리는 당혹과 긴장으로 건러쥐고 있었다. 이아나의 손을 쥔 그의 손 또한 덜덜 떨려 왔다. 이아나는 그 손을 뿌리쳤다.

당황한 헤레이스의 흔들리는 엷은 눈동자와 이아나의 흔들리지 않는 붉은 눈동자가 마주쳤다. 이아나는 차갑게 내려앉은 목소리로 말했다.

"그 빌어먹을 약이 네 상태에 치료약이 될 수도 있지만, 동시에 독도 된다는 것을 네 자신이 제일 잘 알고 있겠지. 마나가 필요해서 불렀으면서, 마나가 벗어나지 않으려 하니 네가 죽었다고 인식시켜 마나를 억지로 흩어 놓는 건 널 정말로 죽음으로 점차 몰아 갈 거다. 네 몸이 허약한 건 이 방식이 네게 무리를 준 탓이겠지."

이아나는 헤레이스의 눈에 고인 눈물을 보았지만 냉정하게 선을 긋듯 말했다.

"마나를 감당할 능력이 없으면, 차라리 마나를 쓰지 마. 너를 위해서 하는 소리다."

헤레이스가 입을 뻐끔거리다 눈매를 축 늘어뜨렸다.

"그럴 수 없어요."

"왜 그렇게까지 해서 네 수명을 깎아먹지?"

이아나는 헤레이스가 제 생명을 깎아내려 가면서도 마나를 사용하는 게 마음에 들지 않았다. 몸을 축내는 이유가 집안의 기대에 부응하기 위해서라고 생각했기 때문이다.

"난 친해진 사람이 병신같이 죽는 꼴 보고 싶지 않아. 헤레이스. 네가 말했던, 가족을 꾸려 그들을 사랑하며 살겠다는 꿈은? 거짓말이었나?"

2차 시험 때 헤레이스가 말했던 꿈에 이아나는 그에게 노골적인 호감을 느꼈었다. 그런데 지금 그가 하는 짓은 그 꿈에 한참이나 위배되는 짓거리가 아닌가?

이아나는 다른 이들에게 휘둘려 제 살 깎아먹는 사람을 혐오했다. 그런데 헤레이스에게 있어 꿈이라는 건, 그저 다른 이의 필요를 충족하려 노력하다가 실패했을 경우, 체념과 타협의 결과로 남겨 뒀을 뿐인 최후의 선택지에 불과했던 걸까?

만일 그렇다면 헤레이스에게 무척 실망하게 될 것 같았다.

"거짓말이요?"

헤레이스는 힘없이 고개를 푸욱 숙이고 중얼거렸다.

"그럴 리가요. 절대 아니에요. 하지만."

"하지만?"

숙인 것도 잠시, 헤레이스가 천천히 고개를 들었다. 엷은 색의 눈동자에는 눈물과 함께 강한 집착, 그리고 짙은 절망이 자리 잡고 있었다. 창백한 뺨을 타고 눈물이 뚜욱뚝 떨어졌다.

"저에게도 검사로서의 욕심은 있어요."

이아나는 흠칫했다.

"이아나 양도 알다시피 이 마도시대에서 마나를 쓸 수 없는 검사는 쭉정이에, 방패막이로 쓰이는 칼잡이일 뿐이죠. 그런데 저는 마나를 쓰려고만 하면 마나가 기다렸다는 듯 득달같이 달려들어요. 제가 딱히 끌어오려 하지 않아도 제멋대로 몰려든다고요. 이게 마나 제어자에게는 엄청난 일이라는 거, 이아나 양이라면 알죠?"

"……."

"이아나 양이라면 금방이라도 제 뜻대로 따라 줄 듯한 마나가 그렇게 쏟아져 들어오는데, 제어할 때만큼은 마나가 누구보다도 제 뜻을 고분고분하게 잘 따라 주는데 마나를 쓰고 싶다는 유혹에 넘어가지 않을 수 있겠어요? 그래요!"

헤레이스가 눈물을 슥슥 닦아 내며 분통을 터뜨렸다.

"해방하려 하면 오히려 마나가 절 먹어 치우려고 덤벼드는 것도 이제 7년이 다 되어 가네요. 그런데도 아직도 포기하지 못해 약이나 먹으면서 몸을 축내는 저는 멍청이인 거겠죠. 그럼요, 이 병이 무슨 병인데. 어째서 제 몸은 이다지도 제 뜻을 따라 주지 않는 걸까요."

목소리에 점점 체념이 섞인다.

"이젠 약을 먹는 게 당연하게 여겨져요. 마나 제어를 포기하기는 싫은데, 마나를 저 스스로 해방하는 걸 포기해 버렸어요. 한심하죠? 둘 중 하나만 해야 하는데."

이아나는 그를 묘한 눈으로 쳐다보았다. 헤레이스는 우느라 정신이 없어 그런 기묘한 눈빛을 알아차리지 못했다. 이아나는 천천히 붉은 입술을 열었다.

"헤레이스, 네게 목숨을 걸 용기가 있고, 포기하지 않을 끈기가 있다면, 또 네가 지닌 재능만 믿는다면…… 너는 누구보다 강한 검사가 될 수 있을 거다."

왜일까? 이아나는 고개를 갸웃했다. 해결할 수 있을 듯한 기분이 들었다.

"네?"

헤레이스의 눈동자가 정처 없이 흔들렸다.

"방법은 아직 몰라. 하지만 나와 함께 노력해 보지 않겠나? 노력하고 연구하다 보면 네 문제를 해결할 수 있을지도 모른다."

이아나는 자기가 말하고도 어이없었다. 해결할 수 있을 것 같다는 기분을 느끼는 이유도, 해결할 방법도 모르는데 이런 말을 내뱉고 있다니.

하지만 제 직감을 믿었다.

"노력……이요? 이아나 양, 이 병이 무슨 병인지 알고나 하는 말이에요?"

"네 상태를 보면 알아."

"알겠다고요?"

헤레이스가 꽥 고함을 질렀다.

"말을 너무 쉽게 하시네요. 마나의 저주, 제 병명이죠. 모든 걸 다 줄 것처럼 제멋대로 다가오는 주제에, 마나 제어를 그만 두려고만 하면 폭주해서 심장에 몰려드는 끔찍한 병!"

헤레이스가 심장 부근의 옷자락을 꽉 쥐었다.

"마나를 쓰면서도 지금까지 살아 있는 제가 기적이에요. 큰 외할아버지의 도움이 없었다면 벌써 죽어서 땅에 묻혔겠죠. 그런데 그런 제가 강력한 검사요? 마나의 저주라는 건 십 년에 한 번 나올까 말까, 책에서도 거의 자료가 없는 전설적인 병인데 어떻게 그렇게 쉽게 얘기하실 수 있어요?"

"……"

"전 노력했어요. 노력을 했는데도 마나는 항상 자기 멋대로 날뛰어 댔어요. 제 상황과 마음에 대해 무엇 하나 잘 알지 못하면서 그런 말 가볍게 하지 마요. 당하는 사람이 아니면 누구도 그 고통을 몰라요!"

"그래서?"

"에이지 형님이나 타로 형님에게, 다른 사람들에게도 말하지 마세요. 저는 동정의 시선도 싫고, 언제 죽을지 모를 약한 것을 보는 듯한 시선도 싫어요. 그런 시선을 받을 때마다 저는 쓸모없는 인간이 된 듯한 엄청난 무력감을 느껴요. 저는 여기서까지 그런 시선을 받고 싶지 않아요!"

그의 얼굴은 눈물로 흠뻑 젖어 있었다. 헤레이스는 오랜 세월 동안 지속적으로 엄청난 스트레스를 받아 왔다. 자괴감은 온 정신을 두들겨 댔고, 이에 자신감은 바닥을 치기 시작했다.

주변에서 저를 써 달라며 알랑거리는 마나가 가득 넘치는데도 영원히 마나를 자유롭게 다룰 수는 없을 것이라는 미래는 헤레이스를 환장하게 했다.

그가 이제껏 속에 꾹꾹 눌러 놓은 분노들이 상처를 완벽하게 뒤집어 놓은 이아나에게 터져 나왔다. 이아나는 그런 헤레이스의 기분을 알아챘다.

'그래서 여리다는 말을 들을 때마다 진저리를 친 거겠지.'

"그러니 아무 말도 하지 말아요. 오늘 본 건 전부 잊고, 그냥 모른 척해 주세요. 간섭하지 말아 주세요. 그냥 저를 내버려 두세요. 저도 포기 중이니까요!"

잔뜩 흥분한 헤레이스를 이아나는 무덤덤하게 지켜보았다. 씩씩거리던 헤레이스는 얼마 지나지 않아 정신을 차렸다. 제가 무슨 짓을 했는지 깨달은 그의 안색이 하얗게 질렸다. 저를 격정해준 이아나에게 소리를 지르고 화를 내 버렸다.

"미, 미안해요. 제가 무슨 말을."

"사과할 필요 없어. 네 마음도 모르면서 섣불리 말을 꺼낸 내가 백번 잘못한 거지. 미안하다."

이아나가 스스럼없이 사과하자 자신이 더욱 창피하고 싫어진 헤레이스가 지끈거리는 이마를 짚으며 눈을 꾹 감았다.

"정말 미안해요."

"사과할 필요 없다니까. 쌓인 게 있으면 풀 때도 있어야겠지. 그리고 나도 너니까 노력해 보자는 말을 했던 거다. 다른 이였으면 어림도 없어."

"네?"

"마지막 수험생! 14603번 준비해 주세요!"

조교의 부름에 이아나가 멍청한 표정의 헤레이스를 흘끗 쳐다보고는 등을 돌렸다. 바람이 앞쪽에서 불어와 이아나의 붉은 머리칼이 그 흐름에 휩싸였다.

헤레이스는 아까부터 이아나가 무슨 말을 하는지 이해할 수 없었다. 노력하면 강력한 검사가 될 수 있다는 둥, 저와 함께 노력해 보자는 둥, 해결할 수 있을지도 모른다는 둥, 홍 진 기대를 내려놓고 체념을 시작한 제게 근거 없는 희망찬 말들을 속삭이며 상처를 들쑤시는 이아나는 잔인했다.

그런데 어째서 이리도 저 붉음에 시선이 뒤따르는지, 저 굳건한 모습과 묘한 분위기에 또다시 죽어 버린 기대심이 샘솟고 있는지…….

헤레이스는 이아나를 쫓아가며 말했다.

"그게 무슨 말씀이세요?"

"숨기고 싶다며? 너와 더 이상 이 주제로 대화할 생각은 없다. 하지만 네가 제일 먼저 해야 할 일은 밑바닥부터 시작한다는 마음가짐을 갖추는 것과 약을 끊는 일이라는 걸 알아 둬."

"……."

"확실한 방법도 제시하지 못하는 주제에 이런 말을 하고 있는 내가 못 미덥나? 그래도 난 네게 희망적인 헛소리만 지껄이고 있는 게 아니야. 네게서 나와 비슷한 점을 보았거든."

"비슷한 점?"

이아나는 제자리에 서서 눈물을 뚝뚝 흘리고 있는 헤레이스를 내버려 두고 근력 측정기 앞에 섰다. 구체를 때리기 전에 주먹을 몇 번 움켜쥐어 본 이아나가 눈을 감으며 가볍게 주변의 마나를 끌어모았다.

심호흡을 하며 마나를 부르는 데에 집중하기 시작하자 주변에 머무르던 마나가 그녀가 불러 주기만을 기다렸다는 듯 순식간에 빨려들었다.

우우우웅…….

마나는 항상 검과 마찬가지로 이아나의 뜻을 절대적으로 따라 주었다. 사람이었다면 '당신이 너무 좋아. 나를 이용해 줘.', '나를 써 줘. 당신을 위해서라면 뭐든 할 수 있어.'라는 말들을 하지 않을까 싶을 정도로 격렬한 기세였다.

광적으로 제게 달라붙는 마나를 한껏 들이킨 이아나가 빛으로 아롱진 붉은 눈을 떴다.

이아나는 너무 놀라서 입을 쩍 하니 벌리고 있는 헤레이스

쪽을 잠시 흘끗 쳐다보았다. 헤레이스가 그 시선에 흠칫 놀라 뒤로 한 발짝 물러나자 잘 보라는 듯 주먹을 들어 손을 몇 번 쥐었다 폈다.

이아나는 눈을 빛냄과 동시에 마나를 쏟아 내며 주먹을 세게 내질렀다.

쿠과아아아아아아아앙!

이아나가 휘두른 주먹에 구체를 지탱하고 있던 기둥이 박살 난 것도 모자라 단단한 구체는 대포에서 쏜 폭탄처럼 저 멀리 날아가 벽에 부딪치더니 산산조각이 났다.

투둑, 투둑.

떨어져 내린 파편은 날카롭게 땅을 쑤셨다. 가루는 부스럭거리며 바람에 실려 날아갔다.

"히익."

"저런 괴물!"

조교는 엄청난 광경에 할 말을 잊고 딱 굳어 버렸고, 멀리서 여자인 이아나가 얼마나 잘하나 심심풀이로 지켜보고 있던 사람들은 제가 본 광경을 믿지 못해 눈을 비볐다.

이아나는 별것 아니라는 표정으로 손목을 가볍게 풀고는 조교에게 물었다.

"합격입니까?"

"그, 그렇다네."

합격 여부를 확인한 이아나는 등을 돌려 헤레이스에게 다가 갔다.

"어떻게 생각하지?"

질문의 의미를 알지 못했던 헤레이스는 할 말을 찾지 못해 머뭇거리다, 아직도 이아나의 몸에 달라붙어 있는 마나를 느끼고는 딱딱하게 굳었다.

"설마, 이아나 양도 마나의 저주?"

"아니. 저주 따위가 아니야. 난폭하게 들이닥치는 마나를 제어할 수가 없기에 사람들은 이 현상을 마나의 저주라고 불렀겠지만 나는 그렇게 생각하지 않아."

질기게 달라붙는 마나를 가볍게 손을 들어 휘저어 떨쳐 낸 이아나가 눈을 휘어 웃었다.

"이건 축복이다."

축복이라 말하며 마나를 가볍게 제어하는 이아나의 달큼한 웃음이 헤레이스를 떨리게 만들었다. 헤레이스는 창백한 표정으로 입을 막았다.

"축복요? 저는 끔찍한 고통을 느껴요. 몸이 찢겨져 나갈 것 같아요. 그런데 이아나 양은 어떻게 그렇게 아무렇지도 않게 마나를 다룰 수 있어요?"

"그게 바로 재능이고, 마음가짐의 차이지. 그리고 참고로 말하는 건데."

이아나가 손바닥을 들어 올려 다시 그 위에 마나를 모았다. 마나가 거세게 몰려들었다. 엄청난 기세에 헤레이스가 주춤거렸다.

"마나는 너보다 나한테 더 심하게 달려들어. 너에게 달라붙는 건 아무것도 아니다."

"그런……."

헤레이스가 말을 잇지 못하자 이아나는 피식 웃었다.

"내가 말했지. 네게 용기와 끈기가 있다면, 그리고 재능이 있음을 믿는다면 넌 아주 강력한 검사가 될 수 있을지도 모른다고. 내가 네게 도움을 줄 수 있을지도 몰라. 난 너보다 더 심하지만 마나를 쉽게 다루니까."

헤레이스가 눈을 크게 뜨는 모습을 본 이아나가 고개를 절레절레 저었다.

"물론, 네게 할 마음이 없다면 불가능하겠지만…… 나는 네게 재능이 있다고 생각한다. 그러니 나와 함께 방법을 찾아보면서 노력해 볼 만하지 않나? 마도시대의 검사가 되고 싶은 욕심이 아직도 남아 있다면 시도해서 나쁠 건 없다고 생각하는데."

"……."

"뭐, 다른 방법을 찾아보지도 않고, 약만 계속 마시는 데다가, 겁쟁이처럼 병을 숨기는 데 바빠 함께 노력해 보자는 제안조차 거절하겠다면 너에게는 영원히 저주일 뿐이겠지."

"……왜요?"

질문을 이해하지 못한 이아나가 고개를 옆으로 기울였다. 헤레이스는 다시 한 번 물었다.

"왜 저를 도와주시겠다는 건데요……? 제가 불쌍해서요?"

이아나가 쯧, 하고 혀를 찼다.

"불쌍? 난 동정심이 그리 많지 않아. 어디까지나 네가 마음에 들어서 하는 소리다. 불과 몇 십 분 전에 서로 친해지자고 악수를 나누지 않았나? 다른 이들에게는 확신도 없는데 이런 소리를 지껄이거나 이렇게까지 안 해. 그냥 내버려 두지."

그 말을 끝낸 이아나가 굳어 있는 헤레이스를 지나쳤다.

"……아……."

궁지에 몰려 설박하기만 했던 헤레이스의 어두운 눈빛 속에 담기기 시작한 기대가 그런 이아나의 붉음을 뒤좇았다.

다음 날, 순발력을 평가하는 4차 시험이 시작되었다.

3차 시험에서 미묘한 분위기로 헤어졌기에 에이지와 타로는 둘의 눈치를 살폈고, 헤레이스도 이아나에게 자연스레 말을 걸기가 어려웠다.

하지만 이아나는 평상시처럼 그들을 대했다. 헤레이스에게도 마찬가지였다. 단단함이 느껴지는 그녀의 태도에는 변화가 없었다. 그날 했던 말들과 행동들이 꿈이라도 되는 것처럼. 이아나의 말들을 하나하나 되새겨 보던 헤레이스가 침울한 표정을 지었다.

'전부 맞는 말이야.'

솔직히 말해 헤레이스는 정말로 자신이 없었다. 이아나의 제안은 급작스럽게 찾아온 희망의 유혹이었다.

헤레이스가 마나의 저주 때문에 고통 받아 온 시간이 벌써 7년이다. 대마법사라 불리는 그의 큰 외조부도 그에게 약이라는 일시적인 해결책밖에 제시하지 못했다.

그런데 만난 지 며칠 되지도 않은 어린 이아나가 어찌 제게 도움을 줄 수 있단 말인가? ……라고 생각하면서도 심장은 벅차오르는 기대감 때문에 잘게 떨리고 있었다.

"이건 축복이다."

제어되지 않는 마나는 언제나 희망고문이자 저주일 뿐이었다. 그런데 축복이 될 수도 있단 말인가?

헤레이스는 몸이 약했던 어미를 닮아 여린 몸으로 태어났다. 어미가 그를 낳다 죽었으나 헤레이스를 질책하는 이는 누구도 없었고, 오히려 본부인을 추억하며 그녀를 닮아 착한 헤레이스를 챙겨 주었다.

부인을 아주 사랑했던 부친조차도 상심하긴 했지만 헤레이스를 미워하지 않고 정통 후계자로서 그에게 힘을 실어 주었다. 그래서 1년 일찍 태어난 배다른 형님이 가지고 있던 후계자의 자리는, 헤레이스가 가지게 되었다

태어날 때부터 비실비실했던 헤레이스는 몸에 생기가 없긴 했지만 벤덤의 남자답게 뛰어난 골격과 엄청난 집중력을 지녔고 집안의 기대를 한 몸에 받으며 자랐다.

헤레이스는 기대에 보답하고 싶었다. 아니, 보답을 넘어서서 검술이 무척 재밌었기 때문에 훌륭한 검사가 되고 싶었다. 튼튼해지기 위해 배가 터질 것 같아도 음식을 입에 우겨넣었고, 열심히 뛰어다녔고, 최선을 다해 수련에 임했다.

그즈음, 그에게는 꿈이 생겼다. 훌륭한 검사가 되어서 건강

한 아내를 얻고 토끼처럼 귀여운 자식들을 낳아 오래오래 사는 것이다. 그의 이복형님을 볼 때마다 부러운 게 한 가지 있었는데 그건 바로 어머니의 존재였다.

따뜻하게 품어 주는 유모가 있었지만 신분 차가 있는지라 유모는 헤레이스를 윗사람으로 대했다. 아버지는 엄격해서 늘 기대한다고 말할 뿐, 다정하게 대해 주지는 않았다. 그래서 어린 소년은 제가 따뜻한 가정을 이루는 미래를 늘 꿈꾸었다.

하지만 열 살, 큰 외조부에게 마나 제어법을 배우는 과정에서, 그는 최악의 무능아인 게 판명되었다.

"장하다, 헤레이스! 장하구나!"

아주 서툴지만 마나를 제어하는 제게 감격한 큰 외조부의 칭찬을 들으면서 헤레이스는 설레는 마음과 함께 마나를 떨쳐 내었다. 하지만 칭찬이 멎고, 울려 퍼지는 고함소리와 함께 그는 기절했다. 심장으로 몰려드는 마나 때문에 죽을 뻔했다가 큰 외조부의 빠른 조치로 겨우 살아날 수 있었다.

마나의 저주.

마나를 아주 잘 제어하다가도 쓸모가 다해 마나를 해방하려고만 하면 폭주한 마나가 쏟아져 들어와 그 사람을 쇼크로 죽이는 끔찍한 불치병이었다. 죽고 싶지 않다면 마나를 다뤄서는 안 된다는, 검사로서 사형을 받은 것이나 마찬가지였다.

하지만 어린 헤레이스는 이해하지 못했고, 그 때문에 몇 번이나 마나를 다루려다가 죽을 뻔한 것을 외조부의 도움을 받아 겨우 살았다.

머리에 생각이 들어차는 나이가 되어 제 상황을 이해한 다음에는 믿을 수가 없었다. 마나를 느낄 수 있고, 제어할 수 있었다. 마나는 저를 써 달라는 듯 제 주변에서 알랑댔다. 어떻게 저주일 수 있단 말인가. 노력하다 보면 언젠가는 마나를 제어할 수 있을 거라고 믿었다. 하지만 마나 제어를 그만두려고만 하면 마나는 마귀처럼 돌변하여 그에게 달려들었다. 저주였다.

어느 순간부터 헤레이스에게 마나는 끝없이 춤추기를 요구하는, 춤추지 않을 거라면 죽으라는…… 그러한 광기로 느껴지기 시작했다. 조금만 수가 틀려도 심장을 도려낼 살인자로 보였다.

하지만 마나 제어를 그만둘 수 없었던 이유가 있었으니, 그것은 바로 늘 신뢰의 눈빛으로 바라봐 주던 아버지의 냉대, 사랑을 주던 다른 사람들이 품은 동정…… 그리고 꿈과 자신감의 상실이었다.

"아니야, 아니야!"

강제적으로 빼앗긴 야망은 소년을 자괴감의 수렁에 밀어 넣었다. 헤레이스는 이를 악물고 외조부의 도움을 받아 마나를 제어하려고 노력했다.

"나는 할 수 있어!"

하지만 마나가 몰려들면 너무 고통스러워서 약을 먹을 수밖에 없었다. 먹지 않으면 심장이 풍선 터지듯 폭발할 것 같았다. 심장을 잠시 멈추는 꼼수로 마나를 억지로 쫓아내긴 했지만, 안 그래도 허약한 몸은 점점 더 활력을 잃어 갔다. 그리고 언제부턴가, 마나 제어 후에는 당연하다는 듯 약을 먹고 있었다. 헤레이스는 그저 죽음에 끌려가는 소 신세였다.

그런 헤레이스에게 어느 날 그보다 한 살 많은 배다른 형님은 경멸을 담아 비웃으며 말했다.

"꼴좋군. 이제 그만 포기하는 게 어때? 안쓰럽다 못해 꼴불견이라고. 너는 쭉정이일 뿐이야. 쭉정이가 날뛴다고 뭐가 되겠어?"

"……험생!"
"……스!"
"14601번 수험생! 없으십니까!"
"야, 헤레이스! 너 괜찮냐?"
"아."

헤레이스는 그의 팔을 붙잡고 세게 흔드는 에이지 덕에 정신을 퍼뜩 차렸다. 제게 쏠려 있는 다른 이들의 시선, 그중에서도 이아나의 시선을 느끼고 얼굴을 화끈하게 붉혔다. 이마에서 주룩하고 흘러내린 땀방울을 닦아 내며 벌떡 일어섰다.

"무슨 식은땀을 그렇게 흘려?"
"아무것도 아니에요. 깜빡 졸았는데 그만 악몽을……."

헤레이스는 허둥지둥 일어나 시험장으로 달려갔다. 뛰어온 그를 보고 조교가 고개를 끄덕였다.

"시험 시작하겠습니다.

"네."

순발력 테스트는 온갖 방향에서 날아오는 공들을 제한시간 동안 다섯 번 이상 맞지 않고 피해야 하는 테스트다. 여기서 몸이 굼뜬 사람들이 다수 탈락했지만 헤레이스는 가볍게 잘 피해 냈다. 시험이 쉬웠기에 그는 저도 모르게 딴생각에 빠져들었다.

마나는 이아나를 꿀꺽 삼켜 버리고 싶어 입을 쩍 벌리는 거대한 용 같았다. 하지만 이아나에게 돌진한 마나는 그녀의 의지에 순한 양이 되었다. 여왕의 발치에 머리를 조아리는 듯했다.

'나도 그렇게 될 수 있을까? 마나를 내 뜻대로 제어하고 해방할 수 있을까?'

상상만으로도 황홀해졌다.

'하지만 어떻게?'

헤레이스는 주눅이 들었다. 재능? 제게 재능이라는 게 있긴 할까? 그의 형님은 언제나 그에게 쭉정이라고 말했다. 자신은 쭉정이였다. 이아나가 이런 제게 어떤 도움을 줄 수 있을까?

헤레이스는 침울해졌다. 그녀는 도대체 무얼 믿고 희망을 주고자 할까? 입술을 꾹 깨물었다. 희망을 가지고 도전하는 게 두려웠다. 도전은 희망이 아니라 절망이 되어 제 살을 깎아먹는 행위가 될지도 몰랐다.

헤레이스는 뒤에서 순서를 기다리고 있는 이아나를 흘끔 훔쳐보았다. 아마, 이아나는 이런 마음을 알고 겁쟁이라고 비난

했을 것이다. 하지만 그녀가 내민 희망을 믿고 불길한 미래 속으로 발을 들여놓는 것은 어리석은 짓일지도 몰랐다.

"14601번 통과!"

"후우……."

"수고했다. 딴생각을 하면서도 아주 잘 피하던걸."

놀리는 듯한 이아나의 말에 숨을 고르고 있던 헤레이스가 얼굴을 붉혔다. 그녀는 지금 제가 무슨 생각을 하고 있는지 알고 있을까? 부끄러워진 헤레이스는 고개를 꾸벅 숙이고는 뒤로 물러났다.

"14603번, 시험 시작하겠습니다."

"예."

이아나의 시험도 순조로웠다. 그녀는 눈이 옆과 뒤에도 달린 것처럼 아주 여유롭게 잘 피해 냈다. 헤레이스는 흘러내리는 땀을 닦아 내면서, 질끈 묶어 올린 붉은 머리카락이 바람에 휘날리는 걸 멍하니 쳐다보았다.

만난 지 며칠 되지도 않았는데 헤레이스는 그녀가 얼마나 멋있는 사람인지 알 것 같았다. 행동과 언행 하나하나에 붉은빛이 묻어나는 것 같다는 느낌이 들 정도로 이아나는 뚜렷했다.

굳은 신념 아래, 자신의 능력을 믿고, 모든 것을 스스로 결정하고 행동하는 사람.

저 소녀는 어떻게 살아왔기에 곧은 나무와 같은 심성을 가지게 되었을까.

'고위 귀족이라서?'

이미 수도에 살면서 여러 귀족 영애들을 만나 본 헤레이스는 바로 고개를 저었다. 이아나와 그녀들은 차원이 달랐다. 이아나는 아이들의 동화책 속에서만 나오는 멋진 기사님 같았다. 그런데 그런 그녀가, 바란다면 함께 방법을 찾아 주겠다고 했다.

시험을 가뿐하게 치른 이아나가 시험장에서 걸어 나왔다. 헤레이스가 웃었다.

"이아나 양. 대단해요."

"너도 가볍게 통과해 놓고 무슨 소리지."

"이아나 양은 땀도 흘리지 않잖아요? 저는 이렇게 흠뻑 젖었는데."

풀이 죽어 말을 걸지도 못하고 쩔쩔매던 아까 전과는 달리 적극적으로 말을 붙이는 모습에 이아나는 실소를 머금었다.

이아나가 헤레이스를 지나치고, 그 뒤를 따라가며 헤레이스는 방긋방긋 웃었다.

그는 겁쟁이라서 아직은 용기를 내지 못한다. 아직 이아나에 대해서 잘 모르고, 스스로에 대한 신뢰도도 바닥을 치고 있기 때문이다. 하지만 망설임은 결코 길지 않을 것이라는 생각이 들었다.

이아나를 끝으로 4차 시험도 종료되었다. 합격자들만 모아 놓은 공터에서 조교가 헛기침을 한 번 하고는 크게 고함을 질렀다.

"수고하셨습니다. 최종시험을 치를 인원은 312명입니다!"

"이야, 아직도 엄청 많네. 한 학년이 80명인 걸 생각해 보면 여기서 4분의 1만 붙는 건가."

에이지가 이마에 손을 올리고 주변을 둘러보았다. 종이 뭉치를 넘기며 시험일정을 살피는 조교를 보는 수험생들의 낯에서는 긴장감이 역력했다. 그도 그럴 것이 5차 시험은 학술원의 합격 여부를 가르는 최종시험이었다. 에이지의 말대로 4분의 1은 합격하고, 4분의 3은 불합격이다. 대다수는 쓴맛을 보게 되는 것이다. 그런 상황인데도 산책을 나온 것처럼 여유로운 에이지가 오히려 이상했다.

"그래도 엄청 줄었네요. 그중에 제가 있다니 정말 기뻐요."

헤레이스가 울먹거리다가 결국 입을 막고 눈물을 줄줄 흘리자 에이지가 혀를 찼다.

"얌마, 너 너무 소심해. 너 정도면 천재야. 자신감을 가져."

"제가 무슨 천재예요. 저 열여섯 살 때는 1차 시험에서 떨어졌는걸요."

헤레이스가 쓰게 웃었다.

"뭐야, 너 재수생이었어?"

에이지가 눈을 동그랗게 떴다. 앞을 보고 있던 이아나도 그를 쳐다보았다.

"네. 그래서 이아나 양이 더 고마워요. 악을 쓰고 해서 간신히 1차 시험을 통과했으니까요. 2차 시험 때도 에이지 형님과 이아나 양이 없었다면 금방 나가떨어졌을 거예요."

"……."

"전 혼자 있으면 쉽게 포기해 버리거든요. 정말 고맙습니다."

둘을 향해 고개를 꾸벅 숙이는 행동에는 진심이 담겨 있다.

에이지는 별 이상한 소리를 다 한다면서 머리를 긁적였고 이아나는 어깨를 으쓱이고는 다시 조교를 보았다.

4차 시험을 치기 전까지만 해도 헤레이스는 불안한 얼굴로 쭈뼛댔었는데, 어느새 평소의 그로 돌아와 있었다. 3차 시험 때 들쑤셔 놨으니 무언가 다른 행동을 보일 것이라 예상했는데 별다른 반응 없이 평소처럼 말을 걸기 시작했다.

마나의 저주라는 희귀병이라고 했다. 헤레이스의 경우 제어할 때는 아무 문제도 없다는 걸로 보아 변형력은 훌륭하지만 친화도가 의지력과 수용력을 훨씬 웃도는 것 같았다.

처음에는 어쩔 수 없다고 생각했다. 친화도가 너무 높으면 의지력을 수련으로 향상시키는 게 쉽지 않다. 친화도를 집어삼킬 만큼의 엄청난 독기와 마음의 성장이 필요한데, 그게 또 마음먹는다고 해서 되는 게 아니었다. 악착같이 수련하거나 포기하는 게 옳았다. 그따위 약을 먹는 건 최악의 수였다.

하지만 7년 동안 이 상황을 겪으면서도 뛰어난 검사가 되고 싶은 욕심을 포기하지 않았다는 말에 생각을 바꿨다. 헤레이스에게는 강한 의지가 있었다. 그 의지가 시간이 흐를수록 점점 깎였을 뿐.

'잘 생각해 보면 제어할 당시 마나는 분명 고분고분했어.'

문제는 그다음이었다. 헤레이스가 말한 대로 그가 마나를 해방하려고 하면 통제를 무시하고 잡아먹을 듯이 몸 안으로 파고들었다. 분명 의지력 말고 다른 원인이 있었다.

헤레이스와 조금 더 대화를 나눠 봐야 할 것 같았다. 방법은 아직 잘 알 수 없지만 이아나는 제가 도움을 줄 수 있을 것 같다는 확신이 들었다.

상황은 비슷했다. 구드르 높은 친화도는 이아나와 헤레이스에게 풍부한 마나를 제공했다. 하지만 헤레이스에게는 저주인 친화도가 이아나에게는 축복이었다. 마나는 언제나 미친 듯이 이아나에게 몰려들었고, 이아나는 그런 마나를 받아들여 한 번의 반항도 없이 사용했다.

자신과 헤레이스의 차이는 뭘까. 그 차이를 알 수 있다면 헤레이스에게 도움을 줄 수 있을 것 같았다. 적어도 저렇게 무모하게 목숨을 걸 일은 없어질 것이다.

만일 그 원인을 없애는 게 가능하다면 헤레이스는 엄청난 검사가 될 수 있을 것이고, 불가능하더라도 나쁠 건 없다고 생각했다. 냉정한 말이긴 하지만 현실을 받아들인 헤레이스는 덧없는 희망을 버리고 제 인생에 집중하게 될 테니 말이다.

이아나는 충고만 해 줄 뿐 굳이 나서서 그를 윽박지르거나 선택에 끼어들 생각은 전혀 없었다. 이아나는 사람의 의지를 가장 존중했다. 그래서 그냥 내버려 두기로 했다.

하지만 헤레이스가 계속 겁쟁이처럼 굴며 약을 마시면, 문제를 해결하는 것에 도전조차 하지 않으며 계속해서 이도저도 아닌 태도를 보이면 그에게 실망하게 될 것은 분명했다.

"음, 내일부터 진행될 5차 시험에 대해 설명해 드리겠습니다. 학술원 검술학부 시험은 내일로 끝이 납니다. 서른아홉 명씩 조를 나누어 거기서 열 명씩 선발하므로, 312명 중 80명은 검술학부에 최종합격하는 겁니다."

조교의 말에 합격자들 사이에서 열기가 샘솟았다. 예비 후배

들의 경쟁적인 분위기를 느끼며 흐뭇하게 웃은 조교는 커다란
종이를 펼쳐 옆에 있는 칠판에 붙였다.

"조는 무작위로 나누었습니다. 옆의 종이에서 조를 확인하고,
내일 오전 열 시, 학술원의 대형 경기장으로 오십시오. 이상!"

조교가 먼저 시험장을 떠나고, 수험생들이 칠판 앞에 우르르
몰려들어 조를 확인했다. 이아나 일행은 느긋하게 있다가 한산
해지자 조를 확인했다. 지금 이 자리에 없는 타로의 번호까지
확인한 에이지가 감탄성을 내질렀다.

"오오, 타로랑 이아나 양이 같은 4조야."

"그래? 그런데 타로 씨는 지금 어디에?"

아까부터 타로가 보이지 않아 의아하게 생각한 이아나가 물
었다. 에이지는 어깨를 으쓱였다.

"나도 모르겠어. 이아나 양이랑 헤레이스가 시험치고 있을
때 갑자기 일어나더니 어디로 황소처럼 달려가던데."

"여기 왔다잉."

말이 씨가 된다고, 타로가 에이지의 뒤에서 불쑥 나타났다.

"뭐 하다 왔냐?"

타로는 축 처져 있었다. 순발력 시험에서 즐기던 모습과는
너무나 다른 분위기에 에이지가 다소 당황했다. 타로는 에이지
를 흘끗 쳐다보고는 한숨을 푹푹 내쉬었다.

"끙, 여신님이 지나가는 걸 봤지라. 그래서 냉큼 뛰어가 보
고 왔당께."

"뭐, 여신님? 설마 네가 첫눈에 반했다는 여자? 촌놈이라고
볼일 없다고 한 그 여자?"

"그려, 그려. 오늘도 그 소리를 들었으. 아니, 여인네가 어째 그래 이쁠 수가 있당게?"

침묵이 싸하게 내려앉았다. 얼굴을 홧홧하게 붉히는 타로는 영락없이 사랑에 빠진 청년이었다. 얼마나 예쁘기에 순박한 시골청년이 이렇게 정신을 못 차리는지 궁금해질 수밖에 없다. 호기심이 동한 에이지가 슬금슬금 접근했다.

"어떻게 생겼는데?"

"하얗고, 가느다랗고……. 아니 근디 나가 왜 여신님에 대해서 네놈헌티 말해야 하는 거여?"

"궁금하잖아. 이아나 양처럼 예쁜 여자아이를 앞에 두고 다른 여자한테 목매니까 신기할 수밖에."

이아나는 미간을 좁혔다.

"거기서 내 얘기는 왜 나오는 거냐."

"아니, 이아나 양은 짜증나지도 않아? 여자들은 자기 앞에서 다른 여자 외모 칭찬하면 기분 나빠하던데."

"편견이다. 나는 해당되지 않으니 그런 이상한 여성관은 집어치워."

이아나가 에이지의 말을 자르고 있을 때, 타로가 머리를 긁적이며 입을 열었다.

"당근 이아나 양도 이쁘긴 헌디, 내 이상형인 여린 사슴이라기보다는 호랭이나 사자 같다고 해야 허나. 그 뭐시여, 3차 시험 때 둥그런 걸 무지막지한 힘으로 부숴 먹을 때부터 여자면서도 여자가 아니라고 생각하기로 했당께."

"크……크크크, 그건 그냥 완전 남…… 아, 아악!"

힘이 아니라 마나를 이용한 타격이었지만 타로는 그걸 알아채지 못한 모양이었다. 하지만 이아나는 타로의 말이 꽤 마음에 들었기에 그 점을 짚고 넘어가지 않기로 했다. 다만 배를 잡고 낄낄대며 웃고 있는 에이지의 옆구리는 잡아 비틀어 주었다.

타로의 말을 잠자코 듣고 있던 헤레이스는 고개를 갸웃했다.

"그런데 그분이 왜 학술원에 있는 거예요?"

"그게 말이여, 여신님이 학술원의 학생이었지 뭐여. 그려!"

타로가 주먹을 불끈 쥐었다.

"오메, 이걸로 나가 학술원에 들어가야 할 이유가 하나 더 생겼당게!"

"이런 속물……."

에이지가 혀를 쯧쯧 걸어찼다.

"다음 시험은 뭐여?! 이 커다란 종이 쪼가리는 또 뭐시고!"

"단체전인 것 같아."

에이지의 말이 맞았다.

"4조 준비!"

이아나와 타로는 현재 거대한 경기장 위에 40명이나 되는 사람들 사이에서 목검을 한 자루 들고 서 있다. 타로는 제 거대한 검을 쥐지 못해 몹시 불만스러운 표정이었다.

"저번 해까지는 진검으로 시험을 진행했으나 많은 사상자가 발생했던 관계로 올해부터는 목검을 사용합니다. 규칙을 다시 한 번 말씀드립니다! 시합에서 실격하는 경우는 다음과 같습니다."

첫째, 스스로 항복할 때. 둘째, 전투불능에 빠질 때, 셋째, 경기장 바닥에 손과 발을 제외한 신체가 닿을 때, 넷째, 장외로 나올 때. 다섯째, 마나를 사용할 때.

"수험생들은 오로지 지급된 검, 혹은 격투로 다른 이들을 실격시키시면 됩니다. 전투불능은 지켜보고 있던 시험 조교들이 판단합니다. 최종적으로 열 명이 남을 때까지 시합은 계속됩니다!"

이아나는 규칙을 숙지하며 스트레칭을 했다.

항복과 전투불능은 상대를 압도적으로 굴복시켜야 얻어 낼 수 있는 결과물이다. 항복할 사람은 없을 테니 다른 규칙들을 이용해 실격시켜야 할 것이다.

실력을 떠나 실수가 있을 수 있는 부분은 셋째, 넷째 조항이었다. 수험생들이 검을 꼭 쥐고 비좁은 경기장 안쪽으로 슬금슬금 모여들었다. 혹시라도 발을 헛디디지 않기 위해 하반신에 힘을 주었다.

삐이이익—!

긴장된 분위기 속에서 조교의 호루라기가 하늘을 귀 따갑게 울렸다. 시합이 시작되자마자 타로가 이아나를 막아섰다. 다른 수험생들을 아작 내러 가려고 했던 이아나는 멈춰 섰다.

'설마 싸우자는 건가?'

이 상황을 이해할 수 없던 이아나가 가만히 서 있는데, 타로가 제 가슴을 탕탕 쳤다.

"내 뒤에 딱 붙어 있더라고."

"무슨."

"이아나 양은 아니라고 혀도 여자라고 얕보는 놈들이 무지하게 많을 것이니께? 쉽게 쉽게 가자고. 나가 덩치가 커서 인간들이 잘 안 덤빈당께. 이아나 양은 내 뒤에서 내 뒤통수치려는 놈들만 잡아 주면 되는 거여."

타로의 말대로 수험생들은 제일 약해 보이는 이아나부터 떨어뜨릴 생각으로 그들에게 접근하고 있었다. 하지만 그들은 간에 기별도 가지 않는 조무래기들이었다. 이아나는 배려는 고맙지만 필요 없다고 말하려고 했다. 그런데 그때 타로가 어이없는 행동을 저질렀다. 목검을 경기장에 버린 것이다.

"이런 허접한 목검은 필요 없당게. 너무 쉽게 부러지니께 되레 방해만 된단 말이라."

모두가 목검을 들고 있는데 목검을 버리는 타로의 태도가 아주 자신만만하다. 바보인가, 힘을 믿는 건가. 순수한 힘으로 근력 측정기를 부쉈으니 엄청난 장사이긴 했다.

'하지만 수험생들의 집중적인 공격을 받을 텐데. 위험할 때 도와줘야 할까?'

이아나가 떨어진 목검을 주시하고 있을 때였다.

"에이잇!"

시험이 시작되었는데도 타로가 이아나와 마주한 채 대화를 나누고 있는 데다 목검까지 던져 버리자 한 수험생이 그의 뒤통수를 노리고 덤벼들었다.

그 기세를 느낀 타로의 얼굴이 험악하게 일그러졌다.

"어델!"

쩌어억!

"껙!"

검격을 쉽게 피한 타로의 손바닥에 거하게 뺨을 얻어맞은 수험생이 눈을 뒤집으며 엄청난 기세로 허공을 날았다.

이아나는 남자의 비행을 감상하면서 타로의 기행을 납득했다.

'과연. 힘이 괴물 수준이라 진검 대련이 아닌 이상 힘만으로 상대해도 되겠어.'

진검승부였다면 검으로 방어를 겸해야 하기 때문에 검을 버려서는 안 된다. 하지만 목검으로는 맞더라도 타박상만 입을 뿐이니 힘과 체술에 자신 있다면 검을 버려도 상관없을 터였다. 그런 의미에서 타로는 체술에도 일가견이 있는 듯했다.

수험생은 경기장을 벗어났다. 이아나와 타로가 있는 곳은 경기장의 가장자리가 아니었다. 그런데도 타로는 마나를 전혀 쓰지 않고 순수한 힘으로만 상대를 장외까지 날려 버렸다.

그 후 수험생들은 타로에게 공격은커녕 접근할 생각도 하지 못했고 타로 뒤에 있는 이아나에게도 마찬가지였다.

덤벼드는 이가 없으니 자기가 먼저 불곰처럼 날뛰어 대기 시작한 타로의 뒤에 이아나는 덩그러니 놓여 있었다. 타로는 이아나를 노리는 이들까지 족족 처리했다. 여자로 취급하지 않는다고 말은 했지만, 사실 타로는 이아나가 다칠까 싶어 무척 신경 쓰고 있었다.

'이럴 필요 없는데.'

이미 다른 상대와 싸우고 있는 수험생들의 뒤통수를 노리는 건 끌리지 않았기에 이아나는 그냥 푸른 하늘을 올려보다 눈을 감았다. 먼지와 고함, 그리고 타격음이 가득한 곳에서 그녀 혼자 평화로웠다.

그때, 이아나는 타로의 눈을 피해 제 뒤로 슬금슬금 다가오는 수험생의 기척을 느꼈다. 반가운 손님이었다. 이아나는 알아차리지 못한 척 잠자코 있었다. 그에 대담해진 수험생이 이아나의 뒤통수를 치기 위해 목검을 들어 올렸다. 이아나가 중얼거렸다.

"사람의 뒤통수를 치려 하다니, 예의가 없는 놈이야."

남자가 검을 내리치는 순간 감겨 있던 눈이 떠지고 적안이 빛을 발했다. 그대로 발을 놀려 옆으로 피한 이아나는 자세를 잡고, 검을 내리치느라 자세가 흐트러진 남자를 향해 쇄도했다. 화살처럼 몸을 튕긴 이아나와 함께 날려진 검격은 남자의 후골을 강타했고, 그 충격에 남자는 거품을 물며 기절했다.

그 틈을 노리고 옆에서 검을 찔러 넣는 수험생이 있었다. 이아나는 뻗어지는 검끝을 날로 가볍게 막아 냈다. 수험생의 검을 미끄러지듯 흘려 냄과 동시에 검을 기이한 각도로 꺾어 위로 세게 쳐올렸다. 그 충격으로 수험생은 검을 놓치고 말았다.

팔까지 위로 들린 수험생이 허공에 뜬 자신의 검에 정신이 팔린 사이 품으로 빠르게 접근한 이아나는 수험생의 얼굴에 주먹을 내질렀다.

뻐어어어어억!

"악!"

코가 깨진 수험생이 뒤로 넘어지며 엉덩방아를 찧었다.

이아나는 뒤에서 몰래 다가오는 기척을 느꼈다. 한 수험생이 이아나를 힘으로 바닥에 눕히거나 장외패를 시키려 한 것이다. 하지만 노력이 무색하게도 수험생에게 붙잡이자마자 이아나는 그의 배에 팔꿈치를 강하게 박아 넣었다. 방어할 틈도 없이 명치를 제대로 맞은 수험생은 컥, 하며 배를 붙잡았다. 몸을 빙글 돌린 이아나는 검을 쥐지 않은 팔으로 수험생의 목 옆을 후려쳤다.

"끄아아악……."

그는 옆으로 쓰러졌지만, 똑같은 방법을 이아나에게 시도하려는 자가 있었다. 이아나는 뒤를 보지도 않고 자신을 잡아채려는 팔을 피해 허리를 숙였다가 왼쪽 발을 고정시키고 오른발을 뒤로 돌려 수험생의 얼굴을 걸어찼다.

빠각!

"아아악!"

쿠웅!

"켁! 켁!"

장화의 딱딱한 굽에 차인 그대로 바닥에 처박혀 이아나에게 목이 짓밟힌 남자가 숨이 막혀 바르작거렸다.

"우와아."

이아나는 남자에게서 발을 떼다가 감탄성이 들려온 쪽을 쳐다보았다. 갑자기 왜 수험생들이 떼거지로 덤벼들었는가 하니, 접근을 봉쇄하고 있던 타로가 입을 떡 벌린 채 제 싸움을 구경하고 있었다.

"이건 뭐, 걱정할 필요도 없었구먼? 체술이 아주 일품이여?"

"벨 수 없는 이상 체술이 더 효과적입니다. 당신이 검을 버린 것과 마찬가지 이유죠."

"이제야 에이지랑 헤레이스가 왜 그런 말을 했는지 이해가 가. 이건 뭐 호랭이한테 덤벼드는 토끼 떼들도 아니고……."

"칭찬 고맙습니다."

이아나가 부끄러워하지도 않고 칭찬을 당연하게 받자 타로가 시원스레 웃음을 터뜨렸다.

"껄껄! 여장부구마잉! 그리고 나헌티도 말을 놓드라고. 이아나 양과 존대는 별로 안 어울리는 것 같으니께."

"그러지."

"으메, 시원시원한기 쫌생이 같은 거시기…… 흠흠! 사내놈들보다 훨씬 낫구먼. 앞으로 잘 지내 보장께! 흐흐, 내도 이제 아는 여자가 생겨 브렀다 이 말이여. 성님들이 부러워 죽겄구먼!"

타로가 손을 내밀면서 음흉하게 웃자 이아나는 입가에 가벼운 웃음을 띤 채 그 손을 잡았다. 둘은 비명과 폭력적인 소음들이 버무려진 곳에서 서로 악수를 했다.

긴장감 넘치는 주변 상황과는 전혀 관계없다는 것처럼 아주 여유롭게 악수를 나누는 비정상적인 모습에 수험생들은 그들에게 함부로 접근하지 못했다. 그들의 주변에 기절한 사람들이 시체처럼 널려 있는 장면이 무척 섬뜩했다.

이후, 시험이 끝나 갈 때쯤에는 악에 받칠 만큼 받친 이들만 남았다. 그리고 여자인 이아나나 겁이 없는 타로에게 합격에 대한 열망으로 섬뜩함을 잊은 수험생들은 무차별적으로 덤벼들었다. 그리고 모두 묵사발이 났다.

"2053번 실격! 시험 종료! 현재 서 계시는 열 분이 4조의 최종합격자입니다!"

"끄아아아아! 끝났나!

"만세!"

시험이 끝났다. 살아남은 사람들은 모두 환호를 하며 기뻐했다. 서로 부둥켜안고 우는 사람들도 있었다. 하지만 별 감회가 없는 이아나는 멀뚱하게 서 있다가 폭소를 터뜨리며 자신의 등을 퍽퍽 치는 타로 때문에 어설프게 웃을 수밖에 없었다.

"붙어서 기분이 끝내주는디! 이아나 동기, 앞으로 잘해 보자 잉!"

"그래."

타로는 이제 저를 여자로 보지도 않는 것 같았다. 등이 욱신거려 왔다.

다음에 진행된 5조의 시합에는 에이지가 있었다. 에이지는 요리조리 잽싸게 잘 피하며 결국 최후의 10인이 되었다. 경기장을 내려오는 그를 보는 이들의 시선은 곱지 못했는데, 그도 그럴 게 검은 장식으로 들고 다니고 싸우느라 바쁜 이들의 뒤에서 얍삽하게 발을 걸어 넘어뜨렸기 때문이다.

경기장에서 내려온 에이지가 이아나와 타로 앞에서 변명했다.

"난 장검은 쥐약이란 말이야. 실수했어. 설마 목검을 사용하게 할 줄이야. 제길, 이건 뭐 이아나 양의 손으로 벽에 처박힌 의미가 없잖아?"

8조의 헤레이스는 아슬아슬하게 통과했다. 가냘픈 그를 노리는 이들은 많았지만 헤레이스는 침착하게 그들을 상대했다. 무가에서 자란 자답게 기본기는 확실하게 닦여 있었다. 체력이 모자라 마지막에는 위험한 장면이 몇 번 연출되었지만, 결국 최후의 10인에 남아 무사히 통과했다.

"이상 80분이 검술학부 최종합격자로 선정되셨습니다!"

"으아아아아아!"

"어, 엄마. 엉엉. 나 합격했어. 엉엉."

헤레이스의 경기를 끝으로 검술학부의 시험이 끝났다. 이아나, 에이지, 헤레이스, 타로 모두 시험에 합격했다.

입학 예정자들은 제1검술학관의 거대한 홀에 모였다. 그들은 기쁨에 젖어 처음 보는 이들끼리도 서로서로 대화를 나누기 바빴다.

"결국 전부 합격했군."

"그러네요. 여러분들 모두 합격하실 줄은 알았지만, 이렇게 결과로 나타나니 감격스러워요."

이아나가 먼저 운을 떼자 기쁨에 흠뻑 젖은 헤레이스가 쾌활하게 대답했다. 에이지는 방정맞게 주변을 둘러보더니 입을 막고 음흉하게 웃었다.

"이아나 양은 이번 기수의 홍일점이네. 아니, 선배들 중에서도 여자가 있을까? 없을 거야. 크크크. 이아나 양의 겉가죽만 보고 집적대는 놈들이 엄청 많겠지. 고생 좀 할걸."

"별로 상관없다. 허튼 짓을 하는 놈들은 검으로 때려눕히면 되니까."

"하여간, 말 한마디도 안 진다니까."

"멋있어요."

헤레이스가 눈을 반짝거리며 몽롱하게 중얼거렸다. 그도 모자라서 볼까지 발그스름하게 붉히고 있자 옆에 있던 에이지가 흠칫했다.

"헤레이스, 너 설마 이아나 양을?"

"응? 아, 아니에요!"

"아니긴 뭐가 아니야? 얼레리 꼴레리."

"아니라니까요. 전 그냥 이아나 양이 멋있어서……."

"아이고, 여신님. 기다려유……. 흐흐."

에이지는 헤레이스를 놀리고, 헤레이스는 아니라며 열심히 항변하고, 타로는 자신의 여신님을 떠올리며 환상 속에 빠져 헤벌쭉하게 웃었다. 이아나가 한숨을 내쉬었다.

그때 검술학부의 부장 라이언이 정렬해 있는 조교들을 대표로 두근거리는 마음을 안고 있는 입학 예정자들 앞에 섰다.

"반갑습니다, 여러분. 우리 검술학부에 합격하신 것을 축하드립니다! 앞으로는 제가 여러분의 선배가 되겠군요. 앞으로 길 가다 저를 보면 꼬박꼬박 인사하는 겁니다. 아니면 얼차려 받을 줄 아세요."

라이언의 농담에 홀 안에 웃음이 터졌다.

"앞으로의 일정을 말씀드리기 전에, 여러분이 앞으로 자주 보게 될 교수님 한 분을 모셨습니다."

"흠."

라이언의 옆에 사자처럼 날카로운 풍모와 기세를 지닌 중년 남자가 섰다. 남자의 다부진 몸은 몹시 단련이 잘되어 있어 단단한 암벽을 연상시켰고, 자세는 매우 곧아 험준한 산의 정상에 우뚝 선 곧은 나무를 떠올리게 했다.

"이분은 왕국의 근위기사단장직을 수행하시다가 은퇴하신 후, 검술학부의 요청으로 저희의 지도를 맡아 주신 필리거 애슐턴트 교수님이십니다. 귀족과 평민이 아닌 스승과 제자의 관계를 중요하게 여기시는 분이니 그저 필리거 교수님이라고 부르면 됩니다."

홀 안에 있던 사람들이 저도 모르게 바짝 굳었다. 필리거 애슐턴트를 모르는 사람은 없었다. 왕의 신임을 한 몸에 받는 애슐턴트 백작가의 전 가주이자, 왕국의 방패라고 불리는 거물이었다.

필리거는 힘 있는 목소리로 인사를 시작했다.

"반갑습니다, 여러분. 말주변이 없어 긴말하지 않겠습니다. 우선 시험을 치르느라 고생했고, 합격을 진심으로 축하합니다."

"감사합니다!"

군기가 들어간 몇몇 이들이 크게 대답했다.

"앞으로 사회생활을 잘할 분들이 몇몇 있군요. 여러분을 위해 한 가지 충고를 하자면 학술원은 아주 빡빡한 곳이니 입학했다고 해서 멀건 스프처럼 풀어지는 것은 삼가는 게 좋습니다. 학술원에 합격한 게 다인 걸로 착각한 몇몇 놈들이 첫 시험부터 낙제하는 일이 수두룩해서 말하는 겁니다."

필리거의 냉정한 말에 수험생들이 긴장과 앞으로 펼쳐질 나날들에 대한 걱정으로 식은땀을 흘렸다.

"하지만 이 발젠타 학술원의 검술학부에 합격한 여러분이 최선을 다한다면, 여러분은 소중한 동기를 얻을 수 있을 것이고, 뛰어난 검사가 될 수 있을 것이며, 밝은 미래를 보장받을 수 있습니다. 그러니 앞으로 열심히 하십시오. 이상."

"감사합니다, 필리거 교수님!"

"감사합니다!"

"가, 감사합니다!"

라이언이 큰 소리로 교수에게 인사하자 조교들도 따라서 인사했고, 눈치 빠른 수험생들도 엉거주춤 허리를 숙이며 인사했다.

필리거 교수가 뒷문을 통해 빠져나가고, 다소 느슨해진 분위기에 사람들이 안도의 숨을 내쉬자 라이언이 웃으며 입을 열었다.

"엄격하시지만, 누구보다 학생들을 잘 챙겨 주시는 분입니다. 모든 것을 실력으로 평가하시는 분이니, 노력하십시오!"

"예!"

"좋습니다. 그리고 중요 공지가 있습니다. 첫 번째, 2월 15일까지 학술원에 등록을 마쳐 주십시오. 여기서 나가실 때 종이를 한 장씩 드릴 테니 자세한 건 종이에 적혀 있는 설명을 잘 읽어 보시고, 학술원 본부에 가서 등록 처리를 하시면 됩니다. 두 번째, 2월 20일은 임시소집일입니다. 2월 22일이 정식 소집일입니다. 이때 검술학부의 오리엔테이션과 수강 신청에 대해 말씀드릴 겁니다. 마지막으로 2월 24일부터 26일까지가 수강 신청기간이지요. 그리고 세 번째, 제가 가장 말씀드리고 싶었던 건 이것!"

라이언이 눈을 빛내며 크게 소리쳤다.

"신입생 검술대회!"

"과연!"

"이걸 기다렸지!"

그 말에 사람들이 흥분해서 떠들어 대기 시작했다. 알고 있는 것 같은데도 별 관심이 없는 에이지를 제외하고는 모두가 얼굴이 상기되어 있는 걸 보니 신입생 검술대회라는 것을 기다린 눈치였다. 이아나는 꽤 큰 행사인 걸까, 하고 아무런 감흥 없이 라이언의 말을 기다렸다.

라이언이 흐뭇한 표정으로 고개를 끄덕였다.

"임시소집일인 20일부터 신입생 검술대회 예선전을 시작합니다. 여러분도 잘 알고 계시겠지만 순위에 따라 1학기 장학금이 차등 분배됩니다. 그래서 우리 학생들은 장학금 대회라고 부르기도 한답니다. 탈락해서도 별 상관은 없지만, 검술학부의 학생으로서 사람들에게 처음으로 눈도장을 찍는 중요한 대회입니다. 신입생 여러분들께 많은 기대를 하고 계신 교수님들께서 관전하실 예정이고 큰 대회라 다른 구경꾼들도 많을 테니 일찍 지면 민망하겠지요? 그러니 열심히 해 주시길 바랍니다."

라이언이 숨을 크게 들이마셨다가 크게 소리쳤다.

"마지막으로 검술학부에 입학하게 되신 것을, 진심으로 축하드립니다!"

—시험 편 終

5. 조우편

5. 조우 편

"자아, 예쁜 아가씨. 웃어 주세요. 자꾸 입매가 내려가네요!"

이아나는 부들거리는 입매를 어설프게 끌어 올렸다. 그녀의 앞에는 빨간 빵모자를 쓴 여학생이 한 명 있었는데, 그녀는 하얀 캔버스에 이아나의 용모를 정성스레 그려 넣고 있었다.

지금 이 상황은 이아나가 있는 거대한 홀 전체에서 가득 펼쳐지고 있다. 학술원에 등록될 신입생들의 얼굴을 미술학부를 전공하는 학생들이 학술원 본부에서 공식 의뢰를 받아 그려 주고 있는 것이다.

이아나의 주변에는 에이지, 헤레이스, 타로도 있었다. 그들은 5차 시험이 끝나자마자 엘로냐의 낙원에서 단테의 축하를 받으며 시원하게 건배를 했다.

분위기가 무르익어 술자리를 파할 때가 되었을 즈음 입학식 전에 무얼 할 것이냐는 대화에서 타로가 말했다.

"고향에 갔다 와야제. 짐도 챙기 와야 되고 가족들도 함 봐야 하니께. 2월 20일까지 다시 올라믄 바빠 브러."

"집이 머신가 봐요. 입학식 때 가족분들이 구경 오실 텐데 차라리 연락만 취하고 가족분들이 형님의 짐을 챙겨서 수도로 올라오시는 게 낫지 않을까요? 왔다 갔다 하면 타로 형님만 고생이잖아요. 2월 20일부터 검술대회 예선전이니 무리하시지 않는 게 좋을 것 같은데."

헤레이스의 걱정에는 일리가 있었다. 검술대회의 순위에 관심이 없다면 모를까, 상위권을 노린다면 체력을 비축해야 했다.

20일부터 3월 1일 입학식까지 진행되는 신입생 검술대회는 진검으로 치러지는데, 진검을 쓰는 만큼 전투는 치열해서 경기가 진행되면 진행될수록 상처도 생기고 피로도 쌓인다. 강행군이라는 소리다.

그런데 타로처럼 먼 타지에 사는 사람은 고향에 갔다 오면 체력이 바닥난 상태로 검술대회에 임해야 했다. 타로는 끙 하고 않는 소리를 내며 머리를 긁적였다.

"우리 성님들이 바쁘기도 바쁘고, 뭣보다 아부지가 엉덩이가 좀 무거워 가지고 안 와 부러야. 그리고 그 인간들은 그냥 거기에 처박혀 있는 게 나아야. 수도에 올라오면 아주 온갖 지랄들을 하면서 민폐만 부릴 게 분명하니께."

"내 참. 대체 네 고향은 어디고 너희 집안은 대체 뭐 하는 집안이냐?"

"비밀이랑게. 타국이라는 것만 알고 있드라고."

"뭐가 그리 비밀이라고 꽁꽁 숨겨 댄담? 조사하면 다 나오게 되어 있어. 주황 머리, 타고난 꺼먼 피부, 대륙 남서부 쪽 방언! 엄청난 대검! 힘센 근육덩어리 가족! 요것만 있어도 딱 견적이……."

"이 짜슥이."

"악!"

타로가 술에 취해 횡설수설 떠들어 대는 에이지의 뒤통수를 딱 때리자 에이지가 꽥 비명을 질렀다.

"나중에 다 말해 줄 테니께 궁금해도 참더라고?"

"알았다, 이 무식한 놈아. 나도 딱히 여기 있는 사람들 정보 파낼 생각은 없어. 그런데 이아나 양도 영지로 돌아가야 해?"

"그래. 내 손으로 짐을 다 싸서 내려올 생각이니까."

"영지가 어디에 있는데요?"

"왕국의 최북단."

"와……. 먼디? 언제 가려고?"

"내일 학술원에 가서 등록을 마치고 바로 올라갈 생각이다. 초상화를 그려야 한다고 하던데."

"어, 그라믄 나도 내일 등록해야 쓰것다."

"응? 그럼 이왕 이렇게 된 거 시간 맞춰서 다 같이 가자고."

그래서 이아나, 에이지, 헤레이스, 그리고 타로는 다음 날

낮에 다시 학술원에 찾아왔다. 검술학부 시험과 마찬가지로 대부분 학부시험이 2월 초반에 끝나는데, 시험이 끝나자마자 등록을 하는 사람은 많이 없어 본부는 다소 한산했다.

본부에서는 번호표와 원서를 확인한 후 그들을 학술원의 교복으로 꽉꽉 차 있는 방에 밀어 넣었다. 그곳에서 그들은 치수를 재고 사이즈에 맞는 교복 두 벌을 받았다. 수험료만 비쌀 뿐 입학만 하면 팔자가 편다는 말에 걸맞게 학술원 측에서는 교복을 무료로 제공했다.

교복은 아주 깔끔한 디자인이었다. 상의는 체격만 다르게 제작했을 뿐 디자인은 남녀에 관계없이 같았다. 하얀 셔츠와 검은 조끼, 넥타이로는 레이스가 달린 풍성한 스카프에, 세운 칼라가 달린 검은 재킷이었다. 하의만 치마냐, 바지냐로 갈라졌다.

귀족들이라면 눈에 띄는 부분은 재킷과 조끼의 금장장식과 커프스단추가 전부인 심플한 교복 디자인에 불만이 있을 수 있겠지만, 대부분의 학생들은 아주 만족했다. 디자인도 충분히 멋졌고, 부드러운 고급 천이라 착용감도 뛰어나며, 신축성이 있어 움직이기도 편한 훌륭한 옷이었다. 또한 학술원의 명성을 수백 년간 대표해 온 교복이므로 불만을 가지기는커녕 자부심을 가졌다.

교복을 받은 후에 해야 하는 일은 바로 지금 하고 있는 일, 옷을 교복으로 갈아입고 초상화를 그리는 일이었다.

"다 됐어요."

이아나의 초상화가 가장 먼저 끝났다. 이아나는 기지개를 켜며 찌뿌둥한 몸을 풀어 준 후 미술학부의 학생에게 고개를 숙이며 고맙다고 인사를 했다. 그녀는 예쁘면서 예의 바르기까지 한 후배님이타나 니스데를 떨고는 이아나에게 초상화를 건넸다.

초상화의 이아나는 아주 곱게 그려져 있었다. 이아나가 여성이라 외모에 신경을 써 주는 바람에 안 그래도 눈에 띄는 붉은 외양이 더 화려하게 표현되었다. 이아나가 억지로 웃지 못하고 자꾸 입술 끝을 내리는 바람에 다소 무표정하게 그려지긴 했지만, 그런 표정에 깔끔하게 선이 떨어지는 절제된 교복은 그녀를 위해 만들어진 것처럼 잘 어울렸다.

이아나는 여학생이 교복이 잘 어울려서 특별히 신경 썼다며 으쓱이는 걸 보고 옅게 웃었다.

그녀에게 인사를 하고 다른 이들의 진행 정도를 살펴보았더니 완성되기까지는 아직 한참이나 남은 것 같아 옷을 갈아입고 먼저 본부로 향했다.

"이아나 로베르슈타인 님. 북방지역을 맡고 계신 백작 각하의 따님이시군요."

본부의 여직원이 이아나의 초상화를 받아 들며 의외라는 듯한 표정을 숨기지 않고 쳐다보았다.

대부분의 귀족은, 특히 그중에서도 백작 이상의 고위 귀족들은 열에 열은 테오도르 아카데미로 향했다. 학술원의 교육이 뛰어나다고는 하나 귀족을 상대로 하는 교육과 평민을 상대로 하는 교육은 다를 수밖에 없다.

또한 아카데미는 귀족들뿐이니 동기들과 미리 친분을 쌓아 두면 훗날 사교계에 쉽게 녹아들 수 있는 이점이 있지만, 학술원의 경우에는 대다수가 평민이므로 동기들과 친해져 봤자 다소 영양가 없는 인맥만 형성된다.

물론 학술원에 다니면 능력 있는 인재들을 제 눈으로 확인하고 직접 제 사람으로 만들 수 있는 이점이 있지만, 제 눈으로 확인한다는 조건만 제외하면 측근을 뽑는 일쯤은 아카데미를 다니면서도 충분히 할 수 있는 일이었다. 백작위 이상의 고위 귀족의 경우에는 가만히 있어도 걸출한 인재들이 몰려들었다.

그밖에 시설상태가 차이 난다는 점, 귀족들만의 오만한 사고방식에 의해 평민들 사이에 자연스레 잘 섞이지 못하고 분란을 일으키는 점도 문제다. 귀족 여인들의 경우에는 그런 부분이 더욱 심했다. 남자의 경우에는 함께 운동을 하며 땀을 흘리면서 어느 정도 친해질 수 있는 편이지만, 귀족 소녀들은 몸이 몹시 가냘프고 성격도 새침데기들이 대다수였다. 억척스런 평민 여자아이들과는 달랐다.

무엇보다 귀족들이 학술원에 지원하지 않는 가장 큰 이유는 평민들이 대다수인 학술원 입학시험에 지원했다가 떨어지는 일이 생길 경우, 그보다 더한 수치가 없기 때문이다.

그런 점에서 이아나는 몹시 특이한 존재였다.

"기숙사를 신청하실 건가요? 기숙사는 2인실입니다. 귀족분들은 수도에 따로 집을 구해 통학을 하시는 경우가 많아요. 어찌해 드릴까요?"

누군가와 방을 함께 사용하다니, 귀족에게는 있을 수 없는 일이다. 학술원에 왔으면 학술원의 규칙을 따라야 하지만 귀족들은 기숙생활에 적응하지 못해 주변에 적당한 집을 사서 통학하는 게 일반적이었다. 그러나 딱히 귀족 신분을 내세우고 싶지도 않고 적응 못 할 것도 없다고 생각한 이아나는 기숙사를 선택했다.

"기숙사를 신청하겠습니다."

"네, 기숙사는 2월 20일에 배정해 드릴 거고요. 짐은 그때부터 옮기시면 돼요. 명패에는 성은 빼고 이름만 들어갑니다. 등록금은…… 아."

딱따구리처럼 쉴 새 없이 말을 내뱉던 여직원이 말을 딱 멈추고 눈을 부릅뜨고 이아나의 원서와 얼굴을 휙휙 번갈아 보았다.

"검술학부?"

"맞습니다."

"우와아. 제가 본부에서 몇 년이나 일했는데 여자 검술학부생은 처음 보네요. 아니, 정말 검술학부 맞으세요? 세상에나. 아니 어떻게 합격을……."

여직원이 눈빛이 몹시 불경스러웠다. 이아나는 언짢아서 눈썹을 위로 올렸지만 괜한 분란을 만들고 싶지 않아 그저 고개만 끄덕였다.

"맞습니다."

하지만 기분 나쁘다는 표정은 숨기지 않았다. 이아나가 고위 귀족임을 떠올린 여직원이 무례를 깨닫고 책상으로 빠르게 시선을 내렸다.

"네, 네에. 검술학부의 경우 1학기 등록금이 15골드고요, 식사비와 기숙사비까지 합쳐서 25골드를 내시면 돼요."

처음 등록금을 낼 때 신입생들은 자신들의 예상보다 터무니없이 싼 값에 어안이 벙벙해서 멍청한 표정을 짓는다. 원서비는 5골드로 아주 비싸지만, 1학기 강의료와 숙식비를 합친 등록금이 25골드면 아주 싼 값이었다.

게다가 장학제도와 원내 아르바이트도 아주 잘 마련되어 있어 학생들은 공부만 열심히 하면 공짜로 학술원을 다니면서 돈까지 벌 수 있었다. 마법학부의 수험 배지 제작이나 미술학부의 초상화가 아르바이트의 좋은 예였다.

"등록금은 2월 말까지 내셔야 합니다. 검술학부는 신입생배 검술대회의 성적에 따라 장학금이 분배되니까 열심히 하셔서 등록금을 많이 차감해 보세요. 3월 1일 입학식에 개최되는 준결승전과 결승전에 진출하시는 분들의 경우는 전액 면제지만 아가씨와는 별로 인연이…… 헙."

직원은 이아나를 무시하는 태도를 자꾸 무의식적으로 내보이고 있었다.

선천적으로 육체적인 능력이 강한 남자들의 전유물인 검. 여검사가 없는 건 아니지만 그들은 배때기에 기름을 칠한 귀족 사내들의 호위기사라는 명목 하에 장식품 대용으로 취급되는 경우가 많았다.

그래서 직원은 아무리 검술학부에 합격했다지만, 어린 여자아이에 불과한 이아나가 남자들 사이에서 뛰어난 성적을 거두는 건 불가능하다고 생각했다. 그럴 리는 없겠지만 학술원 입학경로의 투명성까지 의심하고 있었다.

불쾌하기 짝이 없는 태도에도 이아나는 덤덤했다. 회귀 전에도 그랬다. 선입견이 무섭다고, 처음에는 이아나의 실력을 믿지 못해 경멸에 가깝게 무시하는 이들이 많았다. 하지만 실력을 직접 목도한 이후에는 알아서 머리를 숙였다.

이아나는 실력으로 다른 이들을 하나하나 굴복시키며 천천히 왕국 최고 실력자의 자리에 올랐다. 모든 것은 실력이 증명해 줄 테니 이런 반응에 일일이 불쾌해하는 건 피곤하기만 했다.

"그라믄 내는 여기서 이만."

"다들 잘 지내."

"2월 20일에 보자고."

"안녕히 가세요!"

학술원 등록을 성공적으로 끝마친 후, 서로 작별인사를 한마디씩 나눈 일행은 손을 흔들며 헤어졌다.

혼자가 되자 이아나는 먼저 엘로냐의 낙원부터 들러 짐을 쌌다. 정이 많이 든 단테는 이제 자주 못 본다는 사실에 무척 서운해했지만 입학 후에도 주말에는 종종 들르겠다는 이아나의 말에 활짝 웃었다.

이아나는 엘로냐의 낙원에 처음 짐을 풀 때와 같은 복장을 하고 다시 나왔다. 북쪽을 향해 잘 닦인 포장도로를 따라 대여한 말을 타고 달렸다. 밝은 햇볕이 내리쬐어 콧잔등을 간지럽혔다.

모든 게 만족스러운 이 따스한 곳을 벗어나 로베르슈타인 영지에 다시 돌아갈 생각을 하니 기분이 가라앉았지만 어쩔 수 없었다. 로베르슈타인을 버리기로 한 이상, 직접 처리해야 할 일들이 있었다.

또, 매몰차게 뿌리치고 나왔지만 카니츠와 이스피가 보고 싶은 마음도 있었다. 어떻게 지내고 있는지, 무슨 나쁜 일이 생기지는 않았는지 하루에도 몇 번씩 떠올랐다.

이아나는 수도를 빠져나가 로베르슈타인 영지로 가는 길에 올라서기 직전에 방향을 틀었다. 시험이 끝나고 한번 들르려고 했던 곳이 있었기 때문이다. 바로 라오스의 신전이었다.

방향을 튼 지 얼마 되지 않아 이아나는 수도의 북쪽에 위치한 라오스 대신전의 입구 앞에 설 수 있었다. 건물은 지붕까지 포함하여 모두 대리석으로 만들어졌다. 부강함을 과시하기 위해 거대한 기둥들로 장식된 신전은 백색의 극치였다.

신전 안에는 라오스 신에게 미사를 하러 온 일반인들과 새하얀 옷을 입은 사제들로 북적거렸다. 발목까지 내려오는 흰 사제복은 때 묻은 곳 하나 없이 순백이었다. 그림자조차 지지 못할 정도로 하얘서 거북하기까지 했다.

라오스의 신전이 백색 일색인 이유는 무에서 유를 창조하는 창조의 힘과 라오스의 순수를 기리기 위해서라고 알려져 있었다. 이아나는 르보니를 떠올리고 냉소적인 웃음을 지었다. 신이 대체 뭐라고 저렇게까지 순수를 표방하는 옷을 입고 다니는 건지 이해할 수가 없었다. 신은 인간과 다를 바가 없었다.

말을 마구간에 맡긴 후, 이아나는 신전 안으로 발을 들였다. 예전에는 신전 입구에도 와 본 적 없는데 놀라운 발전이었다.

라오스는 마도시대 초기를 제외하고는 단 한 번도 모습을 드러낸 적이 없다. 그럼에도 인간들이 라오스를 믿는 것은, 신이 현실이 아닌 그들의 마음속에서 함께한다고 여기기 때문이다. 즉 나약한 자들이 제 자신을 믿으켜 세우지 못할 때 의지하는 것이 신이었다.

신이 그들에게 아무런 도움도 주지 않는데도, 스스로의 힘으로 일을 해결한 주제에 모두 신의 은총이라 여기는 사람들을 보면 한심하기까지 했다. 종교에 대한 불신이 극에 치달았을 때, 이아나는 그들이 세뇌집단 같다는 신성모독적인 생각까지 했다.

하지만 이제 와서 어찌하겠는가. 신은 정말로 존재했다.

회귀의 답이 이곳에 있을지도 모른다. 라오스, 그리고 라오스의 비석.

숨이 가빠졌다. 이아나는 자신도 모르게 손으로 제 옷깃을 세게 움켜쥐었다. 르보니가 제 모든 것을 망쳐 버린 이유. 유년시절에 제 가슴 깊숙한 곳에 새겨져 버린 흉터의 실마리. 제 몸에 깃든 신력의 정체. 그리고 제가 치열하게 살아온 모든 시간을 지우고, 모든 것을 다시 시작하게 만든 수상한 근원. 그 모든 게 이곳에.

"안녕하세요, 형제님. 오늘도 주신 라오스의 광명이 함께하시기를. 무슨 일로 오셨나요?"

가만히 우뚝 서 있는 이아나에게 한 사제가 빙긋 웃으며 다가왔다. 이아나는 속이 울렁거리는 것을 꾹 참고 빙긋 웃었다.

"제가 변방에서 온지라, 라오스 신께서 굽어보고 계신다는 대신전을 둘러보고 싶어 방문했습니다."

정체 모를 여자가 대뜸 신전의 깊숙한 곳에 보관되어 있는 보물을 보여 달라는 것은 더없는 무례에 몰상식한 발언이었다.

수상한 자로 간주되어 치안대로 호송당할 수도 있었다.

앞으로 수도에 머물 시간은 많을 테니 비석을 보기 위한 계획은 천천히 세우기로 하고, 일단 첫 방문일인 오늘은 신전을 둘러보기로 했다.

사제는 이아나의 말이 마음에 들었는지 빙긋 웃었다.

"그러시군요. 신께서는 언제나 형제님들과 함께하고 계시지만 신의 과거를 되새기고 싶어 이곳에 오시는 분들이 많지요. 천천히 둘러보고 가셔도 됩니다만 무기 소지는 금지되어 있답니다. 검은 제게 맡겨 주시고 나중에 나가실 때 입구에서 찾아가세요."

사제가 허리춤의 검을 가리키며 하는 말에 이아나는 싫은 표정을 지었지만 신전의 규칙을 따라야 했다. 이아나는 정말 싫었지만 억지로 검을 제 몸에서 떼어 내 사제에게 두 손으로 건넸다. 사제는 검을 받고 빙그레 웃고는 고개를 숙였다.

"소중한 검, 잘 받았습니다. 라오스 신의 유물은 많지만 그중에서도 신전을 대표하는 라오스 대신상과 천지를 창조하시는 신의 일대기를 그린 벽화는 꼭 보고 가세요. 둘 다 대법전 안에 있답니다."

사제는 검을 입구에 있는 다른 사제에게 맡기고는 대법전까지 친절하게 데려다 주었다.

대법전에 들어서자마자 눈에 들어온 것은 언제 봐도 어색한, 만물의 아버지라고 불리기에는 너무 어린 아이의 신상이었다. 아이의 신상은 손을 조몰락거리며 무언가를 열심히 만들어 내고 있었다.

이아나가 중얼거렸다.

"라오스……."

라오스가 세상을 다시 만들어 낼 수 있었던 원동력은 때 묻지 않은 어린아이의 순수함과 상상력이라고 한다. 라오스의 신상神像은 새하얀 순백이었다.

이아나는 어린아이의 신상을 뒤로하고 대법전의 벽에 빼곡히 그려진 벽화의 그림들을 하나하나 구경했다. 그림에서도 라오스는 다른 존재들과는 다르게 색이 없었다. 오로지 백색이었다.

새하얀 라오스는 창조와 함께 점점 성장하고 있었다. 이 세상에 존재하는 모든 것을 창조하고 어른이 되었을 때, 제 모든 사명을 끝냈다 생각한 라오스는 이 세상에서 모습을 감췄다고 전해진다.

이아나는 벽화를 몇 시간에 걸쳐 꼼꼼하게 감상했다. 어딘가에 신의 비밀이 있을지도 몰랐으니까. 하지만 넓이만 해도 거대한 왕궁의 무도회장의 벽을 훨씬 능가하는 거대한 벽화를 한꺼번에 소화할 수는 없었다.

어느덧 해가 뉘엿뉘엿 지고 신전이 문을 닫을 때가 되어 대법전은 아주 한산해졌다. 대법전에 있는 사람이라고는 로브를 쓴 남자 하나와 이아나, 그리고 법전을 청소하고 있는 사제들뿐이었다.

딸랑거리는 청아한 종소리가 대법전에 울려 퍼졌다.

"5분 후에 문을 닫습니다. 신전을 찾아 주신 형제님들, 라오스의 은총과 함께 좋은 하루가 되셨기를."

이아나는 벽화에서 시선을 떼었다. 눈이 몹시 뻑뻑해서 손등으로 눈을 비볐다. 신에 대해 건진 건 하나도 없었다. 이때까지 그림을 살펴본바, 성서에 나오는 마도시대의 창조과정이 그대로 그려져 있었을 뿐이다.

"후우……."

이아나는 괜히 시간을 낭비했다 싶어 그냥 나가 버리려다 신상이나 한 번 더 보고 가자는 생각에 발걸음을 돌렸다.

그곳에는 검은 로브를 뒤집어쓴 사내가 하나 있었는데, 혼잣말을 중얼거리는 것이 음습한 분위기를 풍기고 있었다. 분위기만 봐서는 딱 악당이라 신전에서 로브를 벗으라고 요구할 법도 한데 사제들은 그를 본체만체하고 있었다.

이아나는 사내의 로브를 흘끗 보았다. 때깔이 고운 것이 값비싼 로브다. 아마 헌금이라도 많이 한 모양이다—라고 무심결에 생각하고는 남자에게서 관심을 끊었다.

이아나는 소년 같은 라오스의 신상을 보았다. 그녀는 아주 작은 목소리로 중얼거렸다.

"당신은 누구지?"

"내 몸 안에 잠들어 있을 그 기운은 대체 뭔가?"

"당신들이 말하는 로베르슈타인은…… 대체 누구?"

이아나의 질문은 되돌아오지 않는 메아리였다.

누구도 가지지 않을 의문을 품고 신화적인 존재에게 혼잣말을 읊고 있는 자신이 한심해졌다. 이아나가 가라앉은 기분으로 등을 돌려 대법전을 정말 나서려 할 때였다.

뒤쪽에서 얼굴이 뚫릴 것 같은 시선과 함께 섬뜩한 살기가 이아나에게 내리꽂혔다.

"......!"

몸이 움찔하며 긴장으로 굳어졌나. 오한이 들 정도로 매서운 살기라 이아나는 무의식적으로 검을 쥐려다가 검이 곁에 없음을 깨닫고 이를 꽉 물었다. 심장이 긴장과 불안 때문에 엇박자로 뛰어 댔다.

이곳은 신전. 함부로 날뛸 수 없다. 이아나는 살기가 느껴지는 곳으로 몸을 홱 돌렸다.

로브를 뒤집어쓴 사내가 그녀를 응시하고 있었다. 보이는 것이라고는 오로지 날렵해 보이는 코와 일자로 굳어진 입매밖에 없다. 그런데 얼굴이 제게 향해 있으니 이아나는 그가 자신을 쳐다본다고 생각할 수밖에 없었다.

주변을 둘러보니 사제들은 평화로운 표정으로 계속 청소를 하고 있다. 살기가 집중되는 것은 저뿐이라는 말이었다.

"뭐 하자는 거지?"

이아나는 심기가 좋지 않았기에 날 선 목소리로 말했다. 그러나 사내는 시선을 거두지 않았다. 이아나는 그를 노려보았다. 뜬금없이 살이 에일 정도로 날카로운 살기를 쏘아 보낸 남자가 아주 마음에 들지 않았다.

그도 잠시, 남자의 몸에서 뻗어지던 살벌한 살기가 점점 수그러들었다. 이아나는 얼굴을 확 찌푸렸다. 이 작자가 무엇을 하자는 건지 알 수 없었다. 눈이 로브에 가려 보이질 않아서 또 불쾌했다.

이아나가 이를 갈며 남자를 금방이라도 씹어 먹을 듯한 분노와 함께 입을 열었다.

"지금 나랑 장난하자는 건가?"

대답을 기다려도 남자는 대답하지 않았다.

"지나가던 사람에게 갑자기 살기를 쏟아 내고, 입만 다물면 다인가?"

"……."

"머리가 어떻게 된 벙어리인가 보군. 당신, 내가 검을 들고 있을 때 만나면 죽는다."

이아나는 험악한 경고를 날리고도 한참이나 남자를 노려보다가 몸을 돌려 대법전을 휙 나갔다. 신전의 입구까지 빠르게 걸어가 검을 되찾았다. 검을 허리춤에 달자 불안으로 인해 엇박자로 뛰어 대던 심장이 냉정을 되찾았다.

이아나는 입술을 꼭 깨물었다. 이래서 검을 떼어 놓는 것이 싫었다. 그녀가 늘 자신만만할 수 있는 이유는 검이 있기 때문이었고, 고로 검이 없으면, 아무것도 아니었다. 검은 이아나라는 존재를 받치고 있는 기둥인 것이다.

이아나는 도망치듯 나온 대법전 쪽을 휙 노려보았다. 검이 없는 상태에서 진득한 살기를 받았더니 벌거벗겨진 상태로 맹수 앞에 놓인 초식동물이 된 것 같았다. 기분이 최악으로 치달았다.

"빌어먹을."

저도 모르게 욕설을 지껄일 정도로 끔찍한 기분이었다. 신전을 빠져나온 이아나는 어둠이 내려앉아 사람이 잘 다니지 않는 넓은 길을 폭도처럼 걸었다. 누구 하나 잘못 걸렸다간 정상인 상태로는 돌아가지 못할 것이다.

이아나가 넓은 길에서 골목들이 가득한 좁은 길로 들어설 때였다.

"......!"

시야가 뒤흔들렸다. 누군가에게 어깨가 붙잡히고, 몸이 억지로 뒤로 끌려가, 머리가 누군가의 가슴에 닿고, 마침내 확 끌어안겼다.

이아나는 갑작스런 진한 포옹에 기분이 최악이었던 것도 잊고 너무 놀라서 순간 숨을 멈췄다.

뜨거운 숨이 이아나의 목에 닿고, 단단한 팔이 허리와 어깨를 휘감았다. 전생과 현생을 통틀어 누군가와 접촉을 잘 하지 않았던 이아나였다. 언제나 여자가 아닌 섬뜩하고 강력한 검으로서 모두의 위에 군림했었기 때문이다. 그런데 지금, 그 이아나가 정체 모를 남자에게 숨 쉬기가 힘들 정도로 끌어안기고 있었다.

"뭐......!"

정신을 차리고 몸을 비틀었지만, 그녀의 몸을 졸라 오는 팔 힘은 맞닿은 팔이 아려 올 정도로 강해서 떨쳐 낼 수가 없었다.

이아나의 얼굴이 험악하게 찌푸려졌다. 그녀는 이 무뢰한이 팔을 뻗는 것, 아니 접근하는 것조차 느끼지 못했다.

'언제 뒤로 접근한 거지?'

이아나는 충격을 받았다. 자신을 두 팔로 세게 휘감을 때까지 그 어떤 기척도 내지 않은 실력자가 바로 뒤에 있었다.

이아나는 마나의 흐름이나 인기척에 몹시 민감했고, 돌발 상황에 대처하는 순발력도 뛰어났다. 그런데 아무리 생각에 잠겨 있었다지만 아무것도 못 해 보고 붙잡혀서 뒷골목으로 끌려왔다. 남자가 만일 암살자였다면 영문도 모르고 심장을 꿰뚫려 흙바닥에 몸을 누였을 터였다.

"놔!"

이아나는 몇 번이나 남자를 떼어 놓으려고 했지만 남자는 요지부동이었다. 아니, 오히려 커다란 뱀처럼 그녀의 어깨와 허리를 더 꽁꽁 조였다. 남자가 내는 불안정한 엇박자의 숨소리가 어깨를 덮자 이아나는 분노와 갈 데 없는 굴욕감으로 휩싸여 입술을 꽉 깨물었다.

"……네놈은 뭐냐."

대답이 없었다. 이아나는 몸을 세게 휘감고 있는 남자의 굵은 팔뚝을 뜯어 버릴 기세로 꽉 붙잡았다.

"나를 이렇게 끌어안은 이유가 뭐지?"

남자가 보지 못하는 이아나의 눈동자에 서늘한 빛이 흘렀다. 이아나는 침착하게 숨을 골랐다. 누군가와 착각해서 이렇게 끌어안았을 수도 있고, 나쁜 의도로 제압한 것일 수도 있다.

신전에서의 굴욕과는 달리 지금의 그녀에게는 검이 있다. 남자의 팔뚝을 붙잡지 않은 이아나의 손이 허리춤에 달린 검 손잡이 위에 놓였다. 대답 여하에 따라 그의 운명이 달라질 것이다.

살기 어린 물음에도 남자는 한참이나 뜸을 들이다 이아나를 끌어안은 팔에 힘을 꽉 주고는 입을 열었다.

"……지금 내 품에 있는 너는 환상이 아닌가……?"

귓가에서 중얼거리는 목소리는 고르지 못한 숨소리가 섞인 음울한 미성이다.

그랬다. 그저 듣기 좋을 정도로 낮게 가라앉은 성인 남성의 목소리일 뿐이었다. 그러나 그 순간 연계가 일정한 심박을 유지하는 이아나의 심장이 말발굽에 치이기라도 한 것처럼 쿵하고 내려앉아 버린 까닭은, 그 목소리가 그녀의 인생에 예나 지금이나 큰 영향을 미치고 있는, 잊을 수 없는 그 남자의 목소리와 너무나 비슷했기 때문이다.

"……!"

이아나가 정신을 차리지 못하고 있는 사이, 끌어안고 있던 팔이 스르륵 떨어져 나갔다. 이아나는 끌어안고 있던 팔의 감촉이 사라졌음을 뒤늦게 알아차리고 등 뒤를 돌아보았지만 그곳에는 이미 아무도 없었다. 남자가 사라진 골목 속의 어둠으로 뛰어가서 두리번거려도 봤지만 골목은 남자의 흔적조차 없이 초라하기만 했다.

그 남자가 이곳에 있었다는 증거는 그의 것으로 여겨지는 서늘한 향과 함께 이아나의 욱신거리는 몸에만 남아 있었다.

"……뭐……."

이아나는 혼란스러운 표정을 지었다가 이내 고개를 푸르르 저으며 어처구니없는 생각을 털어 냈다.

목소리가 비슷했을 뿐이다. 비슷한 목소리는 얼마든지 존재할 수 있다. 그래서 이아나는 자신을 끌어안은 자의 목소리가 그 남자와 비슷하긴 했지만 절대 그일 리는 없다고 생각했다. 그가 여기에 있을 이유가 없지 않은가? 지금 이 시점에서 자신을 알 리도 없지 않은가?

무엇보다도 그 남자가 자신을 붙잡아 끌어안을 이유가 없었다. 남자는 언제나 자신의 적이었고, 그런 식의 접촉은 남자와 함께 보낸 시간 속에서 단 한 번도 없었으니까.

'그러면 나를 범할 의도로?'

하지만 남자의 힘에는 더러운 성욕이 느껴지지 않았다. 몸이 욱신거릴 정도로 힘을 준 걸 보면 성욕보다는 손에 쥔 것을 절대 놓치지 않겠다고 주장하는 듯한 소유욕에 가까웠다.

'나를 누군가로 착각하고 끌어안은 건가?'

이아나의 머릿속이 뒤엉켰다.

그때, 신전에서 만났던 로브의 남자가 떠올라 얼굴이 확 찌푸려졌다. 방금 전 자신을 끌어안은 남자가 그 미친 남자인 것 같다는 생각이 들었다. 아니, 확실했다. 그 남자가 아니라면 이 어이없는 상황을 설명할 수 없었다. 또 제 머리가 남자의 턱 부근에 닿았었는데, 신체 조건을 생각해 보면 신전에서 만난 남자의 키가 그만했었다.

"허."

이아나가 헛웃음을 지었다. 대체 누군데 이런 어이없는 짓들을 저지른단 말인가.

아니, 그가 누구인지는 이제 상관없었다.

"만나면 팔다리를 부러뜨려 버린다."

이아나는 골목에서 빠져나오면서 이를 갈았다. 신전에서의 사건과 더불어 남자의 기척조차 느끼지 못하고 그대로 당한 스스로가 한심하고 아주 굴욕적이라, 빨리 강해져야겠다고 다짐하고 다짐했다.

"······."

이아나가 입술을 깨물고 자신의 팔을 꽉 붙잡았다. 남자가 세게 껴안는 바람에 아직도 남아 있는 우실거림이 무척이나 신경 쓰이는 건 왜인가.

이아나는 그것이 아마도, 제가 누군가에게 그렇게 거미줄에 칭칭 감기듯, 옭아매이듯, 절박하게, 그리고 세게 안겨 본 건 처음이라 그런 것이리라고 생각했다.

하지만 그자가 사라진 뒷골목의 어둠도 신경이 쓰이는 건 왜인가.

알 수 없다.

앞만 보고 성큼성큼 걸어가던 이아나의 얼굴이 저도 모르게 자신이 나온 어둠을 흘끗 향했다.

타박타박.

시험을 위해 나섰던 길을 되짚었다. 가능한 한 빨리 가서 로베르슈타인에서의 모든 것을 정리한 후 가뿐한 마음으로 되돌아오고 싶었던 이아나는 말을 타고 쉬이 가려는 마음이 없잖아 있었다. 하지만 수상한 남자에게 굴욕을 당한 후 그런 마음은 완전히 사라졌다. 그녀는 지금 영지까지 걸어가고 있는 중이었다.

강해지는 비결은 육체를 못살게 구는 것이다. 인간에게는 적응이라는 귀중한 능력이 존재한다. 처음 검을 쥐었을 때는 열 번 휘두르다 지쳐도, 포기하지 않고 매일매일 수련을 계속하다 보면 적응이 되면서 체력과 근력이 향상되어 나중에는 열 번을 휘둘러도 지치지 않는다.

그렇게 양을 늘려 가며 수련을 꾸준히 하다 보면 천 번을 휘둘러도 지치지 않는 체력을 갖출 수 있는데, 이아나가 영지까지 걸어가려는 것도 체력과 지구력을 증진시키려는 의도였다.

또, 제어할 수 있는 마나의 양과 시간을 늘리기 위해서는 정신적인 단련과 더불어 육체적인 단련이 필요하다. 집중력이 흐트러지면 마나가 단숨에 육신을 떠나가지만, 집중력이 대단해 너무 오래 잡고 있더라도 몸이 마나 과부하에 걸린다.

막대한 양의 마나를 오래 제어하려면 그 부담을 버틸 수 있는 강인한 육체가 필요하다. 꾸준한 수용력 수련에 더불어 육체 수련이 마나를 제어할 수 있는 시간을 증진시킬 수 있는 수단이었다.

수도에서 로베르슈타인 영지까지는 최소한의 휴식만 취하고 말을 갈아타며 쉴 새 없이 달려도 7일이 걸린다. 수도에 올 때는 일찍 출발해서 시간이 여유로웠기 때문에 느긋하게 걸어올 수 있었지만 오늘은 2월 4일이고 예선이 시작되는 2월 20일까지는 16일밖에 남지 않았다. 영지에 도착해 짐을 싸는 시간까지 생각하면 수련을 한다며 여유를 부릴 만한 시간은 없었다.

하지만 이아나는 바삐 걷고 있을 뿐이었는데, 그 이유는 마나로 다리를 강화해서 달리면 사오 일 만에 영지에 도착할 수 있기 때문이었다.

마나는 여러 방면으로 사용될 수 있다. 바로 강화, 마법, 강기다.

첫 번째 사용법은 강화다. 화장품을 발라 피부에 흡수시키듯 주변의 마나를 제 몸에 흡수시키는 이 과정은 육체에 힘을 불어넣는 것이라고 할 수 있다.

사람이 마나를 팔에 응축시키면 팔의 근력이 강해지고, 발에 응축시키면 걷는 속도가 빨라지며, 눈에 응축시키면 시력이 좋아진다. 하지만 마나를 몸에 오래 품고 있으면 과부하가 걸리기 때문에 한계가 온다 싶으면 마나를 해방해야 했다.

두 번째 사용법은 마법이다. 마나가 제어되어서 어떤 배열을 이루면 특이한 이능이 발현되는데, 이것을 마법이라고 한다. 마법은 자연 마법, 추상 마법, 생체 마법 세 가지로 나뉜다.

이 시대를 살아가는 모든 생물을 포함해 불, 물, 흙과 같은 자연체들은 하나같이 마나의 배열로 이루어져 있다. 특히 자연체는 고유한 마나 배열을 가지는데, 이 배열은 불의 뜨겁고 태우는 성질, 물의 흐르고 씻어 내는 성질과 같은 고유한 성질을 결정한다. 이 고차원적인 배열을 분석하고 응용하는 마법이 바로 자연 마법이다.

마법사가 마나를 이리저리 떼어 놓고 움직여서 자연체의 마나 배열대로 마나를 배열하면 사용된 마나가 자연체로 발현되게 하거나, 자연체의 특수한 성질을 가지게 할 수 있다.

파이어볼과 같은 간단한 마법은 불의 마나 배열과 바람의 마나 배열을 대충 섞으면 사용할 수 있지만, 플레임허리케인과 같은 엄청난 고위 마법의 경우 마나 배열이 아주 복잡하기 때문에 평범한 마법사는 엄두도 낼 수 없다. 하지만 자연 마법은 오히려 쉬운 편이다.

추상 마법은 자연 마법처럼 특수한 마나 배열에 의해 마법이 발현되지만 자연의 마나 배열처럼 눈에 보이는 게 아니기 때문에 엄청난 연구가 필요했다. 대표적인 추상 마법이 정신 계열 마법이고, 그밖에도 텔레포트와 같은 공간 계열 마법, 확성과 같은 기능 계열 마법, 저주 계열 마법 등등 다양한 마법이 있다.

마지막 생체 마법은 생물의 육체를 연구하는 분야로, 궁극이라고 할 수 있다. 생체 마법의 최종 단계는 창조. 아직 제대로 된 생체 마법은 없지만 제대로 개발만 한다면 라오스 신처럼 생물을 창조해 낼 수 있을지도 모르므로 마법사들은 신의 영역을 침범하는 듯한 짜릿함에 몰두했다. 생체 마법에는 대표적으로 신전에서 연구하는 힐링 마법이나 연금술사들의 키메라 연구가 있다.

세 번째 사용법은 강기다. 강기는 검기, 권기, 창기, 궁기 등 강화한 물체에 따라 이름이 달라진다. 예를 들면 찰흙을 바르듯이 마나를 검에 두르면 그냥 검보다 훨씬 더 많은 것을 베어 가를 수 있는 검기가 된다. 막대한 양의 마나를 뭉치고 뭉쳐 압축해서 검에 완전히 고정시킬 수 있다면 검기는 더욱 강력해진다.

무인들의 경우 육체적인 수련이 필수적이다. 신체를 단련하여 체력, 근력, 지구력, 순발력 등의 능력을 끌어올려야 하며,

무기술을 수련하여 무기를 자유자재로 다룰 수 있어야 한다. 그밖에도 마나를 끌어모아 유지하고 압축해 강기로 만들어야 하는 데다, 강기의 성질을 날카롭게 하고, 가끔은 강기를 날려 원거리 공격을 할 때도 있었으므로 마나 제어의 모든 재능이 고루고루 뛰어나야 했다.

마법사의 경우에는 마나의 배열을 외우고 그 배열을 직접 재현해 보고 원리를 응용해 보는 등 신체 단련보다는 마나 공부 시간이나 변형력 수련 시간이 큰 비중을 차지한다. 그렇기에 그들은 육체적으로 약할 수밖에 없다. 하지만 그들이 펼치는 공격 마법의 위력은 어마어마했다.

이처럼 무인과 마법사는 같은 마나를 사용하는데도 무척이나 다르고, 다른가 하면 아주 상호보완적이기도 한 존재들이다.

마도시대의 병법서에는 어떤 병법서든 간에 가장 앞 페이지에 적혀 있는 전술이 있다.

무인은 제 모든 육체적인 능력을 끌어올려 마법사를 보호하며, 마법사는 전사의 안전한 보호 속에서 강력한 마법을 펼친다.

가장 기본적이고 필수적인 전술로서 무인과 마법사의 상호보완성을 의미했다.

이아나는 사람이 간간이 보이는 낮에는 천천히 걸으며 휴식을 취했고, 인적이 뜸한 밤에는 다리에 마나를 불어넣어 엄청난 속도로 달려갔다.

어린 나이에 마나를 제어하는 모습을 보여 예전처럼 천재

검사로 유명해져 봤자 좋을 게 없었다. 마나 제어는 평범한 재능이 아니다. 따라서 실력을 드러냈다가는 고위 귀족이나 왕족이 관심을 보일 가능성이 높았다.

유명해지는 것도, 그런 쓸모없는 인간들이 관심을 가지는 것도 사절이다. 다 부질없었다. 로안느 출신의 걸출한 인재라는 명예는 그녀가 바하무트로 향하는 순간 나라를 버린 역적이라는 오물덩어리가 될 게 분명했다.

그래서 학술원에서도 마나를 어느 정도는 쓰겠지만 자유자재로 제어하는 모습은 보이지 않을 생각이었다. 그녀가 원하는 건 열아홉 살 때까지 미래를 기다리며 조용히 실력을 쌓는 것이었다.

이아나가 필요로 하는 건 오로지 바하무트 제국의 황제가 될 남자. 과거에도, 현재에도, 미래에도 그녀의 영원한 호적수일 남자.

아르하드였다.

단, 검술 실력만큼은 온전히 드러낼 것이다. 학술원의 아무것도 모르는 애송이들은 검술만으로도 요리해 줄 자신이 있었다.

차가운 공기가 느껴지는 북쪽으로 향할수록 사람의 발길이 뜸해지고 푸른 숲이 길을 뒤덮기 시작했다. 하지만 길은 여전히 잘 닦여 있어 걷기가 편했다.

북부로 향하는 길은 과거에 군대의 이동경로였다. 수많은 병사들의 강철군화와 군마들의 발굽이 짓밟고 지나간 곳은 풀한 포기 자라지 않는 인간들의 길이 되었다.

하지만 이아나가 태어난 날로부터 약 5년 전에 바하무트의 침략은 어이가 없을 정도로 갑자기 뚝 멎었고 동시에 갑작스러 평화가 로안느를 덮쳤다. 로안느는 언제나 방어를 하는 입장이었기 때문에 바하무트를 공격한다는 선택지에 주저했고, 그 이상한 대치가 몇 년이 되자 무기를 놓았다. 결국 전쟁은 원인을 알지 못한 채 잠정적인 휴전상태를 맞이했다.

그래서 최근 북부로 향하는 길은 병사가 아닌 일반인들이 이용하게 되었다. 특히 상인들이 많이 이용했는데, 북부와 중앙은 교류가 몹시 활발했다. 롯소산맥은 척박한 북부지역과 사치스러운 중앙지역이 상부상조의 거래를 할 수 있게 해 주었다.

왕국의 북부에는 세계의 중심을 잡는 거대한 롯소산맥이 있다. 롯소산맥 너머에서 불어오는 차디찬 한파는 북부지역을 곡물을 키울 수 없는 메마른 땅으로 변모시켰다. 하지만 그와 동시에 귀중한 약초, 질 좋은 산림, 순도 높은 광물을 풍부하게 제공했다.

또한 북부지역은 과거에 군의 주둔지 역할을 하면서 뛰어난 무기방어구 제작술을 가진 장인들의 집결지가 되었고, 대표적인 무구 생산지가 되었다. 롯소산맥에서 넘어오는 흉포한 몬스터의 질 좋은 가죽과 단단한 뼈의 공급지기도 했다.

이 물건들을 받는 대가로 중앙에서는 북부에서 쉬이 구할 수 없는 풍족한 식량, 고가의 사치품, 유행하는 의상과 옷감, 간단한 생필품 등을 보급했다.

그러나 이렇게 활발한 교류가 이어지기까지는 오랜 시간이 걸렸다. 상인들을 위협하는 몬스터 때문이었다.

마도시대의 초창기, 즉 현재 유구한 역사를 지닌 왕국들이

건국되던 시절, 대륙은 개척되지 않은 땅으로 가득했다. 영토를 넓히기 위해 땅을 개척하는 왕국민들의 가장 큰 걸림돌은 바로 대륙 곳곳에 있는 산맥에서 흘러나와 비옥한 토양을 차지한 채 날뛰어 대는 몬스터들이었다.

몬스터들은 생명을 끊임없이 탐했고, 증오했으며, 배가 고프지 않은데도 다른 생물들을 죽이는 행태를 보였다.

라오스 창조설은 이 세상에 존재하는 모든 만물을 라오스가 만들었다는 설이다. 하지만 도저히 몬스터까지 만들었다고 말할 수 없었던 신자들은 몬스터가 악마의 심장으로부터 악기惡氣를 쐬어 변이한 존재들이라고 주장했다.

몬스터들은 악마의 심장을 가로지르고 있다는 롯소산맥을 중심으로 하여 쏟아져 나왔다. 이는 사람들이 '강력한 악마가 죽지 않고 봉인되어 있기에, 악마의 기운이 틈에서 새어 나와 몬스터라는 악한 생명을 탄생시킨다.'라고 적혀 있는 라오스의 성서를 믿게 만드는 그럴듯한 현상이었다.

롯소산맥뿐만 아니라 다른 산맥에서도 몬스터들이 우글거리며 쏟아져 나왔으므로 산맥은 지저에 봉인당한 강력한 악마로 인해 생겨난 대지의 뒤틀림이라 여겨졌다.

인간이 피 터지는 전투 끝에 평지의 몬스터를 정리하고 산맥들을 요새로 봉쇄하며 점점 영역을 넓혀 가자 몬스터들은 산맥 깊숙한 곳으로 숨어들게 되었고, 그로 인해 인간이 살아가는 터전에는 몬스터가 더 이상 출현하지 않게 되었다.

평지에 몬스터들이 등장하지 않게 된 만큼 몬스터가 밀집된 거대한 숲이나 산맥은 더욱 위험해졌다. 그러나 산맥은 자원의 보고였으며, 빙 돌아가면 열흘 걸리는 길을 하루로 단축시켜 주는 등 지역과 지역을 잇는 지름길이기에 인간들은 산맥까지 개척하고 싶어 했다.

하지만 산맥은 몬스터들의 진원지. 몬스터를 뿌리 뽑는 것은 불가능했다. 그래서 산맥 근처의 영지를 차지하고 있는 귀족들에게는 산맥에서 뛰쳐나오는 몬스터들을 사살해야 하는 의무와 매월 말 몬스터 토벌전을 벌여야 하는 의무가 있었다.

토벌전을 한바탕 벌이고 나면 몬스터들은 깊숙한 곳으로 숨어 들어가 당분간은 사람이 다니는 길로 나오지 않으므로, 돈이 많이 들고 피해도 많지만 토벌전은 민간인들의 열렬한 호응과 지지를 받았다.

게다가 로안느 왕국은 군사강국이라 불리는 만큼 뛰어난 전사들과 마법사들이 많아 몬스터가 침공해도 신속히 처리하기로 유명했고, 토벌전에서도 몬스터의 씨가 마르기 직전까지 토벌을 감행하기 때문에 국경이 아닌 왕국 내에는 몬스터의 출현이 거의 없다고 무방했다.

그러나 밤이 깊어 오는 지금, 마나를 운용하여 빠르게 달리기 시작했어야 할 시간에 이아나는 길 한가운데에서 통행을 제지당했다.

"몬스터 말입니까?"

이아나가 이해를 하지 못해 되묻자 출입을 통제하고 있는 두 기사 중 한 명이 고개를 끄덕였다.

"그렇습니다. 최근 알라카모라숲에서 흉포한 몬스터가 다수 등장하여 많은 인명을 빼앗았다는 신고가 들어왔습니다. 차이판 후작 각하께서 민간인의 출입을 금하시고 기사들을 이끌고 몬스터 무리를 직접 수색중이십니다."

차이판 후작, 겔로니언 차이판은 북부를 총괄하고 있는 명망 높은 기사였다. 이아나의 기억 속에 그는 군부에서 막강한 영향력을 발휘하는 자로, 훗날 아르하드에게 살해당하기는 했으나 평범한 산맥에서 등장하는 몬스터 정도는 가볍게 처리할 수 있을 정도로 뛰어난 실력자였다. 그런데 그런 그가 직접 나섰다니 보통 일이 아닌 듯싶었다.

이아나가 생각에 잠겨 있는데 기사가 고개를 숙였다.

"게다가 지금은 야심한 밤입니다. 어째서 어린 레이디 혼자 다니고 계신지는 모르겠으나, 밤은 레이디뿐만 아니라 모든 사람에게 위험한 시간이니 후작령에서 휴식을 취하시고, 날이 밝으면 길을 돌아서 목적지로 가시거나 오신 길을 되돌아가셔서 토벌되기를 기다리십시오."

그럴 수는 없었다. 그녀는 2월 20일까지 짐을 챙겨서 학술원으로 돌아가야 했다. 이미 길을 떠난 상태에서 수도로 되돌아가고 싶지도 않았다.

이 길은 북부의 곳곳으로 뻗어지기 전의 커다란 길이다. 이 길을 지나갈 수 없다면 북부의 어떤 영지에도 갈 수 없었다. 대체 얼마나 강력한 몬스터이기에 통제를 한단 말인가?

몬스터. 회귀 전 이아나가 정말 이골이 날 정도로 상대한 놈들이다. 휴전이 끝나고 전쟁이 다시 발발했을 때 로안느가 바하무트에게 정신없이 밀렸던 까닭은 로안느가 평화에 젖어 있었기 때문만은 아니었다. 전쟁이 일어나기 직전, 북쪽에서 해 일이 밀려들 듯 몬스터들이 쏟아졌기 때문이다. 개중에는 오우거와 같은 강력한 거대 몬스터도 있었고, 쿠보트처럼 때로 몰려다니는 자질구레한 소형 몬스터들도 있었다.

로안느의 마법사들은 정신 계열 마법에 대성한 마법사가 몬스터들을 조종하는 것 같다고 분석했지만 대부분은 회의적이었다. 마법 중에서도 가장 어려운 축에 속하는 정신 계열 마법을 어떻게 그 많은 몬스터들에게 다 건단 말인가? 오히려 악마의 저주라고 믿는 이들이 많았다.

그렇게 로안느가 몬스터 무리를 상대하고 있을 때…… 바하무트의 군대가 쏟아졌다.

어쨌든 그런 상황에 휩쓸려서 이아나는 의도치 않게 몬스터를 아주 많이 상대해 봤다. 강력한 몬스터들은 마나 저항력이 뛰어나서 평범한 검기나 약한 마법이 통하지 않았다. 마나를 제어하는 개체도 있었기 때문에 왕국의 귀중한 엘리트들이 직접 나서야 했다. 그중에서도 이아나는 앞장서서 몬스터를 처리하며 대 몬스터 전투 경험을 쌓았다.

그때의 경험상, 지금 자신의 실력으로는 상대하지 못하는 몬스터도 분명 있다. 하지만 그런 최상급 몬스터들은 롯소산맥의 중심부에 서식한다. 토벌이 매달 이루어지는 왕국 내의 숲에 갑자기 나타날 리가 없었다.

잡다한 몬스터라면 강력한 검기를 운용해 한 번에 베어 가르면 된다. 상대하기 역부족이라면 발에 마나를 불어넣어 있는 힘껏 도망치면 될 일이었다.

더군다나 차이판 후작이 며칠 동안 수색해도 찾지 못하는 몬스터들이 제가 가는 길에 갑자기 튀어나올 가능성은 희박했다.

위험의 정도를 따져 본 이아나는 별문제 없다고 판단했다. 그래서 이곳을 몰래 통과해 볼까—라는 생각도 해 봤지만, 이러한 상황에서 수상한 행동을 하다가 딱 걸렸다가는 후작의 명령을 어긴 자로 감옥에 호송당할 수도 있었다.

게다가, 차이판 후작의 기사들이라면 웬만한 몬스터는 얼마든지 처리할 수 있다. 만일 백작 영애의 신분을 밝히고 급하다고 고집을 부린다면 기사들이 속으로 생각 없는 년이라 욕은 하겠지만 알라카모라숲을 지날 때까지 호위를 해 줄 가능성이 높았다.

하지만 그런 자신은 정말 상상하기도 싫고, 버리고자 하는 로베르슈타인이라는 성의 도움을 받는다는 게 끔찍했으므로 바로 기각했다.

"레이디. 어서 돌아가십시오."

이아나는 피곤해하는 기사들 앞에서 잠시 생각에 잠겨 있었다. 그러나 곧 출입통제가 며칠 동안 지속되었다는 기사들의 말을 떠올리고 북부와 중앙을 오가는 중요한 상행은 어찌 되는가, 라는 의문이 생겼다.

"중요한 상행을 다니는 상인들은 어찌합니까? 시간을 맞추지 못한다면 계약 위반으로 막심한 손해를 볼 수도 있을 터인데."

"삼 일에 한 번 상단들을 모아서 그들이 고용한 용병들과 기사들의 보호 아래에 길을 통과합니다. 이번 사건의 경우에는 후작 각하의 기사단이 보호를 일임하고 있지요. 그래서 내일도 아침 일찍 출발하는 무리가 있습니다만……."

기사가 고개를 저었다.

"레이디는 불가능합니다."

입 밖으로 내기도 전에 그녀의 요구는 거절당했다. 여자는 함께 갈 수 없다. 여자는 위급한 상황이 닥치면 방해가 될 뿐이므로 일이 해결될 때까지 얌전히 기다리라는 뜻이었다.

"제가 사정이 급해 로베르슈타인 영지에 빨리 가 보아야 합니다만."

"사정이 있다 해도 불가능합니다."

"후……."

이아나는 한숨을 내쉬고는 한 손으로는 허리춤에 찬 검을, 다른 손으로는 학술원에서 받은 학생증을 불쑥 앞으로 내밀었다. 기사들이 의도를 알지 못해 어리둥절한 표정을 짓고 있을 때 이아나가 입을 열었다.

"저는 이번 연도 학술원의 검술학부 합격자입니다. 2월 20일, 검술대회의 예선전이 열리는 날까지 수도에 돌아가야 하기 때문에 이렇게 서두르는 것이고요. 위기 상황에서 다른 이들보다 도움이 되면 되었지 방해는 되지 않을 겁니다."

학술원의 검술학부는 아주 유명해서 모르는 이가 없다. 기사들은 놀라서 이아나가 내민 검과 학생증, 그리고 그녀의 얼굴을 번갈아 보다가 입을 떡 벌렸다.

"거짓말……."

"확인해 보시지요."

이아나는 학생증을 앞으로 쭉 내밀었다. 기사가 조심스레 학생증을 받아 이름을 확인했다가 눈을 커다랗게 떴다.

"레이디 로베르슈타인?"

"맞습니다만, 중요한 건 학생증의 진위 여부 아닙니까?"

싸늘한 가시가 돋친 말에 기사들이 고개를 푹 숙였다.

"시, 실례했습니다."

학생증의 진위 여부는 학생증에 각인된 마법 인장으로 확인할 수 있다. 학생증뿐만 아니라 신분을 증명하는 중요한 증명서에는 전부 다 인장이 각인되어 있었기 때문에 문지기나 경계지역을 수호하는 기사들의 경우 증명서의 진위를 밝히는 방법쯤은 알고 있었다.

백작 영애인 이아나가 무작정 바란다면 그녀가 검술학부가 아니라 하더라도 영지까지 안전하게 데려다 주어야 할 의무가 있다. 하지만 학생증이 진짜인지 궁금했던 기사는 조심스레 받아 들고 마나를 주입해 보았다.

우우우웅…….

마나를 주입 받은 학생증에서 발젠타 학술원 특유의 인장이 허공에 떠올랐다. 기사들은 신기한 생명체를 보듯 이아나를 쳐다보았다.

"이제 됐습니까?"

"예, 학술원의 검술학부시라면 문제없겠군요. 내일 아침 여섯 시까지 이곳에 와 주십시오."

"알겠습니다."

이아나는 학생증을 돌려받고 검을 다시 허리춤에 찼다.

상단의 걸음은 느리다. 짐수레가 아주 많기 때문이다. 그들의 걸음에 맞춰 걷다가 기사들의 보호에서 벗어난 후에는 속도를 최대로 높여야 한다. 체력을 비축하기 위해 식사를 하고 한숨 자 뒤야 한 것 같았다. 이아나는 요상한 표정을 짓고 있는 기사들을 뒤로하고, 휴식을 취하기 위해 후작령으로 떠났다.

"……."

그리고 그런 그녀의 뒤를, 달빛을 받은 검은 그림자가 뒤따르고 있었다.

후작령에서 하룻밤을 지낸 이아나는 아침 일찍 여관을 나섰다. 아직 해도 뜨지 않은 푸른 새벽임에도 후작령은 왁자지껄했다. 상단의 수레와 마차들이 일으키는 먼지구름이 새벽의 공기를 덮쳤다.

"야, 빨리빨리 실어!"

"꾸물거리지 마라! 오늘을 놓치면 사흘을 기다려야 한다!"

상인들은 오늘 알라카모라숲을 통과하기 위해 수레에 짐을 실었다. 거리를 가득 채운 상인들로 인해 가게들도 모두 문을 열었다. 상인들이 먼 길을 떠나기 위해 이것저것 준비하는 과정에서 물건을 많이 구매하기 때문이었다. 그중에서도 음식점과 식료품점에 사람이 몰려 있는 상태였다.

이아나도 어제 식사를 했던 여관에서 점심과 저녁으로 먹을 도시락 두 개를 사고, 육포나 마른 과일 같은 건조식품을 잔뜩 구매했다. 그밖에도 한 가지 더 준비할 게 있었다.

이아나는 장사 준비가 한창인 옷가게에 들러 값싼 갈색 로브 한 벌을 샀다. 혼자 다닐 거면 로브를 뒤집어쓰지 않아도 상관없지만 드넓은 알라카모라숲을 지나가면서 다른 사람들과 함께, 특히 남자밖에 없는 곳에서 며칠 지내려면 로브는 필수였다. 눈에 띄어 성가신 일이 생길 수 있었기 때문이다.

여자라고 색안경 낀 눈으로 보는 건 마음에 들지 않지만 어찌하겠는가. 그게 지금 이 시대의 편견이자 진리인 것을.

로브를 뒤집어쓴 이아나는 어제의 경계선에 도착했다.

"동트람 씨, 확인되었습니다."

그곳에서는 신청증을 확인하고 있는 어제의 그 기사들이 있었다. 이아나는 줄 제일 뒤에 섰다. 긴 줄이 줄어들고 줄어들다가 마침내 이아나의 순서까지 닿았다.

"신청증을 보여 주십시오."

이아나가 로브 자락을 살짝 들추자 그녀를 알아본 기사가 고개를 숙였다.

"줄을 서지 않고 바로 이곳으로 오셔도 되었을 텐데."

"신분을 내세워 대접을 받을 생각은 없습니다. 전 지금 검술 학부의 학생으로서 이 행렬에 참가했습니다. 다른 사람들에게도 비밀로 해 주십시오."

기사가 묘한 얼굴로 쳐다보다가 알겠다며 고개를 끄덕였다. 그리고 기사들에게 훈계를 내리고 있는 멋들어진 콧수염의 중년 남성에게 이아나를 데려갔다.

"몬스터가 나타나면 제일의 임무는 인명 피해를 최소화할 것, 그다음이 몬스터 척살이다. 명심해라, 알겠나!"

"예!"

"미리 움직여서 몸을 풀어 둬라. 한 시간 뒤에 출발이다!"

우렁찬 대답소리와 함께 기사들이 흩어지고, 남자의 시선이
이아나와 기사에게 향했다.

"단장님, 이분이 레이디 로베르슈타인이십니다."

남자의 눈이 호기심으로 반짝거렸다.

"레이디, 만나 뵙게 되어 영광입니다. 프레드릭 홀트입니다."

"반갑습니다, 홀트 경. 하지만 앞으로 격식은 생략하도록 하
지요."

프레드릭 홀트가 무릎을 꿇으려 했지만 이아나가 제지했다.
이렇게 보는 눈이 많은 곳에서 손등 키스 따위는 사절이었다.

"그리고 평소에도 다른 사람과 똑같은 취급을 해 주셨으면
합니다. 특혜를 받고 싶지 않습니다."

차이판 후작의 제2기사단장인 프레드릭은 이아나의 행동이
마음에 쏙 들었다.

'귀족은 이런 상황에서도 대접받으려는 게 정상인데. 과연
검술학부에 입학할 정도로 특이한 영애라는 건가?'

프레드릭은 고개를 가볍게 숙였다.

"알겠습니다. 듣자 하니 학술원의 검술학부에 입학하셨다고?"

"확인해 보시겠습니까?"

"하하, 아닙니다. 이미 기사가 한 번 확인한 것을 다시 확인
할 필요는 없겠지요. 그저 여성, 특히 귀족 여성이 학술원의
검술학부에 입학했다는 것이 신기해서 되묻는 실례를 저질렀

습니다. 하지만 몬스터가 출몰 시 나서지 마시고 상인들과 함께 보호를 받으시길 바랍니다."

"그러지요."

"출발은 한 시간 뒤입니다. 느리게 갈 테지만 오랜 시간을 걷다 보면 힘드실 터이니 지금 미리 몸을 풀어 두십시오."

그 말을 끝으로 프레드릭이 기사에게 가 보라 손짓하자 기사는 허리 숙여 인사하고는 이아나를 어제 통과하지 못한 경계의 안으로 들여보냈다. 갈색 로브를 눈이 보이지 않을 정도까지 뒤집어쓴 이아나에게 한가하게 시간을 보내고 있던 사람들의 시선이 쏠렸지만 이내 관심을 잃고 흩어졌다.

이아나는 인적이 없는 곳으로 타박타박 걸어가 나무에 등을 기대며 눈을 감았다. 한 시간이라면 할 일이 많은 사람에게는 더없이 짧은 시간이지만 한가한 사람에게는 너무나 긴 시간이다.

'마나 수련이나 할까.'

그때, 앞에서 인기척이 느껴졌다.

"……?"

눈을 떴는데 아무도 없었다. 두리번거리는데 밑에서 아이의 가느다란 목소리가 들려왔다.

"와아, 예쁜 누나다."

가느다란 선의 붉은 뺨을 가진 귀여운 어린아이가 앞에 서 있었다. 키가 작은 아이는 로브 속에 감춰진 이아나의 얼굴을 아래에서 볼 수 있었다.

아이는 눈을 초롱초롱하게 빛냈다. 이아나는 스르륵 주저앉아 아이와 눈을 마주했다.

"몇 살이니?"

"일곱 살이요!"

"이름이 뭐야?"

"으응, 핀."

"핀. 누구 따라왔어?"

"아빠를 따라왔는데……."

"아빠가 누군데?"

"핀!"

누군가가 핀을 부르며 뛰어왔다.

"아빠!"

헐레벌떡 뛰어오는 남자를 쳐다보는 이아나의 시선이 몹시 찼다.

"이 녀석! 얌전히 있으라고 했더니!"

사람 좋게 생긴 후덕한 남자였다. 남자가 앞에 당도해 핀을 안아 올리자마자 이아나는 가라앉은 목소리로 쏘아붙였다.

"어린아이를 몬스터가 나올지도 모르는 위험한 상행에 끌고 오다니, 제정신입니까?"

"어……?"

남자가 깜짝 놀라 이아나를 보았다.

"여자?"

"내가 여자건 뭐건 신경 쓸 것 없고, 당신의 품 안에도 쏙 들어갈 만큼 작은 아이를 흉포한 몬스터가 나온다는 이 상행에 데리고 다녀도 되냐는 소립니다."

여자만 아니라면 다 되는 건가 싶어 이아나는 어이가 없었다. 그녀의 싸늘한 말투에 남자가 어설프게 웃었다.

"죄송합니다. 아가씨의 말에는 틀린 말 하나 없지만, 이 아이에게는 사정이 있어서 상행마다 함께 데려갈 수밖에 없어요. 기사님들도 이해해 주셨습니다. 그런데 아가씨는……?"

"싸우지 마, 아빠, 누나. 내가 잘못했어. 아빠가 수레에 얌전히 앉아 있으라고 했는데 너무 심심해서……."

핀이 남자의 목을 끌어안으며 울먹이자 이아나가 입을 다물었다. 남자가 고개를 숙였다.

"아이를 걱정해 주셔서 감사합니다. 잘 지킬 테니 걱정하지 마시고요. 아가씨도 조심하십시오."

"아빠, 아빠. 누나도 우리랑 같이 다니면 안 돼? 이번 상행 위험하다고 했는데, 누나는 혼자 들어왔어."

핀을 끌어안고 되돌아가려 했던 남자가 놀라서 이아나를 돌아보았다.

"아가씨, 정말 혼자입니까? 일행은요?"

"저는 상행에 속한 사람이 아닙니다. 길을 지나가야 하는데 몬스터가 나온다고 해서 사람들과 함께 갈 뿐이죠."

"위험한데…… 괜찮으시다면 제 상단과 함께 다니시지 않겠습니까?"

"괜찮습니다. 혼자가 편……."

이아나는 제안을 단칼에 거절하려 했지만 핀이 예쁜 눈을 축 처진 강아지처럼 늘어뜨리고 울먹거리며 쳐다보자 흠칫해서 입을 다물었다. 남자가 쓰게 웃었다.

"귀찮으시겠지만 부디 저희 상단과 함께 가 주시지 않겠습니까? 제 아이 핀은 엄마가 어렸을 때 죽는 바람에 늘 저와 함께 ㅁ..ㄹ. ㅣ... .... 뎌쁴둛뻬 ...... 부드러운 여성분을 많이 그리워해요. 좋은 녀석들이긴 한데 아무래도 거친 놈들이니……. 그래도 이 아이가 고집을 부리는 성격이 아닌데.”

“누나…….”

금방이라도 울음을 터뜨릴 것 같은 핀의 모습에 어린아이에게 약한 이아나는 갈팡질팡하다가 결국 두 손 들고 고개를 끄덕였다. 어차피 다른 사람들과 함께 행동해야 하는데 별 상관없을 것 같았다.

남자와 핀이 활짝 웃었다. 아비와 아이가 똑같이 생겨서는 사람 좋아 보이는 인상으로 웃자 휘둘린 듯해서 찜찜했던 이아나의 마음도 다소 풀렸다.

“정말 감사합니다. 숙식은 제가 책임지도록 하겠습니다. 이쪽으로.”

남자가 핀을 안지 않은 손을 휘두르며 이아나를 안내했다.

“아, 저는 무르시입니다. 파엘라 상단의 상단주랍니다.”

상단에 대해 잘 모르는 이아나는 그냥 고개를 끄덕였다.

“그렇군요. 이아나입니다.”

“하하, 잘 모르시나? 저는 포툰 자작령으로 가고 있습니다만, 이아나 양은?”

“로베르슈타인 영지로 향하고 있습니다.”

“아, 방향이 달라 알라카모라숲을 지나면 바로 헤어져야겠네요. 이봐들! 손님이다!”

얼마 걷지 않아 무르시의 상단에 도착했다. 이아나는 상단의 규모를 보고 놀랐다. 무르시의 성격이 소박하고 가족적인 듯하여 이끌고 있는 상단도 소형일 줄 알았는데, 인원도 많고 물품도 많은 대형 상단이었다.

"형님! 그 사람 누굽니까?"

물품을 체크하고 있던 한 청년이 쪼르르 달려와 이아나와 무르시를 번갈아 보았다. 갈색 로브를 눈까지 뒤집어쓴 이아나를 의심스러운 눈으로 쳐다보다 무르시에게 설명을 요구했다.

"무례하게 굴면 안 돼. 알라카모라숲을 지나갈 동안 우리 핀을 보살펴 주실 분이야."

"알던 사람이에요?"

"방금 저기서 만났어."

무르시가 이아나가 서 있던 나무를 가리키자 청년이 잠시 멍청한 눈을 했다가 무르시를 노려보았다.

"아니 무슨, 잘 알지도 못하는 사람을!"

"핀이 먼저 그러고 싶다고 했는걸."

"수상한 의도로 접근한 사람이면요? 아무리 핀이 그런 일을 당했고 특별하다 해도 사적인 일은 구분하시지요. 이건 신뢰도 문제예요. 얼굴까지 가리고 있는 저 사람의 무엇을 믿고……."

"핀이 먼저 다가갔어. 그리고 같이 다니고 싶다고 고집을 부렸어."

"고집을 부렸다고요? 그건 좀 놀랍긴 하지만."

정작 이아나는 청년이 하는 말이 구구절절 옳은 말뿐이라 고개를 끄덕이고 있는데, 핀이 울먹거리기 시작했다.

"롱롱 아저씨이. 난 이아나 누나랑 같이 가고 싶어어."

"누, 누나?"

누나란 말에 롱롱이라 불린 남자가 눈을 크게 뜨고 고개를 휙 돌려 이아나를 쳐다보았다. 잠시 혼란스러워하던 남자는 처음보다는 다소 누그러진 태도를 보였다.

"여자가 왜 여기에……."

"나는 누나랑 같이 가고 싶어어어! 우아아앙!"

"아, 알았다. 이 녀석아. 거참, 짜식이 이렇게 고집부리는 건 처음 보네. 그리고 나 아저씨 아니라고! 또 롱롱이 아니라 롱스텀이야, 이 건방진 놈!"

무르시에게 핀이 원하는 거라면 다 들어주냐며 쏘아붙이던 남자, 롱스텀 또한 핀에게 몹시 약했다. 롱스텀의 허락이 떨어지자 핀은 울음을 그치고 이내 방글방글 웃었다.

"누나가 옆에 있으면 되게 기분이 좋아요."

물품을 가득 실은 수레 위에 앉아 있던 조그마한 핀이 이야기를 하다 말고 작게 중얼거렸다. 무르시가 같이 타도 된다고 했지만 극구 사양한 이아나는 핀의 옆에서 걸어가고 있었다.

핀과 이아나는 상행에서도 가장 안전한 중앙에 있었는데, 이는 둘이 겉보기에 이 무리에서 최약체였기 때문이다.

핀은 한참이나 무르시를 따라다니며 봤던 것들, 들었던 것들, 느꼈던 것들을 조잘거렸다. 그리고 이아나는 묵묵히 들어주었다. 제가 잘 듣고 있다는 것을 피력하기 위해 핀이 특히 흥분하는 부분에 대해 물어보면 핀은 더욱 신나서 이야기했다. 예전에 로베르슈타인 영지 내에 있는 서점의 아이들, 리리와 리토를 상대로 이야기를 나누어 주었던 것이 도움이 되었다.

그렇게 이야기를 잘 하고 있는데 핀이 갑자기 이야기를 뚝 끝내더니 뺨을 붉히는 것이었다.

"그게 무슨 소리니?"

"아까 전에도, 누나가 나무에 기대고 있을 때 좋은 냄새가 바람을 타고 흘러왔어요."

핀이 몽롱하게 중얼거렸다.

"왜인지 모르게 엄마가 생각났어요. 그래서 누나와 같이 있고 싶어서 저도 모르게 떼를 썼어요."

"엄마는 어떤 분이셨니?"

핀은 입을 꾹 다물었다. 창백해지는 얼굴에 이건 건드리면 안 되는 주제다 싶어 이아나도 입을 다물었다. 하지만 핀은 몇 번 손을 꼼지락거리다 조그맣게 중얼거렸다.

"정말정말 예쁜 분이셨어요. 우리 엄만."

"그랬니?"

"그리고, 그리고…… 팔이 정말 가느다란 분이셨어요. 팔뿐만 아니고 몸 전체가 가느다래서 저랑 우리 아빤 그런 엄말 지켜 주고 싶었어요. 그랬는데."

"여기서 머무릅니다!"

앞쪽에서 들리는 고함소리에 핀의 말이 뚝 멎고, 이아나도 그쪽으로 시선을 돌렸다. 붉은 해가 뉘엿뉘엿 저물면서 노을을 만들어 내고 있었다.

행렬이 멈춘 곳은 커다란 호수가 근처에 있는 공터였다. 북

근의 긴장을 쩌구 오기느 사인들은 굔아긔으고 일프 있느 휴

식 장소였다.

"물이……."

나무 옆에 가방을 내려놓으며 갈증을 느낀 이아나가 물을 찾았다. 아빠가 올 때까지 수레에서 기다리려고 했던 핀이 그 말을 듣고 귀를 쫑긋 세웠다.

이아나는 물통을 흔들어 보았다. 오면서 계속 물을 마시다 보니 물통이 비어 있었다. 이아나가 호수에 물을 뜨러 가려고 할 때였다.

"누나!"

핀이 수레에서 가볍게 폴짝 뛰어내리며 이아나를 불렀다. 이 아나는 놀랐다. 높은 곳에 앉아 있었는데 깃털이 내려앉는 것 처럼 안정된 자세로 뛰어내리는 걸 보니 운동신경이 꽤 좋은 것 같았다.

"왜?"

"잠시만, 잠시만요. 이쪽으로 와 주세요."

핀은 이아나의 손을 두 손으로 잡고 인적이 드문 곳으로 잡 아끌었다. 이아나는 순순히 끌려가 주었다. 이 작은 꼬마가 들 뜬 모습으로 자신을 이끄는 이유가 궁금했기 때문이다.

사람이 없는 곳에 이르러, 핀이 이아나의 손을 놓고 뒤로 빙 글 돌았다.

"히히, 누나. 제가 재밌는 걸 보여 줄게요."

핀이 두 손을 모았다. 뭘 하는지는 모르겠지만 열심히 하는

것 같았다. 핀의 귀여운 모습을 이아나는 잠자코 지켜보았다.

"……!"

하지만 핀의 주변을 싸하게 감돌기 시작하는 약한 기운에 얼굴이 순식간에 딱딱하게 굳었다.

이아나는 경악했다. 핀의 주변을 맴돌고 있는 기운은…… 그녀가 찾아 헤매던 신력과 몹시 비슷한 느낌을 풍기고 있었다.

"물의 정령아, 나와 줘."

바람과 풀이 어우러지는 듯, 노랫소리처럼 맑은 목소리가 핀의 입에서 튀어나왔다.

쏴아아—

"앗, 차가!"

갑작스레 핀의 머리 위로 물 한 바가지가 쏟아져 내렸다. 허공에 생성된 물 덩어리에 이아나가 깜짝 놀라서 뒤로 물러섰다. 젖어 버린 핀은 눈을 깜빡거리다 눈을 역세모꼴로 뜨고 주먹을 휘둘렀다.

"장난치지 마, 이 장난꾸러기야!"

뽀롱. 뽀로롱.

핀의 젖은 몸에서 다시 물이 빠져나오는가 싶더니, 핀은 다시 뽀송뽀송하게 말랐고 허공에는 커다란 물방울이 생겼다. 물방울이 얼굴에 참방참방 물을 튀기자 핀이 까르르 웃었다.

핀은 물방울을 젤리 만지듯 만지작거리며 놀다가 이아나가 들고 있던 물통을 손가락질했다.

"누나, 물통 좀 주세요."

혼란스러운 기분의 이아나는 순순히 물통을 내밀었고, 핀은 통을 두 손으로 쥐더니 물방울에게 쑥 내밀었다.

"내 친구, 여기 문 좀 채워 주지 않을래?"

물방울은 그 말을 알아듣기라도 한 것 같았다. 커다란 물방울 옆에 작은 물방울이 하나둘 생기더니 물통 안으로 떨어져 내렸다. 물통은 금방 가득 찼고, 핀은 물통을 한 번 흔들어 보더니 활짝 웃으며 이아나에게 다시 건넸다. 하지만 이아나는 그것을 받지 않고 물방울을 손가락으로 가리켰다.

"핀, 저게 뭐니?"

이아나는 떨리는 목소리로 물었다. 핀의 주변에서 느껴지던 기운은 핀이 아니라 물방울에 쏠려 있었다.

"으응. 우리 엄마가 물의 정령님이라고 했어요. 귀엽죠? 아빠 말로는 엄마 같은 사람만 할 수 있다고 했는데, 저는 엄마 아들이라서 부를 수 있는 거……."

"핀!"

익숙한 목소리의 고함에 핀이 깜짝 놀라 겁먹은 얼굴로 뒤를 돌아보았다. 이아나도 고개를 들었다. 아주 화난 표정의 무르시가 있었다. 물방울이 저 남자 싫다는 듯 핀의 머리 위에서 빙글빙글 돌았다.

"아빠……."

"아빠가 그거 쓰지 말랬지! 어서 집어넣지 못해!"

핀은 무르시의 윽박에 풀이 죽었다. 그리고 물방울을 불러낼 때처럼 산들바람처럼 청명한 목소리로 말했다.

"돌아가 줘."

투두둑.

물방울이 사방으로 흩어져 떨어져 내렸다.

무르시는 험악한 표정으로 보고 있다가 핀의 손목을 홱 잡아챘다. 핀이 쥐고 있던 이아나의 물통이 바닥에 툭 떨어졌다. 무르시는 굳은 표정으로 물통을 내려다보았다가 천천히 고개를 들어 이아나를 보았다.

"이아나 양. 오늘 본 것에 대해선 아무에게도 말씀하지 말아 주세요."

"알겠습니다."

대답과 동시에 이아나를 뒤로하고 무르시가 핀의 손목을 잡고 질질 끌었다. 핀은 뒤를 계속 돌아보았다. 이아나는 그 자리에 우뚝 서서 무언가를 곰곰이 생각하고 있었는데, 핀은 그런 이아나와 점차 멀어지고 있었다.

"아빠, 잘못했어. 다시는 안 그럴게, 응?"

무르시의 험악한 분위기에 핀이 눈물을 뚝뚝 흘렸다.

"이아나 누나는 아무 잘못 없어. 아빠가 보여 주지 말라고 했는데 내가 누나한테 너무 보여 주고 싶어서…… 이아나 누나랑 떨어뜨리지 마, 응? 내가 잘못했어. 후엥……."

핀의 절박한 울음소리에 무르시가 깜짝 놀라 내려다보았다. 핀은 엉망인 얼굴로 울고 있었다. 무르시가 주저앉아 핀의 얼굴을 두 손으로 붙잡았다.

"핀, 말해 보렴. 너 이아나 양 앞에서만 왜 자꾸 이상한 모습을 보이는 거냐? 그날 이후 떼 한번 쓰지 않던 녀석이 고집을 부리고, 낯가리는 녀석이 겁도 없이 다가가고, 말도 잘 하지 않는 녀석이 이아나 양에게는 쫑알거리고."

핀은 대답하지 않았지만 무르시는 핀의 얼굴을 붙잡은 채 대답을 기다렸다. 핀은 입을 뻐끔거리다 마침내 말문을 열었다.

"엄마랑 닮았어."

"뭐가, 말과 행동이 말이냐?"

"그게 아냐. 엄마랑 같은 느낌이 나. 정령님이랑 같은 느낌이 난단 말이야. 아니, 그보다 더 편안한 기분이 들어."

핀의 말에 무르시가 숨을 죽였다.

핀은 조마조마한 심정으로 모닥불 주위에 앉아 있었다. 이아나는 숲에서 한참이나 나오지 않았다. 상단의 식사 담당이 준 스프 한 그릇을 비웠지만 걱정 때문에 소화가 되지 않았다.

핀은 이아나를 떠올리며 불쌍한 표정을 지었다. 그때 바스락거리는 소리와 함께 이아나가 수풀에서 튀어나왔다. 핀이 바로 벌떡 일어나서 쪼르르 달려가 물었다.

"누나, 화났어요?

"내가 왜? 안 났어."

"휴."

이아나가 옅게 웃자 안심한 강아지처럼 핀의 굳어 있던 얼굴이 노곤하게 풀어졌다. 몹시 신경 쓰고 있었기에 안심하자마자 밀려드는 피로함에 하품을 하면서 눈을 비볐다.

"그런데 왜 이렇게 늦게 나오셨어요?"

"생각할 게 좀 있어서."

"그랬구나. 다행이다."

그때 무르시가 둘에게 다가왔다.

"이아나 양, 식사하세요. 아까는 못난 꼴을 보여 드려 죄송합니다."

무르시가 멋쩍은 표정으로 고개를 숙였다. 이아나는 손을 흔들며 고개를 저었다.

"아닙니다. 그 주제에 대해서는 더 이상 언급하지 않도록 하지요."

물론 묻고 싶은 건 많았다. 하지만 무르시의 분노를 이해했기에 입을 다물기로 했다.

정령이라는 말을 듣는 순간, 그 단어를 어디선가 보았다는 생각이 들었다. 곰곰이 생각에 빠져들다가, 책에서만 보았던 어떤 전설적인 존재와 관련되어 있음을 떠올렸다.

이종족異種族.

그중에서도 숲에서 살아가는, 나무처럼 가느다란 몸을 가진 아리따운 이들. 동부의 드넓은 샤우부 대삼림에만 거주하며, 마도시대 초기에 몬스터를 상대로 싸웠던, 또한 그들의 외모를 탐하는 인간들을 상대로 싸웠던 아인류.

아마 핀의 어미, 그녀는…… 수수께끼로 휩싸인 엘프일 것이다.

이아나는 식사를 하면서도 옆에 찰싹 달라붙어 있는 핀을 내려다보았다. 뽀얀 피부를 뒤덮은 핀의 머리카락은 부드러운 녹빛이었다. 어쩐지 어린 나뭇잎을 떠올리게 하는 색깔이었다. 책에서만 보았던 그들의 생김새였다.

이는 핀과 무르시에게 최악이자 최대의 비밀이리라. 들키는 순간 핀은 마법사들의 실험 재료가 될지도 모른다.

그래서 바로 생각을 지웠다. 자신이 직접 동부를 찾아가면 찾아갔지, 이 조그마한 아이를 건드리고 싶지 않았다. 이아나는 실마리 하나 보이지 않던 신력의 비밀에 대한 단서를 찾은 것만으로도 만족했다.

푸르스름한 빛을 띠는 달이 밤하늘을 밝힌다. 그 주변에 흩어진 조그마한 별들이 반짝거리며 검은 비단을 가득 수놓았다.

핀은 무르시가 아닌 이아나의 옆에 꼭 붙어 있었다. 무르시가 미안해했지만 이아나는 괜찮다며 손을 내저었다. 그래서 지금 핀은 이아나 옆에서 눈을 감고 있었다. 아이는 이아나의 손을 절대 놓지 않겠다는 것처럼 두 손으로 꼭 쥐었다. 핀이 조용히 속닥거렸다.

"누나, 저는요. 항상 꿈을 꿔요."

"무슨 꿈?"

이아나가 가볍게 물었다. 하지만 핀이 꺼낸 말은 단순한 말이 아니었다.

"엄마가, 저를 지켜 주시다가 괴물한테 와그작, 와그작 씹어 먹히고 저까지…… 와그작, 와그작 씹어 먹히는 꿈."

"……."

"아빠가 걱정하니까 아무 말 안 했지만요. 매일매일 잠드는 게 무서웠어요. 아빠 옆에서 잠들어도, 그렇게 괴물에게 먹혀 버리는 밤이 너무너무 무서웠어요."

핀이 살짝 웃었다.

"그런데 오늘은 그런 꿈 안 꿀 거 같아요. 엄마를 닮은 누나가 살아서 제 옆에 있으니까요……."

핀이 이아나의 손을 꼭 쥐고 새근새근 잠이 들었다.

핀은 계속 이아나가 엄마와 닮았다는 말을 했다. 이아나는 핀의 엄마가 엘프라고 추측하고 있다. 하지만 이아나 그녀가 엘프와 닮은 구석은 전혀 없었다. 엘프는 탄탄한 몸과 강렬한 인상의 이아나와는 전혀 다르다. 누에의 실타래처럼 가느다란 머리칼을 가진 여린 공주님이 오히려 엘프와 닮았다고 볼 수 있었다.

그렇다면 핀은 대체 무엇을 보고 자신이 엘프와 닮았다고 하는 걸까? 그 답은 정령에 있을 것이다. 물 주제에 살아 있는 생명체처럼 움직이는 정령에게서는 이아나가 그토록 찾고 싶어 했던 신력과 비슷한 느낌이 났다.

느낄 수는 없지만 제 몸 안에 이상한 신력이 도사리고 있음을 알고 있다. 엄마와 닮았다는 핀의 말을 고려해 본다면 엘프는 로베르슈타인의 신력과 비슷한 신력을 가지고 있는 게 아닐까.

이아나가 물끄러미 핀을 내려다보고 있을 때였다.

"이아나 양, 잠시 볼 수 있습니까?"

무르시가 멀찍이서 불렀다. 이아나는 핀의 손을 슬그머니 놓고 자리에서 일어나 뒤를 따랐다. 무르시는 사람이 없는 곳에 도착하자 한숨을 내쉬고 이아나에게 고개를 숙였다.

"궁금한 게 많으실 텐데 무작정 비밀로 해 달라고 윽박질러 죄송합니다."

"이해합니다."

무르시가 긴장한 얼굴로 말했다.

"아가씨는 믿을 만한 분 같군요. 낯을 가리는 핀이 따르는 걸 보니 더 그런 생각이 듭니다. 사정을 들어 주시겠습니까?"

"……말씀해 주시겠다면야."

무르시가 살짝 웃었다.

"감사합니다. 믿기지 않으시겠지만 핀은 하프엘프입니다."

역시나.

"정말 이상한 소리 같겠지만, 묻겠습니다. 혹시 이아나 양, 엘프와 관련되어 계십니까?"

이아나는 고개를 저었다. 엘프보다는 신과 관계가 있었다. 전혀 다른 엘프와 제 사이에는 신이 존재했다. 하지만 그 말을 입 밖으로 내지는 않았다.

"하아. 아무래도 그렇겠지요. 괜히 핀의 엉뚱한 소리에 넘어가서는……."

무르시는 한숨을 내쉬고 계속 말을 이었다.

"핀이 보였던 그건 제 아내가 정령이라고 하더군요."

"아내가 엘프였습니까?"

"네에. 믿기지 않으시겠지만 그렇습니다. 엘프는 샤우부 대삼림에 거주하지요. 십 년 전에 제 친우가 샤우부 대삼림에서 수련을 한 적이 있습니다. 그런데 친우가 수련 과정에서 엘프 마을을 찾아냈지 뭡니까."

믿기지 않는 얘기다. 엘프는 샤우부 대삼림에서도 중앙지역에서 살아간다고 알려져 있다. 그곳을 탐험한답시고 들어간 모험가 중에 살아 나온 사람이 없었다. 그가 누구냐고 묻고 싶었지만 일단 말을 끊지 않고 계속 들었다.

친우는 무르시를 호출했고, 무르시는 그곳에서 엘프들이 신기해하는 인간의 물건과 엘프의 물건을 거래할 수 있었다고 한다. 원래 무르시가 대상인이긴 했지만 엘프의 물건 덕분에 그의 상단은 더욱 유명해졌다.

그곳을 계속 오가다가, 어느 날 수련을 끝낸 그의 친우가 대삼림을 떠나기로 했다. 무르시의 힘만으로는 샤우부 대삼림의 엘프 마을에 올 수 없었기 때문에 그날이 엘프와의 마지막 거래 날이었다.

"그런데 그곳에서 호기심 많은 엘프였던 파엘라가 우리의 뒤를 몰래 뒤쫓아 왔습니다."

무르시는 천천히 그날을 되짚었다.

그녀는 그들을 몰래 쫓아오다가 거대 몬스터에게 잡아먹힐 뻔하는 바람에 그들에게 들키고 말았다. 몬스터를 해치운 친우가 다시 마을에 데려다 주겠다고 했지만 파엘라는 싫다고, 인간 세상을 구경하고 싶다고 고집을 부렸다.

그들이 뿌리치고 뿌리쳐도 파엘라는 계속 그들을 쫓아왔고 마침내 대삼림을 빠져나오고 말았다.

그녀는 거친 용병이었던 친우보다는 상냥한 상인이었던 무르시를 졸졸 따라다녔다. 어떤 상행을 가나 쫓아다녔다. 무르시도 어쩔 수 없이 그녀를 보살펴 주었다. 파엘라가 궁금해하는 것은 모두 가르쳐 주었고, 파엘라는 그를 무척 따랐다.

어느 순간부터 무르시는 아름다워 보이기만 했던 그녀가 사랑스럽게 느껴지기 시작했고, 파엘라도 무르시에게 조용히 사랑을 속삭이기 시작했다. 마침내 그들은 결혼을 했고 핀을 낳

앉으며, 무르시는 그녀를 너무나 사랑하는 마음에 상단의 이름을 파엘라 상단으로 바꾸었다.

무르시가 쓴웃음을 지었다.

"하지만 생각해 보면, 파엘라가 숲에서 따라오는 걸 들킨 순간 마을로 돌려보내야 했을지도 모르겠습니다. 안전한 삶의 터전을 벗어난 그녀가 그렇게 처참하게 죽을 줄 알았더라면. 이아나 양, 몬스터의 진수성찬이 엘프와 같은 이종족이라는 사실을 알고 계십니까?"

"진수성찬……."

이아나는 진수성찬이란 말이 징그럽게 들려서 거북한 표정을 지었다. 흐트러지던 호흡을 고르던 무르시는 머리가 지끈거려 이마에 손을 얹었다.

"엘프가 몬스터에게나 인간에게나 무척 유혹적인 존재이기에 위험하다는 건 알고 있었지만 사람들은 저의 아내가 아름답다고 여길 뿐, 엘프임을 몰라 그녀를 훔쳐보기만 했으므로 괜찮았습니다. 하지만 3년 전, 몸이 좋지 않았던 파엘라가 고향과 닮은 숲으로 가볍게 산책을 나간 그때, 그녀의 향기를 맡은 몬스터가 마을까지 쫓아와 핀의 손을 잡고 있던 제 아내를……."

무르시가 차마 말을 잇지 못하고, 이아나도 아무 말도 하지 않았다.

"아무튼 저는 그때 타지에 있었기에 상황을 말로만 전해 들었습니다만, 핀은 그 장면을 그대로 목격했다고 합니다."

하프엘프인 핀에게는 파엘라만큼 구미를 당기게 하는 짙은 엘프의 향기가 나지 않았는지 파엘라를 먹은 후 만족한 채 돌아가던 몬스터는 다른 사람들에게 잡혀 죽었다.

그때부터 파엘라를 닮아 발랄했던 핀은 급격하게 말이 줄고, 무르시를 닮아 통통했던 몸은 마르기 시작했다.

"밤에는 악몽을 꾸는지 제가 옆에 있을 땐 식은땀만 흘릴 뿐이지만, 제가 없을 때는 발작을 일으킵니다."

무르시가 갑자기 이아나의 손을 홱 붙잡고 허리를 거의 직각으로 숙였다. 이아나가 흠칫했다.

"제가 이 길고 믿기지 않는, 그리고 누군가에게 알려지면 위험하기만 한 이야기를 한 이유는…… 이아나 양, 핀이 왜 그리 따르는지는 모르겠습니다만, 이아나 양의 곁에 있는 핀은 예전의 모습을 되찾는 것 같았습니다."

"……"

"핀이 저렇게 생기를 보이는 건 정말 오랜만입니다. 부디 앞으로도 계속 친하게 지내 주십시오. 돈이나 물건이 필요하시다면 제가 뭐든지 해 드리겠습니다. 파엘라가 죽고, 저에게는 핀밖에 없습니다. 아비로서 그 아이에게 아무것도 해 주지 못하는 제 자신이 한심하기만 합니다."

무르시는 허리를 숙인 채 눈시울을 붉혔다. 이아나는 입술을 깨물었다. 핀을 위해 지금 허리를 숙이고 있는 무르시의 간절함이 심장을 푹푹 쑤셨다.

이아나는 고위 귀족임을 밝히지 않았다. 뛰어난 실력자임을 밝히지도 않았다. 그녀는 지금 그저 갈색 로브를 뒤집어쓴, 정체 모를 어린 계집아이에 불과했다.

그런데도 누구나 알아주는 상단을 이룬 대상인에, 나이를 이아나의 두 배는 먹었을 중년 남자가 허리를 푹 숙였다. 오로지 상처받을 어린 아들만을 위해서.

이아나의 심장이 세게 뛰어 댔다. 대가 없는 사랑……. 그녀가 살면서 단 한 번도 가져 보지 못한 것……. 가지지 못하기에, 포기했던 것…….

포기했기에 만인의 위에서 홀로 고고할 수 있었던 이아나 로베르슈타인.

그때, 공기를 찢어 놓을 듯한 날카로운 고함소리가 숲 전체에 울려 퍼졌다.

"몬스터다아아아아아아!"

무르시의 눈에서 초점이 사라졌다.

"핀!"

무르시는 잡고 있던 이아나의 손을 놓고 비명소리가 난무하는 곳으로 미친 듯이 달려갔다. 이아나도 굳은 얼굴로 빠르게 뒤따랐다. 도착해서 보게 된 광경은 아주 난장판이었다.

"음머어어어어!"

소의 머리와 거대한 인간의 몸을 한 미노타우루스 떼가 사람들이 잠들어 있던 곳을 빠른 속도로 덮치고 있었다. 2미터는 될 법한 거대한 체구와 근육질의 몸. 뜨거운 김을 뿜어내는 소머리에 달린 거대한 두 개의 뿔.

미노타우루스 중 한 마리가 허벅지에 핏줄을 세운 채 세차게 달려오다가 도망치지 못하고 주저앉아 있던 한 남자를 발견했다. 놈은 돌진해서 남자를 뿔로 치었다. 피를 흩뿌리며 튕겨 나간 남자는 즉사했다.

미노타우루스는 거대한 몸과 강대한 힘으로 막사를 짓밟고 잠들어 있던 사람들을 곤죽으로 만들었다. 반항 한번 해 보지 못하고 목숨을 잃은 사람들의 몸이 원통하다는 듯 꿈틀거렸다.

"아아아악!"

어떤 곳에서는 한 남자가 미노타우루스의 두 손에 붙잡혀 있었다. 남자는 비명을 지르며 발버둥을 쳤지만 미노타우루스의 힘에는 역부족이었다. 놈이 쥔 남자의 두 팔은 짓뭉개진 상태였다. 미노타우루스가 입을 쩍 벌렸다.

와그작.

"으아아악!"

"사, 사람이 먹혔어!"

"와아아악!"

소리가 그대로 사방으로 퍼졌다. 우물우물 씹고 있는 입에서 살점과 핏방울이 뚝뚝 떨어져 내렸다. 사람들은 그 끔찍한 장면을 목격하고 비명을 지르며 미친 듯이 도망쳤다.

"핀! 핀!"

무르시는 미친 사람처럼 달려오는 사람들을 밀쳐 내고 그들이 도망치는 방향과 반대 방향으로, 핀이 잠들어 있던 방향으로 달려갔다. 이아나도 그런 그를 뒤따르려 했다. 하지만 그녀의 팔을 붙잡는 이가 있었다. 다급한 표정의 기사였다.

"레이디, 어디 계셨습니까! 위급상황입니다. 단장님께서 레이디를 보호하라 하셨습니다!"

"비켜!"

이아나가 팔을 잡은 손을 떨쳐 냈다. 그때 무르시가 달려간

방향에서 미노타우루스 떼가 허리를 숙이고 돌진해 왔다. 이아
나는 그쪽을 쳐다봤다가 너무 놀라서 바짝 굳었다.

"우와아아앙!"

"음무우우우우!"

이아나의 시선 끝에는 도망치다가 넘어졌는지 공포에 질려
울음을 터뜨리는 핀이 길바닥에 엎어져 있었다. 뇌리에 핀이
했던 말들이 스쳐 지나갔다.

"누나, 저는요. 항상 꿈을 꿔요. 엄마가, 저를 지켜 주시다가 괴
물한테 와그작, 와그작 씹어 먹히고 저까지…… 와그작, 와그작 씹
어 먹히는 꿈."

"아빠가 걱정하니까 아무 말 안 했지만요. 매일매일 잠드는 게
무서웠어요. 아빠 옆에서 잠들어도, 그렇게 괴물에게 먹혀 버리는
밤이 너무너무 무서웠어요."

"그런데 오늘은 그런 꿈 안 꿀 거 같아요. 엄마를 닮은 누나가
살아서 제 옆에 있으니까……."

이아나는 황급히 옆을 보았다. 기사들은 사람들이 도망친 길
을 봉쇄하고 방패로 미노타우루스의 돌진을 막을 준비를 하느
라 바빴다. 놈들은 그냥 있을 때도 강한 몬스터이지만, 돌진할
때가 가장 무시무시했다.

그런데 그 미노타우루스 떼가, 누구도 핀에게 신경 써 주지
않는데 엎어져 있는 핀이 있는 방향으로 돌진하고 있었다. 금
방이라도 핀을 짓밟아 버릴 듯한 기세였다.

기사들에게 가로막혀 핀에게 가지 못하고 뒤로 밀려나며 목이 터져라 핀을 부르는 무르시는 거의 반 미친 상태였다.

"칫!"

이아나는 얼굴을 일그러뜨렸다. 저 상태라면 검기를 날려 머리를 벤다 해도 관성의 힘으로 죽음을 인식하지 못한 미노타우루스의 육중한 몸은 계속 달려 핀을 짓밟을 것이다.

빠르게 달려가 핀을 낚아채서 옆으로 몸을 굴린다 해도 옆에서 달려오고 있는 다른 미노타우루스에게 핀뿐만 아니라 자신까지 짓밟힐 것이다.

그렇다면 아예 미노타우루스의 발을 멈추는 수밖에 없었다.

이아나는 검집을 풀어내며 기사들을 밀치고 달려 나갔다.

"레이디!"

이아나를 지키고 있던 기사가 기절할 듯이 놀라 붙잡으려 했지만 마나를 불어넣은 이아나의 발은 바람처럼 빨라 잡을 수가 없었다.

철컹—

공기를 가로지르고 순식간에 핀의 앞에 당도한 이아나는 검집을 가로로 세우고 두 손으로 양 끝을 세게 붙잡았다.

다리 사이에 간격을 벌리고 몸에 닥치는 대로 마나를 둘렀다. 그리고 미노타우루스 무리 중 핀을 향해 뿔을 내밀고 일직선으로 달려오던 미노타우루스를 상대로 허리를 숙이며 검집을 강하게 앞으로 내질렀다.

콰아아아아아앙!

우드드득.

미노타우루스의 뿔과 이아나가 내지른 검집이 충돌했다. 검집에 금이 가고, 뼈에서 우드득거리는 소리가 났다. 이아나의 인상이 고통으로 일그러졌다.

"……이 빌어먹을 소 새끼가."

입에서 험악한 욕설이 튀어나왔다.

이렇게 무식한 힘 싸움은 자신의 전투방식이 아니었다. 하지만 어쩔 수 없었다.

마나를 두르긴 했지만, 애초에 이아나의 힘은 강한 편이 아니다. 그녀는 검술 그 자체와 뛰어난 반응성, 순발력, 속도에 의존했다. 만일 신체가 완전히 성장하고, 과거처럼 인간의 경지를 넘어설 정도로 몸을 단련시킨 상태였다면 모를까, 열여섯의 어린 이아나는 마나를 신체에 불어넣더라도 힘을 증진시키는 데에는 한계가 있었다.

예전에 미노타우루스를 상대했던 기억을 되살려 최대한 팔을 보호하려 했지만 너무 무시한 걸까? 밀려나지 않기 위해 다리와 허리에 마나를 집중시킨 탓도 있겠지만, 미노타우루스의 돌진을 받아 낸 검집은 물론이요 보호했던 양팔에도 금이 심하게 갔다.

차라리 뜯어내고 싶을 정도로 팔이 아팠다. 하지만 이아나는 두 발을 고정시킨 채 조금도 밀려나지 않았다. 단련된 기사라 하더라도 혼자서 미노타우루스의 돌진을 그대로 받았다면 뒤로 날아가 처박혔을 텐데 이아나는 조금도 움직이지 않고 다리와 허리에 힘을 주며 이를 악물고 버텼다.

이아나가 가로막은 미노타우루스를 제외한 다른 미노타우루스는 이아나에게 관심을 두지 않고 기사들에게 달려가서 처박혔다.

"음무?"

눈앞에서 콧김을 뿜어내며 발을 구르던 거대한 미노타우르스가 돌진이 막히자 정신을 차리고 의아한 소리를 냈다.

"딸꾹."

뒤에서 울음소리가 아닌 딸꾹질 소리가 들렸다. 너무 놀라서 울음을 그친 핀의 딸꾹질이었다.

이아나는 부들거리는 팔을 애써 고정시키고 뒤를 흘끗 돌아보았다. 그렁그렁한 눈을 크게 뜨고 있는 핀과 눈이 마주치자 이아나는 고개를 옆으로 까딱였다.

"핀. 정신 차렸으면 옆으로 물러나라!"

"네, 네에? 네에…… 딸꾹."

이아나의 고함을 알아들은 핀이 엉거주춤 일어나 후다닥 옆으로 뛰어갔다.

"이, 이 정도면 될까요?"

"좋아!"

핀이 싸움의 여파가 미치지 않을 만큼 물러서자 이아나의 눈매가 날카롭게 치솟았다. 힘을 가득 주고 있던 팔에 순간적으로 더욱 강력한 힘이 들어갔다. 빠르게 죽여 버릴 생각에 실력을 조절하지도 않고 인정사정없이 마나를 불러일으키며 눈앞의 적에게 집중하자 이아나의 몸에 흡수되었던 마나와 더불어 주변에 있던 마나가 이글거리며 불처럼 샘솟았다.

콰과과과과…….

아까 전 다급하게 끌어모아 어정쩡하게 몸 주변을 맴돌던 옅은 마나와는 달리 그녀를 중심으로 밀집되기 시작하는 마나가 열기가 느껴지는 붉은빛으로 물들어 간다. 마치 태양처럼.

핀은 멍하니 그 모습을 보았다.

지금 미노타우루스는 이아나에게 있어 살해의 대상, 그 이상도 그 이하도 아니다. 그로 인해 이아나로부터 극악무도한 포식자의 살기가 미노타우루스에게 쏟아졌다.

"음머어어어!"

미노타우르스가 어마어마한 살기에 반응해 겁을 먹었다. 놈이 움찔하며 힘을 빼고 뒤로 조금 물러나는 순간, 이아나는 섬광처럼 검을 뽑아냈다. 검은 검집에서 모습을 드러내는 순간부터 이미 강력한 마나의 회오리를 품고 있었다.

스걱! 콰드드드득!

그리고 검은 휘둘려서 미노타우루스의 오른쪽 가슴 쪽을 파고들었다. 왼쪽 허리까지 단숨에 베어 낸 검은 뼈가 끊어지는 섬뜩한 소리와 함께 미노타우루스의 몸에서 빠져나왔다. 붉은 피와 붉은 검광이 튀어 올랐다.

"음메에……."

미노타우루스가 눈을 끔뻑였다. 놈에게는 아직 생체반응이 있었다. 하지만 이내 검이 가로지른 부위를 중심으로 상체와 하체가 분리되기 시작했다. 결국 몸이 둘로 분리되며, 그 안에 고여 있던 피가 이아나의 로브에 잔뜩 튀었다.

쿠웅. 쿵.

"윽."

미노타우루스의 사체가 땅에 널브러지고, 피에 젖은 이아나가 아픈 두 팔을 축 늘어뜨렸다. 하지만 검을 놓지는 않았다. 주먹을 쥐어 보았다. 고통을 참는다면야 손을 움직일 수 있있지만 검을 정상적으로 휘두를 수는 없었다.

핀이 비틀거리며 다가왔다.

"누, 누나. 괜찮아요?"

"그래. 너는 괜찮니?"

"네, 네에⋯⋯."

핀은 또다시 울먹거렸다. 눈에는 눈물과 함께 어떠한 형태의 감정이 북받쳐 오르고 있었지만 이아나는 그게 뭔지 알 수 없었다. 그저 안도의 눈물이라 생각했다.

이아나는 고개를 돌렸다가 기사들의 뒤에 서 있는 무르시와 눈이 마주쳤다. 무르시의 눈빛에는 경악과 안도, 그리고 무한한 감사가 잔뜩 섞여 있었다.

기사들 쪽에서 미노타우루스를 하나하나 정리하고 있었기에 상황은 괜찮았다. 이아나는 부어오르기 시작한 팔의 고통에 인상을 찌푸렸다. 눈을 감고 양팔의 내부를 살펴보니 금이 심하게 가 있었지만, 치료만 제대로 하면 멀쩡하게 나을 수 있었다. 하지만 이래서야 시간에 맞춰 수도로 돌아온다고 해도 검술대회에 참가할 수 있을지 의문이었다.

"하아."

이아나가 한숨을 후 하고 내쉬었다. 참가하지 못하더라도 어쩔 수 없다. 제 팔을 내주고 불쌍한 아이의 생명을 살린 것으로 만족하기로 했다.

이아나가 혹시라도 모를 상황이 발생하면 핀을 보호할 생각으로 핀을 한 팔로 감쌌다. 그때였다,

딜씩. 털썩. 널썩.

"……?"

그녀의 예민한 귀에 숲 쪽에서 육중한 무언가가 다수 쓰러지는 듯한 소리가 들렸다. 이게 대체 무슨 소리인가.

이아나는 긴장해서 신경을 날카롭게 세웠다. 핀을 수풀 더미 사이에 숨겨 둔 후에 기척을 숨기고 소리가 들린 쪽으로 다가갔다. 그리고 그곳에 도달하자마자 목격한 섬뜩한 광경에 눈을 크게 떴다.

"이게 무슨."

미노타우루스의 사체가 가득 쌓여 있었다. 수십 마리는 될 것 같았다. 이아나가 멍하니 그 장면을 보고 있을 때, 동시에 커다란 나무의 높은 나뭇가지에서 그녀를 조용히 지켜보고 있는 자가 있었다.

"……쯧."

신전에서 이아나에게 살벌한 살기를 쏘아 보냈던 자. 그리고 그녀를 뒤쫓아 가 뒤에서 있는 힘껏 끌어안았던 자. 검은 로브를 입은 사내가 짜증난다는 듯 혀를 찼다. 그가 등 뒤에 메고 있는 거대한 검에는 선혈이 뚝뚝 흘러내리고 있었다.

"죄 없는 여린 것에게 짜증날 정도로 상냥한 건 역시 천성인 모양이군. 빌어먹을 여자 같으니."

사내의 검은 로브자락이 차가운 밤바람에 휘날리는가 싶더니 어둠 속으로 사라졌다.

'젠장, 이게 대체 뭐야? 대체 누구야?'

수풀 사이에 숨어 상황을 지켜보고 있던 남자가 손톱을 물어뜯었다. 몸도 덜덜 떨었다.

'저 하프엘프 꼬마를 살려서 데려가야 하는데. 데려가서 스승님께 인정받아야 하는데…… 더군다나 만약 못 데려가면 정보상 그 망할 새끼가 떠먹여 줘도 못 하냐면서 두고두고 비웃을 텐데…… 빌어먹을.'

남자는 몬스터의 정신을 조작하는 법을 연구하는 대마법사의 제자다. 하지만 마법에 다소 미숙했던 그는 스승으로부터 멸시를 받으며 제대로 된 가르침을 받지 못했고, 스승에게 인정받기 위해 발버둥 치다 마침내 블랙폭시의 노예, 마약, 정보를 주관하는 세 명의 보스 중 한 명인 정보상에게 손을 벌리게 되었다.

그는 스승에게 확실하게 인정받을 수 있는 정보를 정보상에게 요구했고, 대가로 엄청난 양의 황금을 바쳤다. 과연 정보상의 정보는 돈을 처먹은 만큼 대단했다. 엘프는 아니지만, 엘프의 피를 반은 이어받은 하프엘프라니! 엄청난 연구 대상이 아닌가!

사실 정보상은 막 사실임을 파악하고 주인님들께 보고하려

했는데, 그전에 자신이 찾아온 것이라 했다. 남자는 기뻐하며 정보상에게 자신이 하프엘프를 잡아 스승에게 바칠 때까지 입을 다물 것을 요구했고, 성보상은 그 요구를 받아들이는 대신 또다시 막대한 양의 황금을 처먹었다.

아깝긴 했지만 하프엘프를 바쳤을 때, 스승이 보일 눈빛을 생각하면 쾌감까지 느껴졌다.

하프엘프를 데리고 다니는 파엘라 상단의 이동경로를 정보상에게서 얻어 낸 그는 상단이 이번에 알라카모라숲을 지나갈 예정임을 알았고, 미리 도착하여 숲의 깊숙한 곳에 서식하고 있던 미노타우루스의 정신을 조작하기 시작했다.

하지만 그의 실력이 미천했기에 많은 미노타우루스들이 폭주했고, 폭주한 놈들은 수많은 상단을 덮쳤다. 그리고 폭주한 지 얼마 되지 않아 뇌에 과부하가 걸려 죽어 버렸다. 그래서 차이판 후작이 흉포한 미노타우루스를 찾아도 시체밖에 찾지 못한 것이었다.

그렇게 수많은 시행착오를 거친 후에야 그는 미노타우루스 삼십 마리 정도를 세뇌할 수 있었다. 그리고 마침내 때가 도래하여 하프엘프가 알라카모라숲을 지나가게 되었다.

아쉬운 건 그의 실수 때문에 몬스터 토벌전이 벌어져 파엘라 상단에 다른 상단까지 뭉쳐 대규모 행렬이 되었고 강력한 기사들이 그들을 보호하게 된 점이었다.

그는 일단 하프엘프를 납치할 세뇌시킨 미노타우루스들은 숨겨 두고, 그 주변에서 노닐던 스무 마리가 넘는 미노타우루스 떼를 폭주시켜 상단과 기사단을 덮치게 했다.

중간에 섬뜩했던 것은, 상단을 덮치는 과정에서 하프엘프 꼬마가 넘어지는 바람에 폭주한 미노타우루스에게 깔려 죽을 뻔했다는 것이다. 하지만 갈색 로브를 쓴 괴물 검사가 하프엘프를 구했다. 남자는 검사의 주변에서 일렁이는 엄청난 마나에 소름이 돋았다.

'미친! 저 미친 괴물은 뭐야!'

검사는 위대한 스승님보다 더욱 엄청난 압박감을 가지고 있었다. 만일 자신이 검사를 상대하고 있던 미노타우루스였다면 게거품을 물고 기절했을지도 모른다.

그는 검사가 보호하는 하프엘프 꼬마를 납치할 수 있을지 막막하기만 했다. 하지만 이내 안도했다. 미노타우루스의 돌진을 맨몸으로 받아 낸 검사의 팔이 정상이 아닌 듯 길게 늘어뜨려졌기 때문이다.

검사가 방심하고 있을 때가 최고의 기회였다. 그는 완벽하게 세뇌시켜 놓았던 미노타우루스들을 조종하여 검사를 덮치려고 했다. 하지만……

다른 검은 괴물이 나타나 순식간에 놈들을 모조리 도륙해 버렸다.

그 모습을 숨어서 지켜보고 있던 남자는 오줌을 지릴 뻔했다. 그리고 갈색 로브를 입은 검사가 살육의 장소에 나타나자 검은 괴물은 어둠 속으로 사라져 버렸다.

'이대로 실패할 수는 없어. 다른 미노타우루스들을 세뇌시켜서 다시 덮쳐야 해!'

"젠장, 젠장!"

투욱.

수풀에 숨어 욕설을 내뱉는 남자의 뒤에 새까만 로브를 입은 자가 뚝 떨어졌다. 죽음의 날개가 내려앉는 듯한 섬뜩한 등장이었다. 그 안에서 서늘한 음성이 흘러나왔다.

"네놈인가?"

"으, 으악!"

갑작스레 등 뒤에서 들리는 섬뜩한 목소리에 남자가 기겁해서 엉덩방아를 찧었다. 검은 로브가 천천히 자리에서 일어났다.

"후우……."

그르렁거리듯, 섬뜩하게 비웃음을 짓는 자의 입술 사이로 어둠과 상반되는 하얀 이가 드러났다. 겨울의 추위로 인해 그 틈으로 더운 입김이 피어올랐지만 남자의 눈에는 어둠으로 인해 일렁이는 그것이 괴물의 검은 숨결처럼 보였다.

"누, 누구야!"

"과연, 익숙한 얼굴이다. 오늘이 하프엘프를 잡아들이는 날이었던가……."

"어……."

"내가 모르고 흘러간 과거에 딱히 관여할 생각은 없었지만, 아무리 노리는 대상이 아니라 하더라도……."

남자는 순간 검은 로브 속에서 동공을 찢어 가르는 눈부신 황금빛이 번뜩였다고 생각했다.

푸화아악!

"……간신히 되살려 낸 저 여자를 건드는 이상 가만히 있을 수는 없는 노릇이 아닌가."

어둠의 틈 사이로 짓푸른 검광이 거대하게 샘솟았고, 남자의 시야가 붉게 물들었다. 그리고 천천히, 끈 떨어진 꼭두각시처럼 바닥에 툭 쓰러진 남자의 몸은 생명을 상징하는 붉은 피를 줄줄 토해 냈다.

"⋯⋯."

한 사람의 생명을 한순간에 끊어 내고도 아무런 감흥이 없는 듯 로브를 쓴 자는 앞에 널브러진 시신이 저도 모르게 발로 짓이긴 벌레라도 되는 것처럼 관심 한 자락 두지 않았다. 그저 거대한 검을 차가운 땅에 늘어뜨린 채, 저 멀리서 영문을 몰라 혼란스러운 표정을 하고 있는 이아나를 물끄러미 쳐다볼 뿐이다.

놀라운 광경을 직접 목격했던 이들의 눈은 현재 의사에게 팔을 치료받고 있는 이아나에게로 쏠려 있었다. 이아나는 치료를 위해 거슬리는 로브를 벗은 상태였으므로 그녀의 붉은 외모는 모든 이들이 볼 수 있었다.

그래서 기사들은 더욱더 믿을 수가 없었다. 저기, 갓 성숙미를 뽐내기 시작한— 그들보다 한참이나 어리디어리고 아리따운 소녀가 미노타우루스의 광포한 돌격을 막아 냈던 괴물 검사가 맞는가?

상인들은 혼이 나간 채 도망치느라 보지 못했지만 기사들은 미노타우루스의 돌진을 막아 내기 위해 전방을 주시하고 있었기 때문에 이아나의 활약을 볼 수 있었다.

무르시가 핀을 구하러 가기 위해 날뛰었으므로 기사들도 핀이 미노타우루스가 달려오는 경로에 넘어져 있다는 것은 알고 있었다. 하지만 그들은 감히 핀을 구할 생각을 하지 못했다. 십여 마리는 되는 미노타우루스가 떼로 돌진하는데 사람들이 도망친 길을 봉쇄하기 위해서라는 명목은 둘째 치고 그 기세가 오금이 저려올 정도로 섬뜩한지라 함부로 움직일 수가 없었다.

묵직한 중갑을 차려입은 기사들조차 한 방패에 두세 명이 매달려 힘을 합쳐 미노타우루스의 돌진을 막아 내면서도 몇 발자국이나 뒤로 밀려났다.

그런 돌진을, 방어를 위해 만들어진 방패도 아니고, 그렇다고 해서 두꺼운 대검도 아닌, 조금만 힘을 줘도 부러질 것 같은 얇은 레이피어 한 자루로 막아 내다니?

이는 미노타우루스의 무게중심을 파악하여 정확한 타격점을 치지 않는 이상 있을 수 없는 일이다. 아니, 설령 타격점을 쳤다 하더라도 성인 남성 열 명의 힘을 합친 괴력을 지닌 미노타우루스의 돌진을 막아 내는 것은 거의 불가능했다.

기사들은 이아나가 미노타우루스를 막아 내는 장면을 목격한 직후 다른 놈들의 돌진을 막아 내느라 그녀가 어떻게 상황을 해결하는지는 보지 못했다.

하지만 의문은 후에 피에 젖은 채 핀을 데리고 돌아온 이아나와 뒤에 남겨진 미노타우루스의 두 동강 난 사체를 보자마자 해결되었다. 소녀는 미노타우루스의 질긴 가죽을 꿰뚫고, 돌보다 단단한 뼈를 단숨에 끊어 버릴 정도로 엄청난 실력자였던 것이다.

기사들은 '여자가 어떻게……!' 라는 편견의 바다 속에서 허우적거렸다. 하지만 이아나의 허리춤에 매달린 피 묻은 검이 증거였고, 결국 현실에 수긍했다.

마지막 의문이 그들의 머리에 뭉글뭉글 샘솟았다. 대단한 실력자이면서도 어째서 미노타우루스를 한 번에 끝장내지 않았는가. 도대체 왜 팔뼈가 부러지면서도 미노타우루스와 맞서는 무식한 짓을 저질렀는가.

그 이유 또한 바로 알 수 있었다. 치료를 받고 있는 이아나의 옆에 찰싹 붙어 있는 핀의 존재였다. 미노타우루스의 목을 베어 죽였다면 죽음을 인식하지 못한 놈의 커다란 하체가 작은 핀의 몸을 짓밟아 버렸을 것이다. 그래서 이아나는 무리를 해서라도 미노타우루스를 막아선 것이다.

그 짧은 순간에 검사에게 생명과도 같은 팔을 포기하고 아이를 구한 이아나. 두 팔의 뼈가 산산조각 나는 끔찍한 고통이 찾아왔지만 뒤에서 울고 있는 아이를 지키기 위해 단 한 발자국도 물러나지 않았다.

기사들은 그 엄청난 정신력에 경외심마저 들었다. 무엇보다, 고위 귀족인 그녀가 한낱 상인의 아들을 구하기 위해서……. 기사들은 침묵을 지켰다.

단장 프레드릭 홀트의 명으로 입은 다물고 있었지만 저도 모르게 향하는 시선까지 떼어 낼 수는 없는 법이다. 이아나 로 베르슈타인, 그 이름과 외양, 그리고 괴이할 정도로 대단한 무 덕이 차이판 후작 기사단의 뇌리에 단단히 새겨지고 있었다.

기사들은 따로 명을 받지는 않았지만 피곤할 그녀의 휴식을 위해 무너진 막사를 자발적으로 다시 일으켰다.

"뭐, 뭐라고요?"

"후유증이 남을 거라고요."

한편, 주변에 서서 이아나가 치료받는 것을 지켜보고 있던 사람들은 의사의 말을 듣고 무척 심각한 표정을 짓고 있었다. 그중에서도 무르시의 얼굴이 제일 새하얬다.

의사가 안쓰러운 얼굴로 말을 이었다.

"응급처치는 했지만, 아가씨의 팔 상태는 심각해요. 한 군데 가 금이 간 게 아니거든요. 금이 가다 못해 박살나기 일보 직 전의 상태…… 근육에 뼛조각도 흩어져 있어요. 치료를 못 하 는 건 아니지만 여기서는 무리고, 전문 의원에 가서 팔을 째야 합니다. 그리고 후유증이 있을 겁니다. 다른 사람의 뼈보다 훨 씬 약해질 거예요. 일단 최대한 움직이지 말고 치료에 전념하 세요."

이아나의 표정은 담담했고, 프레드릭은 탄식했으며, 무르시 와 핀의 눈에는 눈물이 그렁그렁하게 고이기 시작했다.

"치료하는 기간만 해도 최소 전치 16주. 그게 의사로서의 제 소견입니다."

의사가 떠나고 이아나는 양팔에 붕대를 감은 우스운 꼴이 되고 말았다. 팔이 통통 부어서 붕대도 통통했다.

이아나는 붕대로 단단히 고정시켜 잘 움직이지 않는 팔을 살짝 움찔거려 보았다. 바늘 수십 개로 찌르는 듯한 끔찍한 고통에 인상이 미미하게 일그러졌다.

전생에서는 많이 구르고 다쳤기에 고통이 익숙했지만 이번 생에서는 처음으로 겪어 보는지라 생소했다.

'그래도 심각한 건 아니군.'

팔은 고정이 되어 움직이기 힘들었지만 손가락은 아프더라도 잘 움직였다.

'하긴 금이 간 상태에서 검까지 휘둘렀는데.'

심하게 금이 갔긴 하지만 그렇게 걱정할 만한 상처는 아니었다. 급박한 상황에서도 미노타우루스가 부딪쳤을 때의 충격을 계산하여 최대한 보호하긴 했는데 역시 몬스터란……

회귀 전 미노타우루스를 식후 디저트 정도로 삼았던 기억 때문에 너무 과소평가한 듯했다.

이 정도면 후유증은 없을 것이다. 이아나의 몸은 일반인에 비할 수 없을 정도로 튼튼했다. 회귀 전에도 팔다리가 이보다 더 심하게 부러진 적이 몇 번 있었지만 멀쩡하게 나아 검을 잘만 휘두르고 다녔다. 의사들이 질려 할 정도였다.

과거에 정말 아주 심하게 다친 적이 있었다. 이에 왕국에서 최고의 실력을 지닌 의사가 후유증이 남을 것이라 확신하며 눈물까지 질질 짰지만, 우습게도 이아나는 후유증 하나 없이 깨끗하게 나았다. 너무 멀쩡하게 나아서 의사의 명성은 땅으로 곤두박질쳤다.

경험상 이렇게 손가락이 아파도 자유롭게 움직일 정도면 팔에 심한 무리를 주지 않고 고급 치료약만 퍼부어 주면 의사가 말한 16주보다 빨리 후유증 없이 완치될 것이다. 이아나는 눈을 감고 팔에 집중했다. 역시나 뼈는 벌써부터 서로 붙으려고 아우성을 치고 있었다.

이아나는 무르시와 핀을 흘끗 쳐다보았다. 미안해서 어찌할 바를 모르고 있었다. 두 사람이 죄인이 된 기분으로 이아나를 흘끗거리고 있을 때 프레드릭이 입을 열었다.

"당연한 결과입니다. 보통 성인 남자도 치이면 수십 걸음을 튕겨 나가는 돌진을 막아 내시다니 무모했습니다. 정말 안타깝습니다."

"무엇이요?"

이아나가 아무렇지도 않은 어조로 되묻자 프레드릭이 쓴웃음을 지었다. 이 아가씨는 충격 때문에 제가 지금 무슨 상황에 처했는지 이해하지 못하는 것일까?

프레드릭은 현실을 인식시켜 줄 필요성을 느꼈다.

"레이디는 학술원의 검술대회에 참가하기 위해 이 상행에 함께하셨다고 들었습니다."

"뭐……. 그건 어쩔 수 없지요."

이아나가 아무렇지도 않아 보이자 프레드릭은 한숨을 쉬었다.

"그리고 검술학부에서 수업을 듣고 수련을 하셔야 할 것 아닙니까? 저도 검술학부 졸업생입니다. 검술학부는 수업 도중 수시로 평가를 해서 성적에 반영합니다. 전치 16주…… 그 팔로 어찌……. 휴학하셔야 하는 것 아닙니까?"

"학술원의 검술학부……."

대화를 듣고 있던 무르시의 얼굴이 하얗게 질렸다.

"이보다 더한 상처를 입고도 검을 쥐는 사람들이 있는데요. 일단은 수업을 들어 보겠지만, 정 안 되면 휴학해야지요."

"레이디 같은 귀재가 이렇게 팔을 다치니 기분이 안 좋습니다. 더군다나 후유증이라니⋯⋯."

다른 기사들은 미노타우루스들의 돌진을 막아 내느라 정신이 없어 이아나가 놈들을 어떻게 처리하는지 보지 못했겠지만 그들을 지휘하고 있던 프레드릭은 똑똑히 보았다. 이아나가 붉게 물든 검기로 단숨에 미노타우루스를 도려내는 광경을 말이다.

그것은 신세계였다. 태양이 떠오르듯 잔인한 어둠을 밝히는 붉은 검기는 마나를 제어하는 이들이 도달해야 할 궁극이었다.

프레드릭은 마나 제어력이 극에 달하면 주변에 있던 마나가 그 제어자가 지닌 영혼의 색으로 물든다는 말을 들은 적이 있다. 대표적인 예가 이 시대 최고의 마법사로 손꼽히는 창공의 마법사 엔슈이라가 마법을 시전할 때마다 마나가 짙푸르게 물드는 현상이었다. 마나를 감지하지 못하는 범인의 눈에도 색이 보이는 신기한 현상이었다.

이아나의 붉은 마나는 신기루처럼 순식간에 사라졌지만 프레드릭은 그 광경을 제 머리 속에서 몇 번이나 되새겼다. 제 나이의 반도 먹지 않은 이아나가 저보다 더욱 능숙하게 마나를 제어한다는 사실에 자존심이 상할 법한데도, 그는 굴욕감 대신 경외심을 느꼈다.

이 소녀는 로베르슈타인 영지에서 무엇을 보고 듣고 자랐기에 엄청난 재능을 가지게 되었는가?

적당하게 뛰어난 능력은 만인에게 질시를 받지만 상식을 넘어서는 끼를 같은 능력은 만인이 경이심을 받는 것게 일깨상통했다. 프레드릭의 머릿속에서 이아나는 천재의 범주를 벗어난 귀재였다.

그런데 그 귀재가 검사로서는 뼈아픈 후유증을 가지게 된다고 했다. 정작 당사자는 멀쩡한 얼굴인데 자신이 더 안타까워서 주먹에 힘이 들어갔다.

이아나가 묵묵히 대답했다.

"홀트 경. 제게 후유증이 생길지 생기지 않을지는 아무도 모릅니다."

"……으음."

프레드릭은 희망적인 말을 들으며 신음을 흘렸다. 그렇다. 아직 후유증의 발생 여부는 알 수 없다. 하얀 붕대를 감은 팔을 안타깝다는 눈으로 내려다보던 프레드릭은 일단 이아나의 안정을 위해 물러나기로 했다.

"알겠습니다. 기사들이 막사를 만들고 있으니 완성되면 모시러 오겠습니다. 쉬고 계십시오."

등을 돌렸다가 어쩔 줄 몰라 하는 무르시와 눈이 마주친 프레드릭이 고개를 숙였다.

"더 큰 위기를 막아 내기 위해서였다고는 하나 기사로서 아이의 위험을 못 본 척한 점에 대해 부끄럽게 생각하네. 미안하네."

"괘, 괜찮습니다. 단장님의 상황도 이해하고 있습니다."

프레드릭 홀트, 차이판 후작에게 남작위를 받았으며 기사단의 단장인 남자가 고개를 숙이자 무르시가 손을 헐레벌떡 저었다. 무르시가 사과를 받아 주자 프레드릭은 씁쓸한 웃음을 지었다. 이 모습은 아이가 살았으니 성립할 수 있는 모습이었다.

프레드릭은 무르시의 어깨에 손을 올렸다.

"고맙네. 하지만 나를 용서한다 하더라도, 자네는 검사의 생명을 걸고 아들의 목숨을 구한 레이디 로베르슈타인께 더없는 감사를 표해야 할 것이네. 저분은 백작가의 영애이며, 여자의 몸으로 학술원의 검술학부에 입학한 엄청난 인재라네."

프레드릭이 그 말을 하고 무르시를 지나쳤다. 그 말에 하얗게 굳어 '백작 영애…….', '생명…….', '검술학부…….'라는 말만 입으로 뻥긋거리던 무르시가 이아나를 향해 허리를 직각으로 숙였다.

"죄송합니다, 죄송합니다, 이아나 양, 아니 이아나 아가씨……."

"괜찮습니다."

"죄송합니다."

이아나가 몇 번이나 괜찮다고 이야기해도 무르시는 이아나의 두 팔을 보고 하얗게 질려서는 계속해서 고개를 숙여 댔다. 이아나는 고개를 저었다.

"걱정하실 만한 상처가 아닙니다. 죄송해하실 필요도 없습니다. 아까 전에는 의사가 있어 말하지 않았지만, 충분히 후유증 없이 나을 수 있습니다. 확신합니다."

"하지만 의사가."

"의사의 말은 신경 쓰지 마십시오."

"누나……."

핀은 시무룩한 표정으로 이아나의 팔에 찰싹 달라붙어 있었다. 무르시는 그런 핀의 무례에 화들짝 놀라 손짓했다.

"핀, 이리로 와라!"

"괜찮습니다. 그냥 두십시오."

"하지만."

"제가 괜찮다고 몇 번이나 말했습니다."

이아나가 눈썹을 올리며 서늘하게 말하자 지레 놀란 무르시가 다시 허리를 푹 숙였다.

"정말 죄송합니다. 제가 아가씨의 팔이 빨리 나을 수 있는 최상급 약을 수소문해 보겠습니다. 만일 후유증이 남을 정도로 부상이 심각하다면, 아니 후유증이 없다 하더라도 평생 아가씨의 후원자가 되어 하실 모든 일을 지원하겠습니다. 그리고……정말 감사합니다."

허리를 숙이고 있는 무르시의 눈가에 눈물이 핑 돌았다.

핀을 구해 준 것은 정말, 절을 해서라도 감사를 표하고 싶었다. 다른 기사들이 무르시를 막아설 때, 핀에게 달려가 앞을 막아선 이아나를 보고 무르시는 심장이 벅차오를 정도로 감동했다. 만일 이아나가 아니었다면 핀은 틀림없이 미노타우루스의 발굽에 깔려 죽었을 것이다.

'대단하신 분.'

그러나 그 결과가 정의롭고 착한— 백작가의 귀한 아가씨의 팔이 못 쓰게 된 것이라? 그것도 검으로 엄청난 무력을 보인, 합격의 벽이 터무니없이 높다는 학술원의 검술학부에 입학한 그녀의 팔이…….

이아나는 걱정 말라고 했지만 무르시는 핀이 무시한 것에 대한 안도와 함께 그녀에게 미안해서 어쩔 줄을 몰랐다.

"그렇게까지 미안해하지 않아도 된다니까."

이아나는 한숨을 쉬었다.

"레이디, 막사가 완성되었습니다. 상황이 정리될 때까지 저곳에서 편히 쉬고 계시지요."

한 기사가 이아나를 데리러 왔고, 두 팔이 망신창이가 된 이아나는 그의 도움을 받아 몸을 일으켰다.

"이아나 아가씨."

"쉬고 싶군요."

어쩔 줄 몰라 하는 무르시를 뒤로하고 기사의 안내를 따라 막사에 들어간 이아나는 마련되어 있는 간이침대에 털썩 누웠다. 침대 옆 호롱불이 흐릿하게 흔들리는 것을 쳐다보다가, 천천히 눈을 감았다.

'검술대회는 물 건너갔다.'

아무리 제 몸이 튼튼해도 전치 16주의 상처를 한 달 안에 완치시키는 건 무리였다.

하지만 지나간 일은 지나간 일. 팔을 내준 건 의도한 바가 아니지만 제가 미노타우루스의 힘을 잘못 계산한 탓이고, 핀을 구한 것에 한 치의 후회도 없었기에 팔의 부상이나 검술대회에 더 이상 미련을 두지 않기로 했다. 어차피 검술대회는 성적에 들어가는 것도 아니고 신입생들에게 장학금과 자신감을 주는 게 목적일 뿐이라 좋은 결과를 거둘 필요가 없었다.

이제껏 호르비가 의심받는 것을 피하기 위해 생색내기라도 할 생각이었는지 르보니가 호르비를 통해 이아나에게 보내온

재물은 많았다. 그 외에도 로베르슈타인가에서 지원받은 물품들을 모조리 팔아치우며 모은 돈도 있었고, 그 돈들로 몰래 투자를 해 불린 돈도 있었다. 호르비를 죽인 이후 양도받은 막대한 재산은 전부 써서 없지만 이아나는 그 돈이 아니더라도 몹시 부유했다.

하지만 그 돈은 모두 그녀의 과거에서 비롯되었다.

이미 전 재산을 모두 정리해 뒀다. 가문의 장부를 바탕으로 16년간의 양육비도 정확하게 계산해 뒀다. 이번에 돌아가면 그대로, 아니 그 이상으로 돌려주어 제게 아쉬운 소리를 못 할 것이다. 남은 돈은 카니츠와 이스피에게 모두 나누어 줄 것이다.

이아나는 학술원 입학을 인생의 분기점으로 삼았다. 가문을 버리며 과거를 청산하고 난 후에는, 영에서부터 시작해 처음부터 제 힘으로만 인생을 만들어 가고 싶었다.

학술원부터는 순전히 제 힘으로 다니리라.

발젠타 학술원에는 장학금 제도뿐만 아니라 학자금 제도와 아르바이트직도 잘 마련되어 있었다. 학술원은 인재들의 집합소나 마찬가지이므로 그들에게 지원을 해 주는 식으로 학자금을 빌려 주거나, 아르바이트 형식으로 일을 의뢰하는 이들이 많았다. 그러니 팔만 낫는다면야 값싼 등록금을 마련하는 정도는 아무런 문제도 되지 않았다.

'그때까지 학자금 대출을 받아 치료에 전념한다. 무리라면 한 학기 휴학하는 것도 괜찮겠지.'

우습게도 당사자인 이아나만 느긋하고 막사 밖의 사람들만 어찌할 바를 몰랐다.

'팔은…….'

의사는 후유증이 남을 것이라 말했다. 그럼에도 이아나는 덤 덤했다. 그럴 수 있었던 까닭은 제 몸을 믿기도 했지만 아직 닥치지 않은 미래에 두려움에 떨 필요는 없다고 생각했기 때문이다.

희망이 없으면 성공도 없다. 절망이라는 건 모든 것을 해 보고도 기어코 실패했을 때, 어쩔 수 없이 저를 찾아오는 것이다. 아무것도 해 보지 않고, 의사의 말만 듣고 미리 포기부터 하여 스스로 절망을 품는 것은 겁쟁이에 불과하다.

이아나는 아직 치료를 위해 아무것도 해 보지 않았다. 후유증이 생긴 것도 아니다. 그런데 다른 이들은 왜 벌써부터 그녀의 불행한 미래를 재단한단 말인가? 이해할 수 없었다.

무엇보다 이아나는 제 육체의 뛰어남을 믿었다. 언제나 그래 왔던 것처럼 제 몸은 제 뜻을 배반하지 않으리라. 그래서 안타까워하는 이들 앞에서 그렇게 무덤덤할 수 있었다.

이아나는 무표정하게 생각에 잠겼다. 그녀는 지금 검술대회와 팔보다는 그 피비린내 나는 광경 속에서 보았던 미노타우루스 사체 더미가 더 신경 쓰였다.

긴장한 그녀는 피에 흠뻑 젖은 땅에 굴러다니는 사체 하나에 다가가 상흔을 살폈다. 한 번의 베기로 깔끔하게 생명을 끊어 낸 흔적이었다. 그 순간 등을 타고 오른 것은 전율과 소름이었다.

'대체 누가?'

그 장소에 도달하기 전 묵직한 것들이 연쇄적으로 땅과 부덮치는 둔탁한 소리들을 들었다. 그 말인즉 반항하지 않는 순 인 소들 모일이갓 흥토힌 미노니수구스들을 ㅣ닉민에 시리겠 다는 뜻이었다. 삼십 마리는 되는 놈들을 누가 그렇게 순식간 에 처리할 수 있었을까.

'아니, 그보다는……'

이아나는 기사 중 하나가 데리러 올 때까지 바짝 굳어 움직 일 줄을 몰랐다. 신경이 뾰족한 송곳처럼 날카로워졌다. 예민 해진 기감이 주변을 엉망진창으로 헤집었다. 하지만 아무리 정 밀하게 탐색해도 그녀의 기감에는 작은 야생동물의 기척만이 잡혔다.

'도대체 왜 미노타우루스들만 처리하고 흔적도 없이 사라져 버린 걸까. 대체 무슨 의도로.'

"이아나 누나."

풀리지 않는 의문으로 예민해진 이아나가 제 옷깃이 잡아당 겨지는 것을 느끼고 눈을 떴을 때는, 핀이 제 옷깃을 쥐고 눈 물만 뚝뚝 흘리고 있는 상태였다. 아무래도 막사에 들어올 때 따라온 모양이었다.

핀은 불안으로 일렁이는 눈으로 이아나의 팔에 감긴 하얀 붕대를 흘끗흘끗 쳐다보다 결국 눈물을 주르륵 흘렸다.

이아나는 한숨을 내쉬었다. 몇 번이나 괜찮다고 말했는데도 걱정이 되는 모양이었다.

'그 의사, 왜 그런 말을 해서는.'

이아나는 핀의 머리를 쓰다듬어 주려 했지만 두 팔이 아작 나 제대로 움직이지 않음을 깨달았다. 팔을 올렸다가 다시 내리는 모습에 움찔한 핀이 결국 눈물을 한 바가지 쏟아 냈다. 이아나는 그런 모습을 묵묵히 쳐다보다 물었다.

"왜 우니."

"……."

"누나는 자기 생각을 제대로 말하지 않는 사람을 제일 싫어해. 네가 고맙다고 생각하면 고맙다고 하고, 미안하다고 생각하면 미안하다고 해. 입을 꾹 다물고 답답하게 굴지 마."

뾰족하게 꽂히는 말에 핀이 움찔하는가 싶더니 이내 파들파들 떨며 고개를 힘없이 툭 떨궜다. 눈물이 투욱툭 떨어져 흙바닥을 짙게 적셨다.

이아나는 자신의 태도에 문제가 있음을 느꼈다. 겨우 일곱 살밖에 되지 않은 어린아이에게 너무 평소처럼 말한 것 같았다.

"흠, 핀."

헛기침을 하며 어조를 살짝 누그러뜨렸다.

"누나는 말이야. 누군가가 뭔가 하고 싶은 말이 있을 때는, 그 말이 아무리 하기 어려운 말이라도 입을 꾹 다문 채 다른 사람이 알아주길 바라고만 있는 게 아니라 용기를 내서 진심을 담아 말을 해야 한다고 생각한단다."

"으우."

"네 마음을 듣고 싶구나. 하고 싶은 말을 하렴."

잠자코 듣고 있던 핀이 결국 눈에 맺혀 있는 눈물을 손등으로 정신없이 닦아 내며 입을 열었다.

"우으, 고마워요. 그리고 미안해요. 죄송해요. 히잉, 잘못했어요. 잘못했어요……. 미워하지 말아 주세요. 잘못했어요. 으아앙, 누나아……."

기기기 넘어긴 게 갈못이라며, 무서워서 빨리 도밍 못 친 게
잘못이라며, 정신없이 잘못했다며, 미워하지 말라며 제 옷깃을
잡고 엉엉 울음을 터뜨리는 핀을 보며 이아나가 픽 웃었다. 미
움 받고 있을까 봐 두려워서 미안하다는 말조차 제대로 꺼내
지 못했던 건가 싶었다.

"잘 말해 줬어. 하지만 네 말은 틀렸구나."

핀이 눈물이 범벅된 얼굴로 고개를 들었다. 평소와 같은 표
정으로, 정말 아무렇지도 않은 표정으로 자신을 내려다보고 있
는 이아나의 예쁜 얼굴에 핀이 입을 뻐끔거렸다.

"네 잘못이 아니야. 어째서 어린 네가 무서운 몬스터들로부
터 도망치다 넘어져 울음을 터뜨린 게 잘못이라는 거니?"

네 잘못이 아니라는 단호하고도 상냥한, 감싸 주는 듯한 말에
핀이 더욱 눈매를 늘어뜨렸다. 이아나는 쓰다듬어 주지는 못했
지만, 대신 핀의 작은 머리를 톡 하고 가볍게 때려 주었다.

"잘못이라면 나를 믿고 잠든 널 혼자 내버려 두고 어디론가
가 버린 내게 있어. 그리고 핀. 누나 팔은 분명 더 튼튼하게
나을 거야."

"하, 하지만."

"정말이야. 누나 몸은 너무 튼튼해서 팔에 금이 가는 건 아
무것도 아니란다. 그러니 핀, 더 이상 미안해하지 않아도 돼.
널 미워하지도 않아. 그만 울어. 누나가 없는 말 지어내서 거
짓말하는 사람 같니?"

핀은 이아나의 말을 잠자코 듣고 있다가 제 옷으로 눈물을

슥슥 닦아 냈다. 분명 자신 때문에 이아나가 팔을 다쳤지만 저렇게까지 상냥하게 말해 주는데 계속 미안해하며 울었다가는 짜증나는 꼬마라 생각하며 정말 싫어하게 될 것이라 여겼기 때문이다. 핀은 이아나가 자신을 미워하는 것을 정말 바라지 않았다.

핀은 그때, 죽은 엄마와 같은 느낌이 나는 이아나 덕분에 악몽이 없는 달콤한 잠을 자고 있었다. 그러다 주변의 시끄러운 비명소리 때문에 몽롱한 기분으로 깨어났다. 몸을 일으켜 무슨 일인가 싶어 뒤를 돌아보자마자 미노타우루스들이 자신을 향해 달려오는 것을 보았다.

핀은 그 순간 얼어붙어 제대로 비명조차 지르지 못했다. 모두가 도망가는데 몸조차 일으키지 못했다. 악몽이 현실에서 일어나고 있었다. 겁먹은 핀이 주위를 정신없이 둘러보았지만 주변에는 아빠도, 엄마도, 이아나도 없었다.

핀은 그때서야 벌떡 일어나서 미친 듯이 도망치려 했다. 하지만 부들거리는 다리가 꼬여 버려 차가운 흙바닥에 넘어지고 말았으며, 괴물은 빠르게 다가왔다.

핀은 너무 무서워서 울음을 터뜨렸다. 이제 정말로 괴물에게 잡아먹히나 보다, 엄마처럼 잔인하게 씹어 먹히나 보다, 그렇게 생각하며 머리를 두 손으로 감싼 채 얼굴을 흙바닥에 박고 있을 때였다.

거대한 충격음이 들린다 싶더니 제 옆으로 미노타우루스들이 지나갔다. 하지만 저를 붙잡거나 짓밟지는 않았다. 핀은 기사들에게 달려가는 미노타우루스들의 뒷모습을 보며 어리둥절한 기분으로 정신없이 숨을 몰아쉬다가, 익숙한 목소리가 이를 악물고 내뱉는 욕설을 들었다.

고개를 돌렸다. 그리고 굳어 버렸다. 엄마와 같은 냄새가 나던 이아나가 제 앞을 막아서고 있었다. 핀은 덜덜 떨었다. 엄마가 잡아먹힌 그날이 머릿속에서 다시 생생하게 되풀이되었다. 엄마 파엘라도 이렇게 핀의 앞을 가로막다가 산 채로 잡아먹혔었다.

"핀······ 도망가렴······."

괴물에게 물어뜯기며 도망가라 힘없이 말하던 엄마의 피 묻은 얼굴을 떠올린 핀이 덜덜 떨었다.

하지만 그때와는 상황이 달랐다. 이아나는 미노타우루스와 맞서고 있었다. 핀과 눈이 마주치자마자 이글거리는 눈으로 옆으로 물러나라고 했다. 엄마처럼 힘없이 도망치라고 하지 않았다.

핀은 엉거주춤하게 옆으로 비켜섰고, 그때부터 이아나에게서는 그저 보고 있는 핀조차 소름이 돋을 정도로 섬뜩한 살기가 뿜어져 나오기 시작했으며 동시에 그녀의 주변은 강렬한 붉은색으로 물들어 갔다. 핀은 '우와, 멋지다.' 하고 상황에 어울리지 않는 생각을 하며 검을 빼 드는 이아나를 멍하니 쳐다보았다.

그리고 미노타우루스는 단칼에 뼈째로 썰렸다.

이아나는 엄마를 닮았지만, 엄마처럼 힘없이 잡아먹히지 않았다. 오히려 괴물을 무찔렀다. 동화에 나오는 기사님처럼······.

핀은 멍하니 강인한 뒷모습을 바라보다, 자신도 모르게 어느 때보다 환히 웃었다. 마음 한구석에 커다랗게 자리 잡고 있던 어둠이 사그라졌다. 그리고 대신 이아나의 강렬하고 든든한 뒷모습이 깊숙하게 새겨졌다.

핀은 이아나가 정말정말 좋았다. 하지만 저 때문에 좋아하는 이아나의 두 팔이 희생되었다. 그래서 계속 이아나 앞에서 주눅 들어 있을 수밖에 없었다.

"왜 그러니?"

정말 잘못이 없었기 때문에 딱 잘라 말해 주었는데도 핀이 힘이 없는 까닭을 알 수 없었던 이아나는 어리둥절한 표정을 지었다. 핀이 머뭇거리다가 작은 손을 조몰락거렸다.

"누나, 제가 누나를 위해 해 드릴 게 뭐 없을까요?"

핀이 이아나의 옷자락에 얼굴을 묻었다.

"네? 뭐든 시켜 주세요. 누나가 원하는 일은 뭐든 다 할게요."

강아지 같다. 이아나는 개를 키워 보지 않았지만 문득 핀이 새끼 강아지 같다고 생각했다. 안절부절못하는 게 꼬리를 흔드는 작은 강아지 같지 않은가.

물론 좋은 의미였다. 엘프의 피를 이어받아 그런지 예쁜 얼굴로 어쩔 줄 몰라 하는 것이 귀여웠다. 바라는 게 없다고 말하면 더 슬퍼할 것 같았다.

물론 핀이 이아나를 위해 해 줄 수 있는 일은 있었다.

"그럼 네 친구라는 물의 정령을 다시 한 번 볼 수 있을까?"

핀만이 해 줄 수 있는 일이었다.

부탁을 받은 핀의 얼굴이 환해졌다. 늘 꼭꼭 숨겨 왔던 친구를 이아나가 보고 싶어 하니 기뻤다.

"네, 네!"

"그래, 잠시만 기다려."

이아나가 자리에서 일어나 막사의 입구로 걸어갔다. 막사의 입구는 기사 두 명이 지키고 있었는데, 이아나가 모습을 드러내자마자 바짝 굳어 무슨 일로 나왔는지 물었다. 일개 영애일 뿐인 자신을 대하는 기사들의 태도가 이상했지만 이아나는 별것 아니라 넘기고 입을 열었다.

"막사 근처에 누구도 오지 말았으면 합니다. 막사를 지킬 필요도 없습니다. 머리가 좀 아픈데, 누군가 밖에 있다는 게 신경 쓰입니다."

"알겠습니다!"

기합이 바짝 들어간 기사들은 제 목숨을 바쳐서라도 다른 이들이 막사에 접근하는 걸 막겠다며 큰 소리로 대답했다. 이아나는 당황했지만 기사들이란 모두 다 연약한 레이디들의 보호가 제 사명이라 생각하는 족속들임을 떠올리고 수고하라는 식으로 고개를 끄덕였다. 그 행동에 기사들은 더욱 각오 어린 표정을 짓고는 막사에서 물러났다.

이아나가 침대에 걸터앉자 핀은 두 손을 모았다. 이아나의 눈이 빛났다. 정체를 찾아 헤매던 기운이 또다시 핀의 몸에서 스멀스멀 흘러나왔다.

이아나는 확신했다. 저 기운은 약간 느낌이 다른 것 같긴 해도, 분명 신력이었다. 그녀는 기운의 흐름에 집중하여 그것이 어떻게 흐르는지 관찰했다.

신력은 핀의 주변을 천천히 돌아다니다, 핀이 물의 정령을 부르자 갑작스레 저들끼리 뭉쳤다.

　뾰옹. 뿡.

　거기서 물방울이 하나둘 생겨났다. 거품 같던 물방울들은 서로서로 뭉치면서 괴이한 물 덩어리가 되었다. 커다란 물 덩어리는 핀의 머리 위를 빙글빙글 돌며 맑은 물소리를 냈는데, 이아나의 눈에는 물 덩어리가 마치 신나게 웃고 있는 것처럼 보였다.

　"여기 있어요. 가까이서 보실래요?"

　핀은 물 덩어리를 두 손으로 붙잡아서 조심스레 내밀었다. 물 덩어리는 액체답지 않게 젤리처럼 핀의 손에 얌전히 잡혀 있었다. 이아나는 물 덩어리를 수상쩍은 눈으로 쳐다보면서 핀에게 물었다.

　"그 물과 대화도 나눌 수 있는 거니?"

　"아니요. 하지만 엄마가 옆에 있었을 때는 말을 했었던 거 같아요. 그때는 작은 요정님이었거든요. 지금은 그냥 물방울이고, 장난기가 많은 것만 똑같아요."

　물의 정령이라 불리는 물 덩어리는 그냥 눈으로 봤을 때는 평범한 물처럼 투명하고 맑기만 했다.

　'그런데도 살아 있는 것처럼 제멋대로 움직일 수 있는 건 신력 때문인 건가.'

　흙과 물로 이루어진 물체가 살아 움직일 수 있는 이유는 신력…… 신자들이 말하는 신력의 성질이 생명이라는 걸 떠올린 이아나는 제 가정이 그럴싸하다고 생각했다.

　"나도 만질 수 있는 거야?"

"네. 하지만 제가 아니면 반응을 하지 않아요. 아빠도 만져 봤지만 아무 반응도 없었거든요. 다른 사람에게는 그냥 물이나 마찬가지에요. 만져 보실래요? 손 좀……."

핀은 말을 하다 말고 입을 다물었다. 이아나의 손은 팔 전체를 감아올린 붕대 때문에 손가락만 밖으로 나와 있었다. 순간 표정이 어두워졌지만 이아나가 손가락을 까딱하자 표정을 펴고 그녀의 손가락에 물의 정령을 가져다 댔다.

물의 정령이 이아나의 손가락에 닿는 바로 그 순간이었다.

부르르르르…… 펑!

갑자기 물 덩어리가 경련을 일으킨다 싶더니 폭발을 일으키며 사방으로 터져 나갔다. 바닥에 물이 후드득 떨어져 내리고 이아나와 핀의 얼굴에 사정없이 물방울이 튀었다.

"……."

둘은 너무 놀라서 굳어 버렸다.

"……!"

그 순간, 이아나는 정령과 닿았던 손끝에서부터 시작해 무언가가 몸을 헤집고 들어오는 것을 느끼고 눈을 크게 떴다. 소름이 쫙 돋았다. 정체 모를 그것은 제 심장 쪽까지 치고 들어와 무언가를 게걸스레 먹어 치우기 시작했다.

그 과정이 내장이 파먹히는 듯한 끔찍한 기분은 아니었으나, 자신의 무언가가 정체 모를 무언가에게 뜯어 먹히고 있다는 게 결코 좋은 기분은 아니었다.

"윽."

"누, 누나?"

얼굴을 일그러뜨리고 마나를 끌어모아 심장을 감싸는 둥 먹히는 걸 막아 보려 했지만 제지할 수 없었고, 속수무책으로 당할 수밖에 없었다.

"으악!"

'이게 뭐야!'

핀이 비명을 지르고 이아나조차 기절할 정도로 놀란 이유는 제 주변에 수없이 많은 물방울들이 생성되고 있었기 때문이다.

작고 큰 물방울들이 마침내 막사 안을 거의 가득 채웠을 즈음, 이아나는 자신의 무언가를 먹어 치우던 이상한 존재가 제 혈맥을 타고 흘러 다시 손가락 끝으로 뿜어져 나가는 걸 느꼈다.

슈우우우…….

사방에 흩어져 있던 물방울들이 이아나의 검지 끝에 하나둘 모여들기 시작했다. 소용돌이처럼 빙글빙글 모여들어 고밀도로 응축되는 물방울들은 손가락 끝에서부터 무언가의 형상을 만들어 냈다.

사아아…….

그것은 물로 만들어진, 작지만 매끈한 유선형의 물고기였다. 꼬리까지 모두 생성되고, 막사 안을 가득 채웠던 물방울들은 물고기의 몸을 이루는 데 모조리 사용되어 온데간데없었다.

[하아아아아…….]

물고기가 꼬리를 흔들며 귀로 직접적으로 듣는 음성이 아닌 머리를 울리는 듯한 신비로운 공명음으로 기분 좋은 한숨소리를 냈다.

[정말 맛있어. 양이 엄청 적긴 하지만 대단한 진수성찬이었어! 진짜

기분 좋아! 이런 만족감은 너무너무 오랜만이야! 이얍, 이─얍!]

물고기는 공기가 물이라도 되는 것처럼 신이 나서 허공에서 빙글빙글 헤엄치고 다녔다. 그러다 참방 하는 소리와 함께 꼬리를 파닥거리며 이아나에게로 헤엄쳐 왔다.

[나, 네가 정말 마음에 들어! 신력의 맛을 보고 아주 괜찮은 녀석일 거라고는 예상했지만, 너에게서는 정말 멋진 느낌이 나! 대체 넌 누구야? 어떻게 그런 순도 높고 맛있는 신력을 가질 수가 있어? 그것도 라오스의 신력보다 훨씬 맛있었어!]

이아나는 눈앞의 이상한 존재가 묻는 질문에 뭐라고 대답해야 할지 종잡을 수 없어 대답하지 못했다. 물고기가 하는 말을 이해하기도 어려웠다.

이아나가 말이 없자 흥분한 물고기는 혼잣말을 하기 시작했다.

[어떻게 이 내가 나도 모르게 홀릴 정도로 맛있고 강력한 신력을 가지고 있는 거지? 너 설마 신이야? 그럴 리가. 신들은 종말 이후 꼬꼬마 라오스를 제외하고 모두 소멸되었을 텐데. 그럼 라오스가 자기 신력을 통째로 부어 준 이종족? 하지만 이종족 중에서도 날 소환할 수 있는 건 엘프 장로 하나뿐인데? 그리고 넌 엘프처럼 생기지도 않았…… 으웅?]

방정맞게 허공에서 파닥파닥 날뛰어 대던 물고기가 갑자기 뭔가를 깨닫더니 굳어 있는 이아나의 얼굴을 쿡쿡 쑤셔 댔다.

[그러고 보니 너에게는 인간의 냄새가 나는구나. 꼬마 신이 우리들의 도움으로 빚어 낸 인간들이 품은 냄새야. 아니, 잠깐. 겨우 꼬마 신의 극미한 신력만 가지고 있는 인간 주제에 날 소환했다고? 그런데도 어떻게 살아 있을 수 있지? 너 정말 인간 맞아? 쿵쿵. ……웅? 어어? 어어어!]

혼자서 자문자답을 다 하던 물고기가 갑자기 미친 듯이 펄

떡대기 시작했다. 흥분해서 영롱한 무지갯빛을 뿜어 댔다.

[너에게서 가장 위대했던 붉은 신의 냄새가 나! 생김새는 좀 다르긴 해도 아름답고 정의로운 신의 냄새가 나!]

물고기의 몸이 붉은 기운으로 물들어 갔다. 물고기에게서 느껴지는 익숙한 기운에 이아나가 움찔했다.

[그래…… 이 신력…… 확실해. 처음엔 네 신력이 너무 맛있는 바람에 거기에 집중하느라고 알아채지 못했지만 되씹어 보니 붉은 신의 맛이 강하게 섞여 나! 뭐야! 어떻게 된 거야! 그 맛을 다시 느낄 수 있다니! 좋아! 너무 좋아! 좋아, 좋아!]

"……."

물고기가 마약을 한 것처럼 이아나의 주변을 미친 듯이 빙글빙글 돌았다. 물고기가 정신없이 내뱉는 머나먼 과거의 말들에 이아나가 인상을 확 굳혔다.

[좋아, 정말정말 좋아! 더 먹고 싶어! 더, 더— 악!]

"잠깐, 물고기."

물고기가 정신없이 내뱉는 말들을 잠자코 듣고 있던 이아나가 제 입술에 입을 쿡쿡 쑤셔 대는 물고기를 확 잡아챘다. 젤리처럼 물컹하기만 한 물고기가 비명을 질렀다.

[너무 거칠게 굴지 마! 몸이 흩어진단 말이야!]

"넌 뭐야?"

[나? 난 물의 정령왕이야! 만나서 정말정말정말 반가워! 난 네가 너무너무 좋아!]

물고기가 이아나의 손가락 틈 사이로 물이 되어 빠져나가더니 다시 끈적하게 얼굴에 달라붙었다. 물로 만들어진 물고기가 끈적거릴 리는 없지만 제 뺨에 들러붙어 '좋아!', '좋아해!'와 같은 말들을 남발하고 있는 물고기 때문에 이아나는 그렇게 느꼈다.

그보다 물의 정령왕이라니. 물고기가 밝힌 정체에 머리가 뒤죽박죽이 된 이아나는 다짜고짜 좋다고 달려들어 물난리를 쳐대는 물고기를 저지할 수 없었다. 핀도 멍하니 그 모습을 보고 있었다.

[그런데 너 많이 아프구나?]

물고기가 잠시 멈칫하더니 이아나의 팔 주변을 빙글빙글 돌기 시작했다.

[특히 이 팔들. 내가 도와줄 수 있는데 내가 이 몸을 유지할 수 있도록 제공해 줘야 할 네 신력이 너무 부족해. 왜 신력이 심장 주변에서 어른거리기만 하는 거야? 무언가로 꼭꼭 싸여 있어서 심장 밖으로 새어 나오는 것밖에 못 먹겠잖아. 부족하단 말이야! 빨리 그거 없애고 신력 줘! 먹이 줘! 안 돼! 으아아아! 사라진다!]

호들갑을 떠는 물고기의 매끄러운 몸이 온갖 방향으로 꿀렁거리기 시작했다. 놀란 이아나가 급하게 물고기를 다시 낚아채려 했다. 뭐가 뭔지는 모르겠지만 물의 정령왕이라는 이 물고기가 신성시대의 일을 알고 있는 것은 분명했다.

"잠깐. 난 너에게 묻고 싶은 것들이!"

[응? 뭔데? 아, 잠시만 기다려 봐. 안 되겠어. 나 조금만 더 먹고 올게.]

물고기는 이아나의 잘 움직이지 않는 손을 입으로 콕 찔렀다. 그러더니 그 안으로 순식간에 빨려 들어갔다.

처음에 형체가 느껴지지 않는 무언가가 흘러들어 와 자신의 심장에 있는 무언가를 먹어 치우는 느낌은 꺼림칙하긴 했지만 몸에 어떤 영향도 주지 않았다. 하지만 이번에는 처음과 달랐다. 아까는 정적이었다면 이번에는 격동적이었다.

이아나의 온몸에 흐르고 있던 피가 손끝에서부터 폭포수가 아래로 쏟아져 내리듯 심장 쪽으로 쏠려 들어갔다.

"헉, 윽!"

심장을 제외한 온몸이 바짝바짝 마르는 것 같았다. 평소에는 있는지 없는지도 느껴지지 않는 심장이 묵직하게 가라앉아 지나치게 존재감을 과시했다. 주변의 물을 다 흡수하고 축 처진 스펀지 느낌이 이럴까? 이아나는 바짝 마른 입술을 깨물고 숨을 헐떡거렸다.

심장에 쏠려 있는 건 잠시였고, 피는 다시 사방으로 쫘악 흩어졌다. 그중에서도 오른팔로 쏟아지는 피는 꼬리에 불붙은 망아지처럼 팔의 곳곳을 헤엄치고 다녔다. 의지를 가진 생물 같았다. 오른팔의 근육이 날카로운 유리조각으로 살짝살짝 찢기는 듯한 통증에 이아나는 미간을 확 좁혔다.

시간이 조금 흐른 후, 피는 팔을 들쑤시는 걸 그만두고 손가락 끝까지 뻗어졌다. 피가 심장으로 쏠리는 바람에 창백해진 손가락의 모세혈관이 다시 피로 꽉꽉 채워지고, 이아나가 손가락이 터질 것 같다고 생각할 즈음 물고기가 쏙 빠져나왔다.

몸을 짓누르던 압박감이 한순간에 사라지는 느낌에 이아나는 후욱, 하고 트인 숨을 내뱉었다.

[끙끙. 내가 고여 있던 신력을 먹었던 거였어.]

앓는 소리를 내는 물고기의 몸은 여전히 꿀렁거렸다.

"너, 뭘 한 거냐."

이아나는 온몸이 온통 헤집어진 듯한 불쾌함에 사로잡혀 물고기를 노려보았다. 물고기가 억울하다는 듯 파닥거렸다.

[앙, 그런 눈으로 보지 마. 난 널 도와준 거라고! 내게 남아 있는 신력을 낭비하면서 이곳에 그냥 존재하는 것보다는 죽은피를 갈아 주고 팔의 뼛조각을 모아서 똑바로 맞춰 주고 나왔어. 그냥 놔뒀을 때보다 훨씬 빨리 나올걸? 왼팔도 해 주고 싶었는데 신력이 모자라. 맞추는 도중에 네 몸 속에서 흩어져 버릴 것 같아서 나왔어.]

"뼛조각을 맞춰?"

이아나가 놀라서 양팔을 흔들어 보았다. 뼈만 욱신거릴 뿐 살을 바늘로 찌르는 듯한 고통은 사라져 있었다.

물고기가 활력이 넘쳐나다 못해 폭발하던 처음과는 달리 힘없이 꼬리를 살랑살랑 흔들었다.

[완전히 붙인 게 아니라 맞춰서 흔들리지 않게 고정시킨 것뿐이야.]

"……."

일이 점점 불가해한 상황으로 치닫자 이아나는 머리가 아파 왔다.

[쓸모없는 것 취급하지 말아 줘! 내 능력은 이거보다 더 대단하단 말이야.]

이아나의 복잡한 눈빛을 잘못 이해한 물고기는 다급하게 말했다.

[완벽한 치료를 하려면 흙의 정령이랑 합작을 해야 해. 물이 인간의 몸을 많이 차지하고 있기 때문에 내가 어느 정도 몸 안을 조작할 수는

있지만…… 뼈와 뼈 사이를 붙이는 건 내가 못 해. 그건 흙의 정령이 해야 하는데 그것도 지적 능력이 없는 하급 정령은 하지 못할…… 아, 말하기도 힘들다. 나 사라질 것 같아.]

가기 싫다는 듯 몸부림을 쳤지만 물고기의 뜻을 거부라도 하듯 투명한 몸이 미친 듯이 꿀렁거린다.

[흐윽.]

슬픔에 젖어 이리저리 왔다 갔다 하는 물고기의 시야에 멍하니 앉아 있는 핀이 들어왔다. 물고기는 방황을 멈추고 둥둥 떠다니며 핀을 보았다.

[너는 가끔 날 불러내 놀아 주는 녀석이구나?]

"……네?"

핀이 어벙하게 대답했다.

[물의 정령 말이야. 허구한 날 나를 붙잡고 조몰락거리면서 놀잖아.]

핀의 머리에 느낌표와 동시에 물음표가 떴다.

"어, 그렇긴 한데…… 저는 정령왕 님이 아니라 물 덩어리 정령을……."

[물이 곧 나야. 그 단순한 물도 나란 소리지. 심심하니까 자주 불러 줘.]

물고기는 쉽게 이해할 수 없는 말 한마디를 내뱉곤 이아나에게 몸을 돌려 그녀의 코를 쿡 쑤셨다. 그 접촉에는 힘이 없었다.

[내가 오늘 여기에 나타날 수 있었던 건 저 엘프 꼬마 덕분이었나 보네. 너 신력을 쓰는 방법도, 우리를 부르는 방법도 모르지? 배웠으면 좋겠는데 인간이 신력을 다루는 건 보통 일이 아니라서……. 어쨌든 만약

날 보고 싶으면 동그란 달이 두 번 뜰 때마다 엘프 꼬마를 통해 오늘처럼 날 불러 줘. 신력이 새어 나오는 속도를 봤을 때 그 정도 시간이 지나면 오늘만큼 고여 있을 것 같거든.」

'도대체 뭐가 뭔지 모르겠군……'

이아나가 상식으로는 이해할 수 없는 이 상황에 정신이 없어서 고개를 획획 젓자 그 행동을 오해한 물고기가 비명을 질렀다.

[안 돼! 보고 싶지 않아도 불러 줘. 불러 주세요! 제발! 뭐가 어떻게 된 건지는 모르겠지만 네 신력을 또 먹고 싶어어어악……]

퍼어어엉!

투두두두두둑.

결국 물고기의 몸이 터졌다. 물고기의 몸을 이룰 때 모여들었던 물방울들이 물고기가 터지면서 다시 제 모습으로 돌아와 막사 내부로 가득 쏟아져 내렸다.

말라 있던 부드러운 흙바닥은 난데없이 쏟아진 물 때문에 질척한 진흙탕이 되었다. 막사 안에 있던 물건들은 물벼락을 맞아 못 쓰게 되어 버렸다. 이아나와 핀이 물에 젖은 생쥐 꼴이 된 건 당연했다.

뚝. 뚜욱.

물의 정령왕과 얼굴을 마주하고 있었기 때문에 그대로 물폭탄을 맞은 이아나의 머리칼과 얼굴에서 투명한 물이 뚝뚝 떨어졌다. 이아나는 물에 흠뻑 젖은 머리카락을 짜내고 싶은 마음이 굴뚝같았지만 움직이지 않는 두 팔 때문에 이러지도 저러지도 못한 채 중얼거렸다.

"왕이라는 존재가 아주 방정맞기 짝이 없군. 게다가 엄청난 민폐다."

이 상행에는 여자가 없다. 즉 지금 이아나를 닦아 주고 옷을 갈아입을 수 있도록 도와줄 사람이 없다는 말이었다. 이아나의 시선이 아직 멍하니 허공을 쳐다보고 있는 핀에게로 쏠렸다. 그녀를 도와줄 수 있는 건 아직 아무것도 모르는 어린 핀밖에 없었다.

"핀, 지금 네 도움이 필요해."

"네, 네?"

넋이 나가 있던 핀이 이아나의 말에 화들짝 놀라 말을 더듬었다.

"밖에서 수건을 좀 많이 얻어 오겠니? 사람도 좀 불러 줘."

"네!"

핀이 고개를 정신없이 끄덕이고는 막사 밖으로 황급히 나갔다.

얼마 지나지 않아 우르르 쏟아져 들어온 사람들이 엉망진창이 된 내부를 보고 아연실색했다. 대체 세운 지 얼마 되지도 않은 막사에 무슨 일이 있었단 말인가?

어쩔 줄 몰라 하는 사람들을 대표로 프레드릭이 굳은 표정으로 앞으로 나섰다.

"레이디, 이게 어찌 된 일입니까. 어디서 물이 이렇게…… 그리고 레이디는 어째서 그렇게 물에 흠뻑 젖어 있는, 헙! 어서 두르시지요!"

말을 하다 말고 쫄딱 젖어 굴곡진 몸매가 온전히 드러난 이아나의 꼴을 깨달은 프레드릭이 화들짝 놀라 망토를 벗어 건

네주자 이아나가 그 망토로 몸을 휘감았다. 당황해서 얼굴을 붉힌 채 몇 번이나 헛기침을 하던 프레드릭은 이내 표정을 돌 넝이처럼 딱딱하게 굳혔다.

"설마 침입자가 있었습니까?"

솔개처럼 부리부리해진 프레드릭의 시선이 막사의 보호를 책임지고 있던 기사들에게로 쏘아졌다. 안 그래도 귀신을 본 사람처럼 얼굴이 파랗게 실려 있던 기사들은 프레드릭의 말에 엄청난 기세로 이아나의 앞으로 달려와 무릎을 꿇었다.

"죄송합니다, 레이디! 저희의 불찰입니다."

"이놈들, 너희들은 처벌감이다!"

"각오하겠습니다!"

"잠깐."

기사들은 프레드릭의 서슬 퍼런 분노를 당연하게 받아들였다. 이 상황에서 제일 미안한 건 이아나였다. 이들이 잘못한 건 전혀 없었다. 의도한 건 아니지만 막사 안을 이 꼴로 만든 물의 정령왕을 불러낸 사람은 자신이었다.

"홀트 경, 이분들은 처벌받을 까닭이 없습니다."

"예?"

"자세한 건 설명드릴 수 없지만 제 오른팔을 치료하기 위해 잠시 제 지인께서 왔다 가셨습니다. 그리고 이 물바다는 그…… 장난치신 겁니다."

이아나가 대충 둘러대며 오른팔을 흔들자 프레드릭이 요상한 눈으로 팔을 보았다.

"……치료요? 붕대는 그대로인데…… 붕대를 풀지도 않고 어떻게 치료를……."

"마법으로 뼈를 다 맞춰 주시고 가셨습니다."

사람들이 그 말의 의미를 깨닫고 눈을 부릅떴다.

"어디 봅시다! 어떻게 그런!"

그중에서도 이아나에게 무슨 일이 있을까 싶어 들어와 있던 의사가 불신 어린 표정으로 냉큼 달려들었다.

"무엄하다!"

"히익!"

프레드릭이 성을 내며 이아나의 붕대를 급히 풀어내려는 의사를 막아섰고, 의사가 그때서야 제 무례를 깨닫고 헛숨을 들이키며 고개를 푹 숙였다.

"어딜 위아래도 모르고 허락도 없이 귀한 분의 몸에 감히! 이놈을 내 당장!"

"자, 잘못했습니다!"

"자신이 할 일에 충실했을 뿐이니 그만두십시오."

이아나가 검을 뽑으려는 프레드릭을 팔을 올려 저지했다.

"그리고 저도 정말 치료되었는지 궁금하니……."

검을 쥘 때가 아니면 항상 고요하기만 했던 이아나의 눈도 흥미와 호기심으로 빛나고 있었다. 이아나는 고개를 숙인 채 바들바들 떨고 있는 의사에게 오른팔을 쑥 내밀었다.

"그분께서 오른팔의 뼈를 전부 맞추어 주셨다고는 하는데…… 봐 주시지요."

"예, 예에."

의사는 조심스레 붕대를 풀어냈다.

의사가 봤을 때, 이아나의 팔은 아주 심각한 상태였다. 손바닥부터 시작해 팔뼈에 번개처럼 금이 간 것도 모자라 어떤 부분은 산산조각이 나서 뼛조각이 근육을 파고들었다. 가능한 빨리 팔을 째서 근육에 염증이 생기기 전에 뼛조각을 꺼내야 했다.

상단에 속해 있는 하급 의사가 귀한 백작 영애이자 뛰어난 검사인 이아나의 팔을 함부로 수술할 수는 없다. 상급 의사가 보아야 하는데, 여기는 제일 가까운 영지까지 가는 것만 해도 만 하루가 걸리는 숲의 중간지점이었다. 사실상 이아나의 상처는 방치된 것이나 마찬가지였다.

그런데 그런 상황에서 어린 아가씨의 지인이 뛰어난 기사들 몰래 막사에 들어와, 뛰어난 의사가 치료하더라도 팔을 째야 할 상처를 마법으로 치료하고, 막사 안을 장난으로 온통 물바다로 만들어 놓고 떠났다? 믿기지 않는 말이다.

하지만 이아나의 팔을 조심스레 만져 본 의사는 너무 놀라서 입을 떡 벌렸다.

"어, 어떻게……? 근육 곳곳에 퍼져 있던 뼛조각들이 하나도 남김없이 모조리 사라졌습니다."

더불어 뼈 상태까지 살펴본 의사는 눈을 까뒤집을 정도로 눈을 크게 뜨고 소리를 질렀다.

"그 엄청났던 상처가 뼈에 가볍게 금이 간 상태로 변했습니다. 이대로라면 4주 만에 충분히 완치할 수 있어요!"

"레이디, 지인께서 어떤 분인지 여쭤도 되겠습니까? 이런 기적적인 치료를 할 수 있는 데다, 막사에 들어와서 막사 안을 온통 물바다로 만들고 사라질 때까지 밖의 누구도 이변을 알아채지 못할 정도의 대단한 마법사라니……."

물의 정령왕을 엄청난 마법사로 오해한 채 캐묻는 프레드릭을 향해 이아나가 고개를 저었다. 그 행동으로부터 아무것도 묻지 말라는 뜻이 전해져 오자 프레드릭이 입을 다물었다.

위대한 마법사와 검사들에 대한 정보와 그들과 이어진 소중한 인맥은 힘을 가져다준다. 프레드릭은 그의 주인을 위해서 집요하게 캐물어서라도 이 정보를 알아내야 할 의무가 있었다. 그러나 그러지 않기로 했다. 마법사까지 갈 것도 없이 이아나 로베르슈타인을 알게 된 것만으로도 충분히 기연이었다. 프레드릭은 이아나의 심기를 건드리고 싶지 않았다.

"그보다 막사 안이 온통 젖어 버렸는데……."

"다른 곳에 다시 만들겠습니다."

"공연히 일거리를 만든 것 같아 죄송합니다."

"하하, 신경 쓰지 마십시오. 그깟 막사, 몇 번이나 다시 만들어도 상관없습니다."

프레드릭은 입술 위에 놓인 콧수염이 들썩거릴 정도로 기분 좋게 웃고는 고개를 숙였다. 무척이나 공손한 태도라 남작위까지 받은 남자가 왜 이러나 싶어 이아나는 약간 부담스럽기까지 했지만 그가 보이는 것이 호의임은 분명했기에 그저 고개를 끄덕였다.

"그럼 부탁드립니다."

"누나, 수건 가져왔어요."

프레드릭이 등을 돌려 막사를 나가려 할 때 열 뭉치는 될 만한 수건들을 끌어안은 핀이 낑낑거리며 들어왔다.

"아빠가 상행 물품 중에 수건이 있어서 깨끗한 수건이 많다고 얼마든지 가져다 쓰시래요."

프레드릭은 아차 한 표정으로 황급히 돌아보았다.

"이곳에는 레이디의 시중을 들어 줄 여인들이 없는데……."

"핀이 있으니 괜찮습니다."

이아나는 수건을 들고 제 옆에 선 핀에게 웃어 주었다.

"핀이 없었으면 큰일 날 뻔했네. 고마워."

"나, 누나한테 도움이 된 거예요? 너무 좋아요."

핀은 아무것도 모르지만 좋다고 활짝 웃었다. 프레드릭은 주춤거렸다.

"하지만 그 아이도 성별은 남자……."

"겨우 일곱 살 된 아이가 무슨."

"다 됐습니다."

의사가 새 붕대를 팔에 감는 작업을 마치자마자 이아나는 사람들에게 축객령을 내렸다.

"이만 나가 보시지요."

프레드릭이 헛기침을 하고는 밖으로 나갔다. 막사 안으로 우르르 들어왔던 기사들 중에는 핀에게 저런 부러운 놈, 하고 무례한 시선을 보이는 이들도 있었지만 프레드릭의 고함에 황급히 막사 밖으로 나갔다.

핀을 제외한 모든 사람들이 막사를 나가고, 이아나가 핀을 부르자 핀이 방글방글 웃으며 '네?' 하고 대답했다.

"누나가 팔을 못 써서 물도 못 닦아 내겠고, 옷도 못 갈아입겠어. 핀이 좀 도와줘야 해. 우선 옷 갈아입는 것 좀 도와줄래?"

"그냥 옷을 갈아입혀 드리면 되는 거예요?"

"그래."

"알겠어요! 그럼 누나가 입고 있는 조끼랑 남방 단추부터 풀어 드릴게요."

아직 남녀관계 쪽으로는 아무것도 모르는 핀은 이아나에게 도움이 된다는 생각만으로 가득 찬 손을 뻗었고 이아나는 허리를 숙여 주었다. 핀은 도움이 되고자 열심히 단추를 푸는 것에만 집중했다. 이아나는 그런 핀이 귀여워서 자신도 모르게 웃었다.

다시 만들어진 막사에서 핀이 이아나의 머리카락의 물기를 정성스레 닦아 줄 즈음에는 안 그래도 어두웠던 밤이 더욱 깊어져 있었다.

"그럼 누나, 안녕. 좋은 꿈꾸세요."

"너도 피곤할 텐데 고마워. 그리고 물의 정령은 우리 둘만의 비밀인 거 알지, 핀?"

"네, 비밀!"

둘만 아는 비밀이라는 달콤한 말에 핀이 사탕을 받아 든 아이처럼 뺨을 발그스레하게 붉힌 채 고개를 끄덕거렸다.

"그런데 혼자 자도 괜찮겠니? 누나랑 같이 잘래?"

"아니요. 누나 피곤하게 하기 싫어요. 그리고……."

핀이 손을 꼼지락거렸다.

"이제 악몽 같은 거 안 꿀 거 같아요. 꾸더라도 누나가 저와 엄마를 구해 줄 것 같아요.”

핀이 입을 반달로 접으며 예쁘게 우었다

“이아나 누나는 너무 멋져요. 세상에서 제일 멋져요.”

“…….”

“누나, 정말 고마워요. 그럼 안녕히 주무세요.”

고개를 꾸벅 숙인 핀이 막사 밖으로 도도도도 달려 나갔다. 이아나는 핀의 작은 뒷모습을 입가에 미소를 띤 채 바라보다가 눈을 감고 침대에 털썩 누웠다. 촉촉이 젖은 붉은 머리카락이 무르시가 제공한 새하얀 이불 위에서 흩어졌다.

이것 보라. 가만히 있어도 다 잘되지 않았는가.

“…….”

이아나는 눈을 감고 잠을 청하려 했다. 하지만 참방, 하고 청명한 물소리가 귓가에 파문을 일으키는 듯해서 쉽사리 잠들 수 없었다.

물의 정령왕과의 조우는 정말 생각지도 못했다. 이아나는 어색한 웃음을 지었다. 그 파닥거리는 귀여운 존재가 신비에 싸여 있는 물의 정령왕이라고 생각하니 우스웠다.

비밀에 휩싸인 신성시대를 살아온 듯한 신비로운 존재, 정령왕. 등장이 갑작스럽기도 했고 너무 정신없게 구는 바람에 말한마디도 제대로 못 하고 멍청하게 있기만 했다. 이아나는 자책하는 대신, 둥근 달이 두 번 뜰 만큼의 시간이 흐르면 다시 만날 수 있다는 말을 위안으로 삼기로 했다.

둥근 달이 뜨는 날. 아름다운 달이 동그란 제 모습을 되찾는 날은 십오 일에 한 번이다. 한 달 후면 다시 만날 수 있다는 소리다. 그러나 물고기가 머물 수 있는 시간은 5분도 채 되지 않는 짧은 시간이다. 그러니 그 짧은 만남에서 풀어야 할 의문들을 미리 정리해 둬야 했다.

이아나는 물고기가 정신없이 지껄였던 말들이 전부 기억나지는 않지만 차근차근 떠올려 보았다. 그러자 대충 다섯 가지로 정리할 수 있었다.

하나, 종말 이후 라오스를 제외한 모든 신이 소멸했다.

정령왕들은 르보니의 존재를 몰랐나 보다. 르보니는 자신이 줄곧 봉인되어 있다가 겨우 이십여 년 전에 봉인이 풀렸다고 했으니 모를 법도 했다. 그런데 종말은 왜 일어난 걸까?

둘, 라오스는 정령의 도움을 받아 인간들을 만들었고, 인간은 극미한 신력만 지녔다. 라오스는 이종족에게는 자신의 신력을 아주 많이 나누어 주었다.

모든 생물들이 라오스가 선사한 신력 덕분에 살고 있다는 말은 귀에 딱지가 앉도록 들어 왔다. 인간들의 신력을 빼앗으며 생을 이어 왔다는 르보니 때문에 평생토록 불신했던 그 말을 믿게 되었고, 인간뿐 아니라 다른 생물들도 신력을 지니고 있을 거라고 생각은 했다. 그런데 정말로 그러한가 보다. 생물이 가지고 있는 신력은 정말로 라오스가 부여했나 보다. 하지만……

이어서 셋, 신력에는 맛이라는 게 존재하는데, 물고기의 말에 의하면 제 신력은 아주 맛있고 붉은 신의 신력의 맛이 섞여 난다.

이것 때문에 신력의 정체를 종잡을 수 없다. 물고기의 말에 의하면 신력마다 맛이라는 게 다른 듯했다.

물고기가 말하는 맛이라는 건 대체 뭘까? 신력은 한 가지 종류가 아닌 걸까? 라오스의 신력 르베르슈타인이 신력, 신력은 모부 같지만, 신력을 소유한 자에 따라 그리 말하는 줄 알았더니 아닌 모양이다. 생각해 보면 르보니도 로베르슈타인의 신력의 따스함에 눈물이 났다는 말을 했었다.

물고기가 말한 붉은 신이라는 건 로베르슈타인일 터였다. 자신도 느끼지는 못하지만 제 몸에 로베르슈타인의 신력이 있다는 사실은 알고 있었다. 그런데 로베르슈타인의 신력의 맛이면 맛인 거지 그 맛이 섞여 난다는 말은 또 무슨 말일까?

넷, 지금 자신의 심장에 신력이 있다. 하지만 무언가가 그것이 방출되는 것을 막고 있다.

심장을 무언가가 둘러싸고 있다? 대체 무엇이? 그래서 이제껏 신력의 존재를 알 수 없었던 걸까?

다섯, 정령들은 신력을 먹이로 몸을 유지한다. 이종족 중에서도 물의 정령왕을 소환할 수 있는 이종족은 엘프 장로 단 한 명뿐이다.

신력은 생명이다. 아마 지닌 신력의 양을 수명이라 봐도 무방할 것이다. 책에서 읽은 바로는 엘프는 아주 기나긴 세월을 살아간다고 했다. 그런 엘프 중에서도 엘프 장로만이 소환할 수 있는 정령왕…….

엘프가 얼마나 사는지는 모르겠지만 정령왕이 소환되는 데 생명을 필요로 한다면, 계속 소환해도 제 몸은 괜찮은 걸까?

그리고 물고기가 주구장창 말하던 신력의 맛도 소환에 영향을 미칠까? 만일 그렇다면 엘프 장로의 신력은 무슨 맛이지?

거기까지 생각한 이아나는 스스로가 꺼림칙해졌다.

'마치 엘프를 잡아먹는 몬스터라도 된 듯한 기분……'

몬스터가 이종족을 진수성찬으로 여기는 이유는 혹시 신력의 맛과 엘프가 가지고 있을 막대한 양의 신력 때문인 걸까.

몸을 뒤척이는 이아나의 머릿속이 온갖 생각으로 뒤범벅이 되었다. 그렇게 고민하고 고민하다가 몇 가닥의 실마리로는 자신의 의문들을 결코 해소할 수 없음을 깨달았다.

답을 들을 수 없다면 전부 망상일 뿐이다. 결국 정령왕을 부를 수밖에 없다는 소리다.

'한 번 불렀으니 두 번 불러도 되겠지. 그리고 또 부르면 죽을 정도의 신력만이 내게 남아 있다면 정령이 다음에도 불러 달라는 말을 했을까. 설마 그럴 리가.'

단순하게 생각한 이아나는 의문들은 다음에 정령을 만나면 해결하기로 결심했다.

'잠이나 자자.'

오늘은 많은 일이 있어 피곤했기에 이아나는 결국 고민을 포기하고 잠을 청했다.

"……"

하지만 곧장 잠에 들지는 못했다. 한참이나 뒤척이던 이아나는 옆으로 누워 몸을 웅크렸다. 이불을 살짝 움켜쥐고 있던 손가락에 힘이 들어감과 동시에 손바닥이 식은땀으로 젖어 들었다.

이아나는 결국 눈을 떴다. 켜 놓은 촛불 때문에 천막의 뾰족한 천장 위에서 어른거리는 검은 그림자를 노려보았다.

아직 알쏭달쏭해서 뭐가 뭔지 모르겠는 신성시대의 이야기들을 머리에서 치우고 나니 정령왕 때문에 잊고 있던, 정령왕을 만나기 전까지만 해도 제 머리를 꽉 채우고 있던 한 존재에 대한 의혹이 잦아들어 밤잠을 괴롭혔다. 잠조차 쉬이 들지 못하도록 그녀의 신경을 날카롭게 건드리는 건……

대체 수풀 사이에 숨어 있던 미노타우루스 떼를 제거했던 이는 누구냐는 것.

혼잡스러워 잠 못 이루던 상인들조차 지쳐서 다시 선잠이 들고 만 깊은 밤, 이아나가 머무는 막사 입구 주변의 어둠이 뒤흔들렸다. 어른거리던 촛불은 힘을 다해 꺼진 지 오래였다. 촛대를 가득 채우고 있던 밀랍은 불꽃과 함께 사라지고 없고 심지만 검게 남았다.

막사를 엄습한 어둠 속에서, 로브 자락이 흙바닥을 스슥— 하고 쓸었다. 로브가 만들어 내는 자국은 침대 옆에서 멈췄다.

"……"

이아나의 옆에 당도한 자는 그녀의 얼굴을 한참이나 물끄러미 내려다보았다.

'아무리 생각해도 알 수 없는 노릇이군. 이 여자가 대체 왜 여기에 있는 것인가……?'

검은 로브 틈 사이로 굵직한 손이 하나 튀어나와 이아나의 오른손을 살짝 쓰다듬었다.

'역겨운 존재의 기운이 흐르는군. 정령……? 육체 연성이라면 상급 정령이다. 어떻게 정령과 조우한 거지? 하프엘프가 상급 정령을 부를 수는 없을 터, 그 말인즉 이 여자가 불렀다는 것…… 대체 이 여자의 몸은 어찌 되어 있는 거지.'

사내가 이아나의 손을 살짝 쥐었다.

'아무튼 완벽하게 나을 테니 얼마 남지 않은 내 힘까지 쓸 필요는 없겠지. 정령은 양날의 검…… 더는 부르지 않았으면 좋으련만.'

사내는 이아나의 옆얼굴을 한없이 내려다보다가, 금빛으로 일렁이던 눈을 천천히 감았다.

'빛을 잃는 꼴은 보고 싶지 않았기에 무리를 해서라도 네 팔을 되돌려 주려 했건만…… 과연, 네 문제는 스스로 해결하는 것이 너답다.'

사내의 뇌리로 언제나 당당하고 독보적이기만 하던 아름다운 모습이 스쳐 지나간다. 그랬기에 머나먼 과거에서부터 시작하여 모든 것을 되돌린 현재까지 미치도록 가지고 싶었으나, 그랬기에 제 손에 거머쥘 수 없었던 여자.

그리고 그 오른손에는 언제나 검이 쥐어져 있었다.

사내는 다시 눈을 뜨고 이아나의 오른손을 먹잇감을 노리는 맹수의 눈으로 내려다보았다. 그러다 충동적으로 손을 쥐고 들어 올려 손가락 마디 하나하나에 마른 입술을 가져다 댔다.

'너는 이번에야말로 내 것이 되어 주겠다 했지…….'

무엇보다 소중한 것을 다루는 듯한 조심스러운 손짓은 경건해 보이기까지 했다.

'그 말만 믿고 내가 쥐고 있던 모든 것을 포기했다. 하지만 이제 와서는…….'

사내의 손에 힘이 들어가는 그 순간이었다. 사내가 쥐고 있던 이아나의 손에도 힘이 들어갔다.

"당신은 누구지?"

이아나가 손가락에 힘을 주어 사내의 손을 거머쥐었다. 물론 팔이 온전하지 않은 상태라 미약하기 짝이 없는 힘이었으나, 사내는 자신이 벌인 거침없는 행동을 깨닫고 경직되어 떨쳐 낼 생각도 하지 못했다. 눈이 천천히 뜨이고, 이아나는 익숙한 검은 로브와 마주하게 되었다.

"과연, 당신이 미노타우루스를 도륙한 자였구나. 차라리 정체를 알고 나니 마음이 편해."

빛이 흐르는 강렬한 붉은 눈동자가 어둠을 파고들었지만 이따금씩 팔락거리는 로브 자락만이 보일 뿐 남자의 얼굴은 어둠에 가려져 확인할 수 없었다. 검은색 일색인 사내는 어둠에 묻혀 잘 보이지 않아서 마치 어둠에게 말을 거는 기분이 들었다.

사내가 도망치지 않자 이아나는 굳게 다물고 있던 입술을 천천히 떼었다.

"나는 당신을 모른다. 하지만 당신은 나를 아는가? 왜 나에게 살기를 쏘아 보냈고, 왜 나를 뒤에서 끌어안았지? 또한 왜 나를 쫓아다녔고, 왜 나를 위험으로부터 구해 주었나? 그리고 지금 내 옆에 서서 내 손에 조심스레 입을 맞추는 까닭이 뭐지······?"

사내는 말이 없었다. 이아나는 무표정한 얼굴로 계속 말을 이었다.

"테오도르에서 내게 모욕감을 준 당신이, 다시 만나면 팔다리를 부러뜨리겠다고 결심할 정도로 싫었지만."

순간 이아나의 손가락을 쥔 사내의 손에 힘이 들어갔다.

"지금은 고맙다고 생각한다. 당신이 아니었다면 힘들었을 테니까. 또, 당신이 현재 나보다 강하다는 것도, 내가 아직 많이 약하다는 것도 인정한다. 나보다 강한 자는 얼마든지 있겠지."

이아나가 한숨을 내쉰 후 흥미로운 눈으로 사내를 바라보았다. 그 시선을 받은 사내가 움찔했다.

"나는 당신에게 호의를 가지고 있어."

이아나의 말을 듣고 그녀의 손을 쥐고 있던 사내의 손에 힘이 가득 들어갔다. 이아나는 순간 흠칫했지만 손을 비틀어 빼내지는 않고 계속 말을 이었다.

"그러니 웬만하면 로브를 벗고 얼굴을 좀 보여 주는 게 어떤가? 얼굴을 드러내지 못할 정도로 흉측하기라도 한 건가? 아니면 무슨 다른 이유라도?"

사내는 여전히 아무 말도 없었다. 그저 품에서 무언가를 꺼내더니 이아나의 손에 그것을 쥐어 주고는 다시 어둠 속으로 사라질 뿐이었다.

"……."

이아나는 사내가 사라진 어둠을 물끄러미 쳐다보다가 제 손에 쥐어져 있는 것을 보았다. 그것은 작은 유리병이었다. 찰랑거리는 정체 모를 액체가 든…….

―조우 편 終

―2권에 계속

지중해의 검은 표범

이제이 지음

몬데비의 공주 벨리나.
사랑하는 이들과 나라를 지키려면 야만스럽고 무자비하기로 소문난
해적들의 나라 발만의 도움을 받아야 했다.
그런데 일이 이상한 쪽으로 꼬이기 시작했다.

"블랙 헤레이스, 당신은 정말 구제불능에, 오만하기 짝이 없는 악당이야!"

발만의 왕, 블랙 헤레이스. 그의 또 다른 이름은 무적자 검은 표범.
이름만으로도 바다를 떨게 하는 그 앞에 흥미로운 여인이 나타났다.

"지성과 미모에 용기까지 갖춘 공주라, 흔치 않은 조합이오. 역시 내가 반할 만했어."

어느 화창한 가을날, 에메랄드빛 바다 한가운데서 운명처럼 만난 두 사람!

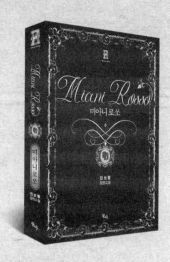

미아니 로쏘

진보람 지음

위대한 업적을 남겼으나 멸문한 마법가문 틸라피아의 마지막 후손.
리비의 꿈은 가문의 부활도, 마법사로서의 성공도 아니었다.

언제나 뒤에서 자신을 지켜주던 아마로네(후원자).
얼굴도 알지 못하는 그에게 은혜를 갚아야 했다. 평생이라도.

그러나 어느 순간 그는 이유 없이 사라져 버렸고,
방황하는 그녀 앞에 나타난 새로운 아마로네.

낯설지만 어딘지 모르게 그리운 느낌을 가진 그와의 만남과
동시에 터진 금지된 마법들의 발현.

그렇게 열일곱 소녀의 이른 봄은 예기치 않게 시작되었다.

난꽃은 봄바람을 기다리지 않는다 1, 2, 3권[완결]

신재인 지음

제일 고운 꽃이 난꽃인 줄 알았더니
봉오리는 지고 꽃 진 자리에는 안개만 남았을 따름.
안개 지난 자리에는 다시 모란이 피네.

날 때부터 이국의 황후로 내정되어 있던 난꽃 같은 여인, 무란향.
그러나 용상의 주인인 사내는 제 것이 아니었으니,
제 것이 아닌 자리에 앉아 궐담 밖으로 나갈 날만을 기다릴 뿐이었다.
"꽃이 지고 계절이 바뀌면 다른 꽃이 피지요. 금년에 곤녕궁에는 모란이 필 것이옵니다."

형의 죽음으로 황제가 된 황자, 조윤.
엇갈린 운명은 손닿지 않던 여인을 제 곁으로 데려다 주었으니,
다시는 손에 들어온 꽃을 놓치지 않으리라.
"그럴 일은 없을 것이오. 피는 꽃이야 꺾어 두면 그만이니까."

황후 무란향. 드높은 권세보다 사랑을 원했던 그녀의 이야기
제일 고운 꽃이 난꽃인 줄 알았더니
봉오리는 지고 꽃 진 자리에는 안개만 남았을 따름.
안개 지난 자리에는 다시 모란이 피네.

제로노블(Zero Novel)은 판타지를 사랑하는 여성들을 위한 신감각 로맨틱 판타지 시리즈입니다.

나는 그를 잊기로 결심했다

김다함 지음

언제나 어른이 되고 싶었다.
열아홉의 생일. 마침내 나는 그토록 바라던 어른이 되었고.
종래에는 그를 잊기로 결심했다.
다뉴 아스트리드

수많은 환승역을 거쳐 달려온 당신 생의 종착지가 바로 이곳이길,
그리하여 당신의 음악이 나로 가득차기를 바란다.
아스테어 베르너

나는 유독 다뉴에게 이 고독을 들키고 싶지 않았다.
나의 불행과 비뚤어진 심성, 어긋난 마음까지도.
말하자면 나는 네게 모든 연약함을 감추고 싶었다.
시오 리즐로테